Knaur.

Susanne Stein arbeitet seit über 20 Jahren als Journalistin für Frauenzeitschriften und als freie Autorin. Sie hat Geschichte studiert, Schwerpunkt Mittelalter, und sich immer wieder mit historischen Stoffen beschäftigt, wobei gerade das 12. und das 13. Jahrhundert eine besondere Faszination auf sie ausüben. »Der Löwe und die Königin« ist nach »Die Mätresse des Kaisers« ihr zweiter Roman.

Susanne Stein

Der Löwe und die Königin

Roman

Knaur Taschenbuch Verlag

Besuchen Sie uns im Internet:
www.knaur.de

Redaktion: Dr. Gisela Menza
Umschlaggestaltung: ZERO Werbeagentur, München
Umschlagabbildung: Bild 1: Bridgeman Art Library / Private Collection
© The Maas Gallery, London
Bild 2: Bridgeman Art Library / Chateau de Versailles, France / Giraudon
Karten: Achim Norweg
Satz: Adobe InDesign im Verlag
Druck und Bindung: Norhaven
Printed in Denmark
ISBN 978-3-426-63533-9

2 4 5 3 1

Für meinen Mann und
seine Engelsgeduld

»Ich beginne zu verstehen, wie wahr es ist, dass ein Toter oder ein Gefangener weder Verwandte noch Freunde hat, denn ich schmachte hier, weil es an Gold und Geld fehlt. Ich habe Sorge um mich, aber noch mehr um meine Untertanen, die sich nach meinem Tod schwere Vorwürfe machen müssen, wenn ich hier noch länger als Gefangener leiden muss.«

Richard Löwenherz
(1157–1199)

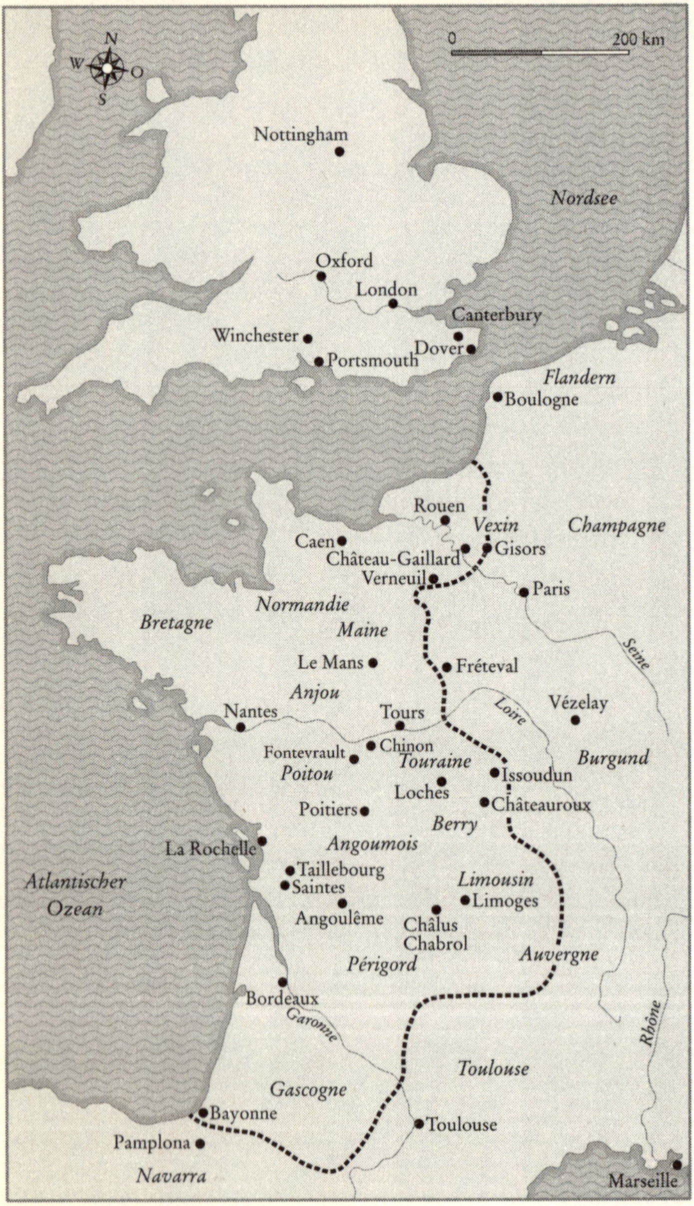
N
W
O
S
0
200 km
Nottingham
Nordsee
Oxford
London
Canterbury
Winchester
Dover
Portsmouth
Flandern
Boulogne
Rouen
Vexin
Champagne
Caen
Gisors
Château-Gaillard
Verneuil
Paris
Normandie
Bretagne
Maine
Seine
Le Mans
Fréteval
Anjou
Loire
Vézelay
Nantes
Tours
Chinon
Fontevrault
Touraine
Burgund
Poitou
Issoudun
Loches
Châteauroux
Poitiers
Berry
La Rochelle
Angoumois
Taillebourg
Saintes
Limousin
Atlantischer
Ozean
Limoges
Angoulême
Châlus
Chabrol
Auvergne
Périgord
Bordeaux
Garonne
Rhône
Toulouse
Gascogne
Bayonne
Toulouse
Pamplona
Navarra
Marseille

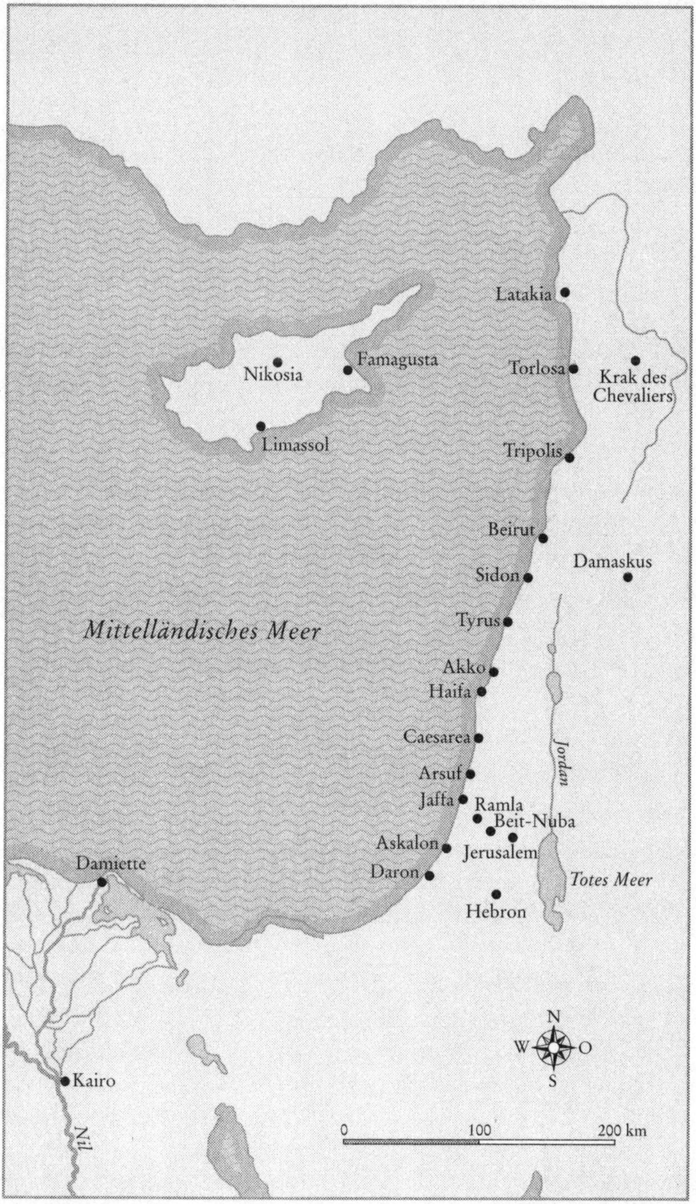
Latakia
Nikosia
Famagusta
Torlosa
Krak des Chevaliers
Limassol
Tripolis
Beirut
Damaskus
Sidon
Tyrus
Mittelländisches Meer
Akko
Haifa
Caesarea
Jordan
Arsuf
Jaffa
Ramla
Beit-Nuba
Askalon
Jerusalem
Damiette
Daron
Totes Meer
Hebron
N
W
O
S
Kairo
Nil
0
100
200 km

Prolog

Ein spärlicher Sonnenstrahl traf auf das trübe Wasser des Flusses und schickte ein wenig Licht zu den schmutzigen Schneeflecken am Ufer. Träge schob die Strömung ein Boot nach Nordwesten, vorbei an der Festung und dem prächtigen Schloss, beide umgeben von einer mächtigen Mauer aus groben Steinen. Die Festung, die den Namen des heiligen Georg trug, war erst vor ein paar Jahren vollendet worden, und an schönen Tagen wirkte sie wie ein kostbares glänzendes Schmuckstück vor einem strahlend blauen Himmel. Düsteres Wetter wie dieses dagegen verwandelte sie zu einem freudlosen Gemäuer, das den Menschen, die sich in ihm aufhielten, nur wenige Annehmlichkeiten bot.

Das Schloss und die Festung belauerten den Fluss. Niemand kam hier vorbei, ohne dass die wachsamen Augen der Bogenschützen, die zu jeder Tages- und Nachtzeit auf den Mauern Stellung bezogen, ihn nicht erspähten. Ein Stück weiter, im Nordosten, lag die Stadt Tours, wie immer überlaufen von Pilgern. Der heilige Martin, der seinen Mantel mit einem Bettler geteilt hatte, war in dieser Stadt begraben, und seine Gebeine lockten fast so viele Gläubige nach Tours wie nach Rom. Vor ein paar Jahren war die riesige Kathedrale abgebrannt, und die Stadt hatte ihr Wahrzeichen verloren. Ein schreckliches Unglück, hervorgerufen durch brennende Kerzen.

Er grinste. Von der Festung aus konnte er Tours nicht sehen, und bei dem großen Feuer, das so vielen Menschen das Leben gekostet hatte, war er nicht Zeuge gewesen. Schade. Er bedauerte, dieses Ereignis verpasst zu haben. Zu gern hätte er beobachtet, wie die Flammen nach dem Holz des Dachstuhls griffen und die Balken verschlangen. In seiner Phantasie hörte er die Schreie der Männer und Frauen, die in der Kathedrale eingeschlossen waren und denen das Feuer den Weg nach draußen versperrt hatte. Er schnalzte mit der Zunge und lächelte spöttisch. Gott war grausam und strafte seine Schäfchen, selbst wenn sie ihn und seinen Sohn Jesus Christus immer wieder um Gnade baten. Sein eigenes Verständnis von Religion hätte den Priester, der ihm für gewöhnlich die Beichte abnahm, entsetzt. Er glaubte nicht an das Gute und erst recht nicht an Barmherzigkeit. Die Welt war schlecht. So lautete eines der wichtigsten Gesetze, die er sich selbst geschaffen hatte. Das Diesseits war hart und grausam, und nach dem Tod wurde es auch nicht besser. Denn was die erwartete, die an Krankheit starben oder an einem der zahlreichen Kämpfe, die das Leben ihnen abverlangte, zugrunde gingen, schien ihm ebenso trostlos. In seiner Vorstellung waren die Menschen einem Gott ausgeliefert, der sich wenig darum scherte, ob sie an ihn glaubten oder nicht. Im Gegenteil, die frömmsten Pilger lebten am erbärmlichsten. Schon oft hatte er die armseligen Gestalten beobachtet, die nach tage- oder sogar wochenlangen Fußmärschen in Tours vor der stümperhaft wieder aufgebauten Kirche zusammenbrachen. Er hielt sie alle für Narren, hütete sich aber, darüber zu sprechen. Schon früh hatte er gelernt, dass es klüger war, die Wahrheit für sich zu behalten. Die meisten Menschen sehnten sich nach gnädigen Lügen und falschen Schmeicheleien. Und genau das bekamen sie von ihm.

Er warf einen Blick aus dem Fenster, das nach Süden direkt auf den Fluss zeigte. Seine Augen folgten einem Lastkahn, der ein paar Schweine transportierte. Der Bauer, in einen Mantel aus braunem Tuch gehüllt, hatte die Schultern hochgezogen und versank bis zur Nase in dem groben Stoff, als könnte er auf diese Weise dem bitteren Dezemberfrost entkommen. Er stellte sich vor, wie die Kälte unter den Mantel des Bauern kroch und sein Blut zum Gefrieren brachte. Er gelobte im Stillen, ein Vaterunser zu beten, wenn der Bauer vor seinen Augen tot umfallen würde. Doch nichts dergleichen geschah, der Lastkahn steuerte, von Schicksalsschlägen unbehelligt, seinen Weg flussabwärts.

Nicht mehr weit, und das Boot des Bauern würde samt Schweinen einen großen Strom erreichen, der dann wiederum weit im Westen in das schier unendliche Meer mündete. Der Strom trug den Namen Loire und war zu dieser Jahreszeit breit und mächtig, denn Regen und Schnee hatten ihn anschwellen lassen. Er kannte die Loire und ihren stilleren Nebenfluss Vienne gut, Letzterer floss schließlich direkt unter seinem Fenster – und er hasste sie beide. Sie waren unberechenbar und tückisch. Im Frühjahr, wenn der Schnee schmolz, traten sie über die Ufer und überschwemmten das Land. Niemand konnte sie beherrschen. Nicht einmal Gott. Da war er sicher.

Er konzentrierte sich wieder auf das Ufer und suchte nach einer Ablenkung, um seine Langeweile zu vertreiben. Zu jeder Jahreszeit war der Blick aus seinem Fenster von atemberaubender Schönheit, doch er hatte keinen Sinn für Anmut. Landschaften ödeten ihn nicht weniger an als die Prachtbauten, die der König überall errichten ließ. Auch dieses Schloss, in dem er einen großen Teil des Jahres verbrachte, hatte der König erweitern, umbauen und verschönern lassen. Sein Name war Chinon, und einst hatte es der gräflichen Familie von Blois gehört, aber die Vorfahren des Königs hatten es vor einhundertdreißig Jahren in ihren Besitz gebracht. Erst vor ein paar Monaten hatte er versucht die Länge der äußeren Schlossmauer zu messen und seine Schritte gezählt. Es war ihm nicht gelungen, die gesamte Mauer abzuschreiten, und er hatte sein Vorhaben bei der Zahl sechshundertfünfunddreißig beendet.

Chinon war eine langgestreckte Schlossanlage, die aus mehreren unterschiedlichen Bauteilen bestand. Am östlichen Rand lag die Festung Saint-Georges. Sie schützte das eigentliche Schloss in der Mitte der Anlage, indem sie den Zugang mittels eines tiefen Grabens versperrte. Und im Westen der gesamten Anlage befanden sich mächtige Türme, von deren obersten Plattformen man weit ins Land sehen konnte.
Auf der Festung Saint-Georges lebten Bogenschützen, denen man nachsagte, sie seien imstande, einen Falken mit einem einzigen Abschuss vom Himmel zu holen und ihn dabei mitten ins Herz zu treffen. Es gehörte zu seinen Lieblingsbeschäftigungen, den Bogenschützen zuzusehen, wenn sie gegeneinander antraten und ihr Können erprobten. Er wünschte sich sehnlich, ein ebensolcher Meister des Bogens zu sein, doch es war ihm noch niemals gelungen, einen Vogel im Flug zu töten. Seine Opfer, und davon gab es etliche, konnten nicht fliehen. Er fing sie und sperrte sie ein, bevor er sie umbrachte. Und er achtete darauf, dass sie langsam starben.
Er wandte sich um und starrte auf die Ratte in einem von ihm selbst gezimmerten Holzkäfig, die ihm gestern Abend in die Falle gegangen war. Morgen war Weihnachten, es wurde die Geburt des Messias gefeiert, und der Tod der Ratte würde die Langeweile der endlosen Feste endlich vertreiben. Er malte sich aus, wie sie sterben würde, und nahm sich vor, das große Bankett, das der König jedes Jahr zu Weihnachten auf Schloss Chinon gab, früh zu verlassen. Es würde ohnehin keinem auffallen, ob er an der langen Tafel saß oder sich längst zurückgezogen hatte. Er verabscheute die langen Abende im Beisein des gönnerhaften Königs, den lärmenden Übermut des jungen Thronfolgers, die Auftritte der eitlen Königin und die schamlosen Blicke all der Herzöge und Fürsten, die jedes Jahr zum Weihnachtsfest an den Hof nach Chinon kamen.
Eines Tages würde er selbst König sein, und er würde eine Köni-

gin sein Eigen nennen, schöner und klüger als alle Frauen der Welt. Er dachte kurz an den Thronfolger und dass dieser für seine Tapferkeit berühmt war, hielt sich aber nicht lange mit solcherlei Grübeleien auf. Er war sich sicher, dass das Schicksal Großes mit ihm vorhatte und ihm einen Weg zur Krone zeigen würde – egal, welche Mühen er dafür auf sich nehmen müsste.

Er kicherte und prüfte die Schneide des kleinen Dolches, den er einem der Ritter gestohlen hatte. Er hatte sich entschieden. Er würde der Ratte erst das Fell abziehen und sie dann töten. Den Kadaver und das Messer würde er heimlich in die Küche bringen und dort bei den Vorräten verstecken. Vielleicht hatte er Glück und konnte später die entsetzten Schreie der Mägde hören.

Niemand würde ihn verdächtigen.

Er war sechs Jahre alt.

Teil 1
Die Braut

Berenguela flocht ihr langes schwarzes Haar zu einem Zopf und warf ihn achtlos über die Schulter. Ihre Finger waren staubig, und als sie sich mit dem Handrücken eine widerspenstige Strähne aus dem Gesicht wischte, entdeckte sie einen dunklen Streifen auf ihrer Haut, der nur bedeuten konnte, dass die trockene Erde Navarras sich inzwischen sogar in ihrem Haaransatz festgesetzt hatte. Auf ihrer Stirn standen Schweißperlen, und ihr Rücken schmerzte. Sie fühlte, dass ihre leichte helle Leinenbluse unter den Achseln feucht wurde, eine unvermeidbare Folge ihrer körperlichen Arbeit in stechender Sonne.
Berenguela lächelte und griff beherzt zu ihrem Gartenwerkzeug, einer kleinen Hacke mit spitzen Zacken, an denen man sich leicht verletzen konnte. Es war eine vorzügliche Arbeit, besonders geeignet für die zierlichen Hände einer Frau, angefertigt vom besten Schmied des Landes. Berenguela war selbst in die heiße, schmutzige Werkstatt gegangen, um sie in Empfang zu nehmen. Sie hielt den Schmied Pablo für eine Art Künstler seines Fachs und gab regelmäßig Dinge, die sie zur Bestellung ihres Kräutergartens benötigte, bei ihm in Auftrag. Ihr Werkzeug hütete Berenguela wie andere Frauen ihr Geschmeide, was ihr Vater mit resigniertem Kopfschütteln quittierte und ihre Mutter zu der Wiederholung endloser Vorwürfe veranlasste.
Um ihren Rücken zu entlasten, beschloss sie, sich nicht mehr zu bücken, sondern auf dem Boden zu knien und so die Erde zwischen den Pflanzen zu lockern. Stolz betrachtete sie die Paeonien, die auch in diesem Jahr eine prachtvolle rosafarbene

Blüte versprachen, harkte zwischen den Stauden ein wenig die Erde und wandte sich dann dem großen Beet mit Artemisia, auch Beifuß genannt, zu. Die Paeonien würden ihrem Garten Farbe verleihen, doch weit kostbarer waren die unscheinbaren grünen Stengel, die Berenguela in großer Menge anbaute. Heilkundige wie der berühmte Constantinus Africanus, der einst als Händler von Arzneipflanzen viele Länder bereist hatte, bevor er in das Benediktinerkloster auf dem Monte Cassino eintrat, hielten Artemisia, das seinen Namen Artemis, der Göttin der Tiere und der wilden Natur, verdankte, für die Mutter aller Kräuter. Ein Tee aus dieser Pflanze half gegen viele Frauenleiden, und Berenguela selbst trank den warmen Sud gegen die krampfartigen Schmerzen, die sie jeden Monat befielen und die sie an manchen Tagen sogar mit zusammengebissenen Zähnen kaum ertragen konnte. Artemisia trieb darüber hinaus Steine aus Nieren und Blase, und als Kompresse auf den Bauch gelegt, konnte es Verhärtungen und Geschwülste im Leib lösen.
In dem Kräutergarten, dessen Existenz Berenguela einzig und allein ihrer Hartnäckigkeit verdankte, denn sowohl ihre Eltern als auch ihre Brüder hatten ihre Leidenschaft für die Heilkunde immer für eine vorübergehende Marotte gehalten, wuchsen neben den Paeonien auch zartlila Iris, blühten schneeweiße Lilien, rankten cremefarbene Rosen, und sattblaue Veilchen verbanden sich zu einem dichten Teppich. Dazwischen gab es Beete von Salbei, Liebstöckel, Fenchel, Minze und Kerbel, dazu Senf, Majoran, Thymian, Ysop und Melisse. Berenguela pflegte das Tausendgüldenkraut und den Schierling, Wermut und Brennnessel hatten ihren festen Platz ebenso wie Knoblauch, Wegerich, Eibisch, Raute, Sellerie und Dill. Sie kannte Samen und Blüten der Pflanzen, trocknete und archivierte sie, zeichnete die zarten Blätter und die robusten Stengel, malte ihre Köpfe in lebhaften Farben, und selbst in welken Blumen entdeckte sie die Schönheit der Natur. Berenguela war weit davon

entfernt, sich mit ihrem Garten lediglich die Zeit zu vertreiben. Der Wunsch, mehr und mehr über die Heilkraft der Natur zu erfahren, trieb sie an, und sie hatte sich insgeheim vorgenommen, dass nichts und niemand sie davon abhalten sollte, die Erhabenheit von Gottes Schöpfung weiter und weiter zu erforschen. Sie nahm ihre Studien so ernst, als wäre sie eine wahre Medica, eine Heilkundige, die die Grundlagen ihres Wissens an der Universität von Salerno erworben hatte.

Sie spürte, dass ihre Knie steif wurden, und stand auf, um das Blut in ihren Beinen wieder zum Fließen zu bringen. Ein Blick auf die Sonne zeigte ihr, dass sie bis zum Mittag noch ein paar Stunden Zeit hatte. Sie wunderte sich, warum Marie, ihre Vertraute und, mehr noch, ihre Lehrerin in der Pflanzenkunde, nicht kam. Normalerweise verbrachten sie die frühen Morgenstunden gemeinsam im Garten, und Marie lehrte sie verborgenes Wissen der weisen Frauen.

Berenguela runzelte die Stirn und kniff die Augen zusammen. Es fiel ihr schwer, Dinge in einer gewissen Entfernung klar zu erkennen, und sehr zu ihrem Unmut hatte bislang kein Kraut die Schwäche ihrer Augen heilen können. Manchmal kam es vor, dass sie meinte einen Reiter zu sehen, der aber in Wahrheit nur ein knorriger Baumstamm war. Vor allem in der Dämmerung erwies sich ihre Sehkraft als trügerisch, und mehrfach hatte sie in dem weitläufigen Innenhof der Palastanlage ihres Vaters den Gruß eines Ritters übersehen. Einige hielten sie daher für zerstreut, andere für überheblich. Alle waren sie jedoch übereinstimmend der Ansicht, dass Berenguela eine späte Jungfrau sei – mit Erde an den Händen und Staub in den Haaren.

Berenguela war zu klug, um die Blicke der Ritter und vor allem die der Frauen nicht deuten zu können. Natürlich wusste sie, dass eine Frau, die mit fünfundzwanzig Jahren immer noch unverheiratet war, irritiertes Tuscheln erntete. Doch da sie sich selbst für wenig bemerkenswert hielt und überdies gänzlich uneitel war, ertrug sie das Raunen der Damen und das Grinsen der Ritter mit Gleichmut.

Wenn sie in den Spiegel sah, fand sie ihr Gesicht zu schmal, um schön zu sein, ihr Haar eine Spur zu dunkel und ihre Lippen zu voll. Sie hatte eine kleine Falte über der Nasenwurzel, und ihre Augen waren von einem so tiefen Braun, dass sie schwarz schienen. Ihre Stirn wölbte sich hoch und klar, ein Denkergesicht nannte es ihr Bruder Sancho, der denselben Namen wie ihr Vater trug, und dies war keinesfalls als Schmeichelei gemeint. Berenguela war groß und schmal, die meisten Frauen am Hof ihres Vaters überragte sie zwei Finger breit. Die »Kräuter-Prinzessin« hatte Sancho sie vor vielen Jahren genannt, und dieser Name war sehr zum Verdruss ihrer Eltern an ihr haftengeblieben.

Berenguela blieb lauschend stehen. Sie meinte Marie gehört zu haben, doch der Wind trug lediglich das Hämmern und die Rufe der Steinmetze zu ihr. Ein Lächeln schlich sich auf ihr Gesicht und glättete ihre Stirn. Überall im Land wurde gebaut. Kapellen und Kirchen wuchsen in jedem Ort, Herbergen entstanden, in den Dörfern zimmerte man neue Häuser aus Holz, und in den Städten errichtete man Paläste aus Stein. Berühmte Baumeister reisten nach Navarra, Steinmetze wurden angeworben und gut bezahlt, Künstler strömten ins Land in der Hoffnung auf Ansehen und Reichtum.

Berenguela bewunderte den Scharfsinn ihres Vaters, der einen großen Anteil an dem wirtschaftlichen Erblühen Navarras hatte. Einer der Wege nach Santiago de Compostela zum Grab des heiligen Jakob führte durch Navarra, und Berenguelas Vater, König Sancho, genannt der Weise, war seinem Ruf, ein umsichtiger Herrscher zu sein, ein weiteres Mal gerecht geworden. Er ließ den Jakobsweg vor Räubern und Wegelagerern schützen und versprach allen Pilgern sicheres Geleit. Infolgedessen war der Strom derer, die durch Navarra zur Kirche des heiligen Jakob im Königreich Kastilien, der Heimat von Berenguelas Mutter, zogen, stetig angeschwollen. Mittlerweile überschwemmte eine Woge von Gläubigen die christlichen Königreiche auf der Iberischen Halbinsel und spülte auch nach Navarra nicht wenig Geld und Wohlstand.

Der Jakobsweg führte südlich an Berenguelas Heimatstadt Pamplona vorbei, aber viele, und vor allem die, die es sich leisten konnten, besuchten die Königsstadt Navarras, um sich hier von den Mühen, die ihnen die hohen Pässe der Pyrenäen abverlangt hatten, zu erholen. In den Gassen Pamplonas reihte sich Gaststube an Gaststube, vergrößerten die Wirte beständig ihren Ausschank, und die Münzwechsler fanden reichlich Kundschaft. Viele der Pilger stammten aus Ländern weit im Norden und tauschten in Navarra ihre Goldstücke.

Von Pamplona aus ging es weiter nach Westen über Puente la Reina, Richtung Burgos und León bis fast an die Küste. Dann – endlich – erreichten die Pilger Santiago de Compostela. Dahinter lag das Ende der Welt, ein riesiges Meer, dessen Ausmaße niemand kannte und das in gewaltigen Stürmen gegen das Land anrannte – in dem unablässigen Versuch, es zu verschlingen. In diesem Teil Kastiliens regnete es viel und ausgiebig. Der Sturm, der oft den Regen begleitete, peitschte das Wasser über die schroffen Felsen der Küste, die Dörfer duckten sich unter den niedrigen Wolken. Und die Pilger, die oft erst nach Jahren das Ziel ihrer Reise erreichten, suchten Zuflucht in der Stadt des heiligen Jakob, froh über jeden trockenen Schlafplatz, der sich ihnen bot.

Eine Reise auf dem Jakobsweg war keineswegs ungefährlich und auf jeden Fall voller Strapazen. In den Wäldern der Pyrenäen lauerten Bären und Wölfe und auf den Straßen als Pilger getarnte Betrüger, die die Menschen um die wenigen Münzen, die

sie noch bei sich hatten, brachten. Es gab Diebe und Räuber, die vorgaben, beim heiligen Jakob um Vergebung bitten zu wollen, in Wahrheit jedoch auf den Straßen nach schneller Beute suchten. Und trotz der Ritter, die im Namen des Königs den Jakobsweg sicherten, endete ein Pilgerleben oft gewaltsam.
Berenguela war mit ihren Eltern, König Sancho und Königin Sancha, selbst zum Grab des heiligen Jakob gezogen, und jeder Ort, der am Weg lag, war ihr vertraut. Besonders liebte sie die Stadt Estella, eine Tagereise südwestlich von Pamplona. Hier war das Klima milder als in der Residenz, denn hohe Berge standen wie ein Schutzwall zwischen der Stadt und den rauhen Winden aus Norden und Westen. Berenguela war der Meinung, dass Estella in einem geradezu beängstigenden Tempo wuchs. Aus dem Norden und vor allem aus dem Osten zogen mehr und mehr Menschen in das einstige Dorf, das sich, protegiert von ihrem Vater, in wenigen Jahren zur pulsierenden Stadt entwickelt hatte. Die Bauarbeiten für den prächtigen Palacio de los Reyes de Navarra, den Königspalast von Estella, waren noch längst nicht abgeschlossen, doch schon jetzt kam er Berenguela schöner und kunstfertiger vor als der in Pamplona.
Um nach Estella zu gelangen, kreuzte man den Rio Arga in Puente la Reina. Berenguela war oft über die elegante steinerne Brücke geritten, die ihren Namen der Dona Mayor, einer Ahnin des Königs, verdankte, und hatte Gott für die Schönheit ihrer Heimat gedankt. Navarras Küste war lieblicher als die im Westen Kastiliens, das Wetter gemäßigter und die Landschaft abwechslungsreicher. Die mächtigen Berge im Norden bildeten eine natürliche Grenze zu Aquitanien und den Grafen von Armagnac und machten Navarra nahezu uneinnehmbar. Im Schatten der Berge hielt die Natur ewigen Winterschlaf, doch die Täler waren fruchtbar und grün. In den endlosen Wäldern mit Buchen und Eichen, Ahorn, Pappeln und Ulmen lebte genügend Wild, und die klaren Flüsse waren voller Forellen. In

Navarra musste niemand hungern, denn auch Getreide und Gemüse fanden hier ideale Böden.
Im Mai konnte es in Berenguelas Heimatstadt Pamplona schon sehr heiß werden, die Winter dagegen waren bitterkalt. Navarra galt in manchen Teilen als rauhes Land, das an eisige Schneestürme ebenso gewöhnt war wie an die trockene Hitze, die im Sommer die Felder ausdörren konnte. Die Menschen verbrachten ihr Leben in harter Arbeit und strenger Gottesfurcht, in die sich allerdings ein großes Maß an praktischem Lebenssinn und pfiffiger Geschäftstüchtigkeit mischte. Die fränkischen, deutschen und englischen Pilger zum Beispiel, die in Scharen durch Navarra zogen und ihre Münzen in den Wirtshäusern und Herbergen ließen, betrachtete man gemeinhin als ein Geschenk des Himmels. Navarra, das über Jahrhunderte den ungläubigen und barbarischen Mauren von Al-Andalus im Süden der Iberischen Halbinsel getrotzt hatte, empfand die unerwartete wirtschaftliche Blüte als Gottes eigenen Fingerzeig. Er selbst hatte ihrer Ansicht nach das kleine Land auserwählt, den Gläubigen aus aller Welt den Weg zum heiligen Jakob zu weisen.
Erneut warf Berenguela einen prüfenden Blick zur Sonne und beschloss, ihre Arbeit im Garten für heute zu beenden. Obwohl der Sommer noch fern war, brannte die Sonne in den Mittagsstunden schon stechend vom Himmel. Zudem drängte sich in Berenguelas Gedanken die Sorge um Marie. Sie konnte sich nicht entsinnen, dass Marie jemals den frühen Morgen im Kräutergarten versäumt hatte. Sie klopfte die letzten Erdreste von ihrem dunklen Leinenrock, säuberte sich in einem kleinen Wasserbecken notdürftig die verschmutzten Hände und wischte mit einem sauberen Stück Tuch sicherheitshalber über ihre Stirn, um Schweiß und Staub zu entfernen.
Verglichen mit den großen Residenzen Europas, verlief das Leben am Hof von Navarra gemächlich, fast eintönig und auf jeden Fall völlig unspektakulär. Sicher, auch König Sancho ver-

anstaltete Turniere und Feste, doch nach Pamplona verirrte sich nur selten einer der großen Troubadoure und schon gar nicht einer der schillernden Herrscher des übrigen Europas. Die Dichter bevorzugten die Höfe nördlich der Pyrenäen, liebten die Paläste in Aquitanien, die Residenzen des französischen Königs in Reims und in Paris oder die Burgen des Grafen von Toulouse. Kulturell galt Navarra als zurückgebliebenes Land, in das sich ein Minnesänger nur auf ausdrückliche Einladung des Königs wagte.

Berenguelas ältester Bruder Sancho verbrachte einen Großteil des Jahres daher am Hof von Aquitanien. Er war ein enger Bekannter der Söhne des englischen Königs Heinrichs II., vor allem zu Richard, dem dritten Sohn, Thronfolger und Herzog von Poitiers, bestand eine schon seit langem dauernde Freundschaft. Heinrich II. herrschte über eine unfassbar riesige Landmasse. Sie reichte von England auf den Kontinent, zog sich von der Normandie den Atlantik entlang bis tief in den Süden nach Bayonne und endete erst an der Nordseite der Pyrenäen.

Berenguela hatte den König und drei seiner Söhne vor einigen Jahren kennengelernt. Sie erinnerte sich nicht gern an diese Begegnung, denn der König hatte sie aus seinen schmalen Augen so eindringlich gemustert, dass Berenguela beschämt den Blick abwandte. Sie fühlte sich wie eine Zuchtstute begutachtet, und der lüsterne Zug um Heinrichs Mund ließ sie vor Ekel erschauern. Sie verabscheute den englischen König, über den die Damen am Hofe hinter vorgehaltener Hand grauenvolle Dinge zu berichten wussten. Er hielt seine Frau, Königin Eleonore, schon seit langer Zeit in England gefangen und hatte ganz offen mit seiner Geliebten, der schönen Rosamunde, gelebt, die er, so glaubte sich Berenguela zu erinnern, sogar heiraten wollte. Dafür hätte der Papst die Ehe mit der Königin Eleonore auflösen müssen – aber dies war niemals geschehen, und die schöne Rosamunde war vor dreizehn Jahren gestorben. Man raunte, die Königin sei nicht unschuldig am Tod der Rivalin, sie habe sie damals im Park des Schlosses Woodstock vergiftet. Berenguela kannte genügend Pflanzen, die den Tod brachten, und hielt es durchaus für möglich, dass Rosamundes geheimnisvolle und kurze Krankheit durch einen Sud aus Blättern hervorgerufen worden war. Doch dass die Königin selbst Rosamunde den Trank gereicht haben sollte, konnte sie nicht glauben. Berenguelas klarer Verstand zweifelte schon deshalb an dieser Version der Geschichte, weil König Heinrich seine Gemahlin Tag und Nacht von einigen seiner engsten Vertrauten bewachen ließ. Wie also sollte sie ihrer Gefangenschaft entkommen, um ausgerechnet nach Woodstock in das Schloss ihrer ärgsten Feindin zu reisen.

Sie empfand Mitleid mit dieser Frau, die sie nur aus Erzählungen kannte. Sechzehn Jahre schon war die englische Königin hinter den Schlossmauern von Winchester und Salisbury lebendig begraben, weil der König ihr nicht verzieh, dass sie sich auf die Seite ihrer Söhne gestellt hatte, als die begannen gegen den Vater zu rebellieren. Von ihrem Bruder Sancho wusste Berenguela, dass Heinrichs Söhne die Mutter vergötterten und den Vater hassten. Ob die Töchter des Königs ebenso empfanden, konnte ihr Sancho nicht sagen. Er war ohnehin der Ansicht, dass Frauen sich besser nicht in die Geschäfte der Männer einmischten – vor allem, wenn diese mit Politik zu tun hatten. Um ihr zu verdeutlichen, wohin dies führte, verwies er für gewöhnlich auf das traurige Schicksal der Königin Eleonore. Berenguela hatte es aber ohnehin aufgegeben, sich von Sancho in einen Disput ziehen zu lassen. Sie waren sich nie einig, und in den meisten Fällen verließ ihr Bruder erzürnt den Raum.

Gefangenschaft, dachte Berenguela, ist schlimmer als der Tod, und wünschte der unbekannten Königin die Kraft, sich niemals aufzugeben. Sie dachte daran, dass Eleonore dem englischen König zehn Kinder geschenkt hatte – und in ihrer ersten Ehe

zwei dem damaligen französischen Herrscher Ludwig. Ihr Lieblingssohn war Richard, und Berenguela wunderte sich nicht, dass gerade er mit der größten Leidenschaft gegen seinen Vater kämpfte. Drei Brüder hatte Richard bereits verloren. Der Erstgeborene, Wilhelm, starb im Alter von drei Jahren. Der zweite, Heinrich, war vor sechs Jahren einer unheilbaren, geheimnisvollen Krankheit erlegen, deren Namen Berenguela nicht kannte und über deren Symptome selbst ihr Bruder Sancho wenig berichten konnte. Und vor drei Jahren dann der tragische Tod des dritten Bruders, Gottfried. Er wurde bei einem Turnier tödlich verwundet, Sancho war Zeuge. Richard würde also früher oder später seinem Vater auf den Thron folgen und dann dieses riesige Reich regieren – und verteidigen müssen. Der junge französische König Philipp schmiedete unablässig neue Bündnisse gegen die Aquitanier, und Sancho sah in ihm einen gefährlichen Gegner.
Ihr Bruder Sancho liebte den Kampf und das Abenteuer, und Berenguela war sich sicher, dass er all dies in der Gesellschaft seines Freundes Richard finden würde. Sie selbst hielt den Aquitanier für einen verantwortungslosen Draufgänger, der keiner Auseinandersetzung aus dem Weg ging. Ihr Urteil über ihn stand seit ihrer ersten Begegnung fest. Der Herzog von Poitiers und künftige englische König war in Berenguelas Augen ein oberflächlicher Mann, der kein Interesse daran hatte, den Dingen auf den Grund zu gehen. Das Beste an ihm war seine Stimme – dunkel und volltönend füllte ihr Klang selbst den größten Rittersaal. Und wenn der Herzog sang, schlich sich sein Lied geradewegs in die Seelen der anwesenden Damen und betörte ihre Sinne. Berenguela gab zu, dass Richards Lieder ein musikalischer Genuss waren. Ihm beim Singen zuzusehen, widerstrebte ihr jedoch – zu sehr erinnerte sie sein Verhalten an die Balz des Auerhahns.
Dass ihr Bruder so sehr die Freundschaft des Aquitaniers suchte,

missfiel ihr. Aber Sancho als Erstgeborener und Kronprinz des Königreichs Navarra hatte besondere Rechte, und es stand ihr nicht zu, ihm Vorhaltungen zu machen. Ihr zweiter Bruder, Ramiro, war Priester und Bischof von Pamplona. Sie fühlte sich ihm näher als Sancho, wenngleich auch er ihre Leidenschaft für die Heilkunde nicht billigte. Und selbst bei ihrer jüngeren Schwester Blanka fanden ihre Studien wenig Gegenliebe. Zu unterschiedlich waren die beiden Frauen, und seit Blanka mit dem Grafen von Champagne verheiratet war, bestand ihr Kontakt nur noch aus vereinzelten Briefen.

Berenguela liebte die Ruhe und Abgeschiedenheit des Lebens in Navarra. Der einzige Ort, den sie dem Königspalast in Navarra vorgezogen hätte, war die Universität von Salerno, die berühmteste Medizinschule des Abendlandes. Die Tatsache, dass sie eine Frau war, stand dem Weg nach Salerno nicht entgegen – die Universität nahm auch weibliche Studierende auf. Doch für die Tochter eines Königs, auch wenn sie aus einem kleinen Land am Rande des christlichen Europas stammte, galten andere Regeln.

Berenguela lächelte wehmütig, als sie die Pforte zum Garten hinter sich schloss und mit schnellen Schritten den Pfad zum Palast einschlug. Niemals würde ihr Vater ihren Wünschen nachgeben und offiziell ihren Forschungen seine Zustimmung erteilen. Er gestattete ihr den Garten – und dafür war sie ihm dankbar. Mehr konnte sie nicht verlangen.

Berenguela atmete tief aus und beschloss – zumindest für heute –, alle trüben Gedanken beiseitezuschieben.

Es regnete. Unaufhaltsam fiel seit Tagen ein feiner Schleier aus Wasser vom Himmel und legte sich über die Stadt. Alles schien von der Feuchtigkeit durchdrungen. Es tropfte von den Bäumen, troff von den Hausdächern, und die Rinnsale sammelten

sich in dem trüben Fluss, auf dem die Lastkähne die Stadt ansteuerten. Es war ein milder Regen und doch ein unbarmherziger, keiner, den man nach heißen, trockenen Sommertagen herbeisehnte, weil die Natur nach Wasser dürstete. Dieses stetige kühle Nieseln wusch das Lächeln aus den Gesichtern der Menschen und ließ sie schwermütig werden unter der Masse der grauen Wolken. In den Straßen der Stadt glitten die Pferde auf den feuchten Steinen aus, und außerhalb der Mauern wateten die Bauern und Händler durch knöcheltiefen Schlamm. Die Fuhrleute zogen und schoben ihre Karren mit Getreide und anderen Lebensmitteln unter lauten Flüchen durch den Matsch zum Markt, und die Lumpen der Bettler waren schwer vor Nässe.
Die dicken Steinquader der Schlossmauern von Winchester trotzten der Feuchtigkeit so gut sie konnten, doch in den Sälen und Kammern hatten sich längst dunkle Flecken an den Wänden gebildet. Adelaide fröstelte und verbarg ihre klammen Finger tief in den Falten ihres glänzenden braunen Seidenkleides. Sie hasste den Regen und die trüben Wolken, die ihn begleiteten. Seit zwanzig Jahren lebte sie in diesem Land, und sie verabscheute es wie am ersten Tag. Auch damals hatte es geregnet, in dichten Schauern, die der Wind über die tosende See vor der Küste von Dover trieb. Adelaide war neun Jahre alt, als sie zum ersten Mal englischen Boden betrat. Eine kindliche Braut, deren Verlobung zwei Könige ausgehandelt hatten – Ludwig VII. von Frankreich und Heinrich II. von England. Sie erinnerte sich, dass sie gezittert hatte, als fremde Arme nach ihr griffen und sie aus dem schlingernden Boot hoben. Gesichter, die sie nicht kannte, starrten sie an, und eine Sprache, die sie nicht verstand, verwirrte sie.
»Mal wieder ein Opfer der schwarzen Galle, meine Schöne? Ich sehe, die Melancholie umgibt dich wie eine der Regenwolken da draußen«, sagte eine spöttische Stimme hinter ihr. Adelaide

zuckte vor Schreck zusammen, atmete langsam aus und drehte sich um. »John. Ich habe dich später erwartet.«

»Ich weiß«, erwiderte Prinz John und schlenderte lässig zu dem Tisch in der Mitte des Raums, auf dem ein Schachbrett samt zierlich geschnitzten Figuren stand. »Du erlaubst?« Er nahm einen Kelch und schenkte sich aus einer Karaffe einen Schluck Wein ein. »Auf die geduldigste Frau, die ich kenne«, prostete er ihr zu. Adelaide kniff die Augen zusammen und unterdrückte ihren Zorn. John lächelte. »Verzeih, ich habe dich verärgert. Aber nenne mir sonst auf dieser Erde eine Braut, die seit zwanzig Jahren darauf wartet, dass der Verlobte sie endlich zum Traualtar führt.« Er deutete eine Verbeugung an. »Und das ist umso erstaunlicher«, fuhr er fort, »da es sich bei dieser Braut um die schönste Frau handelt, die unser lausiges Königreich je gesehen hat.« Sie fand seine Worte keiner Erwiderung wert, und der Prinz hatte wohl auch keine erwartet. »Setz dich doch, meine Liebe«, forderte er sie auf. »Ich mag nicht länger stehen, und du weißt, wie unhöflich es wäre, in Anwesenheit einer Dame unbekümmert Platz zu nehmen.« Mit einer einladenden Handbewegung wies er auf einen prachtvoll verzierten Stuhl mit purpurfarbenem Seidenkissen.

Adelaide warf ihm einen eisigen Blick zu. »Verschone mich mit deinen Spitzfindigkeiten. Wir sind nicht hier, um Schmeicheleien auszutauschen.«

»Wie du meinst, meine Liebe. Nimmst du Weiß?« Er begann die Figuren auf dem Brett zu verteilen. Adelaide trat an den Tisch, bückte sich leicht, um einen Kelch mit Wasser zu nehmen, und registrierte kühl die Begierde in seinen Augen. »Deine Haut ist so sahnig wie die Milch unserer besten Kuh«, raunte John, sprang auf und griff ihr um die Taille. »Besonders hier.« Er berührte mit dem Zeigefinger den Ansatz ihres Busens. »Ein Jammer, dass du hinter unseren dicken englischen Mauern versauern musst. Mein Bruder ist ein Idiot.«

Adelaide wand sich aus seiner Umarmung. »Hast du Nachricht von Richard?«
»Nichts als zornige Worte.«
»Wo ist er?«
»Belagert die Stadt Le Mans. Übrigens gemeinsam mit deinem Halbbruder Philipp. Ist das nicht pikant? Mein Bruder – dein, wie soll ich ihn nennen, Dauerverlobter? – führt Krieg gegen seinen eigenen Vater und verbündet sich zu diesem Zweck mit dem französischen König. Ich würde sagen, Richard ist eine dieser verlorenen Seelen. Du weißt, was ich meine. Zu Hunderten ziehen sie von Hof zu Hof und pilgern am Ende ins Heilige Land, um dort bei den Sarazenen einen ungnädigen Tod zu finden. Ungehorsam gegen die Gesetze der Familie. Tja, da lässt sich nichts machen. Wusstest du, dass unser alter Vater ihn enterben will?«
Adelaide ließ sich mit der Antwort Zeit. »Ich dachte«, sagte sie zögerlich, »er hat Richard selbst zum Thronfolger bestimmt.«
John drohte ihr scherzhaft mit dem Zeigefinger. »Du schnurrst wie die Katze, die den Singvogel gefressen hat. Lese ich in deinen Augen eine heimliche Freude?«
»Warum sollte ich froh sein, wenn Richard den Anspruch auf die Krone verliert? Bin ich nicht dazu bestimmt, seine Königin zu werden?«
Der Prinz verschluckte sich am Wein. »Nun, wir beide wissen, dass diese Aussichten mehr als vage sind. Mein teurer Bruder Richard hat sich zwar etwas übereilig selbst zum Nachfolger auf Englands Thron ernannt, aber schließlich lebt der König noch.«
Adelaide begann zu verstehen. »Richard braucht also Philipp, um gegen seinen Vater zu kämpfen. Andererseits dürfte Philipp Richard für seine eigenen Zwecke benutzen.«
John deutete eine Verbeugung an. »Klug gefolgert. Du hast Talent zur Diplomatie, meine Hübsche. Philipps lächerliche französische Krondomäne ist vom Herrschaftsgebiet unseres Vaters

nahezu eingeschlossen. Wer weiß, was Richard ihm als Gegenleistung versprochen hat. Und dafür bekommt er gut ausgebildete französische Ritter.«
»Aber sagt man nicht, König Heinrich sei ernsthaft erkrankt?«
»Ach, irgendein harmloses Fieber. Der alte Mann wird kämpfen bis zum letzten Blutstropfen.«
»John, euer Vater ist nicht alt.«
»Er zählt sechsundfünfzig Jahre. Ich nenne das alt. Aber ich vergaß, dass du die Kräfte des Königs besser kennst als ich. Schließlich bin ich nur sein jüngster Sohn, während du ...«
Mit den Fingern seiner rechten Hand hob er leicht ihr Kinn. »Wir sind hier unter uns, erlaube mir deshalb diese kleine Indiskretion. Hat nicht mein Vater dir die gähnende Langeweile während Richards jahrelanger Abwesenheit aufs Schönste vertrieben?«
Adelaide schlug unwillig seine Hand beiseite. Sie hasste Unterredungen wie diese. John ging aus Wortgefechten für gewöhnlich als Sieger hervor, was in erster Linie an seiner schonungslosen Offenheit lag, mit der er häufig genug die Grenzen der Höflichkeit überschritt. Sie kannte ihn fast ihr ganzes Leben lang. Er war ein kleiner Junge von drei Jahren, als sie nach England kam, und als Kinder hatten sie oft zusammen gespielt. Richard wurde damals schon zum Ritter ausgebildet und hielt sich nicht am englischen Hof seines Vaters auf, sondern lebte auf dem Kontinent, in den Residenzen Aquitaniens, vor allem in dem großen Palast von Chinon. Adelaide, die kleine französische Prinzessin, die Richard, dem dritten Sohn des englischen Königs, versprochen worden war, fand in John zwar keinen Freund, aber immerhin einen Gefährten, und in seiner ein Jahr älteren Schwester Jeanne eine Vertraute. Bis auch Jeanne mit elf Jahren als Verlobte des Königs von Sizilien den Hof ihres Vaters in England verlassen musste und nach Palermo zog. Seit jenem Tag hatte sie Jeanne nicht wiedergesehen.

Es war nichts Ungewöhnliches, dass Fürsten ihre Töchter als junge Mädchen den künftigen Schwiegereltern überließen, damit diese sie auf ihre spätere Rolle vorbereiten konnten. Auch Adelaides Eltern, der französische König Ludwig VII. und Konstanze von Kastilien, hatten ihre kleine Tochter mit gutem Gewissen nach London geschickt, ebenso wie schon vor Jahren Adelaides ältere Schwester Marguerite. Im Alter von drei Jahren hatte man Marguerite mit dem damals siebenjährigen Thronfolger Heinrich dem Jüngeren, Richards älterem Bruder, vermählt. Doch Heinrich war vor sechs Jahren überraschend an einer heimtückischen Krankheit gestorben. Marguerite hatte inzwischen den König von Ungarn geheiratet. In England würde sie niemals Königin werden.

Adelaide erinnerte sich genau an ihre erste Begegnung mit Richard. Es war der 6. Januar 1169, und sie war mit ihren Eltern zu der Festung Montmirail in der Gegend von Chartres gereist, wo sich die Herrscherfamilien der beiden mächtigsten europäischen Königshäuser trafen. Es war ein eiskalter Tag, sie hatte unablässig gefroren, und trotz des prächtigen Empfangs, an dem sie teilnehmen durfte, ließ sich das Zittern ihrer Hände und das Klappern ihrer Zähne nicht unterdrücken. Der Junge, der ihr als Prinz Richard vorgestellt wurde, hatte einen wilden Schopf roter Haare und reichte mit seinen zwölf Jahren fast bis ans Kinn seines Vaters. Ihm schien die Kälte nichts auszumachen, und er blinzelte ihr lachend zu. Dies war der Tag ihrer Verlobung, sie war plötzlich erwachsen geworden, von einem Moment auf den anderen hatte sie den sicheren Hort ihrer Kindheit verloren und musste ihre Heimat für die ihres künftigen Mannes aufgeben. Damals glaubte sie, sie würde schon bald nach ihrer Ankunft auf der Insel mit einem der Erben Aquitaniens verheiratet sein. Doch niemand, und am wenigsten sie selbst, hatte damit gerechnet, dass sie Jahr um Jahr in London verbringen würde – ohne dass jemals eine Hochzeit mit dem dritten Sohn des Königs stattfand. Inzwischen waren ihre Eltern gestorben, ihr Halbbruder Philipp, der einzige Sohn aus den drei Ehen ihres Vaters, trug jetzt die französische Krone.

Ein Räuspern holte sie in die Gegenwart zurück. »Verzeih, wenn die Erwähnung meines geliebten Vaters Erinnerungen ausgelöst hat, die du lieber für immer begraben würdest«, sagte John und ließ sich zu einem Lächeln herab. »Wünschst du ihm immer noch den Tod, weil er die unschuldige Prinzessin zur königlichen Hure gemacht hat?«

»Du bist lästig wie eine Warze«, zischte Adelaide. »Um aber deine Neugier zu stillen, ich dachte an Richard.«

»Die Rolle der schmachtenden Braut steht dir nicht.«

Wut kroch aus ihrem Inneren wie eine der schwarzen Spinnen, die in den Mauerritzen lauerten. Eines Tages, dachte Adelaide, wird John für seine Bosheiten bezahlen. Sie zwang sich, äußerlich ruhig zu bleiben. »Du sprachst von zornigen Worten, die dir Richard gesandt hat.«

»Hm.«

Adelaide atmete hörbar aus. »Bitte, John, antworte mir. Habe ich nicht ein Recht, zu wissen, was zwischen Richard, seinem Vater und meinem Bruder vor sich geht? Seit zwanzig Jahren lebe ich in diesem tristen Land, in diesen feuchten Mauern, weit weg von der Sonne des Südens. Solange ich denken kann, warte ich – auf Richard, auf meine Hochzeit, auf eine Entscheidung. Das ist kein Leben, John.«

»Mag sein, aber du hast keine Wahl.«

»Wenn König Heinrich siegt, wird er Richard verstoßen«, flüsterte Adelaide.

»Möglich«, sinnierte John und betrachtete seine sorgfältig gepflegten Fingernägel. »Wahrscheinlicher ist jedoch, dass er ihn töten wird.«

Adelaide drehte sich zum Fenster und blickte in den Nieselregen. »Ist Richard tot, bist du der letzte Sohn des Königs.«

John lachte laut. »Du bist amüsant – und du bist schön. Sieh dich vor. Ich könnte es ernsthaft in Erwägung ziehen, selbst dein Ehemann zu werden. Richard nimmt dich ja doch nicht mehr, auch wenn er – wider Erwarten – am Leben bleibt. Und einer von uns muss dich schließlich heiraten. Irgendwann.«
Empört fuhr sie herum. »Schweig. Ich bin die Tochter eines Königs.«
Mit zwei Schritten stand er vor ihr. »Die Tochter eines Königs?«, zischte er. »Das war einmal. Alles, was ich heute sehe, ist eine Dirne mit adeligem Stammbaum.« Sie hob die Hand, doch John hatte mit dieser Bewegung gerechnet. Blitzschnell umschloss er ihre Handgelenke und hielt sie wie in einem Schraubstock gefangen. »Wage es nicht, mich zu ohrfeigen.«
Sie konnte seinen Atem spüren und fühlte Speicheltropfen auf ihrer Wange – kalt wie der englische Regen. Sie war gefangen zwischen seinen Armen und der Wand im Rücken, und im nächsten Moment fühlte sie seine Lippen auf ihrem Mund. Seine Zunge zwängte sich zwischen ihre Zähne.
Eine Welle des Ekels überschwemmte sie, und voller Zorn biss sie zu. John unterdrückte einen Schrei und stieß sie von sich. Adelaide taumelte gegen die Mauersteine und prallte schmerzhaft mit der rechten Schulter an den Sims unterhalb des Fensters.
Von Johns Lippen tropfte Blut, die untere schwoll sichtbar an. Er hatte roten Schleim auf ihren Webteppich gespuckt, und als sie ihm ins Gesicht blickte, sah sie ein Grinsen, das ihr mehr Angst einjagte als alle Flüche, die sie im Stillen erwartet hatte. Sie stand zitternd an der Wand, hielt sich die schmerzende Schulter und starrte den jüngsten Sohn des Königs an, als wäre er ein wildes Tier, das im nächsten Augenblick zum tödlichen Sprung ansetzt. Sein blauer Umhang war mit Blut befleckt, und seine besudelten Hände hatten Spuren an den hellen Ärmeln seines Gewands aus bestickter Seide hinterlassen.

»Raus«, flüsterte Adelaide. »Verschwinde, bevor du deine Zunge ganz verlierst.«
Den Ausdruck in seinen Augen konnte sie nicht deuten, doch sein Blick wanderte wie ein widerliches Insekt über ihren Körper. »So fällt unsere Partie für heute aus? Schade, ich hätte dir Revanche geboten.« John deutete eine spöttische Verbeugung an und drehte sich zur Tür. Er berührte die Klinke, wandte sich dann aber noch einmal zu ihr um und schlug sich mit einer übertrieben scherzhaften Bewegung an die Stirn. »Ach, fast hätte ich es vergessen … Mein Vater hat deinem Bruder Philipp doch tatsächlich vorgeschlagen, deine Verlobung mit Richard zu lösen. Eine gute Idee, findest du nicht? Höchste Zeit, dass du einen Mann bekommst, der nicht so lange zaudert und – sagen wir – beherzt zupackt. Selbst wenn die Braut ein wenig bissig ist.«
Adelaide wagte nicht zu atmen. »Du lügst«, flüsterte sie kaum hörbar.
Er hob bedauernd die Schultern. »Deine Schönheit scheint die Männer nicht zu fesseln, Adelaide.«
»Der König wird mich niemals aufgeben und öffentlich demütigen.«
Seine Lippe blutete nicht mehr, war aber zu einem unförmigen Wulst angeschwollen. »Wer weiß?«, entgegnete er. »Aber keine Angst, du bleibst so oder so in der Familie. Eine enge Bindung an Frankreich habe auch ich schon immer gutgeheißen.« Mit diesen Worten verließ er das Zimmer.
Adelaide lief zur Tür und zog den schweren Stuhl unter die Klinke. Sie erwartete nicht, dass John zurückkommen würde, wünschte aber auch keinen anderen ungebetenen Besuch. Ihre Gedanken rasten. Angenommen, John hatte die Wahrheit gesagt, und König Heinrich drang tatsächlich darauf, die Verlobung mit Richard zu lösen? Denk nach, sagte sie sich. Was bezweckt er damit?

Sie nahm ein weiches Wolltuch aus dem Schrank und schlang es um ihre Schultern. Sie wusste sehr wohl, dass eine dynastische Verbindung zwischen England und Frankreich für beide Seiten von unschätzbarem Vorteil war. Deshalb war ja ihre Schwester Marguerite schon als Kind mit dem englischen Thronfolger Heinrich dem Jüngeren vermählt worden. Doch seit dessen Tod konnte nur sie, Adelaide, die Ansprüche der französischen Krone sichern. Niemals würde ihr Bruder Philipp diese Verlobung, die nun schon seit zwei Jahrzehnten bestand, in Zweifel ziehen.
Sie verfluchte die feuchte Kälte, die den Sommer zum Herbst machte. Adelaide sehnte sich krank nach der Wärme und der heiteren Unbeschwertheit Frankreichs. In ein paar Jahren würde ihre Schönheit welken wie die Blütenblätter der Rosen im Herbst. Sie war jetzt neunundzwanzig Jahre alt, ihr helles rotblondes Haar fiel in weichen Wellen bis über ihre Hüften, ihre Haut war zart und makellos, ihre Augen blau wie der Himmel im Süden. Es gab eine Zeit, da hatte Richard sie in seinen Briefen umworben und Lieder über ihre Anmut geschrieben, die die Minnesänger in ganz Europa vortrugen. Doch das war lange her, sie hatte ihren Verlobten schon seit Jahren nicht mehr gesehen. Richard betrat nie englischen Boden, ständig führte er irgendwo Krieg, sicherte die Grenzen seines Herzogtums, zettelte Revolten gegen seinen Vater an. Und sie? Sie war die vergessene Braut, die ihre Unschuld an den König verloren hatte. Die einsamen Jahre in London und Winchester hatten sie gelehrt, ihre Gefühle im Zaum zu halten. In ihrer Jugend hatte sie ihr Vertrauen freigebig verschenkt – und war bitter enttäuscht worden. Viel zu spät hatte sie die Absichten des englischen Königs erkannt, niemand hatte sie vor der Lüsternheit dieses Mannes gewarnt, der seine Frau gefangen hielt, seiner Geliebten den Platz der Herrscherin zugestand und seine künftige Schwiegertochter verführte. Verzweifelt hatte sie Richard ge-

schrieben, er möge nach England kommen und sie von der undankbaren Rolle der ewigen Braut befreien. Er hatte ihr nicht einmal geantwortet.

Eine Welle der Bitterkeit überrollte sie, und sie schmetterte den Kelch, aus dem John getrunken hatte, gegen die Wand. Der rote Wein lief wie Blut an den Steinquadern hinab, und mit Befriedigung sah sie, wie der kostbare Teppich zu ihren Füßen die Flüssigkeit aufsog. Er war ein Geschenk des Königs, gewebt von frommen Benediktinerinnen, und Adelaide hatte es immer als Hohn empfunden, dass dieser Teppich, der Adam und Eva im Paradies darstellte, ausgerechnet in ihrem Zimmer lag.

Sie sammelte die ganze Kraft ihrer Gedanken und richtete sie auf einen Punkt: Was sollte aus ihr werden, wenn die Verlobung tatsächlich nicht mehr bestand? Wohin sollte sie gehen? An wen würde man sie dann zugunsten der Machtpolitik verschachern? Sie war es leid, Spielball einflussreicher Männer zu sein, die sie hinter Palastmauern verschwinden ließen und sie bei Bedarf in ihr Bett holten. Als sie damals englischen Boden betreten hatte, war sie ein naives junges Mädchen gewesen. Sie hatte Richard mit einer Ausschließlichkeit und Überzeugung geliebt, die sie in der Rückschau beschämte. Viele Jahre hatte sie sich an die Hoffnung geklammert wie ein Verurteilter an die vage Aussicht auf Gnade: Eines Tages würde Richard sie aus diesem Schloss, das nichts anderes als ein Gefängnis war, befreien. Inzwischen war die Einfalt der Gewissheit gewichen, dass er niemals kommen würde. Die Liebe zu ihm war ihr verlorengegangen, aber Gefühle ließen sich nicht in einer Holztruhe mit dickem Deckel versenken, und so war der Hass gewachsen und hatte sich in jedem Winkel ihres Körpers eingenistet.

Adelaide begann im Zimmer auf und ab zu gehen, was ihr gewöhnlich beim Denken half. Sie war eine brillante Schachspielerin und überschlug kühl ihre Optionen. Sollte Richard die Rebellion gegen seinen Vater verlieren, war sein Tod gewiss, der König würde nicht zögern, seinen aufrührerischen Sohn aufs Grausamste zu bestrafen. Doch die Wahrscheinlichkeit war groß, dass Richard in Allianz mit ihrem Bruder Philipp den König besiegte, zumal sie an die Harmlosigkeit des Fiebers, das John erwähnt hatte, nicht glauben konnte. Ihre Quellen hatten anderes berichtet. Von einer besorgniserregenden Entkräftung des Königs war die Rede, immer mehr verlasse sich der kranke Monarch auf seinen engsten Vertrauten Guillaume le Maréchal. Richards Chancen standen also gut, in absehbarer Zeit selbst auf dem englischen Königsthron zu sitzen. Es sei denn, grübelte Adelaide, es käme etwas dazwischen. Richard war für seine Sorglosigkeit bekannt, er hasste die schweren Kettenhemden und stürzte sich oft ohne Helm und Rüstung in den Kampf.

Auch ein Richard ist besiegbar, dachte Adelaide. Sie würde alles in die Waagschale werfen, um seine Position zu schwächen. Sie musste lächeln, denn die Bilder, die in ihrem Kopf entstanden, waren von präziser Logik und teuflischer Kaltblütigkeit. Vielleicht vermochte ihre Schönheit die Männer nicht zu fesseln, aber den Verstand hatte sie ihnen oft genug geraubt.

Ihre rechte Schulter schmerzte immer noch, und so öffnete sie eine Truhe aus Zedernholz und entnahm ihr einen unscheinbaren kleinen Lederbeutel. Das Wasser aus ihrem Kelch schüttete sie aus dem Fenster und schenkte sich einen Schluck Wein ein. Vorsichtig löste sie den Verschluss des Beutels und ließ eine Perle aus Bienenwachs in ihre Hand gleiten. Sie nahm die Perle in den Mund und lutschte ein wenig an ihr, dann trank sie den Wein, um den penetranten Geschmack zu vertreiben. Der Schlafmohn-Extrakt in dem Wachs würde ihr bald Ruhe vor der pochenden Qual in ihrem Arm bringen und ihr zudem die Möglichkeit geben, einen kurzen Brief aufzusetzen. Noch heute musste ein Bote London verlassen, um mit den schnellsten Pferden nach Le Mans zu reiten. Es blieb ihr nicht viel Zeit. Sie nahm den schwarzen König vom Brett und hielt ihn fest in ihrer Faust umfangen. Sie war am Zug, das Spiel war eröffnet.

Oben auf den Zinnen des Wehrturms war die Luft erträglich, und er sog die morgendliche Kühle in langen genussvollen Atemzügen in sich hinein. Dann wandte er den Blick nach Osten, wo eine glutrote Sonne langsam über den Horizont kroch, und spürte angesichts der Weite und Leere um sich herum, wie seine Gedanken zur Ruhe kamen und der Schmerz in seinem Kopf allmählich nachließ. Der Himmel war noch diesig, doch später, wenn die Sonne höher stieg, würde das zarte Weiß einem strahlenden Blau weichen. Er schlenderte die breite Mauer entlang. Sein schwarzer Mantel, auf dessen Rücken ein weißes Kreuz mit acht Spitzen zu sehen war, wies ihn als einen Ritter der Johanniter aus. Ernst grüßte er die Wachen, die Tag und Nacht an den Schießscharten Stellung bezogen, und musterte die karge Landschaft. Durch das Tal, das unter ihm lag, verlief eine der Handelsrouten zwischen der Küste, vor allem den Häfen von Tortosa und Tripolis, und dem Landesinneren. Im Süden lagen die hohen Gipfel des Libanon, dahinter, weiter östlich, der Gebirgszug des Antilibanon.
Er sah von der Sonne gebleichtes Gestein, loses Geröll und unendliche Mengen staubiger Erde. Jetzt war die Luft noch frisch, doch mittags flirrte sie in der Hitze und machte es den Wachen schwer, die friedlichen Handelskarawanen, die gemächlich über die Straßen zogen, von den anrückenden Truppen des Sultans Saladin zu unterscheiden. Er wusste, dass der Sultan kommen würde. Im Sommer vor zwei Jahren waren die christlichen Ritter von den Sarazenen besiegt worden. Es waren Christen gewesen, die die Waffenruhe mit Saladin gebrochen und eine Karawane auf dem Weg von Damaskus nach Ägypten überfallen hatten. Rainald von Chatillon hatte die Ritter angeführt,

und dafür hatte ihm Saladin später eigenhändig den Kopf abgeschlagen. Bei der Stadt Hattin, ein Stück nordwestlich vom See Genezareth, war das christliche Heer von Saladins zwölftausend Reitern nicht nur geschlagen, sondern vernichtet worden, und der König von Jerusalem, die Meister des Templer- und des Johanniterordens sowie Rainald von Chatillon wurden gefangen genommen. Alle wurden später zum Tode verurteilt.
Der Sultan eroberte das Land in einem beispiellosen Siegeszug. Zweiundfünfzig Städte und Festungen fielen ihm in die Hände, die Häfen von Akkon und Askalon gingen verloren und im Oktober dann die Stadt Jerusalem selbst. Die als sicher geltenden Festungen von Montreal und Kerak kapitulierten vor der Belagerung durch Saladins Truppen. Den Christen blieben Chastel Blanc, Margat und Tortosa. Auch die Mauern von Krak des Chevaliers hatten standgehalten, und die Burg hatte sich wieder einmal als wahres Bollwerk gegen die Ungläubigen erwiesen. Vier Wochen lang hatten die Sarazenen im vergangenen Jahr Krak des Chevaliers belagert. Vergeblich. Die Festung war und blieb uneinnehmbar, und da es weder an Wasser noch an Lebensmitteln gemangelt hatte, musste der sonst so sieggewohnte Sultan seine Truppen wieder abziehen.
Die riesige Burg war erst vor knapp zwei Jahrzehnten neu erbaut worden. Zwei schwere Erdbeben im Abstand von dreizehn Jahren hatten die Anlage völlig zerstört. Die Ritter des Johanniterordens, die die imposante Festungsanlage von einem der Vasallen des Grafen von Tripolis gekauft hatten, waren gezwungen gewesen, die Burg auf den Resten der alten Grundmauern neu zu errichten, und hatten bei dieser Gelegenheit die Verteidigungsanlagen perfektioniert.
Die bis zu acht Meter dicken Mauern, vor allem aber die Wassergräben, die die Burg umgaben und die in einem Land der Trockenheit mehr als Luxus waren, hatten den Sultan scheitern lassen. Doch Saladin war für seine Hartnäckigkeit und ins-

besondere für seine Klugheit berühmt – er würde nicht zögern, einen neuen Weg ins Innere von Krak des Chevaliers zu suchen. Und früher oder später würde er ihn finden.
Der Mann auf den Zinnen trug die Verantwortung für die Unversehrtheit der Burg, und diese Bürde lastete schwer auf ihm. Mittlerweile hatte er den südlichen oberen Festungswall hinter sich gelassen und wandte sich der schmalen Treppe zu, die einzelne kleinere Räume miteinander verband und dann in den großen Saal führte, in dem sich die wenigen Johanniter, die auf der Festung verblieben waren, mehrmals am Tag versammelten. Er kannte jeden Winkel der Festung; die Kopfschmerzen, die ihn nachts oft quälten, raubten ihm den Schlaf und ließen ihn rastlos durch die düsteren Gänge streifen. Er konnte sich fast lautlos bewegen und hatte sich angewöhnt, wie ein Schatten zu erscheinen, meist dort, wo ihn niemand erwartete. Er liebte die Dunkelheit und die Kälte, die sich nach Sonnenuntergang in den Mauern einnistete. Am Tag, im Angesicht der gleißenden Sonne, überschritt das unablässige Pochen hinter seinen Augäpfeln oft die Grenze des Erträglichen. Sein Leiden, das kein Medicus bislang zu heilen vermocht hatte, begleitete ihn seit der Schlacht bei Hattin, als ihn ein heranjagender Sarazene mit seinem Säbel angegriffen hatte. Er hatte den Schlag parieren können, war jedoch vom Pferd gestürzt und dabei mit dem Kopf gegen einen Stein geschlagen. Sein Helm hatte ihm das Leben gerettet, aber dennoch war er viele Tage ohne Bewusstsein gewesen. Als er erwachte, hatte sich die Wunde geschlossen, doch die Schmerzen waren geblieben, und an manchen Tagen wünschte er sich, er hätte den Tod gefunden. Er wusste, dass dieser Gedanke für einen Ritter, der das heilige Kreuz verteidigte, mehr als eine Sünde war, doch er hätte seinen rechten Arm für ein Mittel gegeben, dass ihm auf Dauer Linderung bringen könnte. Trotz aller Gebete und seines Flehens um Erlösung übernahm immer wieder der Schmerz die Herrschaft in

seinem Leben, zuweilen mit einer solchen Intensität, dass er meinte, bereits auf Erden die Qualen der Hölle zu spüren.
Sein Name war Alain de Macon, und er stammte aus einem Land, dessen fruchtbare Erde sattgrüne Wiesen hervorbrachte, dazu Felder voller Getreide und dichte Wälder im Überfluss. Seit vielen Jahren hatte er die Orte seiner Kindheit nicht mehr gesehen, die steinige Wüste des Morgenlandes war seine Heimat geworden, der Kampf gegen die Ungläubigen seine Berufung. Nur selten gestattete er sich ein Gefühl, das der Sehnsucht nahekam. Ihm fehlten Zeit und Muße, aber auch der Mut, eine Empfindung zuzulassen, die eine ebensolche Pein verursachen konnte wie der Schmerz in seinem Kopf. Alain de Macon war vierunddreißig Jahre alt, ein Ritter der Johanniter, dessen Lebensaufgabe darin bestand, Gottes Wort mit dem Schwert zu verteidigen. Er tat dies mit Leidenschaft, doch er verabscheute den Fanatismus derjenigen, die einen Sarazenen lieber tot als bekehrt sahen.
Vor vielen Jahren war er ins Heilige Land gezogen, denn zu Hause, auf der Burg seiner Ahnen, hatte sein ältester Bruder die Herrschaft über das Familienvermögen sowie die Ländereien übernommen. In seiner Heimat war dies die übliche Praxis, doch das Oberhaupt der Familie hatte auch zugleich die Pflicht, für alle anderen zu sorgen. Sein Bruder Gilles erfüllte seine Aufgaben mit Umsicht und Klugheit, aber auch mit – wie Alain es empfand – unerträglicher Strenge und Selbstgefälligkeit. Unter Gilles de Macon wurde die Familie reicher, ihr Einfluss wuchs, und Gilles offenbarte, beflügelt von dem Erfolg seiner Unternehmungen, von Jahr zu Jahr mehr despotische Züge. Als Alain mit vierzehn die Volljährigkeit erreicht hatte, verließ er die Burg seiner Väter, bestieg in Marseille ein Schiff und segelte nach Akkon. Er hatte nie die Absicht gehabt, ein Mönch zu werden. Im Gegenteil, sein Ziel war es, das Heilige Land gegen die Ungläubigen zu verteidigen und bei dieser Gelegenheit zu

Ruhm und Reichtum zu kommen. Es war kein Geheimnis, dass Ritter, die Richtung Jerusalem gezogen waren, dort Heimat und Vermögen gefunden hatten. Viele heirateten einheimische Töchter von reichen Grundbesitzern, manche sogar getaufte Sarazeninnen. Auf jeden Fall kehrten die meisten nie wieder zurück in ihr Heimatland, wo sie sich ja doch nur den strengen Regeln der Familie zu unterwerfen hatten.

Alain de Macon wurde dennoch schon kurz nach seiner Ankunft im Heiligen Land ein Kreuzritter der Johanniter. Es war der spätere Großmeister des Ordens, Roger de Moulins, der sich um den jungen Ritter aus Burgund gekümmert hatte. Eine Welle von Trauer überschwemmte Alain, wenn er an seinen Mentor und Freund dachte, der das Gemetzel von Hattin nicht überlebt hatte. Zehn Jahre lang hatte Roger de Moulins den Orden klug und weise geführt, niemand konnte ihn ersetzen und die Leere, die er hinterließ, ausfüllen.

Roger de Moulins hatte Alain mit dem Leben eines Kreuzritters vertraut gemacht, und die Geschichte des Ordens faszinierte Alain. Vor über hundert Jahren hatten Kaufleute aus Amalfi in Jerusalem ein christliches Hospital gegründet, und über die Jahre war aus dieser Gemeinschaft ein Zusammenschluss von Männern entstanden, die wie Mönche lebten, aber wie Ritter kämpften. Das Hospital in Jerusalem war das größte der gesamten christlichen Welt, seine Regeln für die Krankenpflege orientierten sich an den muslimischen Hospitälern von Bagdad und Damaskus. Fünf Jahre vor seinem Tod hatte Roger de Moulins die Bestimmungen, an die sich Ärzte und Pfleger zu halten hatten, schriftlich niedergelegt. Sogar die Länge und Breite der fast tausend Betten, die den Kranken zur Verfügung standen, hatte er vorgeschrieben, damit jeder genügend Platz und Muße fand, um gesund zu werden. Frauen, die hier ihr Kind zur Welt brachten, wurde eine Wiege zur Seite gestellt, damit sie ihr eigenes Bett nicht mit dem Säugling teilen mussten und dabei

im Schlaf ihr Kind gefährdeten. »Wir gebieten«, hatte Roger de Moulins außerdem geschrieben, »dass jeder Kranke im Spital einen Pelz zum Anziehen hat und Filzschuhe, um zur Verrichtung seiner Notdurft zu gehen, und ein schafwollenes Häubchen.«
Alain war kein Arzt, aber er hatte das Hospital vom Heiligen Johannes in Jerusalem oft besucht. Hier wurde in Gottes Namen Dienst am Menschen geleistet, und Alain war stolz, ein Teil des Ordens zu sein. Doch die Johanniter unterhielten nicht nur Hospitäler, sie hatten es sich zusätzlich zur Aufgabe gemacht, die Grenzen des Heiligen Landes zu sichern und gegen die Sarazenen, die immer wieder neue Angriffe auf die christlichen Festungen unternahmen, zu verteidigen. Alain hatte sich als Kämpfer bewährt und darüber hinaus als geschickter Heerführer erwiesen. Er war der Stratege des Ordens, dessen Gespür für die beste Taktik den christlichen Rittern viele Siege beschert hatte. Seit der Katastrophe von Hattin allerdings zweifelte nicht nur Alain an seinen Fähigkeiten. Sein scharfer Verstand hatte längst erkannt, dass das Heilige Land für die Christen verlorengehen würde, wenn nicht bald Hilfe aus Europa käme. Saladin war zu mächtig geworden, die wenigen Festungen sowie die drei Hafenstädte, die den Christen verblieben waren, reichten nicht aus, um das Land auf Dauer zu befrieden und den dringend notwendigen Handel sowie den Nachschub an Lebensmitteln aus Europa zu sichern. Schon vor Jahren war Roger de Moulins zusammen mit dem Meister der Templer und dem Patriarchen von Jerusalem nach Verona gezogen, um dort mit dem Papst und dem deutschen Kaiser Friedrich, genannt Barbarossa, die prekäre Lage im Heiligen Land zu erörtern. Der Deutsche, dachte Alain verbittert, hatte immerhin seine Bereitschaft erklärt, über einen Kreuzzug ins Heilige Land nachzudenken. Der französische König Philipp dagegen schickte die Gesandten von Paris aus weiter nach England. Vielleicht sei ja

der englische König Heinrich geneigt, Jerusalem zu befreien. Doch die Reise von Verona über Paris nach London lag nun schon vier Jahre zurück, keiner der europäischen Herrscher war ihnen zu Hilfe gekommen, und seit Hattin hatte das Heilige Land seine besten Männer verloren. Die wenigen Ritter, die übrig waren, die Festungen mit ihrem Leben zu verteidigen, hatten die Hoffnung aufgegeben, dass neue, kampfbereite Männer nachrücken würden. Sie lebten so unauffällig wie möglich und beteten zu Gott, dass des Sultans schier unbändiger Eroberungswille früher oder später gestillt sein würde.

Die zwanzig Jahre, die Alain de Macon in den heißen Wüsten des Morgenlandes verbracht hatte, waren nicht spurlos an ihm vorübergegangen. Seine ehemals blasse Haut war tiefbraun und von der Sonne gegerbt, Falten hatten sich beiderseits der Nase und der Mundwinkel eingegraben. Sein dunkelblondes Haar war unter dem Einfluss der Sonne gebleicht, helle Strähnen zogen sich vom Scheitel bis auf seine Schultern. Das Leben war härter als in seiner Heimat Burgund, glühende Hitze und bittere Kälte forderten ihren Tribut. Die Menschen alterten schneller, viele Ritter, die hier ihr Glück suchten, starben früh. Alain dachte an die Gefährten, die ihn in den vergangenen zwanzig Jahren begleitet hatten. Viele hatten den Tod im Kampf gegen die Sarazenen gefunden, andere waren, ausgezehrt von den Strapazen der Wüste, im Elend zugrunde gegangen. Im vergangenen Jahr hatte er Freunde bei den Kämpfen um die Burg Montreal weit im Süden verloren. Die andauernden schmerzhaften Verluste zermürbten ihn, doch diese Gefühle waren nichts im Vergleich zu der Ohnmacht, die ihn überfiel, wenn wieder einer der Ritter an dem schleichenden, todbringenden Gift des Morgenlandes zugrunde ging – der Lepra. Selbst der König von Jerusalem war, nachdem die Krankheit sein Gesicht grausam entstellt hatte, vor nicht langer Zeit ein Opfer der Krankheit geworden. Im Hospital des Heiligen Johannes in

Jerusalem nahm man Leprakranke nicht auf. Sie wurden an spezielle Häuser verwiesen, damit sie unter sich blieben und niemand mit ihrem Aussatz in Berührung kam. Trotzdem war Alain vielen unreinen Männern, Frauen und selbst Kindern begegnet. Er hielt diese Krankheit für eine Geißel Gottes, auch wenn die Heilkundigen sie auf falsche Ernährung, zu viel Schleim und einen sündhaften Lebenswandel zurückführten.
An manchen Tagen fühlte sich Alain de Macon müde, alt und ausgelaugt – obwohl sein muskulöser Körper nichts davon verriet.
Er stieg die schmale Treppe im größten Turm der Festung hinunter und öffnete eine schwere Holztür, die in einen sparsam möblierten Raum führte. In der Mitte stand ein langer rechteckiger Tisch aus Zedernholz, um den sich sechs einfache Stühle reihten, und in einer Ecke ein kleiner Altar mit einem prächtig illustrierten Evangeliar, das aus der Werkstatt des berühmtesten Buchmalers von Jerusalem stammte. Die Wände und der Fußboden des Raums waren vollkommen schmucklos, nichts – mit Ausnahme des Evangeliars – lud dazu ein, sich hier länger als notwendig aufzuhalten.
Alain schloss die Tür hinter sich und sah überrascht, dass er nicht allein war. Zwei Männer, die schweigend in einer dunklen Ecke des Raums gestanden hatten, lösten sich aus dem Schatten und neigten zur Begrüßung leicht den Kopf. Alain erkannte Pierre de Tours, dessen Kleidung ihn ebenfalls als ein Mitglied der Johanniter auswies, doch seinen Begleiter hatte er noch nie gesehen. Beide erwiderten Alains ernsten Blick mit unbewegten Gesichtern. Endlich trat Alain ein paar Schritte auf sie zu und wandte sich an Pierre de Tours.
»So weit im Norden, mein Bruder? Ich vermutete dich in Tyrus. Du hast einen gefahrvollen Weg auf dich genommen. Und wie ich sehe, bist du nicht allein.«
»Tyrus ist in guten Händen, seit Konrad von Montferrat die

Stadt verteidigt. Der Sultan hat hier schon vor zwei Jahren seine Kräfte verschlissen, er wird nicht wiederkommen«, entgegnete Pierre de Tours und sprach rasch weiter, um jegliche Einwände Alains im Keim zu ersticken. »Spar dir deine Worte. Ich weiß selbst, dass eine Stadt allein nicht viel ausrichten kann, wenn die Gefahr besteht, dass ein ganzes Land den Feinden in die Hände fällt. Aber ohne den Hafen von Tyrus wären wir vollends verloren.«

Alain seufzte. »Du hast recht. Wir werden das Heilige Land den Ungläubigen überlassen müssen, wenn nicht bald Hilfe kommt. Bringst du Neuigkeiten? Hast du deshalb den weiten Weg auf dich genommen?«

Die beiden Besucher warfen sich einen Blick zu, zögerten aber mit einer Antwort. Alain versuchte seine innere Ungeduld zu zügeln und richtete seine Gedanken auf den Altar. Er wollte den Unmut, der sich langsam seiner bemächtigte, im Zaum halten, denn er wusste, dass jegliche Aufregung den Schmerz erneut herangaloppieren ließ. Eigentlich hatte er auf einen Moment der Stille und Besinnung gehofft, seine Absicht war eine kurze Andacht gewesen, doch die beiden unangemeldeten Besucher machten seine Pläne zunichte. Er strich sich kurz über die Stirn, eine Geste, die keine Linderung brachte, ihn aber dennoch beruhigte.

»Es ist tatsächlich Hilfe unterwegs«, sagte Pierre. »Der deutsche Kaiser Barbarossa ist mit seinem Heer aufgebrochen.«

»Wie groß ist seine Flotte?«

»Flotte? Die Habgier hat die Venezianer zu Forderungen getrieben, die nicht mal ein Kaiser erfüllen kann. Barbarossa wählte den Landweg.«

»Er kommt nicht über das Meer?«

»Alain, ich sagte es doch. Venedig, Pisa, Genua – sie alle wittern unermesslichen Reichtum, wenn ein Kreuzfahrerheer aufbricht. Und obwohl die Königreiche Europas zusätzlich einen

Zehnten erhoben haben, reicht das Geld vorne und hinten nicht. Die Deutschen nehmen die Route über Byzanz.«

»Geld, immer nur Geld. Gibt es nichts anderes, das die Menschen für erstrebenswert halten?«

»Du bist und bleibst ein Moralist.«

»Und du? Hast du nicht auch geschworen, in Keuschheit und Armut zu leben? Empfindest du es nicht als schändlich, wenn Venedig sich an der verzweifelten Lage im Heiligen Land bereichert?«

»Habgier ist zwar eine der sieben Todsünden, hat aber offenbar eine große Anhängerschaft. Wie übrigens ihre sechs Schwestern auch.«

»Wenn ich ein Moralist bin, bist du ein Zyniker.«

»Ach Alain, wir haben beide zu viel erlebt, um unbeirrt an das Gute im Menschen zu glauben.«

Alain wollte erregt antworten, doch Pierres unbekannter Begleiter räusperte sich diskret. »Es fällt mir schwer, diesen interessanten Disput zu unterbrechen, aber die Erörterung von Gut und Böse ist nicht Anlass unseres Besuchs.«

Alain richtete seine Aufmerksamkeit auf den Mann an Pierres Seite und sah ihn an, als würde er ihn zum ersten Mal betrachten. Der Mann strahlte Ruhe und Selbstsicherheit aus, doch Alain erkannte einen Kämpfer, wenn er ihm begegnete. Dieser hier schien gelassen, aber Alain wusste, dass alle seine Sinne aufs Äußerste geschärft waren – äußerlich ein Ritter, doch im Inneren ein Raubtier.

»Und was genau ist der Anlass eures Besuchs?«, fragte Alain und kniff die Augen zusammen.

Pierre de Tours ergriff hastig das Wort. »Wie ich eingangs schon sagte, verdankt Tyrus seine Rettung einzig und allein der Klugheit und Tapferkeit des Grafen von Montferrat. Nicht auszudenken, wenn auch noch dieser Hafen an Saladin gefallen wäre.«

»Krak des Chevaliers liegt zwar weit im Norden von Tyrus, aber keineswegs so abgelegen, dass uns Konrads Heldentaten unbekannt sind«, erwiderte Alain kalt. »Wenn du deshalb gekommen bist, so bringst du Nachrichten von vorgestern.«

»Sachte, Alain. Die vergangenen beiden Jahre und vor allem der letzte Sommer waren für uns alle hart und voller Trauer. Ich weiß sehr wohl, wie sehr dich der Tod unseres Großmeisters getroffen hat. Aber du bist nicht der Einzige, der gelitten hat. Du hast diese Burg tapfer verteidigt, dafür wirst du in die Annalen des Ordens eingehen, aber das gibt dir nicht das Recht, dich über die anderen Ritter zu stellen.«

»Verzeih, die Einsamkeit lässt mich schroff werden. Schau dir die Festung an. Sie könnte Tausende beherbergen, und ich habe nicht mal hundert Leute. Ich brauche mehr Männer, Pierre.«

»Du wirst sie bekommen, sorge dich nicht. Saladin ist siegestrunken, man sagt, er wolle selbst über das Meer fahren, um die, die nicht an den Propheten glauben, endgültig auszurotten. Soll er. Früher oder später wird er einen Fehler machen. Unsere Aufgabe ist es, bis dahin durchzuhalten.«

Der Unbekannte hob leicht die Hand und verschaffte sich so Gehör. »Ich bin ein Ritter der Franken«, sagte er mit leiser, tiefer Stimme. »Mein Name ist nicht von Interesse. Nennt mich, wie Ihr wollt, ich persönlich bevorzuge Simon. Ihr fragtet nach dem Anlass unseres Besuchs. Ich will Euch gerne Auskunft geben, doch zuvor sollt Ihr wissen, dass unsere Mission, vorsichtig ausgedrückt, heikel ist. Und selbstverständlich absoluter Geheimhaltung unterliegt.«

Alain reagierte nicht. Er starrte dem Unbekannten regungslos ins Gesicht, als wollte er sich jede Pore seiner Haut einprägen. Er konzentrierte sich auf das markante Kinn und überlegte, ob er dem Mann schon irgendwann einmal begegnet war. Es meldete sich keine noch so kleine Erinnerung, und im Grunde seines Herzens war er sich sicher, dass er die schmale Narbe, die sich vom linken Mundwinkel bis zum Ohrläppchen zog, niemals vergessen hätte. Der Mann schwieg und wartete offenbar auf eine Erwiderung seines Gegenübers. Doch Alain entschied sich, ebenfalls zu warten.

»Was ist?«, schaltete sich Pierre de Tours ein, und seine Stimme bebte vor Nervosität. »Bist du wie Lots Weib zur Salzsäule erstarrt? Vielleicht sollten wir uns setzen und in aller Ruhe die Sache erörtern.«

Alain blieb stehen, und Simon tat es ihm nach. »Ihr sprecht von einer geheimen Mission«, begann Alain, »und Ihr kommt in diese Burg wie ein Verschwörer. Ihr nennt Euren Namen nicht, erwartet aber, dass ich Euch zuhöre. Ist das nicht ein bisschen viel verlangt?«

»Mag sein, aber mein Anliegen ist dennoch eines, das Eure Aufmerksamkeit erfordert. Ihr seid ein Ritter der Johanniter, ein Mann, der mit seinem Schwert und seinem Leben das Heilige Land verteidigen will. Warum tut Ihr es dann nicht?«

»Ich verstehe nicht.«

»Nun, ich dachte, ich hätte mich klar ausgedrückt.«

»Nein, habt Ihr nicht.«

»Höre ich Unbeherrschtheit und Zorn in Eurer Stimme?«

Alain schluckte und bemühte sich, ruhig zu atmen. »Was bezweckt Ihr mit Euren Worten. Wollt Ihr mich verhöhnen? Seit zwanzig Jahren habe ich mein Leben dem Kampf gegen die Sarazenen geweiht. Was also soll Eure Frage?«

»Nun, Ihr kämpft zwar gegen die Ungläubigen, lasst aber zu, dass dieses Land, das die Christen einst den Muslimen entrissen haben, einen König hat, der, gelinde gesagt, wenig Geschick zeigt.«

Alain wandte sich an Pierre de Tours. »Bist du unter die Umstürzler gegangen? Ist es nicht genug, dass wir Stadt um Stadt verloren haben. Willst du jetzt die Christen, die Saladin überlebt haben, gegeneinander aufhetzen?« Da Pierre seinen Blick

mied und sich weigerte zu antworten, trat Alain dicht vor Simon. »Sprecht, damit ich verstehe.«
»Ihr seid ein Mann mit Prinzipien. Aber ich habe die Erfahrung gemacht, dass es für alles einen Preis gibt.« Alain schwieg, und der Mann fuhr fort: »Jeder weiß, dass der König von Jerusalem nichts anderes als ein Glücksritter ist, der die Macht, die er erheiratet hat, nicht eben weise nutzt. Und seine Gemahlin, Königin Sibylle, gilt als eine Frau, die vor nichts zurückschreckt.«
»Ihr urteilt hart«, sagte Alain.
»Ich urteile gerecht«, entgegnete der Mann, der sich Simon nannte.
»Das nenne ich Anmaßung.«
»Genug der Spitzfindigkeiten.« Pierre de Tours fasste Alain an der Schulter und drehte ihn zu sich. »Hör auf, einen Mann zu verteidigen, der es nicht verdient. Guido von Lusignan ist von seiner Frau zum König von Jerusalem gekrönt worden, nachdem zuerst Sibylles Bruder, König Balduin, an Lepra, und dann sein Neffe, der Thronerbe und Sibylles einziges Kind, an einer geheimnisvollen Krankheit gestorben ist. Findest du nicht, dass Guidos Weg immer auf wundersame Weise von allen Hindernissen befreit wird?«
»Beschuldigst du den König eines Verbrechens?«, fragte Alain fassungslos.
Pierre und der Fremde sahen sich an.
»So meint ihr beide tatsächlich, dieses Land müsse vor seinem König geschützt werden?«
»Man könnte es so nennen«, erwiderte der Fremde.
»Und was habe ich damit zu tun?«
Keiner der Männer hatte sich bislang auf einen der Stühle gesetzt, keiner wollte dem anderen unterlegen sein und aufschauen müssen. Die Luft im Raum schien kälter geworden, obwohl die Sonne höher am Himmel stand. Doch jetzt zog Alain einen der Holzstühle zu sich heran, lud mit einer Handbewegung die

beiden anderen ebenfalls zum Sitzen ein und spürte, als er sich niederließ, wie sich seine Muskeln entspannten. Er streckte seine langen Beine aus, verschränkte die Arme vor der Brust und ließ seinen Rücken gegen die hohe Lehne sinken. Und auch wenn jegliche Sitzposition auf einem dieser Stühle weit entfernt davon war, was man gemeinhin unter Bequemlichkeit versteht, so fühlte sich Alain doch gleich weniger gereizt.
»Ich höre«, begann er erneut und wiederholte seine Frage. »Was habe ich mit euren Plänen zu tun?«
Pierre zog seinen Stuhl dicht an den von Alain heran. »Sei doch nicht so abweisend«, bat er ihn. »Niemand kann sich dem Einwand verschließen, dass Guido von Lusignan als König von Jerusalem mehr Macht in seinen Händen hält, als ihm guttut. Muss ich dich daran erinnern, dass er das Geld der Krone verschleudert, in ehrloser Weise Land für seine eigenen Zwecke zusammenrafft und – wenn er könnte – den gesamten Kronschatz verkaufen würde, nur um seine Interessen durchzusetzen? Alain, es wird Zeit, dass ehrbare Ritter ihm Einhalt gebieten.«
Alain wandte sich an den Fremden. »Und welche Rolle spielt Ihr?«
»Ich? Ich bin nur ein kleiner Unterhändler, der Menschen, die diesem Land dienen wollen, zusammenbringt.«
»Warum so bescheiden?«
Der Fremde, der sich Simon nannte, deutete eine Verbeugung und ein Lächeln an, das seine Mundwinkel, nicht aber seine Augen erreichte, und zuckte mit den Schultern.
»Ihr braucht also meine Hilfe«, folgerte Alain, »und wenn mein Hirn in der Wüste nicht vollends verdörrt ist, dann vermute ich, dass euer Ansinnen weniger mit mir als mit Krak des Chevaliers zu tun hat. Kann es sein, dass ohne diese starken Mauern eure Pläne hinfällig werden?«
»Höre«, beschwor ihn Pierre, »Konrad von Montferrat hat sich geweigert, dem König die Tore von Tyrus zu öffnen. In deinen

Ohren mag das wie ein unverzeihliches Vergehen klingen, aber Konrad hatte seine Gründe. Nein, bitte unterbrich mich nicht, ich werde dir später über Einzelheiten Rede und Antwort stehen. Konrad also hat den König daran gehindert, in eine Stadt, die der Krone gehört, zu ziehen. Einige Ritter werten dies als Helden-, andere gleich dir als Straftat. Doch darum geht es jetzt nicht. Was uns Sorge macht, ist die Kunde über einen Plan des Königs, der nur einen Schluss zulässt.«

»Und der wäre?«, hakte Alain rasch nach, bevor Pierre zu weiteren umständlichen Erklärungen ansetzen würde. »Was schließt du aus der Kunde, die dir wer auch immer zugetragen hat?«

Pierre machte eine bedeutungsvolle Pause.

»Dass der König den Verstand verloren hat«, antwortete Simon statt seiner.

»So, so«, murmelte Alain und fuhr sich mit der für ihn typischen Geste über die Stirn.

»Der König plant einen Angriff auf Akkon«, erläuterte Simon. »Ich denke, ich muss Euch nicht sagen, was das bedeutet.«

»Akkon?«, fragte Alain ungläubig. »Ihr müsst Euch irren. Die Kunde, die man Euch gebracht hat, ist falsch.«

»Leider nein.«

»Aber in Akkon lagert die gesamte militärische Ausrüstung Saladins. Seit der Eroberung vor zwei Jahren hat er die Festung und den Hafen noch ausgebaut. Es haben genug Christen ihr Leben bei Akkon gelassen. Damals haben wir mit einem großen Heer die Schlacht verloren, jetzt mit einer Handvoll überlebender Ritter die Stadt anzugreifen, wäre Wahnsinn.«

»Siehst du, du sagst es selbst«, warf Pierre ein.

»Ich sagte, es wäre Wahnsinn. Immer vorausgesetzt, Guido würde diesen irren Plan tatsächlich hegen und dann auch noch in die Tat umsetzen wollen. Wovon ich noch nicht überzeugt bin.«

»Unsere Quelle stammt aus dem engsten Umfeld des Königs. Sie ist verlässlich.«

Alain zögerte. »Bist du sicher?«
»Absolut.«
»Gut. Nehmen wir an, König Guido überschätzt seine militärischen Möglichkeiten und schickt die Ritter in den sicheren Tod. Wie wollt ihr ihn aufhalten? Durch Worte?«
»Wären wir hier, wenn der König auf die Stimme der Vernunft hören würde?«, gab Pierre zurück. »Er lässt sich nicht umstimmen.«
»Was dann?«, fragte Alain sarkastisch. Er sprang auf. »Wollt ihr ihn einkerkern, bis seine Sinne wieder klar sind? Das ist wahrlich eine Ironie des Schicksals. Erst gerät Guido in sarazenische Gefangenschaft, kommt wider Erwarten frei, um zwei Jahre später von seinen eigenen Leuten erneut in Ketten gelegt zu werden.«
»Ich gebe zu«, sagte der Fremde, »dieser Schritt wurde erwogen, aber wieder verworfen. Wir haben genug Märtyrer im Heiligen Land. Es gibt andere Möglichkeiten.«
»Ich wage nicht, mir auszumalen, worauf Ihr anspielt.«
Simon warf Alain einen zornigen Blick zu, und kurz blitzte in seinen Augen jene Art von Grausamkeit auf, die Alain bei fanatischen Kämpfern für den Heiligen Krieg fürchten gelernt hatte. »Spart Euch den Spott«, zischte er. »Es geht um mehr als um einen Ritter, der sich König nennt. Die Lage ist ohnehin prekär genug. Ein Schritt in die falsche Richtung, und wir verlieren das ganze Land. Wen schert das Schicksal eines Guido von Lusignan?«
»Was passiert, wenn Guido unerwartet Hilfe bekommt?«, gab Alain zu bedenken.
»Wer sollte ihm helfen?«
»Nun, der deutsche Kaiser zum Beispiel. Sagtest du nicht, dass Barbarossa mit seinem Kreuzfahrerheer aufgebrochen ist?«
»Das ist richtig, aber die Route über Byzanz kostet viel Zeit. Die Deutschen werden nicht vor dem Herbst hier eintreffen.«

»In vier bis fünf Monaten also.«

»Exakt«, sagte Pierre. »Wir müssen aber vorher handeln. Und dafür benötigen wir deine Zusicherung, dass Krak des Chevaliers den Rittern des Konrad von Montferrat Schutz gewährt, wenn sie ihn brauchen.«

»Die kann ich euch nicht ohne die Zustimmung des neuen Großmeisters geben.«

»Darum kümmere ich mich. Haben wir deine Unterstützung?«

Alain atmete tief aus und nickte. »Nun gut. Die Tore von Krak des Chevaliers stehen Konrads Rittern offen. Aber ich bete zu Gott, dass es nicht zu einem Krieg zwischen Christen kommt. Das ist kein Weg, um gegen Saladin zu bestehen.«

Pierre umarmte ihn kurz. »Ich wusste, dass wir auf dich zählen können.«

Der Mann, der sich Simon nannte, verbeugte sich vor Alain. »Ihr habt eine kluge Entscheidung getroffen. Dank Eurer Hilfe wird es Guido nicht gelingen, das Land zu ruinieren. Meine Hochachtung, Bruder Alain. Und meinen Dank.«

Als die beiden Männer gegangen waren, sank Alain auf seinen Stuhl, stützte die Ellbogen auf den Tisch und ließ den Kopf schwer in die Hände sinken. Der Schmerz war zurückgekommen, aber schwerer als das wog die Angst um den Kampf unter Brüdern, der unvermeidbar schien. Er hegte keine Illusionen über die ehrlichen Absichten eines Konrads von Montferrat oder die des Königs von Jerusalem. Sowohl Konrad als auch Guido gehörten zu einer Generation von Kreuzfahrern, deren Ehrgeiz grenzenlos und deren Hunger nach Besitz unstillbar schien.

Das Heilige Land ist so oder so verloren, dachte Alain und betete zu Gott, dass Pierre de Tours und sein geheimnisvoller Begleiter vor der größten Sünde haltmachen würden – dem Königsmord.

Ganz plötzlich war sie da – die Angst, die ihm die Luft abschnürte und seine Hände unkontrolliert zittern ließ. Gemeinsam hatten sie im dichten Forst das Wild verfolgt, doch aus einem Grund, den er sich nicht erklären konnte, war er von den anderen getrennt worden und hatte eine Abzweigung genommen, die ihn tiefer und tiefer in den Wald geführt hatte. Jetzt konnte er die anderen nicht einmal mehr hören, nur das Rauschen der Bäume, deren Äste sich im Wind wiegten, drang an sein Ohr. Wenn er sich umsah, schien der Weg schmaler zu werden, und es kam ihm vor, als würden die Bäume mit ihren Stämmen, die so dick waren, dass man mehrere Männer brauchte, um ihren Umfang zu messen, unaufhaltsam auf ihn zurücken.

Sein Verstand sagte ihm, dass dies nicht möglich war. Er befand sich nicht in einem Zauberwald, sondern im gräflichen Forst von Anjou, und nie ließ ihn bei der Jagd seine Wahrnehmung im Stich. Doch die Panik, die sich mehr und mehr in ihm ausbreitete, die sich in seine Eingeweide fraß und dort ein schmerzhaftes Drücken verursachte, täuschte seinen sonst so klaren Blick und nahm ihm die Fähigkeit zu kühler Überlegung. Der Hirsch, den er sich als Beute auserkoren hatte, war längst nicht mehr wichtig; alles, was er wollte, war, den Weg zurück zu den anderen zu finden.

Sein Pferd, ein mächtiger Rapphengst, gezüchtet aus den schweren Kaltblütern des königlichen Gestüts, scheute. Normalerweise zeichnete sich das Tier durch eine Unerschrockenheit aus, die selbst bei dieser Rasse ungewöhnlich war, doch jetzt spürte es die Unsicherheit des Reiters, roch förmlich die Angst, die dem Menschen, der auf ihm saß, aus allen Poren strömte. Er trieb den Rappen an, doch das große, schwere Tier tänzelte nervös seitwärts, reagierte nicht auf die Schenkel des Mannes – und stieg. Er war ein exzellenter Reiter und hatte zu Pferde in vielen Kämpfen gesiegt, doch jetzt drohte er die Kontrolle zu verlieren. Zu seinen schlimmsten Alpträumen gehörte die Vorstellung, dass sein Pferd ihn in einem einsamen, düsteren Wald abwerfen könnte und in wilder Hast davongaloppieren und ihn allein zurücklassen würde. Seine Fäuste, die die Zügel hielten, wollten nicht aufhören zu beben, seine Zähne schlugen aufeinander, und auf seiner Stirn standen Schweißtropfen. Das Pferd wieherte und schüttelte und schlug mit dem Kopf, so dass seine lange prächtige Mähne im Wind wehte. Die Hufe stampften auf dem schmalen Weg, Moos und zarte Anemonen waren längst zertreten.

Er sprang aus dem Sattel, führte sein Pferd am Zügel und versuchte der Hufspur zu folgen, in der Hoffnung, dass sie ihn wieder auf den breiten Weg führen würde, den er, wie es ihm schien, vor unendlich langer Zeit verloren hatte. Der Hengst rollte mit den Augen, sträubte sich und wich vor ihm zurück. Er gab dem Rappen einen brutalen Hieb mit der breiten Seite seines Schwerts, erreichte damit aber nur, dass das Pferd erneut versuchte auszubrechen und ihn dabei noch tiefer in den Wald zog. In die Angst mischte sich jetzt Zorn. Ungeduldig fuhr er mit dem Unterarm über sein Gesicht und wischte sich den Schweiß von der Stirn, der ihm unablässig in die Augen rann und seine Sicht behinderte. Endlich hatte er den Rappen so weit, dass er für kurze Zeit still stand, und er nutzte diesen Moment der Ruhe, um mit einem schnellen Blick seine Umgebung zu erfassen. Sein verkrampfter Nacken schmerzte, und es gelang ihm kaum, den Kopf zu drehen. Entsetzt sah er zu seiner Linken einen weiteren schmalen Pfad, ausgetreten vom Wild, das hier wechselte. Hinter ihm, wo er eben noch den Weg, den er gekommen war, vermutet hatte, schienen sich die Baumreihen geschlossen zu haben, und nirgendwo war eine Spur, die an einen Hufschlag erinnerte, zu erkennen.

Die Muskeln in seinem Nacken fühlten sich inzwischen so hart an, dass er den Kopf schief halten musste. Wenn er sich umsehen wollte, war er gezwungen, den Oberkörper in der Taille zu drehen oder komplett seine Körperposition zu verändern. Seine Bewegungen verloren ihre Geschmeidigkeit, er stelzte wie eine Holzpuppe vorwärts und betete zu Gott, dass sein Pferd ihm nicht mit einem kräftigen Ruck die Zügel aus der Hand riss. Er atmete jetzt in hastigen Stößen und bekam dennoch kaum Luft in seine Lungen. Vor seinen Augen begann das Grün des Waldes zu flimmern, der Boden schien zu schwanken, die Bäume bewegten sich, als wären sie plötzlich lebendig geworden.

Der Druck in seinen Eingeweiden wurde unerträglich, und es blieb ihm nichts anderes übrig, als gleich hier, an Ort und Stelle, seine Notdurft zu verrichten. Er riss an der Spange seines Umhangs und ließ, als sie sich endlich öffnete, den mit goldenen Lilien bestickten Leinenmantel achtlos über die Schulter auf den Boden fallen. Er keuchte vor Anstrengung und Schmerz, denn die Krämpfe hatten sich vom Nacken über den gesamten Rücken ausgedehnt und nahmen jetzt von seinem Unterbauch Besitz. Mit letzter Kraft hob er sein grünes Gewand, das in üppigen Falten bis über seine Knie fiel, hockte sich hin und erleichterte sich. Seine verkrampften Muskeln zuckten und zitterten, als er schier endlos darauf wartete, dass sein Darm sich leerte. Dann fiel er nach vorn auf die Knie und kroch wie ein Tier von der stinkenden Lache weg, die er hinterlassen hatte. Er rollte sich im weichen Moos am Fuß einer großen Ulme zusammen. An seinen nackten Schenkeln spürte er die rauhe Baumrinde und unter seiner Schulter Teile eines morschen Astes, der vor langer Zeit auf den Boden gefallen war. Dennoch verschaffte ihm diese Haltung Linderung, die Schmerzen in seinem Körper wurden ein wenig erträglicher.

Er schloss die Augen, roch den erdigen Duft von Moos und Wald und befand sich einen Moment in einem Zustand, der noch kein Schlaf, aber auch kein Wachen mehr war. Er fühlte sich leicht und ohne Bürde, geborgen von den Mächten der

Natur, doch dann, urplötzlich, bohrte sich ein Gedanke wie ein Nagel in sein Hirn und hinderte ihn daran, in das Reich der Träume zu driften.

Das Pferd. Gütiger Gott, wo war sein Pferd? Die Zügel mussten ihm aus den Händen geglitten sein, aber er konnte sich nicht erinnern, wann und wie. Die Erschöpfung machte ihn willenlos, doch seine Panik war stärker, und er zwang sich, die Augen zu öffnen. Direkt vor sich sah er die knorrige dunkelbraune Rinde der Ulme, er entdeckte zwei Waldameisen, die sich schnell von ihm entfernten, kam dann mühsam auf seine linke Seite und versuchte sich aufzusetzen. Er stöhnte und fluchte, weil sein Rücken diesen Versuch mit einem neuen Krampf beantwortete, doch endlich gelang es ihm, sich auf Hände und Knie zu stützen und den Kopf zu heben. Er blickte sich suchend um, kroch auf allen vieren im Kreis – doch das Pferd war fort.

Er drückte sein rechtes Ohr auf den Waldboden, in der Hoffnung, die schweren Hufe des Rappen zu hören, schnalzte mit der Zunge, um den Hengst zu locken, lauschte auf ein Schnauben oder irgendein anderes Lebenszeichen, doch der Wald, der eben noch voller Geräusche war, blieb stumm. Er murmelte den Namen des Pferdes, wurde lauter und rief das Tier zu sich, er befahl ihm, zu kommen, und endlich, als seine Angst ihren Höhepunkt erreichte, schrie er, so laut er konnte – Worte zunächst, doch dann hörte er seine eigenen schrillen Schreie, ein Gebrüll wie von einem verwundeten Tier, das weiß, dass es verloren ist.

Als sein Hals vor Schmerz zu zerspringen schien und die Stimme ihm versagte, kamen die Tränen. Er fühlte die Nässe auf seinem Gesicht, seine Schultern zuckten, und er weinte wie nie zuvor in seinem Leben. Er schluchzte die Furcht vor der Dunkelheit und den Dämonen der Finsternis aus sich heraus. Und wie ein Kind fürchtete er, obwohl er längst ein Mann war, dass

niemand ihn hier finden würde und er zu einem einsamen Tod verdammt sei.
Rotz lief aus seiner Nase, und er wischte ihn achtlos mit dem Ärmel ab. Ihm war kalt, das Sonnenlicht fiel jetzt schräg durch die Äste, die Schatten wurden länger. Blind vor Tränen, kroch er in die Richtung, in der er seinen Umhang vermutete, und tatsächlich fand er ihn unmittelbar neben seinen eigenen Ausscheidungen. Der Ekel schüttelte ihn, doch er zog das beschmutzte Kleidungsstück zu sich heran und wickelte es sich fest um die Schultern. Alles an ihm stank, aber die Kälte, die in seinen Körper gekrochen war, empfand er als schlimmer. Sein Herz raste, und immer noch schüttelte ihn ein Weinen, das tief aus seinem Inneren kam. Er schleppte sich zurück zu der Ulme, setzte sich auf den Moosteppich und lehnte seinen Rücken an den Baumstamm. Seinen Mantel schlug er wie ein Zelt um Schultern und Knie und hielt ihn von innen mit beiden Händen zu. Er ließ den Kopf nach vorn sinken und spürte, wie die Tränen langsam versiegten. Dann kroch er noch tiefer in seinen Umhang und begann sich selbst in den Schlaf zu wiegen. Rhythmisch schaukelte er vor und zurück, aber immer nur so weit, dass er nicht das Gleichgewicht verlor. Die Bewegung beruhigte ihn ein wenig und lullte ihn ein wie eines der Lieder, die seine Amme ihm vor langer Zeit vorgesungen hatte. Doch er wollte nicht an früher denken, an die Schlösser in Paris und Reims, in denen er aufgewachsen war, er wollte überhaupt nichts denken, und noch weniger wollte er fühlen. Alle seine Instinkte waren darauf ausgerichtet, sich unsichtbar zu machen, nur eins zu werden mit dem Wald, sich aufzulösen in der Natur, damit diese unerträgliche Angst ihn endlich verließ.
Ganz leise summte er in einer langen Reihe von Wiederholungen einen bestimmten Ton. Dies war der einzige Laut, der sein Inneres erreichte, die Lebenszeichen des Waldes hatten ihre Bedeutung für ihn verloren – er konnte sie nicht mehr

hören. Als er geweint und geschrien hatte, war die Natur vor der menschlichen Not in Schweigen verfallen, doch jetzt überwogen die Stimmen der Vögel, das Rauschen der Blätter und das Rascheln der Mäuse im Unterholz.
Der Mann unter dem Mantel empfing nichts davon, in seinem Kopf hatten längst Bilder die Oberhand gewonnen, die ihm vertraut waren und die er dennoch mehr fürchtete als alles andere auf der Welt. Lange hatten sie ihn verschont, doch jetzt konnte er sich ihnen nicht entziehen. Er sah hohe Wände aus feuchter Erde, erkannte das enge Loch wieder, in dem er hilflos hockte und aus dem es keinen Ausweg gab. Käfer, Würmer und andere Bewohner der klumpigen Erde kamen in Scharen auf ihn zu. Er ekelte sich vor dem kriechenden Gewürm und spürte ihre Leiber auf seinen Füßen und seinen Händen. Es wurde dunkler und dunkler um ihn herum, und er ahnte, dass die Grube, in der er saß, sein Grab werden würde.
Zeit hatte keine Bedeutung mehr, das Licht der Sonne erreichte seine Augen nicht. Er war sich sicher, dass das Loch, in dem er kauerte, eine Falltür zur Hölle darstellte, die sich jeden Moment öffnen könnte. Das Fegefeuer würde ihn verschlingen, und niemand, selbst Gott nicht, würde sich jemals wieder an ihn erinnern. Die Wirklichkeit war ihm entglitten, und er trieb in einem Meer der Empfindungen, für die es keine Worte mehr gab. Er hatte sich immer davor gefürchtet, eines Tages wahnsinnig zu werden, doch nun, da er kurz davor stand, die Schwelle zur Bewusstlosigkeit zu überschreiten, hatte dieser Gedanke seinen Schrecken verloren.
»Mein Gott, Philipp, bist du verletzt? Philipp? Kannst du mich hören?« Eine kräftige Hand schüttelte seine verspannte Schulter. »Philipp? Was ist mit dir? Antworte mir.«
Er hörte die Stimme gedämpft, als wäre sie weit entfernt, und das Wesen, das ihn so grob behandelte, konnte nur geradewegs der Unterwelt entstammen. Er rührte sich nicht, wurde zu Holz

wie die uralte Ulme und wünschte sich, wie ein Baum in der Erde verwurzelt zu sein.
»Philipp, so wach doch auf. Hast du dich verletzt? Herr im Himmel, was ist mit dir passiert? Komm, ich helfe dir.«
Irgendjemand griff unter seine Achseln und versuchte ihn auf die Beine zu stellen. Andere Stimmen wurden laut, besorgte Rufe mischten sich mit dem Schnauben der Pferde und dem Gebell von Hunden. Von allen Seiten zerrten Hände an ihm, doch er wollte nicht aufstehen, blieb störrisch wie ein Kind und hielt krampfhaft seine angewinkelten Knie umklammert. Sein Mantel wurde ihm von den Schultern gerissen, Hände fuhren über seinen Körper, Finger wühlten in seinen Haaren, und auf seinen Wangen spürte er verhaltene Schläge.
»Hier stinkt es wie in einem Latrinengraben. Schmeißt den Mantel in den Wald, er ist ohnehin verdorben. Und helft mir um Himmels willen, ihn auf die Füße zu bringen.«
Er kannte diese energische dunkle Stimme, aber er konnte sich nicht erinnern, wem sie gehörte. Er wehrte sich gegen die Hände, die von allen Seiten nach ihm griffen, schlug mit Fäusten nach den Armen, die ihn umfassen wollten.
»Nein«, presste er zwischen den Zähnen hervor. »Nein. Lasst mich. Lasst mich allein.«
Der Druck um seinen Brustkorb ließ etwas nach, er schöpfte verzweifelt Luft – und dann traf ihn der Faustschlag. Er biss sich auf die Zunge und schmeckte Blut.
»Philipp«, vernahm er jetzt ein zorniges Flüstern ganz dicht an seinem Ohr, »sei ein Mann und hör auf zu flennen.«
Er zog den Rotz hoch und schluckte. Der Schlag hatte die Bilder in seinem Kopf vertrieben; das Erdloch, in dem er eben noch gefangen war, konnte er nirgends entdecken. Er besah seine Hände und wagte einen Blick auf seine Beine – kein Gewürm und kein Käfer kroch über seinen Körper. Er hob den Kopf. Männer starrten ihn fassungslos an, gesattelte Pferde

standen auf dem Weg, und zwei große Jagdhunde lagen entspannt auf dem Boden. Direkt neben sich bemerkte er einen Mann, größer und muskulöser als die anderen. Sein markantes Gesicht war nicht schön, aber unverwechselbar, und sein Ausdruck schien zwischen Wut und Erleichterung zu schwanken. Eine vage Erinnerung meldete sich, und er schluchzte befreit auf. Dieser Mann war kein Trugbild, keine Chimäre seiner Phantasie, sondern ein Mensch, der ihn besorgt musterte.
Verlegen fuhr er sich mit beiden Händen über die Wangen. Sein Kiefer schmerzte von dem Schlag, doch offensichtlich hatte die Faust des Mannes seinen Alptraum beendet. Blitzartig wurde ihm klar, dass er gerettet war. Der Himmel hatte seine Gebete erhört und die Tapfersten der Ritter geschickt. Die Erleichterung ließ seine Knie weich werden, und fast wäre er erneut auf den Boden gesunken, aber die starken Arme des Mannes an seiner Seite hielten ihn fest.
»Philipp, jetzt ist es genug. Beruhige dich. Du hattest nur den Weg verfehlt. Es ist nichts passiert. Du bist nicht verletzt.«
Er hörte die Worte, aber er verstand sie nicht. Er war dem Tod nahe gewesen, er hatte gefühlt, wie die Finsternis ihn umschloss und drohte ihn zu verschlingen. Nichts passiert? Zorn schoss wie eine Stichflamme in seinen Kopf. Er richtete sich auf und löste mit einem kräftigen Ruck die Hände des anderen von seinen Armen.
»Fass mich nicht an«, zischte er voller Hass.
Der Mann tat einen Schritt zurück. »Wie du willst«, sagte er gleichmütig. »Es war nicht meine Absicht, dir zu nahe zu treten. Aber unter uns, mein Freund, du schienst meine Hilfe gut gebrauchen zu können. Noch vor wenigen Augenblicken machtest du den Eindruck, als hätte ein Dämon deine Sinne getrübt.«
»Unfug. Mir war kalt, und ich war müde. Wie habt ihr mich gefunden?«

Der andere warf ihm einen skeptischen Blick zu. »Dir war also kalt. Hm. Mir schien es eher, als wärst du vor Angst gelähmt gewesen.«
»Ich habe dich etwas gefragt.«
»Verzeih …«
»Wie ihr mich gefunden habt.«
»Einer der Jäger hat deinen Rappen entdeckt. Und da dein Pferd seinen Reiter offensichtlich verloren hatte, haben wir uns auf die Suche gemacht. Hat er dich abgeworfen?«
»Das geht dich nichts an.«
»Ist das so? Ich erwarte zwar keinen Dank, aber wie wäre es mit Höflichkeit?«
»Ich schulde dir gar nichts.«
»Das, mein lieber Philipp, stimmt nicht. Ich würde sagen, du schuldest mir eine Menge. Vielleicht sogar dein Leben.«
»Ich hätte auch allein aus dem Wald hinausgefunden.«
»Aber sicher. Verzeih, dass wir dich vorher gefunden haben.«
»Spar dir deinen Sarkasmus. Das ist nicht lustig.«
»Dann beende dein albernes Possenspiel. Gib zu, dass du uns im ersten Moment nicht einmal erkannt hast. Ich weiß nicht, für was du uns gehalten hast, für Menschen jedenfalls nicht.«
»Ich war einen Augenblick verwirrt …«
»Du warst nicht von dieser Welt, das ist die traurige Wahrheit.«
»Lass mich. Ich will nicht darüber reden.«
»Du hast dich an früher erinnert, nicht wahr?«
»Nein.«
»Ich fürchte, doch.«
»Nein, verdammt noch mal. Und jetzt schweig!«
»Du wirst dich der Vergangenheit stellen müssen.«
»Kein Wort mehr!«
»Philipp, du musst sprechen, sonst wirst du dein ganzes Leben auf der Flucht sein.«

»Ja und? Es sind meine Dämonen.«
»Das ist die Einstellung eines Kindes. Aber du bist ein Mann.«
»Ich bin der König.«
Der Mann, der ihn gerettet hatte, schwieg und presste die Lippen aufeinander.
»Könige sind einsam«, sagte er endlich und bemühte sich sichtlich um einen versöhnlichen Ton. »Und gerade deshalb braucht ein König nichts dringender als Mut.«
»Nennst du mich einen Feigling?«
»Du hast nach Angst gerochen. Und Angst stinkt.«
»Wenn du auf mein Missgeschick anspielst – ich muss etwas Falsches gegessen haben.«
»Du hast so nach Angst gestunken, dass dein Pferd vor dir geflohen ist.«
»Ich verbiete dir …«
»Es reicht, Philipp. Du hast mir nichts zu verbieten, auch wenn du der König von Frankreich bist. Ich will dir helfen. Selbst wenn du es leugnest – du hast dich an früher erinnert. Das hat dich so in Panik versetzt, dass du deinen Umhang beschmutzt hast. Doch ein König scheißt nicht auf seinen Mantel.«
Philipp schüttelte den Kopf. »Danke für deine Bemühungen, aber im Moment brauche ich keinen Beichtvater.«
»Bin ich ein Priester? Ich dachte eher an einen Freund.«
»Bist du mein Freund, Richard?«
»Was soll das denn heißen? Haben wir nicht gerade ein paar wundervolle Tage auf der Jagd verbracht?«
»Macht uns das zu Freunden?«
»Ich denke, ja.«
»Und ich denke, wir sollten endlich aufbrechen. Es wird dunkel.«
»Keine Sorge, die Pferde finden den Weg.«
»Wer den König einen Feigling nennt, verdient den Tod.«
Richard fuhr herum. »Was du heute erlebt hast, kann sich je-

derzeit wiederholen. Bekämpfe deine Träume, Philipp. Dein Land braucht einen starken König.«

»Und du? Hast du vor gar nichts Angst?«

»Nicht, dass ich wüsste.«

»Sorglosigkeit zeichnet den Schwachsinnigen aus.«

»Gut gekontert, aber dennoch falsch. Wer die Angst besiegt, wird unverwundbar. Es ist die Furcht, die dir Niederlagen beschert.«

»Meine Niederlagen sind klein an der Zahl.«

»Das ist keine Frage der Menge. Jeder Sieg, den du nicht erringst, bringt dich dem Tode näher.«

»Sterben müssen wir sowieso.«

»Mag sein, aber nicht heute. Also komm, verlassen wir diesen ungastlichen Wald und feiern im Lager ein Fest. Oder rebelliert dein Magen noch?«

»Ich glaube nicht.« Er straffte die Schultern, atmete tief durch und ging auf die anderen Männer, die während des langen Wortwechsels respektvoll Abstand gehalten hatten, zu. »Worauf wartet ihr? Richard, Herzog von Poitiers, verspürt Hunger auf Wildschweinbraten. Wir brechen auf.«

Ohne sich umzusehen, schritt er auf sein Pferd zu, saß auf, ergriff die Zügel und wendete den Rappen. Dabei täuschte er einen Gleichmut vor, den er nicht empfand. Die Scham, ausgerechnet von Richard in einem Zustand, der alles andere als königlich war, gefunden worden zu sein, überwog sein Glücksgefühl, den unheimlichen Wald endlich verlassen zu können. Er blickte starr geradeaus, trieb den Hengst an und wünschte sich, er hätte die Worte in seinem Rücken nie gehört. Aber der Wind hatte das Raunen von einem der Männer zu ihm getragen. »Gott möge uns gnädig sein. Der König ist vom Teufel besessen.«

Richard, dritter Sohn des englischen Königs, warf einen kurzen heimlichen Seitenblick auf seinen Tischnachbarn, den König von Frankreich. Philipp, bemerkte er, hatte sich erstaunlich gut erholt, bedachte man seinen bedauernswerten Zustand am Nachmittag und am frühen Abend. Seiner Meinung nach war Philipp viel zu jung König geworden. Schon mit vierzehn regierte er zusammen mit seinem Vater, Ludwig VII. Ein Jahr später, nach Ludwigs Tod, trug er die Verantwortung für Frankreich allein.

Richard hielt ihn in vielerlei Hinsicht für überfordert. Philipp war schmächtig und zartgliedrig, sein Haar, mehr blond als rot, trug er zwar in üblicher Weise kinnlang, aber meist wirkte der Schopf des Königs ungebändigt und wild. Übrigens das einzig Wilde, das Richard an Philipp entdecken konnte, abgesehen von seinen seltenen, aber regelmäßigen Anfällen von ungezügelter Furcht und offener Panik.

Richard war einer der wenigen Auserwählten, die nicht zu Philipps Familie gehörten und gleichwohl die Gründe seiner Angst kannten. Als Kind hatte sich der damalige französische Kronprinz im Wald verirrt und war erst nach drei Tagen durch einen puren Zufall gefunden worden. Er war in eine Falle von Wilderern gestürzt, die eine tiefe Grube ins Erdreich gegraben und diese mit Ästen und Blättern bedeckt hatten. Drei Tage hatte der Junge ohne Wasser und Nahrung in dem Erdloch ausharren müssen, dann hatte der beste Jagdhund des Königs seine Spur aufgenommen und den Suchtrupp zu Philipps Verlies geführt. Das Kind war nach seiner Rettung in eine Art Trance verfallen, grauenvolle Alpträume hatten seine Seele vergiftet, seine Schreie hallten tagelang durch das königliche Schloss von Reims. Der Medicus des Königs hatte Philipp eigentlich schon aufgegeben, als dieser sich wie durch ein Wunder erholte.

Doch Philipp veränderte sich, er wurde fahrig und nervös. Vor dem Unglück war er ein sonniger, unbeschwerter Junge gewesen, doch seit er im Wald verlorengegangen war, litt der Thronfolger und spätere König unter seltsamen Anfällen, die offensichtlich unheilbar waren. Da Richard zu den Menschen zählte, die niemals krank wurden, hielt er Philipps nervöse Zustände für ein Ungleichgewicht seiner Körpersäfte, dessen weitere Erforschung ihn nicht allzu sehr interessierte. Krankheiten empfand er als abstoßend, und unerklärliche Befindlichkeiten, die sich gefährlich nahe an der Grenze zum Wahnsinn abspielten, betrachtete er mit großem Befremden und als in höchstem Maße beängstigend.

Dass er sich mühte, Philipp dies nicht spüren zu lassen, hatte weniger mit Richards Herzenswärme zu tun als vielmehr mit seinen Vorbehalten, einem anderen Mann Schwächen zu unterstellen, selbst wenn die so offensichtlich waren wie bei Philipp. Gleichwohl mochte er ihn, auch wenn dessen Verhalten eine enge freundschaftliche Bindung immer wieder in Frage stellte. Philipp fehlte die offene Art, die Richard auszeichnete. Bei aller Nähe wahrte Philipp immer einen gewissen Abstand, schenkte dem Schicksal anderer wenig Beachtung und ließ sich im Gegensatz zu Richard selten fesseln, weder von der Schönheit einer Frau noch von den üblichen Vergnügungen eines Ritters. Mit einer Ausnahme – wie kein Zweiter konnte sich Philipp mit Pferden verständigen. Böse Zungen sagten ihm nach, er habe damals im Erdloch den Teufel gesehen und aus Angst vor dem Tod seine Seele verkauft. Im Gegenzug soll ihm der Leibhaftige die Gabe verliehen haben, die Sprache der Tiere zu verstehen. Richard war Realist genug, um solche Gerüchte für groben Unfug zu halten, aber dass Philipp tatsächlich in manchen Momenten mit einem Pferd zu sprechen schien, hatte er mit eigenen Augen gesehen.

Richards Beziehung zu dem französischen König war denn auch eine höchst widersprüchliche. Zum einen brauchte er Philipp und dessen Truppen als militärische Stütze gegen seinen eigenen Vater, den englischen König Heinrich II. Außerdem war er mit Philipps Halbschwester Adelaide verlobt, aber diesen Gedanken schob er für gewöhnlich mit unerbittlicher Konsequenz beiseite. Er war weit davon entfernt, seine Braut zu hassen. Das überließ er seiner Mutter. Er selbst hegte weder innige noch abweisende Gefühle für Adelaide. Sie war ihm schlicht und einfach egal, und damit sprach er ein härteres Urteil über sie, als seine Mutter es je könnte.

Zweimal hatte er bereits versucht klammheimlich die Heirat mit einer anderen europäischen Prinzessin einzufädeln und so die Verlobung mit Adelaide zu lösen. Aus Gründen, die er sich nicht erklären konnte, waren beide überraschend gestorben. Einmal hatte er recht konkrete Verhandlungen mit dem Grafen von La Marche bezüglich dessen Tochter Mahaut aufgenommen, ein anderes Mal war es eine Tochter des deutschen Kaisers Friedrich Barbarossa, die seine Aufmerksamkeit erregt hatte. Dynastisch waren beide von gewissem Interesse, Gefühle waren seinerseits ohnehin nicht im Spiel gewesen. Doch zweimal hatte ein überraschender Tod einen Strich durch die Heiratspläne gemacht, und Richard war nach wie vor an Adelaide gebunden.

Er hütete sich, mit Philipp dieses heikle Thema zu erörtern, auch wenn dieser immer wieder darauf zurückkam. Richard hielt es für eine Ironie des Schicksals, dass seine Mutter Eleonore die erste Frau von Philipps Vater, König Ludwig von Frankreich, gewesen war. In seltenen Momenten grübelte er über die Verstrickungen seiner und Philipps Familie nach, aber in der Regel hatte er keine Zeit und sah auch keinen Anlass, die Pose eines Denkers einzunehmen. Auch darin unterschied er sich von Philipp. Der Franzose plante seine politischen Schachzüge mit einer Handvoll kluger Männer hinter den dicken Mauern seiner Schlösser. Richard zog den direkten Kampf Mann gegen Mann vor, wollte seinem Gegner in die Augen sehen, bevor er ihn niederstreckte. Politische Ränkespiele waren nicht seine Sache, die Diplomatie nicht eine seiner Stärken. Verhandlungen empfand er in der Regel als zu lang, überhaupt verlor er schnell die Geduld, wenn er gezwungen war, in geschlossenen Räumen zu sitzen. Er war kein Held der Rhetorik, und Intrigen, als deren Meister sich Philipp immer wieder erwies, ödeten ihn an. Richard selbst bezeichnete sich als einen Mann der Tat, und er gewann seine Kämpfe nicht durch die bessere Strategie, sondern durch einen bedingungslosen Willen zum Sieg. Voller Vertrauen auf seine Stärke und auf sein Glück betrat er den Turnierplatz ebenso wie das Schlachtfeld. Und meist gab das Ergebnis ihm recht.

Wenn es darum ging, im Hintergrund geschickt die Fäden zu ziehen, überließ er dies für gewöhnlich seiner Mutter. Eleonore von Aquitanien, Königin von England, war neunundsechzig Jahre alt, aber in seinen Augen schöner als die meisten adeligen Damen, die ihm an den europäischen Höfen vorgestellt wurden. Sie hatte zehn Kinder geboren und dennoch ihre schlanke Taille behalten. Am Arrest, den ihr eigener Mann, König Heinrich, befohlen hatte, war sie nicht zerbrochen, im Gegenteil – fast schien es Richard, dass sie noch an Zähigkeit gewonnen hatte.

Er bewunderte seine Mutter rückhaltlos, ihr politisches Geschick, ihren Willen zur Macht und ihre Stärke in Situationen, in denen andere Frauen in Tränen ausbrachen und nach einer muskulösen männlichen Schulter riefen. Er wusste, dass er früher oder später seinen Vater besiegen würde, und dann wäre endlich der Moment gekommen, seiner Mutter die Freiheit zurückzugeben, sie von der Schmach der Gefangenschaft zu erlösen und eine kluge Frau an seiner Seite zu wissen.

Er trank den kühlen Wein in einem Schluck und nahm sich noch ein Stück von der Wildschweinlende. Die Jagd hatte ihn hungrig gemacht, doch Richard konnte sich ohnehin nicht

über einen mäßigen Appetit beklagen. Er nahm sich wenig Zeit zum Essen, schlang aber meist stattliche Mengen an Fleisch, kleinen leckeren Broten und in seltenen Fällen auch Gemüse in sich hinein. Fisch aß er ungern, er liebte knusprige Enten und Kapaune, aber auch alle Sorten von Wildfleisch. Früchte, an denen die Damen oft knabberten, überließ er dem weiblichen Geschlecht, und er mied Süßes außer Honig.
Während er kaute, lauschte er den Spielleuten, die in Philipps Auftrag für Zerstreuung sorgten, und sein Unmut über die höchst mittelmäßige musikalische Darbietung wuchs mit jedem Ton, den der Mann an der Laute anstimmte. Ärgerlich schüttelte Richard den Kopf, als erneut weder Einsatz noch Harmonie stimmten, schluckte den Fleischbissen in einem Stück hinunter und sprang auf. Mit ein paar langen Schritten hatte er die kleine provisorische Holzbühne erreicht, riss dem Lautenspieler das Instrument aus der Hand und stimmte zur Überraschung der wenigen Gäste selbst ein Lied an. Seine tiefe Stimme füllte das geräumige Jagdzelt und war selbst draußen noch von den Knappen, die die Pferde versorgten, zu hören; niemand, der Richards Stimme kannte, konnte sich ihrem Zauber entziehen. Sie schmeichelte und frohlockte, sie klagte und jubilierte, sie seufzte und jauchzte. Er fand sichtlich Vergnügen daran, auf der Bühne zu sitzen, die Laute zu spielen und um die Gunst des Publikums zu buhlen. Er gab ein heiteres Trinklied zum Besten, stimmte eine wehmütige Melodie über eine unerfüllte Liebe an und schloss mit einer Huldigung an den französischen König, wobei er Philipp mit einem Auge lachend zuzwinkerte. Der Spielmann nahm beschämt seine Laute wieder in Empfang, und Richard verbeugte sich sichtlich vergnügt vor der Tischgesellschaft.
»Mein Gott, Philipp, mach doch nicht so ein Gesicht. Haben dir meine Lieder nicht gefallen? Deine Spielleute jedenfalls sind eine Beleidigung für feine Ohren.«

»Ich muss immer wieder deine zahlreichen Talente bewundern«, entgegnete Philipp pikiert. »Zweifellos hast du eine Begabung für die Bühne.«
»Besser diese als keine«, gab Richard gutgelaunt zurück.
»Eigentlich wollte ich mit dir ein paar ernste Dinge erörtern.«
Richard verdrehte die Augen. »Es hätte mich auch gewundert, wenn du deine kostbare Zeit einem so harmlosen Vergnügen wie Singen und Feiern opfern würdest. Also, worüber möchtest du sprechen?«
»Über deinen Vater.«
»Ein höchst unerfreuliches Thema, aber nur zu.«
»Ich habe erfahren, dass König Heinrich sich nach der Schlappe von Le Mans in sein Lieblingsschloss Chinon zurückgezogen hat.«
»Dem König steht es frei, zu gehen, wohin er mag. Und immerhin hat er eine bittere Niederlage hinnehmen müssen.«
»Selbst die Mächte des Himmels waren gegen ihn.«
»Du meinst den Wind, der das Feuer, mit dem er uns ausräuchern wollte, in sein eigenes Lager trieb?«
»Fast wäre die ganze Stadt Le Mans abgebrannt. Aber er konnte ja nicht ahnen, dass der Wind plötzlich dreht. Wie würdest du es nennen? Pech? Schicksal? Oder eine Strafe Gottes?«
»Lassen wir den Allmächtigen aus dem Spiel. Ich denke, mein Vater hat in Le Mans einen hohen Einsatz gewagt und ist dafür nicht belohnt worden. Jetzt leckt er auf Schloss Chinon seine Wunden.«
»Du meidest Chinon, nicht wahr?«
Ganz gegen seine Gewohnheit schwieg Richard.
»Ist es nicht das Schloss deiner Kindheit?«, hakte Philipp nach.
»Ausnahmsweise bist du falsch informiert«, gab Richard eisig zurück. »Ich bin mal hier, mal dort aufgewachsen. Auf Chinon pflegte mein Vater das Weihnachtsfest zu feiern. Aber die Ver-

gangenheit ist begraben und vergessen. War das alles, was du mir zu sagen hast?«

»Gesundheitlich soll es mit dem König steil bergab gehen.«

»Mag sein.« Richard zuckte mit den Schultern.

»Dennoch ist er in der Lage, diplomatische Korrespondenz zu erledigen. Sehr interessant übrigens, was er schreibt.«

Richard seufzte. »Philipp, wenn du mir schon den Abend verdirbst, weil ich, statt um eine schöne Frau zu werben, mit dir über meinen Vater reden muss, dann sprich wenigstens nicht in Rätseln, sondern sage mir offen, worauf du hinauswillst.«

»Wusstest du, dass dein Vater deinen Bruder auf dem englischen Thron sehen will?«

»Ach komm mir doch nicht mit diesen alten Geschichten.«

»Nun, offensichtlich meint er es jetzt ernst.«

»Mein Vater meint es immer ernst. Ich halte ihm aber zugute, dass er alt und krank ist. Er verkennt seine politischen Möglichkeiten. Und was soll das ganze Getue um Prinz John? Erst gibt ihm unser Vater nicht mal eine Grafschaft, und das Volk hängt dem armen Kerl den Namen Ohneland an, und jetzt soll er gleich das ganze Königreich bekommen? Ich sage dir ehrlich, dass ich darüber weder Furcht empfinde noch mir irgendwelche trüben Gedanken mache. Und das solltest du ebenso wenig tun.«

»Mein lieber Richard, ich an deiner Stelle wäre nicht so sorglos. Bedenke nur, wie knapp du vor wenigen Tagen dem Tod entgangen bist.«

»Ein Ritter, der den Kampf gewohnt ist, begegnet dem Tod auf Schritt und Tritt.«

»Du wiegelst ab, aber ich bin ganz anderer Meinung. Ich glaube, dass Guillaume le Maréchal den Auftrag hatte, dich zu töten.«

»Philipp, du siehst wieder einmal Gespenster. Wer sollte ihm einen solchen Auftrag geben? Mein Vater sicher nicht, auch wenn er mich am liebsten in der Hölle braten sehen würde.«

»Denk doch mal nach. Guillaume ist der engste Vertraute deines Vaters. Es gehört zu seinen wichtigsten Aufgaben, den König unter Einsatz seines Lebens zu verteidigen. Aber was tut er? Wendet sein Pferd, lässt den König für einen Moment schutzlos zurück, um seine Lanze zu heben und auf dich loszustürmen. Gib zu, dass du nicht damit gerechnet hattest.«

»Zugegeben.«

»Ehrlich gesagt, ich hatte dich schon tot gesehen.«

»Womit einmal mehr bewiesen ist, dass der französische König kein prophetisches Auge hat.«

Ein Ritter, der den weißen Mantel der Templer trug, mischte sich ein. »Verzeiht. Eure Scherze in Ehren, aber der König hat recht. Ihr wart dem Tod sehr nah. Tragt Ihr eigentlich niemals eine Rüstung?«

»Selten. Sie behindert mich im Kampf.«

»Aber das ist sträflicher Leichtsinn. Wenn Ihr ohne Rüstung ins Heilige Land zieht, werden Euch die Muslime mit ihren scharfen Damaszenerklingen den Arm abschlagen, bevor Ihr ihn zu Eurer Verteidigung erhoben habt.«

Richard entgegnete nichts und schenkte sich Wein nach.

»Guillaume le Maréchal ist der beste Lanzenkämpfer auf dem Kontinent. Fast hätte er Euch mit einem Stoß durchbohrt. Gleich dem König frage auch ich mich, warum er in verantwortungsloser Weise seinen flüchtenden Herrn vor Le Mans allein ließ und sich Euch zuwandte. Habt Ihr dafür eine Erklärung?«

»Vielleicht gefällt ihm meine Nase nicht. Oder eines meiner Lieder hat seine Ohren beleidigt. Hölle und Teufel, was weiß denn ich? Gut, ich stimme Euch zu, er hatte den Wunsch, zu töten, in seinen Augen. Und er kam nah genug an mich heran, damit ich es erkennen konnte. Bin ich tot? Nein. Ich sitze hier und lasse mir Philipps vorzüglichen Wein schmecken. Also beenden wir diesen fruchtlosen Disput.«

Der Templer erwiderte: »Es ist eine Sünde, sein Leben leichtfertig aufs Spiel zu setzen. Und eines Tages wird das Glück Euch verlassen. Guillaume le Maréchal hat im letzten Moment seine Absicht geändert. Jeder konnte das erkennen. Er war fest entschlossen, Euch zu durchbohren. Und«, er hob die Hand, um Richard Einhalt zu gebieten, »er hätte es mühelos vollbringen können. Stattdessen tötete er Euer Pferd, und Ihr sankt in den Staub. Es ist sicher niemand hier, dem nicht der Atem stockte.«

»Was Eure Theorie eines Mordkomplotts widerlegen dürfte. Oder glaubt Ihr etwa, mein Vater habe ein Kopfgeld auf meinen Hengst ausgesetzt?«

»Keinesfalls«, sagte der Templer. »Ich denke, dass Guillaume le Maréchal im letzten Moment seine Pläne änderte, aus Gründen, über die wir nur spekulieren können. Fragen nach dem Warum sollte man ohnehin nicht stellen. Es sind meist die falschen.«

»Und welche wäre Eurer Meinung nach die richtige Frage?«, gab Richard ungeduldig zurück.

»Nun, sie sollte lauten: Wer wünscht Euren Tod?«

Richard lachte laut auf. »Das wird eine lange Liste, und es ist müßig, sie überhaupt zu beginnen. Wir würden die ganze Nacht mit dieser unerfreulichen Arbeit verbringen. Viele Feinde ehren einen Ritter.«

Philipp ergriff das Wort. »Wenn selbst die eigene Familie aus Feinden besteht, ist das ein bisschen viel der Ehre, meinst du nicht?«

»Gut, ich gebe mich geschlagen und werte euer aller Sorgen als Zeichen freundschaftlichen Mitgefühls. Bist du nun zufrieden, Philipp?«

»Nicht ganz. Dein Vater schlägt außerdem vor, dass meine Schwester Adelaide Prinz John heiratet und so Königin von England wird.«

»Ach, daher weht der Wind.« Richard schenkte sich Wein nach und bestrich eines der kleinen Sauerteigbrote mit Butter.

»Köstlich, dieses Brot. Deine Leute können zwar nicht singen, aber in der Backstube sind sie unschlagbar. Ihr Franzosen seid doch die besseren Köche.«

»Versuche nicht, das Thema zu wechseln. Wann löst du dein Versprechen ein und heiratest meine Schwester?«

»Nun, gerade jetzt dürfte der denkbar ungünstigste Zeitpunkt sein. Darf ich dich daran erinnern, dass wir beide gemeinsam Krieg gegen meinen Vater führen? Vor diesem Hintergrund finde ich es zumindest befremdlich, dass du mit ihm mehr oder weniger freundschaftlich zu korrespondieren scheinst. Haben wir nicht ein Bündnis gegen den König von England geschlossen?«

»Ich habe nicht davon gesprochen, es zu lösen.«

»Wirst du es dennoch tun?«

Philipp zuckte mit den Schultern. »Ich glaube nicht. Dein Vater ist ein noch weniger sicherer Bündnispartner, als du es bist. Außerdem hast du den Nimbus, unbesiegbar zu sein, sehen wir mal von dem unglücklichen Vorfall mit Guillaume le Maréchal ab. Immerhin bist du es, der Excalibur besitzt.«

»Es ist also nicht meine Person, die du schätzt, sondern das Schwert des Königs Artus.«

»Ein Schwert mit magischen Kräften kann jedenfalls nicht schaden, wenn man sich auf einen Kreuzzug begibt.«

Richard sah Philipp fragend an. »Du willst tatsächlich dein Gelübde einlösen?«

»Du kennst doch selbst die ausweglose Lage im Heiligen Land.«

»Ich vertraue dem deutschen Kaiser. Er ist mit zehntausend Männern aufgebrochen. Dieses Heer sollte Saladin eigentlich das Fürchten lehren.«

»Verstehe ich dich richtig? Du willst die Reichtümer im Heiligen Land den Deutschen überlassen?«

Richard lachte laut auf. »So wie ich es sehe, ist das Land allenfalls reich an Sand und Staub. Man findet dort ja nicht mal Wasser. Nichtsdestotrotz haben wir beide das Kreuz genommen, und früher oder später werden wir diese mühselige Reise antreten müssen, ob wir wollen oder nicht. Und jetzt lass uns endlich den Abend genießen. Komm, wir holen uns die schönste Hure ins Bett. Das tut ganz bestimmt deinem verkrampften Rücken gut.« Angesichts Philipps mürrischer Miene knuffte Richard ihm leicht gegen die Schulter. »Komm schon. Deine königliche Gemahlin ist weit weg. Lass uns deine Rettung feiern. Oder, wenn es dir lieber ist, mein wundersames Überleben. Mir ist jeder Grund recht.«

Er nahm einen letzten Schluck Wein, liebäugelte kurz mit einem weiteren Stück Brot, entschied sich dann aber dagegen und stand schließlich auf. Er sah Philipp erwartungsvoll an, doch als der König keine Absicht erkennen ließ, ihn zu begleiten, schlenderte er gewohnt lässig zum Ausgang des imposanten königlichen Jagdzeltes. Die Wachen hoben den schweren Stoff, doch im selben Augenblick betrat ein Bote das Zelt. Der Mann wirkte aufgeregt und sah aus, als hätte er einen langen, schnellen Ritt hinter sich. Sofort änderte Richard seine Pläne und war mit wenigen Schritten zurück am Tisch, wo er sich neben den König von Frankreich stellte.

Der Bote wartete auf die Aufforderung, näher zu treten. Philipp ergriff als Erster das Wort. »Ich sehe, Ihr seid in großer Eile geritten. Nennt rasch Euer Anliegen, und meine Diener werden Euch gut bewirten.«

Der Mann neigte den Kopf. »Ich komme von Chinon«, berichtete er.

Philipp und Richard warfen sich einen raschen Blick zu.

»So bringt Ihr Nachricht vom englischen König«, sagte Richard. »Dachte ich es mir doch, dass er erneut verhandeln will.«

Der Bote schwieg und sah weiter zu Boden. Aus einer Tasche nahm er langsam zwei Pergamentrollen. Eine davon überreichte

er Philipp, die andere gab er an Richard weiter. Beide Männer brachen gleichzeitig die Siegel.
»Wie soll man in dieser Finsternis Briefe lesen«, schimpfte Richard. »Wir brauchen mehr Licht.«
Diener sprangen auf und entzündeten eine Öllampe, deren Schein die Buchstaben auf dem Pergament lebendig werden ließ. Richard starrte auf die Schrift, las die Botschaft wieder und wieder und konnte sie dennoch nicht glauben. Endlich sah er auf und begegnete Philipps nicht minder fassungslosem Blick.
»Es tut mir leid«, sagte Philipp. »Er war trotz allem dein Vater.«
»Das Ende kam schneller als erwartet«, entgegnete Richard. »Offenbar hat er uns alle über das Ausmaß seiner Krankheit getäuscht.«
»Was wirst du jetzt tun?«
»Nach Chinon reiten und dann nach London segeln.«
»Nun sind wir beide Könige«, sinnierte Philipp leise. »Macht uns das zu Feinden?«
»Nur wenn wir es zulassen.«
Der Tempelritter trat auf Richard zu und verbeugte sich tief. »Die Schuhe Eures Vaters sind groß, es wird nicht leicht sein, sie auszufüllen. Er hat sein Reich mit starker Hand regiert. Der Kampf um die Macht wird neu entbrennen. Seid auf der Hut. Man trachtet nach Eurem Leben.«
Richard sah ihm nach, als er sich entfernte. »Ich muss gehen, Philipp. Es wartet viel Arbeit auf mich.«
»Bedauerst du es?«
»Was?«
»Dass der Streit zwischen dir und deinem Vater auf diese Weise endet.«
»Nennst du das Streit, wenn sich Armeen gegenüberstehen?«
»Am Schluss war es ein Krieg, doch angefangen hat alles als

Familienzwist. Aber du hast meine Frage nicht beantwortet. Bedauerst du, dass er tot ist?«
Richard ließ sich Zeit. »Ja, ich empfinde Trauer, und ich bedaure, dass wir am Ende seines Lebens keine Worte mehr gewechselt haben«, sagte er endlich. »Ich hätte es mir anders gewünscht. Aber wer kann sich sein Schicksal schon aussuchen?«
»Das sind ungewohnt nachdenkliche Töne für einen Abenteurer wie dich.«
»Du unterschätzt mich, Philipp. Ich bin durchaus des Denkens und Fühlens mächtig. Ich bin nur nicht gewillt, es jedem zu zeigen.«
»Bleib heute Nacht im Lager. Es ist gefährlich, in der Dunkelheit zu reiten.«
»Die Zeit drängt, im ersten Morgengrauen breche ich auf.«
Richard wandte sich zum Gehen, drehte sich aber noch einmal um. »Leb wohl, Philipp. Wir wollten den König bezwingen, aber eine größere Macht ist uns zuvorgekommen. Hoffen wir, dass uns beiden gelingt, was wir uns vorgenommen haben – ohne dass sich der Tod erneut einmischt.«
Er winkte Philipp zu, verließ das Zelt und machte sich auf den Weg zu den Rittern seines Gefolges, um die Vorbereitungen für die Abreise voranzutreiben. Aus dem Augenwinkel nahm er eine Bewegung wahr und fuhr ruckartig herum.
Nichts.
Er war allein, nur vor Philipps Zelt standen die Wachen. Dennoch hätte er schwören können, dass jemand ihn beobachtete. Irgendwo im Dunkel der Schatten, draußen im Wald.

Maries Rücken fühlte sich feucht an, als Berenguela ihre Hände sanft neben die Wirbelsäule legte und mit langsamen Bewegungen das Kreuz auf- und abfuhr. Schon drei Wochen lang musste Marie das Bett hüten, seit sie an einem frühen Morgen die schmalen Stufen, die zum Wohntrakt der Mägde führten, hinuntergestürzt war. Eine der Köchinnen, die sich beim Zerlegen einer Ente mit dem scharfen Tranchiermesser geschnitten hatte und aus ihrer Kammer ein Stück Leinen zum Verbinden holen wollte, war in dem schummrigen Licht am Fuß der Treppe fast über Marie gestolpert. Glücklicherweise, dachte Berenguela, die die Krankenpflege ihrer Freundin und Lehrerin niemand anderem überlassen wollte, denn Marie war bei dem Sturz heftig mit dem Kopf aufgeschlagen. Noch besorgniserregender waren jedoch die Verletzungen an Rücken und Hüfte, die sie beim Aufprall auf den harten Steinboden davongetragen hatte.

Als die Knechte, die auf die Schreie der Köchin herbeigeeilt waren, Marie vom Boden aufheben wollten, war diese vor Schmerz in tiefe Ohnmacht gefallen, und die Männer fürchteten, sie sei unter ihren Händen gestorben. Man wusste nicht, was nun mit der alten Frau geschehen sollte, und hätte nicht Berenguela, die im Kräutergarten vergeblich auf Marie gewartet und sich besorgt auf die Suche gemacht hatte, zufällig den Weg durch die große Burgküche gewählt, so wäre Marie vermutlich wirklich nicht mehr am Leben. Berenguela erinnerte sich mit Schaudern an die groben Rettungsversuche der Männer, in deren Händen sie nicht einmal ein verletztes Tier wissen wollte. Sie hatten an Armen und Beinen der bewusstlosen Frau gezerrt, in dem Versuch, sie über den kalten harten Steinboden in die Küche zu ziehen. Berenguela hatte den Tumult gehört und war mit schnellen Schritten zum Fuß der Treppe gelaufen, wo sie entsetzt sah, was passiert war.

Sie hatte den Männern energisch befohlen, Marie loszulassen und stattdessen eine warme Decke zu holen, um den Körper der Verunglückten vor der Kälte der dicken Steinquader zu schützen. Mit Hilfe der Knechte war Marie dann auf die Decke gelegt worden, eine Trage wurde herbeigeschafft, doch bevor

Marie auch nur eine Elle vom Fleck gerückt wurde, hatte Berenguela eingehend sowohl die Kopfwunde als auch die Glieder ihrer Freundin untersucht. Der blutige Riss auf der Stirn direkt am Haaransatz entpuppte sich als eine oberflächliche Wunde, die zwar gefährlich aussah, aber in ein paar Tagen verheilt sein würde. An Maries linker Hüfte sowie am Oberschenkel vermutete Berenguela schwere Prellungen, womöglich sogar einen Knochenbruch.

Auf Berenguelas ausdrücklichen Befehl war die Trage mit Marie in eine Kemenate im Wohntrakt der königlichen Familie gebracht worden. Sie wollte Marie in ihrer Nähe haben. Und das nicht nur, weil sie sie wie ihre eigene Mutter liebte, sondern weil niemand außer ihr sich um die Verletzte kümmern konnte. Unglücklicherweise befand sich nämlich der Medicus, den ihr Vater im Krankheitsfall zu Rate zog, auf dem Weg nach Santiago de Compostela, um zum einen die Kathedrale aufzusuchen und zum anderen von einem der reisenden Gewürzhändler Ingwer, Zimt und Safran zu kaufen. Diese Heilmittel kamen von weit her, waren kostbar und teuer und wurden ausschließlich in der Medizin eingesetzt. Um sie zu erhalten, nahmen die Heilkundigen weite und gefahrvolle Wege auf sich. Auch Berenguela war aus diesem Grund zusammen mit Marie schon an die Küste Kastiliens gereist. Dass aber ausgerechnet jetzt der Medicus abwesend sein musste, ließ Berenguela mit dem Schicksal hadern, welches mehrere unglückliche Ereignisse zusammenkommen ließ. Marie, die Heilkundige, die bei fast jeder Krankheit Rat wusste, wollte aus ihrer Ohnmacht nicht erwachen, und der Medicus, der an der Universität von Salerno studiert hatte und dessen Urteil sie jetzt regelrecht erflehte, würde Pamplona noch viele Tage lang fernbleiben.

Sie hatte um Gottes Beistand gebetet und dann begonnen die Wunden zu versorgen. Auf den Riss auf der Stirn gab sie eine Paste aus Honig, Essig und dem ausgepressten Saft von Lilienblättern. Zuvor hatte sie je zwei Teile Essig und Honig sowie fünf Teile Liliensaft verrührt und anschließend gekocht. Dann hatte sie die Masse erkalten lassen und vorsichtig auf die Wunde gestrichen. Zum Schluss hatte sie die Verletzung mit einem sauberen Stück Leintuch abgedeckt und die Kompresse mit einer Binde befestigt.

Den gebrochenen Knochen, der ihrer Ansicht nach glücklicherweise nicht vollständig durchtrennt war, behandelte sie mit den Wurzeln der Rauke. Die Pflanzen wurden gesäubert, zerkleinert und gekocht, dann kräftig gestampft und noch warm auf die Haut aufgetragen. Anschließend hatte sie Maries Hüfte und Bein mit breiten Bandagen umwickelt, so dass sich ihre Freundin nicht mehr bewegen konnte. Jeden Tag seit Maries Unfall hatte sie sorgfältig die Verbände erneuert, frische Pasten aufgetragen und darauf geachtet, dass sich die Binden nicht lockerten. Die Wunde an der Stirn war inzwischen problemlos verheilt, doch der Knochen machte Berenguela nach wie vor große Sorgen. Die Prellungen hatten sich mit Hilfe von Fenchelkraut, das in Essig gekocht worden war, gebessert. Dort, wo sich Maries Haut infolge des Sturzes zu einem tiefen Dunkelblau verfärbt hatte, das an manchen Stellen violett und sogar schwarz war, verstrich sie eine Salbe aus Malvenblättern, vermischt mit Entenschmalz.

Marie war längst aus ihrer Ohnmacht erwacht, hatte aber so starke Schmerzen in Hüfte und Bein, dass Berenguela ihr täglich einen Schlaftrunk aus Mohn brachte. Dazu verwendete sie allerdings nicht die Pflanzen mit den weißen Blüten, aus denen man Opium herstellte, sondern die mit den rosafarbenen. Berenguela sammelte die Samenkörner und zerstieß und zerstampfte sie in einem Mörser. Das Öl, das sie auf diese Art gewann und in ein wenig Wasser träufelte, schmeckte gut und brachte Marie einen wohltuenden, erholsamen und zugleich anregenden Schlummer.

War Marie schmerzfrei, drehte sie sie mit großer Umsicht auf ihre unverletzte Seite und rieb ihr den verspannten Rücken mit duftendem Rosenöl ein. Das ganze Zimmer roch auf diese Weise wie das Schlafgemach einer vornehmen Dame und nicht nach den üblichen Ausdünstungen von Siechtum und Krankheit. Berenguela, die bei der Pflege bettlägeriger Menschen immer auf penibelste Sauberkeit achtete, hielt sich an die Vorschriften der Johanniter-Hospitäler. Leider hatte sie bislang weder Gelegenheit noch Erlaubnis gehabt, eines dieser Häuser zu besuchen, obwohl die Reise nach Messina auf Sizilien oder jenseits der Pyrenäen in die Grafschaft Toulouse, wo der Ritterorden je ein Hospital unterhielt, durchaus möglich gewesen wäre. Glücklicherweise war es ihr gelungen, eine Abschrift der Pflegeanweisungen des verstorbenen Großmeisters Roger de Moulins in die Hände zu bekommen. Sie war fasziniert von dem medizinischen Wissen sowie der mitfühlenden Fürsorge der Ritter.

»Du hast heilende Hände«, seufzte Marie, »und so angenehm warme.«

Berenguela lachte. »Ich habe sie vorher kräftig gerieben. Du weißt ja, dass meine Finger selbst im Hochsommer oft klamm sind.«

Wie gewöhnlich verbarg Berenguela auch heute ihre Schönheit unter wenig ansprechenden Kleidern. Sie trug wieder eine einfache Leinenbluse, die vom vielen Waschen schon etwas fadenscheinig geworden war. Ihren Rock aus leichter brauner Wolle hatte sie gerafft, damit er nicht über den Boden schleifte, und ihr prachtvolles schwarzes Haar war nachlässig oben am Kopf zusammengenommen, zu einem voluminösen Knoten gedreht und mit Nadeln aus Horn festgesteckt. Ihre natürliche Anmut fiel dennoch auf. Ihre Bewegungen waren geschmeidig und ihre Berührungen zart wie eine Feder. Marie entspannte sich sichtlich unter Berenguelas Händen.

»Es ist ein Jammer, dass dein Vater dir das Studium der Medizin verbietet. Die Begabung dafür hast du.«

»Ach Marie, es hat keinen Zweck, mit dem König darüber zu sprechen. Wie wir beide wissen, zählt er die Heilkunde nicht zu den Tugenden einer Tochter königlichen Geblüts.« Berenguela widmete sich wieder den Rückenwirbeln und Muskelsträngen ihrer Freundin. »Weißt du«, sagte sie mit einem Lächeln in der Stimme, »ich habe lange genug verpassten Chancen nachgetrauert. Mein Vater hat seine Prinzipien, aber ich habe auch meine Pläne. Und dieses Mal wird er mich nicht davon abbringen.«

Marie drehte mühsam den Kopf. »Pläne? Wovon sprichst du?«

»Sieh mal«, antwortete Berenguela eifrig und verrieb einen weiteren reichlich bemessenen Tropfen Rosenöl zwischen ihren Händen, »die Pilger zum Grab des heiligen Jakob werden immer zahlreicher. Sie kommen von weit her, haben oft eine monatelange, manchmal eine jahrelange Reise hinter sich. Die meisten gehen zu Fuß. Wenn sie endlich Navarra erreichen, sind sie erschöpft, haben Verletzungen und Wunden davongetragen.«

»Das ist richtig. Wer in der Kirche des heiligen Jakob Buße tun will, nimmt viele Mühen auf sich.«

»Ja, und niemand kümmert sich um die Menschen. Wo bleiben die Kranken und Schwachen, die vielleicht mit letzter Kraft gerade noch Santiago de Compostela erreichen, aber in diesem Zustand ganz bestimmt nie wieder nach Hause kommen? Was geschieht mit Frauen, die unterwegs ein Kind gebären und sich nicht wieder erholen können? Wer pflegt die Kinder gesund, die von der Reise ausgezehrt sind? Viele Fragen sind in der letzten Zeit durch meinen Kopf gegangen, Marie, und ich glaube, ich habe die Antwort gefunden.«

Die weise alte Frau sah ihre Schülerin gespannt an und wartete atemlos darauf, dass Berenguela fortfuhr. »Und die lautet?«, fragte sie ungeduldig.

»Hör zu«, antwortete Berenguela. »Ich habe lange das Für und

Wider erwogen, doch meine Absicht steht fest.« Sie machte eine bedeutungsvolle Pause und sagte dann: »Ich werde ein Hospital gründen. Ein Hospital, das Pilger aus fremden Ländern aufnimmt ebenso wie alle, die arm sind und niemanden haben, der ihnen hilft.« »Und«, fügte Berenguela trotzig hinzu, »ich werde es auch leiten.«

Marie schwieg.

»Nun sag schon, was hältst du davon? Und vor allem, kann ich auf deine Hilfe zählen?«

Marie nahm Berenguelas Hand und streichelte sie sanft. »Mein Kind, wie sollte ich dir helfen? Den Sturz habe ich zwar überlebt, aber werde ich jemals wieder gehen können? Du hast klug gehandelt und mich rührend und umsichtig versorgt, doch ob ein kranker Mensch wieder gesund wird, liegt nicht allein in unserer Macht. Unser aller Schicksal ist in Gottes Hand.«

»Bitte gib die Hoffnung nicht auf. Du bist schwer gestürzt, es dauert lange, bis die starken Prellungen nicht mehr schmerzen und dein Bein wieder zu gebrauchen ist. Aber du wirst sehen, es kommt der Tag, und du stehst von diesem Lager auf und gehst in unseren Kräutergarten, um wie früher die Pflanzen für deine Arzneien zu sammeln.«

Sie sah die Sehnsucht in Maries Augen und schluckte ihre Rührung, die als Kloß in ihrem Hals saß, hinunter. Es würde Marie nicht helfen, wenn sie hier saß und Tränen der Verzagtheit vergoss. Besser, sie blickten beide nach vorn. Und selbst wenn Marie noch lange ans Bett gefesselt sein sollte, konnte sie tatkräftig mitarbeiten. Berenguela wollte ihr die Oberhoheit über die Herstellung der Arzneien, die im Hospital benötigt würden, übertragen. Marie würde die Rezepte niederschreiben, und notfalls würde sie, Berenguela, selbst die Mixturen überwachen – bis zu Maries vollständiger Genesung.

Sie fühlte, dass Marie ihre Hand drückte, und wandte sich ihr wieder zu.

»Ich dachte«, begann sie, »dass wir mit einem kleinen Haus anfangen, vielleicht nur zehn oder zwanzig Betten. Und dann sehen wir weiter.«

»Aber ein Hospital zu gründen, ist eine kostspielige und aufwendige Sache. Du brauchst die Räumlichkeiten, du brauchst eine medizinische Ausstattung – und du brauchst Menschen, die dich unterstützen. Das werden sie nicht umsonst tun, mein Kind.«

»Das habe ich alles bedacht. Aus dem Erbe meiner Großmutter steht mir das Land bei Puente la Reina zu. Du kennst die achteckige Kirche der Templer dort in der Nähe und den kleinen Pilgerfriedhof. Dort will ich ein Hospital bauen lassen.«

»Aber Berenguela, wie willst du die Handwerker bezahlen? Das sind rechtschaffene Leute, die in ihren Familien viele hungrige Mäuler zu stopfen haben. Mit einem königlichen Dankeschön ist es da nicht getan. Und ich glaube kaum«, fügte Marie hinzu, »dass dein Vater dir den Schlüssel zur Kammer mit dem Staatsschatz aushändigt.«

»Nein«, erwiderte Berenguela lächelnd, »das wird er sicher nicht tun, aber ich würde ihn auch gar nicht darum bitten. Ich setze auf die Unterstützung der edlen Damen Navarras.«

Marie sog scharf die Luft ein. »Du willst betteln gehen? Bist du von Sinnen? Das wird dein Vater niemals erlauben.«

»Aber warum denn nicht? Ich habe mit dem Großmeister des Johanniterordens korrespondiert. Es ist vollkommen üblich, Hospitäler über Schenkungen zu finanzieren.«

»Aber es ist keineswegs üblich, meine Liebe, dass die Tochter des Königs das Geld dafür eintreibt.«

»Es gibt genügend Beispiele von Frauen in unserer Familie, die den Armen und Kranken geholfen haben. Und es ehrt eine vornehme Dame durchaus, wenn sie ihr Wissen und ihre Tatkraft zum Wohle anderer einsetzt.«

»Ja, aber diese vornehmen Damen waren Nonnen. Das bist du

nicht. Und deshalb ziemt es sich nicht, dass du durch Navarra reitest und die Leute um Geld angehst.«

»Marie, jetzt fall du mir doch nicht auch noch in den Rücken. Du bist doch diejenige, auf die ich immer gebaut habe.«

»Liebes, ich bin immer auf deiner Seite, doch du verrennst dich in eine Idee, die du niemals in die Tat umsetzen kannst.«

Berenguela strich ein letztes Mal über Maries Rücken und half ihr, das Hemd aus feinstem Leinen wieder anzuziehen. Maries Vorbehalte hatten sie bitter enttäuscht. Sie wusste selbst, dass es nicht einfach werden würde, ihre Familie von ihren Plänen zu überzeugen, dass sie sicher bei ihrem Vater, vielleicht auch bei ihren Brüdern auf taube Ohren stoßen würde. Aber dass selbst Marie sich gegen sie stellte, hatte sie nicht gedacht. Sie zog Maries Decke glatt und brachte ihr einen Becher mit Kamillensud, den sie mit einem kleinen Löffel Honig süßte.

Marie nahm den Becher und sah Berenguela prüfend an. »Ich kann deine Gedanken nicht lesen, aber ich glaube, ich kann sie erahnen. Spiel nicht mit dem Feuer und reize deinen Vater nicht. Wer zu viel wagt, verliert am Ende alles.«

»Du meinst, er lässt den Kräutergarten umpflügen?«

»Vielleicht. König Sancho duldet deine Leidenschaft für die Medizin mit knirschenden Zähnen. Besser, du forderst seinen Zorn nicht heraus.«

»Also rätst du mir, meine Pläne aufzugeben.«

»Wenn deine Pläne vorsehen, dass du durch das Land reist und Geld für dein Hospital sammelst, ja. Wenn du dich aber mit der Idee anfreunden könntest, Bau und Leitung des Hospitals in die Hände der Johanniter zu legen, dann würde ich sagen: Bleib dir treu und glaub an deine Träume.«

»Und was würdest du von einem dritten Weg halten?«

»Welcher könnte das sein? Ich sehe keine dritte Möglichkeit.«

Berenguela begann langsam durch die Kammer zu schreiten. Am Fenster machte sie halt, sah hinaus in die helle Sonne des heißen Hochsommertages und war wie immer entzückt von den lebhaften Farben der Natur. Wenn ich ein Maler wäre, dachte sie, würde ich nur Bilder in satten, klaren Farben erstellen. Ich würde niemals eine verwässerte Nuance zulassen, sondern immer den tiefsten Ton wählen, so wie das Rot der Kirschen, das Grün des Laubs der Eichen und das Blau des Ozeans. Sie lächelte, weil allein der Anblick blühender Gärten sie glücklich machte, und drehte sich Marie zu, die sich auf ihrem Lager auf den rechten Ellbogen stützte und ihre Schülerin, die zugleich die Tochter des Königs war, gespannt beobachtete.

»Berenguela«, begann Marie bedächtig, »du erzählst mir besser, was du im Sinn hast.«

»Gut. Lass mich aber vorher noch einmal deine Vorbehalte und vermutlich auch die meiner Familie, ach, sagen wir gleich, des ganzen Landes zusammenfassen. Also, wenn ich dich richtig verstanden habe, ist es mir, Berenguela von Navarra, nicht möglich, ein Hospital, das diese Gegend übrigens dringend braucht, zu gründen, zu leiten oder die notwendigen Schenkungen für seine Erhaltung zu sammeln. Die Gründe dafür sind wahlweise mein Geschlecht, meine Herkunft oder die Tatsache, dass ich nicht die Äbtissin eines Klosters bin. Sind wir uns so weit einig?«

Maries Blick wurde zunehmend skeptischer. Dennoch antwortete sie in bedächtigem Ton: »So weit sind wir einer Meinung, ja.«

»Und was würdest du sagen, wenn jemand anders alle diese Aufgaben übernimmt?«

Maries Miene hellte sich schlagartig auf. »Ich würde sagen: Das ist die Lösung.«

»Danke, Marie, genau das wollte ich hören.«

»Und wer ist dieser Jemand? Kenne ich ihn?«

»Nennen wir ihn Marco de Toulouse, ein entfernter Verwandter des allseits bekannten Grafen.«

»Marco de Toulouse? Du treibst Scherze mit einer alten kranken Frau. Und ich glaube nicht, dass ich das verdient habe.«

»Marie, hör doch, so könnte es gehen. Dieser Marco hat mit mir, der Tochter des Königs, brieflich korrespondiert. Er weiß, dass ich ein paar Grundlagen der Kräutermedizin erlernt und mit deiner Hilfe ein wenig Wissen auf diesem Gebiet erworben habe. Marco war selbst ein Reisender auf dem Jakobsweg und sieht die Notwendigkeit einer Stätte für erschöpfte, kranke, ausgezehrte Pilger, kurz eines Hospitals. Er wendet sich ganz folgerichtig an besagte Prinzessin von Navarra, beide entdecken ihre Seelenverwandtschaft, und die Prinzessin gibt das Anliegen an ihren Vater weiter, der …«

»Halt!«, rief Maria. »Du galoppierst wie ein durchgehendes Pferd mit deinen Ideen davon. Ich verstehe überhaupt nichts. Wer ist denn dieser Marco de Toulouse. Woher kennst du ihn? Ich habe noch nie etwas von diesem Mann gehört.«

Berenguela lächelte milde. »Nun, ich kenne ihn, und ich kenne ihn auch wieder nicht. Tatsache ist aber, dass seine Existenz höchst hilfreich sein kann.«

Marie schlug die Hand vor den Mund und war sprachlos. Als sie die Worte wiederfand, wagte sie lediglich ein Flüstern. »Es gibt ihn gar nicht, habe ich recht? Du hast ihn erfunden.«

»Exakt.«

»Du willst in seinem Namen ein Hospital gründen.«

Berenguela nickte.

Doch Marie hakte weiter nach. »Und was, wenn dein Vater diesen entfernten Verwandten des Grafen von Toulouse kennenlernen will? Was tust du, wenn ihn der König zu einem Bankett lädt?«

»Dann nimmt er die Einladung dankend an, ist aber im entscheidenden Moment verhindert.«

»Einer Einladung des Königs nicht folgen? Wir sind hier zwar nur ein kleines Land, aber ein König ist und bleibt ein König.«

»Gut, dann wird er eben erscheinen.«
»Und wer soll seine Rolle spielen?«
»Na, viele kommen dafür ja wohl nicht in Frage.«
»Das glaube ich jetzt nicht«, sagte Marie und schüttelte den Kopf.
»Es wäre möglich«, sinnierte Berenguela. »Man müsste nur …«
»Bitte sag mir, dass du das nicht wirklich vorhast.«
»Warum nicht?«
»Weil es nicht gelingen wird.«
»Es wäre einen Versuch wert.«
»Berenguela, das kann gar nicht gutgehen. Deine Eltern werden dich sofort erkennen.«
»Das kommt auf die Verkleidung an.«
»Aber deine Stimme, deine Gestalt, deine Gesten – so sehr kannst du dich nicht verstellen.«
»Marie, denk doch mal nach. Das Unerwartete kommt dir niemals bekannt vor. Der Gedanke, dass die Tochter des Königs hinter dieser Maske steckt, ist vollkommen abwegig. Kein Mensch, am wenigsten der König und die Königin, wird vermuten, wer sich hinter Marco de Toulouse, dem Wohltäter der Kranken, verbirgt.«
»Und wie erklärst du deine Abwesenheit? Immerhin müsstest gerade du regelrecht darauf brennen, diesem Mann zu begegnen. Und dieser Ansicht dürfte auch der König sein. Niemand wird Verständnis dafür haben, wenn du, deren Interesse für die Heilkunde allgemein bekannt ist, dem Festbankett fernbleibst.«
»Ich werde krank sein. Und es sollte uns beiden nun wirklich nicht schwerfallen, ein Kraut zu finden, das eine kurze, aber heftige Übelkeit hervorruft.«
»Sagtest du, uns?«
»Ich rechne fest mit deiner Hilfe.«
»Ich soll dich also bei diesem Unfug unterstützen?«

»Unfug? Das ist die einzige Möglichkeit, mein Ziel zu erreichen. Glaub mir, keiner wird uns auf die Schliche kommen. Und hat mein Vater dem Ansinnen von Marco de Toulouse erst einmal stattgegeben, wird besagter Medicus entzückt sein, die Geschäfte an die talentierte Tochter des Königs weiterzugeben, die sich dann in seinem Namen um das Hospital kümmert und die wohlhabenden Familien Navarras um eine kleine Gabe zugunsten kranker Pilger bittet.«
Marie zögerte. »Du schilderst es, als wäre alles ganz einfach. Ich fürchte aber, dass die Sache doch noch einen Haken hat. Und überhaupt verstehe ich nicht, warum du so besessen von diesem Hospital bist. Bislang hat dir der Kräutergarten genügt. Erzähl mir nicht, dass du unglücklich warst.«
Berenguela ließ sich Maries Worte durch den Kopf gehen. Nein, ihr bisheriges Leben hatte nicht nur Schattenseiten. Im Gegenteil, sie war stolz auf ihre Ausbildung, auf ihr Wissen, das sie sich über die Jahre aneignen durfte. Und der Kräutergarten gab ihrem Leben tatsächlich einen Sinn. Aber jetzt war es an der Zeit, einen weiteren Schritt zu tun.
Sie wandte sich wieder Marie zu. »Ich sehe, es gelingt mir nicht, dir meine Beweggründe zu erklären. Aber auch wenn du meinen tiefsten Wunsch nicht nachvollziehen kannst, bitte ich dich, ihm wenigstens eine gewisse Wertschätzung zukommen zu lassen. Und was deine Bedenken hinsichtlich eines Hakens an der Sache angeht, so frage ich dich: Wo soll denn einer sein? Es ist ja nicht einmal sicher, dass unser Medicus überhaupt in Erscheinung treten muss. Möglicherweise begnügt sich mein Vater mit seinen Briefen.«
»Das glaube ich entschieden nicht.«
»Das Risiko ist überschaubar.« Marie seufzte, und Berenguela wusste, dass sie noch nicht gewonnen hatte. »Glaub mir, mein Plan klingt wagemutiger, als er ist. Und wenn er wirklich glückt, ist das Ergebnis den Einsatz allemal wert. Sieh mich bitte nicht

so an, als hätte ich mich plötzlich der schwarzen Magie verschrieben. Die Sturheit meines Vaters lässt mir keine Wahl.«

»Ein Schwindel bleibt ein Schwindel. Und du wirst die Schuld nicht bei deinem Vater suchen können. Überhaupt – hast du dir jemals Gedanken darüber gemacht, was passiert, wenn der ganze Betrug auffliegt?« Da Berenguela schwieg und die Augen niederschlug, ergriff Marie erneut das Wort. »Du glaubst, dass das Risiko überschaubar ist. Fast wäre ich versucht gewesen, dir bei dieser Ansicht zu folgen. Doch nach genauer Überlegung fällt es mir schwer, dir zuzustimmen. Ich teile deine Meinung nicht und halte die Gefahr, die du eingehst, für unberechenbar. Liebes, ich bitte dich, lass die Idee fallen. Sprich mit dem König und überzeuge ihn von der Notwendigkeit eines Pilgerhospitals. Er schätzt dein Urteil, und er wird deinen Vorschlag wohlwollend bedenken.«

»Sicher. Und ihn umgehend an eines der Klöster, die am Jakobsweg liegen, weitergeben. Spätestens von diesem Moment an spiele ich keine Rolle mehr. Marie, versteh mich doch. Ich will mein eigenes Hospital leiten, mit meinen Ideen, mit unseren Kräuterarzneien. Mit Betten und Decken für jeden Kranken. Nicht diese garstigen Gemeinschaftslager, sondern Fürsorge für alle. Nach den Vorschriften des Hospitals zu Jerusalem.«

»Ich weiß nicht …«

»Bitte, hilf mir. Du bist meine einzige Vertraute.«

Marie seufzte und lehnte sich erschöpft in ihre Kissen. Sie waren mit Gänsedaunen gefüllt und so weich, dass man in sie hineinsank wie ein Kind in die Arme seiner Mutter.

»Verzeih«, sagte Berenguela und half Marie, eine bequeme Lage zu finden. »Du bist müde, und ich bin so selbstsüchtig und halte dich mit meinen Plänen wach. Ruh dich aus und gib mir später eine Antwort.« Sie hauchte Marie einen Kuss auf die Wange und wandte sich zum Gehen, doch Marie griff nach einer Falte ihres Rocks und hielt sie fest.

»Vergiss das Hospital«, flüsterte Marie. »Deine List wird den König nicht täuschen. Sein Zorn wird furchtbar sein, und dann kann dir nur noch Gott allein helfen. Du richtest uns beide mit deinem Plan zugrunde.«

Berenguela löste Maries Hand von ihrem Rock und küsste sie. »Schlaf jetzt und schone deine Kräfte.«

Sie warf einen letzten prüfenden Blick auf die Verbände, zog die Decke glatt und verließ das Zimmer. Als sie die Tür leise hinter sich geschlossen hatte, stampfte sie ärgerlich mit dem Fuß auf. Manchmal wünschte sie sich, sie wäre nicht als Prinzessin von Navarra geboren. Ihr Leben bestand aus Pflichten und Verboten, Beschränkungen und Regeln. Sie war davon überzeugt, dass die Menschen nicht glücklich wurden, wenn man ihrem Leben zu enge Grenzen setzte. Sie verkümmerten, wenn man ihnen alle ihre Träume nahm.

Sie würde Marie nicht umstimmen können, aber immerhin konnte sie sich auf ihr Schweigen verlassen. Marie würde sie niemals verraten, und sie würde alles tun, um ihre alte Lehrerin zu schützen. Kein anderer Mensch würde von ihrem Plan erfahren. Die Überzeugung, das Richtige zu tun, stärkte ihr den Rücken, und sie ging ohne Umwege zu ihrer eigenen Kammer, wo sie sich an einen zierlichen Holztisch setzte, eine Feder und ein Stück Papyrus nahm und ohne Zögern mit großen, steilen Buchstaben einen Brief begann. Sie nahm die linke Hand, damit die Zeilen ungewohnt und fremd erschienen. »Majestät«, schrieb sie, und dann erläuterte sie dem König von Navarra in wohlgesetzten Worten die Segnungen und Errungenschaften ganz besonderer Hospitäler.

Wenn sie nach vorn blickte, sah sie ein Meer von Purpur. Sie erkannte den Erzbischof von Canterbury, den einen oder anderen Kirchenfürsten, ein paar Barone, doch die meisten Gesichter waren ihr fremd. Die Farbe der Mäntel, die die Männer der Kirche trugen, fesselte sie in besonderer Weise, denn das tiefe Rot erinnerte sie an Blut. Sie stellte sich auf die Zehenspitzen, und ihre Augen fuhren kreuz und quer über die Köpfe der Menschenmenge auf der Suche nach einem ganz bestimmten Antlitz. Endlich entdeckte sie es weit vorn in der Abtei, fast in der Nähe des Altars, wo später Richard die Krone von England empfangen sollte.

Sie lächelte, und ein wohliger Schauer lief ihr über den Rücken, wenn sie an die vergangene Nacht dachte. Er hatte seinen Lohn bekommen, auch wenn er seinen Auftrag nicht zu ihrer Zufriedenheit ausgeführt hatte. Aber er war ein phantasievoller Liebhaber, und sie wusste die Raffinesse, die er im Bett entfaltete, durchaus zu schätzen. Also hatte sie ihm – und sich selbst – ein paar lustvolle Stunden geschenkt und bei dieser Gelegenheit seine Loyalität ein weiteres Mal auf die Probe gestellt.

Es war ein milder Sonntag im Spätsommer, und eine sanfte Brise trug frische Luft zur Themse herüber und vertrieb die Ausdünstungen der Stadt. Normalerweise roch eine Metropole wie London im Sommer nicht sonderlich gut, ja, sie stank nach Pferdemist, fauligen Lebensmitteln, schlechtem Wasser und nach den Exkrementen ihrer Bewohner. Sie hielt sich nicht gern in London auf, innerhalb der Mauern war es laut, eng und voller schmutziger Menschen. Westminster, wo die Krönung des neuen englischen Königs stattfinden sollte, lag glücklicherweise ein gutes Stück von der Stadt entfernt, was aber nicht bedeutete, dass man vor den pestilenzartigen Gerüchen geschützt war. Bei ungünstigen Winden waberten sie in großen unsichtbaren Schwaden über den Fluss und seine Auen bis vor die Tore der königlichen Abtei.

Westminster war nicht unmittelbar am Ufer des Flusses erbaut worden, zu gefährlich waren die Überschwemmungen, die das

Land nach den ergiebigen Regenfällen, mit denen man hier jederzeit rechnen musste, unter Wasser setzten. An dieser Stelle floss die Themse direkt nach Norden, dann machte sie einen großen Bogen und wandte sich erst nach Osten, bis sie schließlich ihren Weg weiter Richtung Süden fand. Die Straße von London nach Westminster war schon seit Jahren im Bau, aber immer noch nicht vollendet. Dennoch war dies der beste Weg – die Stadt am Palast von Bridewell zu verlassen und dem holprigen Pfad zu folgen, bis er einen direkt zu Westminster Hall und der Abtei führte. Die relativ neue Brücke im Herzen der Stadt, die das nördliche mit dem südlichen Flussufer verband, brachte einen zwar auf die andere Seite in den Flecken Southwark, doch von dort gab es kaum eine Möglichkeit, das Moor zu durchqueren. Die Strecke war zwar kürzer, denn von Southwark bis zum gegenüberliegenden Ufer von Westminster beschrieb sie quasi die untere Seite eines fast gleichschenkligen Dreiecks, doch die Gefahren, die von dem weitläufigen und unheimlichen Moorgebiet ausgingen, ließen die Reisenden diesen Weg meiden.

Schon lange war die Abtei nicht mehr so zum Bersten gefüllt gewesen wie heute. Jeder hatte sein festlichstes Gewand angelegt, die schönsten Geschmeide aus den Schatzkammern geholt und sich mit großer Sorgfalt herausgeputzt. Auch Adelaide sah prachtvoll aus. Sie trug ein bodenlanges Kleid mit einem weit ausladenden Rock, der ihre zerbrechliche Taille besonders vorteilhaft zur Geltung brachte, und einer ellenlangen Schleppe. Das Oberteil war tief ausgeschnitten, so dass ihre milchweißen Schultern und ihr wohlgeformter Busen die Blicke der Männer auf sich zogen. Das Kleid war aus cremefarbener Seide und mit goldenen Blüten bestickt. Zehn Näherinnen hatten an ihm gearbeitet, und Adelaide trug es wie eine Königin.

Ihr Haar war kunstvoll geflochten, und Perlenschnüre schimmerten zwischen den Strähnen. Ihre Augenbrauen hatte sie zu

zwei schmalen Bögen gezupft und ihre Hände in Milch gebadet, damit sie weich und geschmeidig wurden. Wer sie sah, verglich sie unwillkürlich mit einer himmlischen Erscheinung, die zu Ehren des neuen englischen Königs auf die Erde herabgestiegen war, doch ihre Augen erzählten eine andere Geschichte. Sie waren dunkel vor Zorn und spiegelten den Hass in ihrer Seele. Da Adelaide aber in kluger Voraussicht meist sittsam zu Boden blickte, blieben ihre wahren Empfindungen unentdeckt.
Dieser Tag sollte Richards großer Triumph werden. Seine Mutter hatte ihn sorgfältig geplant, nichts hatte sie dem Zufall überlassen. Noch nie war ein König in England mit einem solchen Pomp gekrönt worden, und Adelaide fragte sich, ob Eleonore diese Pracht entfaltete, weil sie die Erinnerung an ihren als geizig bekannten verstorbenen Ehemann ein für alle Mal auslöschen wollte, oder ob die vielen Jahre in Gefangenschaft ihr Augenmaß getrübt hatten. Nach dem Tod seines Vaters hatte Richard als Erstes seine gefangene Mutter befreien lassen und ihr alle Rechte – und Pflichten – einer Königin übertragen. Eine späte Vergeltung für die inzwischen Siebzigjährige, dachte Adelaide, aber obwohl sie Eleonore keine freundschaftlichen Gefühle entgegenbrachte, bemühte sie sich, großherzig zu sein. Eleonore war lange Zeit zur Untätigkeit verdammt gewesen, jetzt würde sie umso mehr das Ruder an sich reißen.
Adelaide hatte Richard seit seiner Ankunft in England weder gesehen noch eine Nachricht von ihm erhalten. Es war Prinz John, der sie von Richards Eintreffen in der Hafenstadt Portsmouth südlich von Winchester unterrichtet hatte. Zwei Monate war es her, dass Heinrich II. auf Chinon gestorben war, und in diesen kurzen Wochen hatte Richard die meisten Beschlüsse seines Vaters rückgängig gemacht. In ganz England ließ er die Wilderer und Wilddiebe frei, die grausam bestraft worden waren. Sie hausten in den Kerkerlöchern wie Tiere und fristeten ein Leben, das diesen Namen nicht verdiente. Da

England im Gegensatz zu den königlichen Ländereien auf dem Kontinent arm an Wald war, hatte Heinrich jeden Verstoß gegen das von ihm erlassene Jagd- und Fischereiverbot mit drakonischer Härte beantwortet. Männern, die beim Wildern ertappt wurden, ließ der König die Hände abschlagen und diese dann seinen Jagdhunden zum Fraß vorwerfen. Adelaide hatte die grausame Prozedur mehrmals mit ansehen müssen, und sie hatte vergeblich versucht ihre Ohren vor den Schreien der Verurteilten zu verschließen und ihre Augen angesichts der Ströme von Blut blind werden zu lassen. Doch ihre Sinne ließen sich nicht trügen, die Bilder der Vollstreckungen hatten sich in ihrem Kopf eingebrannt und weckten sie nachts noch immer schreiend aus dem Schlaf.

Adelaide verspürte keine Milde in ihrer Seele, und Barmherzigkeit gehörte zu den Worten, die sie selten aussprach. Doch das Schicksal der so gnadenlos Bestraften rührte und schreckte sie dennoch. Die Vorstellung, keine Hände mehr zu haben, für den Rest des Lebens verstümmelt zu sein, schien ihr schlimmer als der Tod. Sie persönlich zog es vor, wenn die, die ihr Leben verwirkt hatten, ein schnelles Ende fanden. Mit einer Ausnahme allerdings.

Sie richtete ihre Aufmerksamkeit wieder auf das Geschehen in der Kirche. Ein Rascheln und Raunen ging durch die Menschenmenge, feierliche Gesänge waren zu hören, und Adelaide wusste, dass sich nun die Prozession der Priester und anderer Würdenträger näherte, die Richard von seinem Gemach zum Altar begleiten sollte. Sie sah die schneeweißen Gewänder der Priester, die das Weihwasser, den Weihrauchkessel, das Kreuz und die Kerzen trugen. Durch den Nebel des Weihrauchs entdeckte sie schemenhaft vier Barone mit Kerzenleuchtern. Dahinter schritten Vertraute des Königs, die auf flachen Samtkissen Sporen aus der königlichen Schatzkammer, eine Kopfbedeckung, das Zepter mit dem goldenen Kreuz sowie den

königlichen Amtsstab, dessen oberes Ende eine Taube darstellte, trugen. Dann erkannte sie die Grafen von Huntingdon, Leicester und Gloucester, die drei Schwerter in goldenen Scheiden hielten. Den Schluss bildeten sechs ehrenhafte Männer mit einem Tisch, auf dem die königlichen Kleider lagen.
Adelaide presste die Lippen zusammen, um nicht vor Zorn und Enttäuschung laut aufzuschreien. Dies war die Stunde ihrer schlimmsten Demütigung. Sie, die Braut des Mannes, der jetzt unter einem seidenen Baldachin, begleitet von Bischöfen und weiteren Edlen des Königreichs, die Kirche betrat, stand abseits mitten im gaffenden Publikum, anstatt, wie es ihr gebührt hätte, vorn in der Kirche auf ihn zu warten und später als seine Königin an seiner Seite zu sein. Stattdessen hatte man ihr die Rolle der verschmähten Verlobten zugewiesen, und Richard schreckte nicht einmal davor zurück, sie öffentlich der Schande preiszugeben. Jeder hier in der Abtei von Westminster kannte die Geschichte der bedauernswerten Adelaide, die seit vielen Jahren auf ihre Hochzeit wartete.
Sie straffte die Schultern, hielt den Kopf gerade und verbot sich selbst das kleinste Zeichen von Schwäche. Dieses Schauspiel würde sie den Engländern nicht bieten, niemandem gönnte sie die Genugtuung, sie weinen zu sehen. In ihren Adern floss schließlich das Blut des Königs von Frankreich, ihr Stolz verbot ihr, in einer englischen Kirche Gefühle zu zeigen. In ihrem Inneren jedoch weinte sie die Tränen einer enttäuschten Frau, und es verbündeten sich Scham und Hass zu Rache.
Während Richard mit gesetzten Schritten feierlich zum Altar geführt wurde, dachte Adelaide an ihr Schachspiel aus Ebenholz und Elfenbein.
Der schwarze König war noch nicht gefallen, ihr letzter Zug hatte sie trotz aller Umsicht, mit der er vorbereitet worden war, wider Erwarten nicht zum Ziel gebracht. Aber sie war immer noch im Spiel. Adelaide war eine kaltblütige und geduldige

Gegnerin, die wie eine Spinne im Netz auf ihr Opfer warten konnte.

Als die Männer mit dem Baldachin an ihr vorbeischritten, warf sie einen Blick zur Seite, und einen kurzen Moment, der für andere kaum wahrnehmbar war, sah sie Richard direkt ins Gesicht.

Schau mich an, beschwor sie ihn stumm, und fahr zur Hölle.

Befriedigt registrierte sie die Verwirrung in seinen Augen, bemerkte erfreut seinen fragenden Blick und den einen zögerlichen Schritt. Im nächsten Moment hatte sich Richard wieder gefangen, und Adelaide war überzeugt, dass niemandem diese wortlose Zwiesprache aufgefallen war.

Vor dem Altar leistete Richard feierlich die Schwüre des Königs. Er werde jeden Tag seines Lebens, gelobte er, Gott, der Kirche und dem Volk Frieden bringen, für Gerechtigkeit wolle er sorgen, falsche Gesetze werde er abschaffen. Dann wurde Richard bis auf ein ärmelloses Hemd und seine Hose entkleidet. Adelaide richtete ihren Blick auf seine muskulösen Arme und Schultern. »Du magst stark sein«, wisperte sie unhörbar, »aber ich werde dich besiegen.«

Richard schlüpfte in Sandalen, die aus Gold gewebt waren, und der Erzbischof von Canterbury gab ihm das Zepter in die rechte und den königlichen Stab in die linke Hand. Dann goss er heiliges Öl auf Richards Kopf, die Schultern und den rechten Arm; aufs Haar legte er ihm ein geweihtes Tuch, und darauf setzte er eine Haube.

Unter den Fürbitten an Gott und alle Heiligen zog Richard eine Tunika über und nahm aus den Händen des Erzbischofs das Schwert. Die Sporen wurden ihm umgeschnallt, und am Schluss überreichte man ihm den Mantel des Königs. Selbst Adelaide musste widerwillig zugeben, dass er prächtig aussah. Richard wandte sich zum Altar, nahm die Krone aus Gold und Edelsteinen und übergab sie dem Erzbischof. Dieser hob sie an und setzte sie Richard aufs Haupt, der so geschmückt den Thron bestieg. Dann begann die Messe.

Adelaide kniete nieder und faltete die Hände. Sie hörte die Stimme des Bischofs, vernahm das Gebet, in dem er Gott und allen Heiligen dankte, doch der Groll in ihrem Inneren ließ sich mit christlichen Bitten nicht beschwichtigen. Sie spürte, wie erregt sie war. »Du wirst noch an mich denken, Richard, König von England«, flüsterte sie und stimmte nach dem Gebet in die Lobgesänge ein.

Ihre Anspannung wich allmählich der Vorfreude auf das Bankett des Königs, das im Anschluss an die Messe stattfinden sollte. Eigens für dieses Ereignis hatte man die Anzahl der Küchenmägde deutlich erhöht und zusätzliche Köche an den Hof geholt. Hatte Richards Vater Heinrich ein Bankett gegeben, so achteten die Gäste darauf, bereits vorher genügend gegessen zu haben. Bedingt durch die sprichwörtliche Sparsamkeit des verstorbenen Monarchen, war die Menge der Speisen jedes Mal so knapp bemessen, dass niemand außer dem König sich satt essen konnte. Adelaide vermutete, dass Richard sein eigenes Bild entsprechend aufpolieren würde, und die tagelangen Vorbereitungen in der Palastküche von Westminster bestätigten sie. Aus allererster Quelle hatte sie erfahren, dass allein an Geschirr eintausendsiebenhundertsiebzig Krüge, neunhundert Weinkelche und über fünftausend Teller bereitstanden. Richard war schon als Herzog von Poitiers großzügig gewesen, als König von England übertraf seine spendable Haltung alles, was man bisher kannte.

Doch selbst Adelaide hatte sich nicht träumen lassen, in welchen Mengen die Köstlichkeiten tatsächlich aufgetischt wurden. Als sich die Krönungsgäste nach der Messe in den Palast begaben, war die Luft erfüllt von dem Duft der heimischen und exotischen Speisen, die sich auf den langen Tischen türmten. Es roch nach gebratenen Wildschweinen und Ochsen, nach En-

ten, Kapaunen und Fasanen. Auf silbernen Platten hatte man kunstvolle Pyramiden aus Feigen, Datteln und Pfirsichen gebaut, und das süße Aroma der Früchte mischte sich mit dem würzigen des Sauerteigbrots. In herrlich verzierten Krügen wurde Wein ausgeschenkt, es gab Met, Bier und frisches Quellwasser.
Adelaide war umgeben von Männern und Frauen, die ausschließlich die Prunkstücke ihrer Garderobe trugen. Die Ritter hatten für diesen Tag die Rüstungen abgelegt und präsentierten sich in enganliegenden Hosen und wallenden Gewändern in Form einer Tunika. Wie sie selbst hatten sich viele für zierliche Schuhe mit Pelzverbrämung entschieden. Sie schnürten den Fuß ein und machten ihn schmal und lang, was durch die gebogene Spitze, die über die Zehen hinausging, zusätzlich betont wurde.
Die Menschen drängten sich in dem großen Festsaal, man schob sich fast Schulter an Schulter nach vorn zu den prächtig gedeckten Tischen. Adelaide spürte, dass jemand auf ihre Seidenschleppe trat, und fuhr ärgerlich herum. Ihre Stirn streifte dabei unabsichtlich die Schulter eines Mannes, dessen muskulöser Oberkörper in himmelblaue Seide gehüllt war. Sie wusste, dass seine breite Brust unter der Seide mit einem dichten Pelz dunkler Haare bedeckt war, sie kannte seine Begierden, sein Stöhnen, wenn er sich dem Gipfel der Lust näherte, und den Schrei, wenn er ihn erreicht hatte. Sie hatte alle Geheimnisse seines Körpers erkundet und sogar einen Blick in die Abgründe seiner Seele geworfen. Dennoch bemühte sie sich jetzt, unbehelligt an ihm vorbeizugehen, aber er stellte sich ihr in den Weg.
»Endlich. Ich habe nach dir gesucht«, raunte er ihr zu.
»Lass mich. Wir wollen kein Aufsehen erregen«, gab sie flüsternd zurück.
»Aber ich muss mit dir sprechen.«
»Später.«
»Nein, jetzt.«

»Ich sagte, später.«
»Und ich kann nicht warten. Folge mir zu den Säulen, da sind wir ungestört.«
»Ich will nicht.«
Mit einer galanten Geste nahm er ihren Arm. »Wenn du wünschst, dass wir unbemerkt bleiben, dann komm.«
Sie hatte keine andere Wahl, als mit ihm zu gehen, und nickte den Umstehenden lächelnd und grüßend zu. »Dank deiner Ungeschicktheit sind wir bereits aufgefallen«, zischte sie.
»Ich werde dich nicht lange aufhalten.«
»Also gut, so sprich.«
»Ich habe getan, was du verlangt hast, aber es war das letzte Mal.«
»Meldet sich dein Gewissen?«
»Das ist schon seit Le Mans nicht mehr verstummt.«
»Ist das der Grund, warum du so kläglich versagt hast?«
»Haben wir darüber nicht schon gestern Nacht gestritten?« Als Adelaide schwieg, nahm er ihre Hand. »Liebste, du bist die schönste Frau, die ich in meinem Leben je getroffen habe, und ich schwöre bei Gott, dass ich niemals eine andere so lieben werde wie dich. Aber verlange nichts von mir, das ich dir nicht geben kann.«
»Was war so schwer daran, einen Gegner im Kampf zu töten? Das hast du schon viele Male getan, ohne darüber in Schwermut zu verfallen.«
»Richard trug keine Rüstung.«
»Umso leichter hättest du siegen können.«
Guillaume le Maréchal war entsetzt. »Ich kann nicht glauben, dass du so denkst. Hältst du mich für einen Mörder, den man kaufen kann?«
Sie lenkte ein und strich ihm zärtlich über den Arm. »Natürlich nicht. Unser beider Absicht war redlich. Wir wollten König Heinrich im Kampf gegen seinen Sohn stärken. Von einem

Mord war nicht die Rede. Und selbst Richard scheint dir nichts nachzutragen. Hätte er dich sonst zu seiner Krönung eingeladen?«

»Das verdanke ich wohl eher seiner Mutter, der Königin Eleonore. Ich habe sie vor vielen Jahren als junger Ritter während eines Überfalls mit meinem Leben beschützt. Das hat sie nie vergessen.«

»Du bist und bleibst ein Held, dessen Taten durch und durch ritterlich sind.«

Er zog sie kurz an sich. »Und du bist eine Frau, die im Grunde ihres Herzens zu nichts Bösem fähig ist. Liebste, lass uns von hier fortgehen.«

Sie blickte ihn verständnislos an. »Fortgehen? Wohin?«

»Du kommst mit mir.«

»Als deine Hure, oder was?«

Er legte ihr die Hand auf den Mund. »Still, ich will das nicht hören. Komm mit mir und werde meine Frau.«

»Was?«

»Heirate mich.«

»Bist du von Sinnen?«

»Ich liebe dich, Adelaide.«

»Ich bin die Braut des Königs.«

»Dann lass uns fliehen.«

»Die Liebe raubt dir den Verstand. Soll ich mich im Dunkel der Nacht aus dem Palast schleichen und Schuld auf mich laden, weil ich den englischen König willentlich verlassen habe, um mit einem anderen Mann das Bett zu teilen? Wenn ich das tue, bin ich eine geächtete Frau.«

»Dann sprich mit Richard. Ich bin sicher, er gibt dich frei.«

Sie funkelte ihn an, und die Worte brachen aus ihr heraus. »Aber ich will nicht freigegeben werden, wie du das so beiläufig ausdrückst. Ich will nicht zurückgegeben werden wie ein Spielzeug, dessen man überdrüssig ist.«

»Ich verstehe dich ja, du bist tief verletzt. Aber du kannst so nicht weitermachen.«
»Und warum nicht?«
»Weil du mit deinem Leben spielst.«
»Mach dich nicht lächerlich. Mein Leben ist ganz bestimmt nicht in Gefahr.«
»Ich bitte dich noch einmal: Werde meine Frau und verlass mit mir das Land.«
»Es tut mir leid, das kann ich nicht.«
»Warum vergeudest du deine Schönheit für einen Mann, der sie nicht wert ist?«
»Ach, Guillaume, lerne Schach spielen, und du wirst vieles verstehen.«
»Meine Talente entfalten sich nicht auf einem kleinen Brett.«
»Es ist das Spiel der Könige.«
»Liebst du es deshalb so sehr?«
»Die Menschen denken immer, Schach wird mit kühlem Verstand gespielt. Das ist ein Irrtum. Es ist ein Spiel der Gefühle. Und es ist ein Spiel der Täuschungen. Du machst einen vermeintlich unbedachten Zug, und dein Gegner glaubt schon an den Sieg. In Wahrheit jedoch erwartet ihn seine bitterste Niederlage. Schach lehrt dich eine Menge Geduld, aber auch den Mut, Entscheidungen zu treffen.«
»Und bin auch ich eine Figur in deinem Spiel?«
Sie deutete einen Kuss an. »Du bist der weiße König.«
In diesem Moment setzten die Spielleute ein, und der Klang der Schalmeien, Lauten und Zimbeln machte eine weitere diskrete Unterhaltung unmöglich. Der König nahm an der Tafel Platz, und alle anderen taten es ihm nach. Auch Adelaide und Guillaume le Maréchal gingen ohne ein weiteres Wort zu ihren Plätzen. Adelaide sah, dass die Königin Eleonore sie zu sich winkte, und ihr graute davor, den Abend in der Nähe von Richards Mutter verbringen zu müssen. Eleonores scharfen

Augen entging nicht der geringste gesellschaftliche Lapsus, und sie besaß zudem die Taktlosigkeit, den Menschen in ihrer Umgebung schonungslos die Wahrheit zu sagen. Wie es das Protokoll vorschrieb, verbeugte sich Adelaide tief vor dem König, als sie an seinem Platz vorüberschritt, und Richard erhob sich, ohne zu zögern. »Du bist schön wie eine Rose und eine wahre Zierde auf meinem Fest.«

Adelaide neigte den Kopf. »Ich freue mich, dass du mich noch erkennst, obwohl ich zugeben muss, dass mich das erstaunt.«

Er zwinkerte ihr zu. »Ich sehe, die Rose hat Dornen. Aber ich halte dich auf. Lass die Königin Eleonore lieber nicht warten. Sie kann auch stechen.«

Adelaide ging weiter, wobei sie sorgfältig darauf achtete, dass nicht noch einmal jemand mit seinen Füßen ihre Schleppe berührte. Sie hatte die Königin fast erreicht und wollte eben in eine tiefe Verbeugung sinken, als der Tumult losbrach. Die großen Eichentüren des Festsaals flogen auf, Wachen und Diener drängten herein. Die Musik verstummte, denn die Spielleute hatten verschreckt ihre Instrumente fallen lassen, das Gemurmel der Stimmen an den Tischen ebbte ab, und alle richteten ihre Augen zu den Eingängen. Immer mehr Menschen sammelten sich im Saal, immer lauter ertönten die Rufe und Schreie außerhalb der Mauern.

Richard und alle anderen Männer waren längst von ihren Plätzen aufgesprungen. Der Befehlshaber der Palastwachen stürzte atemlos zum König und rang sichtbar um Worte. Richard hob die Hand, damit der Lärm im Festsaal nachließ, und endlich legte sich die Aufregung ein wenig. Von dort, wo sie stand, konnte Adelaide nicht hören, was der Mann sagte, doch zu ihrer heimlichen Freude zeigte Richards Blick große Bestürzung. So hatte sie ihr Ziel wenigstens dieses Mal erreicht, ihr Plan war aufgegangen. Er würde Richard nicht umbringen, aber ihm eine Menge Unannehmlichkeiten bereiten. Das war das Min-

deste, was er verdient hatte. Um den Rest würde sie sich später kümmern.
Sie verbarg ihr Lächeln, als der König das Wort ergriff und zum Entsetzen aller verkündete: »In der Stadt herrscht Aufruhr. Man hat das Volk gegen uns aufgehetzt. Es gibt Tote, Menschen sind erschlagen worden. Ein Teil von London brennt. Lasst uns unsere Schwerter holen. Die Zeit der Feste, meine Freunde, ist vorbei.«

❧

Der Mond stand bleich über dem Wald, seine Form war die eines vollkommenen Kreises. Er verströmte ein kaltes Licht, das es den Jägern ermöglichte, das Wild zu erkennen, aber dennoch die Nacht nicht zum Tag werden ließ. Bäume und Büsche, die im Schein der Sonne ein lebendiges Grün zeigten, wirkten jetzt schwarz und tot. Flüsse und Seen hatten ihre Farbe verloren, nichts erinnerte an ihr einladendes Blau am Tag.
Es war seine liebste Zeit. In den Stunden zwischen Mitternacht und Dämmerung lagen die meisten Menschen in einem tiefen Schlaf. Dieser Teil der Nacht war ihren schlimmsten Träumen vorbehalten. Er lag auf dem Rücken in einem Boot und spürte das sanfte Schaukeln der Wellen unter seinem Körper. Die Strömung würde den Kahn schräg vorwärts treiben und ihn früher oder später in die Nähe des anderen Ufers kommen lassen, so dass er mit wenigen Ruderschlägen das Boot an Land bringen konnte. Er hatte sich vorher vergewissert, dass er allein auf dem Fluss war; das Mondlicht leuchtete hell genug, um die Schatten anderer Schiffe zu erkennen. Doch die Welt schlief. Schon auf dem Weg zu dem dichten Schilf, in dem er den Nachen für gewöhnlich versteckte, war ihm niemand begegnet. Nicht einmal eine Katze oder ein Hund. Schade.
Früher wäre sein Bedauern über die verpasste Chance einer schnellen Beute deutlich größer gewesen. Inzwischen reizte ihn

eine tote Katze ebenso wenig wie ein gequälter Hund. Um sein Verlangen zu stillen, brauchte es mehr. Der Drang, zu töten, überfiel ihn häufig unvermittelt, und er wusste, dass es in solchen Momenten zwecklos war, sich dagegen zu wehren. Und er wollte es auch gar nicht. Seit vielen Jahren war er seinem Trieb unbehelligt gefolgt, und die Tatsache, dass er während der ganzen Zeit niemals verdächtigt worden war, hatte ihn sorglos werden lassen. Er fühlte sich unantastbar, er war Herr über Leben und Tod.

Er war wie Gott. Oder wie der Teufel.

Sein Boot nahm Fahrt auf, und ohne hinzusehen, konnte er die Stelle in der Mitte des Flusses bestimmen, die sie gerade kreuzten. Nicht mehr lange, und er würde sich aus seiner bequemen Position erheben müssen, um den Kahn an Land zu bringen. Die Vorfreude auf das, was ihn erwartete, ließ seinen Mund feucht werden, der Speichel floss zwischen seinen Zähnen, und er schluckte beständig, damit Zunge und Gaumen nicht in der Flüssigkeit seines eigenen Körpers ertranken.

Der Nachthimmel war wolkenlos, er konnte die Sterne zählen und ihre Bilder erkennen. Schräg über ihm war der Große Wagen, und wenn sich sein Boot jetzt ein bisschen drehte, war es Zeit, das Ruder zu nehmen.

Er riss sich von der Betrachtung der Unendlichkeit des Himmels los und setzte sich auf. Ein rascher Blick nach allen Seiten bewies ihm, dass er unbemerkt ans andere Ufer des Flusses gekommen war. Das Ruderblatt fuhr lautlos ins Wasser, und die Bewegung seiner Arme brachte das Boot mühelos ans Ufer. Er fand die Stelle, an der er für gewöhnlich festmachte, sofort, sprang an Land, zog den Kahn ein kleines Stück auf den Sand, der sich hier abgelagert hatte, und wickelte den Strick am Bug um einen kleinen Holzpflock. Im Grunde eine überflüssige Vorsichtsmaßnahme, denn noch nie hatte sich das Boot während seiner Abwesenheit vom Fleck gerührt, doch die Vorstellung, dass er mit blutigen Händen zurückkam und eine leere Sandbank vorfand, weil eine ungewöhnlich hohe Welle es fortgeschwemmt hatte, war ihm unbehaglich. In solch einem Fall wäre ihm der Rückweg abgeschnitten. Die nächste Brücke war Meilen entfernt, kein Schiff machte hier fest, und es war mehr als unwahrscheinlich, dass ein gnädiges Schicksal ihm ein anderes herrenloses Boot ans Ufer spülte. Er wäre gefangen in seinem eigenen Garten des Bösen, und selbst er kannte keinen anderen Ausgang aus diesem Labyrinth der Natur als den über das Wasser.

Er richtete sich auf und lauschte den Geräuschen der Nacht. Wenn er ganz still stand, hörte er die Ratten, die den Fluss und seine Ufer in großer Zahl bevölkerten. Er kannte keine anderen Lebewesen, die sich an Land und im Wasser gleichermaßen geschickt und wendig bewegten wie diese Nagetiere. Er trat nach einem dunklen Schatten, der seinem Fuß zu nahe gekommen war, und grinste, als er einen hohen klagenden Ton vernahm. Offenbar hatte er die Ratte getroffen, doch er sah, wie der Schatten davonhuschte, und zuckte mit den Schultern. Sollte sie weiterleben, heute Nacht hoffte er auf andere Opfer.

Er hatte Fallen gebaut und sie sorgsam getarnt. Sein Jagdrevier, in dem er sich mit der Sicherheit und Lautlosigkeit eines Raubtiers bewegte, war das Moor. Auf seinen Streifzügen hatte er genügend Pfade und sogar kleine Wege entdeckt, die er gefahrlos benutzen konnte und die ihn zu verschiedenen Lichtungen und Waldstückchen führten. In seinen Fallen verfingen sich Hasen, Rehe, Füchse. Er hatte einen Dachs gefangen, Ratten natürlich und sogar Wildschweine. Alle waren sie unter seinen Händen verendet. Die Schreie der gequälten Kreaturen hörte hier niemand, und er genoss das Töten in freier Natur mehr als hinter den Mauern des Palastes, wo er nie sicher sein konnte, dass nicht ein zufällig vorbeikommender Diener oder eine neugierige Magd, die wie ein Späher durch die Gänge schlich, sei-

ne heimliche Leidenschaft entdeckte. Zwar hatte es bislang nie auch nur einen Hauch des Verdachtes gegeben, aber dennoch war er auf der Hut.
Geduckt lief er vorwärts, der Mond machte es ihm leicht, seinen Weg zu finden. Nicht mehr weit, und er würde eine Lichtung erreichen, auf der er vor genau einem Monat eine Entdeckung gemacht hatte, die seine Phantasie nicht mehr losließ. Eine Frau hatte mitten in dem schneeigen Licht des Mondes auf dem Gras gestanden und den Himmel betrachtet. Er vermutete, dass es sich um eine Hure, eine Marketenderin oder eine Zigeunerin handelte, denn eine ehrbare Frau würde kaum mitten in der Nacht durchs Moor streifen. Doch diese hier war möglicherweise eine Anhängerin der schwarzen Magie und hatte sich dem Teufel verschrieben. Nun, sie würde den Teufel kennenlernen, versprach er ihr stumm.
Er hatte sie beobachtet, versteckt hinter einer dichten Eibe. Es musste dieser Moment gewesen sein, der den Plan in ihm reifen ließ. Er hatte genug von den Kadavern der Ratten und Füchse. Es war an der Zeit, sich eine größere Beute zu suchen. Eine, die seine Lust auf zweifache Art stillen würde. Er hatte die Frau, die unbeweglich auf der Lichtung stand, nicht mehr aus den Augen gelassen und mit sich gerungen, ob er sie gleich hier und jetzt fangen und fesseln sollte. Doch dann riet ihm sein scharfer Verstand zur Geduld. Mit etwas Glück würde sie wiederkommen, wenn sich der Mond das nächste Mal zum Kreis füllte. Und bis dahin hatte er Zeit, ihr eine Falle zu stellen.
Genussvoll malte er sich aus, wie sie, vor Angst zitternd, in dem Erdloch saß, das er für sie auf der Lichtung ausgehoben hatte. Eine perfekt getarnte Grube, die seine Beute gefangen halten würde, bis sie bereit für ihn war. Er hatte noch nie eine Frau getötet, noch nie sein Jagdmesser in das weiße Fleisch versenkt. Sie würde schreien, und das erregte ihn. Er musste stehen bleiben und langsam Luft holen, so sehr hatte ihn die Vorstellung,

wie sie unter seinen Händen ihr Leben verlor, außer Atem gebracht. Sein Herz raste, und er keuchte gleichermaßen vor Gier und Anstrengung.
Der Pfad machte eine Biegung, und dann hatte er den Rand der Lichtung erreicht. Sie war leer. Er entdeckte weder ein tierisches noch ein menschliches Stück Wild. Er lauschte, ob er Rufe oder Schreie hörte, doch der Wald blieb stumm. Seine Augen suchten die Lichtung und selbst die Bäume dahinter nach verräterischen Spuren ab, fanden aber nicht ein einziges Lebenszeichen. Vielleicht war sie nicht gekommen, dachte er, kroch aber dennoch langsam auf die Falle zu. Er sah, dass die Äste, mit denen er das Erdloch getarnt hatte, bewegt worden waren, und kroch schneller. Er erreichte den Rand der Grube, schob ungeduldig das Laubwerk zur Seite und spähte hinein in die Falle.
Sie war leer.
Er starrte in das dunkle Erdloch und konnte es nicht fassen, dass sein Jagdglück ihn verlassen hatte. Zorn und Enttäuschung brachen mit einem lauten Schrei aus ihm heraus. Mit beiden Händen riss er Büschel aus Gras und Erde vom Rand der Grube und schmiss sie hinein. Er schlug mit den Fäusten auf den Boden, Speichel lief ihm aus dem Mund und rann an seinem Kinn hinunter. Und dann drehte er sich auf den Bauch und weinte wie ein Kind.

Eleonore, Königin von England, zitterte vor Zorn. Und wer die körperlich zwar schmächtige, dafür aber ungeheuer willensstarke Frau kannte, kam ihr in solchen Momenten besser nicht zu nahe. Von Regeln der Höflichkeit hielt sie nichts. Ihrer Ansicht nach waren sie für Schwächlinge erdacht, starke Menschen hatten das Recht und die Pflicht, sich durchzusetzen. Die Jahre der Gefangenschaft hatten ihre rücksichtslose Seite noch verstärkt, sie nicht milder werden lassen, wenn es darum ging, ihre Standpunkte zu vertreten. Eleonore war beseelt von einem geradezu gnadenlosen Egoismus, den sie allenfalls zugunsten ihrer Söhne ein Stück zurücknahm.

Doch heute waren ihre Augen zu Schlitzen der Wut zusammengekniffen, als sie sich zu ihren Söhnen drehte. »Wie zum Teufel konnte das passieren?«

»Der Aufstand war gezielt geplant«, gab Richard seiner Mutter zur Antwort. »Von wem, wissen wir nicht. Noch nicht.«

»Hab ich eine Horde Dummköpfe geboren? Es ist schon schlimm, dass du deine eigene Krönung zerstören lässt, und jetzt sagst du mir auch noch, dass du nicht den Schimmer einer Ahnung hast, wer dahintersteckt. Und du«, wandte sie sich ihrem jüngsten Sohn John zu, »weißt natürlich auch nichts.«

»Du hast wie immer recht, Mutter«, gab John zurück. »Leider können unsere Wachen ihre Augen und Ohren nicht überall haben. Und ehrlich gesagt, verstehe ich nicht, warum du dich dermaßen ereiferst.«

»Schlimm genug, dass du so redest. Muss ich euch erläutern, wie man für Sicherheit an einem so wichtigen Tag sorgt? Armes England, wenn ihr das nicht selbst könnt und euch auf eine alte Frau verlassen müsst.«

»Mutter«, begann Richard, doch Eleonore fiel ihm ins Wort.

»Still«, fuhr sie ihn an. »Reize meinen Zorn nicht noch weiter. Habt ihr denn wenigstens einen Verdacht, wer ein Interesse daran gehabt haben könnte, die Feierlichkeiten anlässlich deiner Krönung dermaßen zu vergiften.«

»Aufrührer gibt es immer«, sagte Richard. »Du weißt doch selbst am besten, dass gewisse Barone schon zu Lebzeiten unseres Vaters ab und zu die Seiten wechselten und mal für den König, mal gegen ihn waren. Vielleicht hat einer der Abweichler diesen Streich gegen mich geführt, um mir zu zeigen, dass England noch lange nicht befriedet ist.«

»Möglich«, murmelte sie, »aber eigentlich glaube ich es nicht. Das Land hat dich geradezu herbeigesehnt. Du warst und bist hochwillkommen, deine Krönung hat nicht eine einzige kritische Stimme hervorgerufen.«
»Offensichtlich doch«, warf John ein und erntete einen bitterbösen Blick seiner Mutter.
»Wenn ihr mich fragt, so ist der Aufstand in der Londoner Bevölkerung ganz gezielt geplant worden. Und zwar von einem Mann aus dem Umfeld des Königs. Sei auf der Hut, Richard. Ich bin sicher, du hast einen Verräter unter deinen Vertrauten. Sieh zu, dass du ihn schleunigst findest. Ist denn der Aufruhr endlich niedergeschlagen?«
»Ja«, beschwichtigte Richard, »beruhige dich. Schon am nächsten Tag waren wir Herr der Lage.«
»Es gibt also keine Ausschreitungen mehr?«
»Hier und da, aber das sind Strohfeuer.«
»Wie ich höre, zählt man viele Tote. Besonders unter den jüdischen Geldwechslern.«
»Leider ja.«
»Mein Gott, Richard, seit ein paar Tagen bist du König, und schon verlierst du die Kontrolle über das Land.«
»Jetzt übertreibst du aber. Der Aufruhr bezog sich allein auf London und Westminster. Vom ganzen Land kann überhaupt nicht die Rede sein.«
»Letztlich bist du ja selber schuld.«
»Wie bitte?«
»Mit deiner idiotischen Verfügung, dass am Tag der Krönung nur Christen den Palast betreten dürfen. Hätte ich davon gewusst, so hätte ich sie verhindert.«
»Ich kann doch nicht ahnen, dass aus einer nebensächlichen Anordnung ein Aufstand mit Prügeleien, Toten und brennenden Stadtteilen entsteht.«
»Die Anordnungen des Königs sind niemals eine Nebensache,

und unsere Familie ist deshalb von Gott ausgewählt, weil wir im Gegensatz zu gewöhnlichen Menschen vorausschauender denken. Was in deinem Fall allerdings nicht zuzutreffen scheint.«

»Mutter, du weißt genau, wie ich es gemeint habe.«

»Als König musst du dir vorher überlegen, was dein Handeln bewirkt, und nicht einfach losstürmen, wie du es als Ritter gewohnt bist.«

»Willst du meinem Bruder damit sagen, dass er zwar körperlich stark, aber geistig ein Leichtgewicht ist?«, mischte sich John maliziös ein.

»Schweig«, war die Antwort seiner Mutter. »Wir beide haben später zu reden. Noch einmal zu dir, Richard. Sieh zu, dass du den Juden ihre Privilegien zurückgibst und die, die unter den Ausschreitungen des ungebildeten Volks zu leiden hatten, fürstlich entschädigst. Du wirst es dir nicht leisten können, dass die Geldverleiher und Münzwechsler gegen dich sind. Möglicherweise kommt der Tag, wo du sie brauchst.«

»Du bist eine weise Frau«, gab Richard kleinlaut zu. »Ich werde tun, was du mir rätst.«

»Nun, dann nimm auch gleich diesen Rat noch an. Die gute Stimmung, die wir mit den großzügigen, pompösen und, wie ihr euch denken könnt, kostspieligen Krönungsfeierlichkeiten fördern wollten, ist sowieso dahin, deine Anwesenheit weder nötig noch erwünscht. Verlass also England so schnell wie möglich und kümmer dich um deine Ländereien auf dem Kontinent. Vor allem die südliche Grenze scheint mir mehr als unsicher.«

»Und wer führt hier in England die Regierungsgeschäfte?«, fragte Richard mit einem skeptischen Blick auf seinen jüngeren Bruder.

»Ich«, antwortete seine Mutter, ohne zu zögern.

»Aber …«, fiel John ein.

»Kein Aber. Ich werde den König vertreten, schließlich bin ich die Königin von England.«
»Was uns zu einer anderen, nicht minder unerfreulichen Sache bringt«, warf Richard ein.
Sein Bruder hob spöttisch die Augenbrauen. »Redest du etwa von deiner zukünftigen Königin, mein Lieber? Falls du es vergessen haben solltest, sie heißt Adelaide. Und es spricht nicht unbedingt für deine Gefühle, dass du sie als eine Sache bezeichnest.«
»Was soll mit Adelaide sein?«, fragte Eleonore unwillig.
»Wie ich es sehe, ringt der König noch mit sich, ob er seine langjährige Verlobte nun heiraten soll oder nicht.«
»Spar dir deine Scherze, John«, sagte Richard und wandte sich wieder seiner Mutter zu. »Ich gestehe, dass Adelaide nicht die Frau ist, die ich mir wünsche. Dennoch ist sie seit vielen Jahren meine Braut.«
»Für eine Hochzeit ist jetzt keine Zeit«, entschied Eleonore. »Du hast Wichtigeres zu tun.«
»Ich weiß nicht«, begann Richard und ging mit langen Schritten in dem Schreibzimmer seiner Mutter auf und ab. »Das Land braucht eine Königin.«
»Das Land hat eine Königin. Und wenn du es genau wissen willst, ich werde meine Krone nicht an ein liederliches Frauenzimmer wie Adelaide weitergeben.«
John lächelte. »Ah, jetzt kommen wir zum Kern der Sache.«
»Du hältst dich raus.«
»Mutter, früher oder später werde ich heiraten müssen. Und Adelaide wartet schon seit zwanzig Jahren auf mich.«
»Dummes Gerede«, fuhr ihn Eleonore an. »Deine Ansichten sind typisch für einen Mann. Erst interessiert dich deine Verlobte einen feuchten Kehricht, du demütigst sie sogar, indem du dich mal eben so nach einer anderen Braut umschaust, und jetzt, urplötzlich, ziehst du es in Erwägung, sie doch noch zu

heiraten. Und das alles nur deshalb, weil ich dir sage, dass eine Hochzeit vorläufig nicht in Frage kommt.«

»Mutter, du verrennst dich. Verrate mir bitte, wie ich mit Anstand aus der Sache, die einst mein Vater eingefädelt hat, wieder herauskomme, und ich verspreche dir hier und jetzt, Adelaide nicht zur Frau zu nehmen.«

»Na, mit Anständigkeit hat deine Verlobung schon lange nichts mehr zu tun«, stichelte John.

»Ja, und das ist keineswegs die Schuld deines Bruders«, bemerkte Eleonore.

»Sondern?«

»Das fragst du noch? Wir wissen doch wohl alle, was wir von dieser französischen Dame zu halten haben.« Eleonore spuckte die Worte förmlich in den Raum.

»Wenn ich es nicht besser wüsste, könnte ich meinen, du wärst eifersüchtig auf die schöne Adelaide«, sagte John.

»Mach dich nicht lächerlich. Um was sollte ich sie beneiden? Um ihr hübsches Gesicht sicher nicht.«

»Jetzt untertreibst du aber, liebste Mutter. Adelaide ist weit davon entfernt, hübsch zu sein. Sie ist eine Schönheit, sie ist klug. Und sie ist die Tochter eines Königs. Desselben Mannes, mit dem du übrigens einige Jahre verheiratet warst. Im Grunde bringt sie doch alle Voraussetzungen mit, um Königin zu werden. Ich habe es nie so recht verstanden, warum Richard die schöne Adelaide nicht schon längst zu seiner Frau gemacht hat.«

»Niemals«, zischte Eleonore. »Was in meiner Macht steht, um diese Heirat zu verhindern, werde ich tun.«

Richard versuchte die Wogen zu glätten. »Ich weiß, dass du einen alten und tiefen Groll gegen Adelaide hegst. Aber findest du nicht, dass du gerade in dieser Angelegenheit mehr Gerechtigkeit walten lassen solltest? Milde verlange ich nicht von dir, aber ein wenig Großmut stünde dir ganz gut.«

»Will das Ei klüger sein als die Henne? Willst du mir sagen, dass ich Adelaide zu Unrecht verurteile? Sie war es, die den ersten Schritt getan hat. Sie hat König Heinrich verführt.«

Richard seufzte. »Der Schuh dürfte am anderen Fuß sitzen. Verzeih, wenn ich dich daran erinnere, aber die Liebschaften unseres Vaters haben nicht mit Adelaide begonnen und auch nicht mit ihr geendet.«

John mischte sich ein. »Wollen wir nicht den Streit begraben und darauf zurückkommen, was Mutter eingangs zu bedenken gegeben hat? Es bleibt gar keine Zeit für eine Hochzeit, weil andere Dinge jetzt wichtiger sind.«

»Ja«, sagte Eleonore erleichtert und beeilte sich, das Thema zu wechseln. »Lasst uns nicht mehr über die französische Liebschaft eures Vaters reden. Meinetwegen kann sie hinter den Mauern von Salisbury vermodern. Vergessen wir Adelaide, und blicken wir nach vorn. Jetzt ist Richard König, und das Volk erwartet Großes von ihm. Deshalb ist es besser, sich auf der Stelle diesen Aufgaben zu widmen.« Sie wandte sich an ihren älteren Sohn. »Ich beschwöre dich, Richard, kehre England so bald wie möglich den Rücken und reite nach Süden bis an die Pyrenäen. Verhandle mit den Königreichen Navarra und Aragon über die Sicherung der Grenzen.«

»Es sind viele Tagereisen bis dorthin. Meinst du wirklich, dass eine so lange Abwesenheit von England und von meinem Herzogtum Poitiers meinen Regierungsgeschäften dienlich ist?«

»Ja. Denn was nützt dir dein Reich, wenn du die Hauptstädte befriedest, es aber an den Grenzen langsam ausfranst?«

»Besteht denn die Gefahr?«

»Mein Sohn, die oberste Regel, die ein König befolgen muss, lautet: Trau niemals deinen Verbündeten. Der Süden deines Reichs ist mehr als unsicher, der Graf von Toulouse ist kein verlässlicher Partner. Und denke daran, dass jenseits der Pyrenäen nur ein paar unbedeutende Königreiche das christliche

Abendland vor den Sarazenen von Al-Andalus schützen. Wenn du meinen Rat willst: Befestige die Grenze zu Navarra und versichere dich der Loyalität des dortigen Königs, denn du wirst dein Königreich vielleicht jahrelang nicht wiedersehen.«

»Wovon sprichst du?«

»Von deinem Kreuzzug. Oder hast du dein Gelübde schon vergessen?«

»Niemand zwingt mich, voreilig ins Heilige Land aufzubrechen. Es bleibt genügend Zeit, den Kreuzzug in Ruhe vorzubereiten.«

»Richard, du weißt offensichtlich nicht, was die Stunde geschlagen hat. Vor geraumer Zeit hast du zusammen mit Philipp, König von Frankreich, das Kreuz genommen. Doch statt eure Reise anzutreten, vergnügt ihr euch mit Turnieren und Jagdgesellschaften und einem Krieg gegen deinen Vater. Nun ist Heinrich tot, du bist König und willst dennoch dem deutschen Kaiser Ruhm und Segen der Kirche überlassen? Sage mir, dass das nicht dein Ernst ist.«

»Ich habe vor zwei Jahren in einer spontanen Eingebung das Kreuz genommen. Nein, Mutter, unterbrich mich jetzt nicht. Ich werde mein Versprechen einlösen, aber ich sehe nicht wie du einen Grund zur Eile. Außerdem haben die Erfahrungen der Vergangenheit gezeigt, dass man die Organisation eines Kreuzzugs völlig neu überdenken muss, will man im Heiligen Land nicht scheitern.«

»Du hast also bereits Pläne gemacht«, fiel John ein.

»Ja, mein Lieber, das habe ich. Und da wir gerade beim Thema sind, verrate ich euch ein Geheimnis. Ich halte es für komplette Idiotie, über den Landweg vorbei an Byzanz und durch Anatolien ins Heilige Land zu ziehen. Viele Armeen sind in Kleinasien von den Seldschuken vernichtet worden. Ich kann mir nicht erklären, was den deutschen Kaiser dazu getrieben hat, seine Männer diesen Gefahren auszusetzen. Aber wir sind hier unter uns, und da müssen wir über Friedrich Barbarossa nicht

disputieren. Ich denke, wir sind alle drei derselben Meinung – der Mann ist eine Schande für sein Land. Unser Schwager Heinrich der Löwe würde das deutsche Reich besser regieren.«
»Verrate mir bitte«, sagte John, »wie du deine Armee ins Heilige Land schaffen willst, wenn du nicht denselben Weg wie Kaiser Barbarossa wählst.«
»Nun, wenn man nicht über das Land zieht, bleibt nur die Möglichkeit des Seewegs.«
»Du willst also in Venedig oder in einer anderen Hafenstadt Schiffspassagen kaufen«, folgerte John.
»Nein, das will ich nicht. Die Venezianer sind Piraten in vornehmen Gewändern, sie würden uns die letzten Münzen aus den Taschen ziehen und uns bei dieser Gelegenheit auch noch betrügen.«
»Jetzt wird es interessant«, schaltete sich Eleonore ein. »Was hast du dann vor?«
»Wir bauen unsere eigenen Schiffe, und das ist einer der Gründe, warum ich nicht morgen oder übermorgen aufbrechen kann. Wir brauchen eine Flotte, die meinem Kommando untersteht und nicht dem irgendwelcher Venezianer.«
»Eine eigene Flotte? Hat dich die Krönung in den Größenwahn getrieben? Wer soll die Flotte bezahlen?«
»John, sorgst du dich schon wieder um dein Erbteil?«
»Dein Bruder hat recht«, betonte Eleonore. »Weder die Truhen unserer Familie noch die deines Königreichs sind so mit Gold gefüllt, dass du die Schiffe davon bauen könntest. Dein Vater hat bereits einen Saladin-Zehnten erhoben. Das Volk hat kein Geld mehr, es ist arm. Bedauernswert, aber leider eine Tatsache. Schlag dir die Idee mit dem Seeweg aus dem Kopf und ziehe wie die Deutschen durch Anatolien.«
»Ich habe nicht vor, das Geld für den Kreuzzug von den Armen zu fordern.«
»Wie nobel. Und stattdessen willst du die Reichen schröpfen?«

»Warum so zynisch, mein Bruder? Du hast es übrigens auf den Punkt gebracht. Genau das werde ich tun, das Geld bei den Reichen eintreiben.«

Jetzt mischte sich Eleonore erneut ein. »Seit wann geht der Umsturz vom König aus? Du kannst doch nicht die, die du brauchst, um deine Macht zu sichern, schnöde vor den Kopf stoßen. Warum hältst du dich nicht an das Altbewährte? Welcher Teufel reitet dich, an Spinnereien zu glauben? Setz die Sympathie, die du beim Adel hast, nicht leichtfertig aufs Spiel.«

»Du sprichst von Hirngespinsten und kennst nicht einmal meine Pläne. Das nenne ich eine schnelle Verurteilung, Mutter. Ich bin vielleicht kein Mann des politischen Diskurses, kein Rhetoriker und auch kein Philosoph, aber ich weiß, wie man eine Schlacht gewinnt. Und das, was die christlichen Armeen bislang im Heiligen Land an Strategie haben erkennen lassen, ist schlimmstes Mittelmaß.«

»Du hast dir also Gedanken über neue Strategien gemacht.«

»O ja, das habe ich. Wenn ihr sie hören wollt, bitte. Meiner Ansicht nach ist es vollkommener Irrsinn, mit Freiwilligen in den Krieg zu ziehen. Die Männer sind nicht richtig ausgebildet, sie wollen kämpfen, aber sie können es nicht und stürzen sich in den sicheren Tod. Mit dem Ergebnis, dass der ganze Kreuzzug scheitert.«

»Verstehe ich dich richtig, dass du keine freiwilligen Kreuzfahrer mitnehmen willst?«, hakte John nach.

»So ist es. Ich werde eine Armee aus Rittern und Söldnern aufstellen. Andere werden dort keinen Platz finden.«

»Dein Unternehmen wird mit jedem Satz teurer. Erst baust du eine Flotte mit Geld, das du nicht hast. Und jetzt stellst du eine Armee auf, die du nicht bezahlen kannst. Es würde mich interessieren, woher du all die Reichtümer nehmen willst. Oder hat ein Zwerg dir seine Höhle mit Gold vermacht?«

»Du kannst darüber scherzen, so viel du willst, mein Bruder, aber meine Pläne sind keine Phantastereien. Ich werde alle Mitglieder des Hochadels, die Ämter in der Verwaltung des Landes bekleiden, ihrer Funktionen entheben. Und dann habe ich das Geld.«

»Ich verstehe nicht«, sagte John.

»Was ist daran unverständlich?«

»Sei nicht überheblich, Richard«, fuhr ihn Eleonore an. »Die Frage deines Bruders ist berechtigt. Übrigens verstehe ich ebenso wenig, was du meinst.«

»Gut, ich werde es euch erklären. Alle werden ihrer Ämter enthoben ...«

»Das sagtest du bereits.«

»... und gegen Zahlung eines entsprechenden Geldbetrags wieder in ihre ehemaligen Funktionen eingesetzt.«

Richard hatte den Satz kaum zu Ende gesprochen, als John in schallendes Gelächter ausbrach. »Das ist mal eine gute Idee. Und selbstverständlich werden unsere Barone, Grafen und Herzöge diese Komödie widerstandslos mitspielen. Meine Hochachtung, Richard. Unser Hofnarr hätte keinen besseren Plan erdenken können.«

Richard schlug ärgerlich mit der Faust auf den Tisch, und das zierliche Möbelstück, das ausschließlich für die Dekoration eines Damenzimmers gedacht war, erzitterte unter der Wucht. »Ich sehe, es hat wenig Sinn, mit euch neuartige Ideen zu besprechen. Ihr haltet an dem fest, was ihr kennt, und seid nicht gewillt, auch nur einen kleinen Schritt über die Grenzen, die ihr euch selbst setzt, hinauszugehen.«

Eleonore betrachtete ihre beiden Söhne, die einzigen, die ihr nach so vielen Schicksalsschlägen geblieben waren, und wunderte sich wieder einmal, wie verschieden Geschwister sein konnten. Schon äußerlich sahen sich Richard und John kaum ähnlich. Der eine war hochgewachsen, muskulös und schien vor Kraft zu bersten, der andere, John, schmal, eher mittelgroß, wirkte oft kränklich und blass. Richards Haar, früher zinnoberrot, hatte sich mit den Jahren verändert und einen ungewöhnlichen Ton zwischen Rot und Braun angenommen, der in der Sonne wie dunkles Gold leuchtete. John dagegen fiel schon als Säugling durch einen Schopf schwarzer Haare auf, und diese Farbe war ihm geblieben. Richard war neun Jahre älter als sein Bruder, und er behandelte diesen noch immer wie einen kleinen Jungen. Zu Unrecht, fand Eleonore, denn John zeichnete sich im Gegensatz zu Richard durch eine beeindruckende Geistesschärfe aus, die er allerdings hinter einer Maske aus Spott und Zynismus verbarg.

Sie riss sich aus ihren Gedanken, denn Richard starrte sie an und wartete auf eine Antwort. »Ich wäre dir dankbar«, sagte sie eisig, »wenn du meinen Schreibtisch, der von einem der besten Tischler unseres Landes nach meinem Entwurf angefertigt worden ist, nicht mit deiner rohen Kraft entzweischlägst. Vergiss nicht, wo du dich befindest. Dies ist immer noch mein Zimmer, und ich erwarte, dass sich mein Sohn, auch wenn er sich König von England nennen darf, entsprechend benimmt.« Richard sah zu Boden, John verkniff sich ein Grinsen, und Eleonore fuhr fort: »Was deinen Vorschlag angeht, so muss ich sagen, dass ich dir so viel Erfindungsgabe nicht zugetraut hätte.«

»Höre ich recht?«, mischte sich John ein. »Willst du etwa damit sagen, dass du Richards Pläne billigst?«

»So abwegig, wie du die Sache siehst, ist sie meiner Ansicht nach nicht«, erwiderte Eleonore. »Allerdings leuchtet auch mir noch nicht ein, wie wir sie ohne Blutvergießen in die Tat umsetzen sollen.«

»Nur mal angenommen, es gelingt, und du bekommst das Geld für deinen Kreuzzug«, gab John zu bedenken, »dann ist im Endeffekt nicht nur das Volk arm, sondern auch noch der Adel. Und auch die königliche Schatzkammer wird irgendwann nichts mehr hergeben, weil alle Truhen leer sind. Spätestens dann wird das Land nicht mehr regierbar sein.«

»Unsinn. Der Kreuzzug spült neues Geld in unsere Hände«, entgegnete Richard.

»Ach ja? Wieso bist du dir da so sicher? Was willst du tun, wenn genau das Gegenteil eintritt und der Kreuzzug mehr und mehr Geld verschlingt?«

»Wenn, wenn, wenn … Immer nur Zögern und Bedenken. Wenn alle wie du wären, hätte unsere Familie die Herrschaft über England nie errungen.«

»Schluss. Ich dulde keinen Streit zwischen meinen Söhnen. Richard ist der König, finde dich damit ab, John. Und dir, Richard, sage ich: Wenn du dein Vorhaben wagen willst, dann mach dich unverzüglich an die Arbeit. Du wirst nur dann Erfolg haben, wenn du die Überraschung zur Verbündeten hast. Überrumple den Adel, enthebe ihn schnell seiner Ämter und gib ihm die Möglichkeit, sie zurückzukaufen. Dann könnte es gelingen. Was meine Überzeugung, dass du keinen Tag länger als nötig in England vergeuden solltest, weiter festigt. Schlag dir eine Hochzeit aus dem Kopf und richte deinen Blick nach Osten, zum Heiligen Land.«

»Ich werde lange abwesend sein.«

»Das ist wahr«, seufzte John. »Und in dieser Zeit werde ich als Ziel für den Zorn der Barone herhalten müssen.«

»Auf keinen Fall«, entschied Richard. »Es ist mein Wunsch, nein, es ist mein Befehl, dass du nicht in London bleibst, während ich gegen die Sarazenen im Heiligen Land kämpfe.«

»Ich soll nicht in London bleiben? Und wohin befiehlt Seine Majestät den kleinen Bruder?«

»Ich verlange, dass du drei Jahre lang keinen Fuß auf englischen Boden setzt. Das sollst du beschwören.«

»Willst du mich auf dem Kontinent gefangen halten?«

»Nein. Es steht dir frei, in einem Schloss deiner Wahl zu leben.

Ich will nur verhindern, dass du Aquitanien den Rücken kehrst.«

»Und warum, wenn ich fragen darf?«

»Zum einen brauche ich einen Stellvertreter …«

»Da hat ja schon unsere Mutter die Hand gehoben.«

»… und zum anderen kann ich ruhiger schlafen, wenn ich weiß, dass zwischen dir und den Baronen in England eine Menge Wasser liegt.«

»Was willst du damit sagen?«

»Nur, dass es besser ist, wenn du nicht in Versuchung geführt wirst, Unruhe zu stiften und mögliche Unzufriedenheiten noch zu schüren.«

»Warum sollte ich das tun? Wir sind Brüder und halten zusammen, und eigentlich dachte ich, dass wir sogar Freunde sind.«

»Mitunter ist die Freundschaft ein dünnes Band.«

»So dünn, dass es zerreißen kann?«

»Du sagst es.«

»Was willst du tun, wenn ich nicht einverstanden bin?«

»Du bist einverstanden«, sagte Eleonore, und ihr Ton ließ keinerlei Widerspruch zu. »Ich kann Richard verstehen, er braucht in England Rückendeckung und die Sicherheit, sein Reich in guten Händen zu wissen. Dafür bürge ich. Ich werde heute noch in der königlichen Schreibstube einen Vertrag aufsetzen lassen. Richard wird abreisen, sobald die Tinte eurer Unterschriften getrocknet und der Vertrag besiegelt ist.« Sie sah ihre beiden erwachsenen Söhne an und lächelte. »Ich denke, wir haben alles gesagt.«

Richard und John küssten ihrer Mutter die Hand und verließen wortlos den Raum. Gemeinsam gingen sie ein paar Schritte, bis sie zu einer kleinen Halle mit mehreren Türen und Torbögen kamen. Bevor sie sich trennten, reichte Richard seinem Bruder die Hand. »Lass uns nicht als Feinde auseinandergehen, John. Das Leben ist zu kurz für so viel Groll.«

»Wie du meinst. Vertagen wir unsere Unstimmigkeiten auf später. Ich werde versuchen dir ein würdevoller Statthalter in Aquitanien zu sein – bis du zurückkommst. Das heißt, wenn du zurückkommst. Ein Kreuzzug ist schließlich nicht ungefährlich.«
»Hoffst du auf meinen Tod?«
»Du wirst mich nicht dazu bringen, Dinge auszusprechen, die mir später leidtun könnten.«
Richard zog seine Hand, die John nicht ergriffen hatte, zurück. »Sei vorsichtig, mein Bruder, mit allem, was du tust. Ich verspreche dir, ich werde zurückkommen.« Er drehte sich um und nahm den Weg zur Treppe, die hinunter zum Hof führte.
John schaute ihm nach, und seine Augen spiegelten den Hass nicht annähernd wider, den er empfand. »Wir werden sehen«, murmelte er.

Schon den ganzen Vormittag hatte es nach Schnee gerochen, doch erst jetzt, kurz vor der Dämmerung, öffneten sich die grauen Wolkenberge und schickten die ersten zarten Kristalle zur Erde. Am Anfang waren sie winzig, kaum größer als ein Samenkorn. Doch mit dem schwindenden Licht des Tages wurde das Schneetreiben dichter, und die Flocken nahmen die Größe von Daunenfedern an und legten sich wie ein kalter weißer Teppich über das Land. Die Luft war eisig und ließ das Wasser der Flüsse am Ufer starr werden.
Es war ein strenger Winter gewesen, und die Sehnsucht nach Frühling hatte die Menschen in Navarra schwermütig werden lassen. Viele Wochen lang hatte ein unbarmherziger Frost das Land im Griff gehalten, und immer wieder war Schnee gefallen, der selbst an sonnigen Tagen nicht schmolz. Die Wölfe waren aus den Bergen gekommen und hatten in den Schafställen der Bauern auf leichte Beute gehofft und sie häufig auch gefunden.

Ihr Heulen war nachts bis nach Pamplona zu hören gewesen, und Berenguela war dann tiefer in ihre Kissen gekrochen und hatte hinter den dichten Samtvorhängen ihres Bettes nicht nur vor Kälte gezittert.
Dann war es plötzlich milder geworden, in den Tälern hatte sich ein großer Teil des Schnees in Tauwasser verwandelt, und die Menschen wirkten wie befreit von der Bürde der eisigen Kälte. Dass es noch einmal zu schneien begonnen hatte, war wie ein letztes Aufbäumen des Winters vor dem herangaloppierenden Frühling.
Berenguela blinzelte eine Schneeflocke aus ihren Wimpern und versuchte die Umrisse des Gebäudes, dessen äußere Mauern bereits eine Elle hoch waren, zu erkennen. Erst vor wenigen Tagen hatte man mit dem Bau begonnen. Den gesamten Umriss konnte sie nicht ausmachen, was zum einen an den widrigen Witterungsbedingungen lag, zum anderen aber auf die Schwäche ihrer Augen zurückzuführen war. Trotzdem begann sie die Mauern abzuschreiten, um Länge und Breite des Baus zu überprüfen. Sie zählte vierzig mal zwanzig Schritte und überlegte, ob das Hospital nicht zu klein bemessen war. Im Winter ebbte der Strom der Pilger zwar ab – niemand war so leichtfertig, bei Schnee und Eis die Pyrenäenpässe überqueren zu wollen –, doch der März hatte bereits begonnen, und Berenguela rechnete damit, dass dieser Schneeeinbruch einer der letzten sein würde. Nicht mehr lange, und die ersten Pflanzen würden mit ihrem hellen, frischen Grün den Frühling feiern, und dann würde erneut der stetige Zug der Reisenden auf dem Jakobsweg einsetzen.
Ihr Vater hatte nach langer Korrespondenz mit dem Medicus Marco de Toulouse dem Bau eines Pilgerhospitals zugestimmt, das nicht unter der Oberhoheit eines der Klöster am Jakobsweg stehen sollte, und mit einem größeren Geldbetrag aus den königlichen Schatztruhen den Beginn des Baus zum Ende des

Winters ermöglicht. Berenguela war sprachlos vor Glück, als die Maurer die ersten Steine setzten, und hatte Marie am Abend stumm, aber mit Freudentränen in die Arme geschlossen. Maries Verletzungen waren so weit geheilt, dass sie das Bett verlassen konnte. Von der Wunde auf der Stirn war nur eine schmale halbmondförmige Narbe geblieben. Bein und Hüfte schmerzten nach wie vor, doch Marie war in der Lage, tagsüber in einem bequemen Stuhl zu sitzen und sogar an einem Stock ein paar Schritte zu gehen. Berenguela fürchtete, dass Marie ihre volle Bewegungsfreiheit nicht zurückerlangen würde, doch sie war froh und stolz, ihre alte Lehrerin überhaupt – und sei es nur halbwegs – gesund gepflegt zu haben. Selbst der Medicus, den ihr Vater für gewöhnlich zu Rate zog, wenn er wieder einmal unter den bei ihm häufig auftretenden heftigen Bauchschmerzen litt, hatte sie für ihre Umsicht und ihre medizinischen Kenntnisse, vor allem in der Kräuterkunde, gelobt.
Berenguela zog daraus die Bestätigung, dass der Weg, den sie nicht ohne Gewissensbisse und Skrupel eingeschlagen hatte, doch der richtige gewesen war. Der Briefwechsel mit ihrem Vater, den sie im Namen des von ihr erdachten Marco de Toulouse führte, hatte bisher bei niemandem auch nur den Hauch eines Verdachtes erregt. Vom heutigen Tag abgesehen, war sie erst ein einziges Mal gezwungen gewesen, in die Verkleidung des entfernten Verwandten des Grafen von Toulouse zu schlüpfen. Zu ihrer großen Erleichterung war sie nicht von ihrem Vater und auch nicht von einem ihrer Brüder empfangen worden, sondern von dem königlichen Medicus, den sie mit ihrem Wissen beeindrucken und mit ihrem Kostüm perfekt hatte täuschen können.
Sie hatte sich heimlich in der Kammer ihres Bruders Sancho ein Paar enganliegende schwarze Hosen ausgeliehen, die sie anfangs überaus unbequem fand, weil der Stoff an der Innenseite ihrer Oberschenkel scheuerte. Nachdem sie sich jedoch daran

gewöhnt hatte, begrüßte sie die Freiheit, die ihr die männlichen Beinkleider gaben. Mit ihren voluminösen Röcken blieb sie überall hängen. Die Hose erschien ihr auch im Hinblick auf die Gartenarbeit praktischer. Dazu hatte sie eine hochgeschlossene Bluse getragen, die ihr selbst gehörte, und darüber einen dunklen Mantel. Ihr Haar hatte sie unter einer schwarzen Kappe versteckt und ihr Gesicht bis fast über die Nase mit einem Schal bedeckt. Marco de Toulouse, hatte sie brieflich verkünden lassen, leide unter einer schwachen Gesundheit und müsse sich sorgfältig vor jeglicher kalter Witterung schützen. Wider Erwarten war sie ihren Weg bisher ohne nennenswerte Hindernisse gegangen, und die Schuldgefühle, die sie zu Beginn ihres Vorhabens geplagt hatten, traten mehr und mehr in den Hintergrund. Sie würde dieses Hospital bauen, und sie hatte nicht den geringsten Zweifel, dass es den Kranken in vorbildlicher Weise dienen würde.

Das schneeige Weiß war mittlerweile einem eisenfarbenen Grau gewichen, und für Berenguela wurde es Zeit, aufzubrechen. Sie ging rasch zu ihrem Pferd, das sie bei ihrer Ankunft an der Baustelle in einen kleinen, aber trockenen Unterstand gebracht hatte, führte es nach draußen, trat auf einen wadenhohen abgesägten Baumstamm, setzte einen Fuß in den Steigbügel und zog sich in den Sattel. Rittlings auf dem Pferd zu sitzen, war anfangs zwar ungewohnt gewesen, doch inzwischen wusste sie die Bequemlichkeit dieser Art, zu reiten, durchaus zu schätzen. Noch eine Erfahrung, die man uns Frauen vorenthält, hatte sie festgestellt, hütete sich aber, mit anderen Menschen außer Marie darüber zu sprechen.

Keine Frau, der Leben und körperliche Unversehrtheit lieb waren, reiste allein. Die Bäuerinnen und Mägde gingen für gewöhnlich in Gruppen oder wenigstens zu zweit, am liebsten aber in männlicher Begleitung zu den Markttagen in den Dörfern und Städten. Eine Dame gar, die mit etwas so Kostbarem

wie einem Pferd unterwegs war, handelte in höchstem Maße leichtfertig und lief Gefahr, jeden Wegelagerer und Räuber längs des Weges auf den Fersen zu haben. Unbegleitet und ohne Waffen waren ihre Chancen, ihr Ziel zu erreichen, gering, und selbst Berenguela, der man eine große Portion Wagemut nicht absprechen konnte, wäre niemals ohne männliche Eskorte zur Baustelle des Hospitals geritten. Da sie aber weder Lust noch Zeit hatte, mit ihrem Vater als Befehlshaber der königlichen Wachen über ihren geplanten Ausflug zu verhandeln, war sie in die Kleider ihres erfundenen Medicus geschlüpft und kurzerhand ohne den Schutz der Ritter aufgebrochen.
Inzwischen allerdings bereute sie ihren leichtfertigen Entschluss. Nur Marie wusste, dass sie, von Neugier getrieben, den Beginn der Bauarbeiten selbst begutachten wollte. Niemand sonst im Palast war über ihre Abwesenheit unterrichtet, und sie konnte daher auch nicht damit rechnen, dass irgendjemand sie suchen käme. Zudem hatte sie es versäumt, auf die Zeit zu achten, und der Zorn, mit dem sie zunächst ihre eigene Einfalt verflucht hatte, wich mehr und mehr der Sorge, heil in Pamplona anzukommen. Der Weg war noch lang, und sie würde erst in vollkommener Dunkelheit ihr Ziel erreichen. Ihre Augen versagten schon jetzt in dem dämmerigen Licht, doch glücklicherweise konnte sie sich auf den untrüglichen Orientierungssinn ihrer Stute verlassen. Das Pferd würde sie sicher nach Hause bringen, denn es hatte bisher jedes Mal seinen Stall gefunden.
Sie war noch nicht weit geritten, als sie es zum ersten Mal hörte – ein klagender, langgezogener Laut von irgendwo aus der Schneewüste, ein Heulen, das langsam anschwoll, dann voller und voller wurde und schließlich abrupt abbrach.
Ein Wolf.
Ein vierbeiniger Jäger, überrascht von dem späten Schnee und getrieben von Hunger. Berenguela zügelte ihre Stute und blieb lauschend stehen. Das Pferd konnte den Wolf noch nicht ge-

wittert haben. Nach dem Heulen zu urteilen, musste das Raubtier ein gutes Stück entfernt sein. Sie ritt langsam weiter und überlegte fieberhaft, ob sie es wagen konnte, den weiten Weg bis Pamplona einzuschlagen, ohne dass sie Gefahr lief, dem Wolf oder möglicherweise sogar einem ganzen Rudel zu begegnen. Wieder erklang der unheimliche Ruf des Tiers. Dann hörte sie ein zweites Heulen, das wie ein Echo dem ersten antwortete. Ihre Stute tänzelte nervös auf der Stelle. Auch das Pferd ahnte inzwischen die Bedrohung.

Mit äußerster Willenskraft gelang es Berenguela, ruhig zu bleiben. So schnell sie konnte, überschlug sie ihre Möglichkeiten. Bis nach Pamplona würde sie nicht kommen, die Wölfe würden ihre Witterung aufnehmen und sie und ihr Pferd zu Tode hetzen. Sie könnte versuchen in die entgegengesetzte Richtung, nach Puente la Reina, zu reiten, doch sie zweifelte, dass sie den Weg in der Dunkelheit finden würde. Eine Herberge oder ein Hof, wo sie Schutz suchen könnte, war nicht in erreichbarer Nähe. Wieder hallte ein Heulen durch das Tal, und Berenguela hatte den Eindruck, dass der Wolf näher gekommen war.

Panik kroch in ihr hoch, vor Angst fiel ihr das Schlucken schwer. Sie glaubte ein Knurren gehört zu haben, doch das, beruhigte sie sich selbst, konnte nur eine Sinnestäuschung, herbeigeführt durch ihre äußerste Anspannung, sein. Die Ohren ihres Pferdes waren steil nach oben gerichtet, ein Zeichen höchster Aufmerksamkeit. Es schneite nicht mehr, nur noch vereinzelt fielen ein paar letzte Flocken vom Himmel. Berenguela kniff die Augen zusammen, um ihre Umgebung besser wahrzunehmen, und direkt vor dem rechten Vorderbein ihrer Stute entdeckte sie einen kleinen Mauerstein mit dem Bild einer Jakobsmuschel.

»Heilige Mutter Gottes«, flüsterte sie aufgeregt. »Warum habe ich nicht gleich daran gedacht?« Sie kannte den Stein. Er kennzeichnete die Abzweigung vom Jakobsweg zur Pilgerkirche

Santa Maria de Eunate, einem achteckigen Tempel mitten auf einem freien Feld neben einem Friedhof, wo diejenigen ruhten, die den Weg nach Santiago de Compostela nicht mehr beenden würden.

Eilig lenkte Berenguela ihre Stute nach rechts und folgte dem Pfad mit dem schwachen Licht des Mondes, das durch die langsam aufreißenden Wolken fiel. Sie wusste, dass die Kirche in unmittelbarer Nähe war, und trieb ihr Pferd zu schnelleren Schritten an. Vor lauter Freude und Eifer über ihre greifbare Rettung hatte sie einen Moment lang nicht an die Gefahr gedacht und erschrak umso mehr, als sie meinte in einem Busch ein gelb schimmerndes Augenpaar gesehen zu haben. Es raschelte laut, und die Augen verschwanden im Dunkel des Unterholzes. Ein Hase vielleicht, auf jeden Fall ein kleineres Tier als ein Wolf. Sie atmete tief durch, sprang vom Pferd und begann ihre Stute am Zügel hinter sich herzuzerren. Es schien ihr sicherer, das Pferd zu führen und zu Fuß dem Pfad zu folgen. Weit konnte die Kirche ohnehin nicht mehr sein.

Sie entdeckte die Umrisse des achteckigen Tempels schemenhaft in der Dunkelheit. Berenguela begann zu laufen, das Pferd trabte neben ihr, und sie dankte Gott, dass sie Hosen und nicht einen ihrer unhandlichen Röcke trug. Das Heulen der Wölfe klang jetzt lauter, doch sie verbot sich, auch nur einen Augenblick langsamer zu werden, und mit letzter Kraft erreichte sie die Kirchentür. Sie zerrte an der eisernen Klinke, doch das Tor öffnete sich nicht. Tränen des Zorns und der Verzweiflung liefen über ihre Wangen, und sie stemmte sich mit aller Kraft gegen das Holz, stieß sich die Schulter schmerzhaft an den kunstvoll geschnitzten Figuren, schrie vor Wut, als auch das keinen Erfolg brachte, und dann, mit einer Energie, die nur die Angst vor dem Tod freisetzt, gelang es ihr, die Tür zu öffnen.

Im Inneren war es kalt, dunkel und unheimlich, doch Berenguela erschien die Kirche wie der Eingang zum Paradies. Sie zog

ihre Stute ebenfalls durch die schmale Tür und schickte ein Stoßgebet zum Himmel, dass sich das Pferd nicht weigern würde, die nach Weihrauch duftende Kapelle zu betreten. Doch das Tier vertraute seiner Herrin, und Berenguela warf die schwere Tür ins Schloss und verriegelte sie von innen. Sie lehnte sich keuchend gegen die Wand und versuchte ihren Atem zu beruhigen. Ihr Pferd schnaubte, Berenguela streichelte den warmen Hals des Tiers, drückte ihre Stirn an den Kopf der Stute und begann vor Erleichterung zu schluchzen. Die Stute knabberte zärtlich an ihrer Schulter, und Berenguela fühlte für wenige Momente ein Maß an Geborgenheit, das ihr selten zuteilwurde.
Nach einer Weile hob sie den Kopf, wischte sich mit den Händen die Tränen aus dem Gesicht und entdeckte einen schwachen Lichtschein, den sie vorher nicht wahrgenommen hatte. Das Licht kam direkt von vorn, wo sie den Altar vermutete. Möglicherweise, folgerte sie, hatte einer der Tempelritter, denen die Kirche gehörte, eine Öllampe brennen lassen, falls sich doch ein Pilger hierherverirren sollte. Sie ging langsam auf das Licht zu, und je näher sie kam, umso mehr konnte sie die Pfeiler und Bögen hinter dem Altar erkennen. Sie hatte noch nie in dieser Kirche ein Gebet gesprochen, womit sie sich auch die Tatsache erklärte, dass nicht ihr erster Gedanke Santa Maria de Eunate gegolten hatte, obwohl sie doch die nächstliegende Unterkunft war und ihr den besten Schutz vor den Gefahren der Nacht bot.
Der Weihrauch reizte ihren Hals, und sie kämpfte mit einem Hustenanfall, der ihr die Luft abschnürte. Sie hätte viel darum gegeben, jetzt einen ihrer heißen, gut schmeckenden Tees trinken zu können, doch sie würde sich wohl auf einige kalte und durstige Stunden einrichten müssen, denn vor dem Morgengrauen konnte sie die Kirche kaum verlassen. Sie überlegte, ob in der Satteltasche noch ein Stück Brot stecken könnte, aber dann fiel ihr ein, dass sie den letzten Rest bereits vor Einsetzen

des Schneefalls gegessen hatte. Es tat ihr leid, dass sie ihrer Stute kein Futter geben konnte, doch ein Fastentag würde weder dem Tier noch ihr selbst schaden.

Sie tastete sich in dem schwachen Licht zurück zu ihrem Pferd und setzte sich auf eine der Kirchenbänke. Ihr Mantel war außen feucht von dem Schnee, innen aber noch trocken, und sie hüllte sich, so gut es ging, in das Tuch. Erst jetzt spürte sie, wie müde sie war, und sie überlegte, ob sie es wagen konnte, sich auf der harten und unbequemen Bank auszustrecken, um ein wenig Schlaf zu bekommen. Sie nahm ihre Beine hoch und versuchte sich langzumachen, doch die Bank war zu schmal für sie, und seufzend ließ Berenguela den Plan fallen. Da sie weder schlafen noch auf Dauer in der Kälte still sitzen konnte, begann sie ihre Stute abzusatteln.

»Täusche ich mich, oder denkt Ihr ernsthaft daran, Euer Pferd in der Kirche übernachten zu lassen?«

Sie fuhr herum und starrte in das Gesicht eines großen Mannes, dessen Kleidung ihn als einen Ritter auswies, auch wenn sie nichts entdeckte, das auf das Vorhandensein einer Rüstung hinwies. In der rechten Hand hielt er eine Öllampe, die er, von ihr unbemerkt, an der Flamme des Altarlichtes entzündet haben musste.

Er nahm ihr den Sattel aus den Händen. »Es gibt einen Stall neben der Kirche, wusstet Ihr das nicht?«

Berenguela hatte ihren ersten Schreck überwunden, doch je mehr ihre Angst schwand, umso größer wurde ihr Zorn. »Was hockt Ihr da im Dunkeln und versetzt harmlose Pilger in Todesfurcht? Das nenne ich ein höchst seltsames Verhalten.«

»Verzeiht, aber Euer Auftritt war nicht minder ungewöhnlich.«

Sie schwieg, und er sagte beiläufig: »Es sieht fast so aus, als wärt Ihr auf der Flucht.«

»Das war ich auch«, gab sie zu. »Und zwar vor einem Rudel Wölfen.«

»Ah, das ist der Grund, warum Ihr Euer Pferd zwischen die Kirchenbänke zerrt.«
»Ja, und Ihr tätet gut daran, meinem Beispiel zu folgen, vorausgesetzt, Ihr habt ein Pferd.«
»Ich habe eins, und es steht sicher im Stall.«
»Aber die Wölfe ...«
» ... sind weit weg. Eure Sinne haben Euch getrogen.«
»Ich habe ihr Heulen ganz nah gehört.«
»Der Wind trägt ihr Rufen über weite Strecken. Ich glaube nicht, dass wir heute Nacht nähere Bekanntschaft mit einem Wolf machen werden. Ihr könnt also Euer Pferd getrost zu meinem in den Stall führen. Dort findet es auch etwas Wasser und Heu.«
Berenguela warf ihm aus dem Augenwinkel einen skeptischen Blick zu, entschied sich aber, ihm zu trauen. Der Mann hatte eine angenehme Stimme und beherrschte das Provenzalische, das zwar nicht in Navarra gesprochen wurde, doch als die Sprache der Troubadoure galt und an den Höfen im Süden Europas wohlbekannt war. Ein Ritter auf dem Weg nach Santiago, vermutete sie und musterte ihn in dem schwachen Licht. Sein Haar war feucht, weshalb sie die Farbe nicht genau erkennen konnte. Seine Augen wirkten freundlich, fast schien es ihr, als würde Vergnügen über die unerwartete Begegnung aus ihnen blitzen. Er hatte schön geschwungene Lippen und ein energisches Kinn. Sie überlegte, ob sie diesen Mann schon früher einmal getroffen hatte, denn er kam ihr vage bekannt vor. Es gelang ihr jedoch nicht, sein Gesicht mit einem Fest oder einem Turnier im Palast ihres Vaters zusammenzubringen, so dass sie es aufgab, weiter darüber nachzugrübeln.
»Ihr seid ein Medicus, nicht wahr?«, fragte er jetzt und musterte sie aufmerksam. »Ein recht junger, wie mir scheint.«
Sie drehte sich zu ihrer Stute und wandte ihr Gesicht ab. »Wolltet Ihr mir nicht den Stall zeigen?«, wechselte sie das Thema.

»Zur Tür hinaus und ein paar Schritte links herum. Diese Kirche scheint mir wie ein Rondell gebaut.«
»Sie ist achteckig«, entgegnete Berenguela.
»Ein Oktogon«, sinnierte er. »Also eine Kirche der Templer.«
»Ihr kennt Euch in Fragen der Architektur erstaunlich gut aus«, sagte sie mit einem leisen Ton von Überraschung in der Stimme.
»Beeindruckt Euch das? Nun, dann werdet Ihr noch mehr Achtung vor meinem Wissen haben, wenn ich Euch sage, dass die Templer als Vorbild ihrer Kirchen für gewöhnlich die Heiliggrabkirche in Jerusalem wählen. Und das haben sie offenbar auch hier gemacht.«
Berenguela fand es an der Zeit, die Unterhaltung zu unterbrechen und ihr Pferd in den Stall zu bringen. Sie nickte dem Unbekannten zu und öffnete vorsichtig die Kirchentür.
»Immer noch Angst vor den Wölfen? Soll ich Euch begleiten?«
»Nein, ich komme schon allein zurecht.«
Der Wind hatte fast alle Wolken vertrieben, und der Himmel leuchtete sternenklar. Der Schnee schimmerte hell auf den Wiesen, doch sosehr sie auch Ausschau nach verräterischen Wolfsspuren hielt, es waren keine zu sehen. Sie fand den Stall auf Anhieb, und als sie die Tür öffnete, hob ein großer Rappe den Kopf und betrachtete sie, vor allem aber ihr Pferd, mit freundlicher Neugier. Berenguela sah auf den ersten Blick, dass es sich um ein mächtiges Streitross handelte, das sich ein armer Ritter mit Sicherheit nicht leisten konnte. So war der Unbekannte also ein einflussreicher Mann, ein Graf oder ein Herzog, einer, der zu kämpfen gewohnt war. Sie versorgte ihr Pferd mit Futter und Wasser, blies der Stute einen Kuss auf die Nase und ging mit raschen Schritten zurück zur Kirche.
Der Mann hatte weitere Lichter angezündet, und die Kapelle wirkte längst nicht mehr so abweisend wie zuvor.
»Falls Ihr durstig seid, in meinem Schlauch ist noch ein wenig

Wein«, bot er ihr an, doch Berenguela hielt es für eine weise Entscheidung, nüchtern zu bleiben, und lehnte mit Dank ab, nahm aber gern ein Stück Brot.

»Was macht ein Medicus, ein junger noch dazu, nachts auf einer einsamen Straße? Habt Ihr keine Angst vor Räubern?«

»Offenbar ebenso wenig wie Ihr«, gab Berenguela zurück.

»Ich bin bewaffnet, Ihr seid es nicht.«

»Woher wollt Ihr das wissen?«

»Meine Augen sehen scharf genug, um das zu erkennen.«

»Seid Ihr auf dem Weg nach Santiago de Compostela? Es ist noch sehr früh im Jahr für eine Pilgerreise.«

»Was bringt Euch auf die Idee, ich sei ein Pilger auf dem Jakobsweg?«

»Ich kann mir keinen anderen Grund für Euren Aufenthalt in Navarra vorstellen.«

»So? Dann habt Ihr eine träge Phantasie. Wie wäre es damit – ich bin auf dem Weg zum königlichen Hof in Pamplona?«

Berenguela blieb vorsichtig. »Und was führt Euch dann hier in diese Kirche?«

»Vermutlich ähnelt mein Grund dem Euren. Ich habe mich im Schneetreiben verirrt und war froh, diesen Unterschlupf gefunden zu haben.«

»Unsere Gründe haben nichts gemein. Ich habe mich keineswegs verirrt.«

»Richtig, Ihr wart ja auf der Flucht vor den Wölfen. Aber jetzt sind mir ein paar Fragen erlaubt. Seid Ihr ein reisender Medicus, oder habt Ihr einen Herrn, an dessen Hof Ihr praktiziert?«

»Ich bin ein Heilkundiger, der von Ort zu Ort zieht.«

»Das scheint ein lukratives Geschäft. Eure Stute stammt offensichtlich aus einer guten Zucht. Ihr müsst viel Geld verdienen.«

»Das Pferd war ein Geschenk.«

Der Unbekannte sah ihr mit einem prüfenden Blick direkt in die Augen, und Berenguela hatte das Gefühl, als dränge er bis in ihre Seele vor. Das Zusammensein mit ihm wurde ihr langsam unbehaglich, doch sie sah keine Möglichkeit, seinen bohrenden Fragen zu entkommen.

»Ich habe eine alte Verletzung, die mir zu schaffen macht. Würdet Ihr sie einmal anschauen? Ihr sollt es nicht umsonst tun.«

Berenguela räusperte sich. Sein Ansinnen verunsicherte sie. Bislang hielt er sie für einen Mann, doch sie war sich nicht sicher, ob ihre Tarnung weiteren Prüfungen standhalten würde, und es wäre ihr lieber gewesen, ihm nicht zu nahe zu kommen. Andererseits wollte sie keinen Verdacht erregen, indem sie sich weigerte, einen Appell an ihre ärztliche Kunst anzunehmen.

»Wo habt Ihr diese Verletzung, und wodurch ist sie entstanden?«, fragte sie deshalb eher beiläufig.

»Unter meinem rechten Schulterblatt. Ein Schwerthieb, vor ungefähr einem Dreivierteljahr.«

»Ein Schwerthieb, der von hinten geführt wurde? Das klingt nicht nach einem Turnier.«

»Nein, es ist eine Kriegsverletzung.«

»In welchem Krieg habt Ihr gekämpft?«

»Wird nicht immer irgendwo eine Schlacht geschlagen? Seht Ihr Euch die Verletzung nun an oder nicht?«

Sie näherte sich zögerlich. »Also gut, ich werde einen Blick darauf werfen. Ich sage Euch aber gleich, dass ich meine Arzneien nicht bei mir habe.«

»Ist das nicht sträflicher Leichtsinn?«

Berenguela blieb nichts anderes als der Angriff. »Wer seid Ihr überhaupt? Ihr bittet mich um einen Gefallen und macht mir dennoch Vorwürfe?«

»Ich bitte um Verzeihung«, sagte der Fremde und begann an seinem Hemd zu nesteln. »Der Zufall hat uns zusammengeführt, und wir wollen unsere Begegnung nicht im Streit enden lassen. Ich bin ein Ritter, und Ihr seid ein Medicus. Reicht das für ein kurzes Miteinander?«

Sie war besänftigt. »Ich gebe mich geschlagen und bin gern bereit, mir Eure Verletzung anzusehen.«
»Immerhin wisst Ihr jetzt mehr von mir als ich von Euch.«
»Hm«, raunte Berenguela und betrachtete die Narbe an seinem Rücken.
»Nun«, begann er erneut, »ich habe Euch gesagt, dass ich auf dem Weg zum Hof des Königs von Navarra bin. Führt Euch Euer Weg vielleicht zufällig in dieselbe Richtung?«
»Vielleicht, vielleicht auch nicht. Aber ich kenne den Hof. Ich plane ein Hospital im Auftrag von König Sancho.« Sie strich zart über die Narbe und fühlte das harte Gewebe unter ihren Fingerspitzen. »Die Wunde ist schlecht verheilt«, sagte sie. »Es sieht aus, als würdet Ihr häufig Schmerzen haben. Hier.« Der Ritter erschauerte, als sie begann seine Schulter zu massieren. »Nicht die Muskeln anspannen«, flüsterte sie. »Ihr müsst Eure Schulter locker lassen.« Sie strich mit ihren schmalen Fingern über die wulstige Narbe, knetete seinen oberen Rücken und fühlte, wie sein Fleisch weich und nachgiebig wurde und er sich sichtlich entspannte. »Wer hat damals die frische Wunde versorgt?«, fragte sie, ohne ihre Massage zu unterbrechen.
Der Ritter antwortete nicht. Er hatte die Augen geschlossen und genoss offensichtlich ihre Behandlung mehr, als ihr lieb war. Sie beendete das Ausstreichen der Narbe, indem sie mit der ganzen Handfläche über sein schmerzendes Schulterblatt fuhr. »Seid Ihr eingeschlafen? Ich hatte Euch eine Frage gestellt.«
Er schaute sie verwirrt an, als hätte ihre zarte Berührung ihn tatsächlich in das Reich der Träume geschickt und ihr abruptes Ende ihn unsanft geweckt. »Ihr habt magische Hände. Kein Wunder, dass man Euch ein wertvolles Pferd schenkt«, seufzte er. »Welchen Preis verlangt Ihr für eine weitere Behandlung?«
Berenguela musste lachen. »Sollten wir uns noch einmal begegnen, mache ich Euch einen Umschlag aus Tausendgüldenkraut. Das hilft für gewöhnlich bei knotigem Narbengewebe.«

»Ich dachte eigentlich nicht an einen Pflanzenbrei, sondern an eine weitere wundervolle Massage mit Euren Zauberhänden.«
»Jede Arznei schadet, wenn man sie in zu hoher Dosis verabreicht. Ihr könnt das Hemd wieder anziehen. Was wollt Ihr eigentlich am Hof des Königs? Oder ist die Frage zu vorwitzig?«
»Das ist sie, und deshalb lasse ich sie unbeantwortet. Um Eure Neugier zu befriedigen, nur so viel: Ich habe mit König Sancho zu verhandeln. Stillt das Euren Wissensdurst?«
»Es geht mich ja ohnehin nichts an. Bleibt Ihr länger in Navarra?«
»Nein, meine Zeit ist meistens knapp bemessen.« Er sah sie mit einem seltsam verträumten Blick an. »Was haltet Ihr davon, mit mir zu kommen?«
»Wohin?«, fragte Berenguela verwirrt.
»An den Hof des Königs und dann, wohin mich meine Aufgaben führen.«
»Ihr meint, ich soll mit Euch zusammen Navarra verlassen? Und wovon soll ich leben?«
»Nun, von Eurer ärztlichen Kunst. Werdet mein Medicus, ich werde Eure Dienste in nächster Zeit gut gebrauchen können.«
»Das ist unmöglich.«
»Warum? Sagtet Ihr nicht, Ihr zieht von Ort zu Ort? Ich werde Euch ebenso gut oder sogar besser belohnen.«
»Ich kann Navarra nicht verlassen.«
»Schade«, sagte er. »Aber einen Versuch war es wert.«
Berenguela gähnte. Sie fühlte sich so müde, dass sie fürchtete, jeden Moment vor Erschöpfung umzusinken. Ihre Augen waren schwer, und die Kälte der frostigen Nacht kroch langsam durch ihre Kleider. Sie zitterte und zog ihren Mantel enger um sich.
»Ist Euch kalt?«, fragte der Ritter. »Mein Umhang ist von festerem Tuch als Eurer und kann uns beide wärmen. Kommt her und lehnt Euch an den Sattel, dann ist es bequemer.«

Sie zögerte, doch der Wunsch, nicht mehr frieren zu müssen, war stärker. Der Ritter legte ihr seinen Mantel um die Schultern, und sogleich fühlte Berenguela sich ein wenig besser.
»Gebt mir Eure Hände, sie beben ja förmlich vor Kälte.« Der Ritter ergriff ihre Finger und rieb sie zwischen seinen Handflächen.
»Besser?«, fragte er fürsorglich, und sie nickte dankbar.
Er hatte wohlgeformte, aber große kräftige Handgelenke, auf denen sie mehrere kleine Narben entdeckte. Offensichtlich verbrachte er einen Großteil seiner Zeit auf dem Schlachtfeld und nicht in der Schreibstube, und damit ähnelte er nicht wenig ihrem Bruder Sancho. Sie fragte sich, ob die beiden sich womöglich kannten, schob den Gedanken aber gleich wieder beiseite, denn es wäre für alle besser, wenn es keine weiteren Berührungspunkte zwischen ihr und dem unbekannten Ritter gäbe.
Er legte den Arm um ihre Schulter und drückte sie kurz an sich. »Ihr seid wirklich ein schmächtiges Kerlchen. Aber ein Medicus braucht schließlich keine Muskeln.«
Berenguela rückte so weit wie möglich von ihm ab und lehnte sich an den Sattel ihres Pferdes. Sie war so müde, dass sie selbst den eiskalten Kirchenboden in Kauf nahm, nur um einen Moment sitzen und ihre Beine ausstrecken zu können. Ihr Kopf sank nach vorn, und sie schreckte aus dem kurzen Schlummer auf. Sie setzte sich gerade hin und nahm sich vor, nicht wieder einzuschlafen, doch einen Moment später träumte sie bereits von einem Garten, in dem die Blumen nicht verwelkten und die Bäume ihre Blätter nicht verloren, weil es niemals Herbst wurde.

Der Medicus atmete tief und regelmäßig, und Richard wusste, dass die Müdigkeit den jungen Mann letztlich doch besiegt hatte. Er zog vorsichtig seinen Arm zurück, achtete aber darauf, dass beide von seinem Umhang bedeckt blieben. Jetzt, da er schlief, wirkte der Heilkundige noch jünger, und Richard empfand in der Rückschau das Verhalten des Fremden mehr als merkwürdig. Warum hatte er keinerlei Medikamente bei sich, wenn er doch als fahrender Medicus immer und überall im Dienst der Kranken stand? Warum hatte er auf Richards Vorschlag, ihn zu begleiten, so abweisend reagiert? Eigentlich hätte er froh sein müssen, dass ein Ritter ihm Schutz gab. Vieles, was der junge Medicus gesagt hatte, passte nach Richards Ansicht nicht zusammen. Und er hatte genügend Erfahrung mit Lügnern, dass er einen solchen erkannte, wenn er ihm gegenüberstand. Und sei es ein so raffinierter wie dieser hier.

Möglicherweise, grübelte Richard, war er einem Betrüger begegnet, der nicht vor den Wölfen geflohen war, sondern vor erbosten Kranken, die unter seinen Händen nicht genesen waren. Andererseits hatten die Hände des seltsamen Medicus in Richard Gefühle ausgelöst, die er kaum in Worte fassen konnte. Er war noch niemals so sanft berührt worden, nicht einmal, wenn er mit einer seiner zahlreichen Liebschaften zärtliche Stunden im Bett genossen hatte. Diese Hände hatten etwas Engelgleiches gehabt und sich angefühlt, als wäre er geradewegs im Himmel angekommen. Es war eine durch und durch beunruhigende Vorstellung, dass ein anderer Mann einen Sturm der Gefühle in ihm entfacht haben sollte, wie ihn bisher noch nicht einmal eine Frau herbeigeführt hatte, und Richard fühlte sich nicht wohl bei diesem Gedanken.

Es gab keinen rationalen Grund, warum er sich wünschte, dass der Medicus in Zukunft mit ihm reisen und ihn vor allem auf dem geplanten Kreuzzug ins Heilige Land begleiten würde. Doch mit jeder Faser seines Körpers sehnte er sich danach, die Hände des Medicus ein weiteres Mal zu spüren und sich der Vorstellung hinzugeben, es wäre die Berührung einer liebenden Frau.

Der junge Mann schnarchte leise, was Richard unwillkürlich lächeln ließ. Er fühlte sich auf unerklärliche Weise leicht und glücklich, obwohl er in einer eisigen Märznacht in einer Kirche der Templer im Nirgendwo Navarras festsaß und fror. Richard beobachtete den schlafenden Medicus, so gut es das schwache Licht zuließ, und musste zugeben, dass seine Züge selbst für einen jungen Mann ungemein weich und zart waren. Auch konnte er keinerlei Spuren eines Bartes erkennen, was ihm zuvor, bedingt durch den dunklen Schal, der einen Teil des Gesichtes des jungen Mannes verdeckte, nicht aufgefallen war. Die Wangen waren schmal und blass, die Lippen voll und zugleich fein, und Richard ertappte sich zu seinem eigenen Entsetzen bei dem Wunsch, sie zu küssen.
Er schob zärtlich eine Haarsträhne beiseite, und seine Hand stieß dabei an den schwarzen Hut, den der Medicus sogar in der Kirche auf dem Kopf behalten hatte. Richard hatte es ihm nachgesehen und sein Verhalten mit der Kälte, die in der Kirche herrschte, entschuldigt. Jetzt fragte er sich allerdings, ob es nicht noch einen anderen Grund für die große Haube geben könnte, die im Übrigen nass war und die jeder andere dankbar abgelegt hätte.
Mit dem Zeigefinger drückte er die Haube ein Stück nach hinten, und ohne dass es einer weiteren Anstrengung bedurfte, fiel die Kopfbedeckung dem Medicus auf die Schulter, rutschte an seinem Arm hinunter und rollte in seinen Schoß. Ein Vorhang aus schwarzen Haaren floss über Gesicht und Oberkörper des schlafenden Heilers, und Richard sog mit einem erschrockenen Keuchen die Luft ein. An seiner Seite schlief eine Frau. Eine schöne noch dazu und offenbar eine mutige, denn wie sonst wäre es zu erklären, dass sie in der Dunkelheit allein unterwegs war.
Er starrte die Schlafende wie eine Erscheinung des Himmels an und war zugleich beruhigt, dass er seinen männlichen Instink-

ten weiterhin vertrauen durfte. Die Hände, deren Berührung er so über die Maßen genossen hatte, waren tatsächlich die einer Frau gewesen. Und die Gefühle, die sich in ihm so laut und deutlich zu Wort gemeldet hatten, fußten auf nichts anderem als der erotischen Anziehungskraft zwischen Mann und Frau.
Richard schälte sich vorsichtig aus seinem Umhang und wickelte ihn behutsam um die Schultern der Frau. Er betrachtete ihre Hände und sah, dass sie schmal und gepflegt waren, allerdings fühlten sich ihre Fingerspitzen, die er zart an seine Lippen drückte, rauh an. Vielleicht war sie tatsächlich eine Heilerin, die sich als Mann verkleidet hatte, um auf den unsicheren Straßen nicht behelligt zu werden. Auf jeden Fall stammte sie aus einem vornehmen Haus, war die Tochter eines Grafen oder Barons, und das Pferd, das sie ritt, war wohl eher ein Geschenk ihres Vaters als das eines dankbaren Kranken. Sie trug keinen Schmuck, weder Ringe noch Ketten, und so konnte er nicht erkennen, ob sie verheiratet war oder nicht.
Selbst im Schlaf zeigte sich über ihrer Nasenwurzel eine kleine Falte, als würde sie auch jetzt noch über die Mischung einer Arznei oder ein anderes medizinisches Problem nachdenken. Er strich leicht über ihre Stirn, doch die grüblerische Falte wollte sich nicht glätten lassen. Er lächelte und bedankte sich innerlich bei dem gnädigen Schicksal, das ihn mit dieser geheimnisvollen Fremden zusammengeführt hatte. Nie hätte er gedacht, dass das kleine unscheinbare Navarra so angenehme Überraschungen bereithielt. Morgen würde er der Sache auf den Grund gehen. Und über diesem Gedanken schlief er ein.

Berenguela lief träumend über weiches Moos und folgte einem Pfad, der sich in sanften Windungen bis dicht an den Horizont zog. Rechts und links warfen die Bäume erholsame Schatten, denn die Sonne stand hoch am Himmel, und je weiter sie dem

Auf und Ab des Weges nachging, desto dankbarer war sie über kurze Strecken unter kühlen Blätterdächern. Sie nahm das Singen der Vögel wahr, obwohl sie kein einziges Lebewesen in ihrer Nähe ausmachen konnte. Sie fühlte sich, als wäre sie allein auf der Welt, niemand würde sie aufhalten oder den Frieden der Natur stören. Sie ging weiter, spürte den weichen Waldboden unter ihren nackten Füßen, roch die würzige Luft des Waldes und den süßlichen Duft der Blumen. Schritt für Schritt wurde sie eins mit der Kraft der Natur und empfand ein Glück, das ihr Inneres wie eine warme Kugel ausfüllte.

Sie richtete ihre Augen auf den weiteren Verlauf des Weges und sah, dass etwas auf sie zukam. Sie konnte nicht erkennen, ob es sich um einen Menschen oder ein Tier handelte, doch selbst die Ungewissheit machte ihr keine Angst. Sie genoss den Frieden des Waldes und wanderte weiter, dem hellen Leuchten entgegen, das nicht bedrohlich wirkte, sondern Zuversicht und Vertrauen ausstrahlte. Berenguela beschleunigte ihre Schritte, die Sehnsucht trieb sie zur Eile, und die Helligkeit wurde stärker, ohne sie zu blenden.

Schließlich war sie dem Leuchten so nah, dass sie meinte es mit den Händen berühren zu können. Sie hoffte endlich das Wesen, das sich hinter dem hellen Schein verbarg, zu sehen, fühlte, dass diese Begegnung ihr Leben beeinflussen würde, doch als sie die Hände ausstreckte und in das Leuchten hineingriff, stolperte sie und fiel ins Leere. Sie trudelte und drehte sich beim Fallen, spürte den Sturz bis in ihr Inneres, sah, wie sie dem Boden näher kam, und fürchtete jeden Moment, mit schmerzhafter Wucht aufzuschlagen. Doch unmittelbar vor dem Aufprall erwachte sie.

Sie keuchte, und Schweiß stand auf ihrer Stirn. Es war dämmerig und kalt, und durch die Alabaster-Scheiben der Kirche fiel das erste graue Licht des Tages. In ihrem Kopf spürte sie einen dumpfen Schmerz, in ihren Schultern und im Rücken fühlte sie

Verspannungen, und ihre Beine waren taub. Sie kroch auf allen vieren weg von dem Sattel, an dem sie gelehnt hatte, und achtete darauf, dass der Ritter, der schlafend auf dem Boden saß und in einer unbequemen Haltung an einer Kirchenbank lehnte, nicht erwachte. Sie setzte sich auf und zog sich an einer Bank hoch, um durch Bewegung wieder Leben in ihre Beine zu bringen. Erst dann sah sie, dass sie ihre Haube verloren hatte und ihre schwarzen Haare offen über ihre Schultern fielen. So schnell sie konnte, umfasste sie ihre Locken, drehte einen dicken Knoten und steckte ihn unter den Hut des Medicus. Dann nahm sie den Sattel, schlich auf Zehenspitzen zur Tür, öffnete sie und betete, dass der unbekannte Ritter weiterschlafen möge. Sie lief zum Stall, wo ihre Stute offenbar eine ruhige und angenehme Nacht verbracht hatte, sattelte das Pferd und ritt eilig von der Kirche fort, zurück zum Jakobsweg, wo sie an dem Mauerstein, der ihr am Abend zuvor wie ein Fingerzeig des Himmels erschienen war, die Richtung nach Pamplona einschlug.
Es war noch früher Morgen, aber hell genug, um gefahrlos über den festen Schnee zu reiten. Sie nahm sich vor, unmittelbar nach ihrer Ankunft im Schloss die Kammer von Marie aufzusuchen, um erstens die Kleider zu wechseln und zweitens in Ruhe die Ereignisse der vergangenen Nacht überdenken zu können. Sie vermutete, dass der Ritter ihre Tarnung durchschaut hatte. Ihr scharfer Verstand hielt es für unwahrscheinlich, dass ihre Haube durch einen dummen Zufall von ihrem Kopf gerutscht war, als der Ritter bereits schlief. Sie musste davon ausgehen, dass er ihr Haar gesehen und vielleicht sogar berührt hatte, und sie dankte dem Himmel, dass der Mann entweder zu müde oder zu anständig war, um eine Frau, die ihm in der einsamen Kirche immerhin wehrlos ausgeliefert war, zu überwältigen. Er hatte gesagt, er sei auf dem Weg zum Hof des Königs. Ein weiterer Grund, sich vorerst in Maries Kammer zu verbergen.
Ein paar Stunden später hatte sie den königlichen Palast ohne

weitere Zwischenfälle erreicht. Bei Tageslicht schien es ihr überdies unverständlich, dass sie am gestrigen Abend so in Panik geraten war. Auf dem gesamten Weg hatte sie nicht einen einzigen Abdruck einer Wolfspfote entdeckt, und insgeheim gestand sie sich ein, dass der Fremde recht gehabt hatte. Die Wölfe waren tatsächlich weit entfernt gewesen.

Sie führte ihr Pferd in den Hof und übergab es einem der Stallknechte, der sie mit großen erstaunten Augen ansah. Berenguela dachte nicht daran, den fragenden Blick mit einer Antwort zufriedenzustellen, und lief in den Kleidern des Medicus zu Maries Kammer in der Nähe der Küche. Seit ihre alte Lehrerin nicht mehr bettlägerig war und Berenguela die ständige Pflege einstellen konnte, hatte Marie wieder ihr eigenes Zimmer bezogen und lebte nicht mehr in unmittelbarer Nähe der Königsfamilie.

Berenguela hatte erwartet, Marie noch schläfrig vorzufinden, doch diese war bereits vollständig angezogen und humpelte ihr aufgeregt entgegen. »Dem Himmel sei Dank, du bist wieder da. Ich habe vor lauter Sorgen die ganze Nacht kein Auge zugemacht. Wo bist du gewesen?«

»O Gott, Marie, hilf mir aus diesen Kleidern. Ich bin vom Schnee überrascht worden und habe in der Kirche Santa Maria de Eunate auf den Morgen gewartet.«

»Und es gab keine Möglichkeit, nach Pamplona zu reiten?«

»Nein. Ich habe Wölfe gehört.«

»Mein armes Kind. So hast du kalte, einsame Stunden hinter dir. Komm, trink heißes Wasser mit Rosmarin.«

»Kalt war es in der Kirche«, sagte Berenguela und wärmte sich dankbar die frostigen Finger an dem Wasserkrug, »aber nicht einsam.«

»So hatten dort mehrere Menschen Zuflucht gesucht?«

»Einer. Ein fremder Ritter, der angab, sich auf dem Weg zu meinem Vater verirrt zu haben.«

»Um Gottes willen, du warst die ganze Nacht mit diesem Mann allein?«
»Ja«, gab sie zu, »aber er hielt mich für einen Medicus, jedenfalls nicht für eine Frau.«
»Trotzdem«, sagte Marie, »du warst in größter Gefahr.«
Berenguela zog es vor, darauf nichts zu erwidern. Sie trank in kleinen Schlucken das Rosmarinwasser und spürte, wie die Wärme angenehm durch ihren Körper floss. Das schmerzhafte Kribbeln in ihren Fingern zeigte ihr, dass das Blut wieder zu fließen begann, und auch in ihre Füße, die sich wie tot angefühlt hatten, kehrte Leben zurück.
»Und wo ist er nun?«, unterbrach Marie das Schweigen.
»Wer?«
»Der fremde Ritter.«
»Als ich ging, schlief er noch. Aber ich fürchte, dass er heute den Weg nach Pamplona finden wird.«
»Und er glaubt, dass du ein Medicus bist?«
»Zumindest tat er das am Anfang unserer Begegnung.«
»Was meinst du damit?«
Berenguela seufzte. »Ach, Marie, als ich heute Morgen erwachte, war meine Haube vom Kopf gefallen.«
Marie schlug vor Schreck die Hand vor den Mund. »So hat er dich erkannt?«
»Zumindest hat er gesehen, dass ich eine Frau bin. Aber deshalb weiß er ja noch lange nicht, wer ich bin.«
»Aber ich denke, er kommt hierher?«
»Er sagte, er habe mit dem König zu verhandeln.«
»O mein Gott, was machen wir jetzt?«
»Sei ganz ruhig. Ich sehe keinen Anlass, ihm zu begegnen.«
»Und wenn dein Vater ihn mit großem Pomp empfängt? Dann musst du an seiner Seite sitzen. Und spätestens dann erkennt er dich wieder.«
»Marie, er ist ein einfacher Ritter. Warum sollte mein Vater

ihm zu Ehren ein Bankett geben?« Berenguela hatte mit mehr Überzeugung gesprochen, als sie selbst empfand. So einfach, wie sie es Marie glauben machen wollte, war der Ritter sicher nicht. Schon gestern in der Kirche hatte sie vermutet, dass er einen hohen Rang bekleidete, jetzt hoffte sie inständig, sich getäuscht zu haben.

Sie hatte ihre Verkleidung abgelegt und versuchte ihr Haar zu entwirren. Normalerweise verbrachte sie die Vormittage in der kalten Jahreszeit, wenn der Kräutergarten noch keine regelmäßige Bewirtschaftung erforderte, in ihrer Schreibstube und studierte die Rezepte der großen Heilkundigen. Zurzeit las sie die *Materia medica*, eine umfassende Abhandlung über die Pflanzenkunde, geschrieben von dem griechischen Arzt Dioskurides im 1. Jahrhundert nach Christus. Sie kannte die Schriften des Bischofs Isidor von Sevilla ebenso wie das Lorscher Arzneibuch, das bereits vor rund vierhundert Jahren verfasst worden war. Auch die Schriften des deutschen Mönchs Walahfrid Strabo von der Klosterinsel Reichenau waren ihr geläufig und selbstverständlich die des Constantinus Africanus.

Heute jedoch fühlte sie sich zu müde zum Studieren und sehnte sich nach ein paar Ruhestunden in ihrem Bett. Sie gab Marie einen flüchtigen Abschiedskuss, durchquerte mit schnellen Schritten die Küche, stieg die Treppe zur großen Halle empor und folgte dem Gang, der zu den Gemächern der königlichen Familie führte, wo Berenguela und ihre Mutter in besonders bequemen und vor allem durch einen Kamin beheizbaren Räumen wohnten. Sie hatte die Eingangstür zu ihrem Zimmer noch nicht erreicht, als die persönliche Hofdame ihrer Mutter ihr aufgeregt mitteilte, der König erwarte sie zu einer dringenden Unterredung. Berenguela sah keine Möglichkeit, der Begegnung mit ihrem Vater zu entgehen, und folgte der Hofdame seufzend zu dem Saal, in dem ihr Vater für gewöhnlich seine Audienz hielt.

Zu ihrer Überraschung traf sie dort nicht nur ihren Vater, den König, an, sondern auch ihre Mutter sowie ihren Bruder Ramiro, den Erzbischof. Fragend sah sie von einem zum anderen und fürchtete, dass ihr nächtliches Ausbleiben entdeckt worden war, und ahnte bereits die allerschlimmsten Konsequenzen. Dem widersprachen allerdings die glückliche Miene ihres Vaters und das selige Lächeln ihrer Mutter. Selbst ihr Bruder, sonst ein strenger Priester, der selten fröhlich war, strahlte sie an.

»Meine liebste Tochter«, begann ihr Vater, »wir alle haben Grund zur Freude, denn Richard, König von England, ist mit einem ganz besonderen Anliegen zu uns nach Navarra gekommen.«

»Ach, Berenguela, es ist so wunderbar«, fiel ihre Mutter ein, und ihr Bruder nickte beifällig.

»Ich will dir die gute Nachricht nicht lange vorenthalten. Kurz, du wirst heiraten.«

Auch wenn sie die Worte klar und deutlich gehört hatte, gelang es ihr zunächst nicht, ihren Sinn zu erfassen. Natürlich wusste sie, dass ihre Eltern nicht glücklich über die Tatsache waren, dass sie mit ihren inzwischen sechsundzwanzig Jahren immer noch unverheiratet war. Aber der Mangel an geeigneten Kandidaten und Gelegenheiten hatte eine mögliche Hochzeit immer weiter nach hinten geschoben, und mit den Jahren hatte sich Berenguela mit ihrem Status als ledige Prinzessin abgefunden und dachte nicht daran, ihn jetzt noch zu ändern. Außerdem hatte sie andere Pläne, als die Frau eines englischen Grafen oder Herzogs zu werden und in dem unwirtlichen grauen Land weit im Norden den Rest ihres Lebens zu verbringen. Sie vermutete, dass Richard, dem sie vor vielen Jahren einmal flüchtig begegnet war, von ihrem Vater Loyalität einforderte und zur Bekräftigung des Bündnisses eine Heirat zwischen ihr und einem vermögenden Adligen, der wiederum Richard verpflichtet war, arrangieren wollte.

»Du scheinst eher erschrocken als erfreut«, bemerkte ihr Bruder, der sie aufmerksam beobachtet hatte. »Behagt dir die Aussicht auf eine Heirat so wenig?«
»Du hast recht«, gab sie unumwunden zu. »Sie behagt mir sogar überhaupt nicht.«
Ihr Vater verlor seine gute Laune. »Und warum nicht, wenn es erlaubt ist, zu fragen? Du solltest froh sein, dass sich ein Mann für dich interessiert. Und dazu noch ein so außergewöhnlich mächtiger.«
Jetzt wurde sie hellhörig. »Ihr sagtet, Vater, der englische König sei mit einem besonderen Anliegen nach Navarra gekommen. Inwiefern hat das mit meiner Person zu tun?«
»Hört euch unsere Kräuter-Prinzessin an. Wieder ganz die abweisende Unschuld. Richards Anliegen hat in der Tat mit dir zu tun. Er hat um deine Hand gebeten.«
»Der englische König?«, fragte sie fassungslos.
»Was ist daran so unglaubwürdig?«, gab ihr Vater zurück.
»Aber welches Interesse könnte Richard an Navarra haben?«
»Wieso an Navarra? Er hat ein Interesse an dir.«
»Ich bitte Euch, Vater.«
»Gut, ich gebe zu, sein Antrag hat mich ebenso überrascht wie dich. Aber was auch immer ihn zu diesem Schritt getrieben hat, sein Antrag ehrt dich und unser Land.«
»Aber ich will ihn nicht heiraten.«
»Sag das noch mal.«
»Ich will Richard nicht heiraten.«
»Das ist lächerlich.«
»Vater, ich bin glücklich, so wie ich lebe. Ich will nicht fort.«
»Es ist das Los der Frauen, ihren Männern zu folgen.«
»Er ist nicht mein Mann.«
»Berenguela«, mischte sich ihr Bruder, der Erzbischof, ein. »Auch ich kann deine Einwände nicht nachvollziehen. Es ist Gottes Wille, dass sich Mann und Frau in der Ehe verbinden.«

»Ist Richard nicht mit der Schwester des französischen Königs verlobt?«, fragte Berenguela. »Ist es Gottes Wille, dass sich ein Mann mehr als eine Frau nimmt?«
»Verlobt ist nicht verheiratet«, entschied ihr Vater. »Und ob der englische König irgendwann einmal verlobt war, soll nicht unsere Sorge sein. Jetzt ist er mit dir verlobt.«
»Und ich habe keinerlei Mitspracherecht?«
»Falls du darauf hinauswillst, ob du das Recht hast, nein zu sagen, muss ich dich enttäuschen.«
»Ich halte Euren Entschluss für grausam.«
»Kein Wort mehr. Als Prinzessin von Navarra hast du andere Pflichten als irgendeine Heilerin. Überhaupt habe ich deine Liebe zu den Kräutern viel zu lange geduldet. Diese Marotte erkläre ich für beendet. Eine Königin kann nicht einfach ihrem Herzen folgen. Ich bin froh und glücklich, dass dich einer der mächtigsten Herrscher des Abendlandes zur Frau begehrt. Da werde ich ihm sicher nicht mitteilen, dass meine Tochter keine Neigung für eine Ehe mit ihm empfindet.«
Berenguela wusste, dass sie verloren hatte. Ihr Schicksal war längst hinter ihrem Rücken besiegelt worden. Sie würde das Hospital nicht bauen, sie würde sich nicht um kranke Pilger auf dem Jakobsweg kümmern, und sie würde auch der Kräuterkunde Lebewohl sagen müssen. Wofür sie jahrelang gekämpft hatte, musste sie jetzt aufgeben. Und das alles, dachte sie verbittert, weil ein Abenteurer, der durch Zufall König geworden war, sich ausgerechnet ihr Leben ausgesucht hatte, um es zu zerstören. Tränen der Enttäuschung und des Zorns sammelten sich hinter ihren Augenlidern, doch sie kämpfte um Haltung und um die Stärke, ihren Kummer nicht nach außen dringen zu lassen.
»Berenguela«, begann ihre Mutter mit sanfter Stimme, »urteile nicht übereilt, bevor du nicht alle Seiten gehört hast. Ich denke, es ist besser, Richard spricht selbst mit dir.«
»Ist er denn hier?«, fragte sie erschrocken und sah sich nervös

um, denn sie fühlte sich keinesfalls in der Lage, dem englischen König jetzt gegenüberzutreten.

»Ja, er ist hier«, sagte eine Stimme hinter ihr.

Sie fuhr herum, nur um im nächsten Moment vor Schreck zu erstarren.

Richard lächelte. »Der Medicus«, flüsterte er. »So sehen wir uns also doch wieder.«

»Ist uns etwas entgangen?«, fragte ihr Bruder spitz und blickte mit scharfen Augen von einem zum anderen.

»Ich weiß nicht, wovon der König spricht«, antwortete Berenguela und verbeugte sich vor Richard, wobei ihre dunklen Augen ihn voller Zorn anfunkelten, als wollten sie ihn in Flammen setzen.

»Verzeiht«, sagte Richard, »ich kenne einen Medicus, und diese Ähnlichkeit ist ganz erstaunlich. Ihr könntet Bruder und Schwester sein.«

»Nun, ich bin kein Medicus«, betonte Berenguela mit fester Stimme, »sondern die Prinzessin von Navarra.«

»Natürlich«, beeilte sich Richard zu sagen. »Ihr müsst mich für einen Flegel halten. Normalerweise kann ich mich auf meinen Charme verlassen.«

»Davon habe ich gehört«, entgegnete Berenguela eisig.

König Sancho gab seiner Frau und seinem Sohn ein Zeichen, woraufhin sich alle drei entschuldigten und den Saal verließen. Berenguela und Richard blieben allein zurück, und sobald die Tür ins Schloss gefallen war, ging Berenguela zum Angriff über.

»Was fällt Euch ein? Wollt Ihr mich verhöhnen? Woher nehmt Ihr das Recht, um meine Hand anzuhalten?«

»Ihr seid eine schöne Frau und außerdem die Tochter eines Königs, der die südliche Grenze meines Reichs sichert.«

»Ihr wisst sehr wohl, dass Navarra nur ein kleines, unbedeutendes Land ist. Genau genommen, ist es kaum der Rede wert.

Und ich soll Euch glauben, dass diese südliche Grenze es rechtfertigt, gleich die Tochter des Königs zu heiraten? Ihr beleidigt meinen Verstand.«
»Euer Vater war von der Idee sehr angetan.«
»Ihr habt meine Frage nicht beantwortet.«
»Ist die Vorstellung, meine Frau zu werden, so schrecklich?«
»Für mich schon.«
»Ihr benehmt Euch wie ein trotziges Kind.« Er nahm ihre Hand und drückte sie an seine Lippen. »Als Medicus habt Ihr mir besser gefallen.«
Berenguela entzog ihm ihre Hand und versteckte sie hinter ihrem Rücken. »Gilt es als Beweis Eures sprichwörtlichen Charmes, die Notlage einer Dame auszunutzen?«
»Wann hätte ich das getan?«
»Bitte spielt nicht den Einfältigen. Als ich in der Kirche vor Erschöpfung eingeschlafen bin, habt Ihr mir die Haube vom Kopf geschoben und entdeckt, dass ich eine Frau bin. Aber was hat Euch auf den Gedanken gebracht, ich könnte die Tochter des Königs sein?«
Er lächelte nachsichtig. »Schließlich sind wir uns vor vielen Jahren schon einmal begegnet …«
»Ach, das ist ewig her. Und immerhin hätte ich Euch dann ja auch erkennen müssen. Was aber nicht der Fall war.«
»Gehört es zu Euren Angewohnheiten, andere Menschen zu unterbrechen, selbst wenn es sich um einen König handelt?«
Berenguela sah bestürzt zu Boden. Er musste sie für unhöflich und ihre Manieren für die einer Bäuerin halten. Aber sie war den Umgang mit Rittern und Troubadouren nicht gewohnt, statt mit Liedern über die Minne beschäftigte sie sich mit Schriften über die Naturwissenschaft. Und bislang hatte ihr das genügt.
»Jetzt habe ich Euch in Verlegenheit gebracht«, sagte Richard. »Das war nicht meine Absicht.«
»Ich muss mich entschuldigen«, entgegnete Berenguela. »Es

gehört tatsächlich zu meinen Untugenden, anderen Menschen über den Mund zu fahren. Aber Ihr wolltet mir sagen, wie Ihr mich erkannt habt.«

»Ehrlich gesagt, ich habe Euch gar nicht erkannt. Und Ihr habt natürlich recht, was unsere lange zurückliegende Begegnung betrifft. Sie fiel in unsere Kindheit, und auch ich muss zu meiner Schande gestehen, dass mir die Erinnerung daran verlorengegangen ist. Doch in der Kirche habt Ihr schon in Eurer Verkleidung eine gewisse Ähnlichkeit mit Eurem Bruder Sancho gehabt, der, wie Ihr sicher wisst, oft an meinem Hof in Poitiers zu Gast ist.«

»Und als Ihr mich dann ohne Haube gesehen habt, habt Ihr eins und eins zusammengezählt.«

»In etwa. Sancho hat häufig über seine Schwester und ihre Begeisterung für die Kräuterheilkunde gesprochen. Er hat allerdings vergessen zu erwähnen, wie schön und mutig – oder sollte ich sagen, wagemutig – Ihr seid.«

Berenguela lachte. »Ihr legt die Wahrheit großzügig aus. Ich kenne meinen Bruder Sancho gut genug, um zu wissen, dass er keineswegs bewundernd über mein medizinisches Wissen spricht. Er hält nicht viel von Frauen, die eine Berufung haben.«

»Und das habt auch Ihr?«

Berenguela zögerte. Sie war sich nicht sicher, ob sie Richard vertrauen und ihm von ihren Plänen erzählen konnte. Sie holte Luft und wollte schon beginnen, hielt es dann aber für besser, zu schweigen. Sie nickte nur, wandte sich ab und ging zu einem Stuhl an der Längsseite des Raums. Sie musste sich setzen, der Mangel an Schlaf machte sich mit dumpfen Kopfschmerzen und Schwindelgefühlen bemerkbar.

Richard folgte ihr. »Wir haben viel gesprochen, aber dennoch das Wichtigste nicht berührt. Ich frage Euch noch einmal: Wollt Ihr meine Frau werden?«

Berenguela blickte ihm direkt in die Augen. »Nein«, sagte sie, »aber wie es aussieht, habe ich in dieser Angelegenheit keine Stimme.«
Seine Miene verdüsterte sich, und sie sah, dass sie ihn verletzt hatte.
»Ihr habt recht«, erwiderte er, »die Sache ist bereits entschieden. Ich dachte nur, auch Ihr hättet gestern Nacht etwas für mich empfunden. Offensichtlich habe ich mich getäuscht. Ich will Euch nicht weiter bedrängen. Meine Mutter, die Königin Eleonore, wird sich um die Hochzeit kümmern.«
Er verbeugte sich kurz und verließ ohne ein weiteres Wort den Raum. Berenguela lehnte sich erschöpft zurück und legte eine Hand auf ihre müden Augen. Ihre Lage hatte sich nicht gebessert, im Gegenteil, sie hatte ihren zukünftigen Mann gekränkt, ihre Eltern verärgert und das, woran ihr Herz am meisten hing, dennoch verloren. Stattdessen wartete ein Leben an der Seite eines Mannes auf sie, den sie nicht liebte und der, aus welcher flüchtigen Empfindung heraus auch immer, entschieden hatte, sie zur Frau zu wählen. Obwohl, und darüber zermarterte sie sich am meisten den Kopf, in England seit vielen Jahren eine Braut auf ihn wartete, die als französische Prinzessin eine dynastische Verbindung zu einem viel größeren und einflussreicheren Land garantieren würde als sie selbst.
Sie ließ den Kopf in die Hände sinken und begrub in diesem Moment alle ihre Hoffnungen.

»Hast du gehört?«, fragte John mit einem breiten Grinsen. »Richard hat sich verlobt. Hoffentlich behält er die Übersicht bei der steigenden Anzahl von Bräuten.«
»Schweig«, zischte Eleonore. »Dein Bruder wird seine Gründe gehabt haben. Außerdem habe ich ihm selber geraten, nach Navarra zu reisen.«

»Aber dieses Ergebnis kannst du unmöglich im Sinn gehabt haben«, spottete ihr jüngster Sohn.
Eleonore überging diese Spitze. »Richard bittet mich, die Hochzeit mit Berenguela vorzubereiten. Er selbst ist auf dem Weg nach Frankreich. Der geplante Kreuzzug, an dem auch Philipp teilnehmen wird, erfordert seine ganze Aufmerksamkeit.«
»Da du gerade Frankreich erwähnst – was machen wir mit Adelaide? Du erinnerst dich? Eine von Richards Bräuten.«
Eleonore atmete tief aus. »John, bitte tu mir einen Gefallen, unterlass die ständigen Sticheleien gegen deinen Bruder und bereite stattdessen lieber deine Abreise aus England vor.«
John sah sie verständnislos an.
»Wir verlassen England zusammen«, erläuterte Eleonore. »Du hast es Richard geschworen, während des Kreuzzugs auf dem Kontinent zu leben. Am besten, du gehst nach Chinon.«
»Und du?«
»Ich werde Berenguela entgegenreisen und sie bis zur Hochzeit nicht aus den Augen lassen.«
»Und wo soll geheiratet werden?«
»Ich dachte an Sizilien. Messina wäre der ideale Ort.«
»Und du könntest bei der Gelegenheit deine Tochter Jeanne wiedersehen. Wie praktisch.«
»Ich dachte daran, ja. Als Königin von Sizilien hat Jeanne ideale Möglichkeiten, an ihrem Hof Richards Hochzeit auszurichten. Ich habe bereits den Befehl für unsere Abreise gegeben.«
»So, so«, murmelte John. »Sehe ich das richtig, dass du nicht die Absicht hast, mit Adelaide zu sprechen?«
»Warum sollte ich das tun? Sie bekommt endlich das, was sie verdient hat, indem sie Richard nicht bekommt. Ich persönlich freue mich darüber. Aber dir steht es frei, ihr die Botschaft von Richards bevorstehender Hochzeit zu überbringen.«
Sie ließ ihn allein, und John entschloss sich, den Besuch bei

Adelaide nicht länger aufzuschieben. Er schlenderte durch die breiten Gänge von Winchester Hall, warf einen beiläufigen Blick auf die bestickten Wandteppiche und ihre phantasievollen Landschaften und war in Gedanken bereits mehr oder weniger auf Chinon.

Er traf Adelaide bei ihrer Lieblingsbeschäftigung, dem Schachspiel, an, sah aber auf den ersten Blick, dass sie sich in einer höchst ungnädigen Stimmung befand.

»Kommst du, um mir Lebewohl zu sagen?«, begrüßte sie John.

»Entweder hast du hellseherische Gaben oder hier im Palast mehr Vertraute, als ich dachte«, erwiderte er.

Adelaide zuckte mit den Schultern und widmete sich wieder den Figuren auf ihrem Schachbrett. »Wir sind nie Freunde gewesen, John, aber ich werde dich vermissen. Zumindest die Schachpartien mit dir.«

»Du weißt es also schon?«

»Dass du England verlässt? Das weiß schließlich jeder hier im Palast. Deine Mutter tyrannisiert die Leute Tag und Nacht.«

»Eigentlich sprach ich von Richards bevorstehender Hochzeit«, bemerkte John maliziös.

»Und da bist du gekommen, um der sitzengelassenen Braut zu kondolieren.«

»Ich kann verstehen, dass du verbittert bist. Was hast du nun vor?«

»Schach spielen, wie du siehst. Ich bin gerade dabei, mich selbst zu schlagen.«

»Gehst du zurück nach Frankreich?«

»Das ist nicht meine Entscheidung, sondern die meines Bruders. Aber wenn er mich ruft, werde ich ihm folgen müssen. Dummerweise lebe ich in einer Welt, in der die Männer über das Leben der Frauen entscheiden.«

»Schade, du wärst die schönste Königin aller Zeiten geworden, vielleicht abgesehen von Kleopatra. Und du warst so nah dran.«

»Vergreif dich nicht im Ton, John. Glaubst du, es war mein Lebensziel, deinen Bruder zu heiraten?«
»Ich hatte den Eindruck.«
»Nun, so hast du dich getäuscht.«
Prinz John, den das Volk Ohneland nannte, betrachtete seine gepflegten Finger. »Es ist noch nicht vorbei, Adelaide.«
»Ich weiß. Das Spiel endet erst, wenn der König gefallen ist.«
»Wenn du Hilfe brauchst, ich bin da.«
»Ist das ein Bündnisangebot?«
»Nenne es, wie du willst. Aber ich habe den Eindruck, wir beide verfolgen dasselbe Ziel.«
Sie lächelte. »Mag sein. Doch ich habe meine eigenen Vorstellungen von einem Triumph über deinen Bruder. Außerdem birgt ein Kreuzzug unwägbare Risiken, und möglicherweise wird eines davon Richard zum Verhängnis.«
»Du planst seinen Tod, nicht wahr? Und das tust du schon lange.«
Ihre Augen wurden zu Schlitzen. »Spiel dein eigenes Spiel, John. Wir werden sehen, wer schneller zum Zug kommt.«
»Ich wünsche dir, dass du deine Revanche erhältst. Und ich bin sicher, wir werden uns wiedersehen.«
»Nicht, wenn ich es vermeiden kann. Ich habe genug von den Männern deiner Familie.«
»Nimm nicht Richard zum Maßstab.«
»Ich kenne deine Gedanken. Du meinst, Hass ist ein starkes Gefühl. Es schmiedet selbst die widersprüchlichsten Charaktere zusammen. Aber du irrst dich. Du musst dich frei machen von jeglicher Leidenschaft, dann wird dein Verstand siegen.«
»So wie du es tust?«
»Ich bin nur eine wehrlose Frau.«
Er ging zu ihr, beugte sich zu ihren Lippen und küsste sie.
»Lebe wohl, meine Schöne. Alles wird gut.«
Nachdem John gegangen war, wischte sich Adelaide mit dem

Handrücken über den Mund. Dann stand sie auf, nahm ihre kostbaren Schachfiguren und warf sie ins Kaminfeuer. »Verfluchtes Spiel«, zischte sie. »Du hast mir kein Glück gebracht. Der Teufel selbst hat Richard beschützt.«

Aber eines Tages würde ihn das Glück verlassen, und bis dahin musste sie wachsam bleiben. Denn jetzt hatte sie zwei Ziele – Richard und seine Braut.

Teil II

Der Weg nach Osten

Der Mann, der sich Simon nannte, lehnte sich mit der Geschmeidigkeit einer Raubkatze und der Lässigkeit des geborenen Siegers auf seinem Stuhl zurück und nippte an seinem Weinkelch aus ziseliertem Alabaster. Er genoss den herben roten Tropfen, der in Burgund ausschließlich für die Ritter des Templerordens gekeltert wurde. Der Wein schmeckte nach Kirschen und Eichenholz, und die Männer, die ihn tranken, mussten unwillkürlich an die fruchtbaren Täler ihrer Heimat denken, an den Boden, der solche Trauben hervorbrachte, an den Regen, der die Erde nährte, indem er ihr Wasser gab, und an die Sonne, die das Land wärmte, ohne es auszudörren. Ein Kelch dieses Weins stimmte die Männer heiter, doch schon der zweite ließ sie schwermütig werden, weil das Heimweh und die Sehnsucht nach dem gemäßigten Klima des Abendlandes sie mit einer solchen Wucht überfielen, dass ihre Stimmen vor Rührung heiser wurden und sie die Tränen hinunterschlucken mussten.
Simon selbst blieb unberührt von den Empfindsamkeiten der anderen. Das Einzige, was er dem Wein aus Burgund nachsagen konnte, war, dass er in der Hitze des Morgenlandes zu schnell zu Kopf stieg und er daher zu seinem großen Bedauern nie mehr als ein paar Schlucke nehmen konnte. Er zog die Silberschale, die vor ihm auf dem Tisch stand, näher zu sich und griff nach einer Dattel. Er liebte das süße, feste Fleisch der Frucht, für das allein sich ein Aufenthalt im Heiligen Land lohnte.
Simon teilte die Meinung vieler fränkischer Ritter nicht, dass dieses Stück Erde wenig zu bieten habe. Abgesehen von den

Möglichkeiten, die sich einem klugen und durchsetzungskräftigen Mann boten, der den Mut hatte, brachliegendes Land zu seinem Eigentum zu erklären, schätzte er die schier unendlichen Weiten der Wüste, in der die Oasen wie kleine Paradiese erschienen. Er hatte es in den Jahren, die er im Heiligen Land lebte, weit gebracht, und er war nicht gewillt, seine Erfolge wegen eines Mannes, der im Bett einer Frau zum König geworden war, aufs Spiel zu setzen. Seit Monaten belagerte Guido von Lusignan, König von Jerusalem, die Stadt Akkon, und alle besonnenen Stimmen, die ihn mahnten, die Kräfte der Ritter, die noch in der Lage waren, das Heilige Land gegen die Sarazenen zu verteidigen, nicht zu verschleißen, waren ungehört verhallt. Sein größter Widersacher, Konrad von Montferrat, verweigerte ihm nach wie vor die Gefolgschaft, und so hatten sich tiefe Gräben zwischen den christlichen Armeen aufgetan. Es war eine Frage der Zeit, wann Sultan Saladin sich die Uneinigkeit der Ritter zunutze machen konnte. Und Simon hatte nicht vor, es so weit kommen zu lassen.

Die Runde der Männer, die sich in einem unscheinbaren Haus im Zentrum der Hafenstadt Tyrus zusammengefunden hatte, war weit davon entfernt, sich als Verschwörer zu bezeichnen. Dennoch war das, was sie planten, nichts anderes als Hochverrat. Und darauf stand als Strafe ein grausiger Tod.

»So werden wir also vergeblich auf die Truppen der Deutschen warten«, sagte Pierre de Tours, nahm sich eine Olive, lutschte den Kern sorgfältig ab und legte ihn zurück auf einen kleinen Silberteller. »Damit schwindet unsere größte Hoffnung.«

»Wer ahnt schon, dass der deutsche Kaiser in einem Fluss im hintersten Anatolien, dessen Namen zuvor niemand kannte, ertrinkt?«, sagte Simon. »Mit so viel Pech kann man nicht rechnen.«

Ein Mann mit arabischen Zügen schaltete sich ein. »So unbekannt, wie Ihr meint, ist der Fluss nicht. Wir nennen ihn

Saleph, und zuweilen hat er eine tödliche Strömung. Ihr Menschen aus dem Abendland habt zu wenig Wertschätzung gegenüber der Natur. Euer Herrscher hat Allah herausgefordert und seinen Lohn dafür erhalten.«

Simon blickte unwillig auf. »Ihr sprecht vom Kaiser der Deutschen. Das heißt aber nicht, dass Barbarossa der Herrscher aller Christen ist. Und was seinen Tod angeht – ich habe gehört, der Kaiser soll ein Opfer seiner Ungeduld geworden sein. Die Truppen überquerten den Fluss nur langsam, die Furt dort ist schmal, das ganze Heer kam tagelang ins Stocken. Der Kaiser wollte nicht länger warten, versuchte sein Glück und stürzte sich mit seinem Pferd in die Strömung. Beide ertranken. Sein Leichnam wurde zerteilt, das Fleisch in Anatolien begraben, die Gebeine wird man wohl nach Tyrus bringen.«

»Ungeduld kann ein ebensolches Laster sein wie Feigheit.«

»Auf jeden Fall ist Barbarossas Tod für uns eine Katastrophe. Gibt es denn niemanden, der seine Stelle einnehmen kann und das Heer ins Heilige Land führt?«, fragte Pierre de Tours.

»Kaum«, antwortete Simon. »Sein Sohn Friedrich von Schwaben hat ihn auf dem Kreuzzug begleitet, doch er soll nicht an die Größe des Vaters heranreichen. Heinrich, Nachfolger des Kaisers, ist in Deutschland geblieben. Man sagt, die Truppen der deutschen Ritter befinden sich in völliger Auflösung. Es ist wenig wahrscheinlich, dass sie den Weg ins Heilige Land finden werden. Und wenn irgendwann einige Ritter hier eintreffen sollten, so werden sie uns schwerlich die Hilfe sein, die wir brauchen.«

»Und vermutlich«, sagte Pierre de Tours, »haben sie auch noch eine Weile mit den Seldschuken zu kämpfen. Währenddessen belagert unser König Guido von Lusignan weiter die Stadt Akkon, wo er seine Kräfte mit Saladin misst und auf diese Art das Land in den Ruin treibt. Er wird Saladin nicht besiegen können, aber es wird ihm gelingen, uns umzubringen. Und wenn schon nicht im Kampf, so werden wir spätestens im Winter verhungern. Schaut Euch die Vorräte an, die Speicher sind fast leer. Aus Europa kommt zu wenig Nachschub, um alle zu ernähren. Und was dieses Land an Ernte hergeben wird, darüber müssen wir nicht sprechen. Die Preise für Getreide steigen jetzt schon ins Unermessliche. Für einen Sack Korn verlangen die Bauern bereits fünfzig Goldstücke. Zum Jahreswechsel werden sich die Menschen um ein Stück Brot prügeln.«

»Ich sehe«, bemerkte der Mann mit den arabischen Zügen, »Ihr befindet Euch in einer ausweglosen Situation.«

»Es gibt immer Auswege«, knurrte Simon. »Man muss nur danach suchen.«

»Deshalb sind wir hier«, beschwichtigte der Sarazene. »Ich habe zusammen mit anderen frommen Männern mein Leben einem Herrscher geweiht, der – sagen wir – auf Auswege spezialisiert ist. Er hat mich geschickt, um mit Euch gemeinsam die beste Lösung zu finden.«

»Wofür er schließlich auch fürstlich entlohnt wird«, sagte Simon.

»Auswege sind schließlich nicht immer ein Gottesgeschenk.«

»Hm. Und was Euren Herrscher betrifft, so spülen sie ihm in der Regel eine Menge Gold in die Truhen. Das Oberhaupt Eurer Gemeinschaft, Raschid ad-Din Sinan, ist in den vergangenen zwanzig Jahren sehr mächtig geworden. Und Eure Burg Masyaf steht größer und imposanter auf ihrem Berg als Krak des Chevaliers. Sie soll ja sogar dem Ansturm von Sultan Saladins Truppen widerstanden haben.«

»Sprecht nicht über den Sultan. Er ist der Herrschaft über sein Reich nicht würdig. In unserer Gemeinschaft gilt er als einer der Todfeinde unserer Religion.«

»Ich habe gehört, Eure Gemeinschaft habe Saladin nach dem Leben getrachtet«, warf Simon ein und gönnte sich eine weitere Dattel. Den Wein ließ er stehen und nahm stattdessen einen

Schluck Wasser. Gespräche mit einem Mitglied der Assassinen führte man besser mit kühlem Kopf.
»Das ist falsch«, entgegnete der Sarazene.
»Aber hat Saladin nicht vor ein paar Jahren nur durch eine glückliche Fügung einen Anschlag, oder waren es sogar zwei, überlebt? War dies nicht der Grund für die Belagerung von Masyaf?«
»Ihr wisst viel, aber nicht alles. Wenn ein Mitglied unserer Gemeinschaft den Sultan hätte töten wollen, so wäre er nicht mehr am Leben. Wir werden dafür entlohnt, keine Fehler zu machen.«
Simon wiegte skeptisch den Kopf. Für gewöhnlich konnte er seinen Quellen blind vertrauen. Er wusste aus dem Mund seines zuverlässigsten Mannes, dass Saladin mindestens zweimal Ziel der Assassinen gewesen war. Und jedes Mal war er den Attentätern entgangen. Wenn der Sarazene ihn zum Narren halten wollte, dann würden sie sicher nicht ins Geschäft kommen. Der Plan, den er im Kopf hatte, musste gelingen.
»Jeder macht Fehler, so gut kann die Bezahlung gar nicht sein«, meldete sich Pierre de Tours zu Wort.
»Wir streben nicht nach schnödem Besitz. Allah selbst wird uns belohnen.«
»Wie dem auch sei«, sagte Simon, um endlich zum Kern des Gesprächs zu kommen, »Eure Gemeinschaft ist vielleicht nicht unser letzter Ausweg, aber möglicherweise brauchen wir dennoch Eure Dienste. Allerdings nur unter einer Bedingung.«
»Und die lautet?«
»Ihr dürft keinen Fehler machen.«
»In unseren Reihen beherbergen wir keine Versager.«
»Trotz Eurer Überheblichkeit bin ich nicht überzeugt.«
Die beiden Männer maßen sich stumm mit kalten Blicken. Schließlich gab der Sarazene nach. »Fragt, was Ihr wissen wollt. Ich werde Auskunft geben, soweit es in meiner Macht steht.«

»War Sultan Saladin Ziel eines Anschlags?«
Der Sarazene nickte. »Ja.«
»Und warum lebt er noch?«
Der Mann sah zu Boden. »Ihr stellt Fragen, deren Beantwortung sehr schmerzhaft für mich ist.«
»Habt Ihr mir nicht versichert, dass Ihr weitestgehend Auskunft geben wollt?«
»Die Attentate auf den Sultan liegen Jahre zurück. Damals war ich selbst noch kein Mitglied der Gemeinschaft. Aber es ist richtig, dass zwei meiner Brüder den Ansprüchen der Assassinen nicht genügt haben. Ihre Strafe war entsprechend.«
»Wie konnte das geschehen?«
»Der Sultan wird gut geschützt«, antwortete der Sarazene ausweichend.
»War die Tat nicht gut genug vorbereitet?«
»Das kann ich nicht sagen. Aber der Sultan wusste von dem Plan und stellte unseren Brüdern eine Falle.«
»Und nahm sie gefangen.«
»Ja. Sie wurden mit dem Tod bestraft, aber das haben sie gern in Kauf genommen.«
»Ist es wahr, dass Eure Brüder nach einem Attentat niemals fliehen?«
»Ja, wir sind stolz, wenn wir den Tod finden. Nur gemeine Verbrecher wählen die Flucht.«
»Ich verstehe«, sagte Simon. »Ihr seid eine Art Märtyrer.«
»Ich höre den Spott hinter Euren Worten. Doch wir sind keine Meuchelmörder. Wir verfolgen Ziele, die Euch Christen fremd sind.«
»Lassen wir die Religion«, meinte Pierre de Tours. »Nehmt Ihr unseren Auftrag an?«
»Zuerst muss ich ihn kennen.«
»Ich formuliere es vorsichtig«, begann Simon. »Er richtet sich gegen einen einflussreichen Mann im Heiligen Land.«

»Nennt seinen Namen.«
»Sachte. Wie gut sind Eure Verbindungen zum Hof des Königs von Jerusalem?«
Der Sarazene zuckte mit den Schultern. »Es ist besser, Ihr erfahrt keine Einzelheiten über Menschen, die an dieselbe Sache glauben wie wir.«
»Dann stelle ich meine Frage anders: Seht Ihr eine Möglichkeit, dass einer Eurer Brüder dem König sehr nahe kommen könnte?«
»So ist das Ziel Eurer Gedanken Euer König?«, fragte der Sarazene.
Simon nickte.
Der Mann, der weder einen Schluck getrunken noch etwas von den Köstlichkeiten auf dem Tisch probiert hatte, stand auf. »Es tut mir leid, aber in diesem Fall kann Euch die Gemeinschaft der Assassinen nicht helfen.«
»Was?«, stammelte Pierre de Tours fassungslos. »Das … aber das ist nicht möglich.«
Simons Gesicht drückte Zorn aus. »Was soll das? Seit wann steht Euer Oberhaupt Raschid ad-Din Sinan auf der Seite eines christlichen Königs, der noch dazu gegen die Sarazenen kämpft.«
»Ihr lebt schon so lange in diesem Land und glaubt dennoch, dass wir Muslime uns immer einig sind? Ich hatte Euch eigentlich für einen klugen Mann gehalten.«
»Dann habt die Güte und klärt uns auf«, bat Pierre de Tours.
»Kurz gesagt, geht es um die rechtmäßige Nachfolge des Propheten Mohammed. Wir nennen uns Ismaeliten, und unser geistiger Führer ist der Imam. Unsere spezielle Glaubensgemeinschaft, die der Assassinen, ist jedoch geheim, und ich bin nicht befugt, Euch weiter Auskunft zu geben. Saladin steht der Herrschaft einem der wahren Nachfolger Mohammeds im Weg. Das ist der Grund, warum er sterben sollte. Euer König hat für uns keine Bedeutung.«

»Ihr habt gewusst, dass wir christliche Ritter sind. Warum seid Ihr nach Tyrus gekommen und habt Euch in Gefahr begeben, wenn Christen Euch gleichgültig sind.«
»Verzeiht, aber Ihr habt mich falsch verstanden. Ich sagte nicht, dass uns Christen gleichgültig sind. In der Regel bekämpfen wir sie.«
»Aber nicht in diesem Fall?«
»Nein. Ich war der Ansicht, Euer Ziel ist ein muslimischer Herrscher.«
»Es hat lange gedauert, bis dieses Treffen zustande gekommen ist. Soll das alles umsonst gewesen sein?« Simon empfand eine so große Verbitterung, dass er geneigt war, diesen Assassinen gleich eigenhändig ins Jenseits zu schicken.
Der Sarazene schwieg eine lange Zeit. Dann sagte er zögernd: »Vielleicht gibt es ja doch eine Möglichkeit. Sprecht selbst mit Raschid. Nur er kann über Euer Ansinnen entscheiden.«
»Wir sollen nach Masyaf reisen?« Pierre de Tours nahm einen großen Schluck Wein, denn diese Begegnung zerrte mehr an seinen Nerven, als er nüchtern ertragen konnte.
»Raschid ad-Din ist deshalb so mächtig, weil er es versteht, seine Optionen klug zu berechnen. Vielleicht könnt Ihr ihn überzeugen.«
»Alles hat seinen Preis«, knurrte Simon.
»Nicht unbedingt. Manchmal ist der Einsatz zu hoch.«
»Bei Saladin hat Eure Gemeinschaft alles gewagt, doch jetzt zieht Ihr eine Grenze vor unserem christlichen Herrscher. Ich kann Euren Bedenken nicht folgen.«
»Ich dachte, ich hätte Euch meine Beweggründe erläutert.«
»Nicht zu meiner Zufriedenheit.«
»So versuche ich es ein letztes Mal. Wir leben nach strengen Regeln. Vergleicht es, wenn Ihr wollt, mit Euren Ritterorden. Wir werden für unsere Dienste entlohnt, aber wir sind nicht käuflich. Bislang haben wir uns um christliche Herrscher nicht

weiter gekümmert. Und so lautet auch nach wie vor meine Anweisung. Aber es steht Euch frei, mit dem Oberhaupt unserer Gemeinschaft selbst zu verhandeln.«

»Der Weg nach Masyaf ist nicht ungefährlich«, gab Pierre de Tours zu bedenken.

Der Assassine musste lächeln. »Ihr setzt Euch ein hohes Ziel und seid nicht einmal bereit, dafür eine kleine Reise in Kauf zu nehmen. So ist der Wunsch nach einem neuen König wohl doch nicht so drängend. Nur wer sein Leben selbst als Pfand setzt, wird letztlich siegreich sein.«

Er ging so unauffällig, wie er gekommen war, und würde in seiner Verkleidung als einfacher Händler in einer Hafenstadt wie Tyrus, in der täglich Schiffe aus vielen Ländern festmachten, nicht weiter auffallen.

Simon rieb mit dem Zeigefinger über seine Narbe. Er hatte viel Zeit vergeudet und war dennoch nicht einen Schritt weitergekommen.

»Falls du von mir verlangst, dass ich das Territorium dieser Meuchelmörder betrete, so hast du dich getäuscht. Du weißt, dass du sonst immer auf mich zählen konntest, aber in dieser Sache verweigere ich dir die Gefolgschaft«, erklärte Pierre de Tours.

Simon starrte missmutig vor sich hin. »Was ist das für ein Geheimbund, der mit kaltblütigen Morden zu Macht und Einfluss gelangt ist und, wenn es um einen christlichen König geht, plötzlich Skrupel bekommt?«

»Die ganze Mühe, mit den Assassinen in Verbindung zu treten, hätten wir uns jedenfalls sparen können«, sagte Pierre de Tours.

»Ich sehe das nicht so. Die Enttäuschung raubt dir deinen sonst so klaren Blick.«

»Du willst also tatsächlich mit diesem Raschid ad-Din Sinan sprechen?«

»Vielleicht.«
»Bist du von Sinnen? Mir wirfst du vor, dass mein Blick getrübt sei, doch du selbst bist blind vor Hass.«
»Du denkst an dein eigenes unbedeutendes Leben, ich hingegen denke an ein ganzes Volk.«
Pierre de Tours seufzte. »Ich fürchte, deine Entscheidung ist bereits getroffen. Du erwägst tatsächlich, nach Masyaf zu reiten. Allein wirst du es niemals schaffen.«
»Nein, aber du wirst mich ja begleiten.«
»Nicht, solange ich lebe.«
»Führe mich nicht in Versuchung, Pierre. Es könnte mir gefallen, den Dolch der Assassinen an dir auszuprobieren.«
»Die Scherze, die du treibst, sind geschmacklos.«
Simon lachte. »Genug für heute. Ein Besuch der Burg der Assassinen will sorgfältig vorbereitet sein. Du hast also genügend Zeit, darüber nachzudenken, was du diesem Land schuldest.«
Pierre de Tours trank den Rest des Weins in einem Zug aus. »Wer dich zum Freund hat, schwebt in höchster Gefahr«, sagte er. »Kein Wunder, dass du ein recht einsames Leben führst.«
»Ich ziehe es vor, frei zu sein.«
»Eines Tages wirst du niemanden haben, der um dich weint.«
»Du bist zu empfindsam für diese Welt. Das wird dich irgendwann den Kopf kosten.«
»Dann wollen wir hoffen, dass dieser Moment noch weit ist.« Simon gab seinem Gefährten einen freundschaftlichen Schlag auf die Schulter. »Wir werden einen Weg finden. Der König ist so gut wie tot.«

Ein warmer Spätsommerwind trieb den Klang der Trompeten, Fanfaren und Hörner weit über das Meer, so dass er die weißen Kämme der Wellen berührte, tief in das azurblaue Wasser drang und sich schließlich an den Felsen der Küste brach. Über zweihundert Schiffe hatten Kurs auf den Hafen von Messina genommen, und fast schien es, als wäre die Meerenge zwischen Sizilien und Apulien zu klein, um allen Galeeren und anderen Booten Platz zu bieten. Die Menschen in der Stadt, aufgeschreckt von den ungewohnten Tönen, liefen aus ihren Häusern und kamen in Scharen zum Hafen, um nichts von dem Schauspiel, das sich so lautstark ankündigte, zu verpassen. Alle Schiffe waren mit Fahnen, Standarten und Wimpeln geschmückt, auf den Decks hatten die Ritter in ihren prächtigen Rüstungen Stellung bezogen. Während die Schiffe sich näherten, schwoll der Schall der Trompeten zu triumphierendem Jubel an, und die Menschen klatschten und riefen, als wäre ihnen der Messias erschienen.

Richard stand auf einer eigens für ihn gebauten erhöhten Plattform seiner Galeere und genoss die Aufmerksamkeit der Sizilianer. Er lächelte, als er sah, welche Aufregung die Ankunft seiner Flotte hervorrief, und er spürte einen nicht geringen Stolz, dass diese pompöse Inszenierung ihren Zweck voll und ganz erfüllte. Er hatte angeordnet, dass die Männer ihre besten Kleider trugen. Er selbst hatte sich für diesen Tag in einen langen roten Mantel gehüllt, dessen Säume mit Hermelin besetzt waren. Darunter trug er ein Gewand in leuchtendem Blau, das ihm fast bis auf die Fußknöchel reichte und an den Kanten mit goldenen Stickereien besetzt war, sowie feste Schuhe aus Leder, die nicht nur von schlichter Schönheit, sondern auch von großer Robustheit waren. Sein Haar leuchtete in der südlichen Sonne, und bedingt durch seine körperliche Größe wirkte Richard wie ein überirdischer Herrscher, an dessen Erfolg bei der Rückeroberung des Heiligen Landes niemand zweifelte.

Mit Absicht hatte er keinerlei Begleitung auf der Galeeren-Plattform geduldet. Dies war sein persönlicher Augenblick des Triumphs, und den gedachte er mit keinem anderen Mann zu teilen. Philipp war bereits vor einer Woche in Messina eingetroffen, und es bereitete Richard großes Vergnügen, den französischen König als einfachen Zuschauer dieses Spektakels zu wissen. Er atmete tief durch und genoss die frische Seeluft. Seine bisherige Reise von Vézelay, östlich der Loire gelegen, von wo aus er zusammen mit dem französischen König und allen gemeinsamen Truppen den Kreuzzug begonnen hatte, war überaus spannend und abwechslungsreich gewesen, was Richard allerdings seinem Talent verdankte, an den unwahrscheinlichsten Orten ein Abenteuer zu suchen.

In Lyon hatten Philipp und er sich getrennt. Die französischen Truppen zogen weiter nach Genua, wo Philipp eine entsprechende Anzahl von Schiffen von den Genuesern gemietet hatte. Richard fürchtete, dass sich Philipps Knauserigkeit später rächen würde, denn das französische Kreuzfahrerheer war zahlenmäßig nicht mit dem der Engländer zu vergleichen. Und auch die Anzahl der Schiffe, die Philipp für notwendig gehalten hatte, schien Richard zu gering bemessen. Der Franzose hatte für die Beförderung von sechshundertfünfzig Rittern, tausenddreihundert Knappen und ebenso vielen Pferden bezahlt. Zudem hatte er Proviant für acht Monate und Wein für vier Monate gekauft. Richard glaubte nicht, dass diese Menge auch nur annähernd ausreichen würde, um einen langen und anstrengenden Feldzug gegen Sultan Saladin zu führen. Doch diese Probleme sollte Philipp selber lösen.

Richards Heer bestand aus der gigantischen Menge von rund fünfzehntausend Männern, und angesichts dieser zahlenmäßigen Überlegenheit nahm er sich das Recht, sich als wahrer Heerführer des Kreuzzugs zu fühlen und seine Ankunft in den Hafenstädten mit entsprechendem Aufwand und allem erdenklichen Pomp zu gestalten.

Von Vézelay aus hatte sein Heer den Weg nach Marseille eingeschlagen, um dort an Bord der Galeeren zu gehen und weiter nach Sizilien zu segeln. In Messina, so war es vereinbart, woll-

ten beide Könige wieder zusammenkommen, um noch vor Beginn der Herbststürme ins Heilige Land aufzubrechen.
Richard hatte die Fahrt nach Messina genutzt, um sich ein paar zum Teil langgehegte Wünsche zu erfüllen. Bei Neapel hatte er den mit Schnee bedeckten Gipfel des Vesuvs bestiegen und seine Begleiter mit der anstrengenden Klettertour an den Rand des Kraters in Angst und Schrecken versetzt. Richard war dermaßen nah an den Abgrund herangetreten, dass seine Begleiter versucht hatten den König an der Schulter festzuhalten. Doch dieser hatte sich in der ihm eigenen Hitzigkeit losgerissen und sich von seinem Vorhaben nicht abbringen lassen. Wenn er schon die Strapazen des Aufstiegs in Kauf nahm, dann wollte er auch möglichst alle Geheimnisse des Bergs lüften.
Schließlich hatte er ein paar Tage in Salerno verbracht, einem Ort in der Nähe von Neapel, um dort die berühmte medizinische Schule zu besuchen. Dies jedoch weniger aus eigenem drängendem Interesse, sondern um Berenguela davon in allen Einzelheiten zu berichten. Er wollte ihr damit eine Freude machen und die Kälte, mit der sie ihm nach wie vor begegnete, ein wenig mildern. Und in Kalabrien hatte er gehofft einem der berühmtesten Gelehrten Europas, dem greisen Propheten Joachim von Fiore, zu begegnen, der ihm, so er es denn vermochte, ein gutes Gelingen des Kreuzzugs voraussagen und mit ihm über die Apokalypse des Johannes disputieren würde. Das Treffen war dann doch nicht zustande gekommen, aber Richard wollte es spätestens auf Sizilien nachholen. Vielleicht nach seiner Hochzeit.
Seine Mutter Eleonore hatte ihm in einem bitterbösen Brief ihre Ansichten über die geplante Heirat mitgeteilt. Zwar war sie erleichtert über den endgültigen Bruch mit Adelaide, doch ihr wäre es am liebsten gewesen, wenn ihr Sohn jegliche Ehewünsche aufgegeben hätte. Sie fühlte sich als wahre Königin Englands und Aquitaniens und würde allenfalls einen ihrer

Söhne, aber niemals eine andere Frau und schon gar nicht eine unbedeutende Prinzessin aus Navarra an ihrer Seite dulden. Richard wusste aus Erfahrung, dass es wenig Sinn machte, mit seiner Mutter zu streiten. Sie ließ sich selten umstimmen, und er hatte beschlossen, den Dingen einfach ihren Lauf zu lassen. Sowohl seine Mutter als auch Berenguela würden sich früher oder später auf die neuen Gegebenheiten einstellen und einen Weg finden müssen, um miteinander auszukommen.
Sein Blick wurde weich, wenn er an die Frau dachte, die ihre Rolle als Braut des englischen Königs so widerwillig angenommen hatte. Nach ihrem Gespräch im Palast von Pamplona hatte er sie nur noch ein einziges Mal gesehen, doch auch bei dieser Gelegenheit schien Berenguela keineswegs besänftigt zu sein. Zu seinem Bedauern behandelte sie ihn mit Respekt, aber ohne jedes warme Gefühl. Am liebsten hätte er sie an sich gerissen und geküsst, damit sie die Leidenschaft spürte, die er für sie empfand und für die andere Frauen alles gegeben hätten. Doch die Stimme der Vernunft riet ihm, Berenguela Zeit zu lassen. Keine Frau hatte ihm bisher auf Dauer widerstanden, und es wäre schließlich eine böse Ironie des Schicksals, wenn ausgerechnet seine Braut die erste sein sollte.
Richard war es gewohnt, dass sein Charme und seine galanten Manieren ihm viele Türen öffneten, vor allem aber die der Schlafzimmer der Damen.
Berenguela konnte kalt wie ein Fisch sein, doch in ihrer Verkleidung als Medicus hatte er sie voller Fürsorge und Zuwendung erlebt, und diese Mischung reizte ihn mehr als alles andere. Berenguela versteckte ihre Schönheit hinter einem mürrischen Blick und Kleidern, die denen seiner Mägde ähnelten. Doch wenn sie lächelte, machte ihr Gesicht eine erstaunliche Verwandlung durch. Die Falte über ihrer Nase verschwand, ihre Stirn glättete sich, ihre Augen schimmerten so dunkel wie Ebenholz, und ihr Mund wirkte voll und prall wie ein Pfirsich.

Berenguela hatte ebenmäßige weiße Zähne, was ihm gleich aufgefallen war, denn er selbst verabscheute die ungepflegten Gebisse der meisten Menschen.
Der Hafen von Messina kam näher, Richard straffte die Schultern und richtete sich hoch auf. Er würde den Sizilianern zeigen, was sie unter einem mächtigen Herrscher zu verstehen hatten. Wilhelm, Siziliens König und Ehemann von Richards Schwester Jeanne, war unlängst gestorben und hatte seine junge Witwe als Spielball diverser Machtintrigen zurückgelassen. Die beiden hatten keine Kinder, und nun stellte sich die Frage der Erbfolge. Wilhelms Tante, Konstanze von Sizilien, war mit dem neuen deutschen Kaiser Heinrich VI. verheiratet und erhob Ansprüche auf den sizilianischen Thron. Eine Tatsache, die auch Richard nicht behagte, denn das Herrschaftsgebiet der sizilianischen Könige reichte bis weit über Apulien in den Norden, und der deutsche Kaiser bekäme deutlich mehr Einfluss, als es den anderen europäischen Herrschern, vor allem ihm selbst und Philipp, lieb sein konnte.
Die einheimischen Barone dagegen wählten Tankred von Lecce, einen unehelichen Sohn des Herzogs Roger von Sizilien, zum neuen König. Und der hatte eiligst Wilhelms junge Witwe aus Messina verbannt und unter Hausarrest gestellt. Richards Hochzeit mit Berenguela würde daher schwerlich auf Sizilien gefeiert werden können, schließlich hatte Jeanne weder die Möglichkeiten noch das Recht, ein derartiges Ereignis auszurichten. Sobald er an Land war, wollte er die erste Gelegenheit nutzen, um mit Tankred über die Stellung seiner Schwester zu sprechen. Dass sie auf Dauer nicht auf Sizilien bleiben konnte, lag auf der Hand, doch Richard war sich nicht sicher, ob er Jeanne zurück nach England oder auf eines seiner Schlösser in Aquitanien schicken sollte. Er beschloss, die Entscheidung aufzuschieben und sich darüber mit seiner Mutter zu beraten, die mit Berenguela auf dem Weg nach Messina war. Möglicher-

weise, grübelte er, könnte seine Schwester auch mit ihm und Berenguela ins Heilige Land segeln.
Als Richards Galeere als erstes Schiff im Hafen festmachte, wandelte sich die Begeisterung der Menschen zu einem frenetischen Jubel, in den sich das aufgeregte Wiehern der Pferde sowie das laute Bellen der herrenlosen Hunde mischten. In der Menge suchten seine Augen nach Philipp, und tatsächlich teilte sich eine Gasse zwischen den Menschen, und der französische König schritt, begleitet von seinen engsten Vertrauten, auf das Schiff zu. Als Richard von Bord ging, setzten die Trompeten erneut ein, und die Hunde versteckten sich hinter den Ecken der Häuser.
Philipp strahlte und schloss Richard freundschaftlich in die Arme, eine Begrüßung, deren Herzlichkeit den Engländer sprachlos machte, denn Richard kannte Philipps Launen gut genug, um zu mutmaßen, dass die spektakuläre Ankunft der englischen Truppen Ärger herausfordern musste. Philipps Verhalten bedeutete entweder, dass sich bereits Probleme aufgetan hatten, für deren Lösung er Richards Hilfe brauchte, oder er genoss die Vorfreude auf eine Intrige, die er hinter dessen Rücken in Gang gebracht hatte.
»Eine beeindruckende Landung«, sagte Philipp und wies auf die vielen Schiffe, die in den Hafen gerudert wurden. »Ich fürchte, es gibt nicht genügend Anlegemöglichkeiten für deine Flotte.«
»Und wenn schon. Ist der Hafen zu klein, wird irgendwo in der Bucht Anker geworfen. Lass uns von hier verschwinden. Mir ist heiß, ich habe Durst und würde gern meinen warmen Mantel ablegen. Wo hast du Quartier bezogen?«
»Im Palast von König Tankred. Er ist groß genug für uns beide.«
»Wo sind übrigens deine Schiffe?«
»Hier im Hafen liegt nur meine persönliche Galeere. Alle anderen sind in Taormina geblieben.«

»Warum so bescheiden?«
»Vielleicht wollte ich den großen Auftritt dir überlassen.«
»Entdecke ich neue, ganz uneitle Züge an dir?«
»Kaum. Aber im Gegensatz zu dir bin ich ein vorsichtiger Mann. Noch haben die Bewohner Messinas dich mit Jubel begrüßt. Warten wir ab, wie lange ihre Begeisterung anhält. Spätestens wenn das Brot knapp wird, dürften sie dich und deine Truppen verfluchen.«
»Du malst mal wieder alles in schwärzesten Farben. Erstens haben meine Truppen Proviant an Bord, und zweitens werden wir kaum so lange bleiben, dass wir den Zorn der Bevölkerung auf uns ziehen.«
»Hoffentlich täuschst du dich nicht. Es ist jetzt schon spät für eine Überfahrt ins Heilige Land, und ich frage mich, woher du deine Gelassenheit nimmst und auf dem Weg hierher noch Zeit findest für Vergnügungstouren«, gab Philipp zu bedenken. »Wenn das Wetter umschlägt und wir Pech haben, sitzen wir den ganzen Winter hier fest. Und dann dürften deine Vorräte wohl kaum reichen.«
»Gut, dann kaufen wir eben neues Getreide und frisches Fleisch. Die Händler werden sich freuen, wenn ihre Geschäfte laufen.«
»Die Händler wittern volle Kassen, heben die Preise an, für die Einheimischen werden die Lebensmittel zu teuer, und sie wünschen dich zum Teufel.«
»Du glaubst, es könnte Unruhen geben?«
»Möglich. Die Sizilianer sind ein unberechenbares Volk.«
»Wem sagst du das«, erwiderte Richard heiter. »Gerade gestern hatte ich eine höchst unerfreuliche Begegnung mit ein paar sizilianischen Bauernlümmeln.«
Philipp sah ihn verständnislos an. »Was hat ein König mit Bauern zu schaffen?«
»Sie hätten mich fast umgebracht.«
»Das ist unmöglich. Bauern tragen keine Waffen.«

»Sie hatten Steine und Stöcke. Ich zeige dir gern die blauen Flecken, die ich im Kampf davongetragen habe. Außerdem ist mein Schwert entzweigebrochen.«
»Das berühmte Excalibur?«
»Nein, eine einfache und offenbar stümperhaft gearbeitete Waffe. Ich habe einem der Bauern einen Hieb mit der breiten Seite verpasst, und schon zerbrach das Schwert.«
»Seit wann streitet der englische König mit einem sizilianischen Bauern – und wird dabei auch noch fast besiegt?«
»Er hatte einen Falken.«
»Und?«
»Was und? Der Falke ist ein Tier der Könige. Ich habe ihm den Vogel abgenommen.«
»Du hast was?«
»Bin ich heute schlecht zu verstehen? Ich habe den Schrei eines Falken gehört und den Vogel aus der armseligen Bauernhütte befreit. Was ist daran so verwerflich?«
»Das musst du den Bauern fragen.«
»Glücklicherweise hast du deinen Humor nicht ganz verloren. Der Bauer war jedenfalls äußerst wehrhaft.«
»Und wo ist der Falke jetzt?«
»Das, mein lieber Philipp, ist die entscheidende Frage, deren Beantwortung mir übrigens einige Pein verursacht. Der Falke ist nämlich wieder dort, wo er vorher war.«
»In der Bauernkate?«
»Richtig. Der englische König hat eine Niederlage einstecken müssen.«
»Das kann ich nicht glauben.«
»Glaub es, oder glaub es nicht. Auf jeden Fall bin ich dem Tod nur entkommen, weil mein Pferd schneller laufen konnte als die Bauern.«
»Eines Tages wird dir dein Leichtsinn zum Verhängnis werden.«
»Bist du unter die Propheten gegangen?«

»Um das vorherzusagen, braucht man keine hellseherischen Gaben. Du kämpfst ohne Rüstung, du prügelst dich mit Bauern, und du steigst auf einen Berg, der schon vielen das Leben gekostet hat. Irgendwann ist das Maß deines Glücks übervoll.«
»Aber bis dahin werde ich das Leben auf meine Art auskosten.«
Philipp zuckte mit den Schultern und schwieg.
»Ist es noch weit bis zu den Toren des Palastes?«, fragte Richard, der sich nach Schatten und einem Kelch kühlen Wein sehnte.
»Wir sind gleich da. Tankred von Lecce wird dich sehen wollen.«
»Erzähl mir von ihm.«
»Nun, er hat zwar die Herrschaft über Sizilien bekommen, aber damit gleich einen ganzen Sack voller Probleme. Und vermutlich werden sie durch deine Ankunft nicht weniger.«
»Von mir aus kann er Sizilien behalten. Aber ich fordere, dass er meine Schwester Jeanne nicht länger als Geisel hält und vor allem ihre Mitgift herausgibt.«
»Irgendeiner aus deiner Familie steckt immer in Schwierigkeiten«, sinnierte Philipp.
»Sei froh, dass es dir nicht ebenso geht.«
Endlich passierten sie die Tore des Palastes, und Richard warf seinen Mantel ab. Einer der Ritter, die ihn begleiteten, nahm das kostbare Stück, und Richard folgte Philipp in eine Halle, deren Wände mit Teppichen geschmückt waren. Der Boden bestand aus weißem Marmor, und auf einem langen Holztisch standen zierliche Kelche aus Alabaster, Weinkrüge und Teller mit Brot, Fleisch von Kapaunen und Fasanen sowie Schalen voller duftender Orangen.
Richard ließ sich unverzüglich Wein einschenken, nahm einen Schluck, wandte sich zu einem der Fenster und warf einen bewundernden Blick auf die Landschaft Siziliens.
»Meine Schwester hat es gut getroffen«, seufzte er. »Dies ist

wirklich ein außergewöhnlich schönes Land.« Er bewunderte den Kontrast zwischen dem blauen Meer und den hellen Häusern der Stadt, die in der Sonne fast weiß wirkten. Die Hügel waren mit Pinien und Zypressen bewachsen, und große Palmen boten unter ihren Dächern Schatten.
»Ja«, stimmte Philipp ihm zu. »Ist sie nicht mit elf Jahren schon an den Hof des sizilianischen Königs gekommen?«
»Hm«, murmelte Richard und verfluchte sich selbst. In Philipps Gegenwart sprach man das Wort Schwester besser nicht aus, und er fürchtete, das Gespräch könnte eine Wendung nehmen, die er zumindest heute noch vermeiden wollte.
Doch Philipp hatte den Ball bereits aufgefangen. »Auch meine Schwester«, insistierte er, »ist als junges Mädchen an einen fremden Hof geschickt worden. Im Gegensatz zu deiner ist sie aber immer noch unverheiratet.«
Richard stellte seinen Weinkelch beiseite. »Müssen wir jetzt unbedingt über Adelaide sprechen?«
»Ich fasse es nicht. Du weichst mir schon wieder aus. So ist es also wahr, was Adelaide mir geschrieben hat und ich nicht glauben wollte. Du hast es gewagt, die Schwester des französischen Königs zu verstoßen.«
»Philipp ...«
»Seit vielen Jahren verzögert deine Familie die Heirat mit Adelaide. Jetzt hast du dir von heute auf morgen eine andere Braut genommen. Aus heiterem Himmel verlobst du dich, obwohl du seit deiner Kindheit verlobt bist. Und obwohl du mit dem Bruder deiner sitzengelassenen Braut ins Heilige Land ziehst und dort mit ihm gemeinsam gegen die Ungläubigen kämpfen willst.«
»Philipp ...«
»Wir werden beide auf unbestimmte Zeit fern von England sein. Was geschieht jetzt mit Adelaide? Hast du irgendwelche Vorkehrungen für sie getroffen?«
»Nein, habe ich nicht.«

Philipp schnaubte und konnte seinen Zorn nicht länger verbergen. Er sprang auf, lief wie ein gefangenes Raubtier im Zimmer umher und schlug mit der rechten Faust immer wieder in seine linke Handfläche. »Wir haben oft über dieses Thema gesprochen, und immer wieder hast du eine klare Antwort verweigert. Du tust es sogar jetzt noch. Was soll diese Taktik?«
Richard zögerte und gewann Zeit, indem er begann eine Orange zu schälen. Langsam löste er die Schale von der Frucht, Saft tropfte von seinen Fingern. Er steckte ein Stück in den Mund und genoss das kühle süße Fleisch. Dann entschied er sich für einen offenen Schlagabtausch. »Du hast recht, ich habe viel zu lange gezögert, dir zu erzählen, dass ich Adelaide nicht heiraten kann und auch nicht heiraten werde.«
Philipp war blass geworden. »Nach so vielen Jahren wagst du mir das zu sagen.«
»Ich kann deinen Zorn verstehen, aber eine Heirat mit Adelaide kommt nicht in Frage. Im Übrigen bist du ja offenbar längst von ihr selbst unterrichtet worden.«
»Ich verlange, die Gründe von dir persönlich zu hören.«
»Man hat uns als Kinder verlobt, aber wir haben uns viele Jahre nicht gesehen. Adelaide war in England, ich in Poitiers und an anderen Höfen. Das sind keine Grundlagen für eine Ehe.«
»Du hast zu viel Umgang mit den Troubadouren Aquitaniens gehabt. Seit wann nimmst du dir Minnelieder für dein Leben zum Vorbild?«
»Tue ich das?«
»Es hat jedenfalls den Anschein.«
»Ob Minne oder nicht, Adelaide wird nicht meine Frau und nicht Englands Königin. Und zwing mich bitte nicht, Dinge über deine Schwester zu sagen, die deine Ohren kränken müssen.«
In Philipps Augen blitzte Hass auf. »Was willst du meiner Schwester nachsagen? Ist sie jetzt die Schuldige in diesem unwürdigen Spiel?«

»Lass uns nicht von Schuld sprechen. Und wenn, liegt sie ganz allein bei mir. Ich hätte dir früher die Wahrheit sagen sollen.«

»Hast du aber nicht. Erst jetzt, da wir beide auf dem Weg ins Heilige Land sind, entdeckst du deinen Sinn für Wahrhaftigkeit.«

Richard nahm sich ein weiteres Stück von der Orange, und Philipp schlug erbost mit der Hand auf den Tisch. »Musst du dich ausgerechnet jetzt mit Obstschälen befassen?«

»Für keinen von uns ist dieses Gespräch angenehm. Das bedeutet aber nicht, dass ich verhungern und verdursten muss. Und ich sehe auch keinen Sinn darin, dieselben Sachen wiederzukäuen wie eine Kuh. Ich habe dir meinen Entschluss mitgeteilt, mehr gibt es dazu nicht zu sagen.«

»Das sehe ich aber ganz anders«, erwiderte Philipp. »Ich sage es noch einmal: Ich will die Gründe für dein Handeln kennen.«

»Also gut, wenn du darauf bestehst. Ich weigere mich, die Hure meines Vaters zur Frau zu nehmen.«

Philipp blieb abrupt stehen. »Was du über meine Schwester sagst, ist eine infame Lüge.«

»Leider nein. Und ich bin nicht der Einzige, der davon weiß. Verstehst du jetzt, warum ich mit der Sprache nicht herauswollte?«

Philipp sah ihn misstrauisch an. »Dein Vater hat also ein unschuldiges Mädchen, das seiner Obhut anvertraut war, verführt und zu seiner Geliebten gemacht.«

Richard nickte.

»Wenn das wahr ist, so wünsche ich deinem Vater, dass er für alle Ewigkeit in der Hölle schmort.«

»Was geschehen ist, ist geschehen, Philipp. Du kannst die Zeit nicht zurückdrehen. Es tut mir leid, dass es so gekommen ist.« Richard ergriff ihn freundschaftlich am Arm.

»Lass mich, ich muss nachdenken.«

»Gut. Geh und leck deine Wunden. Aber trotz deines Kummers und deiner Enttäuschung wegen Adelaide bitte ich dich, meiner zukünftigen Frau wenn schon nicht mit Zuneigung, dann wenigstens mit Respekt zu begegnen.«

»Ich werde sie wohl kaum in absehbarer Zeit treffen.«

»Ich fürchte, doch. Sie ist auf dem Weg hierher.«

»Ach so ist das. Dann steht uns ja eine traute Zusammenkunft bevor. Vermutlich reist sie ebenfalls mit großem Gefolge. Dir ist wirklich kein Risiko zu hoch.« Richard sah ihn fragend an, und Philipp fuhr fort: »Ich wette, dass deine Truppen schon hier Krieg führen müssen, weil sich ganz Sizilien gegen dich erhebt.«

»Philipp, ich warne dich. Wenn du hinter meinem Rücken einen Aufstand planst, wirst du dafür teuer bezahlen.«

Philipp lächelte verächtlich. »Hat nicht der Teil deiner Truppen, der den anderen von England aus vorausgesegelt ist, in Lissabon ein Blutbad angerichtet, weil sie in einer Stadt, in der viele Religionen nebeneinanderleben, Juden und Sarazenen angegriffen und erschlagen haben? Hat nicht der portugiesische König siebenhundert deiner Leute ins Gefängnis werfen lassen? Die Aufstände, von denen du sprichst, zetteln deine Soldaten schon selbst an. Die Disziplin deiner Truppen ist schlecht. Und deshalb wirst du auch hier scheitern. Meine Hilfe braucht es dabei nicht.«

»Ich sehe«, sagte Richard, »die Verbitterung treibt dich zu Worten, die du sicher nicht so meinst. Es ist wohl besser, wenn ich mir ein anderes Quartier als diesen Palast suche. Offensichtlich ist er für uns beide doch zu klein.«

Philipp starrte ins Leere. »Über die Anschuldigungen gegen meine Schwester ist noch nicht das letzte Wort gesprochen. Ich fordere von dir Beweise für das, was du behauptest. Bis dahin werde ich die Auflösung der Verlobung nicht anerkennen. Und wenn du noch zehn andere Bräute nach Messina reisen lässt.«

»Wie du willst. Die Beweise werde ich dir schon bringen, und ich bin bereit, dir Adelaides Mitgift zurückzuzahlen. Vielleicht ist es uns dann möglich, den Kreuzzug gemeinsam fortzusetzen.«

»Ich werde so bald wie möglich segeln«, entschied Philipp. »Du magst zusehen, wie du deine fünfzehntausend Mann in Messina überwintern lässt.«

»Bitte, dann fahr voraus. Ich werde hier auf Berenguela von Navarra warten.«

»Was hat dich nur zu dieser Verbindung getrieben? In meinem ganzen Leben werde ich nicht verstehen, warum du das getan hast. Und warum du das Gelingen des Kreuzzugs aufs Spiel setzt. Es hängt so viel davon ab, und dir ist das alles gleichgültig. Wegen einer Frau.«

»Jetzt ist nicht der richtige Zeitpunkt, um dir alles zu erklären. Du bist zu aufgewühlt, um klar und unbefangen zu urteilen.«

Philipp starrte Richard an und blieb lange still. »Nun ist es doch gerissen«, sagte er endlich.

»Was?«

»Das Band unserer Freundschaft. Und ich glaube nicht, dass man es neu verknoten kann.«

»Es tut mir leid, aber die Dinge sind, wie sie sind.«

Philipp sah Richard nicht an, als der sich erhob.

»Du findest mich in dem Kastell in den Weinbergen gegenüber der Stadt, falls du mich sprechen willst«, sagte Richard und wandte sich zur Tür.

Philipp presste wie ein Kind die Lippen zusammen und schwieg. Richard wusste, dass jedes weitere Wort sinnlos war. Und er verließ den Raum in der sicheren Überzeugung, einen Todfeind zurückzulassen.

Die Sonne verschwand hinter den schroffen Felswänden und gab der kleinen Reisegruppe das Zeichen, mit den Vorbereitungen für ein provisorisches Lager zu beginnen, das ihnen während der Nacht Schutz bieten sollte. Bislang hatten sie Herbergen aufgesucht, um sich auszuruhen und die Pferde zu versorgen, doch seit sie begonnen hatten die Passhöhen der Pyrenäen zu erklimmen, waren sie auf ihr Zelt angewiesen. Berenguela hatte es abgelehnt, mit einem großen Gefolge, wie es ihr Vater gewünscht hatte, zu reisen, und sich für eine Handvoll vertrauter Menschen entschieden, die sie auf ihrem Weg zum englischen König begleiten sollten.

Marie gehörte nicht zu ihnen, und Berenguela hatte über die bevorstehende Trennung von der Frau, die ihr am nächsten stand, so viele Tränen vergossen, dass sie sich innerlich leer fühlte und glaubte, für den Rest ihres Lebens genug geweint zu haben. Marie selbst war mit Berenguelas Entschluss zunächst nicht einverstanden gewesen, hatte dann aber einsehen müssen, dass ihre geschwächte Gesundheit keine derart strapaziöse Reise zuließ. Wenn sie am Tisch saß und ihre Kräuterarzneien zubereitete, schmerzten Hüfte und Bein zwar nicht mehr, doch bei der geringsten Anstrengung spürte sie die ehemaligen Verletzungen, und ein längerer Spaziergang endete für gewöhnlich mit großen Beschwerden und kurzfristiger Lahmheit.

Die beiden Frauen waren deshalb übereingekommen, dass Marie den Bau des Pilgerhospitals, der bereits weit fortgeschritten war, überwachen sollte. Bei der Betreuung der Kranken konnte Marie ihr Wissen ebenfalls einbringen, wenn auch Berenguelas Vater nicht gestatten würde, dass eine einfache Heilkundige ein Hospital leitete. Vermutlich, folgerte Berenguela, würde ihr Vater früher oder später das Hospital einem der Mönchsorden, die die Klöster am Jakobsweg unterhielten, überschreiben. Spätestens dann wären auch Maries medizinische Erfahrungen nicht mehr gefragt.

Berenguela hatte mit sich selbst ausgemacht, dass sie trüben und wehmütigen Gedanken keinen Raum geben wollte, doch

immer wenn sie an das Hospital dachte, das sie mit so viel Energie – und auch List – ihrem Vater abgerungen hatte, überfiel sie die Trauer mit einer solchen Wucht, dass sie den Schmerz in ihrer Seele körperlich spürte.
Sie hatte vergeblich mit ihren Eltern über das Heiratsversprechen, das sie Richard gegeben hatten, gerungen. Beide hielten den unerwarteten Antrag des englischen Königs für ein unverdientes Glück und wiesen die Einwände ihrer Tochter mit Empörung zurück. König Sancho hatte nicht mehr zu hoffen gewagt, seine älteste Tochter vorteilhaft zu verheiraten. Und schon gar nicht hatte er geglaubt, dass ein Mann wie Richard sich für Berenguela entscheiden könnte. Er wollte seiner Tochter nicht zu nahe treten, aber ihr Hang zur Uneitelkeit war bei der Suche nach einem passenden Ehemann nicht unbedingt hilfreich gewesen. Einen Disput über Richards Heiratsabsichten schloss er deshalb kategorisch aus und forderte von seiner Tochter, dass sie sich in die Gegebenheiten fügte.
Da Berenguela nicht zu den Frauen gehörte, die leicht aufgaben, war es zu mehreren heftigen Wortgefechten mit ihren Eltern gekommen, aber selbst ihre Mutter, die sich sonst oft auf die Seite ihrer Kinder stellte, war in diesem Fall hart geblieben. Berenguela hatte in ihrem Zimmer vor Zorn laut schreien wollen, zerriss dann aber stattdessen ein Tuch aus feinstem Leinen, um ihrer Wut freien Lauf zu lassen. Sie habe das Gefühl gehabt, zu ersticken, erzählte sie später Marie, der Einzigen, der sie ihren Gefühlsausbruch beichtete. Letztlich sah jedoch selbst Berenguela keine Möglichkeit, der Hochzeit zu entkommen, und beschloss, ihr Schicksal anzunehmen, dem Werben des Königs um ihre Gefühle jedoch niemals nachzugeben. Im Übrigen hielt sie seine angebliche Neigung ohnehin für eine Laune des Augenblicks, die vermutlich bereits wieder vergangen war.
Berenguelas Pferd stolperte, und die unerwartete Bewegung riss sie aus ihren Gedanken. Einer der Ritter, die ihr Vater zu ihrem

Begleitschutz bestimmt hatte, griff instinktiv nach ihrem Zügel, doch Berenguela war sattelfest genug, um sich von einem unbedachten Tritt nicht beirren zu lassen. Sie lächelte dem Mann zu und lenkte ihr Pferd zurück auf den sicheren Weg. Die drei besten Männer der Palastwache waren an ihrer Seite und hatten die Verantwortung für Berenguela sowie für Mathilda, Äbtissin des Klosters der Ehrwürdigen Schwestern in Zaragoza, Freundin von Berenguelas Mutter und ihre Lehrerin in allen geistlichen Fragen, übernommen.

Die Äbtissin hatte zugestimmt, Berenguela bis nach Bayonne zu begleiten, wo die Königin Eleonore auf sie warten sollte. Richards Mutter war über siebzig, barst jedoch vor Willensstärke und Energie, und es wäre ihr durchaus zuzutrauen gewesen, dass sie bis nach Pamplona geritten wäre. Doch Berenguela fürchtete das herrische Wesen sowie das aufbrausende Temperament ihrer künftigen Schwiegermutter und war froh, die Begegnung so lange wie möglich hinauszuzögern.

Die Ritter führten fünf Packpferde mit sich, wobei die Mehrzahl von ihnen Berenguelas umfangreiche Garderobe und Teile ihrer Aussteuer trug. In den schmucklosen Holztruhen, die man auf den Rücken der Pferde befestigt hatte, lagerten viele Ellen bester Seide und hauchdünnes Leinen, außerdem Pelze aus Zobel und Feh, was Berenguela insgeheim für Unfug hielt, denn im Heiligen Land würde sie kaum Verwendung für dermaßen warme Kleidung haben. In einer der Kisten war der Stoff für ihre Hochzeitsrobe untergebracht – fünfzehn Ellen cremefarbener Seide, gesponnen von unzähligen Raupen. Zu dem Kleid sollte ein Pelz aus Zobel und Hermelin gefertigt werden, und Berenguela fühlte sich eingeschüchtert von der Pracht und dem Luxus, den sie nicht gewohnt war. Selbst als Prinzessin von Navarra war sie eine Frau geblieben, zu deren Tugenden Bescheidenheit zählte. Sogar das Zelt, das das letzte der Pferde trug und in dem sie und die Äbtissin übernachteten, schien ihr zu kost-

bar für diesen Zweck, obwohl sie andererseits froh über die Intimität war, die ihr das transportable Schlafgemach ermöglichte. Die Ritter übernachteten unter ihren Decken im Freien.
Der Weg hatte sich schon seit Stunden in immer neuen Kurven den Berg hinaufgeschraubt, und Berenguela war froh, dass der Tag zu Ende ging. Ihr Rücken schmerzte, und ihre Aufmerksamkeit hatte gleichzeitig mit dem Licht des Nachmittags nachgelassen. Die Männer hatten sich für einen geschützten Lagerplatz entschieden, der an seiner Rückseite von einer dunklen Felswand begrenzt wurde. Der Ausblick auf die bizarren Gesteinsformationen der Pyrenäen muss bei hellem Sonnenlicht atemberaubend sein, dachte Berenguela und stieg erleichtert von ihrem Pferd. Einer der Ritter bot ihr sogleich an, das Tier zu versorgen, und sie nutzte die Zeit der Muße, um ein paar Schritte zu gehen und das taube Gefühl in ihren Beinen zu vertreiben.
Auch Mathilda war abgesessen und folgte Berenguela auf der Suche nach einer Stelle, die von den Männern nicht einsehbar war und den beiden Frauen die Möglichkeit gab, ihre schon schmerzhaft gefüllten Blasen zu leeren. Sie fanden einen idealen Fleck hinter einem mächtigen Felsblock. Nicht nur bedingt durch ihre Beschäftigung mit der Krankenpflege, hielt Berenguela viel von der richtigen Hygiene. Was sie auf Reisen daher am meisten störte, waren die fehlenden Möglichkeiten, sich zu waschen und auf halbwegs angenehme Art den menschlichen Bedürfnissen nachzukommen. Die Äbtissin schien alle Unbequemlichkeiten dagegen mit stoischer Ruhe hinzunehmen, immerhin war sie es gewohnt, unter höchst einfachen, asketischen Bedingungen zu leben.
Die beiden Frauen befanden sich auf dem Rückweg zum Lager, als Berenguela die Reste eines Feuers entdeckte. Die Asche sah kalt aus, aber sie konnte noch Abfälle von einer Mahlzeit erkennen. Knochen, die von einem Vogel stammen mussten,

lagen auf der geschwärzten Erde. »Ein Pilgerrastplatz?«, wandte sie sich fragend an die Äbtissin.

»Kann sein«, antwortete Mathilda. »Wenn sie in dieselbe Richtung reisen wie wir, könnten wir uns zusammenschließen. Möglich, dass wir sie morgen einholen.«

Berenguela hatte keine Übung im Spurenlesen, doch schien es ihr, dass hier nicht wenige Menschen zusammengekommen waren. Eine Gruppe von Pilgern war nicht unwahrscheinlich, aber die Abdrücke sahen nach festen Lederschuhen aus, und Pilger gingen häufig barfuß oder wickelten Stofflumpen um ihre Füße. Sie entdeckte keine Anzeichen von Pferdehufen und schloss daher aus, dass es sich um eine Gruppe von Rittern handelte.

»Ich habe kein gutes Gefühl«, sagte Berenguela. »Wir sollten den Männern Bescheid geben. Sie werden sich die Stelle ansehen wollen, bevor es dunkel wird.«

Als die beiden Frauen das Lager erreichten, hatten die Ritter bereits das Zelt errichtet. Die Pferde grasten abseits auf einem kleinen Wiesenstück, und die Männer begannen mit den Vorbereitungen für ein Abendessen. Einer sammelte Holz und Reisig, schichtete alles zu einem Kegel auf, suchte sich ein Stückchen Fels, nahm einen anderen Stein aus seiner Satteltasche und widmete sich der mühsamen Arbeit, ein Feuer zu entzünden. Er schlug den Stein so lange auf das Felsstück, bis ein winziger Funken entstand, der das feine trockene Gras, das die Ritter zu diesem Zweck mitführten, in Brand setzte. Dann blies er langsam und vorsichtig in die entstehende Glut, bis das Feuer die Reisigzweige erreichte und lodernd erfasste. Nach und nach schob er die Äste in die orange leuchtenden Flammen, bis er sicher sein konnte, dass das Feuer nicht wieder erlöschen würde.

Die beiden anderen hatten in der Zwischenzeit mit Hilfe von Berenguelas Wegbeschreibung den verlassenen Rastplatz gesucht und kehrten mit besorgten Gesichtern zurück.

»So glaubt Ihr also nicht, dass Pilger dort ein Feuer entfacht haben?«, fragte Berenguela.
»Nein«, sagte einer der Männer, »diese Annahme scheint uns unwahrscheinlich. Und, wie Ihr selbst schon gesehen habt, kann es sich auch nicht um Ritter handeln. Auch wir haben keinerlei Hinweise auf Pferde gefunden.«
»Bauern?«, warf Berenguela ein.
»Kaum. Hier oben in den Bergen gibt es nichts zu ernten und auch keine nennenswerten Weideflächen.«
»Jäger?«
»Vielleicht. Auf jeden Fall werden wir Euer Zelt bewachen.«
»Wegelagerer also«, sagte Berenguela leise. »Ist es das, was Ihr befürchtet?«
Der Ritter, ein älterer, erfahrener Mann, der ihrem Vater schon lange diente, antwortete ausweichend: »Man muss nicht immer das Schlimmste annehmen. Aber dennoch ist es besser, nicht unvorbereitet zu sein, sollte es eintreffen. Doch habt keine Angst, meine Männer und ich sind Kämpfe gewohnt, und die Kanten unserer Schwerter sind frisch geschliffen.«
Berenguela lächelte ihm zu und zog sich gemeinsam mit der Äbtissin in ihr Zelt zurück. Abends wurde es in den Bergen empfindlich kalt, und sie war froh über ihre Decke aus Schaffell. Sie sah, dass Mathilda im Gebet versunken war, und genoss den Augenblick der Stille. Sie war zu unruhig, um sich schlafen zu legen, und versuchte sich deshalb zu beschäftigen, ohne Mathilda zu stören. Viele Möglichkeiten hatte sie nicht, auch wenn der Kienspan, den sie von draußen mit ins Zelt gebracht hatte, ein wenig Licht spendete. Die Glut reichte nicht aus, um zu lesen oder zu schreiben, und auch das Nähen oder Sticken würde ihr bei dieser Beleuchtung nicht gelingen. Also ging sie in Gedanken auf die Reise, die vor ihr lag, und malte sich aus, was ihr das Schicksal an der Seite des englischen Königs bringen würde. Sicher erwartete man von ihr, so bald wie möglich

einen Thronfolger zur Welt zu bringen, denn Richard hatte als Erben höchstens seinen Bruder John. Dass er, ohne einen Nachfolger bestimmt zu haben, ins Heilige Land reiste, hielt nicht nur Berenguela für leichtsinnig. Aber der Impulsivität dieses Mannes die Stimme der Vernunft entgegenzuhalten, war wenig aussichtsreich. Sie selbst hatte ihn als einen Menschen kennengelernt, der sprunghaft in seinen Gefühlen und unbeirrbar in seinen Entschlüssen war, Eigenschaften, die sie nicht sonderlich schätzte. Sie war sich sicher, dass es zwischen Richard und ihr keine Gemeinsamkeiten geben würde, und sie konnte sich nicht vorstellen, dass er ihr in irgendeiner Form ihre Leidenschaft für die Medizin gestattete.

Sie zog die Decke fester um ihre Schultern und dachte an Richards verstoßene Verlobte Adelaide. Ein Schicksal, das sie schaudern ließ und in ihr erneut die Befürchtung auslöste, Richard könne es sich auch in ihrem Fall bereits anders überlegt haben. Wenn er die eine Braut verließ, warum sollte es der anderen bessergehen? Berenguela fühlte ein seltsames Ziehen im Magen, wenn sie sich vorstellte, dass ihr Weg nach Messina vergeblich sein sollte. Wie Adelaide in London wäre sie auf Sizilien ohne den Schutz und die Fürsorge ihrer Familie und einzig und allein auf Richards Wohlwollen angewiesen. Männer betrachteten Frauen als ihr persönliches Eigentum, und kein Gericht bestrafte sie, wenn sie ihren Besitz hinter Schloss und Riegel hielten. Richards Vater hatte es mit der Königin Eleonore so gehalten, und sein Sohn, fürchtete Berenguela, würde nicht anders handeln. Falls es in Messina keine Hochzeit geben sollte, dann könnte sie sich allenfalls hinter den schützenden Mauern eines Klosters verstecken.

Mathilda hatte ihr Gebet beendet und sich schlafen gelegt. Berenguela dagegen saß immer noch auf ihrem Pelzkissen und starrte in die rötliche Glut des Kienspans. Im Lager war es so still, dass sie ihren eigenen Atem hören konnte. Dann und wann schnaubte eines der Pferde, ein beruhigender Klang, der Berenguela das Vertrauen in ihre Sicherheit zurückgab. Im selben Moment, als sie beschloss, ihrer wachsenden Müdigkeit nachzugeben, hörte sie ein Rascheln. Sie setzte sich auf und lauschte angestrengt, bemüht, auch nicht den kleinsten Lufthauch zu verpassen. Der Kienspan gab genügend Licht, um das Innere des Zeltes zu erkennen, und sie sah, dass Mathilda von dem Geräusch nicht geweckt worden war. Sie war sich nicht mehr sicher, ob ihre Sinne sie nicht doch getäuscht hatten, als sie das Rascheln ein zweites Mal vernahm. Wieder klang es wie ein Tier, das nach Nahrung scharrte.

Berenguela stand auf, schlich zum Eingang des Zeltes, schob den Stoff zur Seite, so dass sich ein schmaler Spalt auftat, und blinzelte in die Nacht. Ihre Augen waren an das Licht des Kienspans gewöhnt und brauchten eine Weile, um in der Dunkelheit Konturen erkennen zu können. Sie verfluchte ihre Sehschwäche. Gerade jetzt, da sie alle ihre Sinne brauchte, konnte sie sich auf einen der wichtigsten nicht verlassen. Angestrengt spähte sie in die Dunkelheit, und schließlich machte sie die Felswand aus, die Truhen mit Proviant und den kostbaren Stücken ihrer Aussteuer, glaubte die Sättel der Ritter zu sehen, schemenhafte Felsbrocken, und sie erahnte die Pferde. Aber die Männer konnte sie nicht entdecken.

Das Feuer war heruntergebrannt, und nur die letzte Glut leuchtete in der Asche. Sie beschloss, nicht länger untätig zu bleiben, und schlich sich so leise wie möglich aus dem Zelt. Damit sie wendiger war, ließ sie die Decke zurück, und die Kälte der Nacht schnitt in ihre Haut. Vorsichtig umrundete sie das Zelt und schlich weiter gebückt zu den Sätteln, wo sie auch die Ritter vermutete. Als sie niemanden antraf, kroch sie zu den Pferden. Sie versuchte sich in der Dunkelheit zu orientieren, und tastend fand sie ihren Weg. Plötzlich fühlten ihre Hände etwas Weiches. Berenguela unterdrückte einen Laut, stemmte sich auf die Knie und erkannte, dass sie auf einen menschlichen Körper gestoßen war. Sie kroch näher und beugte sich über sein Gesicht. Es war einer der Ritter.

Mit bebenden Händen fuhr sie über seinen Hals, um einen Pulsschlag zu suchen, doch sie zuckte zurück, als sie spürte, dass ihre Finger feucht geworden waren. Sein Hals und seine Brust waren nass, und obwohl Berenguela das Blut nicht sehen konnte, wusste sie, dass der Mann tot war. Irgendjemand hatte ihm die Kehle durchtrennt.

Die Angst überschwemmte sie wie die Wogen des Meeres, und sie fürchtete, von ihr verschlungen zu werden. Ihr Atem kam stoßweise, sie glaubte jemanden keuchen zu hören und nahm doch nur ihre eigene Panik wahr. Sie betete zu Gott, dem Allmächtigen, dass die beiden anderen Männer noch lebten, und begann wie ein Tier auf Händen und Füßen zurück zu dem erloschenen Feuer zu kriechen. Die Asche strahlte noch Hitze aus, so wie das Blut des Ritters, das seinen Oberkörper bedeckte, noch warm gewesen war.

Sie wischte das Blut von ihren Händen an ihrem Kleid ab, doch ein Teil war bereits getrocknet und blieb an ihrer Haut kleben. Berenguela fand nicht die geringste Spur von den beiden anderen Rittern und kehrte leise zum Zelt zurück, um die Äbtissin zu wecken. Gesetzt den Fall, alle Ritter waren tot, musste Berenguela ihres und das Leben der Äbtissin retten, und dann konnten sie nicht länger wie Gefangene im Zelt bleiben. Entweder es gelang ihnen die Flucht, oder sie fanden ein Versteck. Dabei mussten sie mit größter Behutsamkeit vorgehen, damit sie nicht entdeckt wurden. Ihr Körper war getrieben von Instinkten, die auch einem fliehenden Tier ungeahnte Kräfte verliehen, und sie versuchte sich fieberhaft an die Beschaffenheit der Landschaft zu erinnern. Irgendwo musste es eine Höhle oder eine Felsspalte geben, in der sie den Morgen abwarten könnten, um im Licht der Sonne diesem grauenhaften Ort zu entfliehen.

Sie glitt lautlos in das Zelt, lief auf Zehenspitzen zu der schlafenden Mathilda, ergriff ihre Schultern und schüttelte sie. »Aufwachen«, flüsterte sie. »Schnell. Wir müssen fort.«
Mathilda schlug verwirrt die Augen auf, doch Berenguela ließ ihr keine Zeit, um Fragen zu stellen. Sie bedeutete ihr, absolut still zu sein, zog sie am Handgelenk hinter sich her, öffnete die Zeltwand vorsichtig, blieb kurz stehen, um sich umzusehen, und entschied sich dann für den Weg zu einem großen Felsbrocken, der ihnen zumindest vorübergehend als Versteck dienen konnte. Hier fanden sie den zweiten Ritter. Er saß an den Felsen gelehnt, als würde er schlafen, doch als Berenguela sich über ihn beugte und ihm ins Gesicht blickte, sah sie zu ihrem Entsetzen, dass man ihm die Augen ausgestochen hatte. Sie schreckte zurück, ihr wurde übel vor Furcht und Ekel. Mathilda stieß würgende Laute aus, ihr geschorenes graues Haar, das sie sonst unter ihrer Haube verbarg, stand ihr wirr vom Kopf ab, und ihr ausgezehrter Körper wurde von lautlosen Weinkrämpfen geschüttelt.
Es war nur eine Frage der Zeit, wann sie den dritten Mann finden würden, und in diesem Moment hörten sie einen schaurigen schrillen Schrei, ähnlich dem Todeskampf eines Tieres. Die beiden Frauen klammerten sich aneinander, und Berenguela wusste, dass ihre schlimmsten Befürchtungen wahr geworden waren. Die drei Ritter hatten einen schrecklichen Tod gefunden, und auch sie selbst sowie die Äbtissin würden diese Nacht nicht überleben, wenn der Himmel ihnen nicht ein Wunder sandte.
Wieder hörte sie das Rascheln, und dann sah sie die Schatten, die wie Schlangen über den Boden krochen. Lautlos bewegten sie sich durch die Dunkelheit, fanden zielstrebig ihren Weg zu den Truhen, den Sätteln und den Pferden, und mit Grauen beobachtete Berenguela, dass sie offenbar das Lager nach Überlebenden absuchten.

Mathilda zitterte so sehr, dass ihre Zähne aufeinanderschlugen, und Berenguela fürchtete mit diesem Geräusch die Aufmerksamkeit der Räuberbande zu erregen. Sie presste ihr eine Hand auf den Mund und hielt mit dem anderen Arm den schmalen Körper der alten Frau umschlungen. Mit ihr gemeinsam wiegte sie sich vor und zurück, und ihr Leben zog in einem endlosen Strom von Bildern an ihr vorbei. Sie hatten keine Waffe, um sich zu verteidigen, und an eine Flucht war angesichts der schleichenden Schatten um sie herum nicht zu denken. Es blieb ihnen nichts außer dem inständigen Gebet, dass die Dunkelheit sie und Mathilda verbergen möge und die Gier der Wegelagerer durch die reiche Beute, die sie in den Truhen fanden, gestillt sein würde. Zitternd vor Kälte und Entsetzen, hockten die beiden Frauen hinter dem Felsen und warteten auf den Tod.

Ein Sonnenstrahl schlich sich in ihre Nase und erzeugte ein Kitzeln. Sie musste niesen, was sie aus einem traumlosen, tiefen Schlaf aufschrecken ließ. Berenguela blinzelte in die Helligkeit des frühen Morgens, und im ersten Moment des Erwachens fehlte ihr vollständig die Erinnerung an das, was gestern Nacht geschehen war. Dann sah sie die zusammengesunkene Gestalt der Äbtissin neben sich, und die Greuel, die sich im Lager zugetragen hatten, kamen in blutigen Bildern zurück. Ihr Gedächtnis war so klar wie der neue Tag, der sich über den einsamen Gebirgszügen ankündigte. Ihr fiel wieder ein, dass die Ritter, die von ihrem Vater zu ihrem Schutz abgestellt worden waren, ihren Auftrag mit dem Leben bezahlt hatten. Trauer über den schrecklichen Tod der Männer ergriff sie, und sie bat den Himmel in einem stummen Gebet um Frieden für ihre Seelen.
Ihr Mund war trocken, das Schlucken fiel ihr schwer. Sie hatte seit gestern Abend keinen Tropfen Wasser getrunken, und der

Schock über die Tragödie, die sich vor ihren Augen abgespielt hatte, hatte ihren Körper zusätzlich ausgedörrt. Ihr Kopf schmerzte, und ihre Muskeln, die offenbar selbst im Schlaf angespannt und bereit zur Flucht gewesen waren, fühlten sich hart und taub an. Sie bewegte sich behutsam, um neues Leben in ihre steifen Beine zu bringen, und fragte sich, ob sie den Mut haben würde, ihr Versteck hinter dem Felsen aufzugeben. Doch da sie außer dem Schrei eines Adlers, der weit oben über den Gipfeln der Berge seine Kreise zog, keinen Laut gehört hatte, beschloss sie, einen vorsichtigen Blick auf ihre Umgebung zu werfen.

Sie lugte hinter dem Felsblock hervor und stellte zu ihrer großen Erleichterung fest, dass die Räuber verschwunden waren. Allerdings hatten sie das Zelt, die Truhen, den Proviant und die Pferde mitgenommen, und Berenguelas erste Freude darüber, dass sie und die Äbtissin noch lebten, wich der Besorgnis, wie zwei Frauen allein die Berge überqueren sollten. Mühsam stand sie auf und schleppte sich zu der Stelle, wo die Ritter gestern ihr Zelt errichtet hatten. Erst jetzt konnte sie die Reste von Blut auf dem Boden nahe dem erloschenen Feuer erkennen, nahm die Fußspuren im Lager wahr, fand das Zaumzeug eines der Pferde und einen leeren Wasserschlauch. Sonst nichts.

Den Felsen, an dem einer der toten Ritter gelehnt hatte, mied sie mit Bedacht. Schon in der Dunkelheit war der Anblick seines zerstörten Gesichtes grausam genug gewesen. Jetzt jedoch würde sie das ganze Ausmaß seiner tödlichen Verletzungen erkennen, und noch fehlte ihr die Kraft, es zu ertragen. Später mussten sie und die Äbtissin die Ritter begraben, doch bis dahin wollte sie die Zeit nutzen, neuen Mut zu schöpfen.

Die Räuber hatten zahlreiche Spuren hinterlassen und sich nicht die Mühe gemacht, den Weg zu ihrem Quartier in den Bergen zu verwischen. Ganz offensichtlich fühlten sie sich unbesiegbar, und Berenguela folgte den Abdrücken von Füßen und Hufen ein kurzes Stück, bis die Spur vom Weg abzweigte, um einen Felsenvorsprung herumführte und sich dann in einem Nadelwald verlor. Sie wagte es nicht, den Pfad weiter zu erkunden, und machte kehrt, da sie die Äbtissin nicht länger allein lassen wollte.

Mathilda hatte die Augen geschlossen, ihr Atem ging rasselnd. Berenguela sah sich suchend nach etwas Wasser um, doch offenbar hatte man ihnen selbst das geraubt. Die Schalen, in denen die Ritter gestern nach Berenguelas Anweisung würzigen Kräutertee gekocht hatten, waren ebenso verschwunden wie der Stein, dem der Ritter die Funken entlockt hatte, doch da Berenguela noch nie in ihrem Leben ein Feuer entzündet hatte, fühlte sie sich dieser Aufgabe ohnehin nicht gewachsen.

Sanft ergriff sie Mathilda an der Schulter und versuchte sie zu wecken. Sie rief leise ihren Namen und streichelte ihre Wangen. »Ehrwürdige Mutter«, flüsterte sie, »Mathilda. Wacht auf, die Räuber sind fort.«

»Gott, dem Allmächtigen, sei Dank«, stöhnte die Äbtissin und versuchte sich aufzusetzen. Sie griff sich erschrocken ins Haar und verlangte nach ihrer Haube, doch die Wegelagerer hatten nichts aus dem Zelt der beiden Frauen zurückgelassen.

»Wir werden einen neuen Schleier finden«, tröstete Berenguela sie. »Doch zuvor müssen wir die Berge überwinden.«

»Aber wo sind die Ritter, wo sind unsere Pferde?«, fragte die alte Frau verwirrt.

»Die Ritter sind tot und die Pferde verschwunden.«

Mathilda wirkte verstört, und Berenguela fürchtete einen Moment, die Schrecken der vergangenen Nacht könnten ihr den Verstand geraubt haben. Doch plötzlich begann sie zu weinen, und Berenguela erkannte, dass ihr die Klarheit des Denkens keinesfalls abhandengekommen war. Auch über ihr eigenes Gesicht liefen Tränen, und beide Frauen versuchten sich gegenseitig zu trösten.

»Wir sind verloren«, schluchzte Mathilda. »Wir haben kein Wasser und kein Brot. Wir kennen den Weg nicht und werden in den Bergen an Hunger und Durst sterben.«
Berenguela teilte die Ängste und wusste ebenso wie die Äbtissin, dass sie zumindest nach einer Quelle suchen mussten, um zu überleben. Wenn sie Glück hatten, würden sie essbare Beeren finden, und wenn der Himmel ihnen gnädig war, sogar früher oder später auf eine Gruppe von Pilgern treffen, die ihr Brot mit ihnen teilen würden. Auch wenn ihre Lage Anlass zu wenig Hoffnung gab, war sie doch nicht vollkommen aussichtslos, und je mehr Berenguela ihre Überlebenschancen abwog, desto mehr kehrte ihr Lebensmut zurück.
»Wir sind in Navarra«, entgegnete Berenguela, »und nicht in der Wüste. Irgendwo werden wir auf eine Quelle oder einen Bach stoßen. Diese Gegend ist voller Wald, auf den Hochebenen wächst grünes Gras. Habt keine Angst, hier verdurstet niemand.«
»Aber der Weg … Wohin sollen wir gehen?«
»Wir folgen dem Pilgerpfad. Zu Fuß. So wie andere Menschen auch.«
»Du bist jung, Berenguela, und ich bin sicher, du wirst ans Ziel kommen, doch meine Kräfte werden dafür nicht reichen.«
»Das dürft Ihr nicht sagen. Wir gehen zusammen, und wir werden dieses Unglück gemeinsam überleben.«
Die Äbtissin schlug die Hände vors Gesicht und schüttelte den Kopf. »Ich bin dir nur eine Last. Es ist besser, ich bleibe hier.«
»Nein«, sagte Berenguela entschieden. »Das bedeutet den sicheren Tod. Ihr werdet entweder Opfer der wilden Tiere oder erleidet dasselbe Schicksal wie die Ritter. Wer garantiert Euch, dass die Räuber nicht zurückkommen?«
»Besser ein schneller Tod, als elend zu verhungern.«
»Was Ihr sagt, ist einer Nonne nicht würdig.«
Die Äbtissin schwieg und nahm Berenguelas Hand. »Du bist

stark und mutig, eine wahre Königin. Und du hast recht, wir werden uns gemeinsam auf den Weg machen.«
Berenguela lächelte und strahlte mehr Zuversicht aus, als sie empfand. »Es wartet noch eine Aufgabe auf uns.«
»Welche, mein Kind?«
»Wir müssen die Ritter begraben.«
»Aber wie? Willst du mit bloßen Händen Gräber schaufeln?«
»Nein. Der Boden ist hier hart und felsig. Wir schichten Steine auf die Körper der Toten, damit die Tiere sie nicht finden.«
Die Äbtissin nickte. »Dann komm. Wir sind es den Männern schuldig.«
Die beiden Frauen sammelten Felsbrocken, bis ihnen der Rücken schmerzte und ihre Hände so rissig waren, dass sie zu bluten begannen. Schweißtropfen liefen über ihre Gesichter, und der Durst quälte sie. Berenguela legte die Männer auf den Rücken und versuchte die Hände über der Brust zu falten, doch die Körper waren bereits starr und steif, und so blieb ihr nichts anderes übrig, als die Arme dicht an den Körper zu betten. Gern hätte sie Tücher über die Leichname gedeckt, doch da sie nicht genügend Stoff hatte, selbst wenn sie ihr eigenes Kleid genommen hätte, begnügte sie sich damit, Fetzen aus ihrem Saum zu reißen und sie auf Gesicht und Hals der beiden Toten zu legen. Es schien ihr barmherziger, das augenlose Antlitz sowie den Schnitt, der von einem Ohr zum anderen reichte, zu bedecken, als die Ritter unverhüllt vor ihren Schöpfer treten zu lassen. Die Äbtissin sprach jeweils ein kurzes Gebet und legte dann Reisigstöcke in Form eines Kreuzes auf die Gräber.
Erschöpft lehnten die Frauen im Schatten der Felswand, und Berenguela sah, dass Mathilda am Ende ihrer Kraft war. Den Körper des dritten Ritters hatten sie nicht gefunden. Sie war überzeugt, seinen Todesschrei gehört zu haben, und nahm sich vor, weiter nach ihm zu suchen, sobald sie wieder zu Atem gekommen war.

»Es hat keinen Zweck, lass uns aufbrechen. Je länger wir hierbleiben, desto schwächer werden wir. Meine Kehle ist so trocken, als hätte ich Sand geschluckt«, flüsterte Mathilda, deren Wangen aschfahl waren. Ihre Hände zitterten, und ein trockener Riss auf ihrer Unterlippe würde bald aufplatzen und zu bluten beginnen.

Berenguela selbst spürte eine lähmende Erschöpfung. Wie Mathilda sah auch sie die Sinnlosigkeit einer weiteren ziellosen Suche ein. Wichtiger war es jetzt, ihr beider Überleben zu sichern und in der näheren Umgebung nach einem Wasserlauf Ausschau zu halten. Den Ritter konnten sie auch später begraben – wenn sie ihn jemals fanden.

»Ihr bleibt bei diesem Felsen«, entschied Berenguela. »Ich sehe nach, ob hier irgendwo ein Bach fließt oder eine Quelle entspringt.«

»Aber wie kann ich mich wehren, wenn ein Tier uns gewittert hat?«, fragte Mathilda, die ihre Furcht vor dem Alleinsein nicht verbergen konnte.

»Nehmt diesen Stein«, antwortete Berenguela, »eine andere Waffe haben wir nicht. Aber ich werde nicht lange fortbleiben. Finde ich nicht bald Wasser, komme ich zurück, und wir brechen unmittelbar danach auf und hoffen auf eine Quelle weiter oben in den Bergen.«

»Aber du hast kein Gefäß. Willst du das Wasser in der hohlen Hand zu mir bringen?«

»Seid unbesorgt. Die Räuber haben einen der Wasserschläuche übersehen.«

Sie lächelte Mathilda aufmunternd zu, raffte ihren Rock und begann den Weg, den sie gestern bergauf geritten waren, zurückzulaufen. Sie meinte sich an ein Plätschern zu erinnern. Außerdem schien es den Gesetzen der Logik zu entsprechen, wenn die Ritter ihr Lager in der Nähe einer Wasserstelle gewählt hätten. Höchstwahrscheinlich hatten sie geplant, vor der

Weiterreise die Vorräte aufzufüllen, und nicht geahnt, dass ein solcher Platz auch Männer anlocken würde, die aus guten Gründen das Licht des Tages scheuten.

Der Bergpfad bestand aus Geröll, das schmerzhaft in ihre Fußsohlen schnitt, und obwohl sie noch nicht lange gelaufen war, scheuerten ihre zierlichen Schuhe an den Fersen und am Spann. Sie würde Blasen bekommen, fürchtete sie, und das ließ den Weg über die Berge noch mühseliger erscheinen. Doch selbst mit blutigen Füßen wollte sie weitergehen, solange die Aussicht bestand, einen rettenden Ort, ein Gehöft oder auch nur ein Zeltlager, zu erreichen. Kurz verweilten ihre Gedanken bei dem englischen König, aber Richard konnte ihr nicht helfen, und auch ihre Erinnerung an ihn brachte ihr keinen Trost. Sie sprach sich nicht frei von Schuld an dem Verhängnis, das ihnen widerfahren war, schließlich war es ihr Wunsch gewesen, in einer kleinen Gruppe zu reisen. Zum wiederholten Mal machte sie sich Vorwürfe, nicht auf ihren Vater gehört und damit nicht nur ihr eigenes Leben aufs Spiel gesetzt zu haben.

Mehrere Wegwindungen lagen hinter ihr, und der Pfad führte jetzt deutlich bergab. Hier und da kam sie auf dem Geröll ins Rutschen, doch bislang hatte sie einen Sturz vermeiden können. Sie fürchtete schon, zu weit gegangen zu sein, als sie das leise Plätschern hörte, auf das ihre Ohren gewartet hatten. Sofort verließ Berenguela den Weg und lief einen flachen Abhang hinunter. Eingebettet in eine sattgrüne Wiese und gesäumt von gelben Schilflilien, fand sie einen sprudelnden Bergbach, dessen klares Wasser ihr so kostbar wie Gold erschien. Sie kniete sich nieder, tauchte ihre Arme in die kühle Flüssigkeit, benetzte ihr verschwitztes Gesicht und trank in großen, durstigen Schlucken aus ihren Händen, die sie wie ein Gefäß gewölbt hatte. Das Wasser war eiskalt, und sie wusste, dass zu viel davon schadete. Ihr ausgetrockneter, überhitzter Körper würde nach kurzer Zeit mit heftigen Anfällen von Übelkeit, Brechreiz und Durchfall antworten. Es war besser, den Schlauch zu füllen und später kleine Mengen zu trinken.

Voll mit Wasser, war der Schlauch schwer und unhandlich, und Berenguela hängte ihn um ihren Hals, um die Arme frei zu haben. Sie musste den Abhang wieder hochklettern, und das gelang ihr nur mit Hilfe ihrer Hände und Füße. Zurück auf dem Pfad, trieb sie sich zur Eile an, denn die Äbtissin brauchte das Wasser ebenso sehr wie sie selbst. Seit sie ihren Durst gestillt hatte, war die Hoffnungslosigkeit, die sie empfunden hatte, einem neuen Mut gewichen. Zum ersten Mal an diesem grauenvollen Tag schien ihr der Gedanke, lebend ihr Ziel zu erreichen, nicht mehr ganz abwegig. Vor Freude schluchzte sie auf und erwartete jeden Moment den Felsen zu sehen, an dem sie die Äbtissin zurückgelassen hatte.

Zu ihrer Linken wurde der Bergpfad von einem steilen Abhang begrenzt, der tief unten in eine kaum erkennbare Schlucht mündete. Gestern beim Aufstieg war ihr die Gefährlichkeit des Weges weniger bewusst geworden als jetzt, und vorsichtig warf sie einen Blick über den Rand in den Abgrund.

Etwas erregte ihre Aufmerksamkeit, das fast wie ein Fetzen Stoff aussah, der an einer Baumwurzel hängengeblieben und so aus einem Kleidungsstück gerissen worden war. Sie legte den Wasserschlauch ab, ging auf die Knie, um einen sicheren Stand zu haben, und wagte einen zweiten, genaueren Blick in die Schlucht. Deutlich erkannte sie jetzt den blauen Stoff, dessen Farbe sie an die Gewänder der Ritter erinnerte.

Sie beugte sich weiter über den Rand des Weges und spähte in das Dickicht rechts und links des Abgrunds – nichts außer dem blauen Fetzen in einem Meer von Grün. Berenguela hielt sich an einer Baumwurzel fest und schob ihren Oberkörper weit über die Wegkante. Jetzt sah sie ihn. Sein Körper hatte sich in einem Gebüsch, das aus der Wand herausragte, verfangen, und die starken Äste sowie der Felsvorsprung, der wie eine schmale

Treppenstufe aus der Wand herausragte, hatten seinen Absturz verhindert. Der Ritter schaukelte leblos im Wind, und Berenguela gewann die Überzeugung, dass er entweder den Sturz nicht überlebt hatte oder von den Barbaren, die ihr Lager überfallen hatten, umgebracht und tot in die Schlucht geworfen worden war. Sie erinnerte sich an den Schrei, der ihr Schauer über den Rücken gejagt hatte, und wollte sich eben abwenden, als sie eine Bewegung wahrnahm.

Der Busch mit seiner unheimlichen Last befand sich in einer Entfernung, die Berenguelas Augen nicht überforderte, und sie traute dem, was sie gesehen hatte. Der rechte Arm des Mannes hatte sich bewegt. Sie war ganz sicher.

Wenn er noch lebte, so musste sie einen Weg finden, ihn nach oben zu ziehen. Doch das war eine Herausforderung, die sie allein nicht bewältigen konnte und an der sie möglicherweise selbst mit Hilfe der Äbtissin scheitern würde. Sie schob sich zurück auf den Weg, nahm ihren Wasservorrat und lief, so schnell es das Gewicht des Schlauchs zuließ, zu dem Felsen, wo Mathilda bereits aufgelöst auf sie wartete.

»Endlich. Ich dachte schon, du bist den Mördern auch noch in die Hände gefallen.«

Berenguela beschwichtigte sie, gab ihr ein paar Schlucke von dem Wasser zu trinken und berichtete von dem Ritter, der ihrer Ansicht nach noch lebte, sich aber in einer überaus bedrohlichen Lage befand.

»Und daraus willst du ihn befreien?«, fragte Mathilda fassungslos.

»Zumindest will ich es versuchen. Aber Ihr müsst mir helfen.«

»Das ist Wahnsinn. Wir werden alle hinabstürzen.«

»Wenn es gelingt, retten wir ein Menschenleben.«

»Aber wir sind nur zwei schwache Frauen. Wie wollen wir den schweren Körper eines Mannes nach oben auf den Weg ziehen?«

»Es klingt, als wäre es unmöglich, aber wir dürfen den Mann dennoch nicht aufgeben.«
»Selbst wenn du ihn aus dem Busch befreist, wirst du ihn nicht mitnehmen können. Vermutlich ist er schwer verletzt.«
»Bitte, ehrwürdige Mutter«, flehte Berenguela. »Ich allein bin schuld daran, was gestern Nacht passiert ist, und ich werde es mir niemals verzeihen. Wenn wir diesen Mann retten können, habe ich wenigstens einen kleinen Teil meiner Buße getan.«
»Mein liebes Kind, nicht du hast die Ritter umgebracht, sondern gewissenlose Menschen haben diese Verbrechen begangen. Es sind nicht deine Sünden.«
»Trotzdem, ich kann ihn nicht einfach so zurücklassen.«
Die Äbtissin seufzte und gab nach. »Gut, ich werde dir helfen. Zeig mir, wo du ihn gefunden hast.«
Noch immer schwebte der Ritter, gehalten von den Ästen des Busches, über dem Abgrund. Nichts hatte sich verändert, seit Berenguela den Weg verlassen hatte.
»Ich glaube nicht, dass der Mann noch lebt«, sagte Mathilda, nachdem sie sich gleich Berenguela achtsam über den Rand des Steilhangs gebeugt hatte. »Wir vergeuden nur kostbare Zeit.«
»Aber ich habe gesehen, wie sich sein Arm bewegt hat.«
»Vielleicht nur eine Sinnestäuschung. Oder der Arm hat sich im Wind gewiegt.«
»Ich klettere zu ihm hinunter«, entschied Berenguela. »Dann werden wir wissen, ob er lebt oder nicht.«
»Um Gottes willen, der Abhang ist viel zu steil. Du wirst zu Tode stürzen.« Mathilda umklammerte Berenguelas Arm. »Dieser Mann hat keine Bedeutung für dich. Erinnere dich an die Aufgaben, die auf dich warten.«
»Im Moment sehe ich nur diese eine Aufgabe.« Ihre Stimme wurde weich. »Ich verspreche«, sagte sie, »seinen Körper dort hängen zu lassen, wenn er wirklich tot ist.«
»Und wenn nicht?«

»Werden wir ihn hinaufziehen.« Berenguelas Ton ließ keine weiteren Einwände zu, und die Äbtissin gab den Versuch auf, sie umzustimmen. Schnell zog Berenguela ihr Kleid aus, für dessen Rock viele Ellen bestes Leinen aus Frankreich verarbeitet worden waren. Sie hatte bereits Stücke vom Saum herausgerissen und zerrte jetzt an einem breiten Streifen, den sie über die gesamte Weite des Rocks ablöste. Ihr Kleid wurde dadurch kürzer und reichte ihr nur noch knapp bis zur Wadenmitte, doch sie gewann ein breites Band, das sie an einem Baumstamm festknotete, der nahe am Abhang stand. Als sie sah, dass die Länge nicht reichen würde, riss sie ein weiteres langes Stück Stoff aus ihrem Rock, das sie geschickt mit dem anderen verband.

Die Äbtissin war fassungslos. »Du willst doch nicht an diesen Fetzen die steile Wand hinabsteigen?«, fragte sie.

»Ich habe die ganze Zeit darüber nachgedacht und sehe keine andere Möglichkeit«, antwortete Berenguela und begann sich mit Hilfe des Stoffbandes langsam abzuseilen. Die Füße stemmte sie gegen den harten Untergrund und wich geschickt den Dornenbüschen aus, die hier wuchsen und bei einer unbedachten Bewegung die Haut aufritzten. Sie betete, dass das Band nicht reißen oder der Knoten sich lösen und auch die Länge jetzt ausreichen würde, um sie in die unmittelbare Nähe des Ritters zu bringen. Ihre Hände umklammerten den Stoff, und sie ließ sich selbst von Spinnen und Käfern, die, aufgeschreckt durch ihre Anwesenheit, aus ihren Netzen und Verstecken krabbelten, nicht aus der Ruhe bringen. Endlich hatte sie den Busch, in dem der Ritter hing, erreicht und hielt angestrengt nach einem Lebenszeichen Ausschau. Seine Augen waren geschlossen, und auf seiner Stirn entdeckte sie getrocknetes Blut, aber andere Verletzungen sah sie nicht.

Berenguela überlegte, ob sie es wagen konnte, den Mann anzusprechen, fürchtete jedoch, er könnte erschrecken und durch eine unbedachte Bewegung den Halt verlieren. In dem Augenblick, in dem die Äste nachgäben, würde er unweigerlich in die Schlucht stürzen und den Tod finden. Sie entschied deshalb, auf seine Atmung zu achten, und versuchte zu erkennen, ob seine Brust sich hob und senkte. Zunächst vermochte sie nicht zu sagen, ob er Luft holte. Möglicherweise ging sein Atem so flach, dass der Mann wie tot wirkte. Dann aber sah sie, wenn auch undeutlich, ein Anheben des Brustkorbs, das nur möglich war, wenn noch ein Funke Leben in einem Menschen steckte. Sie kletterte vorsichtig zurück auf den Weg, wo die Äbtissin voller Sorge auf sie wartete.

»Ich bin mir sicher, dass er lebt«, berichtete sie aufgeregt.

»Der Allmächtige legt uns immer neue Prüfungen auf«, seufzte Mathilda. »Was machen wir jetzt?«

»Das ist schwer zu sagen. Vielleicht gelingt es mir, ihn aus seiner Ohnmacht zu erwecken, und er hat die Kraft, sich selbst aus seiner Lage zu befreien.«

»Aber das hättest du doch längst machen können!«, rief Mathilda empört. »Warum willst du ein zweites Mal nach unten klettern und das Schicksal herausfordern?«

»Weil ich ein zweites Band brauche, um den Mann vor einem möglichen Absturz zu sichern. Angenommen, er erwacht und gerät in Panik, dann war alles umsonst.«

»Und wenn seine Verletzungen ihn daran hindern, selbst zu klettern?«

»Dann ziehen wir ihn hinauf. Helft mir, wir brauchen mehr Stoff.«

»Wenn du so weitermachst, wirst du nackt über die Berge wandern müssen.«

Berenguela lächelte und griff nach ihrem Unterrock. »Ich glaube nicht, dass es so weit kommt.«

Auch das zweite Band befestigte sie an dem Baumstamm und führte es dann mit sich nach unten. Als sie den Ritter erreichte, stellte sie allerdings fest, dass ihr Plan zu optimistisch gewesen war. Sie hatte vorgehabt, den Stoff um seine Taille zu binden, musste nun aber einsehen, dass sie erstens nicht nah genug an ihn herankam und es zweitens viel zu gefährlich war, wenn sie sich beide auf den Busch stützten. Es blieb ihr nur die Möglichkeit, den Mann mittels ihrer Stimme aus der Ohnmacht zu erwecken und dabei das Risiko einzugehen, ihn nicht zu ihrer Zufriedenheit sichern zu können. Der Körperteil, den sie erreichte, war sein linkes Bein. Sie band den Stoff um seinen Unterschenkel und betete, dass sie mit dem, was sie jetzt vorhatte, nicht sein Todesurteil besiegelte.

Nach Maries Unfall hatte sie ihre Freundin aus der Bewusstlosigkeit geweckt, indem sie ihr einen kontrollierten Schlag ins Gesicht gegeben hatte. Auch jetzt wollte sie den Ritter durch einen mit Absicht herbeigeführten Schmerz in einen wachen Zustand versetzen. Sie hielt sich mit der rechten Hand an dem Band fest und kniff mit der linken mit aller Kraft in seinen Schenkel. Der Ritter zuckte zusammen, doch seine Augen öffneten sich nicht. Sie versuchte es ein weiteres Mal, und jetzt hatte sie Erfolg.

Der Mann stöhnte und bewegte leicht den Kopf, was Berenguela zum Anlass nahm, ihn erneut zu kneifen und mit lauter, energischer Stimme zu rufen. Sie kannte seinen Namen nicht, doch ihre Schreie erfüllten ihren Zweck. Der Ritter erwachte und sah sie mit verwirrtem Blick an.

»Bewegt Euch nicht«, warnte sie ihn. »Und schaut vor allem nicht nach unten.«

Instinktiv versuchte er dennoch seinen Kopf zu drehen, doch sie stieß einen Laut aus, der ihn zusammenzucken ließ. »Wisst Ihr, wo Ihr verletzt seid?«, fragte sie ihn, doch er schüttelte den Kopf. »Glaubt Ihr, Ihr könnt ein kleines Stück klettern? An Eurem linken Bein habe ich ein Stoffband befestigt, das Euch Halt geben wird. Das andere Ende ist an einen Baumstamm oben am Weg geknotet. Knüpft es von Eurem Bein los und zieht

Euch dann beim Klettern daran hoch. Es kann Euch gar nichts passieren. Ich habe es auch geschafft.«
Der Blick des Ritters wurde allmählich klarer, und auch wenn er Berenguela immer noch nicht zu erkennen schien, wurde er sich doch seiner Lage langsam bewusst.
»Erinnert Ihr Euch?«, hakte Berenguela nach. »Ihr seid in die Schlucht gestürzt, doch dieser Busch war Eure Rettung.«
Der Mann räusperte sich, versuchte aber vergeblich ein paar Worte zu sprechen. Seine Kehle war zu ausgedörrt zum Reden, und Berenguela hörte nur ein heiseres Krächzen.
»Schont Eure Kräfte«, beruhigte sie ihn. »Wenn wir beide wieder sicher auf dem Weg über uns stehen, erzähle ich Euch alles.«
Er nickte schwach und tastete nach dem Band an seinem Bein.
»Ich klettere voraus«, schlug Berenguela vor, »dann können die Äbtissin und ich Euch hochziehen. Es wäre nur schön, wenn Ihr ein wenig dabei helfen könntet.«
Der Ritter begann das Band an seinem Unterschenkel zu lösen und sich mit dessen Hilfe aus dem Busch zu befreien. Berenguela sah, dass er offenbar nicht durch schwere Verletzungen behindert wurde, und ließ ihn allein.
»Er ist wach«, teilte sie der Äbtissin mit, kroch behende auf den Pfad und begann vorsichtig an dem Stoff, der dem Ritter als Kletterhilfe diente, zu ziehen.
»Lass uns beten, dass die Kraft ihn nicht verlässt«, flüsterte Mathilda und tat es Berenguela nach.
Die beiden Frauen spürten das Gewicht des Ritters, der Elle um Elle näher kam. Sie keuchten und zogen, und als Berenguela schon glaubte, dass beim nächsten Atemzug ihre Lungen bersten würden, wurde sein Kopf über dem Rand des Abgrunds sichtbar, und wenig später hatte sich der Mann auf den Weg gezogen, wo er verzweifelt nach Luft rang.
»Trinkt von dem Wasser«, sagte Berenguela und hielt ihm den Schlauch an die Lippen, »dann geht es Euch besser.«

Der Ritter genoss die kühle Flüssigkeit in gierigen Zügen, wischte sich über den Mund und die Augen und sah seine beiden Retterinnen an, als wäre ihm die Muttergottes gemeinsam mit dem Messias erschienen. Erst jetzt begriff er wohl, wen er vor sich hatte. Berenguela folgte seinem verwirrten Blick und sah eine betagte Nonne mit wirrem Haar sowie die Tochter eines Königs mit nackten Beinen, in einem lächerlich kurzen Kleid, mit geschundenen Händen und aufgelösten Haaren, in denen sich Blätter und eine dicke schwarze Spinne verfangen hatten.

Berenguela schüttelte lachend den Kopf und zupfte alles, was in den Wald gehörte, aus ihren Locken. »Wir sehen zwar nicht so aus«, sagte sie, »doch wir sind tatsächlich dieselben wie gestern.«

Der Ritter wirkte immer noch verstört, aber er nahm das Stoffband, nestelte den Knoten am Baumstamm auf und betrachtete es wie eine Himmelsleiter.

»Ihr habt mein Leben gerettet«, stammelte er endlich. »Ich werde immer in Eurer Schuld sein.«

»Nein«, entgegnete Berenguela, »ich bin in Eurer Schuld. Eure Kameraden sind tot, ermordet von den Wegelagerern, die uns überfallen haben.«

Der Ritter legte eine Hand über seine Augen, damit die Frauen seine Bestürzung nicht sehen konnten, doch dann berührte Berenguela seine Schulter, und er war nicht in der Lage, seine Trauer länger zu verbergen. Mathilda setzte sich zu ihm und nahm tröstend seine Hand. Und gemeinsam mit Berenguela weinte sie aus Erleichterung und vor Erschöpfung.

In Messina hatten sich die Vorhersagen des französischen Königs schon nach kurzer Zeit bestätigt. Durch die schier unüberschaubare Menge der ausländischen Ritter, die auf den Märkten der Stadt frisches Fleisch, Gemüse, Obst und Wein einkaufte, waren Lebensmittel, die vor der Ankunft der Kreuzfahrer erschwinglich gewesen waren, nun so teuer geworden, dass weder die Gäste noch die Bewohner Messinas diese Preise zahlen konnten. Die Händler und Bauern, denen man unstillbare Gier vorwarf, begründeten ihr Verhalten mit der Lebensmittelknappheit, unter der die überfüllte Stadt litt. Es war ihnen gar nicht möglich, mit ihren Vorräten den gestiegenen Bedarf zu decken, und ein Schaf oder auch nur ein Huhn erreichte beim Verkauf den Wert von mehreren Goldstücken.

Viele Ritter konnten sich einen solchen Luxus nicht leisten, auch wenn sie von ihren Königen gut besoldet wurden. Und besonders die englischen Truppen setzten es durch, dass Richard die Bezahlung für ihre Dienste permanent erhöhte, um einen Aufstand in den eigenen Reihen zu verhindern.

Das Wetter war umgeschlagen, und heftige Regenschauer, Gewitter und Sturmböen hatten die warmen Spätsommertage vertrieben. An eine Überfahrt ins Heilige Land war zurzeit nicht zu denken, und die schwarzen Wolkenberge, die immer neuen starken Wind über das Land zum Meer brachten, ließen auch für die nächsten Tage, vielleicht sogar Wochen, nichts Gutes ahnen. Das Wasser türmte sich zu riesigen Wellen, und die Gischt schlug spritzend gegen die Kaimauer im Hafen und überschwemmte die umliegenden Straßen. Weit draußen auf See wütete der Sturm mit noch größerer Wucht, und das sonst tiefblaue Wasser war weiß durch den Schaum der Wellenkämme.

Jeden Tag blickten die Kapitäne der Galeeren sorgenvoll zum Himmel und versuchten die weitere Entwicklung des Wetters mit Hilfe ihrer Erfahrungen und ihrer Kenntnisse der Astronomie einzuschätzen, doch selbst ein Narr konnte sehen, dass keine Aussicht auf mäßigen Wind und eine beruhigte See bestand. Die Besatzungen der Kreuzfahrerschiffe überbrückten die Tage im Hafen mit dringenden Arbeiten am Tauwerk und an den

Planken. Das Holz wurde neu kalfatert, morsche Stellen besserte man aus, und die Segel, die schon bei der Anreise in den Stürmen im Golf von Biscaya gelitten hatten, wurden kunstfertig geflickt. Und wenn es auch mit der Stimmung auf den Schiffen nicht zum Besten stand, so verhielten sich doch die Mannschaften wesentlich disziplinierter als die Ritter, die den unfreiwillig langen Aufenthalt in Messina mit wenig Geduld aufnahmen.

Philipp, der den größten Teil seines ohnehin deutlich kleineren Heeres auf verschiedene Hafenstädte Siziliens verteilt hatte, musste sich über den Gehorsam seiner Truppen weniger Gedanken machen als Richard. Die Kreuzfahrer unter dem Befehl des englischen Königs waren erprobte Krieger, lauter Männer, die den Kampf zu ihrem Lebensziel erklärt hatten und mal diesem, mal jenem Herrn dienten. Richard hatte sie angeworben, um auf eine schlagkräftige Truppe im Heiligen Land zurückgreifen zu können, denn anders als Philipp wollte er nicht mit Laien und Rittern, die ihre Kräfte allenfalls im Turnier gemessen hatten, gegen die Sarazenen unter Sultan Saladin ziehen. Doch diese Entscheidung kehrte sich jetzt gegen ihn. Die Männer langweilten sich, tranken mehr, als ihnen guttat, überfielen und vergewaltigten die Frauen und Mädchen Messinas und erschlugen alle, die den Opfern zu Hilfe eilten. Es war nur eine Frage der Zeit, wann sich die angespannte Stimmung in der Stadt entladen und es zu einer Katastrophe kommen würde.

Philipp saß im Krönungssaal des Palastes von Messina, schaute hinaus auf das tobende Meer und wettete mit sich selbst, dass ein neuer Regenschauer auf die Stadt prasseln würde, ehe er bis zwanzig gezählt hätte. Die ersten Tropfen fielen bereits bei zwölf, und er zuckte beiläufig mit den Schultern. Er hatte also gegen sich selbst verloren, was ihn nicht weiter berührte. Bei den tristen Aussichten, die die Wetterkundigen mitteilten, musste man sich, wie er meinte, Abwechslung suchen, wo man sie fand. Meist gelang ihm das beim Glücksspiel, das auch bei Rittern und einfachen Soldaten beliebt war. Er gönnte seinen Truppen dieses harmlose Vergnügen. Richard hingegen hatte für die englischen Truppen jegliches Spiel um Geld streng reglementiert, und es war nun lediglich den Königen und den Heerführern vorbehalten. Philipp hielt dies insgeheim für einen Fehler, doch er hatte Richard seine Meinung wohlweislich verschwiegen.

»Jeden Tag, den das Wetter so bleibt, sinken unsere Chancen auf eine Abreise noch in diesem Jahr«, sagte er und drehte sich zu Tankred, dem augenblicklichen Regenten von Sizilien.

»Begrabt Eure Hoffnungen vollends. Der Herbst ist schneller gekommen als sonst, und auch der Winter wird früher Einzug halten. Ihr werdet wohl oder übel bis zum Frühjahr bleiben müssen. Betrachtet Euch auch weiterhin als meinen Gast.«

Philipp neigte den Kopf als Zeichen seiner Dankbarkeit. »Habt Ihr unlängst mit dem englischen König verhandelt?«

»Worüber?«

»Ich habe gehört, dass drei englische Ritter ihre Verbrechen, die sie an Messinas Frauen begangen hatten, mit dem Leben bezahlt haben.«

»Das ist richtig. Siziliens Männer sind wehrhaft.«

»Richard soll außer sich gewesen sein.«

»Über das Verhalten seiner eigenen Leute?«

»Wohl auch. Aber er wird es kaum hinnehmen, dass seine Ritter gelyncht werden.«

»Dann sollte er sie besser unter Kontrolle haben.«

»Es ist ein großes Heer.«

»Zu groß für diese Stadt.«

»Man sagt«, begann Philipp behutsam, »dass die Bürger der Stadt zu den Waffen greifen wollen.«

»Das ist mir neu«, wiegelte Tankred ab.

»Ist es nicht in einigen Teilen Messinas schon zu Kämpfen zwischen Rittern und Sizilianern gekommen? Wie konnte es sonst passieren, dass man die englischen Ritter vor den Stadttoren aufgehängt hat?«

»Das waren die Auswüchse des Zorns. Immerhin hatten die drei eine der Töchter aus einer vornehmen Familie geschändet. Rache ist hier nicht nur ein Wort.«

»Hat Richard nicht von Euch verlangt, dass Ihr seine Männer schützt?«

»Nein, aber er hätte sie lieber selbst bestraft.«

»Seid auf der Hut«, sagte Philipp, »Richard hat noch eine Rechnung mit Euch offen.«

»Wegen seiner Schwester?«

»Schließlich habt Ihr sie unter Hausarrest gestellt. Keine sehr höfliche Geste.«

»Die Schwester des Königs ist keineswegs eine Gefangene, wenn Ihr das andeuten wollt.«

»Das sieht ihr Bruder wohl anders.«

»Im Prinzip kann sie jederzeit das Schloss, in dem sie lebt, verlassen.«

»Richard ist kein Mann, der schnell vergibt«, sagte Philipp.

Tankred zögerte. »Wir haben die Unstimmigkeiten längst ausgeräumt.«

»Glaubt Ihr, oder habt Ihr dafür einen sicheren Beweis?«

»Worauf wollt Ihr hinaus?«

»Auf gar nichts. Ich sehe nur, dass in Eurem noch jungen Königreich eine Übermacht fremder Truppen lagert.«

»Soll das ein Wink sein, Richard könnte im Sinn haben, Sizilien zu erobern?«

»Ich kann die Gedanken des englischen Königs nicht erahnen.«

»Man sagt, Ihr seid sein Freund.«

»Man sagt viel.«

»Wollt Ihr mich vor ihm warnen?«

»Es ist immer gut, wenn man weiß, wo die Feinde stehen.«
»So meint Ihr also doch, es werde zu einem Krieg mit den Engländern kommen.«
»Ich denke, Ihr könnt unbesorgt sein. Er wird schwerlich die Kräfte seiner Truppen hier verschleißen, wo er sie doch dringend im Heiligen Land braucht.«
»Möglich, aber vielleicht sollte ich Eure Bedenken ernst nehmen.«
»Ach, wahrscheinlich wird sich alles in Wohlgefallen auflösen.«
»Nein, lasst uns eine Weile bei dem Gedanken bleiben. Angenommen, er plant wirklich einen Handstreich gegen Sizilien. Meine Truppen sind den seinen haushoch unterlegen. Ich verfüge ja noch nicht einmal über eine ausreichend große Flotte.«
»Das ist bitter. Doch wie gesagt, Richard wird sicher den Frieden bewahren.«
»Aber praktisch bin ich in seiner Hand.«
»Nun, jetzt übertreibt Ihr.«
»Nein«, beharrte Tankred. »Überlegt doch, er könnte die ganze Meerenge besetzen, die Stadt von der Seeseite her abriegeln, uns alle quasi als Geiseln halten.«
»Eine bedrückende Vorstellung.«
»Was kann ich tun?«
»Nicht viel. Am besten abwarten.«
»Aber möglicherweise ist es dann zu spät.«
»Offenbar seid Ihr ein notorischer Schwarzseher«, scherzte Philipp. »Wie wäre es mit einem Würfelspiel? Glücklicherweise tragen wir beide eine Krone, und selbst nach den Regeln des strengen Richard ist uns das Spielen daher erlaubt.«
Tankred ließ sich nicht ablenken. »Wie steht Ihr eigentlich zu Richard?«
»Wir haben ein gemeinsames Ziel.«
»Den Kreuzzug, ja. Aber sonst?«

»Sonst verfolgt jeder von uns seine eigenen Interessen. Und manchmal ergibt sich eine Schnittmenge.«

»Wie ist das in diesem Fall?«

»Was meint Ihr?«

»Wie weit decken sich Eure Interessen und die des englischen Königs in Bezug auf Sizilien?«

Philipp brach in schallendes Lachen aus. »Ihr habt Euch an dieser Idee ja geradezu festgebissen. Was meine Person betrifft, so versichere ich Euch auf Ehre und Gewissen, keinerlei Appetit auf Euer Land zu haben, auch wenn es mir außerordentlich gut gefällt.«

»Dann würdet Ihr ihn also nicht unterstützen?«

»Hand aufs Herz«, sagte Philipp, »ich würde versuchen es ihm auszureden.«

»Könnte ich dagegen auf Euch zählen?«

»Wie soll ich das verstehen?«

»Nun, dann frage ich Euch: Würdet Ihr an meiner Seite gegen Richard kämpfen?«

»Das ist viel verlangt.«

»Ja, aber wäre es nicht auch für Frankreich von Vorteil?«

»Erklärt mir Euren Gedankengang.«

»Wäre nicht der Ruf des englischen Königs in der christlichen Welt erheblich beschädigt, wenn bekannt würde, dass er auf dem Weg ins Heilige Land das Königreich Sizilien überfallen hat?«

»Das ist richtig. Möglicherweise wäre sein Ruf sogar zerstört.«

»Und wäre dann nicht der König von Frankreich, nämlich Ihr, der eigentliche Retter der Christenheit?«

Philipp wiegelte ab. »Man weiß vorher nie, was die Menschen denken werden.«

»Das hängt davon ab, was man ihnen sagt.«

»Nun ja«, gab Philipp zu, »Gefechte in einem christlichen Land, das die Kreuzfahrerheere noch dazu gastlich aufgenommen hat und dessen Städte unter der Bürde der Truppen ächzen, wären sicher nicht tauglich für das Bild eines großen, gerechten Königs.«

»Nicht nur das, es würde auch seine Machtposition im eigenen Land erschüttern«, vermutete Tankred.

»Die englischen Barone waren über den Ämterkauf, den Richard ihnen zugemutet hatte, nicht erfreut. Das heißt aber nicht, dass er zu Hause mit einer Rebellion rechnen muss.«

»Er wird lange fort sein. Ein großer Teil seines Herrschaftsgebiets grenzt an das Eure. Wäre es nicht klüger, früher als Richard aus dem Heiligen Land zurückzukehren?«

»Erst einmal müssen wir hinkommen. Und überhaupt – zerbrecht Euch nicht den Kopf über mein Königreich, sondern sichert Eure eigene Herrschaft.«

»Je länger wir reden, desto mehr komme ich zu der Überzeugung, dass wir beide an ein und demselben Strang ziehen.«

»Nun«, räumte Philipp ein, »das ist nicht ganz von der Hand zu weisen.«

»Gesetzt den Fall, einige Bürger Messinas würden wirklich zu den Waffen greifen. Was würde Richard tun?«

»Den Aufstand niederwerfen«, antwortete Philipp prompt.

»Wenn sich nun aber die ganze Stadt erheben sollte?«

»Dann gäbe es Krieg.«

»Zwischen England und Sizilien.«

»Genau.«

»Und mit Frankreich als Bündnispartner.«

»Sagen wir, mit Frankreich als der Stimme der Vernunft.«

»Richtig. Einer muss schließlich den Frieden herbeiführen.«

»Die Idee hat ihren Reiz, aber sie wird nur ein Gedankenspiel bleiben, wenn Richard sich ruhig verhält.«

»Und wenn man ihm auf die Sprünge hilft?«

»Wie sollte das geschehen?«

»Man schürt den Unmut auf beiden Seiten.«

»Genial. Ich sehe, Ihr seid ein Stratege des politischen Ränkespiels.«
»Ein paar gezielte Provokationen auf den Märkten, ein weiterer Angriff auf eine Gruppe von Rittern, Gerüchte über neue Brotpreise – und schon kocht die Stimmung über.«
»Richard geht in die Offensive, es kommt zu Kämpfen, die Situation eskaliert, den sizilianischen Truppen bleibt gar nichts anderes übrig, als Messina zu schützen – und voilà, aus Richard wird im Handumdrehen ein Tyrann, dessen Eroberungswille keine Grenzen kennt«, vollendete Philipp.
»Es wäre einen Versuch wert.«
»Wollt Ihr aus dem Spiel bitteren Ernst machen? Ich war der Ansicht, wir hätten uns nur ein bisschen die Zeit vertrieben.«
Philipp sah Tankreds verstörten Blick und schenkte ihm ein Lächeln. »Habe ich Euch verwirrt? Das war nicht meine Absicht. Falls, aus welchen Gründen auch immer, die Ereignisse so eintreten, wie Ihr sie geschildert habt, könnt Ihr auf mich zählen.«
Tankreds Miene zeigte spürbare Erleichterung.
»Unter einer Bedingung«, fügte Philipp beiläufig hinzu.
»Ich höre.«
»Richard erwartet früher oder später seine Braut. Die Prinzessin von Navarra soll auf dem Weg nach Messina sein. Möglicherweise planen die beiden ihre Hochzeit auf sizilianischem Boden.«
Tankred sah Philipp erwartungsvoll an. »Schön für den Engländer. Aber Ihr habt Eure Bedingung noch nicht genannt.«
»Aufgrund des Wetters wird sich ihre Ankunft sowieso verzögern, aber Ihr würdet mir und Frankreich einen großen Dienst erweisen, wenn Ihr Richards Braut die Einreise verwehrt.«
»Ich soll was?«
»Ich dachte, meine Bedingung sei klar. Wenn Berenguela von Navarra kommt, lasst Ihr sie nicht ins Land.«
»Aber wie?«

»Lasst Euch etwas einfallen. Sperrt den Hafen, schickt sie zurück nach Marseille oder von wo sie sonst kommt. Nur darf sie nicht in Messina von Bord.«

»Aber …«

»Wenn Ihr Einwände habt, klärt Eure Probleme mit Richard allein.«

Tankred zögerte. »Es handelt sich um eine Frau.«

»Das ist mir bewusst. Nehmt Ihr die Auflage an?«

»Ihr habt gewonnen, ich schlage ein und versichere Euch: Berenguela von Navarra wird sizilianischen Boden nicht betreten.«

»Gut«, sagte Philipp lächelnd. »Dann ist ja alles geklärt.«

»Ich kenne nicht einmal Euren Namen«, sagte Berenguela und half dem Ritter auf die Füße. Er hinkte ein wenig, doch schien er sich nichts gebrochen zu haben. Das verkrustete Blut auf seiner Stirn wusch sie behutsam mit Wasser ab und legte eine Platzwunde frei, die sich glücklicherweise nicht entzündet hatte und auch an den Wundrändern sauber aussah. Mehr als oberflächlich versorgen konnte sie die Wunde nicht. Zu Hause in Navarra hätte sie sie mit einer Paste aus Eibisch oder Wegerich bestrichen, doch hier fehlten ihr sowohl die Pflanzen als auch das Werkzeug, um sie zu verarbeiten.

»Man nennt mich Olivier de Gascogne«, erwiderte der Mann, und Berenguela fühlte sich beschämt, dass sie während der ganzen bisherigen Reise keinerlei Interesse an ihren Beschützern gezeigt hatte. Zwei von ihnen waren nun tot, und sie schwor sich, in Zukunft sorgsamer mit den Menschen umzugehen, die sich um ihr persönliches Wohl kümmerten.

»Wir sind alle erschöpft«, sagte die Äbtissin, »aber ich würde diesen Ort des Grauens gern so schnell wie möglich verlassen. Glaubt Ihr, dass Eure Kraft dafür ausreicht?«

Der Ritter nickte, nahm noch einen Schluck Wasser, und die kleine Gruppe wanderte langsam bergauf, bis sie wieder den Rastplatz der vergangenen Nacht erreichte. Olivier de Gascogne bat um einen Moment der Besinnung, den er seinen ermordeten Kameraden widmen wollte. Die beiden Frauen nickten und ließen ihn im Gebet allein.
»Ich muss dich um Verzeihung bitten«, begann Mathilda. »Ich hätte dich gleich unterstützen müssen. Es war eine große Sünde, dass ich dich zurückhalten wollte.«
»Es ist ja alles gut ausgegangen«, entgegnete Berenguela. »Macht Euch keine Vorwürfe. Ich bin froh, dass der Ritter bei uns ist. Bis Bayonne ist es noch ein langer Weg.«
»Aber vorher musst du dich umziehen. Schlimm genug, dass das Kleid so kurz ist, doch nun haben wir auch noch den Unterrock zerrissen. Ich gebe dir meinen, damit deine Beine bedeckt sind. Unter meinem Gewand fällt dein kurzer Rock nicht auf.«
Berenguela hielt die Sittsamkeit der Äbtissin angesichts ihrer Lage für übertrieben, doch sie beugte sich ihrem Wunsch und sah ein, dass besonders vor den Augen von Olivier so viel Freizügigkeit nicht angebracht war. Sie zog ihren Unterrock aus und den der Äbtissin an und betrachtete ihre seltsame Garderobe mit einem belustigten Blick. Sie war zwar jetzt züchtig verhüllt bis zu den Fußknöcheln, sah aber aus wie eine Magd, die sich ein ausgemustertes Kleid ihrer Herrschaft übergezogen hatte. Hier in der Einsamkeit der Berge machte es keinen Unterschied, ob sie in Lumpen oder Seide herumlief, doch irgendwann würden sie hoffentlich auf Hütten oder sogar ein Dorf treffen, und dann würde ihr Auftreten bestenfalls Anlass zur Heiterkeit geben, aber wohl eher Misstrauen hervorrufen.
Olivier hatte sein Gebet beendet und kehrte zu den beiden Frauen zurück. »Wir können aufbrechen«, sagte er, und seine Stimme war heiser vor Rührung. Offenbar, dachte Berenguela,

hat er den beiden anderen sehr nahegestanden, denn schon bei der ersten Erwähnung ihres Todes waren ihm die Tränen gekommen.
»Unser Plan ist es, dem Weg über den Pass zu folgen«, erklärte Berenguela, »und uns nach Möglichkeit einer Gruppe von Pilgern anzuschließen. Vielleicht kommen uns auch Pilger entgegen, die bereit sind, ihr Brot mit uns zu teilen.«
»Und wenn wir umkehren?«, fragte der Ritter. »Ist es nicht klüger, in Richtung Pamplona zu gehen?«
»Darüber habe ich auch schon nachgedacht«, erwiderte Berenguela, »doch ich muss nach Bayonne, und es erscheint mir leichter, die Passhöhe, die wir ja schon fast erreicht haben, zu überqueren, als den ganzen einsamen Weg zurückzugehen. Bestimmt finden wir hinter der Passhöhe schneller eine Herberge als in der anderen Richtung.«
»Aber wir haben kein Geld«, gab Mathilda zu bedenken.
»Zur Not bezahlen wir mit dem Schmuck, den ich am Körper trage«, entschied Berenguela und wies auf die goldene Kette an ihrem Hals. »Es wird allerdings schwierig, andere Menschen davon zu überzeugen, wer wir sind.«
»Das glaube ich nicht«, sagte Mathilda. »Ich habe das Siegel des Klosters Zaragoza an einer Kette dabei. Wenn wir es schaffen, aus diesen Bergen herauszukommen, wird es uns helfen, Proviant und vielleicht sogar Pferde zu bekommen.«
Sie wanderten in langsamem Tempo, bis es dunkel wurde, und niemand begegnete ihnen auf dem Pfad. Wie Berenguela befürchtet hatte, waren ihre Füße durch den ungewohnten Marsch an einigen Stellen aufgescheuert, und jeder Schritt schmerzte. Sie zerbrach sich den Kopf, wie sie das Problem beheben könnte, doch am Ende fiel ihr nichts Besseres ein, als ein Stück barfuß zu laufen, was aber auch keine Erleichterung brachte.
Als die Sonne wie ein glutroter Ball hinter den Felsen verschwand, suchten sie sich eine geschützte Stelle für die Nacht,

und Olivier nestelte eine mit einem Band verschlossene Tasche seiner Jacke auf, um ihr einen Feuerstein zu entnehmen.
»Ihr habt ihn noch!«, rief Berenguela aus. »Dann können wir uns wenigstens ein bisschen aufwärmen.«
Olivier lächelte. »Es ist zwar nicht derselbe Stein, den Ihr meint, aber ich hoffe, er ist uns genauso hilfreich.«
Berenguela erinnerte sich, dass es Olivier gewesen war, der gestern Abend das Feuer entfacht hatte, und sah ihm wiederum aufmerksam dabei zu.
»Ich bin nicht sicher, ob es gelingt«, meinte er. »Mir fehlt das getrocknete Gras, damit der Funken schneller Nahrung findet.«
»Es muss gelingen«, erwiderte Berenguela. »Die Äbtissin friert schon seit Stunden. Sie darf nicht krank werden.«
Olivier schüttelte besorgt den Kopf, schlug aber den Feuerstein weiter unbeirrt an einen Felsbrocken. Berenguela beschloss, nach der Äbtissin zu sehen. Sie fürchtete, sie könnte Fieber bekommen. Doch Mathilda lehnte zwar erschöpft an einem Stein, zeigte aber zu Berenguelas Erleichterung keine verräterischen Spuren einer beginnenden Erkrankung.
»Welche Schrecken hält diese Nacht für uns bereit?«, flüsterte Mathilda, und Berenguela nahm sie tröstend in die Arme.
»Keine, hoffe ich. Diesmal sind die Engel auf unserer Seite.«
»In den Bergen lauern so viele Gefahren. Und wir haben nichts, womit wir uns verteidigen können.«
»Nicht ganz«, warf Olivier ein, dem es endlich doch noch gelungen war, eine Flamme zu erzeugen. »In einer meiner Taschen steckt ein Messer. Es ist nur klein, aber scharf und mit einer spitzen Klinge. Ich gelobe, damit Euer Leben bis zu meinem letzten Blutstropfen zu verteidigen.«
»Mein Bedarf an Kämpfen ist gedeckt«, sagte Berenguela. »Was wir jetzt brauchen, ist etwas zu essen.«
Sie hatten tagsüber ein paar Beeren gefunden, doch konnten

die das nagende Hungergefühl in ihren Mägen nicht stillen. Berenguela sehnte sich nach einem Stück Brot, und wenn sie an das süße Fleisch einer Orange dachte, stiegen ihr Tränen in die Augen. Aber an diesem Abend würden sie nichts Essbares mehr finden, und so kauerten sie hungrig um das Feuer, das Olivier möglichst lange am Brennen halten wollte. Zwar boten sie so erneut ein mögliches Ziel für Männer, die auf leichte Beute hofften, doch waren sie jetzt weiter oben in den Bergen, und die Gefahr, dass ein Bär, eine Wildkatze oder ein Wolf sie witterte, erschien ihnen größer als alles andere.

»Wollt Ihr die ganze Nacht hier Wache halten?«, fragte Berenguela leise.

Olivier nickte. »Das Feuer darf nicht ausgehen. Ich werde versuchen, nicht einzuschlafen.«

»So erschöpft, wie Ihr seid, wird Euch das nicht gelingen. Weckt mich in ein paar Stunden, dann löse ich Euch ab.«

»Ihr seid eine außergewöhnliche Frau«, sagte er bewundernd. »Ich kenne keine, die so viel Mut hat wie Ihr.«

»Was Ihr Tapferkeit nennt, ist nichts anderes als Verzweiflung.«

»Ihr habt Euer eigenes Leben aufs Spiel gesetzt, um mich aus dem Abgrund zu holen. Kein Mann hätte das Risiko gewagt.«

»Ich bin glücklich, dass Ihr den Sturz überlebt habt«, sagte sie. »Wie ist das überhaupt passiert?«

Er strich sich über die Wunde auf der Stirn. »Wir wollten reihum Wache stehen, doch ich konnte nicht schlafen und stand auf, um einen Posten zu übernehmen.«

»Und dann fandet Ihr Euren toten Kameraden?«

»Ja, man hatte ihm die Kehle durchgeschnitten. Im nächsten Moment sah ich einen Schatten und nahm die Verfolgung auf. Danach kann ich mich an nichts erinnern.«

»Ihr seid selbst in die Schlucht gestürzt?«

»Vermutlich. Als ich erwachte, kniff ein engelgleiches Wesen in meine Wade.«

»Verzeiht.«
»Ich habe Euch nichts zu verzeihen, sondern schulde Euch lebenslange Dankbarkeit.«
»Bitte sprecht nicht so.«
»Mir ist es aber ernst. Würdet Ihr mich in Eure Dienste nehmen?«
»Ihr steht in den Diensten meines Vaters.«
»Ich werde nicht nach Pamplona zurückkehren.«
Sie sah ihn nachdenklich an. »Habt Ihr stattdessen vor, mich zu begleiten?«
Olivier nickte. »Solange ich lebe.«
»Ich habe einen langen Weg vor mir.«
»Das schreckt mich nicht. Ich folge Euch ins Heilige Land.«
»Bis dahin ist es noch weit. Zunächst muss es uns gelingen, nach Bayonne zu kommen.«
»Ich weiß, die Königin Eleonore wartet auf Euch.« Berenguela seufzte, und Olivier fuhr fort: »Ihr seid nicht glücklich.«
»Ihr wagt viel, mir das zu sagen. Glaubt Ihr, Ihr habt das Recht dazu?«
»Nein, aber ich sehe an Euren Augen, dass Euch etwas bedrückt. Und das ist nicht die Angst vor einem wilden Tier.«
Sie betrachtete den Ritter, der in einer Weise mit ihr sprach, wie es sonst nur Marie tat. Er war noch jung, sie schätzte sein Alter ähnlich wie ihres. Sein Körper war schlank, doch voller fester Muskeln. Sein Haar, das braun wie der Zobelpelz in ihrer Aussteuertruhe war, trug er kinnlang. Auf seinem Kinn sprossen Bartstoppeln, was ihm ein verwegenes Aussehen gab. Doch das Schönste an ihm waren seine Augen, warm und voller Mitgefühl und von einem so klaren Blau wie das Wasser eines Bergsees, dessen tiefen Grund nie ein Mensch erkunden würde. Seine Kleider waren wie ihre verschmutzt und zerrissen, aber sie konnte erkennen, dass seine Jacke aus Samt und seine Hose aus feinstem Tuch waren.

Er wartete noch immer auf eine Antwort, und sie beschloss, ihm zu vertrauen. »Ich habe diese Reise nicht mit leichtem Herzen angetreten«, gab sie zu. »Und die Begegnung mit der Königin Eleonore macht mir Angst, besonders nach den Vorfällen der letzten Nacht.«
Er war empört. »Niemand konnte diesen Überfall verhindern.«
»Das sagt Ihr, und dafür danke ich Euch. Doch Eleonore und, wie ich fürchte, auch König Richard werden das anders sehen.«
»Und Euch die Schuld daran geben?«
»Ich war es schließlich, die …«
»Kein Wort mehr darüber«, unterbrach er sie. »Hört auf, Euch zu quälen. Ich werde die Schuld auf mich nehmen.«
»Bitte nicht«, sagte sie erschrocken. »Man würde Euch grausam bestrafen.«
»Haltet Ihr Eure künftige Familie für so hartherzig?«
»So viel Macht häuft man nicht mit Milde an.«
»Gilt das auch für König Richard? Er ist das Vorbild aller Ritter.«
»Ja, weil er keinem Kampf aus dem Weg geht. Aber ein Mann sollte mehr sein als ein Abenteurer.« Sie biss sich auf die Zunge, denn ihre Bemerkung über Richard ging eindeutig über die Grenzen der Höflichkeit hinaus. »Vergesst, was ich gesagt habe. Es steht mir nicht an, über Richard zu urteilen.«
»Ihr seid seine zukünftige Frau. Die meisten anderen werden Euch beneiden. Der König gilt als Meister der Minne.«
Sie atmete tief aus. »Sollen sie ihn lieben. Ich werde nicht mit ihnen wetteifern.« Sie hatte offener mit ihm gesprochen, als sie wollte, und hielt es für klüger, weiteren Fragen nach ihrem Gefühlsleben zuvorzukommen. »Genug davon«, sagte sie und erhob sich. »Es wird Zeit, nach der Äbtissin zu sehen.«
Mathilda war bereits eingeschlafen und schnarchte leise. Auf

ihrer Stirn standen Schweißtropfen, und Berenguela legte prüfend ihre rechte Hand an ihre Wange. Die Temperatur schien ihr normal, aber sie rückte so nah wie möglich an sie heran, um ihr ein wenig Wärme ihres eigenen Körpers zu geben.

Sie war müde, doch ihre Gedanken konnten sich nicht von den Worten des Ritters lösen. Olivier hatte ausgesprochen, was sie selbst ahnte, aber sich bislang nicht eingestanden hatte. Die Aussicht, Richard zu heiraten, ängstigte sie mehr, als sie zugeben wollte. Eleonore war eine launische Frau, die die gezielte Beleidigung zur Kunstform erhoben hatte. Berenguela rechnete damit, dass Richards Mutter ihr nicht mit Zuneigung begegnen würde, doch sie fühlte sich stark genug, daran nicht zu zerbrechen. Auslöser ihrer Furcht war nicht Eleonore, sondern Richard selbst.

Erst kurz vor ihrer Abreise nach Bayonne hatten ihre Eltern ihr gestanden, dass ihr Ziel keineswegs London oder Poitiers hieß, sondern Jerusalem. Richard hatte entschieden, dass seine Frau ihn ins Heilige Land begleiten sollte, und auch wenn Jerusalem von den Sarazenen zurückerobert worden war, zweifelte sie nicht daran, dass Richard letztlich im Triumphzug durch die Stadt ziehen würde. Sie sehnte sich nach einer Vertrauten, einer Frau wie Marie, mit der sie alle weiblichen Geheimnisse teilen konnte, die ihre Ängste verstand und sie tröstete, wenn sie Heimweh hatte. Dass sie in Richards Gefolge eine neue Gefährtin finden würde, glaubte sie nicht. Ihre Ansichten waren zu ungewöhnlich, als dass sie auf eine zweite Seelenverwandte, wie Marie es war und immer sein würde, hoffen konnte.

In Oliviers Worten hatte Verständnis mitgeschwungen, aber er war ein Mann und konnte ihr das, was sie suchte, nicht geben. Dennoch hatte sie einen Moment das Gefühl gehabt, er könne mit seinen klaren Augen einen Blick in ihre Seele werfen. Sie kannte ihn kaum und hatte ihm doch Dinge anvertraut, die sie bislang nicht einmal zu denken gewagt hatte. Doch sie auszusprechen, hatte ihr Inneres beruhigt, und das erinnerte sie an die heilende Wirkung des Zuhörens. Sie selbst hatte häufig die Erfahrung gemacht, dass Kranke der Genesung einen Schritt näher kamen, nur weil sie sich Zeit genommen und lange mit ihnen gesprochen hatte. Vielleicht, dachte sie, war das eine Kunst, die auch Olivier beherrschte. Dieser Gedanke schenkte ihr Zuversicht. Sie lehnte sich gegen die Schulter der Äbtissin und driftete in einen traumlosen Schlaf.

Als sie erwachte, dämmerte der frühe Morgen, und das Feuer loderte immer noch. »Ihr wolltet mich wecken«, sagte sie zu Olivier, unter dessen Augen dunkle Schatten der Müdigkeit zu sehen waren.

»Ihr habt fest geschlafen, und ich war nicht müde.«

Sie wusste, dass er nicht die Wahrheit sagte, denn die Erschöpfung hatte seine Wangen aschfahl werden lassen. »Ruht Euch jetzt aus. Ich sehe nach, ob ich etwas Essbares finde.«

Er rollte sich zusammen und war im selben Moment eingeschlafen. Doch Berenguela musste bald feststellen, dass es im Umkreis ihres Rastplatzes nicht eine einzige Beere gab. Sie kehrte mit knurrendem Magen zurück und bemerkte, dass die Wangen der Äbtissin verdächtig gerötet waren. Berenguela erkannte die Vorboten eines Fiebers, das schnell lebensbedrohlich steigen konnte. Mit fliegenden Händen griff sie nach dem Wasserschlauch und befeuchtete Mathildas Stirn und Lippen. Sie fühlte nach dem Herzschlag und machte sich Sorgen über den rasenden Puls.

Allmächtiger Gott, betete sie stumm, hilf uns, sie lebend nach Bayonne zu bringen.

Sie blieb bei Mathilda, bis der Ritter erwachte und ebenso angstvoll wie Berenguela den Zustand der Äbtissin beobachtete. »Sie wird die weite Strecke nicht zu Fuß laufen können«, sagte er.

»Dann werden wir sie tragen«, erwiderte Berenguela.

Er sah sie nachdenklich an und nickte schließlich. »Dann lasst uns sofort aufbrechen. Wir müssen Hilfe finden, sonst wird sie den Marsch nicht überleben.«

Sie nahmen die Äbtissin, die selbst jetzt nicht völlig erwachte, in die Mitte, jeder legte einen Arm von Mathilda über seine Schultern, und so schleppten sie die Kranke vorwärts. Beiden war klar, dass sie nur langsam vorankommen und ihnen ohne Nahrung in absehbarer Zeit die Kräfte ausgehen würden. Doch Berenguela und Olivier kämpften sich verbissen über den Pass und begannen ihren Abstieg mit schmerzenden Gliedern und heftigen Stichen im Leib.

»Lasst uns eine kurze Rast machen«, keuchte Berenguela. »Ich bekomme kaum noch Luft.«

Mathilda war nicht erwacht. Das Fieber schien weiter zu steigen, und ihr Körper wurde von Krämpfen geschüttelt.

»Sie ist sehr schwach«, flüsterte Berenguela. »Sie wird unter unseren Händen sterben, wenn uns der Himmel nicht Hilfe schickt. Ohne Arznei kann ich ihr nicht helfen.«

»Seid Ihr eine Heilkundige?«, fragte Olivier erstaunt.

»Wusstet Ihr das nicht? Ich dachte immer, der ganze Palast lästert über die Kräuter-Prinzessin.«

»Die Kräuter-Prinzessin?«

»Ein Spottname, den mir mein Bruder Sancho schon vor vielen Jahren gegeben hat. Die Medizin ist meine Leidenschaft.«

»Könntet Ihr die Äbtissin tatsächlich heilen?«

»Vielleicht, aber mir fehlen Eibischwurzel und Eberraute. Mit kühlem Wasser allein kann ich das Fieber nicht senken.«

»Es ist sinnlos, die Kranke weiter bergab zu schleppen«, entschied Olivier. »Allein bin ich schneller. Wenn wir eine Chance haben, dann die, dass ich Hilfe hole und so rasch wie möglich zurückkomme.«

»Geht«, sagte Berenguela. »Aber bleibt nicht zu lange fort. Die Äbtissin wird die kommende Nacht nicht überleben.«

Olivier gab ihr sein kleines Messer, lächelte ihr noch einmal zu und folgte dem Pfad mit schnellen, festen Schritten Richtung Tal. Berenguela wiegte die Kranke in ihren Armen und sang mit leiser Stimme ein Lied, mit dem Marie oft sterbenden Menschen ihre letzten Stunden erleichterte. Sie weigerte sich, die Hoffnung schon jetzt aufzugeben, doch sie erkannte die Anzeichen des nahenden Todes in Mathildas Antlitz.
Sie hatte das Gefühl für Zeit verloren, und der Himmel war zu bewölkt, um die Stunden am Stand der Sonne abzulesen. Sie wachte neben Mathilda, fühlte von Zeit zu Zeit ihr schwach klopfendes Herz und hielt ihre fiebrige Hand. Zuweilen döste sie selbst ein und fuhr erschrocken zusammen, wenn der Schrei eines Raubvogels sie weckte.
Der Tag ging langsam zu Ende, und noch immer war Olivier nicht zurückgekehrt. Ihr Glaube an eine Rettung Mathildas schwand, und sie richtete sich in Gedanken auf eine einsame und traurige Nacht ein. Die Natur war freundlich zu ihr gewesen, trotz der Wolken war kein Regen gefallen, und die Tiere, die sie von ihrem Platz aus beobachten konnte, hatten einen respektvollen Abstand gehalten. Die ausgelassenen Spiele der Murmeltiere hatten die trüben Stunden ein bisschen aufgeheitert, doch jetzt, mit der untergehenden Sonne, mischte sich in ihre Sorge um Mathilda die Angst vor Bären und Wölfen. Sie sprach sich selbst Mut zu, hatten sie doch bisher nicht einmal die Spur eines großen Raubtiers entdeckt, aber die länger werdenden Schatten schürten ihre schlimmsten Befürchtungen. Mathildas Zustand hatte sich nicht gebessert, nach wie vor schwebte sie zwischen Leben und Tod, wobei sie Letzterem deutlich näher war.
Berenguela schreckte auf, da sie meinte ihren Namen gehört zu haben. Sie sprang auf die Füße, und jetzt nahm sie sicher wahr, dass jemand nach ihr rief. Olivier war zurück. Er trug in der rechten Hand eine Öllampe – und er kam nicht allein. Ein

Mann begleitete ihn, und Berenguela brach in Tränen aus, als sie sah, dass er einen Esel mit sich führte. Es war ein schmächtiges, mageres Tier, doch sie fand es so beeindruckend wie einen Boten des Himmels.

»Lebt sie noch«, fragte Olivier hastig, »oder komme ich zu spät?«

»Sie atmet noch, aber ich habe nicht viel Hoffnung.«

»Weiter unten im Tal befindet sich eine Herberge. Der Mann hier leiht uns seinen Esel. Ich habe ihm ein Schmuckstück von Euch versprechen müssen.«

Berenguela zog ohne ein weiteres Wort einen Ring von ihrem Finger und reichte ihn dem Bauern. Der begutachtete seinen Lohn im Schein der Lampe, biss mit den Vorderzähnen in den Reif und nickte. Gemeinsam hoben sie die bewusstlose Äbtissin auf den Esel, Olivier und Berenguela stützten sie auf jeder Seite, und dann begannen sie den Abstieg.

Es war tiefe Nacht, als sie die Herberge erreichten, und Berenguela bezahlte das Zimmer sowie das Essen für sie und Olivier mit ihrer Halskette. Für die Äbtissin bestellte sie heißes Wasser und fragte den Wirt nach Kräutern. Außer Kamille konnte er ihr nichts anbieten, doch Berenguela war froh, überhaupt einen Tee kochen zu können, der hoffentlich half, das Fieber zu senken.

Die Herberge war einfach und bestand außer dem Schankraum aus lediglich zwei weiteren Zimmern, wovon eines von den Wirtsleuten bewohnt wurde. »Es gibt noch einen Stall, ich schlafe dort«, sagte Olivier.

»Nein«, entgegnete Berenguela, »ich werde Eure Hilfe brauchen. Wir müssen die Äbtissin in eine Wanne mit kühlem Wasser legen. Das schaffe ich nicht allein.«

Gemeinsam kämpften sie den Rest der Nacht um Mathildas Leben, und bei den ersten Anzeichen des neuen Tages schien die Krise überstanden. Olivier, der das Zimmer verlassen hatte, um frisches Wasser zu holen, fand, als er zurückkam, Berenguela mit tränennassen Wangen.

»Ist sie tot?«, fragte er erschrocken.

»Nein, sie schläft. Das Fieber sinkt.«

Der Ritter nahm ihre Hand und drückte sie fest. Und Berenguela lehnte sich für einen Moment gegen seinen Arm und dankte dem Himmel, dass sie auch diese Prüfung bestanden hatten.

Gegen Mittag erwachte Mathilda. Sie fühlte sich schwach und konnte vor Erschöpfung kaum sitzen, doch spätestens jetzt war klar zu erkennen, dass sie die bedrohlichen Fieberanfälle überstanden hatte.

»Wir bleiben, bis sie kräftig genug zur Weiterreise ist«, sagte Berenguela. »Meine Halskette ist mehr wert als die ganze schäbige Herberge.«

Doch die Sonne war noch nicht im Westen angelangt, als laute Rufe und das Trappeln von Pferdehufen bis in das Zimmer der Äbtissin drangen. Olivier eilte zum Fenster und erkannte auf den Schilden der Ritter, die sich vor der Herberge versammelt hatten, das Wappen Aquitaniens.

Er lief zur Tür, wechselte ein paar Worte mit dem Mann, der die Gruppe anzuführen schien, und kehrte dann aufgeregt zu Berenguela zurück. »Die Männer sind gekommen, um Euch zu suchen«, berichtete er. »Als man in Bayonne vergeblich auf Euch gewartet hat, hat die Königin Eleonore einen Suchtrupp nach Euch geschickt.«

»So reisen wir jetzt alle zusammen. Und wie ich sehe, sogar zu Pferde«, sagte Berenguela erleichtert.

Olivier zögerte.

»Was ist?«, fragte sie. »Wann brechen wir nach Bayonne auf?«

»Gar nicht.«

»Aber die Königin wartet auf mich.«

Olivier nahm ihre Hand. »Sie war des Wartens müde.«

»Was?« Berenguela war außer sich. »Aber wo ist sie?«

»Auf dem Weg nach Pisa.«
Und Berenguela spürte, dass alles Blut aus ihrem Gesicht wich und ihre Knie nachgaben.

Richard war es endlich gelungen, eine Unterredung mit seiner Schwester Jeanne herbeizuführen. Die Verhandlungen mit Tankred über die Herausgabe von Jeannes Mitgift, die nach dem Tod ihres Mannes, König Wilhelm von Sizilien, wieder Jeannes Familie zustand, sowie die Beendigung des Hausarrestes dauerten an, doch Richard war zuversichtlich, in absehbarer Zeit den neuen sizilianischen König zum Einlenken bewegen zu können.
Die Lage in Messina machte ihm von Tag zu Tag mehr Sorgen. Er hatte seine Männer in einer langen, zornigen Ansprache aufgefordert, alle Übergriffe auf die Bevölkerung zu unterlassen, in aller Eile einen ganzen Katalog von härtesten Strafen erstellt und die Sizilianer in wortreichen Erklärungen, die überall in der Stadt von Ausrufern verkündet wurden, um Verständnis für die Anwesenheit der Kreuzfahrer und um Verzeihung für deren Verhalten gebeten. Doch nennenswerte Fortschritte im Verhältnis zwischen Einheimischen und ausländischen Rittern konnte er nicht erkennen.
Mehrmals hatte er das Gespräch mit Philipp gesucht, aber dieser hatte sich seit Richards Ankündigung, Adelaide nicht zu heiraten, fast vollständig zurückgezogen. Trafen sie sich bei offiziellen Anlässen, so begegnete ihm Philipp mit gewohnter Herzlichkeit, doch Richard spürte, dass sie nur gespielt war, und fürchtete, dass der tiefe Graben zwischen ihm und dem französischen König sich nicht mehr schließen würde. Der gemeinsame Kreuzzug, der so euphorisch begonnen hatte, zerfiel auf Sizilien in verschiedene Lager, die sich mit Fortschreiten des Herbstes immer feindseliger begegneten.

Am liebsten wäre er trotz der heftigen Stürme und des nahenden Winters nach Zypern weitergefahren, um dem Heiligen Land wenigstens ein bisschen näher zu sein, doch selbst Richard sah ein, dass er die Flotte damit in höchste Gefahr gebracht hätte. Die Untätigkeit sowie die explosive Stimmung in der Stadt zerrten an seinen Nerven. Den Rittern erging es nicht besser als ihrem König. Sie vertrieben sich die Zeit mit Würfelspielen oder improvisierten Turnieren, doch immer wieder war es gerade dabei zu Streit gekommen, und Richard hatte alle Arten von Vergnügungen streng reglementieren müssen.

Jeanne kam zur Tür herein, und Richard schloss seine Schwester fest in die Arme. Wie er hatte sie rotblondes Haar, das sie zu einem kunstvollen Gebilde hochgesteckt trug. Sie war fünfundzwanzig Jahre alt, hatte eine Figur mit vielen weichen Rundungen und Lachfältchen im Gesicht. Sie strahlte Wärme und Lebhaftigkeit aus, und da sie zarte Farben bevorzugte, wirkte sie trotz ihres Alters mädchenhaft. Seit sie elf war, lebte Jeanne auf Sizilien, und die südliche Lebensart hatte ihr sichtlich gutgetan. Richard hatte seine Schwester seit Jahren nicht gesehen, und er umfasste mit beiden Händen ihre Taille und schob sie ein Stück zurück, um sie zu betrachten.

»Du siehst so appetitlich aus wie ein sizilianischer Pfirsich«, sagte er und gab ihr auf jede Wange einen Kuss.

»Hoffentlich nicht ganz so rund«, erwiderte sie lachend.

»Auf jeden Fall steht es dir gut.«

»Erzähl mir von zu Hause«, bat sie, setzte sich und begann sofort an einer kandierten Mandel zu knabbern.

»Mutter ist voller Tatendrang. Sie gönnt sich trotz ihres Alters keine Ruhe.«

»Du wirst sie nicht mehr ändern.«

»Kaum. Ich würde auch nicht wagen, es zu versuchen.«

»Ist sie immer noch so aufbrausend? Ich habe nie gewagt, ihr zu widersprechen.«

»Ich auch nicht«, bekannte Richard und lächelte.
»Wie geht es John?«
»Verflucht sein Schicksal als Letztgeborener.«
Jeanne lachte schallend. »Das sieht ihm ähnlich. Er war schon immer ein eigenartiger kleiner Junge. Und jetzt zu dir. Lass dir zu deiner Verlobung gratulieren. Aber hast du jetzt nicht eine Braut zu viel?«
»Du hast ein lockeres Mundwerk, liebe Schwester. Doch sei unbesorgt, die Verlobung mit Adelaide ist gelöst. Ich wäre froh, Berenguela endlich in Messina zu wissen.«
»Wann kommt sie denn?«
»Ich weiß es nicht. Ach Jeanne«, seufzte er, »die ganze Warterei bringt mich noch um.«
»Immer noch derselbe ungeduldige Draufgänger. Du änderst dich auch nie, oder? Wie ist sie denn so?«
»Wer?«
»Deine Braut, die Prinzessin von Navarra.«
»Sie ist schön, sie ist klug, sie ist perfekt.«
»Und wahrscheinlich bis über beide Ohren in dich verliebt.«
Richard blieb stumm.
»Wie?«, fragte Jeanne verwundert. »Hat sie die Reize meines mächtigen Bruders etwa noch nicht erkannt?«
»Ich fürchte, nein.«
»Du wirst sie schon noch überzeugen.«
»Da bin ich mir nicht so sicher.«
Jeanne sah ihn prüfend an. »Höre ich eine klitzekleine Enttäuschung aus deinen königlichen Worten? Sollte es dir dieses Mal ernst sein?«
Richard schob selbstvergessen das Schälchen mit den Zuckermandeln über den Tisch. »Ich weiß nicht, vielleicht.«
»Sie muss eine ungewöhnliche Frau sein.«
»Das ist sie. Sie hat einen Hang zu Verkleidungen.«
»Willst du damit sagen, sie ist putzsüchtig?«

Er lachte und zwinkerte ihr zu. »Nein, im Gegenteil, sie ist völlig uneitel.«
Jeanne hatte eine Schwäche für Seide, Samt und kostbare Kleider und riss erstaunt die Augen auf. »Sagtest du nicht, sie sei schön?«
»Doch«, antwortete ihr Bruder. »Aber sie macht sich nichts draus.«
»Dann ist sie keine richtige Frau.«
»Sie ist ebenso sehr Frau wie du. Aber Schönheit bedeutet ihr nichts.«
Jeanne runzelte die Stirn. »Was ist ihr dann wichtig?«
»Ich habe den Eindruck, es ist die Kräuterheilkunde.«
»Eine Heilkundige. Der Himmel sei dir gnädig. Sie wird dir Schlafmittel oder Schlimmeres in den Wein mischen.«
»Das reicht, Jeanne. Du sprichst immerhin von meiner zukünftigen Frau.«
»Werde ich sie kennenlernen?«
»Sobald sie hier ist. Außerdem wünsche ich mir, dass ihr Freundinnen werdet.«
»Ach ja?«
»Ihr werdet beide froh sein, eine Vertraute zu haben, wenn wir erst im Heiligen Land sind.«
Jeanne war einen Moment sprachlos. »Du willst deine Frau und deine Schwester mit auf einen Kreuzzug nehmen?«
»Ja. Warum nicht?«
»Weil du dort Krieg führen wirst. Hast du vor, uns in deinem Feldlager unterzubringen? O nein, mein Bruder, ich verzichte.«
Richards Miene verdüsterte sich. »Ich habe lange darüber nachgedacht. Auf Sizilien kannst du nicht bleiben. Sei froh, dass Tankred bereit ist zu verhandeln und deinen Arrest aufgehoben hat.«
»Ich war zu keiner Zeit eine Gefangene.«

»Wie nennst du es dann?«
»Ich hatte alle Annehmlichkeiten, die man sich wünschen kann.«
»Mit Ausnahme deiner Freiheit.«
»Ich lebe lieber als Gefangene auf Sizilien als frei in einem Kriegslager.«
»Das ist eine dumme Einstellung. Du hast dich sehr verändert. Meine Erinnerung an dich ist eine andere.«
»Ich bin eben erwachsen geworden.«
»Was du sagst, klingt eher kindisch. Wie dem auch sei, ich habe keine andere Wahl, als dich mitzunehmen.«
»Weiß Berenguela von deinen Plänen?«
»Ja.«
»Was sagt sie dazu?«
»Ich habe sie nicht gefragt.«
»Typisch. Wenn du sie weiter auf diese Art behandelst, wirst du ihre Liebe nie gewinnen. Eine Frau ist kein Möbelstück, das man nach Belieben von einem Palast in den anderen stellt.«
»Ich habe den Eindruck, dass du mit einer Existenz als Kleiderschrank durchaus einverstanden wärst.«
»Du bist gemein.«
»Komm, iss noch eine Mandel, das wird dich beruhigen.« Er reichte ihr die Schale, doch Jeanne, keineswegs besänftigt, schlug sie ihm mit einer unwilligen Bewegung aus der Hand, und sie fiel auf den hellen Marmorboden und zerbrach.
»Ich werde dir nicht ins Heilige Land folgen!«, rief sie zornig.
Richard war am Ende seiner Geduld. »Und wenn ich dich in Ketten nach Akkon bringen lasse. Sobald Berenguela in Messina eingetroffen ist und das Wetter eine Überfahrt zulässt, segeln wir.«
»Ich werde John bitten, mich nach England zu holen.«
»Willst du dich dem Befehl des Königs widersetzen?«
»Für mich bist du mein Bruder.«

»Dessen Befehle genauso zu befolgen sind. Und was John angeht – er wird während meiner Abwesenheit England nicht betreten.«
»So zwingst du uns allen deinen Willen auf.«
»Muss ich jetzt auch noch gegen meine Geschwister kämpfen?«
»Krieg in der Familie ist doch für dich nichts Neues.«
»Du spielst auf unseren Vater an.« Jeanne schwieg trotzig, und Richard fuhr fort: »Ich war nicht der Einzige, der sich gegen unseren Vater gewehrt hat.«
»Ja, und jetzt sind alle tot.«
Richard verdrehte die Augen. Er stellte sich lieber einem schwerbewaffneten Feind, als mit einer schmollenden Frau zu streiten. Die Regeln in einem Gefecht zwischen Männern waren ihm vertraut, doch Frauen schlugen Volten, die kein Mann voraussehen konnte.
»Jeanne«, begann er versöhnlich, »du weißt genau, dass unsere Brüder Heinrich und Gottfried nicht in einem der Kämpfe gegen unseren Vater gefallen sind, und ich bin an ihrem Tod ganz bestimmt nicht schuld. Und nun lass uns diesen Streit beenden. Wir segeln alle gemeinsam, und ich verspreche dir, für so viel Bequemlichkeit wie möglich zu sorgen. In einem Feldlager der Ritter hätte ich euch sowieso nicht untergebracht.«
»Ach, es wird schrecklich langweilig«, nörgelte Jeanne. »Keine Troubadoure, keine Feste, keine Turniere, keine Minnelieder. Und deine Berenguela wird überdies unablässig Kräuter sammeln.«
Richard wollte etwas erwidern, doch in diesem Moment meldete ein Diener Tankreds Ankunft, der sich in Begleitung des französischen Königs befand. Richard seufzte, denn vermutlich wartete jetzt eine weitere Auseinandersetzung auf ihn. Tankred und Philipp in trauter Einigkeit konnte nichts Gutes verheißen.

Tankred kam mit seinem üblichen breiten Grinsen auf die Geschwister zu. Er war prächtig angezogen mit senffarbenen Hosen und einer waldgrünen Jacke. Auf dem Kopf trug er einen farblich abgestimmten Hut mit einer langen Pfauenfeder. Die enganliegende Hose betonte seine muskulösen Beine, und Jeanne wagte einen kecken Blick von seiner Taille bis zu seinen Füßen, die in festen Lederschuhen steckten. Offensichtlich, folgerte Richard, wollte er auf die Jagd gehen.
Unmittelbar darauf betrat Philipp den Raum und fesselte Jeannes Aufmerksamkeit. War Tankred schon eine Augenweide, übertraf ihn Philipp noch. Er trug eine azurblaue Hose, eine scharlachrote Jacke und einen weiten Umhang in derselben Farbe. Auf seinem Kopf saß eine runde Mütze aus Zobelpelz, und Philipps Haar war ausnahmsweise perfekt in Form gekämmt. Richard zwang sich zu einer verbindlichen Miene, die aber an Philipps Strahlen nicht heranreichte.
Der englische König hielt die Freundlichkeit des Franzosen für falsch, ging ihm aber dennoch mit offenen Armen entgegen. Erst jetzt schien Philipp Richards Schwester wahrzunehmen. Jeanne trat vor, verbeugte sich artig und zeigte ihr schönstes Lächeln. Und Philipp starrte sie an, blieb unvermittelt stehen, und sein Gesicht zeigte den Ausdruck eines Mannes, dem aus heiterem Himmel ein Blitz vor die Füße gefahren war.

Man hatte die Kadaver gefunden. Das war ärgerlich, aber letztendlich unerheblich. Er war davon überzeugt, dass ihn niemand gesehen hatte, und die toten Tiere, deren verstümmelte Leiber sich in der Grube stapelten, konnten ihn nicht verraten. Wenn er tötete, ging er mit größter Umsicht vor. Zeit und Ort hatten für ihn jedes Mal eine besondere Bedeutung, obwohl er niemals an dieselbe Stelle zurückkehrte.
Die Nachricht von dem grausigen Fund hatte sich wie ein Lauf-

feuer verbreitet und die Menschen in Angst und Schrecken versetzt. Man wagte nicht, laut darüber zu sprechen, doch in den Schankstuben flüsterten sich die Männer über ihren Bierkrügen zu, dass eine Bestie die Gegend heimsuchte. Die Frauen verließen die Häuser nur noch im hellen Licht des Tages und sahen sich furchtsam um, sobald ein unerwartetes Geräusch an ihre Ohren drang. Eltern verboten ihren Kindern, ziellos über die Felder und durch den Wald zu streifen, zu groß war das Entsetzen über den Inhalt der Grube.

Die Auswirkungen seines Tuns erfüllten ihn mit Stolz. Selbst bei denen, die sich hinter den Mauern des Palastes in Sicherheit wähnten, ging die Angst um. Die Klügeren hielten die Bestie für einen gewissenlosen Menschen und hofften, dass er früher oder später seine gerechte Strafe erhalten würde. Die Einfältigen und Narren dagegen glaubten, dass der Teufel selbst der Hölle entstiegen war, und lagen nachts zitternd auf ihren Strohsäcken.

Er selbst beteiligte sich nicht an den Spekulationen, ob nur ein Dämon zu solchen Taten fähig war oder nicht. Er genoss die Abwechslung, die ihm sein Treiben brachte, denn die Langeweile, mit der ihn sein eintöniges Leben quälte, bereitete ihm körperliche Schmerzen. Also fand er es nur redlich, sich Erleichterung zu verschaffen, indem er anderen Geschöpfen unermessliches Leid zufügte.

Er dachte an die vergangene Nacht und daran, dass den unwissenden Toren, mit denen er diesen Palast teilte, das Schlimmste noch bevorstand. Mit jeder Faser seines Körpers sehnte er sich nach einer anderen Beute als Kaninchen, Füchse oder Hunde. Seine Stellung gab ihm zwar das Recht, über das Schicksal anderer Menschen zu entscheiden, doch der Beischlaf mit einer hübschen Magd oder das Vollstrecken der Todesstrafe an einem Wegelagerer war mit der Erregung, die er bei seinen heimlichen Taten empfand, nicht zu vergleichen. Grausamkeiten auf dem Schafott hatte er in seinem bisherigen Leben oft genug gesehen. Er hatte die Schreie der Männer gehört, die auf seinen Befehl aufs Rad gebunden worden waren und denen der Henker erst die Knochen in Armen und Beinen brach, um dann mit einem einzigen Hieb seiner gewaltigen Axt den Gemarterten die Glieder abzuschlagen. Die johlende Menge Schaulustiger, die eine Hinrichtung für gewöhnlich begleitete, nahm der Sache den Reiz, und er empfand keinerlei Vergnügen an diesen Ritualen des Todes.

Seine eigenen waren feinsinniger und raffinierter, vor allem aber dauerten sie länger. Er bestimmte, wann der Tod eintrat, und manchmal, wenn eines seiner unglücklichen Opfer ein vorzeitiges Ende fand, vergoss er Tränen des Zorns.

Gestern hatte er endlich eine Beute gemacht, die seine Kunstfertigkeit wert war – eine junge Frau, die aus welchen Gründen auch immer alle Warnungen in den Wind geschlagen und in der Dämmerung den Weg durch den Forst genommen hatte. Mit Hilfe eines Lichts hatte er sie in die Irre und immer tiefer und tiefer in den Wald gelockt und schließlich zu der Stelle geleitet, an der seine Falle auf sie wartete. Wie er es gehofft hatte, war die Frau auf das Astwerk getreten, mit der er seine Gruben zu tarnen pflegte, und mit einem lauten Schrei hinuntergestürzt.

Er hatte die Grube wieder abgedeckt und ihre Schreie genossen, als er sich entfernte. Er würde sie noch einen Tag ihrer Einsamkeit und ihrer Angst überlassen und sich in der darauffolgenden Nacht mit aller Sorgfalt ihrem Körper und ihrer Seele widmen. Und den Moment genießen, wenn endlich nach langem Todeskampf der Blick seines Opfers brach und die Augen starr wurden. Er war überzeugt, dass dies der Zeitpunkt war, an dem die Seele den Körper verließ, und den wollte er auf keinen Fall verpassen.

Entgegen Oliviers Vermutung waren sie doch alle gemeinsam nach Bayonne geritten. Mochte sich die Königin Eleonore auf dem Weg nach Pisa befinden, die Äbtissin brauchte weitere Pflege, und Berenguela sehnte sich nach der Annehmlichkeit eines Palastes und den Diensten eines Schneiders. Schlimm genug, dass sie mit ihrem zerrissenen Kleid vor die Augen der aquitanischen Ritter treten musste, aber bis nach Pisa konnte sie auf keinen Fall in diesem Aufzug reisen.

Bayonne war der südlichste Zipfel des riesigen Reichs, das Richards Vater durch seine Heirat mit Eleonore von Aquitanien unter seine Herrschaft gebracht hatte. Die Stadt lag gleich jenseits der Pyrenäen, direkt an der Küste des riesigen Meeres, dessen Ende noch kein Mensch erkundet hatte. Sie ließen Mathilda in der Obhut des Seneschalls zurück, dem Verwalter des südlichen Aquitaniens, der dafür sorgen sollte, dass die Äbtissin nach ihrer Genesung zum Kloster Zaragoza geleitet werden würde.

Berenguela unterrichtete ihre Eltern in einem langen Brief über die Ereignisse in den Pyrenäen, wobei sie die genauen Umstände der Rettung von Olivier verschwieg. Möglicherweise würde die Äbtissin Berenguelas Mutter bei Gelegenheit die Einzelheiten des Unglücks und der späteren Geschehnisse berichten, doch Berenguela war es lieber, wenn ihre Eltern aus anderem Munde als dem ihrer Tochter von der Überquerung des Pyrenäenpasses erfuhren. An Richard schrieb sie nicht, denn dafür sah sie keinen Anlass. Dass seine Mutter ohne ein Wort nach Pisa weitergereist war, hielt sie für einen typischen Auswuchs der Rücksichtslosigkeit der Familie ihres zukünftigen Mannes, und sie dachte nicht einen Moment daran, sich darüber auch noch bei ihm zu beklagen.

Da Bayonne von den Aquitaniern nicht als ständige Residenz genutzt wurde, verfügte die Stadt nicht über einen repräsentativen Königspalast, doch der Amtssitz des Seneschalls bot ge-

nügend Bequemlichkeit, um sich von den Strapazen ihrer spektakulären Flucht zu erholen. Berenguela verzichtete darauf, sich eine neue Aussteuer anfertigen zu lassen oder auch nur die vielen Ellen an Stoff, die verlorengegangen waren, bei den ortsansässigen Webern neu zu kaufen. Erstens fehlte ihr dafür das Vermögen, das ihre Eltern für die kostbaren Tuche ausgegeben hatten, und zweitens fürchtete sie, den wertvollen Besitz noch einmal zu verlieren. Schließlich hatte sie noch eine weite Reise vor sich, wenn sie die Königin Eleonore in Pisa treffen wollte. Wenn die Heirat denn tatsächlich in Messina stattfinden sollte, konnte sie ebenso gut in einem einfachen Kleid Richards Frau werden. Eine warnende Stimme regte sich in ihrem Inneren, die ihr zuflüsterte, dass der englische König kaum mit einer so schmucklosen Braut vor den Altar treten würde, doch Berenguela befahl ihr, zu schweigen, und beschloss, dass in diesem Fall eben Richard selbst für eine entsprechend prächtige Garderobe seiner zukünftigen Frau zu sorgen hatte.
Der Seneschall hatte Berenguelas Ring sowie ihre Halskette von dem Bauern und dem Wirt zurückerworben, und diese beiden Schmuckstücke waren die einzigen, die sie mit nach Sizilien nehmen wollte. Ein paar Kleider für die Reise hatte sie nähen lassen. Am liebsten wäre sie in ihrer Verkleidung als Medicus geritten, doch sie wollte den Bogen auch nicht überspannen. Sie hatte darauf bestanden, dass Olivier sie begleitete, was der Ritter mit einem seligen Lächeln quittierte, und der Seneschall teilte den beiden einen zusätzlichen Begleitschutz von zehn Rittern zu. Berenguela war dankbar für die Eskorte. Der Schrecken über den Überfall weckte sie nach wie vor nachts mit Alpträumen aus einem unruhigen Schlaf.
Sie zogen über die Via Aquitania nach Osten, durch das Land der Albigenser, die hier, im Languedoc, großen Einfluss hatten und die besonders von den Grafen von Foix geschützt wurden. Berenguela hatte viel von diesen Menschen gehört, die für die

Kirche Häretiker waren, Abtrünnige und Ketzer. Mit ihrer Lehre hatte sie sich im Einzelnen nicht beschäftigt, aber da es sich bei den Albigensern eindeutig um Christen handelte, konnte sie nichts Schlimmes an ihrem Glauben entdecken. Sie bewunderte die trutzigen Burgen auf den schwer zugänglichen Bergplateaus und fragte sich insgeheim, warum Menschen, die doch demselben Gott huldigten wie sie, sich auf derart wehrhafte Festungen zurückziehen mussten.

Sie ritten einen Bogen um Toulouse, streiften Carcassonne und erreichten schließlich nach vielen Tagen den Hafen von Narbonne. Es war eine ruhige, wenn auch kalte Reise gewesen, und Berenguela hatte Gelegenheit gefunden, ihre Aufmerksamkeit der Schönheit der Landschaft und den blühenden Städten zu widmen. Die Berge waren hier längst nicht so hoch wie in ihrer Heimat, und der Einfluss des Mittelmeers machte sich durch fruchtbare Täler, in denen die Trauben für einen schmackhaften Rotwein angebaut wurden, bemerkbar. Obwohl der Herbst bereits weit fortgeschritten war, konnte sie die vielen Felder und Weiden erkennen, die von den Bauern genutzt wurden, und vermutete, dass hier geradezu ideale Bedingungen für den Anbau von Kräutern herrschten.

Während man in Navarra erst vor wenigen Jahren mit reger Bautätigkeit begonnen hatte, zeigten die Orte im Languedoc bereits die edle Patina der Jahrhunderte. Einige Städte waren schon vor Christi Geburt errichtet worden. Die Römer hatten hier kulturelle und architektonische Meisterleistungen vollbracht. In Narbonne, wo sie ein Schiff nach Marseille und Pisa besteigen wollten, kreuzte die Via Aquitania die Via Domitia, eine uralte Straße, auf der die Römer bis auf die Iberische Halbinsel reisten.

Narbonne selbst war vor einigen Jahrhunderten von den Mauren, die den mittleren und südlichen Teil der Iberischen Halbinsel nach wie vor besetzt hielten, zerstört worden; die gesamte

Bevölkerung musste fliehen. Später war die Stadt von den Christen zurückerobert worden. Auch hier war der Einfluss der Albigenser unübersehbar. Das Klima in Narbonne war milder als in Bayonne, was sich Berenguela nicht erklären konnte, lag doch auch Narbonne an einem großen Meer. Allerdings hatte man die Ränder des Mittelmeers bereits entdeckt, und möglicherweise war jenes andere Meer bei Bayonne ungleich größer und wilder.

Die Ritter des Seneschalls hatten Befehl, so lange bei Berenguela und Olivier zu bleiben, bis die beiden sicher auf einem Schiff untergebracht waren, das sie weiter Richtung Osten brachte. Der Mistral, ein Sturm, der sich mit schwarzen Wolken über den Bergen ankündigte und die Fischer und Seeleute daran hinderte, die schützenden Häfen zu verlassen, hatte einige Tage lang über der Küste und dem Golf gewütet und den Reisenden einen unfreiwilligen Aufenthalt in der Stadt beschert. Berenguela hatte dabei festgestellt, dass die Albigenser, die sich in großer Zahl in Narbonne angesiedelt hatten, die Kunst der Weberei unnachahmlich beherrschten. Sie hatte selten so schöne und feine Stoffe gesehen, mit so raffinierten Mustern und in leuchtenden Farben, dass sie versucht war, doch noch die notwendigen Ellen für ihr Hochzeitskleid zu kaufen. Dann aber gab sie die Münzen, die ihr der Seneschall überlassen hatte, doch lieber für Heilkräuter aus, die ihr auf der Fahrt nach Sizilien und später im Heiligen Land sicher nützlich sein würden.

Olivier bewunderte lieber die Arbeit der Schmiede, wenngleich er mit einer neuen Rüstung samt Waffen in Bayonne ausgestattet worden war. Berenguela begegnete ihm mit großer Herzlichkeit und sah in dem Ritter einen Vertrauten, der ihr in schweren Stunden beigestanden hatte. Sie rechnete es ihm hoch an, dass er seine spürbare Zuneigung zu ihr nie in Worten oder Gesten ausdrückte, denn in diesem Fall wäre ihr ein weiteres Zusammensein mit ihm nicht möglich gewesen. Doch ihr Verhältnis zueinander hatte sich irgendwo zwischen Freundschaft und Geschwisterliebe eingependelt, und beide genossen die Nähe zu einem gleichgesinnten Menschen, die sich ihnen dadurch bot.

Es war nicht leicht gewesen, um diese Jahreszeit eine Schiffspassage zu kaufen, doch nach einigem Suchen fanden sie einen Kapitän, der einwilligte, sie an der Küste entlang über Marseille und Genua bis auf die Höhe von Pisa zu bringen. Viele Seefahrer hatten das große Geschäft mit den Kreuzfahrern verpasst, da der englische König mit Schiffen in See stach, die er vorher gekauft hatte, und die Franzosen weiter westlich in Genua an Bord gegangen waren. Die wenigen Nachzügler, die jetzt noch ins Heilige Land aufbrachen, füllten die Kassen der Schiffseigner nicht, und letztendlich war jeder Passagier willkommen.

Berenguela war noch nie über längere Zeit mit einem Schiff unterwegs gewesen, und sie konnte nicht behaupten, dass ihr das Leben an Bord großes Vergnügen bereitete. Unter Deck war es eng und stickig, und die Schiffsbewegungen bereiteten ihr Übelkeit und Kopfweh. Sie kochte einen Sud aus dem Samen des Eppichs, vermischte ihn mit Wasser und Essig und trank kleine Mengen davon in winzigen Schlucken. Der Brechreiz, hervorgerufen durch das unablässige Schaukeln des Schiffes, ließ nach, und die Fahrt wurde ein wenig erträglicher.

Olivier, der unter keinerlei Beschwerden litt, stand oft an Deck und sog die Bilder, die an ihm vorüberzogen, förmlich in sich auf. Die Küste war teils flach und verlor sich dort, wo die Rhône ins Meer mündete, in einem unübersichtlichen Delta. An anderen Stellen dagegen endete sie in steilen weißen Felsen, die direkt aus dem Wasser zu wachsen schienen. An manchen Tagen sah das Meer aus wie poliertes Eisen, dann wieder strahlte es in dem intensivsten Blau, das Olivier je gesehen hatte. Berenguela, deren Augen die Details der Küstenlinie nicht erkennen konnten, genoss daher vor allem das Spiel der Farben und

teilte Oliviers Begeisterung für die Kontraste und den Wechsel der unterschiedlichsten Nuancen.
Endlich passierten sie Genua, von wo aus es geradewegs südlich ging, und erreichten Pisa, wo sie auf eine ungnädige und bereits wieder im Aufbruch befindliche Eleonore trafen. Die Königin sah sich denselben Problemen gegenüber, mit denen Berenguela und Olivier bereits in Narbonne zu kämpfen hatten. Niemand war bereit, die gesamte Küste nach Sizilien entlangzusegeln. Mit Mühe hatte Eleonore für sich und ihr Gefolge ein paar Seeleute auftreiben können, die sich einverstanden erklärt hatten, die königlichen Passagiere bis nach Neapel zu bringen. Dort würden sie wieder nach neuen Möglichkeiten für eine Überfahrt suchen müssen. Berenguela stöhnte innerlich, wenn sie an die mühselige Reise dachte, die kein Ende zu nehmen schien, äußerte ihre Gedanken gegenüber Eleonore jedoch mit keinem Wort. Die Laune der Königin war alles andere als huldvoll, was jeder, der sie begleitete, bereits zu spüren bekommen hatte.
Insgeheim hoffte Berenguela, dass ihr Aufenthalt in Neapel einige Tage dauern würde. Vielleicht würde sich eine Gelegenheit ergeben, einen Abstecher nach Salerno und der dortigen Universität zu machen. Eleonore würde einen solchen Ausflug sicher niemals gestatten, doch Berenguela hatte nicht vor, sie zu fragen. Als das Schiff in den Hafen von Neapel einlief, standen alle Passagiere an Deck, Berenguela ein paar Schritte hinter Eleonore, sorgsam darauf bedacht, nicht gegen die Etikette, die der Königin den Vortritt ließ, zu verstoßen.
Sie bewunderte Eleonores scharlachrotes Samtkleid und ihren Zobelpelz. Ihr eigenes aus brauner Wolle, schmucklos und hochgeschlossen, sah dagegen schäbig aus, obwohl sie es erst in Bayonne hatte anfertigen lassen. Richards Mutter hatte ihr einen abschätzigen Blick zugeworfen, und Berenguela hatte dessen Botschaft wohl verstanden. Eleonore legte offenbar weitaus

größeren Wert auf die äußere Erscheinung als ihre zukünftige Schwiegertochter und teilte der wortlos mit, dass sie von der Frau ihres Sohnes mehr Anmut erwartete.
Das Verhältnis der beiden Frauen war von Beginn an frostig gewesen. Eleonore begegnete Berenguela mit einer Kälte, die man schon Überheblichkeit nennen musste, und die Prinzessin beantwortete dies mit entsprechender Zurückhaltung. Sie zollte Eleonore zwar Respekt für ihre stets ungebrochene Tatkraft, doch ihr unbedingter Wille zur Herrschaft selbst über die Menschen in ihrer unmittelbaren Umgebung erregte ihr Missfallen und ihren Widerstand. Beides konnte sie nicht offen zeigen, ohne als unhöflich zu gelten, und so ging sie der Königin, sooft es möglich war, aus dem Weg. Beim Essen ließ sie sich mit einem Hinweis auf ihre Seekrankheit entschuldigen, um sich dann ein paar Bissen aus der Schiffsküche zu holen. Und wenn Eleonore Gesellschaft wünschte, war sie froh, wenn diese eine ihrer Vertrauten zu einer Plauderei oder einem Würfelspiel in ihre Schiffskabine bat.
Mit keinem Wort hatte Eleonore bislang erwähnt, ob sie über die Wahl ihres Sohnes erfreut war, und nicht ein einziges Mal hatte sie mit Berenguela über ihre zukünftigen Pflichten als Königin von England gesprochen. Fast schien es, als sähe sie in ihr eine Art notwendiges Übel, das keine weitere Beachtung verdiente. In den Tagen, die die beiden Frauen gemeinsam an Bord des Schiffes verbracht hatten, war Berenguela immer mehr zu der Überzeugung gelangt, dass Eleonore Richards Entschluss, die Prinzessin von Navarra zu heiraten, zutiefst missbilligte. Sie wusste nicht, ob sie eine andere Frau für ihn vorgesehen hatte, doch dass sie auch mit Adelaide nicht einverstanden gewesen war, galt als offenes Geheimnis.
Vielleicht, mutmaßte Berenguela, gehörte sie zu den Müttern, die ihre Söhne am liebsten gar nicht an eine andere Frau verlieren, doch angesichts Eleonores unübersehbarer Selbstliebe war

sie sich nicht sicher, ob die Ablehnung der Verlobten von Richard tatsächlich an übersteigerten Muttergefühlen lag. Die andere Möglichkeit, die Berenguela als Erklärung in den Sinn kam, lag näher, bereitete ihr aber auch größere Sorgen. Sollte der Grund für Eleonores abweisende Art darin liegen, dass die Königin ihre Stellung als Herrscherin in Gefahr sah, dann würde sie Berenguela immer als Rivalin sehen und sie mit unversöhnlicher Eifersucht verfolgen.

Eleonore ließ, ganz Königin, ihre Ankunft von Fanfaren ankündigen, und Berenguela hoffte, dass die Neapolitaner sie mit den nötigen Ehren empfangen würden. Andernfalls standen dem Gefolge von Richards Mutter ein paar unangenehme Tage bevor, denn Eleonores Wutanfälle waren bei allen, die in ihrer Umgebung lebten, gefürchtet. Berenguela selbst war noch nie Zeugin eines dieser Ausbrüche gewesen, doch selbst Eleonores engste Vertraute stöhnten hinter vorgehaltener Hand über die unberechenbaren Launen ihrer Herrin. Einmal, so hatte Berenguela gehört, war Eleonore über eine Nichtigkeit dermaßen in Zorn geraten, dass sie das gesamte Geschirr, das sich auf dem Tisch befand, mit einer Handbewegung hinunterwischte. Da die Prinzessin ihre Gefühle für gewöhnlich im Zaum hielt, befremdete sie Eleonores Raserei umso mehr. Sie glaubte nicht, dass ein familiäres oder auch nur freundschaftliches Verhältnis zur Königin möglich wäre, und hatte daher beschlossen, sich, soweit es ging, zurückzuziehen.

»Diese Stadt besteht ausschließlich aus Freibeutern und Wegelagerern«, zischte Eleonore über die Schulter. »Seht, wen sie zu unserer Ankunft geschickt haben – ein paar armselige Honoratioren.«

Niemand gab eine Erwiderung, die Schiffe machten an der Kaimauer fest, und die Königin schritt hocherhobenen Hauptes, aber mit mürrischer Miene von Bord. Berenguela erhaschte einen Blick von Olivier, und sein amüsiertes Zwinkern brachte

sie fast zum Lachen. Sie schüttelte kaum merklich den Kopf, um ihn zur Vorsicht zu mahnen, denn wer Eleonores Zorn auf sich zog, konnte darüber leicht seine Freiheit verlieren.
Sie nahmen in einem der schönsten Bauten der Stadt Quartier, doch auch hier fand Neapel in den Augen der Königin keine Gnade. Das Haus war zu klein, der Marmor nicht makellos, die Dienerschaft eine Zumutung und das Essen ungenießbar. Olivier erbot sich, nach einer Möglichkeit für die Weiterfahrt zu suchen, und schlug damit zwei Fliegen mit einer Klappe. Er entkam den strengen Augen Eleonores und sicherte sich einen wohlwollenden Blick der Königin. »Wenigstens einer, der dafür sorgt, dass wir diese ungastliche Stadt wieder verlassen können«, murmelte sie, und alle anderen beeilten sich, ebenfalls etwas vorzuschlagen, das die Laune der Königin heben könnte.
Nur Berenguela hatte es versäumt, sich der Eilfertigkeit der anderen rechtzeitig anzuschließen, und stand nun als Einzige stumm und untätig vor Eleonore.
»Wie ich sehe, fällt dir nichts ein, der Mutter deines künftigen Gatten das Leben zu erleichtern«, sagte Eleonore schmallippig.
»Ich bereite Euch gerne einen Tee, der Euch zur Ruhe kommen lässt«, stammelte Berenguela und wusste im selben Moment, dass dies nicht die richtige Erwiderung gewesen war.
Eleonores Miene wurde noch düsterer, und sie warf Berenguela einen verächtlichen Blick zu. »Untersteh dich, mir einen deiner bitteren Kräutertränke anzubieten. Geh und besorge mir einen Kelch Rotwein, aber nur einen, dessen Trauben aus Aquitanien stammen. Alle anderen bereiten mir Sodbrennen.«
Berenguela spürte, dass ihr die Röte ins Gesicht stieg. Eleonore behandelte sie wie eine gewöhnliche Magd, und einen Moment war sie versucht, die Fassung zu verlieren. Doch dann besann sie sich auf ihre Klugheit, machte ihren Rücken gerade und sagte freundlich: »Ich werde gern den Dienern Eure Wünsche mitteilen. Entschuldigt mich bitte.«

»Nein«, befahl Eleonore, »bleib noch. Ich habe mir dir zu reden.« Sie rief selbst nach jemandem, der sich nun mit der unlösbaren Aufgabe herumplagen musste, in kürzester Zeit in Neapel einen Rotwein aus aquitanischen Trauben herbeizuschaffen.
Berenguela nahm die Hände auf den Rücken und verschränkte die Finger. Unterredungen mit Eleonore verliefen selten angenehm, und besonders in ihrem Fall bestand Anlass, das Schlimmste zu befürchten.
»Muss ich mir Sorgen über diesen Olivier de Gascogne machen?«, begann Eleonore.
Berenguela stand starr da. »Ich verstehe nicht.«
»Dieser Ritter, der ständig an deinem Rockzipfel hängt.«
»Er begleitet mich nach Messina.«
»Hältst du mich für schwachsinnig? Ich sehe selbst, dass er dich begleitet. Ich will wissen, warum.«
»Weil ich ihn darum gebeten habe.«
»Dann schick ihn nach Hause. Sein Auftrag ist beendet.«
»Wie bitte?«, fragte Berenguela verwirrt.
»Jetzt begleite ich dich, der Ritter wird nicht mehr benötigt. Sag ihm vielen Dank und so weiter, und so weiter ... Dann kann er seine Sachen packen.«
»Aber wieso? Ihr selbst wart doch eben erfreut, als er sich angeboten hat, die Weiterfahrt in die Wege zu leiten.«
»Das soll er noch erledigen, dann benötigen wir ihn nicht mehr.«
Berenguela fühlte einen Kloß im Hals und brauchte ihre ganze Kraft, nicht in Tränen auszubrechen.
»Willst du hier Wurzeln schlagen?«, fragte Eleonore. »Du darfst dich zurückziehen.«
Berenguela rührte sich nicht und wagte kaum zu atmen. Dann räusperte sie sich. »Ich bitte um Verzeihung, aber ich wünsche auch weiterhin den Schutz von Olivier de Gascogne.«
Eleonore war Widerspruch nicht gewohnt und sah ihre künf-

tige Schwiegertochter verdutzt an. »Du widersetzt dich meinem Befehl?«
»Ich will nicht ungehorsam sein, doch es ist nicht Eure Entscheidung, wer zu meinen Vertrauten zählt.«
»Zu deinen Vertrauten? So ist das also.«
»Ich weiß nicht, was Ihr andeuten wollt.«
»Ich werde nicht dulden, dass auch die zweite Verlobte meines Sohnes ihre Jungfräulichkeit vor der Ehe verliert.«
»Selbst als Richards Mutter habt Ihr nicht das Recht, mich zu beleidigen. Und als Königin von England ebenfalls nicht. Ich bin eine Prinzessin von Navarra und nicht Eure Dienstmagd.«
»Oh, die Kräutersammlerin zeigt ihre Krallen. Das ist eine Seite an dir, die ich noch nicht kenne.«
»Ich weiß, Ihr seid es gewohnt, dass man Euren Wünschen bedingungslos folgt. Ich wollte nicht die Erste sein, die aus dieser Riege ausschert, aber Ihr lasst mir keine Wahl.«
»Drück dich bitte klarer aus.«
»Ich werde Olivier de Gascogne nicht fortschicken und dadurch einen Ritter, mit dem mich eine ehrliche Freundschaft verbindet, beleidigen. Und was Eure Andeutungen betrifft, so erkläre ich Euch, dass zwischen dem Ritter und mir nichts geschehen ist, für das ich mich schämen müsste.«
»Wer sich verteidigt, klagt sich an. Erkläre dein Verhalten lieber meinem Sohn.«
»Wenn Richard es wünscht, ja.«
»Er wird nicht erfreut sein, dich in Begleitung dieses Mannes zu sehen.«
»Dann soll er selbst mit mir darüber sprechen.«
»Ich bin seine Mutter.«
»Ja«, sagte Berenguela mit mühsam unterdrücktem Zorn, »und dafür gebührt Euch auch mein ganzer Respekt. Dennoch habt Ihr nicht das Recht, über mich zu bestimmen, zumal ich noch nicht die Frau Eures Sohnes bin.«

»Wenn es nach mir ginge, würde das auch so bleiben«, zischte Eleonore. »Ihr seid nicht gut genug für ihn.«
Berenguelas Hände zitterten hinter ihrem Rücken, und sie hielt die Finger krampfhaft verschränkt. »Das mag sein«, erwiderte sie, »aber auch in diesem Fall akzeptiere ich nur die Meinung Eures Sohnes. Und jetzt gebt mir bitte die Erlaubnis, zu gehen.«
Die Königin war weiß vor Wut. »Da ist die Tür!«, rief sie. »Mach sie fest von außen zu, und komm mir nicht mehr unter die Augen.«
Berenguela verließ mit zitternden Knien das Zimmer. Sie fühlte sich so schwach, dass sie vorsichtig einen Fuß vor den anderen setzen musste, um nicht zu stürzen. Erst als der Gang, der von Eleonores Gemächern fortführte, hinter ihr lag, ließ sie sich auf einen Stuhl sinken. Sie hatte über eine lange Zeit den Atem angehalten, ohne dass es ihr aufgefallen war. Jetzt stieß sie erleichtert die Luft aus und spürte, wie ihre Anspannung nachließ. Die Tränen, die sie angestrengt zurückgehalten hatte, begannen zu fließen, und sie wischte sich hastig über die Augen. Sie wollte von niemandem hier weinend entdeckt werden und beeilte sich, in ihr eigenes Zimmer zu kommen.
Erst dort überfiel sie die Verzweiflung, die sie während des Streites mit Eleonore empfunden hatte, mit ganzer Wucht. Ihr Widerspruch musste in den Augen der Königin unverzeihlich erscheinen, ihre Antworten zutiefst ungebührlich. Berenguela machte sich bittere Vorwürfe, dass sie nicht diplomatischer reagiert hatte, doch Eleonores Unterstellung, sie wäre Oliviers Geliebte, hatte sie die Fassung verlieren lassen. Sie fragte sich, wie sie nach dieser Auseinandersetzung der Königin jemals wieder unter die Augen treten sollte.
Wenn sie an Richard dachte, verließ sie der Mut vollends. Selbstverständlich würde er seiner Mutter Gehör und Glauben schenken, und sie wäre nichts anderes als eine widerspenstige Braut, behaftet mit dem Makel vermeintlicher Untreue. Niemand aus

dieser egoistischen, machtbesessenen Familie wäre auf ihrer Seite, sie alle würden sie verdammen und schlimmstenfalls in irgendeinem ihrer zahlreichen Paläste verdorren lassen.

Sie ließ sich auf ihr Bett fallen und weinte in ihr Kissen, bis sie das Gefühl hatte, Kummer, Enttäuschung und Ärger seien wie ein Sturzbach aus ihr herausgeflossen. Da sie sich zum Aufstehen zu schwach fühlte, blieb sie noch eine Weile liegen, doch allmählich kehrte ihre gewohnte Tatkraft zurück. Sie erhob sich und wusch ihr Gesicht mit kaltem Wasser, warf einen Blick in den Wandspiegel und überprüfte, ob alle Spuren ihrer Tränen beseitigt waren. Sie wollte sich nicht länger in ihrem Zimmer verstecken und Eleonore damit noch einen Triumph gönnen. Vielleicht war Olivier zurückgekehrt und konnte ihr Auskunft über die weitere Gestaltung ihrer Reise geben.

Sie fand ihn in der großen Eingangshalle im Gespräch mit anderen Männern aus Eleonores Gefolge. Er hatte kurz zuvor der Königin Bericht erstattet, dass in den nächsten Tagen keine Weiterfahrt möglich sein werde. Von ihm erfuhr sie, dass sich ein Wetterumschwung ankündigte, in dieser Jahreszeit allerdings nichts Ungewöhnliches. Olivier erzählte weiter, dass Eleonore seinen Bericht verdrossen zur Kenntnis genommen habe. Eine andere Reaktion hätte ihn auch überrascht. Er kannte die Königin inzwischen gut genug, um ihre Stimmungen vorauszusehen, und dass ein Aufenthalt in Neapel über mehrere Tage nicht in ihrem Sinne war, hatte er vorher gewusst. Olivier nahm den Missmut der Königin ebenso gelassen zur Kenntnis wie ihren betörenden Charme, dem an guten Tagen kaum jemand widerstehen konnte.

Berenguela beneidete ihn um seine innere Souveränität und seine Furchtlosigkeit vor Richards Mutter. »Ich habe schreckliche Angst vor ihr«, beichtete sie ihm.

»Ich auch, aber ich weiß, dass sie nur ein Mensch wie alle anderen ist und sich hier und da die Nase putzen muss.«

»Sie ist kein Mensch«, sagte Berenguela düster. »Sie ist eine Furie, gesandt, um mich für meine Sünden zu bestrafen.«
»Das ist sie sicher nicht«, erwiderte er sanft. »Und welche Sünden solltet Ihr schon büßen?«
»Sie hasst mich.«
»Ich glaube eher, sie fürchtet Euch.«
Berenguela sah ihn erstaunt an. »Nie und nimmer. Sie ist die mächtigste Königin des Abendlandes, und ich bin nur eine Kräuter-Prinzessin.«
»... die ihr schon bald ihre Rolle streitig machen wird.«
»So glaubt Ihr auch, sie sieht mich als Rivalin?«
Olivier zuckte mit den Schultern. »Könnte sein.«
»Aber ich will ihre Macht nicht. Von mir aus kann sie weiter herrschen wie bisher.«
»Sie ist alt, und Ihr seid jung und schön.«
»Jetzt übertreibt Ihr aber. Eleonore ist rastlos wie eine Zwanzigjährige, und sie besitzt das Charisma und Aussehen einer Frau in den Vierzigern.«
»In Eleonores Alter werden sich die Menschen ihrer Sterblichkeit bewusst. Irgendwann wird sie die Fackel weitergeben müssen, auch wenn sie sich jetzt noch dagegen wehrt. Früher oder später wird sie Euch versöhnlicher begegnen.«
»Ich weiß nicht«, sagte Berenguela nachdenklich. »Auf mich macht sie den Eindruck einer Frau, die für ihren Ehrgeiz alles wagt. Gott steh mir bei, wenn ich ihr im Weg sein sollte.«
»Dann habt Ihr einen Mann, der Euch beschützt.«
»Meint Ihr Richard?«
»Wen sonst?«
Berenguela schwieg dazu und lächelte Olivier an. »Lassen wir die trüben Gedanken. Wie lange liegen wir im Hafen fest?«
»Ich denke, vier bis fünf Tage. Warum?«
»Nicht weit von Neapel liegt Salerno. Und gegenüber der Stadt die Insel Ischia. Und gleich nebenan Pozzuoli.«

»Das klingt nicht nach Muße.«
»Nein«, sagte Berenguela entschieden. »Am liebsten würde ich mir alles ansehen, aber ganz oben auf meiner Wunschliste steht die Schule von Salerno. Würdet Ihr mich begleiten?«
»Ohne Wissen der Königin?«
»Ich vermute, sie würde nein sagen.«
»Und wie erklären wir unsere Abwesenheit?«
»Gar nicht. Nach unserem Streit zürnt sie mir ohnehin und verlangt sicher nicht nach meiner Gesellschaft.«
»Was für ein Streit?«
Berenguela biss sich auf die Lippe. »Ach, es gab keinen besonderen Anlass.«
»Jetzt seid Ihr nicht ehrlich.«
»Stimmt. Aber ich möchte trotzdem nicht mehr darüber sprechen.« Sie sah, dass er gekränkt war, und sagte sanft: »Bitte, es würde nichts bringen.«
»Ich werde jemanden suchen, der uns zur Schule führt«, versprach Olivier.
Weder am nächsten noch am übernächsten Tag ergab sich jedoch die Gelegenheit, den wachsamen Augen Eleonores zu entkommen, und Berenguela hegte allmählich den Verdacht, dass sie unter Aufsicht stand. Es kam zwar zu keiner persönlichen Begegnung zwischen ihr und der Königin, aber zu jeder Tageszeit erschien einer ihrer Vertrauten mit einer Bitte oder einem Auftrag bei ihr, so dass sie nicht einmal Zeit für einen Ausritt mit Olivier fand, um wenigstens einen Abstecher zu den warmen Quellen der Bäder von Pozzuoli zu machen.
Das Wetter heiterte kurzfristig auf, und am vierten Tag reisten sie ab und segelten Messina entgegen. Berenguela war über die verpasste Chance, die berühmte Medizinschule kennenzulernen, dermaßen enttäuscht, dass ihre ungewohnte Schweigsamkeit sogar Eleonore auffiel.
»Die Königin glaubt, Eure Niedergeschlagenheit sei eine Folge

des Streites, den Ihr in Neapel mit ihr hattet«, verriet ihr Olivier, der die wahren Gründe ihrer Schwermut kannte.

»Soll sie«, erwiderte Berenguela. »So verbucht sie mein Verhalten als ihren Sieg und lässt mich in Frieden nach Messina reisen.«

»Ihr werdet die Schule schon noch besuchen«, tröstete Olivier, doch Berenguela schüttelte nur den Kopf und versank in weiteren düsteren Gedanken. Jede Schiffsbewegung, die sie Sizilien näher brachte, legte sich wie ein Schatten auf ihr Gemüt. Die bevorstehende Begegnung mit Richard ließ sie eingedenk ihres Verhaltens seiner Mutter gegenüber wünschen, ihr Heimatland nie verlassen zu haben. Sie fragte sich zum tausendsten Mal, warum ein widriges Schicksal sie damals in der dunklen Kirche Santa Maria de Eunate mit dem englischen König zusammengeführt hatte und ob Richard an genau jenem Abend beschlossen hatte, mit ihren Eltern über eine Heirat zu verhandeln.

Doch sosehr sie auch auf ein Wunder hoffte, um ein Wiedersehen mit Richard hinauszuzögern, kein Blitz fuhr vom Himmel, die Wellen erhoben sich nicht, und der Wind wurde nicht zum Sturm, sondern blies stetig aus Nordwesten und schickte sie auf direktem Kurs nach Messina. Selbst Berenguela konnte die Stadt schon erkennen, Eleonore stand bereits wieder prächtig angezogen auf dem Vorderdeck, die Herolde setzten die Fanfaren schon an die Lippen, und der kleine Hofstaat, zu dem auch Berenguela zählte, hatte wie gewohnt Aufstellung hinter der Königin genommen. In der Meerenge holten die Seeleute die Segel ein und senkten die Ruderblätter ins Wasser, um die Schiffe in den Hafen zu steuern.

Berenguela kniff die Augen zusammen, um nichts von der Einfahrt in den Hafen zu verpassen, als sie sah, dass ein Boot Kurs auf Eleonores Galeere genommen hatte. Und noch etwas fiel ihr auf. Mehrere Schiffe schienen vor dem Hafen zu ankern,

und die Matrosen an Bord gestikulierten aufgeregt. Das Boot hatte die Galeere erreicht, an ihrer Längsseite festgemacht, und ein Mann sprang mit einem gewagten Satz an Deck.
Berenguela fing Oliviers fragenden Blick auf, und gleich ihm schienen auch alle anderen an Bord nicht zu wissen, was dieser Empfang zu bedeuten hatte. Die Herolde hatten die Fanfaren wieder abgesetzt und wirkten unschlüssig, ob sie spielen sollten oder nicht.
»Was ist?«, rief Eleonore. »Warum fahren wir nicht weiter?«
Der Kapitän lief zu ihr und verbeugte sich.
»Wir müssen umkehren«, stammelte er.
»Unsinn. Mein Sohn, König Richard, erwartet uns.«
Doch der Kapitän zeigte auf den Fremden. »Ein Bote des Königs von Sizilien. Messinas Hafen ist gesperrt. Wir können nicht anlegen.«
»Gesperrt? Warum? Herrscht dort eine Seuche?«
»Wenn ich den Mann richtig verstanden habe«, sagte der Kapitän, »ist der Hafen nur für uns gesperrt.«
»Das ist nicht möglich. Ich protestiere«, donnerte Eleonore. »Dann fahren wir eben in den nächstgelegenen Hafen und schicken einen berittenen Boten zu Richard.«
»Der nächste Hafen ist Taormina. Doch ich fürchte, das wird uns nichts nützen.«
»Und warum nicht?«, flüsterte Eleonore mit zusammengebissenen Zähnen.
»Weil uns alle Häfen Siziliens die Zufahrt verwehren.«
Alle an Bord schwiegen entsetzt.
Die Königin fasste sich als Erste. »Aber Neapel gehört auch zum Königreich Sizilien. Und daher kommen wir gerade. Also was soll der Unfug mit den gesperrten Häfen.«
»Wir kommen zwar aus Neapel, aber wir können nicht wieder zurück.«
»Lässt man uns dort jetzt auch nicht anlegen?«

»Wie ich sagte. Kein sizilianischer Hafen wird uns anlegen lassen.«
»Das kann doch nicht sein. Meine Tochter Jeanne ist die Witwe des verstorbenen Königs.«
»Jetzt regiert König Tankred.«
»Und der verwehrt uns die Einreise?«
»So ist es. Wir müssen uns eine Stadt außerhalb Siziliens suchen.«
Selbst einer so wortgewandten Frau wie Eleonore gingen jetzt die Argumente aus. »Aber ich verstehe das nicht«, sagte sie. »Hat Euch der Fremde einen Grund genannt?«
»Das hat er«, sagte der Kapitän.
»Und der lautet?«
»Der Grund ist eine Frau.«
»Dann nennt gefälligst ihren Namen.« Der Kapitän zögerte, und Eleonore stampfte zornig mit dem Fuß auf. »So sprecht schon. Wer ist diese Frau?«
»Berenguela von Navarra.«

Prinz John ritt lächelnd durch die Straßen von London und genoss den ersten milden Frühlingstag. Er war mit dem Boot die Themse aufwärtsgesegelt, vorbei am Hospital der Heiligen Katharina, das in unmittelbarer Nähe der mächtigen Mauern des Towers lag, hatte die Brücke passiert, die London mit Southwark verband, die Kaimauern der Stadt zu seiner Rechten gelassen und war weiter Richtung Bridewell Palace gefahren, um dann nach der großen Biegung des Flusses vor Westminster Hall festzumachen. Von dort aus ritt er am frühen Nachmittag zurück in die Stadt, um in der Kirche von St. Pauls ein Gebet zu sprechen.
Die Stadt gehörte ihm, nein, das ganze Land war jetzt sein Besitz. Sein Bruder Richard war weit weg auf Sizilien und würde

demnächst völlig unerreichbar bei den Sarazenen für Ideale kämpfen, die John ohnehin nicht nachvollziehen konnte. Seine Mutter fuhr kreuz und quer durch Südeuropa, mit einer unbedeutenden Prinzessin im Schlepptau, seine anderen Brüder waren tot, und die Schwestern spielten keine Rolle. Seine, Johns, Zeit war gekommen, der riesige Palast von Westminster wurde mit Ausnahme der Dienerschaft nur von ihm bewohnt.
Zwar hatte er seinem Bruder einen Eid geschworen, England in dessen Abwesenheit nicht zu betreten, und diese Absicht sogar schriftlich in einem Vertrag besiegeln lassen, doch die Worte waren das Pergament nicht wert, auf dem sie standen, denn John hatte niemals ernsthaft den Willen gehabt, sich an seinen Schwur zu halten. Anfangs war er wie vereinbart über den Kanal gesegelt, hatte Adelaide in der Obhut des Bischofs von Rouen gelassen und sich eine vergnügliche Tour durch den Familienbesitz Aquitanien gegönnt. Im Süden kam der Frühling eher, die Männer waren leutseliger und die Frauen williger. Er war zwar nicht wie Richard bis an die äußerste Grenze nach Bayonne gezogen, doch seine Reise hatte ihn von Quimper in der Bretagne bis nach Bordeaux im Herzen Aquitaniens geführt. Aber die Sehnsucht nach England trieb ihn zurück in die Normandie, wo er in Rouen Adelaide besuchte und sich dann entschloss, in Cherbourg ein Schiff nach England zu besteigen.
Adelaide war schön wie eh und je, ja, vielleicht, dachte John, hat sie sogar noch an Anmut gewonnen. In ihrem Blick las er einen Anflug von Trauer, und ihm schien, als hätte ihre Erscheinung seit dem endgültigen Bruch mit Richard etwas Tragisches. Er verglich sie mit Penelope, der Frau des Odysseus, die in seiner Vorstellung Adelaide ähnlich sah.
Johns Ansicht nach war es der Wunsch nach Rache, der Adelaide in die Nähe der griechischen Heldinnen rückte. Erneut hatte er ihr durch die Blume seine Hilfe gegen Richard angeboten, doch wieder hatte sie gezögert und ihm versichert, sie kom-

me allein zurecht. Er zuckte mit den Schultern, wenn er an die Unterhaltung mit ihr dachte. Es war ihre Entscheidung, Richard ungeschoren zu lassen. Aber vielleicht brauchte sie ihn auch gar nicht für ihre Pläne. Ihr Bruder war da wesentlich entgegenkommender. John führte seit geraumer Zeit einen lebhaften Briefwechsel mit Philipp, der den Winter über in Messina festsaß und dankbar für jede Abwechslung war. Auch Adelaide korrespondierte eifrig mit ihrem Bruder Philipp und führte bei ihm bittere Klage über die Art, wie Richards Familie sie behandelt hatte.

John war über die Vorfälle in Messina gut unterrichtet. Er wusste, dass es in den verschiedensten Teilen der Stadt immer wieder zu Aufständen kam und dass die Feindseligkeiten zwischen den Sizilianern und dem Kreuzfahrerheer nicht abrissen, sosehr Richard sich auch um einen Ausgleich bemühte. Mittlerweile hatte sein Bruder eine hölzerne Festung auf einem Hügel über der Stadt errichten lassen. Er grinste. Kein kluger Zug von dir, mein lieber Bruder, dachte John. Die Furcht, die fremden Ritter würden im Handstreich die Stadt einnehmen, wurde durch den Bau einer Festung wohl kaum gemildert.

Er hatte Philipp ein paar wertvolle Ratschläge bezüglich Richards Charakter gegeben, was der Franzose mit dem Angebot quittierte, ihn, John, im Falle eines Falles bei seiner Wahl zum König von England zu unterstützen. John war inzwischen davon überzeugt, dass es früher oder später dazu kommen würde, denn Richard handelte erstens erschreckend undiplomatisch, und zweitens setzte er sein Leben immerfort aufs Spiel. Philipp hatte ihm die skurrile Geschichte über den Falken eines sizilianischen Bauern mitgeteilt sowie den Vorfall mit einem der Ritter aus seinem Gefolge. Demnach hatten die Männer einen Bauern getroffen, der einen Esel, bepackt mit Zuckerrohrstangen, mit sich führte. Irgendjemand, Philipp konnte nicht sagen, wer, war auf die Idee gekommen, diese Stangen wie

Lanzen zu benutzen und aus dem Stand heraus einen Wettkampf zu veranstalten. Ein französischer Ritter hatte dabei Richards Umhang zerrissen. Richard war darüber dermaßen in Wut geraten, dass er den Ritter vom Pferd werfen wollte. Doch der hatte sich am Hals seines mächtigen Streitrosses festgeklammert, und dem englischen König war es nicht gelungen, ihn mit der Zuckerrohrstange aus dem Sattel zu stoßen. Richard hatte ihn daraufhin zum Zweikampf auf Leben und Tod gefordert, und erst das besonnene Eingreifen von Philipp hatte Schlimmeres verhindert.
Und noch ein bestürzendes Ereignis hatte der Franzose ihm brieflich geschildert. Weihnachten hatte sich Richard mit nacktem Oberkörper vor der Kathedrale in Messina öffentlich gegeißelt. Das Blut war ihm über den Rücken geströmt, und er hatte Gott gebeten, ihm seine Sünden zu vergeben. Eine bizarre Zeremonie, dachte John, der seinen Bruder zwar als religiösen Menschen, aber nicht als fanatischen Gläubigen kannte. Doch Richards Impulsivität trieb ihn manchmal zu Äußerungen und Handlungen, die außer ihm selbst niemand verstand.
Angesichts der angespannten Lage in Messina und seines neuen freundschaftlichen Verhältnisses zu Philipp hielt es John für angebracht, allmählich wieder an seine eigenen Pläne zu denken – und dazu gehörte zuallererst die Überfahrt nach England. Mochte Richard, der nach seiner Geburt in Oxford und einem kurzen Aufenthalt als Kleinkind die Insel erst wieder zu seiner Krönung zum englischen König betreten hatte, sich auf dem Kontinent wohler fühlen, für ihn, John, traf das nicht zu. Er liebte die Moore, den Nebel und selbst den Regen. Aber mehr als alles andere liebte er den Reichtum der englischen Barone.
Er hatte nicht lange gebraucht, um seine Mutter davon zu überzeugen, dass er nicht für ein Leben im sonnigen Aquitanien geschaffen war und auf der Insel durchaus wichtige Aufgaben auf ihn warteten, denen er sich nicht widmen konnte, da

Richard ihm die Überfahrt verboten hatte. Er benutzte eine wohldosierte Mischung aus Verdruss und Schmeichelei, um seine Mutter in die Richtung zu lenken, in die er sie haben wollte. Eleonores Unmut, den er mit seinem Verhalten zwangsläufig auf sich zog, hatte er einkalkuliert, und es gehörte durchaus zu seiner Taktik, diesem mit zerknirschter Miene zu begegnen. John hielt sich für einen Meister der Beeinflussung und rechnete es sich als hohen Verdienst an, dass selbst eine so durchtriebene Machtfrau wie seine Mutter regelmäßig auf ihn hereinfiel.

Eleonore hatte ihn also von dem Versprechen, das er Richard gegeben hatte, entbunden. Ob sie Richard brieflich darüber informieren oder ihm in Messina davon erzählen wollte, wusste er nicht, und es war ihm auch egal. Er hatte sein Ziel erreicht, und nicht einmal Richard konnte ihm dafür böse sein. Außerdem war sein Bruder viele Tagereisen entfernt und würde im Heiligen Land anderes zu tun haben, als sich gedanklich mit einem Land zu befassen, das ihm ohnehin nicht sehr am Herzen lag und dessen Sprache er kaum beherrschte.

Richard hatte vor seiner Abreise einen Verwalter für das englische Königreich eingesetzt, der sich mittlerweile aber als unfähig erwiesen hatte. In der kurzen Zeit seiner Regentschaft hatte besagter Verwalter das Land gegen sich aufgebracht, und John gedachte daraus entsprechenden Nutzen zu ziehen. Er würde ihn seiner Ämter entheben und selbst England regieren, und möglicherweise ergab sich ja ein ganz neues Bündnis mit Frankreich. War Philipp erst von dem Kreuzzug zurück, und John ging davon aus, dass der Franzose nicht allzu viel Zeit im Heiligen Land vergeuden würde, dann könnte man daran denken, dem ganz großen Ziel ein Stück näher zu kommen. John war nicht abergläubisch, doch in diesem speziellen Fall wollte er sich im Zaum halten, damit seine Träume nicht doch noch durch einen puren Zufall zerplatzten.

Die einzige Unbekannte in seiner Rechnung war Richards angehende Frau. Offensichtlich hatten sich Richard und Berenguela in Jugend- oder Kindertagen schon einmal getroffen, doch John konnte sich an keine Prinzessin von Navarra erinnern. Sie war nicht mehr jung, so viel hatte er inzwischen über sie gehört, und er folgerte daraus, dass sie hässlich sein musste. Sein eigener Vater hatte immer großen Wert darauf gelegt, seine Töchter früh zu verheiraten – und es war ihm auch gelungen. Eine Prinzessin, die Mitte zwanzig und immer noch Jungfrau war, konnte nicht schön sein, oder sie hatte irgendeinen anderen Makel, der die Männer davon abhielt, um sie zu werben. Manchmal fragte er sich, ob die geheimnisvolle Prinzessin die Fähigkeit besitzen könnte, seine Pläne zu durchkreuzen. Doch dann verwarf er diesen Gedanken wieder und schalt sich einen Schwarzseher, denn wie sollte eine unbekannte und unbedeutende Frau, die sein Bruder aus einer Laune heraus zur Braut erkoren hatte, eine Rolle in einem Spiel übernehmen, das nur den klügsten Köpfen vorbehalten war. Diese Berenguela, da war er sicher, würde kein Hindernis auf seinem Weg zum Thron sein. Und sollte sie sich wider Erwarten doch als würdige Gegnerin erweisen, wüsste er genügend Wege, sie zum Stillhalten zu zwingen.
So ritt er unerkannt und ohne Prunk durch die Straßen von London und gab sich lustvollen Phantasien seiner eigenen Krönungszeremonie hin.

Er kam mit langen Schritten auf sie zu, und Berenguela wich zurück, bis sie die Tischkante schmerzhaft an ihren Oberschenkeln spürte, und im nächsten Moment hatte er sie auch schon in die Arme geschlossen.
»Endlich«, flüsterte Richard. »Diese Reise muss eine einzige Tortur für Euch gewesen sein.«

Berenguela rührte sich nicht, ihre Finger hielten den Tisch in ihrem Rücken umklammert. Seine impulsive Begrüßung überraschte und erschreckte sie. »Ja«, sagte sie schließlich. »Es war eine lange und anstrengende Fahrt.«

Richard ließ sie los und trat zurück. »Verzeiht, ich habe Euch fast erdrückt. Lasst Euch anschauen.«

Mit dem Zeigefinger hob er ihr Kinn und sah ihr in die Augen. »Immer noch derselbe trotzige Stolz wie in Pamplona?«

Er hatte in einem zärtlichen Ton gesprochen, doch sie hielt seine Worte für einen Tadel und schwieg.

»Berenguela, wollt Ihr mir Euer Leben lang böse sein? Oder gebt Ihr mir die Schuld an der Odyssee, die König Tankred Euch aufgezwungen hat?«

»Ich weiß nicht«, sagte sie verstört. »Seit ich meine Heimat verlassen habe, taumle ich von einem Unglück ins nächste. Erst wird unsere Reisegruppe an einem Pyrenäenpass von Wegelagerern überfallen, dann macht uns der Sturm die Überfahrt unmöglich, und endlich am Ziel, lässt der König von Sizilien die Häfen sperren. Und alles meinetwegen.«

Er nahm ihre Hand. »Tankreds Verhalten ist unverzeihlich, aber Ihr könnt nichts dafür.«

»Warum hat er das getan? Wir mussten ganz Kalabrien umfahren und tagelang vor Brindisi kreuzen. Ich verstehe es nicht. Warum hat meine Ankunft ihn so erzürnt?«

»Es hat weniger mit Euch als mit mir zu tun.« Sie sah ihn verständnislos an. »Wie Ihr sicher bereits erfahren habt«, erklärte Richard, »ist die Stimmung in Messina nicht die beste. Die Sizilianer wünschen die Abreise der Kreuzfahrer lieber heute als morgen. Vielleicht hat Tankred gehofft, ich würde Euch hinterhereilen. Glücklicherweise habe ich ihn besänftigen können, und jetzt seid Ihr ja hier.«

»Welchen Preis habt Ihr ihm zahlen müssen?«, fragte Berenguela.

»Glaubt Ihr, Eure Anwesenheit ist mit Geld aufzuwiegen?« Er zwinkerte ihr zu. »Ich habe Tankred ein Geschenk gemacht.«
»Lasst mich raten – eine Waffe.«
»Touché. Mein Schwert.«
»Euer Schwert?«
»Ja, Excalibur.«
»Ihr habt König Artus' Schwert verschenkt, damit Tankred mir die Einreise gestattet?«
»Was ist daran verwerflich?«
»Nichts. Alles. Es ist einfach ... Ihr hättet das nicht tun dürfen.«
Er lächelte. »Glaubt Ihr, ein Schwert wäre mir mehr wert als Ihr?«
Sie ging ein paar Schritte von ihm fort und betrachtete den schmucklosen Raum in dem hölzernen Fort, das vor ein paar Wochen auf Richards Befehl in aller Eile errichtet worden war. Obwohl hier ein König wohnte, waren die Räume von größter Bescheidenheit. Nirgendwo konnte sie einen Teppich entdecken, der den Boden oder die Wände schmückte, das Mobiliar war aufs Einfachste gezimmert, und das Geschirr auf dem Tisch bestand aus derbem Ton.
Seine Augen waren ihrem Blick gefolgt. »Als die Festung gebaut wurde, haben wir auf Bequemlichkeit keinen Wert gelegt«, sagte er bedauernd.
»Ich nehme auch nicht an, dass Ihr Euch hier niederlassen wollt«, erwiderte Berenguela frostig.
»Nein, wir reisen in den nächsten Tagen ab. Die Franzosen segeln bereits heute.«
»So werde ich König Philipp gar nicht kennenlernen?«
»Jedenfalls nicht hier auf Sizilien, möglicherweise im Heiligen Land«, antwortete er ausweichend.
»War er sehr verbittert über meine Ankunft?«
»Wer?«

»Philipp.«
»Warum sollte er?«
»Bitte haltet mich nicht für einfältig. Er muss mich hassen, denn bevor Ihr mich traft, wart Ihr mit seiner Schwester verlobt.«
»Eine Heirat mit Adelaide wäre auch ohne Euch nicht zustande gekommen. Die Gründe dafür habe ich Philipp mitgeteilt.«
»Hat er sie eingesehen?«
»Ehrlich gesagt, nein«, antwortete Richard seufzend. »Aber macht Euch darüber keine Gedanken.« Unvermittelt wechselte er das Thema. »Hat Euch die Königin liebenswürdig behandelt?«
Berenguela zögerte, und Richard musste lachen. »Ich dachte es mir. Es ist nicht leicht, mit meiner Mutter auszukommen.«
»Ist sie immer noch zornig auf mich?«
»Auf Euch? Ich denke, sie hat eine unbändige Wut auf Tankred. Er sollte besser nicht in ihre Nähe kommen.«
Zumindest in diesem Punkt gab ihm Berenguela recht. Eleonore hatte gebrüllt wie eine Löwin, als ihr Schiff nicht in den Hafen von Messina einlaufen durfte. Allerdings hatte sie auch Berenguela Worte entgegengeschleudert, die besser nicht an Richards Ohren gelangten. Berenguela wollte den Konflikt mit Eleonore nicht noch unnötig schüren, indem sie Richard mit hineinzog.
Er hakte nach. »So wart auch Ihr ein Opfer ihrer Launen?«
»So würde ich es nicht nennen«, antwortete sie ausweichend. »Sie hatte durchaus Grund, verärgert zu sein. Ich bin ihren Wünschen nicht nachgekommen. Das war sehr ungehörig.«
Er sah sie bewundernd an. »Sich der Königin zu widersetzen, wagen nur die Mutigsten.«
Berenguela ärgerte sich bereits, überhaupt von Eleonore gesprochen zu haben. »Es ist wirklich nicht der Rede wert. Ich hoffe, sie wird es mir nicht nachtragen.«
»Sie reist ohnehin morgen ab.«

»Was? Aber ich dachte, die Königin und Eure Schwester Jeanne richten unsere Hochzeit aus.«
»Aus Gründen, die auf der Hand liegen, können wir nicht auf Sizilien heiraten. Ich weiß, es war anders besprochen, aber nun müssen wir unsere Pläne ändern.«
»Vermutlich habe ich auch da kein Mitspracherecht.«
Er wich ihr aus. »Wir segeln ins Heilige Land und heiraten dort.«
»Und die Königin ist bereits vorausgefahren?«
»Nein, sie kehrt nach Aquitanien zurück.«
Innerlich atmete Berenguela auf. Weitere unangenehme Begegnungen mit Eleonore würden ihr also vorerst erspart bleiben. Andererseits bedeutete die Abreise der Königin, dass sie nun allein mit Richard und seinem Kreuzfahrerheer ins Heilige Land aufbrechen musste. Und eine Garantie, dass in Akkon oder Jerusalem ihre Hochzeit wirklich stattfinden würde, hatte sie auch nicht. Gesetzt den Fall, dort tauchten dieselben Probleme auf wie auf Sizilien – Berenguela fragte sich, wie lange sie noch als unverheiratete Frau durch die Welt reisen würde.
Er spürte ihre Beunruhigung. »Ich verspreche hoch und heilig: Sobald wir die Küste erreicht haben, gibt es eine Hochzeit. Und außerdem wird meine Schwester Jeanne uns ins Heilige Land begleiten. Ihr werdet sie mögen, sie ist sehr unterhaltsam.«
Vermutlich, dachte Berenguela, hat er über seine Schwester ebenso verfügt wie über sie. Überhaupt schien es zu den ärgerlichsten Eigenschaften dieser Familie zu gehören, dass sie andere Menschen wie Spielfiguren auf einem Brett hin und her schoben. »Und Eure Schwester Jeanne begibt sich freiwillig auf den Kreuzzug?«
»Sagen wir, sie hat meinem Bitten schließlich nachgegeben.«
»Ich ahne, dass es sich eher um eine Aufforderung gehandelt hat.«
»Bin ich ein solcher Tyrann?«

Sie zuckte mit den Schultern. »Ihr seid es gewohnt, zu befehlen.«
»Wie hat Euch Neapel gefallen?«, fragte er abrupt.
»Ich hätte gern mehr gesehen.«
»Es ist eine herrliche Stadt, besonders von oben.« Auf ihren fragenden Blick fügte er hinzu: »Ich habe die Gelegenheit genutzt, den Vesuv zu besteigen.«
»Aber auf einem Vulkan ist es lebensgefährlich.«
»Ich gebe zu, es war ein Wagnis, aber es hat sich gelohnt. Man meint, der Krater führe geradewegs in die Hölle.«
»Ihr seid bis an den Kraterrand gestiegen?«, fragte sie ungläubig.
»Ja. Es hat entsetzlich nach Schwefel gestunken. Und die Steine unter unseren Füßen waren kochend heiß. Einer der Ritter hat sich die Zehen verbrannt.« Er sah sie zärtlich an. »Leider hatten wir keinen Medicus dabei.«
»Wie nachlässig von Euch.«
»Es wird mir auch nicht wieder passieren. Ihr seid ja jetzt an meiner Seite.«
»Ich bin kein Medicus«, sagte Berenguela verdrossen.
»Hattet Ihr Gelegenheit, von Neapel aus nach Salerno zu reiten?«, fragte er sie.
»Leider nein.«
»Ich habe die medizinische Schule besichtigt.«
»Und?«
»Interessiert es Euch?«
»Ja, aber es nützt mir ja doch nichts.«
»Ich war mehrere Tage dort und habe mit Professoren und Studenten gesprochen. Es war spannend. Vor allem die Forschungen, die sie machen. Wusstet Ihr, dass Schweine einen ähnlichen Blutkreislauf haben wie Menschen?«
Berenguela fragte sich, ob seine plötzliche medizinische Wissbegier dem ehrlichen Wunsch entsprang, mehr über die Heil-

kunde zu erfahren, oder lediglich eine Marotte war, um ihr zu imponieren. Sie warf ihm einen heimlichen Blick zu und nahm Begeisterung in seinen Augen wahr. Er wirkte nicht wie ein Mann, der sein Interesse nur vortäuschte, und sie wunderte sich über diese neue Facette seiner Persönlichkeit. Bislang hatte sie ihn als einen Menschen eingeschätzt, der einer oberflächlichen Abenteuerlust frönte, doch jetzt entdeckte sie unvermittelt eine andere Seite an ihm und war sich nicht mehr sicher, ob ihr Urteil auch weiterhin Bestand haben würde.

Er wartete immer noch auf ihre Antwort, doch Berenguela blieb misstrauisch. Auch dieses Gespräch, mutmaßte sie, würde ja doch zu nichts führen. Sie war nun einmal dazu verurteilt, seine Frau zu werden.

»Ich weiß nur wenig über die Wissenschaft der Medizin. In Navarra habe ich mich eher mit der Pflanzenheilkunde befasst. Aber Salerno zu besuchen, ist, oder besser war, eines meiner Lebensziele«, erwiderte sie schließlich.

»Das Ihr aufgegeben habt, nachdem der englische König in Euer Leben getreten ist.«

»Ach, Ihr habt damit eigentlich gar nichts zu tun. Auch als Prinzessin von Navarra wäre es mir niemals möglich gewesen, medizinische Studien zu treiben.«

»Als Königin von England vielleicht schon.«

»Wie meint Ihr das? Wollt Ihr damit andeuten, dass ich als Eure Frau die Schule von Salerno besuchen könnte? Das ist lächerlich. Ihr macht Euch über mich lustig.«

»Ich habe nicht von Salerno gesprochen, sondern von medizinischen Studien. Warum sollte die Königin nicht im Gespräch mit berühmten Heilkundigen sein?«

»Und das würde Eure Billigung finden?«

»Aber sicher.«

»Das kann ich nicht glauben. Warum wollt Ihr das für mich tun?«

»Vielleicht, um diese schönen Augen endlich lachen zu sehen.«

Sie blickte zu Boden, damit er ihre Verwirrung nicht bemerkte.

»Berenguela«, begann er erneut, »fällt es Euch so schwer, das Offensichtliche zu erkennen? Es war der Medicus, der den König verzaubert hat.«

»Schöne Worte, aber ohne Sinn«, gab sie zurück. »Warum seid Ihr sonst nach Navarra gekommen, wenn nicht, um mit meinem Vater die Heirat zu erörtern? Ein falscher Medicus, der Euch zufällig in einer einsamen Kirche begegnet ist, war sicher nicht der Anlass. Also haltet mich nicht zum Narren.«

»Es ist richtig, ich bin zu Eurem Vater geritten, weil ich eine Heirat mit seiner Tochter für strategisch klug gehalten habe. Ich konnte nicht ahnen, dass sich hinter der strengen Berenguela eine so schöne und mutige Frau verbirgt. Und dass auf diese Art mein Verstand und mein Herz bekommen, was sie sich wünschen. Wisst Ihr denn nicht, wie liebenswert Ihr seid?«

Er beugte sich über sie und berührte mit seinen Lippen ihre Wange, ihr Ohr und zum Schluss ihren Mund. Sein Kuss war sanft, und er schmeckte nach Orangen. Doch Berenguela stieß ihn zurück.

»Ich weiß, Ihr beherrscht die Kunst der Verführung, doch Eure Liebkosungen sind ganz und gar unangebracht«, sagte sie voller Zorn und fügte bitter hinzu: »Mich bekommt Ihr ja sowieso.«

Sie rechnete damit, dass er sich zurückziehen würde, doch Richard fasste sie um die Taille und küsste sie erneut. Sie spürte seinen Mund hart auf ihren Lippen. Er zog sie fester an sich, in der Hoffnung, dass ihr Körper weich wurde und nachgab. Seine Zunge fuhr zart über ihre Lippen, erkundete vorsichtig ihre Ränder, berührte ihre Zähne, fand endlich den Weg in ihren Mund und löste in Berenguela einen Sturm der widersprüchlichsten Gefühle aus. Sein linker Arm hielt sie fest umfangen, und mit seiner rechten Hand strich er über ihr Haar, fuhr ihren

Rücken hinab und erkundete ihre Taille, berührte zärtlich ihre Rippen und lag schließlich an der Seite ihres Busens. Die ganze Zeit über hatte er nicht aufgehört, sie zu küssen, und aus ihrem Inneren kam ein Seufzen, das sie zuvor noch niemals wahrgenommen hatte. Sie hatte nicht gewusst, dass ein Kuss eine solche Wonne bereiten konnte und sie Zeit und Raum verlieren ließ.

Seine Leidenschaft wurde drängender, seine Finger streichelten ihre Brüste, und er drückte ihren Körper so fest an seinen, dass sie jeden Muskel spüren konnte. Er stöhnte und murmelte ihren Namen, und sie gab sich der Lust, die durch sie schoss, willenlos hin. Er hob sie hoch, ging mit ihr rückwärts zum Tisch und setzte sie auf seinen Schoß. Die ganze Zeit über hatten sich ihre Lippen nicht voneinander gelöst, ihre Zungen spielten miteinander, und Berenguela hatte das Gefühl, in seinen Armen zu zerfließen.

»Wo hast du so küssen gelernt?«, flüsterte er heiser. »Wir sollten heute noch heiraten.« Und seine Lippen suchten erneut hungrig nach ihren.

Doch Berenguela legte ihm die Hand auf den Mund und rang um Fassung. »Nein«, sagte sie. »Lasst mich. Ich muss gehen.«

»Du hast recht«, stimmte er zu, ließ sie aber dennoch nicht aus seinen Armen. »Besser, du gehst, bevor ich dich hier und jetzt zu meiner Frau mache.«

Sie starrte ihm ins Gesicht, und die Scham über das, was eben geschehen war, schoss wie eine Flamme durch ihren Körper und verjagte die wohligen Schauer, die seine Küsse hervorgerufen hatten. Sie verfluchte sich selbst, dass sie seine Zärtlichkeiten zugelassen hatte, löste sich abrupt aus seinen Armen und rannte aus dem Raum. In ihrer Kammer kühlte sie sich ihr erhitztes Gesicht mit frischem Wasser, betastete ihre Lippen, die sich praller anfühlten, und fuhr mit der Zunge durch ihren Mund. Der Geschmack nach Orangen war noch da, doch die

Aussicht, den Rest ihres Lebens in seinen Armen verbringen zu müssen, erfüllte sie mit einem Schrecken, der ihr die Tränen in die Augen trieb.

Die französischen Kreuzfahrer erreichten das Heilige Land nach einer ruhigen Überfahrt bei gutem Wetter und freundlicher See. Philipp führte seine Ritter unverzüglich zur Hafenstadt Akkon, in der sich die Sarazenen erfolgreich verschanzt hatten und trotz der seit Monaten andauernden Belagerung nicht aufgaben. Der König von Jerusalem, Guido von Lusignan, hatte sich vor Akkon festgebissen und bekämpfte die muslimischen Truppen mit dem Mut der Verzweiflung, so dass sogar seine politischen Gegner ihm notgedrungen Respekt zollten. Die Franzosen wurden jubelnd begrüßt, doch Philipp unterstützte die Belagerer mehr oder weniger halbherzig, zumal Guidos Stellung durch den Tod seiner Frau Sibylle, die den Königstitel mit in die Ehe gebracht hatte, noch unsicherer geworden war. Philipps Sympathien galten ohnehin seinem Vetter Konrad von Montferrat, der nach wie vor einen Weg suchte, sich die Krone von Jerusalem selbst aufs Haupt zu setzen. Guido dagegen hoffte inständig auf Richards Ankunft.
Alain de Macon hatte die Männer, die er zur Verteidigung von Krak des Chevaliers brauchte, immer noch nicht bekommen, und durch eine glückliche Fügung des Schicksals sowie die kriegerischen Auseinandersetzungen vor Akkon erschöpfte Sultan Saladin seine Kräfte weit im Süden der Festung, und Krak des Chevaliers döste in der Sonne des Morgenlandes.
Seine Kopfschmerzen hatten während der Wintermonate ein wenig nachgelassen, um dafür im Frühjahr mit neuer Stärke zurückzukehren. Die vergangenen Wochen waren für die Kommandanten der christlichen Festungen eine harte Prüfung gewesen, denn die Befürchtungen derer, die schon im Herbst mit

Sorge die magere Ernte sowie die immer spärlicher aus Europa eintreffenden Vorräte beobachtet hatten, waren in noch größerem Umfang eingetroffen als befürchtet. Die Hungersnot, die in den Städten der Christen ausbrach, sprengte die Moral der im Land verbliebenen Kreuzfahrer und vertiefte die Gräben zwischen den Lagern Guidos von Lusignan auf der einen und Konrads von Montferrat auf der anderen Seite.
Alain und seine Ordensbrüder der Johanniter hatten Getreide und andere Lebensmittel in Pisa angekauft, doch nur ein Teil der Schiffe, die die kostbare Fracht ins Heilige Land bringen sollten, erreichte die Stadt Tyrus. Heftige Stürme auf der Höhe von Korfu hatten die Boote in Seenot gebracht, und die so dringend benötigten Lebensmittel waren vom Meer verschlungen worden. Alain war gezwungen gewesen, die Zuteilungen an die Ritter zu verkleinern, damit die Festung mit ihren Vorräten über den Winter kam. Und während auf Krak des Chevaliers alle diese schlimmen Wochen überlebt hatten, waren in anderen Teilen des Landes – und auch auf anderen Festungen – Menschen verhungert.
Einige versprengte Teile des deutschen Kreuzfahrerheeres waren nach dem tragischen Tod Kaiser Barbarossas doch noch im Heiligen Land eingetroffen. Angeführt wurden sie von Friedrich von Schwaben, dem dritten Sohn des deutschen Kaisers, dem der Kreuzzug ebenfalls ein trauriges Ende bescherte. Er war kaum in Tyrus angekommen, als er an einem heimtückischen Fieber erkrankte und trotz kundiger Pflege der Johanniter nach kurzer Zeit verstarb. Die deutschen Ritter verspürten nach diesem erneuten Schicksalsschlag nur noch den Wunsch, so schnell wie möglich in ihre Heimat zurückzukehren, und waren keine nennenswerte Hilfe im Kampf gegen die Sarazenen.
Alain hatte einige von ihnen auf Krak des Chevaliers beherbergt, ihre Wunden versorgt und ihnen Trost gespendet. Sie wirkten wie eine Handvoll verlorener Seelen, ohne Ziel, ohne

Halt, und Alain hatte Mitleid mit ihnen gehabt. Aber jeder Kreuzritter mehr bedeutete auch einen weiteren Esser und erhöhte Alains Sorge, der Verantwortung, die er für alle Bewohner von Krak des Chevaliers trug, nicht gerecht werden zu können. Doch das Frühjahr kam, ohne dass die Vorräte der Festung völlig erschöpft waren, und Alain atmete auf, als ihm die Ankunft der französischen Flotte gemeldet wurde. Die Ritter würden den Menschen im Heiligen Land nicht nur ihren Lebensmut zurückgeben, sondern sie führten auch Vorräte mit sich, die der Hungersnot, die nach wie vor in einigen Städten herrschte, ein Ende setzten.

Noch hoffnungsfroher stimmte die Aussicht, dass den Franzosen in naher Zukunft ein noch größeres Kreuzfahrerheer folgen würde, denn der englische König hatte ebenfalls in Messina mit seiner Flotte abgelegt. Es war nur noch eine Frage der Zeit, wann Saladin Akkon verloren geben musste und es den Christen vielleicht sogar gelang, Jerusalem zurückzuerobern.

Alain verrieb eine Salbe aus Quendel und Rosenöl auf seinen Schläfen. Einer der Ärzte aus dem Hospital des Heiligen Johannes in Jerusalem hatte ihm das Mittel gegen seine Kopfschmerzen empfohlen. Es linderte auch tatsächlich kurzfristig die Beschwerden, doch sobald der Duft des Öls verflogen war, begann die Pein von neuem. Mittlerweile hatte Alain es aufgegeben, nach weiteren Arzneien zu suchen, und sich damit abgefunden, dass er für den Rest seines Lebens sein ganz persönliches Martyrium erdulden musste.

Pierre de Tours wurde für heute auf der Festung erwartet, und Alain hoffte inständig, dass er diesmal allein kommen würde – ohne den Mann, der sich Simon nannte und den Alain für nichts anderes als einen Verschwörer und Aufrührer hielt, wenn nicht sogar für Schlimmeres. Der Mann hatte etwas Unheimliches, was nicht nur an der Narbe lag, die sich von einem Mundwinkel bis zum Ohr zog. Es waren seine Augen, die Alain

an einen Raubvogel erinnerten – klein, flink und ohne jede Wärme.
Er sprach ein langes Gebet und bat Gott, den Allmächtigen, um Beistand gegen das Böse.
Und als Pierre wenig später ohne Simon eintraf, schien der Himmel ihm zumindest eine kleine Bitte zu erfüllen. »Es geht aufwärts«, jubelte Pierre, nachdem sich die Männer begrüßt hatten. »Die Tage unseres unwürdigen Königs sind gezählt.«
»Hältst du Konrad von Montferrat für würdiger?«, fragte Alain skeptisch.
»Selbstverständlich. Ohne ihn wären wir schon vor einem Jahr verloren gewesen. Erinnere dich, wie er Tyrus von den Sarazenen zurückerobert hat.«
»Das ist richtig. Aber dann hat er sich durch keinerlei Heldentaten mehr hervorgetan.«
»Ach, du warst schon immer gegen ihn.«
»Ich sehe nur, dass zwischen den Rittern im Heiligen Land tiefe Gräben bestehen und diese Tatsache außer dem Sultan keinem nützt, vor allem nicht den einfachen Menschen, die hier leben.«
»Kommt deine mildtätige Seite jetzt wieder zum Vorschein?«
»Wundert dich das? Ich bin ein Johanniter – so wie du übrigens.«
»Ja, ja, aber wir sind in erster Linie Ritter, und gerade jetzt gibt es genug zu kämpfen. Richards Heer soll ebenfalls schon unterwegs sein. Wurde auch Zeit. Wir haben den ganzen Winter über gewartet.«
»Sei froh, dass wir mit unseren knappen Lebensmitteln nicht noch mehr Menschen durchbringen mussten. Die Bevölkerung gibt übrigens Konrad die Schuld an der Hungersnot.«
»Das ist nichts als üble Nachrede. Doch wie auch immer, spätestens mit Richards Ankunft wird Akkon fallen. Und dann haben wir einen neuen König.«

»Was macht dich da so sicher?«
»Erstens ist Konrad inzwischen mit der rechtmäßigen Erbin des Titels verheiratet …«
»… womit seine Situation der Guidos verblüffend ähnlich ist …«
»… und zweitens wird Konrad vom französischen König unterstützt.«
»Und du meinst, dann wird der englische ebenso handeln.«
»Natürlich, sie sind doch Verbündete.«
»Was führt dich eigentlich dieses Mal nach Krak des Chevaliers?«
»Möglich, dass die neue Flotte erst Zypern anläuft, dann Tortosa und dort Truppen absetzt, die von unserer Festung aus den Norden sichern. Sei also darauf eingerichtet, dass du eine starke Besatzung und vielleicht sogar königliche Gäste bekommst.«
»Dann sieh zu, dass wir genügend Vorräte haben. Nach diesem harten Winter sind sie immer noch etwas knapp. Ich bin übrigens froh, dass du allein gekommen bist. Dein seltsamer Freund ist nicht der rechte Umgang für einen Johanniter.«
Pierre wiegelte ab. »Du siehst Gespenster. Gut, er führt eine starke Opposition gegen Guido an, aber du tust fast so, als wäre er ein Meuchelmörder.«
»Nach meinem Dafürhalten ist er zumindest nicht weit davon entfernt.«
Pierre zögerte mit einer Erwiderung. »Vergiss ihn«, sagte er dann, »besser, du weißt nichts davon.«
»So bist auch du Teil einer Verschwörung?«
»Alain, ich kann nicht darüber sprechen. Bei unserer letzten Zusammenkunft hast du zugestimmt, Konrad von Montferrat und seinen Truppen auf Krak des Chevaliers Unterschlupf zu gewähren. Ist das etwa nicht verschwörerisch?«
»Ich habe mir später auch Vorwürfe gemacht. Aber mit heimtückischem Meuchelmord hatte das nichts zu tun.«

»Die Pläne haben sich längst zerschlagen«, sagte Pierre.
»Ihr hattet also tatsächlich etwas Derartiges geplant? Solltest du Guido umbringen?«
»Allmächtiger, was glaubst du denn? Behalte es für dich, aber Simon hat Kontakt zu den Assassinen.«
»Seid ihr beide noch bei Verstand? Wie kommt dieser Mann zu solchen Verbindungen?«
»Das weiß ich nicht. Und wir haben ja auch lediglich mit einem ihrer Mitglieder gesprochen.«
»Pierre«, flüsterte Alain entsetzt, »habt ihr den Mord am König von Jerusalem in Auftrag gegeben?«
»Nicht direkt. Es war mehr ein gegenseitiges Kennenlernen.«
»Verhöhnst du mich?«, fragte Alain zornig. »Ein gegenseitiges Kennenlernen. Ein Mitglied der Assassinen lädt man nicht zum Essen ein, und mit diesen Menschen führt man keine Tischgespräche über das Wetter oder die Brotpreise. Das sind gedungene Mörder.«
»Sie haben auch ihren Glauben«, murmelte Pierre.
»Die unbarmherzige Sonne im Heiligen Land hat dein Hirn verdorren lassen. Was den Fremden mit der Narbe antreibt, weiß ich nicht, und ich will es auch nicht wissen, aber für deine Beweggründe kann ich mir nichts anderes vorstellen als den vollständigen Verlust deines Verstandes.«
»Jetzt ist es aber gut, Alain.«
»Nein, ist es nicht. Glaubst du, ich lasse es zu, dass du in den sicheren Tod rennst? Was ist, wenn sich in euren Reihen ein Verräter versteckt? Einer, der gegen Geld dem König eure Pläne enthüllt. Dann kann dich niemand retten. Dann bist du tot, mein Lieber.«
»Dazu wird es nicht kommen.«
»Mein Gott, Pierre, was ist aus dir geworden? Du warst ein Ritter, und jetzt bist du ein Umstürzler.«
»Ich will nur das Beste für dieses Land.«

»Gott gebe dir deinen Verstand zurück.«
»Beruhige dich, Alain. Es wird keine Verschwörung geben. Alle warten auf den englischen König.«
»Dann lass uns beten, dass die Flotte eintrifft, bevor ein Unglück geschieht, das uns alle mit in die Hölle reißt.«
Alain spürte ein Pochen in den Schläfen, und da er die Boten des nahenden Schmerzes kannte, verabschiedete er sich von Pierre und suchte eilig die dunkelste Kammer der Festung auf. Er verriegelte die Tür und stieß einen durchdringenden Schrei aus, der sich an den Steinquadern der Mauern brach und die Pein in seinem Kopf übertönte.

Den ganzen Tag über war das Wetter schön gewesen, doch jetzt ballten sich dunkle Wolken am Horizont und türmten sich zu schwarzen Gebirgen auf. Noch war die See ruhig, aber jeder an Bord konnte dem angespannten Gesicht des Kapitäns ablesen, dass ihnen ein schwerer Sturm bevorstand.
Berenguela lehnte an der Reling und hielt Ausschau nach Richards Galeere, die weit vorn die Flotte anführte. Seit seinem leidenschaftlichen und verstörenden Kuss hatte sie ihn nicht mehr gesehen, zu sehr nahmen ihn die Vorbereitungen für das Einschiffen des Heeres in Anspruch. Selbst das hölzerne Fort hatte er abreißen lassen. Die Kreuzfahrer verließen Messina, und nichts sollte die Sizilianer an den umstrittenen Aufenthalt erinnern.
Zwei Nächte hatte sie seitdem wach gelegen und unablässig an die Geschehnisse im Fort gedacht. Noch niemals hatte ein Mann sie auf diese Weise geküsst, und noch nie hatten ihren Körper Empfindungen durchströmt, die wie heiße Lava durch ihn flossen und ihn von den Haarspitzen bis zu den Fußzehen in Brand setzten. Ein Feuer hatte in ihr gelodert, dessen Glut sie immer noch spürte. Ihr Verstand hatte seinem Kuss nicht nach-

geben wollen, doch etwas tief in ihrem Inneren hatte ihm geantwortet, und sie bemühte sich vergeblich, das Knäuel von Gefühlen zu entwirren. Er warb um sie, das war nicht zu übersehen, doch angesichts seines Rufs als Frauenheld dürfte es ein verständlicher Wunsch des Königs sein, die eigene Braut zu verführen, dachte Berenguela. Richards oft ungestüme Art machte es ihr schwer, sein Wesen zu erkennen. In seltenen Momenten glaubte sie Wahrhaftigkeit bei ihm gespürt zu haben, dann aber machte eine lässige Bemerkung von ihm alles wieder wett, und er war in ihren Augen erneut nichts anderes als ein königlicher Draufgänger. In der wenigen Zeit, die sie ihn näher kannte, hatte sie ihn in kurzer aufbrausender Wut, aber auch voller Mitgefühl und Zärtlichkeit erlebt. Die Widersprüche in ihm machten ihr zu schaffen, und sie grübelte darüber nach, warum ein Mann, der keine Gefahr zu scheuen schien, in seiner Seele so zerrissen war.

Sie hatte ihm nicht widerstehen können, obwohl sie ihn nicht liebte – und diese Erkenntnis erschreckte sie. Wenn sie erst verheiratet wären, würde die Nähe zu ihm größer, er würde ihr Bett mit ihr teilen und sie an Stellen ihres Körpers berühren dürfen, die sie selbst kaum zu erkunden wagte.

Die vielfältigen Aufgaben, die Richard in den vergangenen zwei Tagen davon abgehalten hatten, sie zu sehen, waren Berenguela nicht unwillkommen, gaben sie ihr doch die Möglichkeit, sich zu sammeln und neue Kraft zu finden. Auch sie hatte Vorbereitungen für die Überfahrt ins Heilige Land zu treffen, ihre bescheidene Reisegarderobe musste aufgestockt werden, und Richard bestand darauf, dass die kostbarste Seide Siziliens in aller Eile herbeigeschafft wurde. Zwar konnten die besten Schneider nicht innerhalb von wenigen Tagen ein Hochzeitskleid nähen, das den Ansprüchen eines Königs genügte, doch Berenguela war voller Bewunderung, was diese Leute überhaupt in der kurzen Zeit zuwege gebracht hatten.

Olivier de Gascogne hatte sich bereits entschieden, seine Lebensretterin auch weiterhin zu begleiten, und rüstete sich ebenfalls für die Reise. Berenguela hatte weder mit Olivier noch mit Richard über die Andeutungen der Königin Eleonore gesprochen. Die Freundschaft zu Olivier, den sie für einen geraden und anständigen Menschen hielt, war ihr zu wichtig, um sie mit den bösen Verdächtigungen der Königin zu belasten. Und da Richard von sich aus Olivier mit keiner Silbe erwähnt hatte, hoffte sie, dass Eleonore dieses Thema bei ihrem Sohn entweder bewusst nicht angeschnitten oder schlicht und einfach vergessen hatte.
Am meisten zu tun hatte Richards Schwester Jeanne. Die beiden Frauen hatten schon nach kurzem Kennenlernen Vertrauen zueinander gefasst, und sogar Jeanne konnte dem bevorstehenden Aufenthalt im Heiligen Land inzwischen eine erfreuliche Seite abgewinnen. Sie hatte Berenguela bereits davon berichtet, wie der französische König vor Bewunderung erstarrt war, als er ihr zum ersten Mal begegnete. Richard, dem Philipps Reaktion ebenfalls nicht entgangen war, hatte zwar jedes weitere Zusammentreffen der beiden verhindert, doch Jeanne war sicher, den Franzosen unter der heißen Sonne des Morgenlandes wiederzusehen. Also scheuchte sie die Mägde von früh bis spät durch ihren ehemaligen Palast und ließ alles, was ihr lieb und teuer war, in große Holztruhen packen.
Berenguela musste unwillkürlich laut lachen, als sie Jeannes Reisegepäck sah, und fürchtete, dass der Frachtraum eines Schiffes kaum ausreichen würde. Doch Jeanne ließ sich weder durch den beißenden Spott ihres Bruders noch durch Berenguelas taktvolle Andeutungen von ihrem Vorhaben abbringen, mit einer möglichst prächtigen Garderobe den Kreuzzug anzutreten.
Olivier schien Jeanne allerdings aus dem Weg zu gehen, so gut das auf einem Schiff überhaupt möglich war. Berenguela wun-

derte sich, was ihn zu dieser ganz ungewohnten Scheu veranlasste, aber vielleicht lag es auch einfach daran, dass er Jeannes Heiterkeit, die allerdings ebenso schnell in schlechte Laune umschlagen konnte, nicht immer passend fand. Berenguela ging es ähnlich, doch im Gegensatz zu Olivier ertrug sie Jeannes häufige Stimmungswechsel mit Gelassenheit. Verglichen mit Eleonore, waren Jeanne und selbst Richard mit seiner gewohnten Durchsetzungskraft geduldige und zurückhaltende Menschen.
Die Flotte hatte vor wenigen Tagen in Messina abgelegt, was die Sizilianer zum Anlass genommen hatten, dem Heer des englischen Königs Verwünschungen und Flüche hinterherzuschicken. Gegen Ende seines Aufenthalts auf Sizilien war Richard nichts anderes übriggeblieben, als mit ganzer Strenge und Härte eine Art provisorische Regentschaft in dem fremden Königreich zu übernehmen und Messina gleich einem kriegerischen Akt völlig abzuriegeln. Kein Wunder, dass die Menschen nach den Rittern spuckten und sie mit wüsten Schimpfworten belegten. Sie mussten das Überwintern der Flotte nach anfänglicher Begeisterung wie eine bedrückende Belagerung empfunden haben und würden sicher so schnell kein Kreuzfahrerheer mehr in ihren Hafen lassen.
Berenguela blinzelte mit zusammengekniffenen Augen zum Horizont und hoffte, dass sich nicht im Laufe des Abends und der kommenden Nacht die Flüche der Sizilianer bewahrheiteten. Die Wolken, die sich über den Kreuzfahrern zusammenbrauten, sahen aus, als würde sich die Natur bereitmachen, das gesamte Heer zu verschlingen.
»Es wird eine unruhige Nacht«, sagte Olivier, der ebenfalls an die Schiffsreling getreten war.
»Können wir nicht in einen Hafen fahren?«
»Soweit ich weiß, ist die offene See bei Sturm sicherer als die Küste, es sei denn, wir können einen geschützten Hafen anlaufen, noch bevor das Wetter losbricht.«

»Und das ist nicht möglich?«, fragte Berenguela.
»Nein. Wir befinden uns auf Höhe der Insel Kreta und werden den Sturm wohl auf See abwettern müssen.«
»Wie gefährlich ist das?«
»Schwer zu sagen«, antwortete Olivier. »Ich habe keinerlei Erfahrung auf See und kann nur das wiedergeben, was die Matrosen erzählen. Auf jeden Fall werden wir unter Deck bleiben müssen.«
»Ist das nicht unheimlich?«, sagte Berenguela leise. »Vor uns diese schwarze Wand, und dennoch ist das Meer totenstill.«
»Nicht mehr lange, fürchte ich.«
»Habt Ihr den Blitz gesehen?«, flüsterte sie plötzlich.
Olivier schwieg, und beide schauten angstvoll und doch fasziniert auf das unvergleichliche Schauspiel der Natur. Durch die dunklen Wolken zuckten Lichter, ohne dass das Grollen eines herannahenden Gewitters zu hören war. Um sie herum war es inzwischen fast dunkel geworden, und noch immer regte sich kaum ein Lufthauch. Der Wind, der am Morgen noch die Schiffe vorangebracht hatte, war vollständig eingeschlafen, die Segel hingen schlapp an den Rahen.
Berenguela konnte die Spannung, die in der Luft lag, förmlich fühlen, alle ihre Sinne waren aufs äußerste geschärft. Sie hörte das Knarren der Schiffsplanken, spürte das Schaukeln der behäbigen Galeere unter ihren Füßen, und ihr fiel auf, dass die Menschen an Bord verstummt waren. Selbst die Seeleute blickten sorgenvoll in das Wetterleuchten.
Obwohl die Nacht noch fern war, schien die Dämmerung bereits hereingebrochen, und das Schiff des Königs hatte am höchsten Mast Lampen anbringen lassen, um die Flotte zusammenzuhalten. Jeanne kam kreidebleich an Deck und klammerte sich an Berenguelas Arm.
»Bitte bleib in meiner Nähe«, sagte sie, »ich fürchte mich.«
»Mir ist auch nicht wohl«, gab die Prinzessin von Navarra zu,

»aber die Besatzung besteht aus erfahrenen Männern. Sie werden uns sicher durch das Wetter geleiten.«

In diesem Moment spürten sie, wie der Wind zunahm. Hatte sich zuvor kein Lufthauch geregt, so begannen jetzt die Haare der beiden Frauen zu wehen, sanft erst, so dass sich Jeanne mit der Hand die widerspenstigen Strähnen aus dem Gesicht strich. Doch die Kraft des Windes nahm mit großer Geschwindigkeit zu, und nur wenig später konnten Jeanne und Berenguela weder Haare noch Röcke bändigen.

»Geht unter Deck«, rief ihnen Olivier zu, und schon bäumte sich das träge Schiff, von den Böen des Sturms erfasst, auf und schoss vorwärts. In kürzester Zeit hatte sich das Meer von einer stillen, spiegelgleichen Wasserfläche in eine aufgewühlte Masse von Wellenbergen verwandelt. Die Gischt spritzte über die Reling und übergoss alle, die nicht rechtzeitig zurückgesprungen waren, mit eiskaltem Wasser.

Jeanne, Olivier und Berenguela kämpften sich nach achtern zu ihrer Kabine. Die Rufe und Schreie der Seeleute waren in dem tobenden Sturm, dessen Böen den Menschen das Atmen schwermachte, kaum zu verstehen. Berenguela rutschte auf den nassen Planken aus und stieß sich im Fallen den rechten Arm, und nur Oliviers schnelles Eingreifen verhinderte, dass sie der Länge nach hinschlug und mit der ablaufenden Gischt Richtung Reling geschwemmt wurde.

Alle drei waren inzwischen bis auf die Haut durchnässt. Die Kälte ließ sie zittern, doch wesentlich größer war ihre Sorge, nicht über Bord zu fallen, wenn sich das Schiff unvermittelt auf die Seite legte oder auf einen Wellenkamm gehoben wurde und dann mit atemberaubender Geschwindigkeit auf der Woge nach unten rutschte und tief ins Wasser eintauchte. Der Wind heulte jetzt wie ein Dämon, und es war ganz und gar unmöglich, sich zu verständigen. Mit letzter Kraft erreichten sie die Kabine und schlugen die Tür hinter sich zu.

Im Inneren der Galeere war es dunkel, und der Sturm wirkte weniger laut. Doch die Bewegungen des Schiffes, das Stampfen im Meer, die plötzliche Schieflage, wenn es in den Wellen krängte, waren unter Deck noch schwerer zu ertragen. Berenguela und Jeanne stolperten über Kleidungsstücke, Geschirr und Truhen mit ihrem Gepäck, die überall in der Kabine verstreut waren. Alles, was nicht fest verankert war, hatte sich losgerissen und wirbelte auf dem Boden und durch die Luft. Olivier versuchte einiges davon wieder notdürftig zu verstauen, gab aber nach kurzer Zeit auf, da er einsah, dass er lediglich seine Kräfte vergeudete. Das schwere Schiff tanzte auf den Wellen wie eine Marketenderin am Lagerfeuer, und den Menschen auf und in ihm blieb nichts anderes übrig, als sich irgendwo hinzukauern und um ein Ende des Sturms zu beten.

»Ich blute. Meine Finger sind ganz feucht und klebrig«, jammerte Jeanne, und Berenguela kroch auf allen vieren zu ihr. Sie betastete die Wunde, die sich Jeanne bei einem schmerzhaften Zusammenstoß mit einer Holztruhe zugezogen hatte, und konnte das kleine Rinnsal, das über Jeannes Schläfe rann, fühlen.

»Die Verletzung ist nicht schlimm«, beruhigte sie sie, »das Blut wird von selbst ins Stocken geraten. Ich schaue sie mir später genauer an.«

»Aber es schmerzt, und mir ist so übel«, schluchzte Jeanne. Im nächsten Augenblick spuckte sie einen Schwall Erbrochenes über ihr eigenes und Berenguelas Kleid.

Auch Olivier würgte jetzt hörbar, und Berenguela setzte alles daran, den Brechreiz in ihrer eigenen Kehle zu unterdrücken. Der Geruch in der Kabine war schon jetzt unerträglich, und es graute ihr vor der Vorstellung, dass sie alle drei seekrank werden könnten. Jeanne weinte unablässig und erbrach sich, als wollte sie ihre Eingeweide aus sich rauspressen, Olivier betete laut, und Berenguela hatte den Arm um Jeannes Schultern gelegt und spendete Trost, so gut es ging.

Ihre Gedanken waren jedoch bei Richard. Sie schloss die Augen und stellte sich vor, er wäre jetzt hier in der Kabine und würde sie in seinen Armen halten, wie sie es mit seiner Schwester tat. Sie sehnte sich nach seiner Tatkraft, seiner Zuversicht und seiner Fähigkeit, anderen Mut zuzusprechen. Ihre Phantasie war so voller Leben, dass sie meinte seine Gegenwart wirklich zu spüren und nur die Hand ausstrecken müsste, um seine zu erreichen.

Sie betete, dass dies nicht das Ende war, dass das Meer sie nicht verschlingen, sondern die Flotte verschonen würde und alle Schiffe den nächsten Tag heil erlebten. Wie lange sie unter Deck gekauert und das Schaukeln sowie die stickige Luft ertragen hatten, wusste sie nicht. Die Erschöpfung hatte ihr die Kraft, zu denken, genommen, als ein ohrenbetäubender Knall und ein schwerer Donner das Schiff erzittern ließen. Sofort verstummten Oliviers gemurmelte Gebete, und Jeanne hörte auf zu weinen und hielt voller Angst den Atem an.

»Was war das?«, flüsterte Berenguela und zog die zitternde Jeanne fester an sich. »Olivier«, rief sie lauter, als ihr niemand antwortete, »habt Ihr das gehört?«

Olivier kroch zu den beiden Frauen. »Ich sehe nach«, sagte er mit bebender Stimme. Auf allen vieren machte er sich auf den Weg zur Kabinentür. Er öffnete sie vorsichtig, doch der Wind riss sie ihm aus der Hand, die Tür flog auf, und eine große Welle ergoss sich in den Raum. Alle drei schrien entsetzt auf, die herumliegenden Gegenstände sowie Teile ihrer kostbaren Garderobe schwammen in dem schäumenden Wasser. »Raus hier!«, brüllte Olivier. »Wir müssen alle an Deck, sonst ersaufen wir noch wie die Ratten.«

Berenguela kam auf die Knie, packte Jeanne an den Armen und zerrte sie mit sich. Draußen an Deck waren die Schreie der Matrosen zu hören, die verzweifelt versuchten die Schoten und Fallen an den Segeln zu kappen. Der Mast war von einer gewaltigen Böe gefällt worden und auf das Deck gestürzt und hatte dabei die Ruderplattform zerstört, ein Teil der Reling weggerissen und war dann seitwärts ins Meer gerutscht. Das Gewicht der nassen Segel, zusammen mit dem Wind, der sich in dem Tuch und dem Tauwerk verfing, zog das Schiff in eine bedrohliche Schieflage. So schnell wie möglich musste es gelingen, alles über Bord zu werfen, sonst bestand die Gefahr, dass noch mehr Wasser in den Bauch des Schiffes laufen, die Frachträume und Kabinen fluten und die Galeere zum Kentern bringen würde. Was das bedeutete, konnte sich jeder in schrecklichen Bildern ausmalen. Das Schiff würde von den Wellen verschlungen werden, tiefer und tiefer sinken und schließlich am Boden des Meeres zur Ruhe kommen. Alle an Bord würden ertrinken, und die See würde ihre Körper nie wieder hergeben.

Mit Entsetzen sahen Berenguela und Jeanne, dass sie manövrierunfähig dem Sturm ausgeliefert waren, denn auch die Ruderer hatten in dem aufgewühlten Meer keine Chance. Doch noch schwamm das Schiff, und die Besatzung kämpfte verzweifelt, um die Katastrophe abzuwenden. Kreuz und quer schlugen die Wellen über das Deck, Sturzbäche ergossen sich über die Menschen und rissen ihnen die Füße unter dem Körper weg, so dass sie das Gleichgewicht verloren. Ein kleiner Moment der Unachtsamkeit, ein falscher Schritt, und das Meer zog ein neues Opfer in die Tiefe.

Berenguela wusste nicht, wie viele Matrosen bereits über Bord gespült worden waren. In der Dunkelheit der Nacht konnte sie nur ihre unmittelbare Umgebung erkennen, und meist nicht einmal das, weil das salzige Wasser ihre Augen reizte und sich ihre Tränen mit der Nässe, die aus ihren Haaren strömte, mischten. Sie hielt Jeannes Hand und klammerte sich mit der anderen an Oliviers Hemd fest. Doch Olivier ergriff ihren Arm, zog sie mit vor Anstrengung zusammengebissenen Zähnen zu sich und bedeutete ihr, sich mit beiden Händen an den hölzernen Aufbauten des Achterdecks festzuhalten. Auch Jeanne verstand seine Absicht und löste sich von Berenguela. Ihre Fingernägel krallten sich in das durchnässte Holz, und das Meer wusch das getrocknete Blut von ihrer Stirn.

Der nächste Tag brachte keine Beruhigung, der Sturm wütete mit unverminderter Wucht. Der Wind wurde jetzt von heftigen Regenschauern begleitet, die die Sicht auf die anderen Schiffe der Flotte nahmen. Richards Galeere war beschädigt, aber so weit intakt, dass der Kapitän die Kontrolle über das Ruder nicht verloren hatte. Sobald das Licht es zuließ, befahl der König, die Verwundeten an Bord zu zählen und die Vollständigkeit der Mannschaft zu überprüfen. Wie durch ein Wunder hatten sie niemanden verloren, und die Verletzungen derjenigen, die von einer der herabstürzenden Rahen getroffen worden waren, waren nicht schwerwiegend.

Richard atmete auf, obwohl das Wetter noch keinen Anlass zur Entwarnung gab. Doch die Tatsache, dass seine Galeere die gestrige Nacht mehr oder weniger unbeschadet überstanden hatte, ließ ihn hoffen, auch sonst kein Schiff eingebüßt zu haben.

Wie alle anderen war er durchnässt und erschöpft. Die Müdigkeit sowie die körperliche Anstrengung der letzten Nacht hatten tiefe Schatten unter seinen Augen hinterlassen. Irgendwo da draußen in diesem tobenden Inferno befand sich das Schiff mit Berenguela und seiner Schwester. Er verfluchte seine Entscheidung, die beiden Frauen nicht mit an Bord seiner eigenen Galeere genommen zu haben, doch er hatte geplant, dass sich die Flotte bei Zypern teilte und einige der Schiffe, darunter auch das mit Berenguela und Jeanne, direkt Kurs auf das Heilige Land nahmen, während er selbst mit dem Großteil des Heeres auf Zypern Station machen wollte. Da es dabei durchaus zu kriegerischen Auseinandersetzungen kommen konnte, hatte er die Frauen in Sicherheit bringen wollen. Ein Wunsch, den der Sturm vereitelt hatte.

Jetzt machte er sich bittere Vorwürfe, die beiden Menschen, die ihm am nächsten standen, in diesem Unwetter allein und ohne Hilfe gelassen zu haben. Selbst ihm jagte der Sturm Angstschauer über den Rücken, und Berenguela nicht an seiner Seite zu wissen, verstörte ihn zutiefst. Er hatte in seinem bisherigen Leben viele Frauen geliebt, und eine hatte ihm sogar einen Sohn geboren, doch keine konnte sein Innerstes so berühren wie die Prinzessin von Navarra. Es war nicht Schönheit, die ihn an ihr fesselte – er hatte mit den schönsten Frauen Aquitaniens das Bett geteilt –, und es war auch nicht allein ihr scharfer Verstand. Als er sie geküsst hatte, schien sie seiner Seele nahe zu sein, und das erste Mal in seinem Leben war er der Überzeugung, dass ein anderer Mensch, eine Frau zumal, ihn voll und ganz verstand.

Von klein auf hatte man Stärke, Muskeln und den Mut, zu kämpfen, von ihm gefordert. Er war aufgewachsen in der Überzeugung, dass es nicht genügte, ein Gefecht nur zu überstehen. Von ihm erwartete man einen glorreichen Sieg, immer war es seine Aufgabe gewesen, besser, schneller, tapferer zu sein als andere – sogar als seine Brüder.

Der erstgeborene Sohn seiner Eltern, Wilhelm, war als Kind gestorben, Heinrich, der eigentliche Thronerbe, als kranker Mann und Gottfried im Turnier. Blieben er und John. Doch sein jüngster Bruder hatte von klein auf eine schwache Gesundheit und reizbare Nerven, und so übertrug seine Mutter all ihren Ehrgeiz auf ihn. Richard hatte diese Rolle ohne Murren angenommen, kam sie doch seinem Naturell durchaus entgegen.

Aber die Siegerpose machte ihn auch einsam. Frauen ließen sich von ihm verführen, und selbst Männer konnten sich seinem Charisma nur schwer entziehen. Niemand ahnte, was wirklich in ihm vorging, und erst Berenguela schien mit ihren ernsten dunklen Augen seine verborgenen Gefühle zu erkennen. Viele Jahre hatte er auf eine solche Frau gewartet, hatte sich mit Erfolg gegen die Verlobung mit Adelaide gewehrt, die in seiner Abwesenheit die Geliebte seines Vaters geworden war. Sein überwältigender Charme diente ihm während dieser Zeit als Schutzwall für seine Seele, denn je mehr er lachte und siegte, umso weniger schauten die Menschen unter die Oberfläche. Erst Berenguela hatte diese Schicht, ohne es zu wollen, freigelegt, und jetzt spürte er, was ihm bisher gefehlt hatte.

Richard schickte ein Stoßgebet zum Himmel, dass der Wind bald nachlassen möge, doch seine Geduld wurde auf eine harte Probe gestellt, da den ganzen Tag über sowie auch noch in der folgenden Nacht das Heulen des Sturms zu hören war. Als der Regen endlich in ein Nieseln überging, war die Küste Kretas am Horizont zu erkennen.

Das Wetter hatte sich so weit beruhigt, dass Richard den Befehl gab, die Flotte möge sich in Sichtweite der königlichen Galeere versammeln, damit die Schiffe gezählt werden könnten. Der Kapitän ließ die entsprechenden Flaggensignale setzen, und die langsam aufbrechenden Wolken gaben den Blick frei auf immer mehr Boote, die sich Richards Galeere näherten.

Ein Schiff nach dem anderen kreuzte in der noch immer aufgewühlten See, und die Mannschaften begrüßten ihre Kameraden mit Klatschen und Freudenschreien. An Bord des Königs wurde Buch geführt über die Schiffe, die mit Ruderkraft oder unter Segeln vorbeizogen, und nach vielen Stunden des Wartens hatte man sich einen ersten ungefähren Überblick verschafft. Der Sturm hatte viele Schiffe beschädigt, aber es hätte schlimmer kommen können. Erleichterung machte sich breit, je mehr Boote in Sicht kamen.

Richard stand auf seiner erhöhten Plattform, und seine Augen suchten voller Angst Berenguelas Schiff. An der obersten Spitze des Mastes war ein Korb angebracht, und der Matrose im

Ausguck entdeckte immer noch Teile der Flotte weit verstreut auf dem Meer. Noch gab es keinen Grund zur Beunruhigung. Möglicherweise hatten Wind und Wellen einige Schiffe weit von dem Flottenverband weggetrieben, und es war nur eine Frage der Zeit, bis sie zu den anderen aufschließen würden.
Abends war kein verirrtes Schiff mehr am Horizont zu sehen, die Flotte war versammelt und gezählt, doch Richard hatte das Boot, auf das er verzweifelt wartete, nicht entdecken können.
Der Kapitän trat zu ihm.
»Wie viele Schiffe haben wir verloren?«, fragte Richard, und die Angst schnürte ihm die Luft ab.
»Fünfundzwanzig.«
»Mein Gott«, murmelte Richard. »Besteht noch Hoffnung?«
»Auf See darf man die Hoffnung nie zu früh aufgeben«, beruhigte ihn der Kapitän.
»Was schlagt Ihr vor?«
»Wir werden sie suchen.«
Richard, der auf der Stelle den Befehl zum Aufbruch geben wollte, wurde vom Kapitän zurückgehalten. »Wartet. Es wird bald dunkel, wir sollten unsere Kräfte sparen. Bei Sonnenaufgang werden wir mit der Suche beginnen.«
Richard nickte. »Ich kann«, begann er zögerlich, »das Schiff mit meiner Braut und meiner Schwester nicht entdecken. Habt Ihr Nachricht von ihnen?«
Der Kapitän schüttelte bedauernd den Kopf.
»Sie gelten also als vermisst?«, fragte Richard mit unsicherer Stimme.
»Ja, aber wir werden sie finden.«
Richard drehte sich um und starrte mit unbewegtem Gesicht auf das feindliche graue Meer. »Du wirst mir die Frau, die ich liebe, nicht stehlen«, flüsterte er. »Ich schwöre, ich werde sie mir zurückholen.«

Sie hatten einen Wassereinbruch an Bord, aber sie waren nicht gekentert. Das Schiff lag bedrohlich schief, und es war lebensgefährlich, unter Deck zu gehen, doch die Galeere schwamm noch immer, und sie schaukelten steuerlos durch die Wellen. Der Sturm war vorbei und hatte nach Regen endlich Sonne gebracht. Fünf Männer der Besatzung waren über Bord gespült worden und so gut wie sicher tot. Da ihr Schiff keinen Mast, keine Rahen, keine Segel, vor allem aber ein beschädigtes Steuerrad hatte, mussten sie den Gedanken, nach den vermissten Matrosen zu suchen, aufgeben. Ein Teil der Ruder war intakt, und so konnten sie sich notdürftig vorwärtsbewegen, doch besser war es, sich der Strömung zu überlassen und auf Hilfe zu hoffen.

Berenguela half, die Verletzten zu versorgen, verband die Schnittwunden und schiente gebrochene Knochen mit Hilfe von Holzlatten, die die Männer aus dem Rest der Reling brachen. Nicht allzu weit entfernt konnten sie ein anderes Schiff aus Richards Flottenverband ausmachen, aber wie es schien, war es selbst navigierunfähig. Ein Teil ihrer Ladung war über Bord gegangen, doch Olivier hatte unter Einsatz seines Lebens ein Fass mit Trinkwasser gerettet, das sie auch dringend brauchten.

Alle an Bord waren immer noch nass, verdreckt und beschmutzt von Erbrochenem, das Haar hing ihnen wirr auf Schultern und Rücken, ihre Kleidung war zerrissen – aber sie hatten überlebt. Niemand wusste, wohin sie der Sturm getrieben hatte und was aus dem Rest der Flotte geworden war. Die Galeere des Königs war nirgends zu sehen, ohne Karte vermochten sie ihre Position nicht zu bestimmen, und den Küstenstreifen, den sie am Horizont ausmachen konnten, kannten sie nicht.

Zwei der Matrosen hatten bereits früher einen Schiffbruch überstanden und sprachen den anderen Mut zu. Man werde sie schon finden, beruhigten sie insbesondere die beiden Frauen und den mitreisenden Ritter. Erfahrungsgemäß würden die anderen Schiffe eines Flottenverbands mit der Suche nach Vermissten beginnen, sobald sich die Kapitäne einen Überblick verschafft hätten. Alles, was sie jetzt zu tun hätten, sei, Disziplin und Geduld zu bewahren, um nicht in der zermürbenden Wartezeit die Nerven zu verlieren. Immer wieder sei es vorgekommen, berichteten die Matrosen, dass Schiffbrüchige von der Sonne und dem Salzwasser um ihren Verstand gebracht worden seien und sich in die Fluten gestürzt hätten, um irgendein Ufer zu erreichen, und damit ihrem sicheren Tod entgegengeschwommen wären. Wären sie an Bord oder auch nur auf den Holzbalken des Wracks geblieben, könnten sie noch am Leben sein.

Weder Berenguela noch Jeanne oder Olivier konnten sich vorstellen, freiwillig ihren halbwegs sicheren Platz an Bord der havarierten Galeere aufzugeben. Und schon gar nicht wären sie bereit, in die graue Endlosigkeit zu springen. Bis auf Jeannes kleine Schnittwunde an der Stirn hatte keiner von ihnen Blessuren davongetragen. Doch der Schock und die Nachwirkungen der ausgestandenen Ängste waren ihnen deutlich anzusehen. Neben Jeannes Mundwinkeln hatten sich in der kurzen Zeit tiefe Falten eingegraben, Oliviers Lippen waren rissig und blutleer, und Berenguelas Wangen wirkten eingefallen und grau. Die Fingernägel waren ihnen abgebrochen, das Haar starrte vor Salz, und keiner von ihnen hatte eine gesunde Gesichtsfarbe.

Berenguela fühlte sich außerdem krank vor Sorge um Richard. Sie versuchte sich abzulenken und sich an Bord nützlich zu machen, doch immer wieder ertappte sie sich dabei, dass sie untätig an Deck kauerte und trübsinnig auf das Meer starrte. Seit sich der Sturm gelegt hatte, waren auch die Wellen kleiner geworden, und das Schiff oder besser das, was davon übrig war, wiegte sich sanft auf dem Wasser. Mit ganzem Herzen hoffte sie, dass auch die königliche Galeere das Unwetter überstanden

hatte und vielleicht schon auf der Suche nach den Vermissten war.
Lautes Rufen schreckte sie aus ihren Gedanken, und sie sah, dass die Matrosen aufgesprungen waren und aufgeregt gestikulierten. Sie blickte sich suchend nach Olivier um, der ebenfalls an Deck stand und beide Hände an die Stirn hielt, damit die Sonne ihn nicht blendete.
»Zwei Schiffe kommen auf uns zu«, berichtete er ihr. »Ich vermute, dass auch sie zur Flotte gehören.«
»Ist es die Galeere des Königs?«, fragte sie atemlos.
»Nein, dafür sind beide zu klein.« Sie versank wieder in trübsinnigem Schweigen. »Ihr habt große Angst um ihn, nicht wahr?«, sagte Olivier sanft.
Berenguela nickte.
»So seht Ihr den König jetzt mit anderen Augen?«
»Ach Olivier, Ihr seid ein guter Freund. Aber nicht einmal ich selbst kann mir erklären, was in mir vorgeht.«
»Noch vor kurzem hat Euch die Aussicht, seine Frau zu werden, Angst gemacht …«
»Das tut sie immer noch, aber dennoch will ich nicht, dass dem König etwas geschieht.«
»Es ist ihm nichts geschehen. Und auch wir werden gerettet. Seht, die Schiffe sind fast da.«
Tatsächlich ging kurz darauf eine der Galeeren längsseits, die beiden Kapitäne sprachen miteinander und wandten sich dann an die drei Passagiere.
»Der Landstrich am Horizont ist die Südküste Zyperns«, sagte der Neuankömmling. »Wir machen Euer Schiff an unserem fest. Wenn Ihr wollt, könnt Ihr die Fahrt bei uns an Bord fortsetzen. Es ist deutlich bequemer.«
»Wie lange werden wir unterwegs sein?«
»Morgen sind wir dort.«
Jeanne war nicht abgeneigt, das Angebot anzunehmen, doch

da die beiden anderen nicht daran dachten, das Schiff zu wechseln, lehnte auch sie schweren Herzens ab. Die Galeeren wurden längsseits vertäut, so dass backbord und steuerbord gerudert werden konnte. Und mit Hilfe der Segel gewannen die Schiffe zusätzlich an Fahrt.

»Warum sind wir nicht umgestiegen?«, fragte Jeanne und blickte zu Berenguela.

»Ich denke, wir können es jetzt wagen, unter Deck zu gehen. Willst du nicht wissen, was aus deinem Gepäck geworden ist?«

»Lieber nicht«, antwortete sie düster. »Das meiste ist ohnehin fort, und der Rest dürfte unbrauchbar sein.«

»Ich gehe runter und sehe nach«, entschied Berenguela.

Sie raffte ihren Rock und betrat die Kabine. Bei Licht erkannte sie das ganze Ausmaß der Zerstörung. Kisten und Truhen lagen durcheinander, bei fast allen hatte sich der Deckel geöffnet, der Inhalt war herausgequollen und schwamm in dem brackigen Seewasser, das noch immer den Boden bedeckte. Berenguela erblickte eine Truhe, die ihr gehörte, und lugte vorsichtig hinein. Sie sah ein Stück ihres Hochzeitskleides, durchnässt, voller Salzränder und für alle Zeiten ruiniert.

»Ach, die schöne Seide«, jammerte Jeanne, die ihr neugierig gefolgt war.

»Brautkleider scheinen sich bei mir nicht wohl zu fühlen«, sagte Berenguela. »Dies ist schon das zweite, das unwiederbringlich verloren ist.«

»Aber wie willst du Richard denn heiraten?«, fragte Jeanne, für die eine Hochzeit ohne prächtige Robe einem Schiffbruch schon fast gleichkam.

»Ein Kleid ist doch nur ein Kleid«, entgegnete Berenguela, und Jeanne schüttelte ungläubig den Kopf.

»Ich werde sehen, ob ich noch etwas Brauchbares finde«, entschied Jeanne und begann die noch verschlossenen Truhen zu öffnen. Doch das Wasser war selbst durch winzige Öffnungen gedrungen und in das Innere der Kisten gesickert. »Ich fürchte, das meiste ist verdorben. Aber vielleicht lassen sich die Ränder auswaschen. Was meinst du, ob eine geschickte Magd das schaffen kann?«

»Ich weiß es nicht, Jeanne. Ich hoffe, alle haben den Sturm überlebt, und es gibt überhaupt eine Hochzeit. Und außerdem weiß ich ja nicht einmal, wo wir heiraten sollen.«

Jeanne schloss sie in die Arme. »Du hast eben einen umtriebigen Bräutigam. Auf jeden Fall wird das Leben an Richards Seite nicht langweilig. Und jetzt bete, dass ich zwei Kleider finde, die halbwegs präsentabel sind, damit wir aus diesen verdreckten und besudelten Sachen herauskommen.«

Berenguela sah an sich hinab und musste Jeanne recht geben. Salzränder hin oder her, alles war besser als das, was sie gerade am Leib trug. Außerdem hatte Jeanne es einmal mehr geschafft, sie aufzuheitern. Gemeinsam durchsuchten sie die Kabine und brachen in übermütiges Gelächter aus, als sie feststellten, dass die einzige Kiste, die unversehrt war, Oliviers Wäsche enthielt.

Dieses Mal war er nur knapp entkommen. Ein Bauer, der im Forst wilderte, hatte ihn gesehen. Der Mann konnte ihn nicht erkannt haben, aber die Mär von der Bestie, die der Hölle entstiegen war, um die Menschen das Fürchten zu lehren, war weniger glaubhaft, wenn es einen Augenzeugen gab, der beschwören konnte, dass der Teufel zwei Beine hatte und einen dunklen Mantel trug. Er war nicht wirklich besorgt, dass man seine wahre Identität entdecken könnte, nahm sich aber dennoch vor, künftig noch umsichtiger zu sein.

Seit er sich den Menschen zugewandt hatte, bereitete ihm das Töten eine noch größere Freude. Es war die Sprache, die seine Beute für ihn so reizvoll machte, ihr Winseln um Gnade, ihr Flehen um Barmherzigkeit. Das Ritual des Todes hatte einen festen Ablauf. Er holte seine Opfer aus der Grube, und zu diesem Zeitpunkt wiegte er sie in der Hoffnung, er wäre gekommen, um sie zu befreien. Die Erleichterung in ihren Augen wandelte sich in fragendes Erstaunen, wenn er, weit davon entfernt, ihnen ihre Freiheit zu geben, sie an einen anderen, geheimen Platz brachte.

Aus dem Erstaunen wurde Furcht und aus der Furcht Entsetzen, wenn sie erkannten, dass ihr Retter in Wahrheit ein Bote der Hölle war. Dann begann die Zeit der Verzweiflung. Sie bettelten um ihr Leben, zitterten und sabberten vor Angst. Er ließ sie ein paar Tage in diesem Zustand, brachte ihnen ein wenig Wasser, damit sie ihm nicht verdursteten, bevor sie ihren Zweck erfüllt hatten.

Zum Schluss waren sie fügsam, und die Ahnung, dass ihnen ein grausiges Ende bevorstand, lähmte sie. Manche gaben dennoch die Hoffnung nicht auf und versuchten zu fliehen. Die waren ihm am liebsten, denn ihr Lebenswille ließ sich nicht so leicht brechen. Sie waren seine spezielle Herausforderung, und er hoffte jedes Mal, wenn er eine seiner Gruben leerte, dass er eine dieser menschlichen Raubkatzen gefangen hatte. Leider waren sie selten, und erst einmal hatte eine der Frauen des fahrenden Volks, das eine Zeitlang vor den Toren der Stadt lagerte, seine Gier fast zu seiner Zufriedenheit gestillt. Aber dann war sie gestorben, ohne dass er erkennen konnte, wann die Seele den Körper verlassen hatte.

Doch eines Tages würde es ihm gelingen, eine Beute zu machen, an der er sein Meisterwerk vollbringen konnte. Und dieser Tag, das spürte er, war nicht mehr weit.

❧

Richard hatte den Kapitänen seiner Flotte befohlen, die gesamte Südküste der Insel Kreta entlangzusegeln und nach den vermissten Schiffen zu suchen. Dann fuhren sie in aller Eile nach Rhodos weiter, fanden aber auch hier keine Spur der fehlenden Galeeren. Der König trieb seine Truppen unnachsichtig zur Eile an, denn jeder Tag, den sie verloren, bedeutete weniger Hoffnung auf Überlebende.

Der Gedanke, dass er Berenguela und seine Schwester der See überlassen sollte, nagte an ihm, und er lief rastlos wie ein Löwe im Käfig in seiner Kabine umher. Er würde jeden Zoll des Meeres absuchen, um sie zu finden, und sollte es ihn bis ans Ende der Welt führen. Seine Aufgabe im Heiligen Land rückte mehr und mehr in den Hintergrund, die gesamte Flotte kreuzte zwischen den Inseln auf der Westseite des Peloponnes, doch vergeblich hielten sie nach einem der fünfundzwanzig Boote Ausschau.

Die Kapitäne und Steuermänner brüteten über den Seekarten und versuchten anhand des Windes und der Strömung Richtung und mögliches Ziel der Schiffe zu berechnen. In ihren Annahmen steckte mehr Mut zur Spekulation als Sicherheit der Vorhersage, doch sie rieten Richard, Kurs auf Zypern zu nehmen, und der König folgte ihrem Vorschlag mit wenig Zuversicht. Auf allen Schiffen waren Späher auf den Rahen oder im Ausguck postiert, die auch nur die kleinste Bewegung am Horizont melden sollten. Und eines Tages, als die Sonne am höchsten stand, hatten sie das erste Boot gesichtet. Es waren nicht fünfundzwanzig, die sich im Verbund nach Zypern gerettet hatten, einige wurden nie mehr gefunden, aber der größte Teil lag vor Limassol vor Anker.

Richard sah Berenguela und Jeanne an Deck ihres havarierten Schiffes, ballte im Bewusstsein seines Sieges die rechte Hand zur Faust und spuckte triumphierend ins Wasser. Der Sturm hatte ihn nicht bezwungen, und das Schicksal hatte ihm nicht die schlimmste Prüfung seines Lebens auferlegt. Das Glück war auf seiner Seite geblieben, und er sah es als gutes Zeichen für den geplanten Kreuzzug, dass bis auf wenige alle dem Toben des Meeres entronnen waren.

Seine Schwester winkte den Rittern zu, die sie und Berenguela auf das Schiff des Königs bringen sollten, und selbst aus der Entfernung konnte er erkennen, dass Jeanne gleichzeitig weinte und lachte. Berenguela dagegen wirkte ruhig und gefasst, und er liebte sie dafür umso mehr. Ein einziges Mal hatte er erlebt, dass sie die Fassung verlor – und seinen Kuss erwiderte. Doch schon bald hatte sie erneut einen Panzer um ihre Gefühle gelegt und war ihm ausgewichen.

»Wir heiraten noch hier auf Zypern«, sagte er zu Berenguela, als er endlich allein mit ihr war.

»Ich kann nicht«, erwiderte sie. »Ich habe kein Kleid.«

»Das klingt ganz nach Jeanne.«

»Ja«, gab sie zu, »sie hat wirklich um die verdorbene Seide getrauert.«

»Schade um das Kleid, aber ich will nicht länger warten.« Er zog sie an sich und senkte sein Gesicht in ihr Haar. »Du bist auch ohne Seide und Perlen die schönste Braut der Welt.«

Sie schob ihn sanft zurück. »Bist du sicher, dass es friedlich bleibt? Schon vor deiner Ankunft hat es mit einigen Rittern Gefechte am Strand gegeben.«

»Ich weiß. Die Mannschaften wollten an Land gehen, wurden jedoch angegriffen und sind teilweise sogar gefangen genommen worden. Ich kümmere mich morgen darum.«

»Wirst du wieder einen Krieg führen müssen?«

»Möglich. Der Herrscher dieser Insel hat sich selbst zum Kaiser ernannt und führt eine grausame Regentschaft. Wir werden ihm eine Lektion erteilen und die gefangenen Ritter befreien. Außerdem gebührt ihm eine empfindliche Strafe, weil er dich und meine Schwester nicht an Land gelassen hat. Ein unverzeihlicher Fehler.«

»Ich bin froh, dass niemand von uns ertrunken ist. Müssen die Ritter ihr Leben gleich wieder aufs Spiel setzen?«

»Das ist das Los der Krieger.«

»Wäre es nicht besser, Frieden zu schaffen, statt immer nur Gewalt zu säen?«

Richard nahm Berenguelas Hand und küsste sie. »Liebste, das ist kein Thema für eine Frau.«

Sie zog ihre Hand zurück. »Das sehe ich anders. Frauen schenken ihren Söhnen das Leben und wollen nicht, dass es ihnen als Männer gewaltsam wieder genommen wird.«

»Ich dachte, wir sprechen über unsere Hochzeit?«

»Ist es notwendig, in einem Land zu heiraten, das du zuvor erst noch erobern musst? Mir scheint dies ein eigenwilliger Beginn einer Ehe.«

Richard lachte. »Ich führe nun wirklich nicht unseretwegen einen Feldzug gegen diesen Schurken, der sich Kaiser von Zypern nennt. Du traust mir aber auch alles zu, was?«

Berenguela schwieg, denn sie sah ein, dass sie ihn von seiner Absicht nicht abbringen würde. »So werde ich morgen wieder Angst um dein Leben haben müssen.«

Er blickte überrascht auf. »Hast du dir wirklich Sorgen um mich gemacht?«

»Der Sturm hat viele Gefühle freigesetzt.«

»Zum Beispiel?«

»Die Furcht, das Unwetter könne unser aller Ende sein.«

»Und in Bezug auf meine Person?«

»Welche Braut verliert schon gern kurz vor der Hochzeit den Mann, den sie heiraten soll?«

»Hier und da dachte ich, es könnte eine Erleichterung für dich sein.«

»Ich wünsche niemandem den Tod, selbst wenn ich einen großen Groll gegen ihn hege.«

Er seufzte. »Du machst es einem Mann nicht leicht. Und dennoch meine ich Zuneigung bei dir gespürt zu haben, als wir uns küssten.«

»Ich schäme mich für diesen Kuss«, sagte sie, »und es tut mir leid, wenn mein Verhalten dich dazu gebracht hat, auf mehr zu hoffen, als ich dir geben kann.«

»Du täuschst dich«, entgegnete er mit harter Stimme. »Von meiner Frau erwarte ich, dass sie mir Vergnügen bereitet. Und das ist dir durchaus gelungen, denn für eine Kräuter-Prinzessin küsst du ganz beachtlich. Mehr habe ich auch nicht gewollt.« Er wandte sich ab und befasste sich mit einer Seekarte.

Berenguela fühlte die Tränen, die sich hinter ihren Augenlidern sammelten, und unterdrückte den Wunsch, laut aufzuschluchzen. Sie hatte ihn gekränkt, und er hatte mit gleicher Münze zurückgezahlt. Eben noch hatte er zärtlich geklungen, doch im selben Moment kippte seine Stimmung, und Richard zog sich hinter seinen Schutzwall zurück. Sie trat einen Schritt auf ihn zu und legte ihre Hand auf seinen Arm. »Bitte verzeih mir, ich wollte dich nicht verletzen.«

Er drehte sich um und zeigte sein übliches Lächeln. »Das ist dir auch nicht gelungen, denn du kannst mir gar nicht weh tun.«

»Du bist zornig auf die Prinzessin von Navarra, aber vielleicht kann ein Medicus, den nur wir beide kennen, dir seine Dienste anbieten.«

»Warum sollte ich ihn brauchen?«

»Ich hörte, du warst ernsthaft erkrankt.«

»Wer sagt das?«

»Es ist kein Geheimnis, dass die Flotte zehn Tage vor Rhodos lag, weil es dem König schlechtging.«

»Das ist vorbei.«

»Willst du mir nicht erzählen, was dir gefehlt hat? Die Schatten unter deinen Augen verraten mir, dass du dich stärker gibst, als du dich fühlst.«

»Willst du mich ins Bett bringen?«, fragte er amüsiert und schien seinen Unmut schon wieder vergessen zu haben.

»Nein, aber dir eine Arznei bereiten. Vorausgesetzt, ich erfahre endlich, was passiert war.«

»Gut, wenn der Medicus darauf besteht. Eine schreckliche Übelkeit hatte eine ganze Reihe von Rittern erfasst und auch vor mir nicht haltgemacht. Eine ärgerliche Geschichte. Dadurch hat sich die Weiterfahrt verzögert, die Lage vor Zypern zugespitzt, und du saßest tagelang auf dem demolierten Schiff fest. Außerdem ist mein Magen nach wie vor nicht sehr widerstandsfähig.«

»Kannst du etwas essen?«

»Ehrlich gesagt, nicht sehr viel.«

»Und in diesem geschwächten Zustand willst du Zypern erobern.«

»Ich habe keine andere Wahl, außer der Medicus schenkt mir ein Wundermittel.«

»Über Wundermittel verfüge ich leider nicht. Ich vermute, ihr habt etwas Verdorbenes gegessen. Ich lasse dir einen Sud aus Wermutkraut und Raute kochen. Davon mischst du einige Tropfen mit Wein. Das wird die Übelkeit vertreiben.«

»Ich erwäge ernsthaft«, sagte Richard, »statt der Prinzessin den Medicus zu heiraten. Sein Mitgefühl für andere schließt mich wenigstens mit ein.«

»Auch die Prinzessin fühlt mit dir«, flüsterte Berenguela. »Sie weiß nur noch nicht, was sie von dem englischen König halten soll.«

»Also schickt sie den Medicus vor?«

»Wenn du es so sehen willst.«

»Und was hält der Medicus von dem englischen König?«

»Er hält ihn für einen tapferen Mann.«

»Ist das alles?«

»Er hält ihn auch für einen Mann, der sein Leben zu oft und zu leichtfertig aufs Spiel setzt.«

»Noch etwas?«

»Und für einen Mann, der viel allein ist.« Sie hatte den letzten Satz zögerlich ausgesprochen, wagte sie sich doch mit ihm weit

vor und berührte möglicherweise eine Seite in ihm, die er lieber verborgen hielt.
Richard aber küsste ihre Handfläche und legte sie dann an seine Wange. »Der Medicus hat ein gutes Auge und sieht Dinge, die der Prinzessin vielleicht entgangen sind. Lass mir deine Arznei bringen, und ich verspreche, sie brav zu nehmen.«
Sie nickte, entzog ihm ihre Hand, in der sie seinen Kuss wie ein sanftes Kribbeln spürte, und wandte sich zur Tür.
»Richte dich auf eine Hochzeit in den nächsten Tagen ein, mit oder ohne Kleid«, rief er ihr nach.
Berenguela wusste, dass auf der Galeere des Königs ein Kräutervorrat in der Schiffsküche vorhanden war. Sie nahm einen Mörser und ertappte sich beim Zerstoßen der Rautenblätter, dass sie versonnen lächelte. Vielleicht, dachte sie, werden der König und der Medicus doch noch miteinander auskommen.

Jeanne zog die letzte Haarnadel aus Berenguelas Frisur und warf sie achtlos auf den Tisch. Sie fuhr mit den Fingern durch die dunklen Locken ihrer Schwägerin und versuchte die verschlungenen Strähnen zu lösen. »Mein Bruder ist ein Idiot«, sagte sie zornig. »Ich habe noch nie in meinem Leben eine so schmucklose Hochzeit gesehen. Dabei warst du eine so wunderschöne Braut. Und bist eine sehr beeindruckende Königin von England.«
Berenguela lächelte wehmütig. »Es ist schon ein seltsames Gefühl, plötzlich nicht mehr die unbedeutende Prinzessin von Navarra zu sein, sondern Königin eines mächtigen Reiches. Mir hätte auch Navarra genügt.«
»Kein Wunder, dass du so von deiner Hochzeit denkst. Richard hätte sich ruhig mehr Mühe geben können.«
»Er hat im Moment andere Sorgen.«
»Arme Berenguela. Erst wird die Hochzeit dauernd verscho-

ben, und dann findet sie auf diese armselige Art und Weise statt.«

»Denkst du das wirklich?«

»Was?«

»Dass unsere Hochzeit so armselig war.«

»Aber natürlich. Was ist denn in Richard gefahren, dass er euch von seinem Kaplan trauen lässt statt von einem der Bischöfe, die an Bord der Flotte sind? Und dann diese Eile. Kaum ist die Trauung zu Ende, hetzt er uns durch Limassol, übrigens eine Stadt, in die man nicht zweimal kommen muss, um dich mal eben zur Königin von England krönen zu lassen. Und das, als wäre es ein ganz normaler Gottesdienst am Sonntag. Was soll man dazu sagen?« Berenguela hielt es für besser, Jeannes Redefluss nicht zu unterbrechen. »Ich finde es empörend«, fuhr ihre Schwägerin fort, »dass ein Mann wie Richard, der für schöne Frauen schon ein Vermögen ausgegeben hat, sich ausgerechnet bei seiner eigenen Hochzeit als Geizhals entpuppt.«

»Ach Jeanne.«

»Nimm ihn jetzt bloß nicht in Schutz. Ich werde ihm schon meine Meinung sagen. Nicht einmal die Glocken haben in der Stadt geläutet. Bei meiner Hochzeit damals mit König Wilhelm stand ganz Sizilien kopf. Mein Gott, wir haben tagelang gefeiert. Ich war ja noch sehr jung, aber die Menschen an den Straßen haben gejubelt, und Wilhelm hat Rosenblätter auf mich regnen lassen.« Sie seufzte tief. »Und du hast nicht einmal ein richtiges Brautkleid gehabt.«

»Nein, aber dieses hier hat doch seinen Zweck erfüllt.«

»Weißt du, zu viel Bescheidenheit ist auch lästig.«

»Heute kann es dir offensichtlich niemand recht machen.«

»Was mich wundert, ist, dass du bei der ganzen Sache so ruhig bleibst.«

»Was sollte ich denn deiner Meinung nach tun?«

»Meinen Bruder erdolchen.«

Berenguela schüttelte lachend den Kopf, schob ihre Hände ins Haar und lockerte die letzten Reste ihrer Hochsteckfrisur. »Ich glaube, dazu bin ich nicht fähig.«
»Dann vergifte ihn.«
»Jeanne!«
»Auf jeden Fall hat er eine Strafe verdient.«
»Meinst du nicht, du gehst zu hart mit Richard ins Gericht?«
»Ich meine, dass der Mann sich glücklich schätzen kann, eine Frau wie dich gefunden zu haben. Er hat dich nämlich nicht verdient. Heiratet zwischen zwei Gefechten und verbringt den ganzen Abend mit diesem windigen Guido von Lusignan.«
»Das ist der König von Jerusalem.«
»Mir kommt er nicht sehr königlich vor. Hast du gesehen, wie er mich angestarrt hat?«
»Alle Männer starren dich an.«
»Wirklich?«
»Aber natürlich. Du bist nicht nur eine Augenweide, sondern auch Witwe – und die Schwester des englischen Königs. Außerdem hat Guido von Lusignan vor nicht allzu langer Zeit seine Frau verloren.«
»Du meinst, er ist auf Brautschau?«
»Vielleicht.«
»Hm. Da ist mir der französische König lieber. Und verwitwet ist der auch.«
»Nun, du wirst beide sicher noch häufig treffen.«
»Hoffentlich, sonst langweile ich mich in der Wüste zu Tode.«
Berenguela begann ihr Brautkleid auszuziehen und sich für die Nacht bereitzumachen. »Glaubst du, dass Richard noch kommt?«, fragte sie Jeanne.
»Wenn er jetzt auch noch die Hochzeitsnacht außer Haus verbringt, wäre das die Krönung dieses schrecklichen Tages.«
»Bitte, Jeanne, sprich nicht so abfällig von meiner Hochzeit. Mir hat sie gefallen.«

»Das kann nicht dein Ernst sein.«
»Doch. Gerade weil sie nicht so pompös war.«
»Jede Frau wünscht sich eine Hochzeit, die sie nie vergessen wird.«
»Unvergesslich ist meine auch.«
»Das ist wohl wahr«, murmelte Jeanne.
»Komm, hilf mir aus dem Kleid.«
Jeanne zog ihr das Kleid über den Kopf und die Arme, wobei sie unablässig über ihren Bruder schimpfte. »Was wollte eigentlich der König von Jerusalem?«, fragte sie unvermittelt. »Im Heiligen Land herrscht doch Krieg. Was will er auf Zypern?«
»Ich hatte den Eindruck, er braucht einen Bündnispartner.«
»... und hat in Richard einen gefunden.«
»Die Familie Lusignan stammt aus einem von Richards Lehen. Er ist verpflichtet, Guido Schutz zu gewähren.«
»Hat Richard mit dir über unseren Aufenthalt im Heiligen Land gesprochen?«, wollte Jeanne wissen.
»Eigentlich nicht. Warum?«
»Ich dachte, du weißt, wo wir wohnen werden.«
»Auf einer Festung, vermute ich.«
»Bitte nicht. Eine Stadt ist mir lieber. Festungen haben nicht die geringste Bequemlichkeit.«
»So wie ich Richard kenne, wird er uns kaum fragen.«
»Siehst du, das ist es, was ich an meinem Bruder nicht leiden kann. Er verfügt einfach über andere Menschen.«
»Ein König muss sicher oft Entscheidungen treffen, die nicht jedem gefallen.«
»Richard war schon immer so. Selbst als kleiner Junge.«
»Aber Jeanne, Richard ist sieben Jahre älter als du. Als er klein war, warst du noch gar nicht geboren.«
»Ich weiß es eben«, erwiderte sie schmollend. »Schon früher musste alles nach seinem Willen gehen. Dabei war es damals gar nicht klar, dass er mal König wird.«

»Stimmt, er ist ja der dritte Sohn.«
»Jedenfalls macht Richard grundsätzlich nur das, was er will.«
»Hm. Ich fürchte, so frei ist nicht einmal ein König.«
»Aber sieh doch mal, wie er in Messina alle unter Druck gesetzt hat. Und genauso hier auf Zypern. Er kommt, und er siegt. Und dann bestimmt er die Bedingungen.«
»Jetzt bist du ungerecht, Jeanne. In Messina musste er handeln, und zwar schnell ...«
»... du warst doch gar nicht dabei ...«
»... und hier auf Zypern waren wir doch selbst in Bedrängnis, bis Richard kam. Ich glaube nicht, dass er gern Krieg führt.«
»Liebst du ihn eigentlich?«
»Diese Heirat war nicht mein Wunsch.«
»Ich sage doch, dass Richard immer alles bestimmt.«
»Du hast dir deinen Ehemann auch nicht selbst aussuchen können.«
»Ich war auch erst elf, und du bist schon sechsundzwanzig. In dem Alter möchte eine Frau gefragt werden. Liebst du einen anderen?«, bohrte Jeanne neugierig nach.
»Natürlich nicht. Aber ich hätte am liebsten gar nicht geheiratet.«
»Was? Warum?«
»Ich hatte andere Pläne.«
»O bitte, erzähl.«
»Ich fürchte, es wird dich langweilen.«
Jeanne schüttelte den Kopf. »Auf keinen Fall. Ich will alles wissen.«
»Als Richard auf die Idee kam, der Prinzessin von Navarra einen Antrag zu machen, war ich mitten in den Planungen für ein Pilgerhospital.« Jeanne schwieg, und Berenguela erzählte weiter. »Ich hatte meinen Vater schon fast davon überzeugt, dass ich es nach den Regeln des Hospitals des Heiligen Johannes von Jerusalem einrichten durfte – da erschien dein Bruder.«

»Du wolltest ernsthaft Krankenpflege betreiben?«
»Das war mein Traum, ja.«
»Igitt, das ist doch alles furchtbar schmutzig und blutig.«
»Mein Hospital sollte nach ganz neuen Standards der Hygiene errichtet werden. Vor allem junge Mütter sollten dort Erholung finden.«
»Warum hast du es nicht den Nonnen irgendeines Klosters überlassen?«
»Weil ich es selbst machen wollte.«
»Ich kann nur sagen, sei froh, dass Richard dich geheiratet hat.«
»Ich wusste, dass du mich nicht verstehst.«
»Stimmt. Warum jemand freiwillig das ganze Elend eines Hospitals ertragen will, kann ich nicht nachvollziehen.«
»Ich bin eben anders als du.«
»Ich glaube, das ist der Grund, warum Richard so vernarrt in dich ist.«
»Wie kommst du denn darauf?«
»Bist du blind? Richard liebt dich sehr.«
»Er schmeichelt mir«, gab Berenguela zu, »aber er schmeichelt allen Frauen.«
»Mag sein, aber du bist eine Herausforderung für ihn. Eine Frau, die ihm nicht gleich zu Füßen sinkt, trifft er selten.«
»Willst du damit sagen, er begehrt mich nur, weil ich ihm widerstehe?«
»Tust du das denn?«, fragte Richard, ging auf die beiden Frauen zu und küsste erst Berenguela, dann seine Schwester.
»Ich habe deiner Frau geraten, dich zu erdolchen«, sagte Jeanne zur Begrüßung. »Wahlweise kann sie auch Gift nehmen.«
»Und durch welches Verhalten habe ich diese Strafe verdient?«
»Wegen der armseligsten Hochzeit aller Zeiten«, schleuderte Jeanne ihrem älteren Bruder entgegen. »Ich habe mich ge-

schämt, dass der König von England seine Braut in Lumpen zum Altar führt.«

»Denkst du ebenso?«, wandte er sich an Berenguela.

»Nein«, antwortete Jeanne an ihrer Stelle. »Sie ist viel zu vernünftig, um mehr von dir zu verlangen.«

»Die kurze Zeremonie tut mir leid, aber ihr wisst beide, dass die Lage auf Zypern keine Zeit zum Feiern lässt. Ich bin froh, dass wir überhaupt verheiratet sind. Und jetzt, meine liebe kleine Schwester, darfst du dich zurückziehen.«

Jeanne schnitt eine Grimasse und verdrehte die Augen. »Sage ich doch …«, erklärte sie in Richtung Berenguela, als sie das Zimmer verließ.

»Was meint sie?«, fragte Richard.

»Dass du anderen Menschen immer deinen Willen aufdrückst.«

»Die alte Leier. War sie sehr über mich erbost?«

»Ja. Sie hatte sich so sehr eine pompöse Hochzeit gewünscht.«

»Und du?«

»Ich bin zufrieden. Die kleine Feier war der Situation angemessen.«

Er ließ sich auf ihr Bett sinken und lehnte sich erschöpft zurück. »Ich könnte ein ganzes Jahr schlafen.«

»Eine lange Übelkeit wie die auf Rhodos laugt den Körper aus.«

»Dein Kräutertrank war übrigens doch ein Wundermittel. Mein Magen hat sich vollständig beruhigt. Komm, setz dich zu mir.«

»Ich muss noch mein Haar kämmen.«

»Aber ich brauche die Dienste des Medicus. Er kennt die alte Verletzung an meiner Schulter. Das erste Mal, als wir uns trafen, hat er die Narbe mit seinen Zauberhänden massiert und alle Schmerzen verscheucht.«

Sie zögerte. »Der Medicus praktiziert heute Nacht nicht.«

»Wie schade. Dann werde ich wohl morgen nicht kämpfen

können.« Seine Stimme war heiser geworden, und er streckte den Arm nach ihr aus. »Schau dir die Stelle noch einmal an, ja?«

Berenguela atmete tief durch und ging langsam auf ihn zu. Er hatte sein Hemd bereits so weit geöffnet, dass sie es ihm über die Schulter schieben konnte. Sie streckte die Finger aus und berührte die Narbe des schlecht verheilten Schwerthiebs.

»Damals in der Kirche hast du mir einen Umschlag aus Tausendgüldenkraut versprochen, wenn wir uns wiedersehen.«

»Das weißt du noch?«

»Wie könnte ich unsere erste Begegnung vergessen. Die Umstände waren ungewöhnlich genug.«

»Das ist wahr«, sagte sie und strich sanft über seine Schulter. »Ich dachte, du bist ein einfacher Ritter, und unsere Wege werden sich nie wieder kreuzen.«

»Glücklicherweise hat das Schicksal anders entschieden.«

»Das Schicksal? Ich dachte, das warst du.«

Er lachte, und sie stand auf, um einen Flakon mit Rosenöl zu holen.

»Das riecht gut«, seufzte Richard.

»Ich träufle etwas Rosenöl auf deine Schulter. Das macht die Haut weicher, und ich kann dich besser massieren.« Ihre Hände fuhren auf seiner Schulter auf und ab, und sie fühlte, wie seine harten Muskeln nachgaben.

»Ich habe noch eine andere Verletzung«, murmelte er und hob sein Hemd. »Hier, zwischen den Rippenbögen. Die Narbe schmerzt ebenfalls.« Sie strich an seiner Seite entlang und ertastete eine kleine gezackte Stelle. »Ein Pfeil von einem Bogenschützen«, erklärte er. »Zum Glück hat er mich nur gestreift.«

»Ja«, sagte sie leise. »Eine Pfeilwunde kann leicht tödlich sein. Aber diese hier scheint sauber verheilt.« Ihre Hände berührten seine Brust, die von dichtem Haar bedeckt war, und fanden den

Weg zurück zu seinen Rippen. »Ich denke, das genügt«, flüsterte sie, »oder hast du noch eine Verletzung?«
»Habe ich«, sagte er, »aber die zeige ich dir später.« Er drehte sich zu ihr herum, und sein Mund war direkt vor ihrem. »Küss mich, Medicus«, murmelte er, »das ist die Arznei, die ich jetzt brauche.«
Berenguela wollte aufstehen und zurückweichen, doch sein Arm lag um ihren Rücken, und im nächsten Augenblick spürte sie seine Lippen. Er ließ sich rückwärts auf das Bett fallen und zog sie mit sich. Seine Hand schlich sich unter ihr Nachthemd, und sie fühlte seine Finger auf ihren nackten Beinen. Seine Zunge war in ihrem Mund, und diesmal schmeckte sie nach Wein und Oliven. Er drehte sich, so dass er rittlings auf ihr saß, und begann die Bänder ihres Nachthemds aufzuziehen.
»Nein«, sagte Berenguela und wollte seine Hand wegschieben.
»Hab keine Angst«, flüsterte er in ihr Ohr. »Es tut nicht weh.«
Er beugte sich über sie, küsste ihren Mund, ihre Wangen, fuhr mit seiner Zunge an ihrem Hals hinab bis zum Rand ihres Busens. Seine Hände schoben ihr Nachthemd fort, so dass sie nackt war, und sein Mund senkte sich auf die Spitze ihrer rechten Brust.
Berenguela sog laut die Luft ein, als sie seine Zunge spürte, die ihren Körper liebkoste, und ab diesem Moment gab sie ihren Widerstand auf. Die Gefühle, die Richard in ihr auslöste, waren zu köstlich und lustvoll, als dass sie ihnen noch länger ausweichen wollte. Sie schlang die Arme um seinen Nacken und presste ihn an sich, fuhr mit den Händen über seinen Rücken und unter sein Hemd und zerrte mit ihm gemeinsam daran, um es ihm auszuziehen.
Sie atmete, als wäre sie zu schnell gelaufen. Sein Mund wanderte weiter über ihren Körper, küsste ihren Bauchnabel, und seine Zunge schlüpfte zwischen ihre Beine an die geheimste

Stelle ihres Köpers, wo sie noch nie ein anderer Mensch berührt hatte. Sie schrie auf, Schauer liefen über ihren Körper. Sie drehte den Kopf auf die Seite, nahm aber das Zimmer längst nicht mehr wahr.

Plötzlich war sein Mund wieder auf ihrem. Sie strich mit den Händen über seinen Rücken und fühlte, dass er nackt war. Er lag auf ihr, spreizte mit seinen Händen ihre Beine, und dann war er in ihrem Körper. Er bewegte sich, und sie klammerte sich an ihn, biss ihm in die Schulter und schmeckte Blut, als er sie auf den Gipfel der Lust katapultierte.

»Jetzt habe ich noch eine Verletzung an der Schulter«, sagte Richard, als sie erschöpft nebeneinanderlagen.

Sie leckte zärtlich über die kleine Bisswunde. »Brauchst du den Medicus noch einmal?«

»Ich fürchte, ich kann ohne ihn nicht mehr leben.«

»Musst du ja auch nicht«, flüsterte Berenguela, »du hast ihn ja geheiratet.«

Er hielt sie im Arm, küsste sie dann und stand auf. »Ich muss gehen.«

»Jetzt?«

»Wir segeln beim ersten Sonnenlicht.«

»Wovon sprichst du?«

»Von einem Angriff auf die Flotte des selbsternannten Kaisers von Zypern. Ich werde eine Weile fort sein.«

»Aber das ist unsere Hochzeitsnacht.« Berenguela war fassungslos.

»Liebste, wir haben noch viele Nächte.«

Er zog sich an, hauchte einen Kuss auf ihre Stirn und verließ leise das Zimmer. Berenguela griff nach ihrem Nachthemd und zog sich an. Sie hatten etwas unbeschreiblich Schönes miteinander geteilt, und er ging einfach fort. Wie konnte er sie lieben und dabei zugleich an seine Flotte denken? Sie lehnte sich in die Kissen und wischte Tränen der Enttäuschung weg. Jeanne hatte recht, Richard würde immer und überall nur seinen Willen anerkennen. Sie knüpfte mit bebenden Händen ihr Nachthemd zu und schalt sich eine Närrin, dass sie seinen Küssen nicht widerstanden hatte.

Trotz der Hitze fror Philipp entsetzlich. Sein Gesicht war aschfahl, in seinen Mundwinkeln hatten sich Fieberbläschen gebildet. Er ließ sich von zwei seiner Diener unentwegt mit großen Palmwedeln Luft zufächeln und hatte doch den Eindruck, in der trockenen Hitze ersticken zu müssen. Seit Tagen schon fühlte er sich nicht wohl, und ihm grauste vor den Krankheiten dieses unbekannten Landes. Hier starben sogar Könige an Lepra, und er schüttelte sich vor Ekel, wenn er an die entstellten Körper der Aussätzigen dachte, denen Nase und Finger abfielen.

Die Stadt Akkon wurde immer noch von den Kreuzfahrern unter dem Befehl Guidos von Lusignan belagert, obwohl dieser selbst seit geraumer Zeit nicht gesehen worden war. Philipp, der seine Spione in allen Teilen der christlichen Heere postiert hatte, wusste, dass er sich auf Zypern aufhielt. Und zufällig, dachte Philipp, hat auch Richards Flotte endlich den Weg nach Osten gefunden und in Limassol angelegt. Es war denkbar und sogar höchst wahrscheinlich, dass Guido bei Richard Beistand suchen würde. Noch trug er den Titel König von Jerusalem, doch Philipps Vetter Konrad von Montferrat hatte inzwischen die Schwester von Guidos verstorbener Frau geheiratet und beanspruchte die Königskrone selbst.

Philipp grinste, wenn er an Konrad dachte. Selten war ihm ein so skrupelloser Machtmensch begegnet, was schon deshalb bemerkenswert war, da Philipp selbst zu denen zählte, die sich nahmen, was sie wollten. Mit wenigen Reichtümern war Konrad von Montferrat ins Heilige Land gekommen und hatte die

Gunst der Stunde genutzt. Geschickt hatte er seine Intrigen gesponnen, Gerüchte gestreut und es am Ende sogar durchgesetzt, dass die Kirche die Augen vor der Tatsache verschloss, dass Konrad ein Bigamist war. Jeder wusste, dass er Isabella, die Erbin des Königstitels, geheiratet hatte, obwohl weder er selbst noch Isabella ledig waren. Auf Konrads Betreiben war die Ehe der jungen Erbin in einer Justizkomödie ohnegleichen geschieden worden, und Isabella wurde Konrads Frau, ohne dass seine erste Ehe aufgehoben worden war. Respekt, dachte Philipp, das hätte nicht jeder gewagt.
Eine nicht unbedeutende Menge hatte sich hinter Konrad geschart, darunter einflussreiche Familien, Ritter, Johanniter und Templer sowie einfaches Volk, das sich von Konrad mehr versprach als von Guido. Philipp hatte sich von Anfang an auf die Seite seines Vetters gestellt, allerdings nicht damit gerechnet, dass Guido Richard auf Zypern abfangen und sich zu einem so frühen Zeitpunkt die Unterstützung des englischen Königs sichern würde.
Philipp war klar, dass die Kluft zwischen ihm und Richard nicht kleiner werden würde, und er suchte krampfhaft nach einer Möglichkeit, seine eigenen Pläne weiterzuverfolgen, ohne Richard zu erzürnen.
Philipps größtes Interesse galt dabei Jeanne. Er hatte nicht geahnt, dass es sich bei der Witwe des sizilianischen Königs um eine so zauberhafte Frau handelte, die überdies in etwa so alt war wie er selbst. In seinen einsamen Nächten hatte er sich ausgemalt, wie er ihre weichen Formen aus einem ihrer prächtigen Kleider schälte, was ihm ein paar überaus erregende Momente beschert hatte. Nach vielen Grübeleien war er ernsthaft versucht, mit Richard über eine mögliche Ehe mit Jeanne zu verhandeln, zumal ihm seine, wie immer gut unterrichteten, Boten gemeldet hatten, dass Jeanne mit Richards frisch angetrauter Ehefrau auf dem Weg nach Akkon war.

Schwach und elend, wie er sich zurzeit fühlte, konnte er jedoch weder Richard noch gar seiner Schwester unter die Augen treten. Keine Frau verliebt sich in einen Haufen Elend, sagte er sich und setzte alles daran, gesund zu werden. Er hatte eine wahre Tortur mit Bädern in kaltem Wasser hinter sich, doch das Fieber war durch diese Behandlung keineswegs gesunken. Stattdessen war ein trockener Husten hinzugekommen, der Philipps Körper in langen Anfällen schüttelte und ihm die Luft abschnürte. In diesem staubigen Land würde er nicht verrecken, hatte sich Philipp geschworen, eher gäbe er den Befehl, Anker zu lichten und nach Frankreich zurückzusegeln.

Er hatte das Heilige Land ohnehin satt. Die erfolglose Belagerung von Akkon zerrte an seinen Nerven. Schon vor seiner Ankunft war es den christlichen Rittern unter Guido von Lusignan nicht gelungen, Saladins Sarazenen aus der Stadt zu vertreiben. Immer wieder hatte es kleinere Fortschritte gegeben, aber ebenso viele Rückschläge. Bei seiner Ankunft hatte er schockiert erkannt, wie inbrünstig die Menschen im Heiligen Land auf die beiden europäischen Könige gewartet hatten. Und nun war sein Heer nicht groß genug, um die Muslime aus Akkon zu vertreiben, und Richards Truppen ließen noch immer auf sich warten. Dennoch hatte sich Philipp zum Oberbefehlshaber über alle christlichen Truppen im Heiligen Land ernannt und kommandierte die einzelnen Verbände so, dass es zu keinen größeren Gefechten, aber auch zu wenig Blutvergießen kam. Philipp war auf dem besten Weg, seine Position im Morgenland so geschickt auszubauen, dass Richard es schwer haben würde, in gleicher Position Fuß zu fassen. Doch dann hatte ihn diese tückische Krankheit niedergestreckt.

Er erwartete jeden Moment den Arzt, der ihn zur Ader lassen wollte, als Konrad angekündigt wurde.

»Was hast du jetzt wieder für ein Problem?«, begann Philipp missmutig.

»Richard von England hat Guido als König bestätigt.«
»Na und? Du stehst unter Frankreichs Schutz.«
»Ja, aber man sagt, Richard komme mit einem riesigen Heer.«
»Das ist mir nicht neu«, keuchte Philipp und hielt sich während eines schier endlosen Hustenanfalls ein kleines Tuch vor den Mund.
»Kann Frankreich gegen Richard bestehen«, fragte Konrad skeptisch, »oder wird mich der englische König mit Schimpf und Schande aus dem Land jagen?«
»Unsinn. Richard ist nicht Gott.« Philipp spuckte in sein Seidentuch und warf einen kritischen Blick auf seine Hinterlassenschaft.
»Zwei Bündnispartner sind besser als einer«, erklärte Konrad.
»Wie soll ich das verstehen?«
»Ich will damit sagen, dass ich mir Gedanken gemacht habe. Die Zahl der Ritter, die auf meiner Seite stehen, ist nicht groß genug, wenn Richard Guido unterstützt.«
»Und was schlägst du vor?«
»Verhandlungen aufnehmen.«
Philipp hustete erneut und wischte sich den Schweiß von der Stirn. »Halte mich nicht länger auf als nötig, ich brauche Ruhe. Also, mit wem willst du verhandeln und worüber?«
»Ich dachte an Herzog Leopold.«
»Den Österreicher?«
Konrad nickte. »Er ist seit einigen Wochen mit seinen Truppen im Land.«
Philipp wollte lachen, musste sich aber dem nächsten Anfall geschlagen geben. Als er wieder Luft bekam, sagte er: »Die Ritter des Österreichers kannst du an zwei Händen abzählen.«
»Aber er hat vor Akkon gekämpft.«
»Von mir aus kannst du gemeinsam mit dem Österreicher gegen Richard ziehen. David hat ja bekanntlich auch gegen Goliath gesiegt. Aber lass mich aus dem Spiel.«

»Du kündigst mir das Bündnis auf?«
»Das habe ich nicht gesagt. Aber der Österreicher verstärkt deine Truppen um eine viel zu geringe Anzahl. Richard wird sich totlachen.«
»Nun, dann haben wir auch gewonnen.«
»Rede mit Herzog Leopold und halte mich auf dem Laufenden. Und noch etwas – lass die Finger von den Assassinen.«
Konrad gab sich ahnungslos. »Ich weiß nicht, was du meinst.«
»Du weißt es ganz genau. Diese Männer sind unberechenbar. Es ist ihnen egal, wen sie erdolchen. Letztendlich würden sie auch dich umbringen.«
»Das glaube ich nicht.«
»Ich habe gehört, du hast Kontakte zu ihnen knüpfen lassen. Sogar der Name ihrer Burg ist gefallen.«
»Das waren Gedankenspiele.«
»Dann sorge dafür, dass sie aufhören. Solange ich im Heiligen Land bin, will ich keinen von diesen Meuchelmördern in meiner Nähe haben.«
Konrad nickte schuldbewusst.
»Spätestens morgen wird Richards Flotte im Norden, vor Tortosa, erwartet«, flüsterte Philipp, weil ein weiterer Hustenreiz ihm die Stimme nahm. »Wenn du neue Bündnisse schließen willst, so beeil dich.«
Dann konnte er nicht weitersprechen, und als er endlich wieder Luft bekam, war Konrad verschwunden, und Philipp entdeckte in dem Auswurf, den er in sein Seidentuch gespuckt hatte, winzige Blutstropfen.

»Es ist ein faszinierendes Land«, sagte Berenguela und genoss den Blick über die Berge, das endlose Geröll und die spärlichen grünen Flecken in den Tälern. Sie kniff die Augen zusammen, um eine Karawane deutlicher wahrzunehmen, und bat den neben ihr stehenden Olivier, ihr Details, die sie nicht erkennen konnte, zu beschreiben. Sie hatte angenommen, dass Pferde die Reiter und ihr Gepäck von einem Ort zum anderen brachten, doch Olivier berichtete ihr, dass es sich um Kamele handelte, Tiere, die unterwegs wenig Wasser brauchten und viele Lasten tragen konnten.

Gestern hatte das Schiff, das Jeanne, Olivier und die neue englische Königin von Zypern ins Heilige Land bringen sollte, die christlich regierte Hafenstadt Tortosa erreicht. Unverzüglich waren sie von dort aus mit einer Rittereskorte zu einer Festung geritten, deren Größe besonders Olivier imponierte. Ihr Name war Krak des Chevaliers, und Berenguela hatte noch nie zuvor in ihrem Leben von dieser Burg gehört.

Seit der Nacht nach ihrer Hochzeit hatte sie Richard zwar einige Male kurz gesehen, aber weder mit ihm unter vier Augen gesprochen noch gar mit ihm in einem Bett geschlafen. Einerseits war sie froh, dass seine vielfältigen Pflichten ihn derart in Anspruch nahmen, andererseits hätte sie gerne eine Aussprache mit ihm herbeigeführt. Sein plötzlicher Aufbruch hatte sie tief getroffen und in den Tagen darauf die feste Überzeugung in ihr wachsen lassen, dass ihre Gefühle sie getäuscht hatten und Richard genau der war, für den sie ihn immer gehalten hatte.

Sie hatte den Rest der Nacht wach und weinend verbracht, verzweifelt über seinen offensichtlichen Mangel an Liebe zu ihr. Am nächsten Morgen hatte sie sich gefasst, und als Jeanne in ihr Zimmer wirbelte, erwähnte Berenguela mit keinem Wort, was in der Nacht vorgefallen war. Sie verbrachte ihre Tage mit Jeanne und Olivier, und gemeinsam bereiteten sie sich auf eine baldige Abreise von Zypern vor. Richard war es gelungen, die gesamte Insel in nur vierundzwanzig Stunden zu unterwerfen. Er hatte die militärisch unbedeutende Flotte des selbsternannten Kaisers im Handstreich besiegt, und bevor seine Frau und seine Schwester überhaupt von den Kämpfen erfuhren, waren sie auch schon beendet. Richard erledigte die politischen Konsequenzen seines Sieges mit gewohnter Nonchalance. Er ließ den Kaiser absetzen, und als dieser den englischen König bat, ihn seiner Stellung gemäß zu behandeln, befahl Richard lächelnd, ihn statt in Eisen- in Silberketten zu legen. Mit dem Kronschatz Zyperns füllte er die eigene Kriegskasse wieder auf, verordnete den Inselbewohnern eine immense Steuererhöhung, indem er die Hälfte von allem forderte, und verkaufte dann die Insel an die Templer, was ihm zusätzlich einen stattlichen Betrag einbrachte.

Berenguela hörte lediglich von anderen, dass ihr Mann in Eile und voller Tatkraft die zypriotischen Angelegenheiten regelte. Sie sprach mit niemandem darüber, nicht einmal mit Olivier, und behielt ihre Ansichten über Richards Art, zu regieren, für sich. Es stand ihr nicht zu, Kritik am König zu üben, doch sie nahm sich das Recht, auf ihren eigenen Verstand zu vertrauen. Und da sie sich vorgenommen hatte, ihrem Mann künftig keine Einblicke mehr in ihre Gedankenwelt zu gewähren, war es ihr egal, ob Richard ihre Meinung schätzte oder nicht. In manchen Momenten fragte sie sich, ob alle Männer sich ihren Frauen gegenüber so rücksichtslos verhielten, aber dann dachte sie an Olivier de Gascogne und das Mitgefühl, das er für seine Mitmenschen empfand. Warum auch immer Richard ein solch ichbezogener Mann geworden war, konnte sie nicht sagen, doch sie war fest entschlossen, sich darüber keine Gedanken mehr zu machen.

Die Tage vergingen schnell, bedingt durch die vielen geschäftigen Kleinigkeiten, die sie zu erledigen hatte. Und zudem beanspruchte Jeanne einen großen Teil ihrer Aufmerksamkeit. Richards Schwester hätte am liebsten nie wieder ein Schiff bestiegen, sah aber ein, dass sie nicht in Limassol bleiben konnte. Berenguela erklärte sich einverstanden, ihr einen Beruhigungstrank zu mischen, und mit dessen Hilfe sowie einem spiegel-

glatten Meer erreichten sie die Küste des Heiligen Landes ohne Zwischenfälle.
Richard hatte ihnen kurz gewunken und war im Laufschritt auf seine eigene Galeere geeilt, die nicht Kurs auf Tortosa nahm, sondern direkt nach Tyrus segelte. Sein gesamtes Denken war auf die bevorstehenden militärischen Zusammenstöße mit Sultan Saladin gerichtet. Richard plante, dass die Ankunft seiner Truppen vor Akkon entsprechend spektakulär verlaufen sollte. Und seit diesem kurzen Gruß im Hafen von Limassol hatte Berenguela keine Nachricht mehr von ihrem Mann erhalten.
Auf Krak des Chevaliers hatte man sie freundlich willkommen geheißen und fürstlich bewirtet. Einzig Jeanne fühlte sich nicht wohl, war doch auf einer Burg, die von Ordensrittern bewohnt wurde, nur wenig Vergnügen für eine Frau zu erwarten.
»Die Falte über Eurer Nase verheißt nichts Gutes«, scherzte Olivier, der Berenguela schon seit geraumer Zeit auf den Zinnen der Festung beobachtet hatte.
»Ich habe nachgedacht«, sagte Berenguela. »Wir sind einen weiten Weg zusammen gereist.«
»Das ist wahr, und er war nicht immer ungefährlich.«
»Habt Ihr gar nicht den Wunsch, wieder nach Hause zu kommen?«, fragte sie ihn.
»Nach Navarra?«
»Auf jeden Fall nach Europa.«
Er sah sie an. »Habt Ihr Heimweh?«
»Ich glaube, es ist nur die Langeweile. Ach, Olivier, es gibt hier nichts, was ich tun könnte, und ich bin das untätige Herumsitzen nicht gewohnt.«
»Habt Ihr schon einmal mit dem Kommandanten der Festung gesprochen?«
»Nein, warum?«
»Er ist ein Johanniter, und die Johanniter unterhalten Hospitäler.«

Sie warf ihm einen wehmütigen Blick zu. »Die englische Königin wird sicher nicht in einem Hospital aushelfen können.«
»Aber vielleicht könnt Ihr eines besichtigen«, schlug er vor.
»Ihr meint, ich soll den Kommandanten einfach darum bitten?«
»Warum nicht? Vielleicht könnt Ihr ihm bei der Gelegenheit sogar helfen.«
»Inwiefern?«
»Die Männer sagen, dass er unter quälenden Kopfschmerzen leidet und bislang niemand ihm helfen konnte.«
»Dann wird mir das sicher auch nicht gelingen.«
»Wer weiß? Eure Kräuter wirken manchmal Wunder.«
Sie schüttelte unwillig den Kopf, denn jegliche Andeutungen über ihre medizinischen Kenntnisse weckten schmerzhafte Erinnerungen an Richard, die sie lieber für alle Zeiten vergessen wollte.
»Ein Ordensritter hat viele Möglichkeiten, sich von seinen Kopfschmerzen kurieren zu lassen. Und ich bin sicher, dass die Ärzte aus dem Hospital längst alles Erdenkliche für ihn getan haben.«
Olivier zuckte mit den Schultern. »Es war nur ein Vorschlag.«
»Hier seid ihr«, sagte Jeanne und trat zu ihnen an die Brüstung der Wehrmauer. »Ist das nicht ein scheußliches Land?«
»Ich finde es auf eine wilde Art schön«, gestand Berenguela.
»Was soll daran schon schön sein? Nichts außer Sand und Steinen.«
»Du musst genauer hinschauen, Jeanne, dann entdeckst du das wahre Gesicht.«
»Tut mir leid, ich finde das ganze Heilige Land öde. Es ist mir ein Rätsel, wie man sich um diese Wüste so streiten kann.«
»Hier ist Jesus Christus, der Herr, geboren«, mischte sich Olivier ein.
»Ja, ja, aber das ist doch schon über tausend Jahre her.«

»Möchtest du einen Spaziergang machen?«, fragte Berenguela.
»In dieser glühenden Hitze? Willst du, dass meine Haut verbrennt und Blasen wirft?«
»Nimm einen leichten Schleier.«
»Dann wird mir ja noch heißer.«
Berenguela seufzte. »Jeanne, es tut mir leid, dass ich dir keine Abwechslung bieten kann. Aber wir werden sicher bald in eine der Hafenstädte umziehen, und da soll das Leben nicht so eintönig sein.«
»Hoffentlich. Ich verdorre hier wie eine Blume, die kein Wasser bekommt.«
Olivier verdrehte die Augen und wandte sich ab.
»Der Kommandant will uns sprechen«, erklärte Jeanne unvermittelt.
»Und das sagst du erst jetzt?«
»Entschuldigung, mein Hirn ist ausgetrocknet.«
»Bitte, Jeanne, sei doch nicht so missmutig. Weder Olivier noch ich können etwas dafür, dass wir ein paar Tage auf dieser Festung verbringen müssen. Sei froh, dass wir hier in Sicherheit sind.«
»Du hast wenigstens einen Mann, den du liebst.«
Da Berenguela Jeannes wechselnde Stimmungen kannte, hielt sie es für zwecklos, weiter mit ihr über das Für und Wider von Krak des Chevaliers oder des ganzen Heiligen Landes zu sprechen. Jeanne würde alle Einwände vom Tisch wischen und immer wieder die Schattenseiten betonen, bis selbst der geduldigste Zuhörer es aufgab, sie zu trösten. Schlimmstenfalls litt man dann auch unter schlechter Laune, bestenfalls entkam man Jeannes Lamento mit einer gemurmelten Entschuldigung. Olivier und Berenguela verließen deshalb umgehend ihre Aussichtsplattform auf der Wehrmauer und schlugen den Weg ins Innere der Festung ein. Jeanne folgte ihnen, wobei sie eine nicht enden wollende Schimpftirade vor sich hin flüsterte.

Alain de Macon empfing die Königin von England, wie es ihr zustand, in dem schönsten Raum von Krak des Chevaliers. Er trug seinen schwarzen Mantel mit dem achtspitzigen weißen Kreuz auf dem Rücken. Der Ritter wirkte beeindruckend, doch seine eingefallenen Wangen sowie die aschfahle Gesichtsfarbe entgingen Berenguela nicht.

»Akkon ist gefallen«, begrüßte er sie. »Der englische König hat die Stadt erobert und von den Sarazenen befreit. Nach zwei Jahren muslimischer Besatzung wehen die Fahnen Englands und Frankreichs auf der Stadtmauer.«

»Na bitte«, murmelte Jeanne.

»Ich habe Nachricht vom König«, fuhr Alain de Macon fort, »der Euch bittet, Euch so bald wie möglich auf den Weg zu machen. Eine Eskorte ist unterwegs, die Euch zurück nach Tortosa bringen wird. Dort liegt ein Schiff im Hafen für die Weiterfahrt nach Akkon.«

»Nicht schon wieder eine Seereise«, stöhnte Jeanne.

»Immerhin eine Abwechslung zur Wüste«, sagte Berenguela. »Wie ist die Lage in Akkon?«, erkundigte sie sich bei Alain.

»Offensichtlich ruhig. Guido von Lusignan ist als König von Jerusalem bestätigt worden, Konrad von Montferrat soll sein Erbe sein.«

»Ist das nicht ungewöhnlich?«

»Schon, aber der englische König wird seine Gründe dafür gehabt haben.«

»Ist der König von Frankreich auch in Akkon?«, wollte Jeanne wissen.

»Er soll schwer erkrankt sein«, berichtete Alain.

»O Gott, Berenguela, wir müssen sofort nach Akkon.«

Alain de Macon zog irritiert die Augenbrauen hoch, doch niemand reagierte darauf.

»Sind das alle Nachrichten, die Ihr von meinem Mann erhalten habt?«, fragte Berenguela.

»Nein. Er bittet Euch um Verzeihung, dass er selbst nicht anwesend sein wird. Die Verhandlungen mit Sultan Saladin ziehen sich hin.«

»Dann reisen wir, sobald die Eskorte eingetroffen ist«, entschied Berenguela. Sie wollte sich eben abwenden, als sie aus dem Augenwinkel eine Bewegung des Ritters wahrnahm. Er fasste sich an die Schläfen, taumelte und brach vor ihren Augen zusammen. Mit einem Aufschrei stürzten seine königlichen Gäste auf ihn zu und wollten ihn auffangen, doch Alain war bereits der Länge nach auf den Boden geschlagen. Berenguela beugte sich über ihn und tastete an seinem Hals nach dem Puls.

»Er lebt«, sagte sie. »Schnell, holt die anderen Ritter zu Hilfe. Wir müssen ihn zu einem Lager bringen.«

Olivier rannte aus dem Raum und kam nach kurzer Zeit mit drei anderen Männern zurück. Gemeinsam brachten sie Alain de Macon in ein Krankenzimmer und legten ihn vorsichtig auf ein sauberes Bett. Der Kommandant atmete flach, war aber nicht bei Bewusstsein.

»Er braucht einen Arzt«, sagte Berenguela, »und zwar schnell.«

»Alle unsere Ärzte sind in Akkon und versorgen die Verwundeten«, erwiderte einer der Ordensritter. »Niemand auf der Festung kennt sich mit der Krankenpflege aus.«

»Und wenn wir ihn nach Akkon mitnehmen?«, schlug Jeanne vor. »Dann kann man ihn dort behandeln.«

»Ich weiß nicht.« Berenguela sah Olivier hilfesuchend an. »Am besten bleibe ich hier, und ihr schickt von Tortosa aus Hilfe. Dort wird sicherlich ein Medicus zu finden sein.«

»Das ist nicht dein Ernst«, begehrte Jeanne auf. »Bedenke, wer du bist. Die Königin von England kann doch nicht auf einer gottverlassenen Festung mitten in der Wüste einen Ritter gesund pflegen.«

»Wenn es um ein Menschenleben geht, muss sich die Königin den Verhältnissen anpassen.«

»Aber Richard hat uns nach Akkon befohlen.«
Berenguela sah auf. »Dann wird er eben warten müssen.«
»Du wagst viel für einen Ritter, den du kaum kennst. Richard liebt es nicht, wenn man sich seinen Befehlen widersetzt. Besonders in Kriegszeiten.«
»Wenn ich den Kommandanten richtig verstanden habe«, gab Berenguela ruhig zurück, »dann haben die Friedensverhandlungen bereits begonnen. Und außerdem, hast du selbst mir nicht immer gesagt, wie sehr es dich stört, dass dein Bruder allen seinen Willen aufzwingt?« Und als Jeanne nickte, fuhr sie fort: »Dann verstehe ich nicht, warum gerade du mir jetzt Vorwürfe machst.«
»Wenn Ihr Krak des Chevaliers nicht verlasst, bleibe ich auch«, sagte jetzt Olivier.
»Und was soll aus mir werden?« Jeanne stampfte mit dem Fuß auf.
»Du reist nach Akkon und besänftigst Richard.«
»Und wie?«
»Erkläre ihm einfach alles.«
»Kommt nicht in Frage, ich bleibe auch.«
»Jeanne, einer von uns muss fahren.«
»Dann fährt Olivier.«
Doch der Ritter schüttelte den Kopf. »Mein Platz ist in der Nähe der Königin.«
»Wir bleiben alle hier und schicken einen Boten nach Akkon«, entschied Berenguela.
»Und die Eskorte, die morgen eintrifft?«
»Wenn die Johanniter es gestatten, soll sie sich auf der Festung ausruhen, wenn nicht, muss sie nach Tortosa zurückreiten.«
»Und was wollen wir Richard sagen?«, warf Jeanne ein.
»Er ist dein Bruder, schreib ihm ein paar Zeilen.«
»Verzeih, aber er ist dein Mann.«
Berenguela seufzte. »Gut, schreib einen kurzen Brief und teile

ihm in meinem Namen mit, dass sich unsere Abreise ein paar Tage verzögert.«

Jeanne verließ den Raum, und Berenguela wandte sich wieder Alain de Macon zu. »Wisst Ihr, seit wann ihn diese Kopfschmerzen plagen?«, fragte sie die drei Ordensritter, die beunruhigt am Krankenbett ihres Kommandanten standen.

»Seit der Schlacht von Hattin. Er ist vom Pferd gestürzt und mit dem Schädel aufgeprallt.«

»Mehr könnt Ihr mir nicht sagen?«

»Nur, dass er einige Tage ohne Bewusstsein war und seitdem immer wieder unter schrecklichen Anfällen leidet.«

»Also seit zwei Jahren schon«, folgerte Berenguela.

»Ja. Aber in letzter Zeit sind die Anfälle schlimmer geworden.«

»Was hat er dagegen getan?«

»Manchmal strich er eine Salbe auf die Schläfen.«

Berenguela nickte. »Wisst Ihr, wo er sie aufbewahrt?«

Einer der Ritter bot an, sie zu suchen, und kam nach einer Weile mit einem Schälchen, in dem sich eine gelbliche Masse befand, zurück. Berenguela schnupperte daran, tupfte ihren rechten Zeigefinger hinein und verrieb die Masse auf ihrer Hand.

»Quendel und Rosenöl, vermute ich, ein Mittel, das wenigstens kurzfristig Linderung bringt. Aber offensichtlich liegt das eigentliche Problem anderswo. Existiert auf Krak des Chevaliers eine Kräutersammlung?«

Ein Ordensritter nickte.

»Führt mich hin!«, verlangte sie.

»Und was sollen wir tun?«, fragte Jeanne.

»Du kümmerst dich um den Brief an Richard, und Olivier bleibt bei dem Kranken. Ich bin gleich zurück.«

Sie folgte dem Ritter, und er führte sie durch die labyrinthartigen Gänge der Festung in eine Kammer unmittelbar hinter der großen Küche. Der Raum enthielt eine Vielzahl von ge-

trockneten Kräutern in kleinen Holzkästen und duftete ein bisschen so wie ihr Garten in Navarra.
Alle Kästen waren säuberlich beschriftet, und Berenguela fand von Beifuß über Brennnessel und Knoblauch bis zu Koriander und Liebstöckel alles, was sie brauchte. Auf einem langen Tisch entdeckte sie Mörser und Stößel, kleine und große Schalen aus Ton und einige sogar aus Marmor. In der Ecke stand ein Schreibpult, und dort lagerten Aufzeichnungen teils von Alain de Macon selbst, teils von einem der Medici, die ihn behandelt hatten.
Sofort begann Berenguela zu lesen und erfuhr, dass die Salbe aus Quendel und Rosenöl nicht die einzige Arznei war, die der Kommandant mehr oder weniger vergeblich probiert hatte. Immer wieder hatte es trotz der Bemühungen der Heilkundigen Rückschläge gegeben, die vollständige Genesung trat nicht ein, im Gegenteil, die nagenden Schmerzen hatten zugenommen.
Da der Kranke zunächst aus seiner tiefen Ohnmacht geweckt werden musste, suchte Berenguela nach einem Behälter mit Essig sowie einem Kistchen mit Poleiminze. Wie von ihr erwartet, war in dieser gut sortierten Arzneikammer beides vorhanden, und sie mischte eine Flüssigkeit, die sie in eine kleine Schale füllte. Damit eilten sie und der Ritter zurück ins Krankenzimmer.
Olivier saß neben Alain de Macon, hatte allerdings nichts weiter ausrichten können, als aufmerksam Wache zu halten. Bei Berenguelas Anblick wirkte er erleichtert, und sie lächelte ihm aufmunternd zu. Dann beugte sie sich über den Kranken, hielt ihm die Schale direkt unter die Nase und legte ihre andere Hand auf seinen Mund. Alain de Macon atmete ein, seine Hand zuckte, sein Gesicht verzog sich – und er erwachte.
»Dem Himmel sei Dank«, murmelte Berenguela und wischte Alain mit einem Leinentuch den Schweiß von der Stirn.
Der Kommandant von Krak des Chevaliers blickte verwirrt um

sich und räusperte sich verlegen. »Verzeiht, ich kann mir nicht erklären, was mit mir passiert ist.«

»Aber ich kann es«, sagte Berenguela. »Der Schmerz in Eurem Kopf war so übermächtig, dass Ihr das Bewusstsein verloren habt. In diesem Fall schützt Euch Euer Körper vor der unerträglichen Pein. Ein ganz normaler Vorgang. Doch es wird höchste Zeit, dass Ihr Eure Beschwerden kurieren lasst.«

»Das haben schon viele versucht, aber alle sind gescheitert«, erwiderte er.

»Erzählt mir, was damals bei Hattin geschehen ist.«

»Ich habe den Angriff eines Sarazenen, der mit seinem gezogenen krummen Schwert auf mich zuraste, im letzten Augenblick abwehren können, bin aber dabei vom Pferd gestürzt.«

»Trugt Ihr eine Rüstung?«

»Ja, und meinen Helm. Ich hatte eine tiefe Wunde an der Stirn, doch die ist schnell verheilt. Geblieben sind die Schmerzen.«

Berenguela hatte von Marie gelernt, dass nicht nur die offenen Wunden gefährlich waren, sondern die versteckten Verletzungen wesentlich heimtückischer sein konnten. Selbstverständlich wurden zuerst die Blutungen gestillt, doch oft vergaß man darüber tiefer liegende, versteckte Verletzungen. Und die konnten dann noch jahrelang Kummer bereiten. Marie hatte Berenguela in der Kunst unterwiesen, Verrenkungen einzurichten und Verspannungen zu lösen. Als Prinzessin von Navarra hatte sie allerdings wenig Erfahrung auf diesem Gebiet sammeln können, und seit ihre Eltern Richards Antrag angenommen hatten, war es ihr ohnehin unmöglich gewesen, sich auch nur in Ansätzen weiter mit der Heilkunde zu befassen. Doch sie versuchte sich zu erinnern, was Marie ihr beigebracht hatte. Wie sich die Knochen der Wirbelsäule verhielten und der ganze Körper durch das Rückgrat Halt bekam. Wie die Gelenke in den Pfannen saßen und Arme und Beine beweglich machten. Und wie sie durch Bänder und Sehnen gehalten wurden. Ein-

mal hatte Marie in Berenguelas Beisein einem der Reitknechte eine ausgekugelte Schulter eingerenkt, und der Knecht war schon am nächsten Tag wieder im Stall.
Es ist einen Versuch wert, dachte sie und nahm sich vor, in den nächsten Tagen die Nackenmuskulatur sowie die Halswirbel des Kommandanten genauer zu untersuchen. Zunächst brauchte er Ruhe und vor allem erholsamen Schlaf.
Jeanne hatte unterdessen einen Boten beauftragt, dem englischen König eine Nachricht von seiner Frau zu überbringen. Sie fürchtete, dass Richard kein Verständnis für Berenguelas Ungehorsam zeigen würde, andererseits zollte sie den Prinzipien ihrer Schwägerin durchaus Respekt. Sie fand Berenguela seit der Hochzeit verändert, und sie fragte sich, was zwischen Richard und ihr vorgefallen sein konnte. Jeanne kannte ihren Bruder nicht gut genug, um seine Gefühle und Gedanken einschätzen zu können. Aber dass er seine Frau liebte, wusste sie. Die Anzeichen hätte nur ein Blinder übersehen können. Doch ihr war bereits aufgefallen, dass es mit Berenguelas Klarsichtigkeit nicht immer zum Besten stand.
Jeanne, die im Gegensatz zu Berenguela jahrelange Erfahrung mit der Ehe hatte, konnte sich vorstellen, dass Richard seine Frau verletzt hatte. Vielleicht, ohne es zu wollen, aber sie hatte es selbst erlebt, dass Männer oft anders fühlten als Frauen. Sie nahm sich vor, bei der nächsten Gelegenheit mit ihrer Schwägerin über Richard zu sprechen.
Ansonsten wollte sie lieber heute als morgen dem Heiligen Land den Rücken kehren. Sie war jetzt schon über ein Jahr lang Witwe und nicht abgeneigt, wieder zu heiraten. Die Wahl eines passenden Bräutigams lag zwar nicht in ihrer Hand, doch sie konnte sich gut vorstellen, Philipp von Frankreich näher kennenzulernen. Er sah gut aus und hatte, wie Jeanne fand, in seinen Augen einen Ausdruck von Verletzlichkeit, der sie rührte. Ihr kurzes Zusammentreffen in Messina, bei dem Philipp un-

zweifelhaft von ihr beeindruckt war, hatte in ihr den Gedanken reifen lassen, dass die französische Königskrone wie für sie gemacht war. Schließlich hatte auch ihre Mutter sie einst getragen. Sie war in erster Ehe mit dem damaligen französischen König verheiratet gewesen.

Und außerdem war Richard mit Philipp befreundet, ein Gesichtspunkt mehr, der die beiden Herrscherfamilien aneinanderband. Die Sache mit Adelaide war allerdings weniger schön und könnte, so fürchtete Jeanne, in Philipp einen nicht nachlassenden Groll auf Richards gesamte Familie, sie selbst eingeschlossen, hervorgerufen haben. Andererseits fühlte sie sich imstande, mit den geballten Reizen ihrer Weiblichkeit den französischen König zu ihren Gunsten umzustimmen.

Die Nachricht von seiner Erkrankung machte ihr große Sorgen, und deshalb wollte sie alles daransetzen, so schnell wie möglich in seine Nähe zu gelangen. Sie erwog sogar kurzfristig, Berenguela könnte Philipp mit ihren Pflanzenarzneien helfen, doch verwarf sie diesen Gedanken bei näherer Betrachtung. Dass ihre Schwägerin diesem Alain de Macon helfen wollte, verstieß schon gegen jeden Anstand, aber an diesem abgelegenen Ort konnten sie auf Geheimhaltung hoffen. In Akkon den bettlägerigen König der Franzosen zu behandeln, war absolut unmöglich. Obwohl, und da blitzte ihr gewohnter Humor durch, sie zu gern das Gesicht ihres Bruders sehen würde, wenn Berenguela nach Philipps Herzschlag tastete.

Sie hatte in dem Brief an Richard nichts von der Erkrankung des Kommandanten erwähnt, sondern lediglich geschrieben, dass sie durch besondere Ereignisse gezwungen seien, einige Tage länger auf Krak des Chevaliers zu bleiben, aber in absehbarer Zeit in Akkon eintreffen würden. Eigentlich, dachte Jeanne, kann es Richard egal sein, ob seine Frau und seine Schwester sich im Norden oder im Süden des Heiligen Landes aufhalten, er hat ja doch keine Zeit und Muße. Aber vermut-

lich würde er ihnen schon aus Prinzip Vorwürfe machen, weil sie sich nicht an seine Wünsche gehalten hatten.
Da Berenguela sich der Krankenpflege widmete, würden die nächsten Tage hier noch eintöniger sein als zuvor. Vielleicht konnte sie wenigstens den Ritter, der seiner Königin nicht von der Seite wich, zu einem Ausritt überreden. Die Karawanen, die in Sichtweite der Burg vorbeizogen, hatten ihre Neugier geweckt, denn sie malte sich aus, dass die Kamele traumhafte Stoffe aus farbiger Seide, mit Perlen bestickt und orientalischen Mustern verziert, beförderten.
Dank Berenguelas Kräutertränken war Alain zur Ruhe gekommen, und sein Kopf fühlte sich dumpf, aber schmerzfrei an. Sie verbrachte täglich mehrere Stunden bei ihm, sprach mit ihm über das Leben in der Wüste, die gnadenlose Sonne und die Trockenheit sowie über die Herausforderung, eine Festung in Feindesland zu halten. Einer Frau wie der englischen Königin war er noch nicht begegnet. Sie war nachdenklich und oft in sich gekehrt, dabei von großer Schönheit, die sie nicht wahrzunehmen schien. Alain achtete sie für ihre Menschlichkeit und ihre Bereitschaft, sich trotz ihrer Stellung auf einen Kranken einzulassen. Sie schien mit sich zu ringen, ob sie eine bestimmte Behandlung wagen sollte, und obgleich er sich nicht viel davon versprach, hoffte er doch, dass Berenguela ihm ein Mittel gegen seine Schmerzen anbieten würde.
Ein paar Tage später betrat sie das Krankenzimmer in Begleitung von Olivier. Sie trug ein einfaches Kleid, hatte Tücher und mehrere Schälchen dabei und bat Alain, sich so aufzusetzen, dass er ihr den Rücken zuwandte.
»Ich habe lange nachgedacht«, begann Berenguela, »und ich glaube, dass Ihr Euch damals bei dem Sturz Knochen verrenkt, möglicherweise sogar gebrochen habt. Wenn Letzteres der Fall war, ist es für eine Behandlung jetzt zu spät. Das gilt jedoch nicht bei einer Verrenkung, die auch starke Kopfschmerzen hervorru-

fen kann. Wenn Ihr einverstanden seid, werde ich versuchen Eure Wirbel wieder in die richtige Stellung zu bringen.«
»Und Ihr meint, das könnte mein Leiden heilen?«
»Vielleicht. Ich will Euch nicht zu viel versprechen. Aber wir könnten es versuchen.« Sie strich zunächst behutsam über seine Nackenwirbel und übte dann etwas mehr Druck aus. Alain zuckte zusammen. »Seht Ihr«, sagte Berenguela, »hier könnte die Wurzel des Übels sitzen.«
»Versucht es«, stimmte Alain zu. »Schlimmer als jetzt kann es nicht kommen.«
»O doch«, entgegnete Berenguela. »Ihr müsst wissen, dass alle Verletzungen an der Wirbelsäule sehr gefährlich sind. Und nicht minder riskant ist das Wagnis, sie zu heilen.«
»Was kann passieren?«
»Ihr könnt die Beweglichkeit Eurer Arme verlieren oder die Eurer Beine. Schlimmstenfalls könnte der ganze Körper gelähmt sein. Aber normalerweise geht alles gut.«
»Habt Ihr schon einmal eine solche Verrenkung geheilt?«
»Nein. Wollt Ihr es trotzdem riskieren?«
»Ja.«
Berenguela bat Alain, seine Schultern locker hängen zu lassen, und fasste mit beiden Händen um seinen Kopf. Sie begann vorsichtig seinen Schädel von rechts nach links zu bewegen, ließ ihn kreisen, griff fester zu – und dann vollführte sie einen kurzen, kräftigen Ruck. Es gab einen lauten Knacks, und Berenguela nahm ihre Hände von Alains Kopf und strich sanft über seine Schultern.
»Olivier wird Euch mit einer Salbe aus Rosenöl einreiben, und danach schlaft Ihr am besten ein wenig. Ich werde später nach Euch sehen.«
Sie lächelte Alain zu, verließ das Krankenzimmer, machte sich auf den Weg zur Arzneikammer und durchquerte einen der kleineren Säle, als ihr Jeanne aufgeregt entgegenlief.

»Du kommst besser gleich mit mir.«
»Was ist passiert?«, fragte Berenguela noch ganz in Gedanken.
»Richard ist hier.«

»Du kannst gern den Rest deines Lebens bei den Nonnen verbringen, wenn dir deine Pflanzen wichtiger sind als dein Mann – und dein König.« Richard schleuderte ihr seinen Zorn entgegen.
»Ich wäre morgen nach Akkon aufgebrochen.«
»Was du tust und wann du es tust, bestimme ich.«
»Noch bin ich ein freier Mensch und keine Sklavin.«
»Du bist die Königin von England.«
»Und das bedeutet, dass ich deine Gefangene bin und nicht entscheiden darf, was ich für richtig halte?«
»Unsinn. Aber wenn ich dich rufen lasse, erwarte ich, dass du folgst und nicht eigenmächtig andere Pläne machst.«
»Aber Jeanne hat dir doch geschrieben und alles erklärt. Ich sehe keinen Grund für deinen Zorn.«
»Nichts hat meine Schwester erklärt. Ihr seid aufgehalten worden, das war alles, was sie mir mitgeteilt hat.«
»Sie hat dir nicht berichtet, dass sich unsere Abreise nur um ein paar Tage verzögert?«
»Schon. Aber sie hat keinen Grund dafür genannt.«
»Und das bringt dich hierher? Du nimmst den weiten Weg in den Norden auf dich, nur, um mit mir einen Streit anzufangen?«
»Nicht nur. Unter anderem habe ich mit meiner Schwester zu reden.«
»Ich gehe sie holen«, erbot sich Berenguela.
»Später.«
»Gut, dann lasse ich dich jetzt mit deinem Groll allein.«
»Nein, warte.« Berenguela blieb stehen. »Du hast mir gefehlt«, sagte Richard leise. »Ich habe jede Nacht an dich gedacht.«

»Eben wolltest du mich noch in ein Kloster stecken.«
»Ich war zornig und hatte eine andere Begrüßung erwartet.«
»Das geht mir nicht anders.«
»Was soll ich von dieser Geschichte mit dem kranken Kommandanten halten?«, fragte er, bemüht um einen versöhnlichen Ton.
»Dass er unter peinigenden Kopfschmerzen leidet und ich lediglich versucht habe ihm zu helfen.«
»Und deshalb missachtest du meinen Befehl?«
»Verzeih, ich wusste nicht, dass du zwischen einer Bitte und einem Befehl keinen Unterschied siehst.«
»Ich kann es nicht erlauben, dass die Königin öffentlich den Krankenpfleger spielt.«
Sie sah zu Boden und fühlte die Röte in ihr Gesicht steigen. Zumindest in diesem Punkt hatte er nicht unrecht.
»Es tut mir leid, Richard, aber er brauchte dringend Hilfe. Und außerdem wissen nur wenige Menschen davon, und die werden es für sich behalten. Ich habe also keineswegs öffentlich den – wie du es nennst – Krankenpfleger gespielt.«
»Dies ist ein Orden, der Hospitäler unterhält. Und du willst mir weismachen, dass ausgerechnet die Johanniter keinen Arzt zur Verfügung haben?«
»Alle Heilkundigen werden in Akkon gebraucht.« Berenguelas Stimme zitterte.
Richard gab nach. »Ich habe mir Sorgen gemacht«, sagte er. »Und außerdem hatte ich Sehnsucht nach dir. Wir haben uns lange nicht gesehen.«
»Du warst sehr beschäftigt.«
Er stieß hörbar die Luft aus. »Ich führe einen Kreuzzug an.«
»Niemand macht dir einen Vorwurf.«
»Was ist los mit dir? Du bist so abweisend wie die Mauern dieser Festung.«
»Nichts. Ich bin nur müde.«

»Dann geht es dir wie mir. Wir sollten uns früh schlafen legen.« Er lächelte.

»Ich habe noch zu tun. Und du wolltest sowieso mit Jeanne sprechen.«

»Das hat Zeit. Komm her und küss mich.«

Sie rührte sich nicht. »Richard, ich bin kein Spielzeug, über das man nach Belieben verfügen kann.«

»Du bist verärgert wegen meiner Bemerkung über ein mögliches Leben im Kloster. Ich entschuldige mich dafür. Ich war wütend über dein eigenmächtiges Verhalten.«

»Und du handelst niemals eigenmächtig?«

»Liebste, ich tue es immer. Ich muss es tun. Ich bin der König.«

»Ich meinte in Bezug auf mich.«

»Hilf mir auf die Sprünge.«

»Du weißt genau, worum es geht.«

»Ich habe nicht die leiseste Idee.«

»Warum hast du mich in unserer ersten Nacht allein gelassen?«

»Warum? Weil ich noch eine Menge zu erledigen hatte.«

»Siehst du, das ist eigenmächtig.«

Die Zärtlichkeit in Richards Augen wich ungeduldiger Gereiztheit. »Wirfst du mir vor, dass ich handle, wie ein König handeln muss?«

»Nein. Aber ... Ach, lassen wir das.«

»Berenguela, nun mach es dir und mir doch nicht so schwer. Ich werde dich noch oft allein lassen müssen, auch wenn ich das bedaure.«

»Liebst du mich überhaupt?«, wollte sie wissen.

»Aber natürlich. Warum fragst du?«

»Du hast es noch nie gesagt.«

Er ging zu ihr und nahm sie in die Arme. »Hast du das denn nicht gespürt?«

»Doch«, antwortete sie. »Aber dann bist du gegangen.«

Er hob ihr Kinn, sah ihr in die Augen und küsste sie. »Ich gelobe, das nächste Mal zu bleiben. Und dir zu sagen, dass ich dich liebe.«

Sie lehnte sich an ihn, löste sich dann aber wieder von ihm. Sie brauchte noch Zeit, um sich zu sammeln.

»Ich habe gehört, auf den Mauern von Akkon wehen die Fahnen von England und Frankreich.«

»Ja. Und der Herzog von Österreich hat die seine auch gleich noch mit dazugesteckt.«

»Das klingt nicht nach deiner Zustimmung.«

»Die habe ich ihm auch nicht gegeben. Sein Anteil an der Eroberung der Stadt war nun wirklich zu gering.«

»So hat er die Fahne wieder entfernt?«

»Nein, aber meine Ritter haben das umso nachhaltiger erledigt. Wenn ich mich recht erinnere, endete sein Banner in der Latrine.«

»Die Österreicher müssen tödlich beleidigt sein.«

»Sind sie auch. Der Herzog hat ewige Rache geschworen.«

»Und du bist das Ziel.«

»Ich vermute, ja. Aber auf diesen Triumph wird er wohl bis zum Jüngsten Tag warten müssen.«

»Die Menschen in diesem Land wünschen sich baldigen Frieden. Sie haben viel gelitten.«

»Die Verhandlungen mit dem Sultan sind überaus zäh. Es wird noch viele Treffen geben. Aber wer weiß, vielleicht finden wir eine ganz und gar ungewöhnliche Lösung. Das ist übrigens einer der Gründe, warum ich hier bin und mit Jeanne sprechen muss.«

»Was hat deine Schwester mit den Friedensverhandlungen zu tun?«

»Bis jetzt noch nichts. Aber der Sultan und ich haben einen ganz speziellen Gesichtspunkt erörtert. Saladin wäre an einer dynastischen Verbindung interessiert.«

»Ich verstehe nicht.«
»Nun, der Sultan würde eine Heirat zwischen meiner Schwester Jeanne und seinem jüngeren Bruder Malik al-Adil befürworten.«
»Hast du den Verstand verloren?« Berenguela starrte Richard fassungslos an. »Du willst deine Schwester einem Sarazenen zur Frau geben?«
»Ich finde das gar nicht so abwegig. Eine Christin und ein Muslime würden gemeinsam über das Heilige Land herrschen.«
»Weiß Jeanne davon?«
»Noch nicht. Darum wollte ich ja mit ihr sprechen.«
»Gib dein wahnsinniges Vorhaben auf und erspare deiner Schwester diese Demütigung.«
»Ich habe Malik al-Adil kennengelernt. Er ist ein durch und durch kultivierter Mann. Übrigens mit einem großen Verständnis für Musik.«
»Hat er dich mit seinen Liedern becirct, so dass du wie Odysseus und seine Männer nicht mehr klar denken kannst?«
»Sieh dich vor, was du sagst.«
»Nein, ich werde nicht still sein und zulassen, dass du deiner Schwester das antust.«
»Jeanne kann selbst entscheiden.«
»Ja? Kann sie das? So wie ich entscheiden kann, ob ich einem Kranken helfe oder auf der Stelle aufbrechen muss, wenn der König ruft. Du duldest doch in deiner Gegenwart nur willenlose Menschen.«
»Sprich nicht so mit mir.«
»Ich hoffe inständig, dass Jeanne dir Grenzen setzt.«
»Du bist also gegen mich.«
»Ich bin entschieden gegen den Plan, den du dir gemeinsam mit dem Sultan in den Kopf gesetzt hast. Willst du deine Schwester hinter Haremsmauern wissen? Sie ist eine wunderschöne lebensbejahende Frau und verdient Besseres, als von

ihrem Bruder zu einer Geisel für den Frieden gemacht zu werden.«
»Und wenn Saladins Bruder zum Christentum übertritt?«
»... macht das die Sache auch nicht besser.«
»Früher oder später muss Jeanne wieder heiraten.«
»Dann sprich mit Philipp statt mit einem Sarazenen, von dem du nichts weißt, außer dass er singen kann. Das kannst du auch, und wie du siehst, reicht das nicht für eine Ehe.«
Im Zimmer war es still geworden. Sie standen beide voneinander abgewandt, und Berenguela kämpfte, ihm ihre Tränen der Enttäuschung nicht zu zeigen. »Entschuldige mich, ich muss nach dem Kranken sehen«, sagte sie endlich.
»Es ist wohl zwecklos, dich um einen Abschiedskuss zu bitten.«
»Ja.«
»Und wenn ich es dir befehle?«
»Bekommst du dennoch nicht, was du haben willst.« Sie drehte sich um, doch er war schneller und riss sie in seine Arme. Sein Kuss war nicht sanft, sondern hart und wild. Sie wehrte sich gegen ihn, und endlich gelang es ihr, sich loszureißen, und sie stieß ihn von sich. »Du hast keine Achtung vor den Menschen«, rief sie weinend. »Und irgendwann wird auch niemand mehr Achtung vor dir haben.« Mit diesen Worten rannte Berenguela zur Tür und schlug sie laut hinter sich zu. Draußen lehnte sie sich erschöpft an die kalten Steine von Krak des Chevaliers. Kurze Zeit hatte sie geglaubt, Richard lieben zu können, doch dem Rausch der Gefühle war bittere Ernüchterung gefolgt. Und jetzt hatte sie die Liebe verloren.

TEIL III

Der Medicus

Im ersten Licht des Tages erwachte die Stadt, und ein weiterer warmer, makelloser Sommertag kündigte sich an. Die Sonne zeigte sich um diese Zeit nur als schmaler roter Schein im Osten, doch später würde sie wie schon gestern und vorgestern ein Lächeln auf die Gesichter der Menschen zaubern und die Bauern daran erinnern, dass es Zeit wurde, die Sensen zu schärfen und das Gras zu mähen.

Er hörte die Glocken der Bischofskirche und drehte sich zu der Frau an seiner Seite. Adelaide schlief noch, und ihre weiße Haut schimmerte wie das kostbarste Elfenbein. Er fuhr ihr leicht mit der Hand über den nackten Rücken, strich mit seinem Zeigefinger die Wirbelsäule entlang und hing in Gedanken der vergangenen Nacht nach.

Solange er denken konnte, hatte ihn ihre Schönheit betört, doch er war noch ein Junge gewesen, und später, als er ein Mann wurde, hatte ein anderer sie zu seiner Geliebten gemacht. Er hatte immer geahnt, dass Adelaide im Bett eine Wildkatze war, aber erst jetzt die Gelegenheit bekommen, sich davon zu überzeugen. All die Jahre, die sie in denselben Palästen verbracht hatten, war sie ihm ausgewichen, hatte die Liebe seines Vaters ertragen und auf die seines Bruders gehofft. Aber jetzt gehörte sie ihm.

Er spürte, dass er sie wieder begehrte, und begann an ihrer Schulter zu knabbern. Sie erwachte nicht, und das erregte ihn mehr, als wenn sie seine Zärtlichkeiten erwidert hätte. Seine Hände streichelten ihre Beine, und er schloss die Augen und genoss die Lust, wenn seine Fingerspitzen ihren willenlosen Körper berührten und Schauer durch seinen Leib sandten. Adelaide stöhnte und bewegte sich, rutschte aber unwillkürlich näher zu ihm und drehte schlaftrunken den Kopf. Er presste seinen Mund auf ihre Lippen, und sie liebten sich im frühen Licht des Morgens mit einer Intensität, die ihn vor Verlangen brüllen ließ. Er fühlte die Enge ihres Körpers und stieß wieder und wieder zu. Und als er kam, hielt er sie fest und starrte ihr in die Augen. Sie erwiderte seinen Blick, fuhr mit ihren spitzen Fingernägeln über seinen Rücken und fügte den Kratzspuren von gestern frische blutige Streifen hinzu.

»Das Warten hat sich gelohnt«, stöhnte John, nachdem er mühsam wieder zu Atem gekommen war. »Aber ich gestehe, dass ich von deinem wundervollen Körper seit Jahren träume.«

»Du redest zu viel, John«, murmelte Adelaide und drehte sich auf die Seite, um noch ein wenig zu schlafen.

Doch er ließ sie nicht los und drückte sein Gesicht in ihr duftendes langes Haar. »Woran liegt es, dass du immer so gut riechst?«

»Das, mein Lieber, ist ein Geheimnis.«

Seine Hände streichelten immer noch ihre Brüste und ihren Bauch.

»John, dein Arm stört. Lass mich noch ein bisschen schlafen.«

»Eigentlich«, flüsterte er, »wollte ich etwas mit dir besprechen.«

»Jetzt?«

»Uns bleibt nicht viel Zeit. Ich segle heute Mittag nach England.«

»Wann kommst du zurück?«

»Bald.«

»Ich habe ohnehin den Eindruck, dass du mehr in Rouen als in London bist.« Adelaide war jetzt zu wach, um weiterzudösen, und setzte sich auf.

»Die Normandie ist das Land meiner Vorfahren«, scherzte er. »Und außerdem lebt hier die begehrenswerteste Frau der Welt.«

»Also, was willst du mit mir besprechen?«

»Wie stehen eigentlich die Dinge zwischen dir und Guillaume le Maréchal?«, fragte er beiläufig.

»Es geht dich zwar nichts an, aber er scheint mit seiner reichen Erbin glücklich verheiratet zu sein.«

»Ich dachte immer, er würde dir etwas bedeuten.«

»Hast du die Nacht mit mir verbracht, um mich über andere Männer auszufragen?«, entgegnete sie unmutig.

»Jeder Mann will wissen, ob er sich mit seinen Vorgängern messen kann.«

»Und jetzt möchtest du von mir hören, bei wem die Hure deines Vaters am meisten Lust empfunden hat? Oder willst du wissen, ob du im Bett besser als dein Vater bist?«

»Und, bin ich?«

»Du benimmst dich immer noch wie ein kleiner Junge, John.«

»Täusch dich nicht, du hast gerade mit dem künftigen König von England geschlafen.«

»So ist Richard endlich zur Hölle gefahren?«

»Noch nicht.«

»Wie kannst du dann sicher sein, über England zu herrschen? Wenn Richard zurückkommt, wird er dich ohnehin in Ketten legen, so wie du das Land aussaugst.«

»Richard kommt nicht zurück.«

Sie rückte nahe an ihn heran und stützte sich auf ihren Ellbogen. »Wieso bist du da so sicher?«

Er spielte mit einer ihrer blonden Strähnen. »Besser, du weißt nicht alles.«

»Glaubst du, ich verrate einen Mann, der so leidenschaftlich liebt wie du?«

»Liebste, du bist schön, aber auch gefährlich. Was dich allerdings noch reizvoller macht.«

»Du kämpfst also immer noch einen aussichtslosen Kampf gegen deinen Bruder«, stellte sie fest.
»Wer sagt, dass er aussichtslos ist?«
»Ach John, bisher hat Richard immer gesiegt.«
»Diesmal wird es anders.« Er stand auf und wickelte ein Tuch um seine Hüften. »Spielst du noch Schach?«, fragte er.
»Ich habe es aufgegeben.«
»Schade, du warst eine würdige Gegnerin.«
Sie zuckte mit den Schultern. »Man muss wissen, wann man verloren hat.«
»Du weißt ganz genau, dass das Spiel noch nicht zu Ende ist. Hast du nicht selbst gesagt, dass der schwarze König fallen muss?«
»Ja«, gab sie zögerlich zu.
»Und die schwarze Dame ebenfalls«, entschied er.
»Meinst du Richards Frau, diese langweilige Kräutersammlerin?«
Er lachte. »Du bist wie immer gut unterrichtet. Kein Mensch versteht, was Richard an ihr findet. Besonders, wenn man bedenkt, was er dafür aufgegeben hat.« Er warf ihr einen schmeichelnden Blick zu. »Obwohl ich allen Grund habe, darüber froh zu sein.«
»Was hörst du so aus dem Heiligen Land?«
Er schenkte sich Wasser aus einem Tonkrug ein, nahm einen großen Schluck, kehrte zum Bett zurück und setzte sich neben sie. »Philipp ist auf dem Rückweg«, sagte er.
»Was?« Adelaide fuhr auf und verließ jetzt ihrerseits das Bett, um ans Fenster zu treten, das den Blick über die Seine, in der sich mittlerweile eine blutrote Sonne spiegelte, freigab. John bewunderte ihre Kehrseite, die perfekt geformten langen Beine und ihr blondes Haar, das ihr bis zum Po ging, die beiden pfirsichweichen Rundungen aber nicht bedeckte.
»Woher weißt du, dass Philipp zurückkommt?«

»Von ihm selbst.«
»Aber warum überlässt er Richard den ganzen Ruhm?«
»Erstens ist er krank, und zweitens scheint mir seine Rückkehr überaus klug kalkuliert.«
»Und warum hat er mir nicht geschrieben?«
»Vielleicht hat seine Nachricht dich noch nicht erreicht.«
Sie drehte sich um, und John musste schlucken, so sehr erregte ihn ihr Anblick.
»Erzähl mir mehr«, forderte sie ihn auf.
»Dann komm auf meinen Schoß.«
»Du bist unersättlich«, schalt sie ihn. »Spar dir deine Leidenschaft für später auf.«
Er seufzte und trank noch einen Schluck. »Hast du nichts zu essen? Liebe macht hungrig.«
»Nein«, gab sie unwillig zurück und nahm ein leichtes Kleid aus einer Truhe.
»Bitte nicht«, sagte John. »Lass mich dich noch eine Weile anschauen.«
»Aber mir wird kalt.«
»Ich wärme dich.«
Sie schlenderte zu ihm und lächelte ihn an. »Nur, wenn du brav bist.«
»Ich gelobe, mich wie ein Mönch zu benehmen.«
Sie setzte sich neben ihn und schmiegte sich an seine Schulter.
»Warum hältst du Philipps Abreise aus dem Heiligen Land für klug?«
»Weil es hier Wichtigeres zu tun gibt.«
»Es gab eine Zeit, da waren Philipp und Richard Freunde.«
»Das ist lange her. Es gab auch eine Zeit, da warst du Richards Braut. Man soll nie zurück, sondern nur nach vorne schauen.«
»Hm.«
»Philipp sagt, Richards Ehe sei ein Debakel.«
»Interessant. Inwiefern?«

»Wenn ich ihn richtig verstanden habe, hat sie sich auf eine Festung im Norden zurückgezogen und pflegt Kranke.«

»Nicht zu fassen. Und Richard?«

»Holt sich sein Vergnügen anderswo. Falls er dazu überhaupt Zeit hat. Er schlägt ja eine Schlacht nach der anderen.«

»Er soll aber auch sehr erfolgreich sein.«

John schwieg und strich mit den Fingern über die Spitze ihres Busens. Sie schlug seine Hand weg. »Schon vergessen? Du wolltest dich wie ein Mönch benehmen. Ich verstehe nicht, warum Richard seine Frau so vernachlässigt.«

»Vielleicht geht die Trennung von ihr aus.«

»Dann scheint sein berühmter Charme bei dieser Frau versagt zu haben.«

»Was weiß ich. Vielleicht war sie auch nur abgestoßen von seiner Idee, Jeanne dem Bruder des Sultans zur Frau zu geben.«

»Das wäre mir genauso gegangen.«

»Eine groteske Vorstellung.« Er grinste. »Obwohl unsere pummelige Schwester sicher das Wohlwollen des Sultans erregt hätte. Mutter sagt, Jeanne ist auf Sizilien kugelrund geworden.«

»Die spitze Zunge deiner Mutter macht auch vor ihren eigenen Kindern nicht halt. Jeanne war immer wunderschön.«

»Ich vergaß, sie ist ja deine Freundin aus Kindertagen.«

»Ich habe Jeanne immer sehr gemocht und wünsche ihr einen Mann, der sie glücklich macht.«

»Wie wäre es mit Philipp?«, scherzte er und rieb ihren Rücken. »Er ist sehr beeindruckt von ihr.«

»Warum nicht? Dann sind ja unsere Familien endlich miteinander verknüpft.«

»Diesbezüglich habe ich noch eine andere Idee«, flüsterte er. »Heirate mich.«

»Irre ich mich, oder bist du nicht schon verheiratet?«, gab sie trocken zurück.

»Ach, das war ein Arrangement von Richard.«
»Nichtsdestotrotz hast du eine Ehefrau.«
»Die mir nicht halb so viel Vergnügen bereitet wie du. Ich lasse mich scheiden.«
Adelaide lachte laut auf. »Ich möchte Mäuschen spielen, wenn deine Mutter ihren Wutanfall bekommt.«
»Meine Mutter hat damit gar nichts zu tun. Philipp würde zustimmen.«
»Du hast meinen Bruder schon gesprochen?«
»Brieflich, ja. Du und ich sind so gut wie verlobt.«
»Du hättest mich fragen müssen.«
»Das letzte Mal hast du mir als Antwort in die Lippe gebissen. Das wollte ich nicht noch einmal riskieren«, erwiderte er grinsend.
»Und was machst du, wenn ich nein sage?«
»Ich überzeuge dich vom Gegenteil«, flüsterte er.
»John«, sagte sie leise.
»Hm.«
»Die Leute sagen, es geht eine Bestie um.«
»Was?«
»Frauen und Mädchen sind verschwunden und später tot gefunden worden. Sie sollen schrecklich zugerichtet gewesen sein.«
»Ja und?«
»Erinnerst du dich an die Geschichten in London?«
Er beendete seine Zärtlichkeiten. »Was meinst du?«
»Die verstümmelten Tiere.«
»Denk doch nicht ausgerechnet jetzt an so unappetitliche Dinge.«
»Aber John, es passiert immer irgendwo in meiner Nähe.«
»Das ist doch Unsinn.«
»Nein, es ist mir schon lange aufgefallen.«
»Und du meinst, die Bestie, von der die Menschen hier spre-

chen, ist dieselbe wie die, die in London die Tiere auf dem Gewissen hat.«
Sie nickte.
»Das kann ich mir nicht vorstellen.«
»Halt mich fest«, bat sie mit bebender Stimme. »Was ist, wenn die Bestie mir folgt?«
»Das ist ganz und gar unmöglich«, antwortete er. »Du bist kein einfaches Bauernmädchen und hier im Palast absolut sicher.«
»Ich habe nachgedacht«, begann sie erneut. »Und wenn er selbst Zugang zu dem Palast hat?«
»Unsinn. Dann müsste der Mann aus einer einflussreichen Familie stammen.«
Sie starrte ihn an. »Küss mich«, flüsterte sie. »Ich fürchte, ich kenne ihn.«

Seit drei Monaten wartete sie vergeblich auf das Einsetzen ihrer Blutung. Sie wusste, was das bedeutete. Am Anfang hatte sie sich damit getröstet, dass die Strapazen der vielen Reisen, das Klima, die neue Umgebung sowie die ungewohnte Ernährung schuld an der Verzögerung ihrer Regel seien, doch die Wochen vergingen, und irgendwann musste Berenguela der Tatsache ins Auge sehen, dass sie schwanger war.
Die Erkenntnis erfüllte sie in erster Linie mit Furcht und sogar ein wenig mit Scham. Freude über die Schwangerschaft empfand sie gar nicht. Zu groß war die Unsicherheit, wie sie allein im Heiligen Land ein Kind zur Welt bringen sollte. Richard führte immer irgendwo Krieg. Nach dem Erfolg bei Akkon zog er Richtung Jerusalem, kämpfte bei Jaffa und Askalon und trieb seine Männer zu immer weiteren Märschen durch die Gluthitze der Wüste – in voller Rüstung und mit schweren Waffen. Die Boten, die Nachrichten nach Krak des Chevaliers brachten, erzählten von jungen Rittern, die nachts weinend nach ihren

Müttern riefen, weil die Mücken, Skorpione und Taranteln sie in Angst und Schrecken versetzten. Und selbst hartgesottene und erprobte Kämpfer waren den Anforderungen kaum gewachsen. Unter der gnadenlosen Sonne brachen die Ritter zusammen und stürzten von ihren Pferden, das Metall ihrer Harnische wurde so heiß, dass sie es nicht zu berühren wagten, der Schweiß floss in solchen Mengen von ihren Stirnen, dass sie unter ihren Helmen kaum etwas sehen konnten.

Berenguela hielt es für Schikane, die Männer in voller Rüstung durch das Heilige Land zu hetzen, doch Richard, erzählte Alain de Macon, bestand darauf, dass niemand den Bogenschützen der Sarazenen ein leichtes Ziel bot und sich ungeschützt dem Pfeilhagel aussetzte. Denn jeder Marsch der christlichen Ritter wurde von Saladins Reiterstaffeln begleitet, und sobald sich eine Gelegenheit bot, griffen die Muslime an.

Seit ihrem Streit erfuhr Berenguela nur über Dritte, wie es ihrem Mann ging. Der Anlass ihres Streites war zwar aus der Welt, denn Richard hatte seinen Plan, Jeanne mit dem Bruder des Sultans zu verheiraten, aufgegeben, doch Berenguela konnte ihm allein die Absicht immer noch nicht verzeihen. Richards Ansicht dazu kannte sie nicht, aber wie sie ihn einschätzte, dürfte er ebenso verärgert sein wie sie selbst.

Jeanne hatte Richard in einer lautstarken und heftigen Auseinandersetzung klargemacht, dass sie eher fliehen würde, als einen Sarazenen zu heiraten. Bei dieser Gelegenheit hatte Jeanne das Thema Philipp angeschnitten und ihrerseits eine erregte Antwort ihres Bruders herausgefordert. Richard hatte ihr hitzig erklärt, dass sie sich den französischen König aus dem Kopf schlagen solle.

Berenguela hatte Jeannes Tränen getrocknet, nachdem Richard gegangen war, und die beiden Frauen waren übereingekommen, weiterhin auf Krak des Chevaliers zu bleiben, bis der Kreuzzug beendet war und alle gemeinsam nach Europa zurückkehren konnten oder Richard ihnen eine neue Bleibe zuwies. Doch offenbar hatte er beschlossen, sich nicht weiter um die beiden zu kümmern. Entweder, vermutete Berenguela, war ihm ihr Vorwurf, er handle eigenmächtig und gegen die Wünsche seiner Mitmenschen, zu Herzen gegangen, und er wollte ihr die Entscheidungen über ihr Leben selbst überlassen, oder er war so verbittert über ihre Worte, dass er absichtlich schwieg.

Alain de Macon hatte dagegen mit Freude vernommen, dass seine Gäste die Festung nicht verließen, sah aber mit Sorge die Trauer in den Augen von Berenguela. Seine Kopfschmerzen waren nicht vollständig verschwunden, hatten sich aber deutlich abgeschwächt. Berenguela hatte ihm aufgetragen, ein Tagebuch über die Schmerzanfälle zu führen, anhand dessen sie nach weiteren Ursachen und möglichen Hilfen suchen würde. Auf jeden Fall konnte sie erkennen, dass er nach dem erfolgreichen Einrenken seiner Nackenwirbel neuen Lebensmut gewonnen hatte und zuversichtlich war, sie werde auch ein Mittel gegen die verbliebenen Beschwerden finden.

Berenguela lächelte bitter. Sie war anderen Menschen oft eine Stütze gewesen, doch wenn es um ihr eigenes Leben ging, konnte sie sich nicht helfen. Sie hatte auf ganzer Linie versagt. Das Band zwischen ihr und Richard war zerschnitten, nach Navarra konnte sie nicht zurück, Jeanne würde früher oder später irgendeinen Grafen, Herzog oder König heiraten, und sie würde von Richards herrschsüchtiger Familie auf einer abgelegenen Burg einquartiert – nachdem man ihr das Kind fortgenommen hatte.

Ihr Busen war voller geworden und spannte schmerzhaft. Sie hatte wenig Appetit, und wenn, dann auf Dinge, die es hier nicht gab. Spargel aus Navarra zum Beispiel, der so fein und zart war, dass er auf der Zunge zerging. Oder die herzhaften Gurken, die Marie in einer Ecke des Gartens zog. So hatte sie am Morgen nur ein paar Stückchen einer Orange gegessen und den

ganzen Tag außer Wasser, das sie mit Rosmarinnadeln aufgekocht hatte, nichts getrunken.
Sie legte beide Hände schützend über ihren Leib, da sie ein leichtes Ziehen im Unterbauch verspürte. Sie fragte sich, ob sie es wagen konnte, mit Jeanne und Olivier zu einem der Umschlagplätze der Karawanen zu reiten, um Abwechslung in ihren Alltag zu bringen und eventuell neue Gewürze zu kaufen. Jeanne hatte bereits häufiger im Beisein von Olivier die Karawanen besucht und war jedes Mal mit den Armen voller Stoffe und Geschmeide zurückgekehrt. Der Ausflug würde einige Stunden dauern. Alain hatte sich überdies bereit erklärt, ihnen eine kleine Eskorte zur Verfügung zu stellen.
Berenguela war auf dem Weg zu ihrem Zimmer, als ein plötzlicher Schmerz sie innehalten ließ. Sie blieb stehen und lehnte sich gegen die Wand, um nicht umzusinken. Das anfangs leise Ziehen hatte sich in einen quälenden Krampf verwandelt, der ihr die Luft nahm. Sie schlang die Arme um ihren Oberkörper und krümmte sich nach vorn. Eine Welle von Übelkeit überschwemmte sie, und sie schmeckte die bitteren Reste der Orange.
Aus einer Tasche ihres Rockes nestelte sie ein kleines Tuch und spuckte den gelblichen Schleim hinein. Sie keuchte, als der Schmerz mit neuer Kraft durch ihren Körper fuhr. Vor ihren Augen verschwammen die Konturen des Gangs, sie fühlte kalten Schweiß auf ihrer Stirn, in ihrem Mund sammelte sich Speichel und kündigte einen weiteren Brechreiz an. Die Krämpfe folgten jetzt unmittelbar aufeinander, es gelang ihr nicht mehr, ihren Atem zu kontrollieren, aus ihren Augen strömten Tränen, und sie wusste, dass sie das Kind verlieren würde.
Sie spürte Feuchtigkeit zwischen den Beinen und hatte das Gefühl, eine übermenschliche Faust habe ihre Eingeweide ergriffen. In der Hoffnung, ihr Zimmer kriechend zu erreichen, drehte sie sich auf die Knie. Doch schon nach kurzer Zeit gab sie es auf

und legte sich auf den Boden. Sie betete um eine Ohnmacht, da sie die Qual nicht mehr ertragen konnte, doch ein neuer Anfall packte sie und ließ sie schreien. Dann endlich wurde es dunkel, und sie spürte nichts mehr.
Jeanne wartete ungeduldig im Innenhof von Krak des Chevaliers auf ihre Schwägerin. Auch Olivier stand bereits neben seinem gesattelten Pferd. Die Eskorte war aufgesessen, und die Ritter vertrieben sich die Zeit mit leisen Scherzen über die notorische Unpünktlichkeit von Frauen. Normalerweise war Berenguela zuverlässig und verspätete sich nie. Jeanne warf Olivier einen fragenden Blick zu, doch der zuckte nur mit den Schultern. Beide hatten Berenguela seit dem Morgen nicht mehr gesehen. Sie hatte die meiste Zeit in der Arzneikammer der Festung verbracht, und dort vermuteten sie sie auch jetzt.
»Ich gehe und sehe nach«, sagte Olivier. »Es passt nicht zu ihr, dass sie so die Zeit vergisst.«
»Ich komme mit«, entschied Jeanne, und Olivier rief der Eskorte zu, sie könnten wieder absitzen.
In der Arzneikammer suchten sie Berenguela vergeblich, und auch Alain wusste nicht, wo sie sein könnte. Sie fanden sie weder in der großen Küche noch in ihrem Zimmer, und spätestens jetzt begannen beide sich ernsthaft Sorgen zu machen. Sie baten Alain um Hilfe, der die Ritter, die immer noch im Hof auf das Zeichen zum Aufbruch warteten, als Suchtrupp durch die Burg schickte.
»Sie wird doch nicht von der Mauer gestürzt sein?«, fragte Jeanne ängstlich.
»Das glaube ich nicht«, erwiderte Olivier. »Die Brüstung ist zwar niedrig, aber soweit ich weiß, ist noch nie jemand hinuntergefallen.«
»Vielleicht ist sie ohnmächtig geworden.«
»Aber sie ist doch nicht krank.«
»Nein, aber sie erwartet ein Kind.«

Olivier wurde blass. »Hat sie Euch das gesagt?«
»Das musste sie nicht. Eine Frau spürt so etwas.«
Beide liefen die Treppe nach oben, zu den Gängen, die auf die Wehrmauer mündeten. Jeanne raffte ihren Rock, um mit Olivier Schritt halten zu können, und als sie die letzte Biegung nahmen, fanden sie sie. Berenguela lag gekrümmt auf dem Boden, ein großer Blutfleck hatte ihr helles Kleid durchnässt, und die Flüssigkeit war auf den Boden gesickert. Sie sahen sofort, dass sie nicht bei Bewusstsein war und kaum noch atmete.
»Schnell, ruft Alain«, schrie Jeanne, doch Olivier hatte Berenguela bereits aufgehoben und trug sie den Gang entlang zu dem Krankenzimmer, in dem vor noch nicht allzu langer Zeit der Kommandant von Krak des Chevaliers von Berenguela gepflegt worden war.
Er bettete sie vorsichtig auf das einfache Lager und strich ihr die verschwitzten Haare aus der Stirn. Verzweifelt überlegte er, was jetzt zu tun war, damit sie nicht verblutete. Jeanne kam im Laufschritt ins Zimmer, gefolgt von Alain, der saubere Tücher mitbrachte.
»Sie verliert das Kind«, schluchzte Jeanne.
»Und wir werden die Königin verlieren, wenn es uns nicht gelingt, die Blutung zu stillen«, sagte Alain.
»Aber wie?«, jammerte Jeanne.
Olivier rannte in die Arzneikammer, nahm so viele Bücher und Pergamentrollen, wie er tragen konnte, und jagte zurück zum Krankenzimmer.
»Vielleicht geben uns diese Blätter Auskunft«, keuchte er, und Jeanne und Alain begannen die Unterlagen der Johanniter und auch die von Berenguela durchzusehen. Olivier, der nur langsam und nicht sehr sicher las, lockerte unterdessen Berenguelas Kleid.
»Wie hat sie Eure Ohnmacht damals beendet?«, wandte sich Olivier an Alain.

»Mit Essig und Poleiminze.«
»Wo finde ich das?«
»In der Arzneikammer. Die Minze wird in einem beschrifteten Kästchen aufbewahrt.«
Olivier kam nach kurzer Zeit zurück, und der scharfe Geruch von Essig und Minze weckte Berenguela.
Jeanne hatte die Blätter mit den medizinischen Anweisungen überflogen und sagte mit fester Stimme: »Die Männer verlassen jetzt das Zimmer. Ich werde Berenguela ein Wollzäpfchen, getränkt mit dem Saft des Wegerichs, einsetzen. Bitte schaut nach, ob Ihr die entsprechenden Dinge findet.« Sie sah ihre Schwägerin liebevoll an und wischte sich ihre eigenen Tränen aus dem Gesicht. »Hab keine Angst, du wirst wieder gesund.«
Berenguelas Blick fiel auf ihr blutbeschmiertes Kleid. »Wusstest du, dass ich schwanger bin?«
»Ich habe es nicht gewusst, aber geahnt.« Tränen strömten aus Berenguelas Augen und tropften in ihr Haar. Jeanne nahm ihre Schwägerin in den Arm und wiegte sie wie ein Kind. »Weine nicht, Liebe. Du kannst wieder schwanger werden.«
Berenguela schüttelte verzweifelt den Kopf. »Richard wird mich nie wieder anrühren.«
»Aber warum nicht? Er liebt dich doch.«
»Er liebt nur sich selbst.«
Jeanne rieb ihr beruhigend den Rücken. »Du täuschst dich. Er steht nur seinen eigenen Gefühlen im Weg.«
»Aber unser schrecklicher Streit …«
»Richard hat selbst ein aufbrausendes Temperament. Er wird euren Streit vergessen.«
»Er wird mir nie verzeihen, dass ich sein Kind verloren habe.«
»Aber das ist doch nicht deine Schuld«, tröstete Jeanne.
»Es ist besser, ich sterbe auch.«
»Hör auf damit«, sagte Jeanne. »Wenn Olivier und Alain zurück sind, versorge ich die Blutung, und morgen geht es dir besser.«

Doch am nächsten Tag hielten die Schmerzen unvermindert an, und überdies begann Berenguela zu fiebern. Alain und Olivier lösten Jeanne bei der Krankenpflege ab und ließen die Königin nicht einen Moment allein. Sie kühlten ihre Stirn, flößten ihr Wasser ein, doch Berenguelas Zustand verschlechterte sich, und am Nachmittag fiel sie in unruhige Fieberträume.
»Wir müssen Richard benachrichtigen«, sagte Jeanne zu Olivier. »Findet heraus, wo sich mein Bruder aufhält.«
Der Ritter wurde blass. »Steht es so schlecht um sie?«
Jeanne war verzweifelt. »Ich weiß es doch nicht. In der Heilkunde kenne ich mich nicht aus. Aber ich habe Angst um ihr Leben. Und Richard soll um Gottes willen einen Arzt mitbringen.«
»Viel dringender brauchen wir eine heilkundige Frau«, meinte Alain, der frisches Wasser geholt hatte. »Oder eine Hebamme.«
»Und wo wollt Ihr unter lauter Ordensrittern eine Hebamme auftreiben?«, fragte Jeanne in scharfem Ton.
»Bitte«, sagte Olivier, »streitet nicht auch noch.« Er wandte sich an Alain. »Denkt nach. Wo könnten wir am schnellsten eine Hebamme finden?«
»Vielleicht in Tortosa.«
»Dann schickt noch heute Eure Ritter in die Stadt.«
»Meint Ihr, dass der König kommen wird?«, fragte Olivier, nachdem Alain gegangen war.
»Sicher. Die Frage ist, ob er rechtzeitig kommt.«
Sie hingen beide ihren Gedanken nach und betrachteten Berenguela, deren Haut so weiß und zart wie die Blätter der Lilien schien, die im Hof der Festung blühten. Jeanne griff nach Oliviers Hand. »Sie wird nicht sterben«, sagte sie bestimmt. »Wir werden es nicht zulassen.«

Richard war mit dem gesamten Heer von Akkon nach Süden gezogen und hatte eine Küstenstadt nach der anderen in seinen Besitz gebracht. Haifa war gefallen, ebenso Caesarea und Arsuf. Hier hatte er den Sultan, der immer wieder in die Offensive ging, in einer gewaltigen Feldschlacht besiegt, und die christlichen Ritter schöpften Hoffnung, auch Jerusalem zurückerobern zu können. Er verlangte äußersten Einsatz von seinen Männern, schonte aber sich selbst ebenfalls nicht.
Die Nachricht von Berenguelas Erkrankung erreichte ihn mitten in den Kämpfen bei Arsuf, wo Saladin mit einer Armee von über dreißigtausend Mann aufmarschiert war. Am liebsten wäre er unverzüglich aufgebrochen, doch Krak des Chevaliers lag weit im Norden und war auf dem Landweg im Grunde nicht zu erreichen. Der Weg führte über hundert Meilen durch unwegsame Wüste, über Berge und durch Schluchten, in denen jederzeit ein Hinterhalt lauern konnte. Die einzige Möglichkeit, zu Berenguela zu gelangen, bestand darin, mit dem Schiff nach Tortosa zu segeln und dann die kurze Inlandsstrecke bis zur Festung zu wählen.
Richard war zutiefst verstört von dem, was seine Schwester ihm geschrieben hatte. Berenguela hatte ein Kind von ihm erwartet, und das konnte sie nur in der Nacht ihrer Hochzeit empfangen haben. In der Nacht, die ihr so schmerzlich im Gedächtnis geblieben und die einer der Anlässe ihres folgenschweren Streites gewesen war.
Er war nicht nachtragend und gehörte zu den Menschen, die Unstimmigkeiten und Meinungsverschiedenheiten schnell wieder vergaßen. Er hatte sogar Guillaume le Maréchal verziehen, der immerhin mit der Lanze im Anschlag auf ihn losgestürmt war. Frauen konnte er erst recht nicht lange böse sein. Schon als Kind war er den Launen seiner Mutter tunlichst aus dem Weg gegangen, und später als Mann trennte er sich von seinen Liebschaften meist mit einem lachenden Auge. Und

von Adelaide abgesehen, hatten ihm die Frauen auch nichts nachgetragen – glaubte er.
Umso bitterer empfand er das Zerwürfnis mit Berenguela. Ihm war nicht klar gewesen, wie sehr er sie verletzt hatte. Der große Ernst, mit dem sie das Leben und offensichtlich auch die Liebe betrachtete, war so ganz anders als die Leichtigkeit, mit der er die Welt sah. Ihre Verbindung brachte Feuer und Wasser zusammen, zwei vollkommen gegensätzliche Menschen, deren unterschiedliche Sichtweisen sich manchmal ausschlossen, aber meistens doch ergänzten. Andere Frauen hatten es nie gewagt, sich seinen Wünschen zu widersetzen, und schon gar nicht, ihn zu kritisieren. Er hatte ihre zornigen Worte nicht vergessen und viel darüber nachgedacht. »Du hast keine Achtung vor den Menschen«, hatte sie weinend ausgerufen, und seitdem war sein Selbstbild erheblich ins Wanken geraten.
Sie hatte ja recht, räumte er im Stillen ein, die Verhältnisse zwangen ihn dazu, über Leichen zu gehen. Er führte einen Krieg, und wenn er ehrlich war, musste er zugeben, dass er das eigentlich schon immer getan hatte. Berenguela dagegen wollte Leben schenken und es bewahren – und nun hatte sie so schmerzlich erfahren müssen, dass es nicht immer in ihrer Macht stand.
Im Feldlager brütete er abends in seinem Zelt darüber nach, wie lange er sich eine Abwesenheit von den Truppen leisten konnte, um schließlich zu dem bitteren Ergebnis zu kommen, dass der Weg nach Krak des Chevaliers zu weit war. Er konnte es nicht verantworten, die Ritter allein zu lassen, jeden Tag konnte ein neuer Angriff von Sultan Saladin erfolgen, und niemand außer ihm besaß die Macht, die erschöpften Männer immer wieder neu zu Höchstleistungen anzutreiben. Wenn er jetzt für viele Tage in den Norden segelte, würde er damit das Gelingen des gesamten Kreuzzugs gefährden und das Leben von Tausenden aufs Spiel setzen.

Er begann einen Brief an Berenguela, in dem er von seiner Liebe sprach, doch dann verbrannte er das Pergament, weil ihm die Worte ausgingen und er seine Zeilen als kraftlos und öde empfand. Leichter fiel es ihm, seiner Schwester zu schreiben und ihr zu erklären, dass er sich, sobald es die militärische Lage zulasse, auf den Weg mache. Beim erneuten Lesen klang das, was er zu sagen hatte, nüchtern und sachlich, worüber er sich ärgerte, änderte es dann aber doch nicht. Er schickte einen Boten nach Krak des Chevaliers und schärfte ihm ein, nicht ohne Nachricht von der Königin selbst zurückzukommen.

Die Ritter, die ihm am nächsten standen, wunderten sich über seine ungewohnte Schweigsamkeit. Normalerweise scherzte er selbst am Abend vor einem Kampf, jetzt sah man ihn mit finsterer Miene und in sich gekehrt. Er selbst verlor kein Wort über Berenguela, aber dennoch war – auf welchem Weg auch immer – durchgesickert, dass die Königin auf Krak des Chevaliers mit dem Tod rang.

Als die Truppen Jaffa erreichten, fanden sie eine völlig zerstörte Stadt vor, und Richard beschloss, den Männern eine Kampfpause zu gönnen, mit allen verfügbaren Kräften den Wiederaufbau der Mauern voranzutreiben und selbst die Gelegenheit zu nutzen, nach Tortosa zu segeln und von dort aus so schnell wie möglich zu Berenguela zu reiten. Er betete darum, nicht zu spät zu kommen und sie lebend anzutreffen. In den letzten Tagen hatte er keine Nachrichten von Jeanne erhalten, und er war auf das Schlimmste gefasst.

Er erreichte Krak des Chevaliers in den Abendstunden und fand die Festung still und dunkel vor. Die Wachen am Tor ließen den Reiter mit den wehenden rotblonden Haaren unverzüglich passieren, und Richard eilte in die Halle, wo er auf Alain de Macon traf.

»Wie geht es ihr?«, fragte er ohne Begrüßung, und der Kommandant führte ihn zu Jeanne. Er umarmte seine Schwester, die

bei seinem Anblick in Tränen ausbrach und an seiner Schulter hemmungslos weinte. Richard spürte vor Angst einen Kloß im Hals, der ihm das Sprechen schwermachte.
»Bring mich zu ihr«, flüsterte er heiser, und Jeanne fasste nach seiner Hand und führte ihn ins Krankenzimmer.
Berenguela war blass und kaum bei Bewusstsein. Sie wirkte mager und ausgezehrt, ein Eindruck, den ihre dunklen Haare noch verstärkten. Ihre Fingernägel hatten Risse, und ihre schmalen Hände schienen rauh und knochig. Im Zimmer duftete es nach Kräutern, und Richard meinte Thymian zu riechen. Er warf einen Blick auf die weinende Jeanne und trat an Berenguelas Bett. Mühsam drehte sie den Kopf, sah zu ihm hoch und versuchte ein Lächeln, das ihr kläglich misslang. Er schluckte seine Tränen hinunter, fiel auf die Knie und bettete seinen Kopf neben den ihren.
»Liebste«, flüsterte er, »endlich habe ich dich wieder.« Sie war zu schwach, um ihm zu antworten, aber sie hob eine Hand, und Richard ergriff sie, um sie an seine Wange zu drücken. »Ich hatte schon Angst, du bist nicht mehr da«, murmelte er und küsste ihre Handfläche. Berenguela nahm seine Finger, hielt sie fest – und schloss die Augen.
Richard drehte sich zu seiner Schwester. »Glaubst du, sie wird ruhig schlafen?«
Jeanne nickte. »Vor allem, seit sie weiß, dass du da bist.«
Er löste ihre Finger von seinen und ging mit Jeanne vor die Tür. »Sag mir die Wahrheit. Wird Berenguela wieder gesund?«
»Das weiß nur Gott. Sie hat viel Blut verloren und war lange bewusstlos. Danach konnte sie nichts bei sich behalten, und ich fürchtete schon, dass sie vor unseren Augen verhungert. Doch seit ein paar Tagen scheint die Krise überwunden. Wie lange kannst du bleiben? Sie braucht dich jetzt.«
»Leider nur kurz. Aber in dieser Zeit will ich ihr so nah wie möglich sein. Lass mir eine Pritsche ins Krankenzimmer bringen.«

»Olivier wird sich darum kümmern«, versprach sie ihm. »Geh wieder zu ihr.« Jeanne ließ ihn allein, und Richard kehrte leise zu Berenguela zurück.
Sie war in einen tiefen Schlaf gesunken, aus dem sie auch nicht erwachte, als Olivier ein provisorisches Bett für den König ins Zimmer zog. Die ganze Nacht verbrachte Richard neben ihr, kühlte ihre Stirn und hielt ihre Hand. Er wagte es nicht, sich selbst Ruhe zu gönnen, zu groß war seine Angst, dass ihr immer noch flacher Atem ganz stockte. Doch am Morgen öffnete sie die Augen und wirkte bei aller Schwäche ein wenig erholter.
Als sie ihn sah, begann sie zu weinen. »Es tut mir leid«, flüsterte sie.
Er nahm sie vorsichtig in den Arm und hielt sie an sich gedrückt.
»Sei nicht traurig, Liebste. Wir werden noch viele Kinder bekommen.«
»Ich wollte es dir sagen, aber ich war mir selbst nicht sicher. Erst vor ein paar Tagen, und dann kamen diese schrecklichen Schmerzen.«
»Sei ganz ruhig«, tröstete er sie.
»Bist du noch zornig auf mich?«
»Warum?«
»Weil ich sehr ungerecht zu dir war.«
»Das warst du gar nicht. Ich habe viel nachgedacht.«
»Wie geht es dir?«, fragte sie. »Bist du unverletzt?«
»Bis auf ein paar kleine Schrammen.«
»Hast du die Wunden auch richtig versorgen lassen?«
»Die Kratzer sind wirklich nicht der Rede wert. Wir haben Saladin übrigens eine empfindliche Niederlage beschert.«
»Ich dachte, du verhandelst mit ihm.«
»Du meinst die Sache mit Jeanne? Das hat sich erledigt. Du hättest meine Schwester hören sollen.« Er lächelte zerknirscht. »Jeanne war noch wesentlich deutlicher als du.«

»Richard, wann können wir nach Hause?«

»Bald. Die Küste ist fast vollständig befriedet. Sobald Jaffa notdürftig wiederaufgebaut ist, ziehen wir nach Jerusalem. Spätestens dann wird auch Askalon fallen. Und dann, meine Königin, kehren wir nach Aquitanien zurück.«

»Hast du Nachrichten aus der Heimat?«

Er zögerte. »Wenig erfreuliche. John hintertreibt meine Anweisungen, wo er kann. Er hat sich mit Philipp verbündet.«

»Aber wie kann das sein? Philipp kämpft doch hier an deiner Seite.«

»Liebste, du warst lange krank. Philipp ist längst auf dem Rückweg.«

»Arme Jeanne.«

»Du glaubst, hinter ihrer Schwärmerei steckt etwas Ernsteres?«

»Auf jeden Fall spricht sie oft von ihm.«

»Aber eine Heirat mit Philipp steht außer Frage. Doch lass uns nicht über andere sprechen.« Er küsste sie zart auf den Mund. »Du musst bald gesund werden. Und dann kommst du zu mir. Ich will dich jede Nacht an meiner Seite haben.«

Sie nickte, war aber zu erschöpft, um etwas zu entgegnen.

»Sobald Jerusalem wieder den Christen gehört, ist meine Mission im Heiligen Land beendet. Dann haben wir endlich Zeit für uns. Und nach den Winterstürmen segeln wir zurück nach Westen.«

»Richard …«

»Hm.«

»Vergib mir, dass ich dir oft so kalt begegnet bin. Es war nie meine Absicht, dich zu verletzen.«

»Das weiß ich doch.«

»Ich wusste nicht, wie du wirklich bist.«

»Und jetzt?«

»Mit ist klargeworden, dass ich vorschnell geurteilt habe.«

»Ich glaube, du hast mich ganz treffend eingeschätzt. Aber ich gelobe, mich zu ändern.«

Sie schüttelte den Kopf. »Du bist, wie du bist«, sagte sie leise. »Und ich verlange gar nicht, dass du dich änderst. Es reicht mir schon, wenn du künftig auch meine Ansichten hörst.«

»Ich verspreche es dir. Und nun schlaf dich aus.«

»Bist du noch da, wenn ich wach werde?«

Er nickte und küsste ihre Finger. »Ich werde immer da sein.«

Sie berührte seine Wange, und er sah, dass sie noch etwas sagen wollte, doch im nächsten Augenblick war sie eingeschlafen. Er zog sorgsam die Decke über ihre Schultern und empfand Ruhe und Frieden wie noch niemals in seinem bisherigen Leben.

Pierre de Tours und der Mann, der sich Simon nannte, lauschten den Klängen einer Laute, die ausgesprochen kunstfertig von einer Frau gespielt wurde. Sie sang eine schwermütige Melodie, die so gar nicht zu der Stimmung der beiden Männer passte. Seit Tagen befanden sich die Mitglieder der Opposition gegen Guido von Lusignan im Freudentaumel. König Richard hatte die Barone des Kreuzfahrerheeres über seine baldige Abreise aus dem Heiligen Land unterrichtet und mit ihnen gemeinsam das weitere Vorgehen erörtert. Richard hatte zugesagt, dreihundert Ritter sowie zweitausend Soldaten zurückzulassen, doch völlig ungeklärt war die Frage, wer sie befehligen sollte.
Eigentlich hätte diese Aufgabe dem amtierenden König von Jerusalem, Guido von Lusignan, zufallen müssen, doch eine nicht geringe Anzahl von Rittern weigerte sich, seine Herrschaft anzuerkennen. Richard ließ die Versammlung abstimmen, und die Mehrheit entschied sich für Konrad von Montferrat, der daraufhin vor Freude auf die Knie fiel und Gott, dem Allmächtigen, dankte, dass er endlich sein Ziel erreicht hatte. Guido, der Verlierer, wurde mit der Insel Zypern abgefunden,

die Richard ein halbes Jahr zuvor an die Templer verkauft hatte. Der Orden nahm die Möglichkeit, die Insel wieder zu veräußern, allerdings gerne an, hatte sich doch die Verwaltung als ausgesprochen schwierig herausgestellt. Nachdem alle Formalitäten erledigt waren, legte Guido mit einer kleinen Flotte Getreuer in Tyrus ab und steuerte Limassol an.

Pierre de Tours hatte von Alain erfahren, dass die Königin von England und Richards Schwester nicht mehr auf Krak des Chevaliers weilten, sondern inzwischen den königlichen Wohnsitz in Akkon bezogen hatten. Angeblich war es Richard nicht leichtgefallen, Konrad die Rolle des Königs von Jerusalem zu überlassen, hatte doch Philipps Vetter sich immer wieder durch Intrigen und teils durch offenen Ungehorsam gegen den Engländer hervorgetan. Dennoch war Pierre heilfroh, dass Richard das Votum der Barone anerkannt und sich ihrem Beschluss gefügt hatte. Endlich, so hoffte er, würde im Heiligen Land Frieden einziehen, und er traute Konrad die Stärke zu, sich auch in Richards Abwesenheit gegen die Sarazenen durchzusetzen, sollte Saladin den Waffenstillstand, den der englische König mit ihm ausgehandelt hatte, wider Erwarten nicht halten.

Pierre fühlte sich seit langem nicht mehr so entspannt und nahm das zum Anlass, sich einen der herben Rotweine schmecken zu lassen, die von den fruchtbaren Streifen nahe der Küste stammten. Wenn er jemals nach Europa zurückkehren sollte, würde er die Setzlinge der Reben mitnehmen und hoffen, dass sie auch in seiner Heimat, der Touraine, Wurzeln schlugen.

Vor ihm auf einem nur kniehohen Tisch standen köstliche Speisen, die nach Gewürzen dufteten, deren Namen er noch nie gehört hatte. Kardamom und Koriander, Safran und Kreuzkümmel – Pierre genoss die Feinheiten der orientalischen Küche und fand überdies an der Sitte Gefallen, mit den Fingern in den Topf zu greifen, Hirse oder anderes Getreide zu kleinen Kugeln zu formen und in den Mund zu stecken.

Die abendländischen Ritter aßen zwar auch häufig mit den Händen, doch Pierre hatte es immer verabscheut, heiße Fleischfetzen von den Knochen zu reißen und sie mit fetttriefenden Fingern zu essen. Im Morgenland wirkten die Tischsitten kultivierter, und er war sich nicht mehr sicher, ob die Überheblichkeit, mit der die Kreuzfahrer den Einheimischen begegneten, berechtigt war.
Die Sängerin beendete ihr Lied mit einem kleinen Akkord auf der Laute und erhob sich. Sie war verschleiert, so dass Pierre ihre Züge nur ahnen konnte, doch er vermutete hinter dem zarten Gewebe eine Schönheit. Ihre Gestalt jedenfalls war ohne Tadel.
»Ist es nicht erstaunlich, wie sich manche Dinge zum Guten wenden?«, fragte er Simon, der der Sängerin mit Verlangen in den Augen nachschaute.
»Ja, selbst ohne unser Zutun«, erwiderte der Ritter.
»Und dem anderer Leute. Du weißt schon, wen ich meine.«
»In Anbetracht der Tatsache, wie viel Kraft und Geld wir in unsere Pläne gesteckt haben, fühle ich mich fast beschämt, dass wir so gar keinen Erfolg hatten.«
»Aber wir haben unser Ziel erreicht – Konrad von Montferrat ist der neue König.«
»Wir? Ohne den Engländer wäre es nicht dazu gekommen. Und – unter uns – ich bin überrascht, dass er nachgegeben hat.«
»Du bist ein unverbesserlicher Skeptiker. Es ist doch egal, wer letztlich den Ruhm einfährt. Was zählt, ist das Ergebnis.«
Pierre griff erneut in die Schale mit lauwarmem Hirsebrei, der neben Hammelfleisch Rosinen und viel Petersilie enthielt. Geschickt formte er mit der rechten Hand ein Bällchen, aß es mit sichtlichem Vergnügen und leckte sich die klebrigen Finger ab.
»Koste diesen Brei. Ein Gedicht, sage ich dir.«
Simon schüttelte den Kopf und genoss stattdessen den schweren Wein.

»Was ich dich schon lange fragen wollte«, begann Pierre. »Hast du damals ernsthaft erwogen, nach Masyaf zu reisen, um diesen Raschid zu sprechen?«

»Deine Neugier wird dir irgendwann einmal zum Verhängnis werden.«

»Hast du, oder hast du nicht?«

»Nein. Es wäre zu gefährlich gewesen.«

»Das habe ich doch von Anfang an gesagt.«

»Ich hätte es gewagt, wäre nicht die Sache mit dem Schiff dazwischengekommen.«

»Welche Sache? Davon weiß ich ja gar nichts.« Pierre richtete sich gespannt auf und wartete, dass Simon fortfuhr.

»Konrad hatte das Unglück, ein Schiff voller Schätze und Vorräte zu erbeuten, das dem Alten von Masyaf gehörte.«

»Oh«, murmelte Pierre bestürzt.

»Ja, eine dumme Geschichte. Trotz aller Versuche, Konrads Namen herauszuhalten, ist durchgesickert, wer das Schiff entern ließ. Ein Auftrag an die Assassinen war danach nicht mehr möglich.«

»Umso besser, dass Richard ihm jetzt den Weg zum Königsthron geebnet hat.«

»Er muss laut mit den Zähnen geknirscht haben.«

»Meinst du?«

»Aber sicher. Immerhin hat Konrad auf eigene Faust mit Saladin verhandelt.«

»Auch meiner Ansicht nach ist er da zu weit gegangen«, sagte Pierre de Tours.

»Du hast zu viele Skrupel«, erwiderte Simon, »und schon deshalb nicht das Zeug zum König.«

»Glücklicherweise bin ich ja auch nur ein einfacher Ordensritter.«

Die Sängerin kehrte zurück und nahm ihren Platz wieder ein.

»Hoffentlich singt sie diesmal ein fröhliches Lied«, raunte

Pierre, doch bereits die ersten Töne, die sie auf ihrer Laute anschlug, überzeugten den Ritter vom Gegenteil. »Schon wieder was Trauriges«, seufzte er und lehnte sich in die üppigen Kissen zurück. Er schloss für einen Moment die Augen und schickte seine Gedanken auf die Reise in die Touraine, wo jetzt die Apfelbäume blühten und die Kastanien ihre prächtigen Kerzen entfalteten. Vielleicht, sinnierte er, würde er doch in diesem Sommer ein Schiff Richtung Marseille besteigen, dann wurden seine Träume von ohrenbetäubendem Geschrei unterbrochen. Pierre de Tours riss die Augen auf und sah, wie Simon sich katzengleich erhob. In den Saal stürmten Männer, die wie von Sinnen wirkten, und in ihren aschfahlen Mienen standen Angst und Entsetzen. Die Sängerin brach ihr Lied ab und erhob sich ebenfalls.

»Was soll das?«, rief Simon unwillig. »Was wollt Ihr hier?«

Die Männer warfen sich Simon und Pierre verzweifelt zu Füßen. »Er ist tot!«, schrien sie. »Man hat ihn auf offener Straße erdolcht.«

Simon und Pierre wechselten verstörte Blicke. Pierre fasste sich als Erster. »Wovon sprecht Ihr? Wer ist ermordet worden?«

»Der König«, stammelten sie.

»Richard ist tot?«, fragte Simon ungläubig.

»Doch nicht der Engländer«, rief einer von ihnen. »Zwei Männer haben Konrad erstochen.«

»Aber das ist doch nicht möglich«, stotterte Pierre. »Er ist vor ein paar Tagen erst zum König ernannt worden.«

»Jetzt ist der König tot.«

»Hat man die Mörder gefasst?«, fragte Simon mit eisiger Stimme.

»Ja. Zwei Männer, die heute Morgen erst getauft worden sind.«

»Getauft? So handelt es sich um Sarazenen.«

Pierre taumelte rückwärts auf die niedrige Bank und suchte

Halt in den Kissen. »Was wisst Ihr sonst noch? Haben die beiden den König berauben wollen?«
»Nein. Sie hatten den Auftrag, ihn zu erdolchen.«
Pierre und Simon warfen sich vielsagende Blicke zu. »Die Assassinen«, flüsterte Pierre. »Aber ich verstehe das nicht …« Er wandte sich an Simon. »Es hieß doch, dass sie einen Mord an einem Christen …«
Simon berührte mit seinem rechten Zeigefinger seine Lippen. »Kein Wort mehr. Wir reden später.«
Er schickte die Sängerin und die noch immer fassungslosen Männer hinaus. »Bist du noch bei Verstand?«, herrschte er Pierre an. »Willst du in der Stadt ausrufen lassen, dass wir ein Mitglied der Assassinen kennen? Wenn es wahr ist, was die Männer sagen, ist auch unser Leben in Gefahr.«
»Aber warum musste Konrad sterben? Und wer gab den Auftrag? Guido? Ist das der Grund, weshalb man unseren Auftrag damals abgelehnt hat?«
»Ich weiß es nicht. Aber Guido ist ein Feigling, und ich kann mir nicht vorstellen, dass er den Mut aufgebracht hat, mit dem Herrscher von Masyaf zu sprechen.«
»Wer dann?«, insistierte Pierre.
»Entweder Saladin oder Richard.«
»Und wenn es ein Racheakt wegen des Schiffes ist?«
»Die Assassinen töten nicht aus Rache. Der Anschlag hat mehr zu bedeuten.«
»Und was soll jetzt werden?«
»Es wird einen neuen König geben«, sagte Simon. »Ernannt von Richard von England, den die Menschen wegen seiner Tapferkeit seit kurzem Löwenherz nennen.«
»Also hat der Engländer die größten Vorteile von Konrads Tod.«
Simon zuckte mit den Schultern. »Kann sein. Wir werden es herausbekommen.«

»Also wieder kein Frieden.«
»Erst, wenn Konrads Tod gesühnt ist.«
»Löwenherz ist unbesiegbar.«
Simon wiegte den Kopf, und gemeinsam verließen sie das Haus, um in Konrads Palast weitere Einzelheiten zu erfahren. Doch Konrads Frau Isabella hatte die Tore verschließen lassen. »Es wird eine lange Nacht«, sagte Simon. »Und morgen früh wird das Heilige Land ein anderes sein.«

Berenguela stand in der großen Halle des Palastes von Akkon und zählte die Kisten und Truhen, die noch an Bord der Schiffe verladen werden mussten. Seit ihrer Krankheit war sie schlanker geworden, und Jeanne hielt ihr unablässig vor, sie sei zu mager. Doch obwohl Monate seit ihrer Fehlgeburt vergangen waren, fühlte sie sich immer noch schwach und kränklich. Der Umzug von Krak des Chevaliers nach Akkon hatte ihr und vor allem Jeanne gutgetan, gab es doch in der Stadt vielfältige Abwechslungen und obendrein die Möglichkeit, für eine gesündere Ernährung zu sorgen als auf der Festung, wo man frisches Obst und Gemüse nur selten bekam.
Morgen würden sie und Jeanne nach Hause fahren, wobei sich Berenguela nicht sicher war, wo sie ein neues Zuhause finden würde. Bei Richards Rastlosigkeit und den Schwierigkeiten, die in der Heimat auf ihn warteten, fürchtete sie, weiter von Burg zu Burg und Schloss zu Schloss ziehen zu müssen. Es war höchste Zeit, dass er nach Aquitanien und England zurückkehrte. Sein Bruder John war inzwischen mit Waffengewalt gegen Richards Statthalter vorgegangen, und Berenguela rechnete es Richards Mutter Eleonore hoch an, dass sie mit allen Mitteln versuchte ihren jüngsten Sohn im Zaum zu halten.
Für Berenguela war das Kapitel Heiliges Land abgeschlossen. Sie hatte hier viel gelitten, aber auch die Liebe mit allen ihren

Facetten entdeckt. Seit ihrer Krankheit war die Bindung zwischen ihr und Richard stärker und ihre Zuneigung zu ihm tiefer geworden. Sie liebte ihn bedingungslos und mit einer Kraft, die sie selbst überraschte. Das Zusammenleben mit ihm, das sie in Akkon zum ersten Mal erfuhr, brachte jeden Tag neue Aufregungen, aber auch neue Freuden und so viel Glück, dass sie manchmal meinte ohne ihn nicht mehr leben zu können. Seine Leidenschaft für das Leben riss sie mit, und auch in erotischer Hinsicht verhalf ihr Richard zu ganz neuen Erkenntnissen.

Seit Henri de Champagne, der zugleich ein Neffe von Richard und Philipp war, Isabella, die Witwe Konrads von Montferrat geheiratet hatte und als König von Jerusalem das Heilige Land regierte, blieb Richard mehr Zeit für seine Frau. Der Mord an Konrad war trotz aller Bemühungen nicht aufgeklärt worden. Ein Teil der Ritter, angeführt von einem geheimnisvollen Mann mit Namen Simon, bezichtigte Richard der Tat und streute entsprechende Gerüchte, andere behaupteten nach wie vor, es sei Saladin gewesen, der den Dolchstoß bei den Assassinen in Auftrag gegeben habe.

Berenguela wusste, dass Richard mit der mysteriösen Geschichte nichts zu tun hatte, und litt an seiner Stelle wegen der fortgesetzten falschen Beschuldigungen. Er selbst nahm die bösen Zungen nicht weiter ernst. Es warteten wichtigere Dinge auf ihn, als sich mit den Intrigen einer kleinen Schar von Rittern zu befassen. Der neue König machte seine Sache gut, und Richard hatte beschlossen, auf jeden Fall noch in diesem Herbst den Kreuzzug für beendet zu erklären.

Berenguela hatte ihre Gedanken schweifen lassen und dabei den Überblick über die einzelnen Posten des Gepäcks verloren. Sie machte sich Vorwürfe, dass sie Jeanne nicht eine Zahl genannt hatte, die ihr Gepäck nicht überschreiten durfte. Jetzt hatte ihre Schwägerin viel zu viele Truhen voller feinster orientalischer Stoffe packen lassen. Sie dachte an die Überfahrt von Messina nach Zypern und an den Sturm, in dem sie das meiste ihrer Habe verloren hatten.

»Ihr wollt doch nicht allen Ernstes diese Mengen verladen lassen?«, fragte Richard hinter ihr und drückte ihr einen Kuss in den Nacken.

Berenguela sah ihn zerknirscht an. »Meinst du, ich soll einen Teil der Kisten hierlassen? Man könnte sie später nachschicken.«

»Um Gottes willen, Jeanne wird uns teeren und federn.«

»Woher willst du wissen, dass es sich um Jeannes Gepäck handelt?«

»Ich kenne meine Schwester«, sagte er lachend. »Es gibt wohl keinen Stoffhändler im ganzen Heiligen Land, der mit Jeanne kein Geschäft gemacht hat.«

»Gönn ihr doch die Freude. Sie hat sich oft einsam gefühlt.«

»Sie hatte doch dich«, sagte er und schlang einen Arm um ihre Schultern.

»In letzter Zeit nicht mehr«, erwiderte sie und sah ihn liebevoll an.

»Stimmt. Aber irgendwann musste ich ja auch mal zu meinem Recht kommen.«

Berenguela gab die Inventur des Gepäcks auf und folgte ihm in sein Schreibzimmer. »Weißt du schon, wann du nachkommst?«

»So bald wie möglich. Ich hoffe, in spätestens einer Woche.«

»Warte nicht zu lang«, bat sie. »Es kommt die Zeit der Herbststürme.«

»Mach dir keine Sorgen. Mein Schiff wird leichter sein als eures. Vielleicht hole ich euch ein.«

»Mir ist nicht nach Scherzen zumute. Ich habe kein gutes Gefühl.«

»Liebste, die Sehnsucht nach dir wird mir keine Ruhe lassen.«

»Können wir nicht doch gemeinsam abreisen?«
Er schüttelte den Kopf. »Es ist sicherer, wenn ihr jetzt schon aufbrecht.«
»Du machst dir Sorgen, dass Philipp die Häfen sperren lässt, nicht wahr?«
»Nun«, antwortete er ausweichend, »allein kann er das nicht, aber wenn er sich mit dem Grafen von Toulouse verbündet hat, könnte es ihm gelingen. Ich will auf Nummer sicher gehen, und deshalb nehmt ihr ein anderes Schiff. Außerdem habe ich meine eigenen Pläne, um Philipps mögliche Absichten zu durchkreuzen.«
»Ich bitte dich, sei vorsichtig.«
Er zog sie an sich und strich zärtlich über ihre Stirn. »Da ist sie wieder, die strenge Falte. Hab keine Angst um mich, ich komme schon durch. Und schon bald halten wir königlichen Einzug in London.«
»Hast du nicht gesagt, dass Philipp nicht nur mit John, sondern zusätzlich mit dem deutschen Kaiser Heinrich gegen dich paktiert?«
»Zumindest soll er es versucht haben.«
»Aber Richard, der Deutsche herrscht auch über Sizilien. Du wirst keinen einzigen Hafen finden, der deine königliche Galeere aufnimmt. Und wage es bitte nicht, um die Iberische Halbinsel herumzusegeln. Zu dieser Jahreszeit bringen die Stürme vor der Küste Kastiliens den Seeleuten den Tod.«
»Ich gebe dir recht, es wird nicht einfach. Deshalb wechsle ich erstens unterwegs das Schiff und werde zwar in Akkon mit der königlichen Galeere ablegen, aber dann mit einem kleineren Boot bis zur Küste weiterreisen. Und zweitens nehme ich von dort an den Landweg.«
»Um Gottes willen«, flüsterte sie, »denk an Kaiser Barbarossa. Er hat auf dieser Route sein Leben verloren.«
»Liebste, der Kaiser war alt und der Strömung des Flusses Saleph

nicht gewachsen. Ich habe nicht vor, schwimmen zu gehen. Und außerdem ist mir die Strecke über Byzanz zu unsicher. Nein, ich werde irgendwo nördlich der Insel Korfu, wahrscheinlich bei Triest, an Land gehen und nur mit wenigen Männern, denen ich voll und ganz vertrauen kann, einen Bogen schlagen und über das Gebiet des Königs von Ungarn nach Norden weiterziehen.«

Berenguela war starr vor Schreck. »Aber dann kommst du zu nah an österreichisches Territorium.«

»Das Risiko muss ich eingehen.«

»Bedenke, dass Herzog Leopold dir Rache geschworen hat.«

»Ja, aber die Geschichte mit dem Banner ist doch längst vergessen.«

Sie warf die Arme um seinen Hals. »Bitte fahr mit Jeanne und mir. Ich werde keinen ruhigen Augenblick haben, wenn du dich diesen Gefahren aussetzt.«

Er löste sanft ihre Hände in seinem Nacken. »Du bist doch sonst immer so vernünftig.«

»Aber mein Gefühl sagt mir, dass du dein Glück herausforderst.«

Er lächelte. »Wenn ich nicht rechtzeitig eintreffe, kommst du mich suchen.«

Sie sah ihn lange an. »Ich werde es tun.«

»Was?«

»Dich suchen gehen.«

»So sehr liebst du mich?«

Sie nickte. »Mehr als mein Leben.«

Er hob sie hoch und setzte sie auf seinen Schoß.

»Ich verrate dir noch ein Geheimnis. Ich werde nicht als König reisen.«

»Er ist unterwegs«, sagte Philipp von Frankreich und strich über sein schütteres Haar. Während seiner schweren Krankheit, die er sich im Heiligen Land zugezogen hatte und die einer der Gründe für seine vorzeitige Abreise gewesen war, hatte er ganze Strähnen verloren, und auch nach seiner Genesung waren die ausgefallenen Haare nicht wieder nachgewachsen. John nickte befriedigt. Die Fallen waren ausgelegt, und der große Richard Löwenherz, dem die Menschen in Akkon weinend zugejubelt hatten, als er das Deck seiner königlichen Galeere betrat, würde sein Heimatland nicht wiedersehen.

»Glaubst du, er könnte seine Pläne im letzten Augenblick noch ändern?«, fragte John.

»Was weiß ich, er ist dein Bruder.«

»Und dein Freund.«

»Das liegt lange zurück.«

»Hoffen wir, dass der Fisch dem Herzog von Österreich ins Netz geht.«

»Das ganze Land liegt auf der Lauer.«

»Und der deutsche Kaiser?«

»Wird eingreifen, sollte der Österreicher versagen.«

»Und Richard weiß nicht, dass wir wissen, was er vorhat.« John kicherte. »Eigentlich ist es ja ein schlimmes Verbrechen, einen heimkehrenden Kreuzfahrer gefangen zu nehmen. Der Papst wird den Herzog mit dem Bann belegen.«

»Das ist nicht unser Problem.«

»Meine Schwester und Richards Kräutersammlerin werden demnächst in Brindisi eintreffen.«

»Den Damen droht keine Gefahr. Ist Richard erst einmal aus dem Weg, kann Berenguela gerne nach Navarra zurückkehren.«

»Und Jeanne?«

»Ich gebe zu, sie ist eine leckere Versuchung.«

»Ich war der Ansicht, du könntest mehr im Sinn haben.«

»Denkst du an eine Heirat?«
»Warum nicht? Ihr seid beide verwitwet, und Jeanne ist eine schöne Frau.«
»Das ist sie. Aber Richard nimmt meine Gedanken zurzeit mehr in Anspruch. Wie geht es Adelaide?«
»Sie ist ungeduldig.«
»Man sollte meinen, gerade sie habe Gelegenheit gehabt, sich in Geduld zu üben«, gab Philipp missmutig zurück.
»Ich kann gut verstehen, dass sie eine Entscheidung herbeisehnt.«
»Du bist ihr offensichtlich mit Haut und Haar verfallen.«
»Unter uns, sie ist eine erotische Offenbarung.«
»Sehr witzig. Die Beziehungen zwischen meiner Schwester und deiner Familie scheinen immer verworrener zu werden.«
»Würdest du einer Heirat zustimmen?«
»Du willst Adelaide tatsächlich zur Frau nehmen.«
»Ganz sicher.«
»Du bist aber schon verheiratet, mein Lieber.«
»Ich habe es Adelaide bereits gesagt. Ich werde mich scheiden lassen.«
»Mit welcher Begründung?«
John zuckte mit den Schultern. »Kinderlosigkeit.«
»Versuch dein Glück. Aber achte darauf, dass deine Mutter sich nicht einmischt.«
»Wird sie nicht. Ich bin ihr Lieblingssohn.«
»Dass ich nicht lache. Eleonore hat sich für Richard schon immer Arme und Beine ausgerissen. Sei vorsichtig, deine Mutter ist nicht zu unterschätzen. Und sie wird es nicht ohne weiteres hinnehmen, wenn ihr geliebter Richard wie vom Erdboden verschluckt ist.«
»Um Eleonore kümmere ich mich schon selbst. Halte du den Kontakt zum deutschen Kaiser.«
»Noch so eine unbekannte Größe.«

»Was meinst du?«
»Kaiser Heinrich. Er ist ein Sadist.«
»Interessant.«
»Er hat keine Manieren und ist außerdem von einem immensen Ehrgeiz.«
»Das kommt mir bekannt vor.«
»Ich hoffe, du sprichst von dir selbst, John. Und was Heinrich angeht – wir mögen unsere kleinen Schwächen für die eine oder andere Grausamkeit hegen, aber glaube mir, Heinrich übertrifft uns alle.« John schwieg, und Philipp fuhr fort: »Er bestraft ungehorsame Barone, indem er ihnen eine glühende Krone aufs Haupt nageln lässt.«
John schluckte. »Das sind keine schönen Aussichten für Richard.«
»Vorausgesetzt, Heinrich bekommt ihn in die Hände.«
»Aber warum ist er für uns eine unbekannte Größe?«
»Weil man ihn nicht einschätzen kann. Und ich würde eher dem Teufel selbst aufs Wort glauben als dem deutschen Kaiser.«
»Warum paktieren wir dann mit ihm?«
»Weil wir keine andere Wahl haben.«
Draußen waren Hundegebell und der Klang von Hörnern zu hören. »Es ist Zeit«, sagte Philipp. »Lass uns den Tag nutzen und die Jagd genießen.«
»Du hast recht. Die wertvollste Beute machen wir später.«

Olivier klopfte leise an die Tür und trat mit einem Arm voller Kleidungsstücke ein. Auf Geheiß der Königin hatte er eine Hose besorgt, ein Hemd, eine Jacke, einen Umhang und einen Hut, alles in dunklen Farben. Berenguela hatte ihn angewiesen, die Sachen für einen schmalen Mann mittlerer Größe anfertigen zu lassen und mit keinem Menschen außer dem Schneider darüber zu sprechen. Sie hatte auf ihn einen nervösen und unausgeglichenen Eindruck gemacht, und er führte dies auf die Tatsache zurück, dass noch immer keine Nachricht von Richard eingetroffen war.

Das Schiff mit Berenguela, Jeanne und ihm selbst hatte ohne Zwischenfälle Brindisi erreicht. Doch nun warteten sie schon seit Wochen, und auch Olivier wunderte sich, wo der König blieb. Sie wussten mit Sicherheit, dass er in der zweiten Oktoberwoche wie versprochen in Akkon Anker gelichtet hatte, danach aber hatten sie nichts mehr von Richard gehört.

Jeanne schien sich keine Sorgen zu machen, aber Olivier hielt sie ohnehin für eine verwöhnte und launische Frau, und nur sein Ehrenkodex als Ritter hatte es ihm bislang verboten, ihr die Meinung zu sagen. Seit Berenguelas Krankheit betrachtete er sie zwar mit größerer Nachsicht und begegnete ihr wie immer mit dem gehörigen Respekt, aber insgeheim hatte er die Schwester des englischen Königs schon mehr als einmal zum Teufel gewünscht.

Seit ihrer Abreise aus dem Heiligen Land war Berenguela nicht zur Ruhe gekommen. Eine tief sitzende Angst schien sie zu quälen. Olivier war es nicht entgangen, dass die Gefühle der Königin für ihren Mann sich von Ablehnung in Zuneigung gewandelt hatten. Er selbst nahm dies mit leiser Wehmut zur Kenntnis, obwohl er wusste, dass Berenguela immer für ihn unerreichbar gewesen war und es auch sein Leben lang bleiben würde, ganz gleich, wie viele Schicksalsschläge sie noch gemeinsam überstehen würden.

Berenguela stand mitten im Zimmer und hielt eine Schere in der Hand. »Helft mir, Olivier. Wir müssen mein Haar schneiden.«

Sein erster Gedanke sagte ihm, dass sie erneut erkrankt war und ihr schweres langes Haar ihr Kopfschmerzen bereitete. Andererseits wirkte sie voller Tatendrang und nicht im Geringsten geschwächt.

»Das ist nicht Euer Ernst«, erwiderte er daher. »Ihr habt prächtiges Haar.«
»Aber es wird unter dem Hut stören.« Sie zeigte auf die Kleidungsstücke, die er im Arm hielt.
Er betrachtete nachdenklich den dunklen Anzug samt Umhang und Kopfbedeckung. »Wollt Ihr damit sagen, diese Sachen sind für Euch?«
»Natürlich. Ich habe Ähnliches schon früher getragen.«
»Ich verstehe kein Wort.«
Sie drehte sich ungeduldig zu ihm. »Olivier, wir müssen ihn suchen gehen.«
»Ich bin immer noch verwirrt.«
»Der König. Wir müssen herausfinden, was mit ihm geschehen ist.«
Olivier legte die Kleidung auf einen Stuhl. »Seid unbesorgt«, tröstete er sie, »Richard ist sicher schon auf dem Weg hierher.«
»Nein, Olivier. Es ist ihm etwas passiert. Ich fühle es.«
»Ein Sturm? Aber das Wetter war gut für die Jahreszeit.«
»Ich habe gleich geahnt, dass sein Plan zu gefährlich war.«
Olivier, der die Zusammenhänge nicht kannte, versuchte verzweifelt einen Sinn hinter ihren Worten zu finden. »Bitte, Berenguela. Sosehr ich es auch wünsche, ich kann Euch nicht folgen.«
Sie legte die Schere beiseite, und Olivier atmete auf. Er hoffte, es würde ihm gelingen, ihr das Vorhaben, dieses wundervolle Haar abzuschneiden, auszureden.
»Richard ahnte schon im Heiligen Land, dass der französische König und der deutsche Kaiser alle verfügbaren Häfen sperren lassen würden. Und es war ihm klar, dass eine Umseglung der Iberischen Halbinsel wegen des fortgeschrittenen Herbstes nicht mehr in Frage kam.«
Olivier lauschte mit größter Aufmerksamkeit. »Und was plante er stattdessen?«

»Gleich«, sagte Berenguela und schenkte ihnen beiden einen Becher Wasser ein. »Richard hatte beschlossen, dass wir hier in Brindisi bleiben und er den Landweg nach Norden nimmt.«

»Aber der ist noch gefährlicher.«

»Er wollte inkognito reisen.«

»O mein Gott«, stöhnte Olivier. »Ein Mann, der größer ist als die meisten anderen, auffälliges rotblondes Haar hat und dem der größte Narr schon von weitem den Ritter ansieht – es dürfte ihm schwerfallen, anonym zu bleiben.«

»Jedermann glaubt, der englische König sei mit dem Schiff auf der Fahrt nach Europa.«

»Gut, nehmen wir an, Richard geht irgendwo an Land und setzt die Reise zu Fuß oder mit dem Pferd fort. Es ist ein langer Weg. Vielleicht ist er aufgehalten worden.«

»Das glaube ich nicht. Er kennt das Risiko, er wollte so schnell wie möglich auf ungarisches Territorium. Dort kann er aber nicht angekommen sein.«

»Warum nicht?«

»Weil ich sonst Nachricht hätte.«

Olivier musste sich setzen. »Ihr kennt also seine Pläne im Detail.«

Sie nickte.

»Und wer weiß noch davon?«

»Richard hat es mir nicht gesagt, aber er wollte mit nur wenigen Vertrauten über die Landroute ziehen.«

»Und nun habt Ihr Angst, einer der Vertrauten könnte ein Verräter sein.«

»Das ist doch möglich, oder?«

»Im Prinzip ja, aber Richards Männer sind ihm absolut ergeben.«

»Es muss etwas geschehen sein, das es ihm unmöglich macht, mir zu schreiben.« Sie rieb nachdenklich über die Falte auf

ihrer Stirn. »Und was ist mit seinen Begleitern? Alle scheinen spurlos verschwunden zu sein.«
»Sachte, sachte, von spurlos verschwunden kann noch keine Rede sein. Wenn ich Euch richtig verstanden habe, resultiert Eure Sorge hauptsächlich daraus, dass eine Nachricht vom König überfällig ist.«
»Ja, aber …«
»Kein Aber. Wir gehen Schritt für Schritt vor. Also, wir wissen, dass Richard in Akkon abgelegt hat. Richtig?«
»Das ist wahr.«
»Nächster Schritt: Was hatte Richard dann vor?«
»Er wollte nach Korfu segeln.«
»Habt Ihr von dort Nachricht?«
»Ja. Richard hat mir einen Ring schicken lassen. Hier ist er.« Sie zeigte ihm die linke Hand, an der ein herrlicher Smaragd, in Gold gefasst, steckte.
»Und von der Insel Korfu?«
»Von dort plante er sich von Piraten an die Küste bringen zu lassen.«
Olivier war sprachlos und fasste sich erst nach einer Weile. »Eine wagemutige Idee. Und wenn die Piraten ihn gefangen halten?«
»Warum sollten sie? Er wollte sie fürstlich entlohnen. Nein, ich glaube, er hat die Küste erreicht.«
»Fragt sich nur, wo er an Land gegangen ist.«
»Eben das will ich herausfinden.«
»Und dazu braucht Ihr die Kleidung.«
»Ja.«
»Wollt Ihr Euch als Mann ausgeben?«
»Als Medicus.«
»Ihr könnt nie und nimmer allein reisen. Ich komme mit.«
Sie lächelte erleichtert. »Danke. Ich habe es gehofft und auch schon über Eure Verkleidung nachgedacht.«

»Aber ich bin ein Ritter«, protestierte er.
»Nein«, sagte Berenguela entschieden, »Ihr seid ein Troubadour.«
Olivier zog eine Grimasse. »Bitte nicht. Ich kann nicht singen.«
»Jeder kann singen. Ich dachte, wir reisen morgen.«
»Morgen? Aber wir haben noch nichts vorbereitet. Und wo sollen wir mit der Suche beginnen?«
»Wir fangen auf Korfu an. Und ein Schiff haben wir auch. Der Kapitän eines der Handelsschiffe, die die Küste befahren, nimmt uns mit.«
Olivier schwirrte der Kopf. »Das geht alles so rasend schnell. Der Winter beginnt, Schiffsreisen sind nahezu unmöglich. Und was ist mit Jeanne? Wie erklären wir unsere Abwesenheit?«
»Jeanne ist eingeweiht, sie wird unser Geheimnis für sich behalten. Wir drei sind in der großen Politik viel zu unwichtig. Alle Augen sind auf den König von England gerichtet, jedermann wartet auf Richard. Unsere Abreise wird gar nicht auffallen. Vor der Überfahrt müsst Ihr keine Angst haben. Der Kapitän hat mir versichert, dass wir an der Küste entlangfahren und nicht über das offene Meer. Das ist auch im Winter möglich.«
»Ich weiß nicht«, grübelte Olivier. »Gesetzt den Fall, Richards Mutter will mit Euch sprechen. Oder Richard kommt, will Euch holen lassen, und Ihr seid nicht mehr in Brindisi.«
»Ich habe alles bedacht. Jeanne hat Briefe, die ich vorsorglich geschrieben habe und die sie in meinem Namen abschicken wird. Ich erkläre darin, dass ich krank bin. Falls Richard sich meldet, hat seine Schwester eine Nachricht für ihn.«
»Er wird Euren Alleingang nicht billigen.«
»Ich habe keine Möglichkeit, ihn zu fragen.«
»Und wenn wir seine Spur auf Korfu nicht finden?«
»Dann weiß ich in etwa, welchen Weg er ausgesucht hat. Und dass er sich in die Nähe von Triest bringen lassen wollte.«

»Warum fangen wir nicht gleich dort an?«

»Ich denke, es ist besser, bis zum Ausgangspunkt zurückzugehen. Triest ist nur unser Notfallplan.«

»Hm. Offensichtlich habt Ihr an alles gedacht. Und jetzt wollt Ihr Euer Haar abschneiden?«

Berenguela griff nach der Schere. »Ja, aber ich schaffe es nicht allein.«

»Und ich werde Euch nicht dabei helfen.«

»Olivier!«

»Richard lässt mir den Kopf abschlagen, wenn er das erfährt.«

»Aber meine Haare werden mich verraten. Sie haben es schon einmal getan.«

»Ihr seid schon früher als Medicus gereist?«

Sie nickte, und die Erinnerung an die Episode in der kleinen achteckigen Templerkirche Santa Maria de Eunate in Navarra trieb ihr die Tränen in die Augen. Olivier sah, wie sie mit sich kämpfte, und beschäftigte sich taktvoll mit den neuen Kleidungsstücken.

»Verzeiht, aber die Sorge um Richard lässt mich sonderlich werden.«

»Für Eure Gefühle müsst Ihr Euch nicht entschuldigen.« Er sah sie zärtlich an, wurde aber gleich wieder sachlich. »Ich habe keine Verkleidung als Troubadour.«

»Doch«, entgegnete sie und zeigte auf eine schäbige Kiste in einer dunklen Ecke des Raums. »Die habe ich einem fahrenden Sänger abgekauft. Ich hoffe, die Sachen passen.«

»Dann brechen wir also tatsächlich morgen nach Korfu auf und suchen die Piraten.«

Sie zögerte. »So dachte ich es mir. Die Freibeuter werden uns gegen einen entsprechenden Lohn hoffentlich ebenfalls an die Küste bringen. Und dann gehen wir von Burg zu Burg, bis wir Richard gefunden haben. Ich biete meine Dienste als Medicus an, und Ihr singt.«

»Ihr müsst ihn sehr lieben.«
»Ja«, flüsterte sie. »Olivier, wir müssen ihn finden. Entweder ist ihm ein Unglück zugestoßen, oder der König von Frankreich und Richards Bruder John stecken dahinter. Wenn Richard verschollen bleibt, wird John König.«
»Und Ihr denkt wirklich, dass sein Bruder zu so einer gemeinen Tat fähig ist?«
»In dieser Familie gibt es keine Liebe untereinander.«
»Aber Richard und Jeanne mögen sich.«
»Die beiden sind die einzige Ausnahme. Was ist jetzt mit meinem Haar?«
Olivier seufzte tief und schlug einen Kompromiss vor. »Ich schneide ein Stück ab, so dass das Haar bis über Eure Schultern, aber nicht mehr bis zu den Hüften reicht. Zu mehr bin ich nicht bereit.«
Strähne für Strähne fiel auf den Boden, und gemeinsam fegten sie die dunklen Locken zusammen. Berenguela band sie zu einem Zopf und versteckte das abgeschnittene Haar in einer Truhe.
»Wie sehe ich aus?«
Olivier lächelte. »Wie eine Frau mit kurzen Haaren«, scherzte er. »Aber mit dem Hut nimmt man Euch den Medicus ab.«
Sie verabredeten sich für den nächsten Morgen nach dem ersten Hahnenschrei, und Olivier verließ Berenguelas Zimmer mit dem sicheren Gefühl, dass dieses Abenteuer mit ungewissem Ausgang ihnen kein Glück bringen werde.

Mit bebenden Händen deckte er Äste über eine seiner neuen Fallen. Er war schon eine ganze Weile nicht auf der Jagd gewesen, und das Verlangen nach weiterer Beute hatte sich in ihm aufgestaut wie das Wasser eines Bachs, dem ein querliegendes Holz den Weg versperrt. Tag und Nacht dachte er an seine Gier, obwohl er sich mühte, seine Empfindungen nicht übermächtig werden zu lassen. Er musste auf der Hut sein, denn die blonde Hexe spionierte ihm nach. Schon als junges Mädchen hatte sie ihn mit ihren scharfen Augen beobachtet, damals, als der König in seinem Palast zu Chinon die ganze Familie zu sich rief, um mit allen gemeinsam Weihnachten zu feiern. Er hatte diese Französin nie leiden können. Sie hielt sich für gescheiter als die Kinder des englischen Königs und spielte Schach mit den Erwachsenen. Da sie meist gewann, lief sie mit unerträglicher Überheblichkeit durch die schier endlosen Gänge des Schlosses, und einmal hatte sie eine der gehäuteten Ratten gefunden und geschrien, als wäre sie selbst gemartert worden.

Meist hatte sie ihn nicht wahrgenommen, da sie mit Richard, dem dritten Sohn des Königs, verlobt war, und er hatte sie dafür gehasst, dass sie die anderen Kinder König Heinrichs missachtete. Dann waren sie alle erwachsen geworden, und die blonde Hexe hatte den König verführt und in ihr Bett geholt. Er grinste gehässig. Sie hatte ihre Strafe bekommen, Richard hatte eine andere geheiratet. Aber er war der Meinung, dass diese Strafe nicht ausreichte. Er hatte andere, schmerzhaftere Arten der Züchtigung im Sinn, beherrschte sich aber, denn es war eine Sache, eine unbedeutende Frau aus dem Volk zu fangen oder Adelaide, die Schwester des französischen Königs.

In letzter Zeit hatte sie ihm plötzlich ihre Aufmerksamkeit geschenkt, als hätte er vergessen, dass sie ihn über viele Jahre nicht beachtet hatte. Er ging lächelnd darauf ein, doch insgeheim beschloss er, jeden ihrer Schritte zu beobachten und auf der Hut zu sein. Die blonde Hexe war gefährlich, schön wie eine Sirene, aber auch so betörend. Wer ihr verfiel, dem raubte sie den Verstand. Sie hielt die Männer in ihren weißen Armen gefangen und ließ sie willenlos zurück.

So weit würde er es jedoch nicht kommen lassen. Er hatte sich das Hirn zermartert, wie er der Hexe eine Falle stellen könnte, denn sie verließ nie den Palast von Rouen. Es hatte lange gedauert, aber langsam war in ihm ein Gedanke gereift, der ihn seinem Ziel ein Stück näher bringen würde. Er würde ihr für alle Zeiten ihr maliziöses Lächeln aus dem Gesicht wischen und ihre makellosen Züge mit seinen ganz persönlichen Signaturen zeichnen.

Sie hatte ihn angeschaut, und in ihren Augen hatte er den Keim des Wissens erkannt.

Früher oder später würde sie ihn verraten – weshalb sein Plan gelingen musste. Doch dafür brauchte er einen kühlen Kopf und keine Phantasien, die ihm das Denken schwermachten. Deshalb hatte er neue Gruben ausgehoben und deckte sie sorgsam ab. Noch würde er die Hexe am Leben lassen. Doch bald sollte sie Revanche bekommen. Für jeden einzelnen ihrer blasierten Blicke.

❧

Sie kreuzten die Straße von Otranto und landeten am vierten Tag nach ihrer Abreise auf der Insel Korfu. Olivier trug enganliegende gestreifte Hosen sowie ein laubgrünes Wams mit passender Jacke. Auf seinem Kopf saß eine Mütze mit Zacken aus Stoff, und in einem Ledersack verwahrte er seine Laute. Er hatte auf dem Schiff den Seeleuten ein Lied gesungen und dafür sehr zu seinem Erstaunen Beifall geerntet. Auch Berenguela hatte lachend applaudiert und hätte fast den Hut vor ihm gezogen. Im letzten Moment war ihr eingefallen, dass sie dadurch ihre Tarnung gefährden könnte, und so hatte sie mit einer übertriebenen Verbeugung ihre Hochachtung vor seinen Künsten auf der Laute zum Ausdruck gebracht.

Ihre Verkleidung hatte weder beim Kapitän des Schiffes noch bei den Matrosen oder den wenigen mitreisenden Händlern Verdacht erregt. Jeder hielt Berenguela und Olivier für genau die, die sie zu sein vorgaben, und beide gewannen an Zuversicht, was das Gelingen ihrer weiteren Reise anging. Im Hafen von Korfu hatte Berenguela noch rasch den schmerzenden Zahn eines Seidenhändlers mit dem abgekochten Sud von Sauerampfer behandelt, dann hatte man sich Lebewohl gewünscht, und der Medicus war in Begleitung des Troubadours in dem Labyrinth der Hafengassen verschwunden.

»Wie sollen wir die Piraten finden?«, flüsterte Olivier, nachdem sie verschiedene Schankstuben aufgesucht hatten, aber nirgendwo auch nur der Schatten eines Freibeuters zu entdecken gewesen war.

»Ich weiß es auch nicht«, gab Berenguela zurück. »Wir müssen weiter durch die Wirtshäuser streifen und Augen und Ohren offen halten.«

Bei Einbruch der Dunkelheit gaben sie mit schmerzenden Füßen auf und beschlossen, eine Herberge zu suchen und erst am nächsten Morgen mit neuer Kraft den Piraten nachzuspüren.

»Unser Herumstreifen macht keinen Sinn«, entschied Olivier bei einem Becher Wein und einem Gericht, das einen Geruch ausströmte, der Berenguela den Appetit vertrieb. »Wir brauchen Hilfe, sonst finden wir Richards Spur nie.« Olivier schob den Teller mit der fettigen braunen Soße, in der drei Stücke Fleisch unbekannter Herkunft schwammen, beiseite. »Ich werde mit dem Wirt sprechen.«

»Wartet«, flüsterte Berenguela. »Der Mann dort hinten am Tisch beobachtet uns schon eine Weile. Sollten wir nicht lieber gehen?«

»Nein, wir bleiben. Vielleicht hat er uns etwas zu sagen.«

Berenguela versuchte den Fremden aus dem Augenwinkel im Blick zu behalten, doch das Licht in der Schankstube war dämmerig, und die Gesichter der Männer und Frauen, die im Schein der Öllampen aßen und tranken, ließen sich nur schwer erkennen. Sie nahm jedoch wahr, dass der Mann sich erhob und lässig zu ihnen herüberschlenderte. Sie schaute beiläufig auf ihr

Stück Brot, als er sich unaufgefordert neben sie setzte und aus Oliviers Becher einen Schluck Wein trank.
»Man hört, Ihr sucht ein Schiff«, begann er mit heiserer Stimme.
»Das ist wahr«, erwiderte Olivier und schob dem Fremden seinen Becher zu. »Aus welchem Grunde fragt Ihr?«
»Ich helfe Reisenden gern.«
»Sicher nicht uneigennützig«, warf Berenguela ein.
Er kniff die Augen zu schmalen Schlitzen zusammen. »Umsonst ist der Tod«, sagte er. »Und selbst der kostet Euch das Leben.«
»Wie könnt Ihr uns behilflich sein, und was verlangt Ihr dafür?«, fragte Olivier rasch.
»Der Preis hängt davon ab, wie viel Ihr wissen wollt.«
»Wir suchen nicht nur ein Schiff«, erklärte Berenguela, »sondern vor allem einen Mann.«
»Ich höre«, murmelte der Fremde.
»Einen Mann, der mit einem bestimmten Schiff von hier an die Küste bei Triest gesegelt ist.«
»Hochgewachsen? Rötliche Haare?«
Berenguela und Olivier warfen sich einen kurzen Blick zu. »Könnte sein«, sagte Olivier. »Habt Ihr ihn gesehen?«
»Vielleicht.«
Berenguela zog einen kleinen Beutel mit Münzen aus ihrer Tasche. »Wo ist er?«
»Wo er jetzt ist, weiß ich nicht. Aber ich weiß, wo ich ihn abgesetzt habe.«
»Ihr seid der Kapitän?«, fragte Berenguela überrascht.
»Sagte ich doch.« Er nahm den Beutel und fingerte eine der Münzen heraus, dann schüttete er den gesamten Inhalt auf den Tisch und begann das Geld zu zählen.
»Wo ist der Mann an Land gegangen?«
»Das ist ein Geheimnis und leider unverkäuflich.«
»Bitte«, flehte Berenguela. »Wir müssen es wissen.«

»Ist er krank, oder warum hetzt ein Medicus hinter ihm her? Ihr seid doch einer, oder?«
Berenguela nickte. »Er ist nicht krank, aber möglicherweise in Gefahr.«
»Dann kommt Ihr sowieso zu spät. Ich habe den Mann schon vor Wochen nach Norden gesegelt.«
»Könnt Ihr uns an dieselbe Stelle bringen?«
»Dafür reicht der Inhalt Eures Beutels nicht aus.«
»Wir zahlen das Doppelte«, platzte Berenguela heraus, und Olivier gab ihr unter dem Tisch einen leichten Tritt. Die Augen des Mannes hatten bei der Aussicht auf noch mehr Reichtum geleuchtet.
»Zeigt mir erst das Geld, dann reden wir weiter.«
»Wir haben es nicht bei uns.«
»Bei Morgengrauen läuft mein Schiff aus. Kommt ans Ende der Kaimauer, dort holt Euch ein Ruderboot ab. Habt Ihr die restlichen Münzen, könnt Ihr an Bord kommen.« Er stand auf, nahm den Beutel samt Münzen, trank Oliviers Becher in einem Zug leer, rülpste und ging.
»Olivier«, flüsterte Berenguela, »ich finde, wir sollten auch gehen.«
Männer an den Nebentischen starrten sie und den Troubadour an, und es schien ihr, als würden die Seeleute und ihre Dirnen enger zusammenrücken. Die Luft war zuvor schon stickig gewesen, doch jetzt hatte sie das Gefühl, nicht mehr atmen zu können.
Beide standen langsam auf, lächelten den anderen Gästen verbindlich zu und gingen langsam zum Wirt, um ihre Zeche zu zahlen.
»Habt Ihr ihm Geld gegeben?«, fragte der Wirt und grinste breit.
»Ja, für eine Schiffspassage«, erklärte Olivier.
Der Wirt lachte schallend. »Der Mann hat kein Schiff.«

Berenguela war verzweifelt. »Aber er hat uns gesagt, dass er vor Wochen nach Norden gesegelt ist und Reisende bei Triest abgesetzt hat.«

»Er hat gesagt, was Ihr hören wolltet.«

»Dann hat er uns belogen und weiß gar nichts von dem Mann, den wir suchen.«

Der Wirt beugte sich zu ihnen. »Wen sucht Ihr denn?«

»Einen Passagier, der auf Korfu ein Piratenschiff bestiegen hat. Er ist groß und hat rotblondes Haar.«

»Der Mann war hier. Und bei der Gelegenheit wird ihn auch Euer falscher Kapitän gesehen haben.«

»Wisst Ihr, welches Schiff er genommen hat?«

»Ja, aber Ihr werdet es heute nicht finden. Es läuft erst in ein paar Tagen wieder unsere Insel an. Wenn Ihr so lange warten wollt, Ihr könnt Euer Zimmer behalten. Allerdings«, fügte er hinzu, »sind die Preise gerade gestiegen.«

»Besteht ganz Korfu aus Freibeutern?«, sagte Berenguela empört, als sie sich in ihrem Zimmer, dessen Einrichtung aus einem wackligen Tisch, zwei Stühlen und zwei Strohsäcken bestand, von ihrem Schrecken erholten. »Wenn wir so weitermachen, haben wir spätestens an der Küste keine Münzen mehr.«

»Der Fremde war ein Lump, aber ich denke, der Wirt ist halbwegs ehrlich.«

»Also vertrauen wir ihm und warten.«

»Was sollen wir sonst tun? Wenn wir schon hier nicht in der Lage sind, Richards Spur zu finden, ist alles Weitere wohl sinnlos.«

Die nächsten Tage waren nichts als eine Verkettung langweiliger Ereignisse. Da ihnen die Insel nach den ersten enttäuschenden Begegnungen mit ihren Bewohnern wenige Annehmlichkeiten versprach, blieben sie die meiste Zeit in ihrem Zimmer. Berenguela ordnete zum wiederholten Mal die kleine Sammlung von Heilkräutern in ihrem Gepäck, und Olivier verfeinerte sein musikalisches Können. Abwechselnd wurden sie von Zweifeln geplagt, ob es wirklich Sinn machte, sich weiter nach Norden zur Küste durchzuschlagen, oder ob sie nicht doch besser nach Brindisi zurückkehren sollten. Möglicherweise war längst Nachricht von Richard eingetroffen, und sie vergeudeten auf Korfu Zeit und Geld.

Am dritten Abend klopfte es endlich an ihre Tür, und der Wirt berichtete ihnen von der Ankunft des Schiffes. Berenguela begann auf der Stelle zu packen, doch Olivier mahnte zur Besonnenheit. Nicht noch einmal durften sie einem Betrüger aufsitzen, und er schlug vor, in aller Ruhe mit dem – diesmal hoffentlich echten – Kapitän zu verhandeln. Auf keinen Fall, meinte Olivier, sollten sie ihm einen Beutel mit Goldmünzen in Aussicht stellen, solange sie nicht sicher sein konnten, auf der richtigen Spur zu sein.

Doch allen schlechten Erfahrungen zum Trotz erwiesen sich Oliviers Vorsichtsmaßnahmen als überflüssig. Der Pirat entpuppte sich als junger verwegener Mann mit pechschwarzen Haaren und einem einnehmenden Lächeln, der zwar einen hohen Betrag verlangte, sie dann aber ohne Umstände mit an Bord nahm und am nächsten Morgen die Anker lichten ließ. Sie segelten entlang einem Gewirr von kleinen und größeren Inseln, doch Berenguela hatte keine Muße für die wilde, zerklüftete Landschaft. Ihre Gedanken waren bei Richard, und sie versuchte sich vorzustellen, was er an Bord dieses Schiffes empfunden hatte. Sie strich über das verwitterte Holz der Reling und fragte sich, ob auch seine Finger die Splitter gefühlt hatten, die Fugen und rauhen Stellen, entstanden durch das Salz des Meeres.

Olivier kam während der Überfahrt die Aufgabe zu, bei jeder erdenklichen Gelegenheit ein Lied zum Besten zu geben, und sobald er mit Berenguela allein war, verfluchte er seine Verkleidung, die ihn zwang, Melodien zu trällern, statt wie ein Ritter

aufzutreten. Der Medicus hatte dagegen wenig zu tun. Die Piraten schienen entweder keine Beschwerden zu haben oder kurierten sich auf andere Art als mit dem Sud abgekochter Kräuter.
Berenguela war erleichtert, keine Beweise ihrer medizinischen Erfahrung liefern und niemandem der Besatzung allzu nahe kommen zu müssen. Die Angst, man könnte entdecken, dass sie eine Frau war, ließ sie nachts um ihr Leben zittern.
Der Herbst war mittlerweile weit fortgeschritten, der Winter stand vor der Tür. Schon bald nach der Abfahrt von Korfu war das Wetter kalt und regnerisch geworden. Die Gipfel der Berge trugen Schneehauben, und jeden Tag wuchs die Gefahr, in einen der gefürchteten Stürme zu geraten. Doch das Schiff der Piraten war wendig und schnell, und die Männer schienen sich über die Gefahren, die ein Leben auf See mit sich brachte, keinerlei Sorgen zu machen.
Richard hatte ihr im Heiligen Land die Stadt Triest als möglichen Ausgangspunkt der Landroute genannt, und mit Erlaubnis des Steuermanns brütete sie über den Seekarten, um sich den Hafen und seine Umgebung einzuprägen. Der Kapitän bestätigte ihr, dass Richard und seine Männer das Schiff bei Triest verlassen hatten, doch nach reiflicher Überlegung gelangte sie zu der Überzeugung, dass er sicherlich versuchen würde, nicht von Triest, sondern von Aquileia aus auf der Bernsteinstraße zu reisen.
Sie sprach mit Olivier über diese Möglichkeit, und er stimmte ihr zu, dass sie unverzüglich zu der kleinen Stadt, die am Ende einer langen und vielgenutzten Handelsroute lag, aufbrechen, sich dort mit Pferden versorgen und dann den Bernsteinhändlern über die Alpen folgen sollten. Von Aquileia aus zogen die Kaufleute bis zur Ostsee, und von hier aus führte auch eine Route Richtung Österreich zu den berühmten Erzbergwerken.

Berenguela fragte sich, ob im Winter eine Überquerung der Pässe überhaupt möglich sei, doch dann schob sie den Gedanken beiseite, um sich nicht selbst den Mut zu nehmen. Sie betraten das Festland wenige Tage nach Weihnachten und entschieden sich für die schönste Herberge der Stadt. Wenn Richard sich in Aquileia aufgehalten hatte, folgerte Berenguela, dann würde er sicher nicht in einer schäbigen Spelunke wohnen. Gemeinsam bezogen sie und Olivier ihr Quartier, und schon am nächsten Morgen erfuhren sie, dass ein reicher Kaufmann, auf den ihre Beschreibung passte, zusammen mit einer Handvoll Männer von Aquileia aus Richtung Alpen ziehen und dann die Handelsroute, die durch das Tal der Mur führte, nehmen wollte.

Berenguela seufzte. »Jeder erinnert sich an ihn. Seine Statur kann er eben nicht verbergen.«

»Ich fürchte, seinen Reichtum auch nicht«, murmelte Olivier. »Und damit weckt er gefährliche Begehrlichkeiten.«

»Ihr meint, er sollte bescheidener auftreten?«

»Hoffen wir, dass niemand ihn erkennt. Von den österreichischen Rittern waren etliche im Heiligen Land. Ein dummer Zufall – und schon ist der König enttarnt.«

»Ach, Olivier, ich fürchte, genau das ist bereits geschehen.«

»Mutmaßungen helfen uns nicht weiter. Auf jeden Fall wissen wir jetzt, dass er sich von hier aus auf den Weg gemacht hat. Es gibt nicht viele Möglichkeiten, über die Alpen zu kommen. Und ich denke, das Klügste, was wir tun können, ist, die Bernsteinstraße weiter zu erkunden.«

»Vielleicht können wir uns einer Gruppe von Händlern anschließen«, schlug sie vor.

»Um den Jahreswechsel werden nicht viele unterwegs sein.«

»Aber vielleicht Spielleute und fahrendes Volk.«

»Die auf den Burgen und in den Palästen für Abwechslung sorgen? Möglich. Lasst es uns versuchen.«

Sie verbrachten eine bequeme Nacht in der Stadt an der Lagune und brachen am Mittag des nächsten Tages mit zwei Pferden als Reisegefährten auf. In jedem Dorf, durch das sie ritten, erkundigten sie sich nach dem rotblonden Kaufmann und folgten seiner Spur mit der Beharrlichkeit eines treuen Hundes.

»Sie haben ihn.« John stürmte aufgeregt in Adelaides Zimmer und überraschte sie in unbekleidetem Zustand.
»Ich wollte gerade ein Bad nehmen«, sagte sie und warf sich einen seidenen Umhang über die Schultern. »Komm mit und erzähl mir, was dich so in Übermut versetzt.«
»Richard. Sie haben ihn gefangen genommen.«
»Wen meinst du mit sie?«
»Die Österreicher.«
Adelaide stieg in die Wanne. »Kannst du dich präziser ausdrücken?«
»Herzog Leopold.«
»Und der hat den englischen König gefangen genommen? Das kann ich kaum glauben, selbst wenn es eine schöne Nachricht ist. Aber wie kommt Richard überhaupt nach Österreich?«
»Das ist eine lange Geschichte. Nur so viel zur Erklärung: Er wollte nach Ungarn und ist kurz vor Wien festgenommen worden.«
»Wie bitter für ihn.«
»Und dabei hat er sich solche Mühe gegeben. Stell dir vor, Richard ist als Kaufmann gereist. Löwenherz als Stoffhändler, das hat eine gewisse Ironie, oder?«
»Wenn er inkognito war, wieso hat man ihn dann enttarnt?«
»Offensichtlich war Richard mal wieder zu großspurig. Sein Ring ist aufgefallen.«
»Komm, hilf mir mit meinem Haar. War es nicht sehr riskant, das Territorium des Herzogs zu betreten?«

»Das ist wahr, und frag mich nicht, warum mein Bruder es getan hat. Auf jeden Fall ist es ihm zum Verhängnis geworden. Und nun sitzt er auf der Festung Dürnstein.«
»Was dir großes Vergnügen zu bereiten scheint.«
»Dir hoffentlich auch.«
»Weiß Philipp schon Bescheid?«
»Aber natürlich. Er war es ja, der mich informiert hat.«
»Und deine Mutter?«
»Bewahre. So Gott will, wird sie es auch nicht erfahren. Es reicht, wenn wir wissen, wo er ist. Für den Rest der Welt ist er spurlos verschwunden, und das soll auch so bleiben.«
»Und was sagst du seiner Frau?«
»Dasselbe wie allen anderen. Dass wir untröstlich sind, den großen König auf dem Rückweg aus dem Heiligen Land verloren zu haben. Und so weiter, und so weiter …«
»Ich verstehe immer noch nicht, welcher heldenhafte Mann es gewagt hat, Hand an Richard zu legen. Immerhin ist dein Bruder ein Hüne. Irgendein Bauer oder schmächtiger Städter wird es wohl kaum gewesen sein.«
John zog sein Hemd aus, rieb ihr Seife ins Haar und begann die langen seidigen Strähnen mit angewärmtem Wasser auszuspülen. »Der Herzog hatte allen Rittern Anweisung gegeben, nach Richard Ausschau zu halten. Es war nur eine Frage der Zeit.«
Sie drehte sich überrascht um. »Er wusste, dass der englische König durch sein Territorium reisen würde? Und das getarnt als Kaufmann? Ich denke, alle Welt wartet seit Wochen auf Richards Schiff.«
»Es hat deinen Bruder ein kleines Vermögen gekostet, aber einer von Richards Leuten berichtet an Philipp.«
»Ihr habt also nach ihm Ausschau halten lassen.«
»Hm«, murmelte John und wusch ihren Rücken. »Ein paarmal ist er im letzten Moment entkommen, seine Männer haben sich für ihn verhaften lassen und Richard die Flucht ermöglicht.

Zum Schluss hatte er nur noch einen Begleiter, und irgendwann war die Jagd zu Ende.«
»Sie haben ihn also wie einen Hasen gehetzt.«
»Die Sache hatte etwas von einer Treibjagd. Ich wäre gerne dabei gewesen.«
»Was geschieht jetzt mit Richard?«
»Tja, wenn ich das wüsste ...«
»Du und Philipp wollt ihn in Gefangenschaft vermodern lassen, richtig?«
»Ich dachte, das sei ganz in deinem Sinn. Auf jeden Fall wissen nur wenige, dass Richard auf der Festung Dürnstein im Kerker sitzt.«
»Wo liegt diese Festung eigentlich?«
»Irgendwo an der Donau, ziemlich einsam, die Gegend.«
»Der Herzog hat viel gewagt. Es ist schändlich, einen heimkehrenden Kreuzfahrer anzugreifen.«
»Ja, ja«, entgegnete John ungeduldig. »Der Herzog hat seine Gründe, und er wird die möglichen Konsequenzen kennen. Aber da ja niemand ahnt, wo Richard ist, hat auch der Herzog nichts zu befürchten.«
Sie lehnte sich gegen seine Hände und seufzte wohlig. »Wie lange musst du warten, bis du die englische Krone trägst?«
»Schscht! Erst einmal trauern wir um den Held von Akkon.« Seine Arme umschlangen ihren Körper, und er streichelte ihren Bauch und umfasste ihre Brüste. »Ich finde, wir haben Grund zum Feiern«, flüsterte John, und Adelaide drehte den Kopf und küsste ihn.
»Komm zu mir«, sagte sie, »das Wasser ist noch warm.«
Er warf seine restlichen Kleider ab, stieg in die Wanne und liebte sie mit neuer Leidenschaft in der festen Überzeugung, triumphal über seinen älteren Bruder gesiegt zu haben.
»Ich reise morgen zu Philipp. Und wir beide heiraten, sobald Richard für tot erklärt worden ist.«

Er zog eine Pelzdecke aus Feh über ihre nackten Schultern und rückte dicht an Adelaide heran. Im Zimmer war es kühl, und obwohl sie die schweren Samtvorhänge ihres Bettes zugezogen hatten und im Kamin ein Feuer loderte, strahlten die dicken Mauern des Bischofspalastes eine ungemütliche Kälte aus. Ihre Körper waren erhitzt von der Lust, und als er Adelaide an sich drückte, spürte er den Schweiß auf ihrem Bauch.

Sie hatte die Augen geschlossen, und auch John entspannte sich in den weichen Kissen ihres Bettes. Bevor er einschlief, sah er in seiner Phantasie die festlich geschmückte Abtei von Westminster, hörte die Glocken von ganz London und fühlte die Hände des Erzbischofs von Canterbury auf seiner Brust, die ihn feierlich zum König salbten.

Auf den tiefverschneiten Wegen kamen sie nur langsam voran, und abends weinte Berenguela vor Enttäuschung. Da sie die Sprache der Einheimischen nicht verstanden, hielten sie sich an die wenigen Kirchen und Klöster an der Straße, und Berenguela holte die Auskünfte, die sie brauchten, auf Latein ein. Allmählich waren sie in der Lage, Richards bisherige Reise in groben Zügen nachzuvollziehen, und es bot sich ihnen ein Bild des Schreckens. Der englische König war nichts anderes als ein Wild, das gejagt wurde. Wer auch immer Richard verraten hatte, es bestand kein Zweifel mehr, dass Herzog Leopold wusste, welcher legendäre Kreuzfahrer sich als Kaufmann getarnt auf österreichischem Gebiet aufhielt. Ein Mönch mit normannischem Stammbaum, und schon aus diesem Grund Richard zugetan, hatte Berenguela und Olivier berichtet, dass man Männer aus dem Gefolge des stattlichen Kaufmanns verhaftet habe und er selbst mit seinem Pferd in rasendem Galopp gerade noch entkommen sei. Es blieb ihm nur der Weg durch den Graben der Mur und der Mürz Richtung Semmering zum einzigen

Pass, der von hier aus über die Berge führte. Berenguela betete, dass die Meute, die ihren Mann hetzte, seine Spur verloren hatte, doch angesichts der Tatsache, dass ein ganzes Land die Verfolgung aufgenommen hatte, war es ihr ein Rätsel, wo Richard noch Schutz finden sollte.

Auch Oliviers Miene hatte sich mehr und mehr verdüstert, und er machte Berenguela wenig Hoffnung, Richard in Freiheit und unversehrt zu finden. Vielleicht, tröstete er sie halbherzig, war es ihm trotz allem gelungen, hinter dem Pass weiter Richtung Osten zu reiten und mit viel Glück ungarisches Herrschaftsgebiet zu erreichen. Doch weder Berenguela noch er selbst glaubten an diesen gnädigen Ausgang von Richards Flucht.

Selbst erschöpft, schleppten sie sich frierend durch eine feindliche Landschaft, und an manchen Tagen war Berenguela so verzweifelt, dass sie sich wünschte, mit Richard gemeinsam zu sterben. Denn wer seine Beute so verbissen in die Enge trieb, würde sie nicht am Leben lassen, und sie fürchtete, dass ihr Mann bereits dem Tod geweiht war.

Sie hatten die Stadt Bruck passiert und näherten sich einer Ansammlung von Häusern. Ein Junge kam ihnen wild gestikulierend entgegengelaufen und warf sich Berenguela vor die Füße. Er war außer Atem und zeigte immer wieder auf das Dorf, das still unter den Schneemassen döste, dann ergriff er ihre Hände, umklammerte die Pelzhandschuhe, mit denen sie ihre Finger vor der eisigen Kälte schützte, und versuchte Berenguela hinter sich herzuzerren.

»Langsam, mein Junge«, sagte Olivier in freundlichem Ton und hielt ihn an der Schulter fest. »Was gibt es denn so Dringendes?«

»Er versteht uns nicht«, erklärte Berenguela, die mit Gesten den Jungen beruhigen wollte.

Tränen strömten dem Kind über das Gesicht, tropften auf den Wollschal um seinen Hals und wurden dort zu Eis. Immer noch

zog er an Berenguelas Armen und Umhang, und endlich ahnte sie, was der Junge ihr sagen wollte.
»Ich glaube, er sucht einen Medicus«, sagte sie, und auch Olivier nickte jetzt.
»Wollen wir ihm folgen?«, fragte er.
»Ja. Vielleicht hat sich jemand verletzt oder einer seiner Eltern ist krank.«
Der Junge spürte, dass die beiden ihn verstanden hatten, und bedeutete ihnen, mit ihm zu kommen. Er führte sie zu einem der Häuser, eine Holzhütte mit Strohdach, aus der Rauch quoll.
»Ihr wollt doch nicht dort hinein?« Olivier wies auf die niedrige Türöffnung und den Qualm, doch Berenguela hatte bereits gebückt das Innere der Hütte betreten.
Zunächst konnte sie kaum etwas erkennen, der Rauch reizte ihre Augen ebenso wie ihre Lungen. Sie keuchte und blieb stehen, um sich an das dämmerige Licht in der Hütte zu gewöhnen. Der Raum, in dem sie stand, war kreisrund, und in der Mitte brannte ein Feuer. Offensichtlich, folgerte sie, war der Abzug im Dach durch Schnee verstopft, und nun fand der Rauch keinen Weg aus der Hütte. Der Junge war an ihrer Seite geblieben und wies auf einen Strohsack, auf dem eine Gestalt sich in Schmerzen wand.
Berenguela trat vorsichtig näher. Sie blinzelte gegen die Tränen an, die der Rauch ihr in die Augen getrieben hatte, und sah eine junge Frau, die gekrümmt auf der Seite lag und unter starken Krämpfen zu leiden schien.
Sie beugte sich über die Kranke und drehte sie behutsam auf den Rücken, da sie vermutete, dass die Frau in den Wehen lag. Doch es waren auf den ersten Blick keine Anzeichen einer Schwangerschaft zu erkennen.
Trotz der Kälte war die Frau schweißüberströmt, und auf ihrem ärmlichen Lager entdeckte Berenguela die Reste von Erbroche-

nem. Der Junge hatte sich neben die Frau gehockt und weinte hemmungslos.
Sie lächelte dem Kind aufmunternd zu und verließ die Hütte.
»Drinnen liegt eine Schwerkranke. Wir müssen den Rauchabzug frei machen, sonst wird sie noch ersticken.«
»Ist sie hier ganz allein? Wo sind die Menschen, die in den anderen Hütten leben?«
»Später«, entschied Berenguela. »Jetzt brauchen wir erst einmal eine Leiter, und dann klettert Ihr auf das Dach. Vielleicht kann der Junge helfen.«
»Eine Leiter zu suchen, kostet nur Zeit. Der Junge kann auf meine Schultern steigen und dann aufs Dach klettern«, schlug Olivier vor und verschwand im Inneren der Hütte, um das Kind zu holen.
Es dauerte eine Weile, bis sie sich mit Hilfe von Gesten und Mimik verständigt hatten, doch dann nickte der Junge, stieg mit Berenguelas Unterstützung auf Oliviers Schultern, kroch über das schneebedeckte Strohdach und begann den Schnee vom Abzug zu kratzen. Sobald der Rauch senkrecht durch das Dach nach oben zog, betrat Berenguela erneut die Hütte, holte mit Hilfe einer Eisenzange einen Kienspan aus dem Feuer und nutzte dessen Licht, um sich die Kranke genauer anzusehen.
Ohne Zweifel hatte die Frau Fieber. Sie war bei Bewusstsein, aber ihre Zähne waren fest zusammengebissen, um die Schmerzen erträglicher zu machen. Sie hatte die Arme fest um ihren Oberkörper geschlungen und rieb unablässig mit den Händen über Schultern und Rippen. Berenguela versuchte ihre verkrampften Glieder zu lösen, doch sie wehrte sich und stöhnte laut.
Olivier kam mit dem Jungen in die Hütte und fragte, ob er helfen könne. Angewidert schaute er auf das beschmutzte Lager, und die sich vor Schmerzen windende Frau löste in ihm sichtbares Unbehagen aus.

»Um Gottes willen«, stammelte er, »was fehlt ihr?«
»Ich bin mir nicht sicher, aber ich fürchte, es ist das Heilige Feuer.«
»Antoniusfeuer«, erwiderte Olivier entsetzt. »Dann ist sie verloren.«
»Vor allem sollten wir nachsehen, wo die anderen Leute aus diesem Dorf geblieben sind. Wenn hier das Antoniusfeuer wütet, brauchen sie vermutlich alle Hilfe.«
»Ihr meint doch nicht etwa, dass wir ihnen helfen sollen. Wir haben eine andere Mission.«
»Wir können sie doch nicht einfach sterben lassen. Zumindest müssen wir ihre Schmerzen lindern.«
Olivier senkte beschämt den Blick. »Aber es gibt kein Mittel gegen das Antoniusfeuer. Wer daran erkrankt, stirbt einen schrecklichen Tod. Arme und Beine fallen ihm ab, und die Schmerzen rauben ihm den Verstand. Ich habe in meiner Heimat, der Gascogne, einmal ein ganzes Dorf am Heiligen Feuer zugrunde gehen sehen. Es war kein gnädiger Tod.«
»Ich kenne die Auswirkungen dieser Krankheit. Sie ist wie ein Gift, und die Mönche von Cluny glauben, dass das Heilige Feuer von verdorbenem Getreide hervorgerufen wird. Schaut nach, ob Ihr einen Sack mit Roggenmehl findet, dessen Inhalt nach Schimmel riecht.« Sie wandte sich wieder der Frau zu, die zum ersten Mal einen Blick auf die beiden Fremden in ihrer Hütte warf. Berenguela beugte sich zu ihr. »Könnt Ihr mich hören? Ich weiß, Ihr versteht mich nicht, aber ich bin ein Medicus.« Sie zeigte auf ihre Kleidung und die Tasche mit den Kräutern. Die Frau wirkte jetzt weniger angstvoll, und Berenguela gelang es, ihre Hände und Unterarme genauer anzusehen. »Es sind keine Blasen zu erkennen und gottlob auch keine schwarzen Stellen. Die Krankheit ist erst vor kurzem ausgebrochen. Schnell, seht nach, wie es in den anderen Hütten aussieht. Und nehmt den Jungen mit nach draußen.«

Olivier nahm das Kind, das er auf acht Jahre schätzte, an die Hand und verließ mit ihm die Hütte, um aber wenig später mit bleichem Gesicht zurückzukehren. »Einige leben noch«, berichtete er, »doch die meisten sind tot. Und allein werdet Ihr den Kranken nicht helfen können. Ich habe zehn kranke Frauen und Männer gezählt.«
»Kinder?«
»Außer dem Jungen habe ich keine gesehen.«
»Die Toten müssen begraben werden, und die Lebenden brauchen Pflege und Arznei. Ihr reitet zurück in die Stadt, die wir gestern passiert haben. Ich bin sicher, dass es dort ein Hospital gibt.«
»Ich werde Euch nicht schutzlos zurücklassen.«
»Olivier, kein Wegelagerer setzt einen Fuß in ein todgeweihtes Dorf. Ich glaube nicht, dass mir hier etwas Böses passiert. Und außerdem habe ich noch den Jungen.«
»Er ist ein Kind und kann nicht einmal sich selbst helfen.«
»Je eher Ihr geht, desto schneller seid Ihr wieder da.«
Olivier gab nach. »Spätestens morgen bin ich zurück, so Gott will, mit allen Heilkundigen, die die Stadt zu bieten hat.«
Berenguela kannte verschiedene Rezepte gegen das Heilige Feuer, doch gab sie Olivier im Stillen recht, dass die Aussichten, die Krankheit zu überleben, nicht groß waren. Hatte erst der Brand eingesetzt und die Haut begonnen Blasen zu werfen, so dauerte es nicht lange, bis sich blauschwarze Flecken auf Armen und Beinen ausbreiteten. Die Glieder faulten den Menschen unter entsetzlichen Schmerzen ab, und selbst wenn man sie ihnen amputierte, bevor sie von selbst abfielen, rettete man den Kranken damit nur selten das Leben, sondern fügte den Leiden des Antoniusfeuers noch die der äußerst peinvollen Operation hinzu.
Marie schwor auf eine Mischung aus gestampftem Bleiweiß und Silberschaum, aufgefüllt mit Koriandersaft und Essig und ver-

feinert mit Rosenöl. Alles in einem Verhältnis, das bei nochmaligem Stampfen eine Salbe ergab. Die rieb sie den Kranken auf den Leib und achtete darauf, dass sie alle Reste des Brotes aus dem verdorbenen Mehl erbrochen hatten und auf keinen Fall mehr einen Bissen davon zu sich nahmen. Alle Säcke mit verdächtigem Getreide mussten vernichtet werden, denn sonst breitete sich das Antoniusfeuer immer weiter aus und konnte leicht ganze Dörfer und Städte ausrotten. Auch Schierling half, die Krankheit zu lindern. Man stampfte die Blätter des grünen Krautes und bestrich damit die Haut. Allerdings war Schierling auch ein todbringendes Gift, und Berenguela verwendete ihn wegen der Gefahren, die eine ungenaue Dosierung mit sich brachte, nicht gern.

Beide Arzneien hatte sie noch nie angefertigt, und außerdem fehlten ihr entscheidende Zutaten. In ihrem Gepäck befanden sich nur die gebräuchlichsten Heilkräuter und nicht eine ganze Apotheke. Aber sie hoffte, dass es Olivier gelingen würde, wenn schon nicht einen weiteren Medicus, so doch zumindest ein, zwei heilkundige Frauen zu finden, die möglicherweise die entsprechenden Kräuter mitbrachten. Ansonsten blieb nichts anderes übrig, als ein weiteres Mal die Stadt aufzusuchen und die Kräuter zu kaufen.

Ihre Befürchtungen zerstreuten sich am nächsten Tag. Olivier wurde von einem Pferdekarren begleitet, auf dem sie neben dem Kutscher zwei Frauen und drei Männer zählte.

Einer von ihnen trug die Kutte der Benediktiner, und Berenguela seufzte vor Erleichterung. Erstens würden sie sich mit dem Mönch verständigen können, und zweitens ließ seine Anwesenheit auf die Existenz einer umfangreichen Kräutersammlung hoffen.

Sie nickte Olivier dankbar zu, und die Männer begannen sogleich in den Hütten die Toten zu bergen und auf den Karren zu laden.

»Der Frost ist zu tief in den Boden gedrungen«, erläuterte der Benediktiner. »Wir werden sie verbrennen müssen.«

»Gibt es noch andere Orte in der Gegend, in denen das Heilige Feuer aufgetreten ist?«, erkundigte sich Berenguela.

»Ja, weiter nordöstlich, auf der anderen Seite des Semmerings.«

»Wart Ihr dort?«

»Nicht ich persönlich, aber andere Brüder unserer Gemeinschaft.«

»Haben sie den Pass in jüngster Zeit überquert?«

»Vor einer Woche sind sie zurückgekommen.«

»Er ist also trotz des Schnees begehbar.«

»Es ist mühsam, aber möglich. Wollt Ihr denn über den Semmering?«

Sie nickte.

»Dann seid Ihr auf dem Weg nach Wien?«, fragte der Mönch.

»Vielleicht. Habt Ihr zufällig von einem Kaufmann gehört, der auf dieser Straße entlanggezogen ist?«

»Mein lieber Medicus, viele Händler nutzen die Route. Ich würde sagen, es sind Hunderte in der Woche.«

»Der Mann, den ich suche, ist wohlhabend, groß und rotblond.«

Der Mönch schwieg eine lange Zeit. »Dieser Mann scheint sehr begehrt«, sagte er endlich.

»Ihr habt ihn also gesehen?«

»Nein.«

»Aber von ihm gehört.«

»Brüder unseres Ordens sind ihm begegnet. Der Mann war auf der Flucht.«

Sie erschrak. »Wo war das?«

»Auf dem Weg nach Wien. Ihr scheint großes Interesse an ihm zu haben. Seid Ihr sein Medicus?«

»So könnte man es nennen. Ich mache mir Sorgen um ihn.«

»Man sagt«, begann der Mönch vorsichtig, »seine Flucht sei beendet.«
»So hat man ihn gefangen?«
»Meine Brüder aus dem Kloster Melk berichten, dass ein Mann auf die Festung Dürnstein gebracht worden ist.«
»Dürnstein«, wiederholte sie.
»Eine Burg auf einem Felsen über der Donau.«
»Wisst Ihr, wann das geschehen ist?«
»Kurz nach Weihnachten.«
Ihre Miene war von einer solchen Verzagtheit, dass der Mönch ihr Trost zusprach. »Gefangenschaft bedeutet nicht den Tod«, sagte er sanft. »Steht Euch der Mann sehr nahe?«
»Er ist ein guter Freund«, antwortete sie bedrückt. »Ein unersetzlicher. Er war auf dem Rückweg aus dem Heiligen Land.«
»Ein Kreuzfahrer?« Der Benediktiner war hellhörig geworden.
»Ja. Einer der tapfersten.«
»Aber dann kann er nicht der Gefangene von Dürnstein sein. Niemand darf einem Kreuzfahrer auf dem Weg in sein Heimatland ein Haar krümmen. Es hätte den Ausschluss aus der Gemeinschaft der Christenheit zur Folge.«
Berenguela überlegte, ob sie dem Mönch vertrauen konnte, und nahm dann ihren ganzen Mut zusammen. »Ich will offen mit Euch reden. Der Mann, den ich suche, ist der König von England. Ich bin sein Medicus, und Olivier ist sein Troubadour. Wir sind heimlich seiner Spur gefolgt.«
»König Richard? Aber er wird auf See vermisst.«
»Das ist ein Irrtum. Er hat den Landweg gewählt und wollte ungarisches Gebiet erreichen. Von dort hätte er sich längst melden müssen. Er kann dort nicht angekommen sein.«
»König Richard auf Dürnstein.« Der Mönch schüttelte den Kopf. »Das würde Herzog Leopold nie wagen. Er ist ein treuer Diener der Kirche.«
»Es gibt nicht viele Männer, die dem König äußerlich gleichen.

Auch seine Haarfarbe ist eher ungewöhnlich«, gab Berenguela zu bedenken. »Vielleicht ist der Hass des Herzogs auf den König größer als seine Liebe zum Papst.«
Der Mönch schien unschlüssig. »Am besten, Ihr überzeugt Euch selbst«, sagte er dann. »Ihr könnt mich nach Melk begleiten, wenn unsere christliche Nächstenpflicht hier getan ist.«
»Ich bereite die Medikamente, und Ihr sprecht ein Gebet für die Toten. Dann reisen wir. Die Pflege der Kranken können die Frauen übernehmen. Aber sie sollen darauf achten, dass das gesamte Roggenmehl in diesem Dorf vernichtet wird. Es ist mit Mutterkorn verseucht.«
Der Mönch erteilte den Frauen entsprechende Anweisungen und ging zu dem Karren, um den Toten ein letztes Geleit zu geben. Berenguela strich dem Jungen, der nicht von ihrer Seite weichen wollte, über das Haar. »Sei nicht traurig, mein Kleiner, deine Mutter wird wieder gesund.«
Der Weg über den Semmering bestand lediglich aus einem schmalen, ausgetretenen Pfad, und sie führten ihre beiden Pferde am Zügel über den Pass. In Begleitung des Benediktiners gelangten sie bis vor die Tore der Stadt Wien, schlugen im Westen einen Bogen um die Stadt und zogen dann längs der Donau flussaufwärts. Mit neidischen Blicken betrachteten sie die Boote, die ihnen entgegenkamen. Zu gern hätten sie sich und ihren Pferden eine Pause gegönnt, doch per Schiff konnte man den Fluss nur mit der Strömung befahren.
Die Burg war erst vor rund vier Jahrzehnten erbaut worden und bewachte den Fluss von einem der Felsen am Ufer. Berenguela fasste unwillkürlich nach Oliviers Hand, als sie ihre Pferde am Ufer entlangführten und die Festung wie ein Adlernest über ihnen thronte. Es war ihr schleierhaft, wie sie jemals in das Innere dieses abweisenden Gebäudes gelangen sollte, doch Olivier drückte beruhigend ihre Hand, und die Tatsache, dass sie bereits so weit gekommen waren, gab ihr neue Zuversicht.

Als sie außer Sichtweite der Burg waren, blieb der Mönch stehen. »Bis Melk ist es noch ein gutes Stück. Ich schlage vor, wir machen im nächsten Ort Rast und suchen eine Herberge. Ihr bleibt im Wirtshaus, ich höre mich ein wenig um.«

»Wir haben schon Februar«, sagte Berenguela und bestellte in der Schankstube einen Krug Bier. »Ob Richard noch hier ist? Der Mönch sagt, er sei kurz nach Weihnachten entdeckt und festgenommen worden.«

»Wir werden es herausfinden.«

»Und wenn er nicht mehr lebt?«

»Den Gedanken dürft Ihr nicht zulassen. Er lebt. Und er wartet auf Euch.«

»Ich bin so mutlos, Olivier.«

»Das ist nur die Müdigkeit. Wir sind seit Wochen unterwegs.«

»Ich habe das Gefühl, keinen Schritt mehr weitergehen zu können.«

Der Mönch kehrte mit schlechten Nachrichten zurück. »Der Gefangene ist noch dort, aber er wird streng bewacht. Niemand außer den Wachen kommt in die Burg hinein.«

»Und ein Priester?«

»Ebenfalls nicht.«

»Ich schätze, auch die Lieder eines Troubadours sind auf der Burg verboten.«

»Ganz und gar«, gab der Mönch Olivier recht.

»Und wenn auf der Festung eine Krankheit ausbricht?«, dachte Berenguela laut nach. »Dann werden sie einen Medicus brauchen.«

»Mit welchem Zauber wollt Ihr die Burg belegen, dass die Wachen in einen tiefen Schlaf fallen?«

»Wer sagt, dass sie schlafen sollen? Ich dachte eher an eine schnell um sich greifende Übelkeit.«

»Ihr wollt sie doch nicht vergiften?«, erkundigte sich der Mönch vorsichtig.

»Jedenfalls nicht nachhaltig. Aber eine Zeitlang werden sie zumindest keinen Appetit mehr haben.«
»Wie soll das gehen, wenn wir die Festung nicht betreten können?«
»Ein trojanisches Pferd«, sagte Berenguela mit neuer Energie.
»Ihr wollt uns in die Burg schmuggeln lassen.«
»Nicht uns, aber die Krankheit.«
Dem Mönch dämmerte es allmählich. »Übelkeit bricht nur dann aus, wenn die Wachen etwas Falsches gegessen haben. Ist das Euer Plan?«
»In etwa. Ich dachte ihnen für die nächste Zeit die Lust auf Bier zu vergällen.« Sie nahm den Krug, den der Wirt gebracht hatte. »Nur einmal angenommen, in diesem Krug befände sich außer dem Bier noch etwas anderes. Etwas, das ich nicht schmecken kann, wenn ich einen Schluck nehme, und das mir ein paar Stunden später erhebliche Bauchschmerzen bereitet.«
»Außerdem Übelkeit, Durchfall, Krämpfe, Kopfschmerzen«, ergänzte Olivier.
»Und da alle Wachen befallen werden, wird man nach einem Arzt schicken ...«
»... der natürlich im Stift Melk vermutet wird ...«
»... aber wie durch eine wundersame Fügung des Schicksals bereits im Dorf nebenan zu finden ist ...«
»... weil ein durchreisender Medicus in Begleitung eines Troubadours hier zufällig Station macht.«
Der Mönch hatte dem Schlagabtausch von Berenguela und Olivier atemlos zugehört. »Aber was wollt Ihr den Wachen in das Bier mischen? Und vor allem, wie wollt Ihr an die Fässer gelangen?«
»Weißen Nieswurz.«
»Und dieses Kraut hat eine solche Wirkung?«
Sie nickte nachdrücklich. »Es wirkt stark abführend, einhergehend mit erheblichem Bauchgrimmen.«

»Und woher wisst Ihr, welche Fässer für die Burg bestimmt sind?«
Berenguela sah den Mönch an, und in ihren Mundwinkeln war ein leises Lächeln. »Ist es nicht so, dass das Bier in den Klöstern gebraut wird?«
Auch Olivier richtete jetzt seinen Blick auf den Mönch. »Könntet Ihr uns diesbezüglich weiterhelfen?«
»Wenn es sich bei dem Gefangenen auf Dürnstein wirklich um den englischen König und somit um einen Kreuzfahrer handelt, dann ist ihm hier in Österreich ein schreiendes Unrecht geschehen. Was auch immer Herzog Leopold im Sinn hatte, als er den angeblichen Kaufmann festnehmen ließ – es ist gegen den Willen des Papstes geschehen. Also gut, ich werde versuchen Euch zu helfen. Aber selbst wenn der Plan gelingt, wird der Medicus zwar in die Burg hinein-, aber der König nicht hinauskommen.«
»Warum denn nicht? Wir fliehen alle gemeinsam, besteigen ein Boot und fahren die Donau flussabwärts, bis wir in Ungarn sind«, entgegnete Olivier.
»Vielleicht ist eine Flucht gar nicht notwendig«, sagte Berenguela. »Und möglicherweise ohnehin zu gefährlich. Wenn der König auf der Burg gefangen gehalten wird, müssen wir nur die Nachricht verbreiten. Die ganze christliche Welt wird sich zornig erheben, und Herzog Leopold wird Verachtung ernten, wohin er auch geht. Er muss Richard freilassen.«
Der Mönch musterte Olivier scharf. »Seid Ihr wirklich ein Troubadour?«
»Nein, ich bin ein Ritter.«
»Und Ihr?«
»Ich bin tatsächlich ein Medicus«, log Berenguela, wurde aber rot vor Scham.
»So, so«, murmelte der Mönch. »Dann gebt mir Euren Unglückstrank, und ich werde sehen, was sich machen lässt. Mor-

gen breche ich zum Stift auf. Wann die nächste Bierlieferung nach Dürnstein abgeht, weiß ich allerdings nicht. Ihr müsst Euch in Geduld fassen.«

Berenguela entschuldigte sich und bereitete einen starken Sud aus getrocknetem weißem Nieswurz, wobei sie inständig hoffte, die Dosis nicht zu hoch gewählt zu haben. Wie bei den meisten Kräutern lagen auch hier Nutzen und Schaden sehr nah beieinander, und unter Umständen überwog Letzteres in einem nicht wieder zu heilenden Maß.

Nach der Abreise des Mönchs besserten Berenguela und Olivier ihren Münzvorrat mit musikalischen Vorträgen in der Wirtsstube einerseits und dem Verkauf von harmlosen Kräuterarzneien andererseits auf. Viel verdienten sie dabei allerdings nicht, da zumindest Berenguela jegliches Gefühl für den Abschluss eines guten Geschäfts fehlte und sie manche Kräuter teurer bezahlt hatte, als sie sie jetzt verkaufte. Olivier stöhnte innerlich über ihren mangelnden Sinn für Gewinn und Ertrag, gestand ihr aber zu, dass sie sich weder als Prinzessin von Navarra noch gar als Königin von England bisher über solch profane Dinge Gedanken machen musste.

Der März löste den Februar ab, und immer noch waren der Medicus und der Troubadour dem Gefangenen von Dürnstein keinen Schritt näher gekommen. Das Warten zerrte an ihren Nerven, doch kurz bevor sie endgültig die Geduld verloren, schickte ihnen der Mönch eine Nachricht. Eine neue Lieferung Bier, hieß es da, sei unterwegs nach Dürnstein.

»Na endlich«, bemerkte Olivier. »Ich dachte schon, die Wachen sind abstinent geworden.«

»Wir haben Fastenzeit«, erklärte Berenguela.

Olivier zuckte mit den Schultern. Seiner Erfahrung nach nahmen Männer, die Gefangene bewachten, es mit den Regeln der Kirche nicht allzu genau.

»Wie schnell wirkt der Nieswurz?«

»Schwer zu sagen. Wer viel Bier trinkt, wird auf jeden Fall eher krank. Ich schätze, dass noch heute Nacht ein Medicus gebraucht wird.«

»Ich komme auf jeden Fall mit. Vielleicht kann ich den Männern mit einem Lied Erleichterung verschaffen.«

»Ihr ahnt nicht, auf was Ihr Euch da einlasst. Es wird übel riechen.«

»Macht nichts. Ihr ertragt es ja auch.«

»Aber nur mit einem Trick.« Auf seinen verdutzten Blick hin erklärte sie: »Wir reiben uns ein bisschen Salbe aus Minze unter die Nase. Dann lässt es sich aushalten.«

Sie verabredeten, sich nicht schlafen zu legen, und am frühen Morgen schlug jemand mit der Faust an ihre Tür.

»Aufwachen. Schnell. Auf der Festung wütet eine Krankheit. Der Medicus soll kommen.«

Olivier nickte befriedigt, öffnete die Tür und lugte durch den Spalt. »Der Medicus schläft.«

»Dann weck ihn auf«, herrschte ihn der Wirt an. »Die Wachen auf Dürnstein kotzen sich die Seelen aus dem Leib.«

»Sie werden sich überfressen haben. Oder haben sie zu viel Bier getrunken? Die Völlerei tut niemandem gut.«

»He, Troubadour, das geht dich nichts an. Hol den Medicus und setzt euch in Bewegung.«

»Soll ich meine Laute mitnehmen?«

»Noch ein Wort, und ich vergesse mich. Du wirst dem Medicus helfen müssen. Es sind alle krank.«

»Alle?«

»Sagte ich doch.«

Berenguela hatte schon während des Wortwechsels ihre Tasche gepackt und erschien jetzt mit Umhang und Hut in der Tür. »Gehen wir«, sagte sie. »Wenn dort wirklich eine Seuche herrscht, haltet Euch lieber fern«, riet sie dem Wirt. »Nicht, dass Ihr auch noch krank werdet.«

Der Wirt schüttelte den Kopf mit solcher Heftigkeit, dass seine schlaffen Wangen schlotterten. »Keine zehn Pferde bringen mich auf diese Burg. Das ist die Strafe für den Gefangenen, den man dort versteckt hält«, flüsterte er verschwörerisch.

»Ein Gefangener? Hoffen wir, dass er kein Bier trinkt«, rief Olivier dem Wirt nach und schloss die Zimmertür hinter sich.

Noch herrschte tiefste Dunkelheit, und der Wirt hatte ihnen zwei Fackeln zur Verfügung gestellt. Im Schein des flackernden Feuers begannen Berenguela und Olivier den steilen Aufstieg zur Burg und dankten dem Himmel, dass in den vergangenen Tagen der letzte Schnee geschmolzen war. Der Pfad führte an einer Mauer vorbei und schlängelte sich in zahlreichen Biegungen auf den Hügel. Die Sonne kam langsam zum Vorschein, und das Wasser der Donau schimmerte wie flüssiges Silber. Sie setzten Schritt vor Schritt, und unter ihren Umhängen wurde ihnen warm.

»Wir sind gleich da«, keuchte Olivier.

»Ich habe das Gefühl, wir sind aufs Dach der Welt gestiegen«, erwiderte Berenguela außer Atem.

»Das ist zu viel der Ehre für diesen Felsen.«

Das Tor zur Burg stand offen, und sie betraten den Innenhof, ohne einer Menschenseele zu begegnen.

»Ein sicheres Gefängnis scheint das nicht zu sein«, murmelte Olivier.

»Wir bleiben bei meinem Plan«, flüsterte sie vorsorglich zurück, falls Olivier wieder an eine gemeinsame Flucht mit Richard denken sollte.

In der Halle trafen sie auf die ersten Beweise, dass der Nieswurz seine Arbeit getan hatte.

»Puh«, stöhnte Olivier, »hier stinkt es wie in einem Schweinestall, der seit Wochen nicht gesäubert worden ist. Wo ist Eure Salbe?«

Sie hatte bereits den kleinen Tiegel aus der Tasche gezogen,

verrieb ein wenig von der Paste zwischen Daumen und Zeigefinger und strich sie zunächst Olivier, dann sich selbst um die Nasenlöcher. Schließlich gingen sie weiter.
Auf dem Boden entdeckten sie übelriechende Lachen von Bier und Erbrochenem, und Olivier tänzelte übertrieben um sie herum. »He«, rief er laut, »ist hier niemand?« Dann beugte er sich zu Berenguela. »Vielleicht sind alle auf der Latrine.«
Sie legte ihren Zeigefinger auf die Lippen, und beide lauschten sie, ob sie von irgendwoher ein Geräusch vernehmen konnten. Endlich hörten sie ein Stöhnen und Würgen und fanden einen Mann, der sich in einen großen eisernen Kübel erbrach.
»Ich bin ein Medicus«, begann Berenguela. »Ich werde Euch helfen. Sagt mir, was passiert ist.«
»Eine Seuche«, stammelte der Mann. »Wir sind alle des Todes.«
»Na, so schlimm wird es nicht kommen«, beschwichtigte Olivier. »Wie viele seid Ihr hier auf der Burg?«, erkundigte sich Berenguela.
»Fünf.«
»Und alle krank?«
Der Mann nickte mühsam und kämpfte gegen eine neue Welle von Übelkeit. Olivier drehte sich weg, als er gelbe Galle in den Kübel spuckte.
»Olivier«, flüsterte Berenguela, »Ihr sucht Richard. Ich versorge die Männer. Sie werden sich noch eine Weile schlecht fühlen, aber es ist nichts Bedrohliches. Ich gebe ihnen Lavendelwasser zu trinken.«
Olivier schlenderte über den Burghof und begann ein Lied zu singen, von dem Berenguela behauptet hatte, dass Richard es besonders liebe. Er fragte sich, ob man ihn tatsächlich in ein Verlies geworfen hatte, und stieg eine Treppe hinunter. Die Melodie trällerte er weiter, mal summte er, mal sang er lauthals den Text. Er gelangte in den Keller der Burg, ohne dass ihm

jemand begegnete. Plötzlich vernahm er einen anderen Klang. Ein Mann sang mit tiefer, voller Stimme dasselbe Lied. Olivier lief den Tönen nach – und stand vor seinem König.
Richards Kleidung war zerrissen, ihm war ein rotblonder Bart gewachsen, und sein verfilztes Haar fiel ihm auf die Schultern, aber er schien weder verletzt noch erkrankt. Bei Oliviers Anblick sprang er von seiner Pritsche auf, und seine Miene zeigte vollkommene Verwunderung.
»Olivier de Gascogne. Die Überraschung ist Euch gelungen. Ich bin froh, Euch zu sehen, auch wenn Ihr grauenhaft singt.«
Olivier konnte vor Rührung nicht sprechen. Er schluckte verzweifelt an dem Kloß in seinem Hals, doch der wollte partout nicht rutschen. »Ich bin nicht allein«, gelang es ihm nach einer Weile zu sagen. »Ein Medicus wünscht Euch zu sehen.«
»Sie ist hier?«, fragte Richard atemlos.
Olivier nickte. »Sie verabreicht den kranken Wachen ein Gegenmittel.«
»Ihr beide seid schuld an diesem Fiasko?«
»Nicht direkt, eher der weiße Nieswurz.«
»Der Schlüssel hängt dort hinten an der Wand«, sagte Richard.
Olivier öffnete das Gitter vor Richards Zelle, und in diesem Augenblick kam Berenguela zur Tür herein.
Mit einem kleinen Schluchzer ging sie auf Richard zu, und er zog sie wortlos in seine Arme. Sie presste sich an ihn, murmelte seinen Namen und fuhr mit zitternden Händen über seinen Körper. »Bist du verletzt, Liebster? Oder krank? Sag mir, wie es dir geht.«
»Mir fehlt nichts, außer dir.« Er küsste sie und nahm ihr den Hut ab. »Was hast du mit deinem Haar gemacht, mein Herz?«
»Kürzer geschnitten, damit mir der Hut nicht wieder vom Kopf rutscht.«
»Du bist wirklich gekommen, ich kann es nicht fassen.«

»Ich habe gefühlt, dass dir etwas zugestoßen ist.«
»Wie habt ihr mich gefunden?«
»Wir sind deiner Spur gefolgt, haben in jedem Ort nach dir gefragt.«
»Aber wo habt ihr angefangen zu suchen?«
»Auf Korfu.«
Er schob sie ein Stück von sich und starrte sie an. »Das ist nicht wahr.«
»Doch. Wo sollte ich denn sonst anfangen? Es war der einzige Ort, von dem ich sicher wusste, dass du dort warst.«
»Mein Gott, Berenguela. Ich weiß nicht, was ich sagen soll.«
»Dann schweig und küss mich.«
»Ich liebe dich«, flüsterte er und tupfte zärtlich die Tränen von ihren Wangen.
»Ich kann nicht lange bleiben«, wisperte sie. »Willst du mit uns kommen? Die Wachen sind nicht gerade in einem kämpferischen Zustand.«
»Nein«, erklärte er bestimmt. »Ich werde Leopold nicht noch einmal die Genugtuung gönnen, mich zu fangen. Und wir haben keine Chance, unerkannt aus diesem Land zu flüchten. Außerdem will ich, dass die Welt weiß, welch ein Feigling der Herzog ist.«
Sie atmete auf. »Olivier war für die Flucht, aber ich hatte ähnliche Befürchtungen wie du. Was hat Leopold mit dir vor?«
»Wir werden sehen. Jetzt, da du mich gefunden hast, bin ich zuversichtlich, seine Pläne, wie immer sie auch aussehen, durchkreuzen zu können.«
»Wird er dich freilassen?«
»Bestimmt nicht ohne Bedingungen.«
»Aber«, flüsterte sie voller Furcht, »wenn er dir nach dem Leben trachtet.«
»Das tut er nicht, er hätte mich längst töten können. Nein, ich bin für ihn wertvoller, wenn ich lebe.«

»Was kann ich für dich tun, Liebster?«
»Du hast schon so viel für mich getan, Liebste. Geh zu Eleonore. Sie soll alle, die mir treu ergeben sind, versammeln. Leopold wird nachgeben, der Herzog hat kein Format.«
»Ich habe schreckliche Angst um dich. Bitte sei vorsichtig. Wenn dir etwas passiert, will ich auch nicht mehr leben.«
»Schscht! An so etwas wollen wir gar nicht denken. Ich komme nach Hause, sei unbesorgt.« Er hob ihr Kinn und begann sie zu küssen, zart erst, dann mit verzweifelter Leidenschaft. »Geh jetzt, mein Liebling«, sagte er mit heiserer Stimme.
»Nein.« Sie klammerte sich weinend an seine Schultern. »Ich verlasse dich nicht.«
Er strich ihr ein paar wirre Strähnen aus dem Gesicht. »Du hilfst mir mehr, wenn du die Nachricht verbreitest, dass König Richard auf Burg Dürnstein gefangen gehalten wird. Auf jeden Fall kann John mich dann nicht für tot erklären lassen.« Er sah ihr in die Augen. »Wirst du das für mich tun, kleiner Medicus?«
Sie konnte nicht sprechen und weinte in sein verschlissenes Hemd. »Verzeih, ich wollte so gerne stark sein«, schluchzte sie.
»Du bist stärker als die meisten Männer. Niemand außer dir hätte das für mich gewagt.«
»Du vergisst Olivier«, entgegnete sie lächelnd.
»Siehst du, jetzt lachst du wieder. Bleib einfach mein tapferer Medicus. Und lass bloß nicht zu, dass der Troubadour noch einmal öffentlich singt, sonst verhaftet man euch noch wegen groben Unfugs.«
»Kein Wort gegen den Troubadour. Ohne ihn hätte ich es nicht geschafft.«
»Ich werde ihm mein Leben lang danken. Und ich stehe tief in seiner Schuld. Weißt du eigentlich, dass es eine Zeit gab, in der ich Olivier verflucht habe?«

»Nein«, erwiderte sie erstaunt. »Warum?«
»Weil ich dachte, dass du in ihn verliebt bist.«
»In Olivier?«
»Ihr wart immer so vertraut miteinander, und zu mir warst du so kalt.«
»Das ist eine lange Geschichte, und sie hat nichts mit Liebe zu tun. Geliebt habe ich immer nur dich.«
Er gab ihr einen letzten Kuss und schob sie zur Tür. »Olivier«, rief er. »Begleitet die Königin sicher nach Hause. Ich verlasse mich auf Euch.«
Auch in Oliviers Augen schimmerte es jetzt verdächtig feucht. Aber er griff nach Berenguelas Hand und zog sie fort. Und mit einem langen sehnsuchtsvollen Blick löste sie sich von Richard und verließ den Keller der Burg, ohne zurückzuschauen.

»Die Königin wünscht Euch zu sprechen«, meldete ein ihm unbekannter Ritter, und John legte überrascht die Feder nieder, mit der er gerade einen Brief an Philipp verfasste. »Die Königin?«, fragte er irritiert. »Sie ist hier?«
Der Ritter trat zur Seite, und eine schmale große Frau mit dunklen Locken kam auf John zu.
»Was soll das?«, wollte er erbost wissen. »Der Ritter hat meine Mutter, die Königin, angekündigt. Und wer seid Ihr?«
»Ich bin Berenguela, Königin von England, die Frau Eures Bruders Richard.«
John war starr vor Erstaunen. Das war also Richards Kräutersammlerin. So hatte er sich die Prinzessin von Navarra nicht vorgestellt. Was ihr Äußeres anging, kam sie nicht an die überirdische Schönheit von Adelaide heran, aber hässlich, wie er immer behauptet hatte, war diese Frau auch nicht. Sie stand hoch aufgerichtet mit geradem Rücken vor ihm und blickte ihn aus ernsten dunklen Augen abschätzend an. Ihr Kleid war fein

gearbeitet, aber nicht zu vergleichen mit den prächtigen scharlachroten Roben, die seine Mutter bevorzugte. Dennoch machte ihn ihr gerader Blick nervös.
Er versuchte sich zu fassen und kam hinter seinem Schreibpult hervor.
»Ich hatte Euch nicht erwartet. Aber jetzt, da Ihr hier seid, setzt Euch doch bitte. Ich lasse Euch eine Erfrischung kommen«, erbot er sich höflich.
»Das ist nicht nötig. Und wir müssen auch nicht so förmlich sein, schließlich bin ich deine Schwägerin.«
»Ja, hm, das ist wahr. Was führt dich nach Rouen?«
»Ich wollte mit dir und Eleonore über Richards Befreiung sprechen.«
Seine Augen wurden schmal, und in seinem Inneren begann ein Feuer zu lodern, das die Röte über seine Schultern und den Hals in sein Gesicht trieb.
»Vielleicht trinkst du doch einen Schluck stärkenden Rotwein. Er kommt aus Aquitanien und ist Eleonores Lieblingssorte. Sie trinkt keinen anderen.« Er merkte, dass er geschwätzig wurde, und verstummte.
»Nein danke«, erwiderte Berenguela ruhig. »Aber wir sollten uns setzen. Es wird eine längere Unterredung.«
»Gut«, stimmte John zu. »Ich vermutete dich in Brindisi bei Jeanne. Mir ist so, als hätte meine Mutter Briefe von dir bekommen. Warst du nicht krank?«
»Ja, aber das ist lange her. Damals waren Richard und ich noch im Heiligen Land. In Brindisi habe ich mit Jeanne auf Richard gewartet. Und dann bin ich den König suchen gegangen.«
Er schluckte. »Dann hast du Eleonore getäuscht. Das wird sie nicht mögen.«
»Verzeih, aber es musste sein.«
John war sich nicht sicher, wie er seine Schwägerin einschätzen sollte.

Er hatte Richards Frau immer für eine unscheinbare und unwichtige Person gehalten. Sollte sich jetzt rächen, dass er sie nicht ernst genommen hatte?

»Berenguela – habe ich den Namen richtig ausgesprochen? Also, liebste Berenguela. Irre ich mich, oder sagtest du eben, du wärst den König suchen gegangen?«

Sie nickte und schwieg.

»Wo hast du ihn gesucht? In Brindisi?«

»Ich merke, du scherzt gern, John.«

»Verzeih. Ich rechne es dir hoch an, dass du dich so um Richard sorgst, ihn wo auch immer suchen gehst und dann auch noch die weite Reise von Brindisi nach Rouen auf dich nimmst, um mit Mutter und mir über seine, wie du sagtest, Befreiung zu sprechen. Respekt. Aber bitte erklär mir, wie du darauf kommst, dass der König befreit werden müsse. Leider Gottes ist er verschollen.«

»Ich dachte mir, dass du das sagst. Aber ich habe eine freudige Nachricht für dich und Eleonore. Richard ist nicht verschollen, sondern wird von Herzog Leopold auf der Festung Dürnstein gefangen gehalten.«

John wurde kreidebleich. »Woher weißt du das?«

»Ich habe mit ihm gesprochen.«

»Mit Herzog Leopold?«

»Nein, mit Richard.«

»Hast du vor lauter Kummer um meinen Bruder den Verstand verloren?«

»Im Gegenteil, meine Gedanken sind hell und klar wie die Sonne über Rouen. Ich habe Richard gesehen, ihn berührt und von ihm den Auftrag, Eleonore aufzusuchen.«

»Von mir hat er nichts gesagt?«

»Doch, dass du ihn nicht für tot erklären lassen sollst, weil er zurückkommen wird.«

John verschränkte seine bebenden Finger. »Du lügst.«

»Nein, mein Schwager. Ich frage mich nur, warum du so gar nicht glücklich zu sein scheinst.«
»Du behauptest also, auf Dürnstein gewesen zu sein?«
»Richtig. Ich bin Richards Spuren von Aquileia bis zum Semmering gefolgt. Wusstest du, dass der Herzog über Richards Reiseroute unterrichtet war und ihn hetzen ließ wie einen Fuchs?«
»Woher sollte ich?«
»Wusstest du, dass dein Bruder seinen Verfolgern mehrere Male entkommen konnte und verzweifelt auf der Flucht war?«
»Der Arme.«
»Spott ist nicht angebracht, John. Steckst du hinter dieser Intrige?«
»Sieh dich vor, was du sagst.« Er funkelte sie hasserfüllt an. »Wer weiß außer dir, dass sich der König auf Dürnstein aufhält?«
»Viele. Die Ausrufer verkünden es gerade.«
John trat ans Fenster und sah, dass sich die Menschen aufgeregt versammelten. Einige standen in Gruppen zusammen, redeten und gestikulierten, andere riefen Richards Namen und jubelten. Er musste so schnell wie möglich mit Philipp sprechen.
»Und was willst du von Eleonore und mir?«
»Kannst du dir das nicht denken? Der Herzog wird seine Bedingungen für Richards Freilassung stellen, und wir müssen sehen, wie wir seine Forderungen erfüllen können. Dafür brauche ich eure Hilfe.«
»Sprich mit Mutter. Sie ist die oberste Kapazität in Sachen Richard.«
»Und du, John?«
»Ich weiß immer noch nicht, ob ich dir glauben soll. Woher kommst du eigentlich jetzt?«
»Ich habe die Route genommen, auf der Richard reisen wollte. Über Ungarn, dann in den Norden, durch die südlichsten Teile

Dänemarks bis an die Nordsee. Von dort bin ich mit dem Schiff weitergereist.«

»Eine erstaunliche Tour für eine Frau.«

»Unterschätz die Frauen nicht. Ist nicht eure eigene Mutter ein Vorbild an ungebrochener Tatkraft?«

»Eleonore ist unvergleichlich.«

»Und sie liebt Richard sehr.«

»Unfug. Sie liebt alle ihre Kinder.«

»Liebst du deinen Bruder?«

»Auch wenn du meine Schwägerin bist, steht es dir nicht an, mich so etwas zu fragen.«

»Richard ist der Ansicht, dass du selbst gern König wärst.«

»Ich rate dir, vorsichtig mit deinen Verdächtigungen zu sein.«

»Wir wollen nicht streiten, John. Ich sehe, dass dich die frohe Botschaft über Richards Unversehrtheit ein wenig aus der Bahn geworfen hat. Das kann ich verstehen. Ich war selbst vor Freude überwältigt, als ich Richard in die Arme schließen konnte.«

»Wenn du mit Eleonore sprechen willst, solltest du dich beeilen. Sie wird heute noch nach England aufbrechen.«

Berenguela nickte und erhob sich. »Ach John«, sagte sie unvermittelt, »ich würde auch gern mit Adelaide sprechen, kann sie aber nirgends finden.«

»Erstaunlich, und das bei deiner Spürnase. Aber ich habe sie selbst seit gestern nicht gesehen. Ich weiß nicht, wo sie ist.«

Berenguela verließ Johns Schreibstube und suchte Olivier. Man hatte ihnen großzügige Gästezimmer im Palast des Bischofs angeboten, und nach den langen Reisestrapazen genossen beide den Komfort eines Schlosses. Sie hatte den Bischof, der ohne Zweifel auf Richards Seite stand, gebeten, John nichts über ihre Ankunft mitzuteilen. Und der Bischof hatte im Freudentaumel über die Nachricht, dass der König am Leben und gesund sei, nicht weiter nachgefragt.

»Und?«, sagte Olivier gespannt, als sie die geschmackvoll eingerichtete Halle betrat, in der der Bischof seine Besucher auf eine Audienz warten ließ. »Wie hat er es aufgenommen?«

»Er war sichtlich schockiert«, erzählte sie, »hat aber alles abgestritten.«

»Natürlich, das war auch nicht anders zu erwarten. Was wird er jetzt tun?«

»Sofort zu Philipp reiten. Ohne den Franzosen unternimmt er gar nichts. Ich glaube inzwischen, dass Philipp die treibende Kraft ist. Er muss Richard abgrundtief hassen.«

»Seltsam, dass der König davon so gar nichts geahnt hat.«

»Das wundert mich nicht. Richard ist ein Mensch der Tat. Über die Beweggründe von Menschen macht er sich wenig Gedanken. Außerdem ist er selbst nicht nachtragend und geht davon aus, dass auch andere großzügig handeln.«

»Hoffentlich verrechnen wir uns nicht.«

»Ja, ganz wohl ist mir auch nicht. Ich werde erst beruhigt sein, wenn Richard seine Freiheit zurückbekommen hat. Aber wir müssen zugeben, dass Richards Taktik klug ist.«

»Unbestritten. Er setzt den Herzog unter Zugzwang.«

»Und Eleonore wird, so hoffe ich doch, nicht zulassen, dass John seinem Bruder weiter schadet. Es wird Zeit, dass Richard ihm in England das Heft aus der Hand nimmt. Das Land ist in Aufruhr.«

»Stimmt es, dass die Diebe in den Wäldern lauern, die Reichen überfallen und das Geld den Armen geben?«

»So sagt man jedenfalls.«

»Und das ist alles Johns Schuld?«

»Immerhin hat er sich nicht an Richards Vorgaben gehalten und mit unsinnigen Anordnungen die gesamte Verwaltung durcheinandergebracht. Und er lässt das Land bluten, um seinen eigenen Reichtum zu mehren.«

»Nicht gerade königlich.«

»Das stimmt. Leider hat Eleonore ihm viel zu lange freie Hand gelassen. Richard wollte nicht, dass John in seiner Abwesenheit englischen Boden betritt. Doch John, der es ihm zunächst versprochen hatte, ließ dieses Versprechen von seiner Mutter zurücknehmen.«

»Wie sehen Eure weiteren Pläne aus«, fragte Olivier vorsichtig. »Müssen wir gleich wieder abreisen, oder bleiben unsere Kostüme erst einmal in der Truhe?«

»Medicus und Troubadour verabschieden sich von der Bühne der Geschichte. Und keine Sorge, der Bischof hat uns Gastfreundschaft für unbegrenzte Zeit angeboten.«

»Werden in Rouen Turniere veranstaltet?«

»Fragt die anderen Ritter, sie werden es wissen. Ich werde mich später in der Apotheke des Palastes umsehen. Sie soll über eine der größten Sammlungen von Heilpflanzen verfügen. Dann werde ich Marie schreiben und mit Adelaide sprechen.«

»Mit Richards verschmähter Verlobten? Ist das klug?«

»Ich weiß es nicht. Aber ich habe schon die ganze Zeit das Gefühl, dass ich ihr etwas schulde. Sie hat es mit Richards Familie nicht leicht gehabt.«

»So versucht Euer Glück«, sagte Olivier mit hörbarer Skepsis in der Stimme.

»Es ist nur seltsam, dass niemand zu wissen scheint, wo sie ist.«

»Nicht einmal John?«

»Nein. Er sagt, er habe sie seit gestern nicht gesehen.«

»Sagt jetzt bitte nicht, dass wir sie suchen gehen sollen.«

Berenguela lachte. »Nein. Ich weiß ja nicht einmal, wie sie aussieht.«

Der Tag verging mit vielerlei Pflichten. Da es Berenguela nicht gelungen war, mit Eleonore vor ihrer Abreise zu sprechen, schickte sie Richards Mutter einen langen Brief hinterher, in dem sie ihre abenteuerliche Suche sowie das vorläufige glückliche Ende schilderte. Und dass Richard auf Eleonores Hilfe zähle.

Gegen Abend hatte sie endlich Muße, die Apotheke zu besichtigen. Sie ließ sich von einem der Knappen hinführen und schickte den Jungen dann fort, da ihre Beschäftigung mit Kräutern sie erfahrungsgemäß lange in Anspruch nahm. Den Knappen die ganze Zeit vor der Tür warten zu lassen, hielt sie für überflüssig. Er war noch jung und würde seinen Schlaf brauchen.

Die Apotheke gehörte zu den unterirdischen Räumen des Palastes und lag weitab hinter der Küche. Der Bischof hatte Berenguela verraten, dass der Palast über eine Abschrift der Pflanzenheilkunde der Äbtissin Hildegard von Bingen verfüge, und Berenguela hatte sich mit Hingabe in die Lektüre vertieft und darüber die Zeit vergessen. Das Lesen im Schein der Öllampe strengte sie an, und sie setzte sich auf und legte ihre Handflächen auf ihre Augen, um ihnen ein wenig Erholung zu gönnen.

Ein Geräusch ließ sie zusammenfahren. Sie hatte eine Tür gehen gehört, und sie wunderte sich, wer um diese Zeit in den unteren Gängen zu tun hatte. Vielleicht der Knappe, dachte sie, obwohl sie ihm gesagt hatte, dass er sich den Rest des Abends freinehmen dürfe. Sie stand auf, ergriff die Lampe, trat zur Tür und öffnete sie einen Spaltbreit, weil sie Schritte vernommen hatte. Ein Mann ging vorbei. Sie sah einen Teil seines Arms und seines Rückens. Er hatte sie nicht bemerkt. Sie schaute ihm vorsichtig nach und kniff die Augen zusammen, um besser sehen zu können. Das Licht war schummrig, und wieder einmal ärgerte sie sich über die Schwäche ihrer Augen. Sie hatte sein Gesicht nicht wahrnehmen können, aber seine Statur, seine Haltung, sein Gang erinnerten sie an jemanden, den sie kannte.

Prinz John.

Zum ersten Mal hatte er seine Beute nicht in einer Falle im Wald gefangen. Schade. Der Ablauf seines Rituals musste dadurch geändert werden, was sein Vergnügen erheblich mindern würde. Er hatte nicht länger warten können. Die blonde Hexe war ihm auf der Spur, aber sie war vorsichtig. Seit sie sich in die Augen geschaut und Adelaides Blicke ihm zweifelsfrei gesagt hatten, dass sie wusste, wer er war und was er tat, hatte sie den Palast nicht mehr verlassen. Und es war ihm auch nicht gelungen, sie allein anzutreffen. Sie ging ihm aus dem Weg, aber er blieb beharrlich in ihrer Nähe und fühlte einen Schauer, wenn es ihm glückte, sie zu berühren.
Er hatte darüber nachgegrübelt, wie er sein Opfer aus den schützenden Mauern des Palastes locken könnte, und war dann zu der Überzeugung gekommen, dass er seine Beute im Schloss selbst fangen und erlegen musste, dort, wo sie sich am sichersten fühlte. Lange hatte er nach einem geeigneten Ort gesucht und sich schließlich für einen der ehemaligen Vorratskeller, die schon lange nicht mehr benutzt wurden, entschieden. Die Räume befanden sich unterirdisch weit hinter der Küche und hatten so dicke Mauern, dass kein Ton nach außen drang. Dort hatte er seine Beute versteckt.
Er grinste, als er der Tür zu ihrem Gefängnis näher kam. Vor zwei Tagen hatte er es endlich geschafft, Adelaide zu überwältigen. Er hatte einen Moment der Unaufmerksamkeit genutzt und sie blitzschnell am Arm in ein Zimmer gezerrt. Selbst ihr scharfer und schneller Verstand hatte keine Möglichkeit gehabt, einen Fluchtweg zu ersinnen, denn seine Faust traf mit einem gezielten Schlag ihre Schläfe, und die schöne Adelaide war bewusstlos in seine Arme gesunken.
Er hatte sie gefesselt und geknebelt und in einem Schrank versteckt, bis er sie nachts wie einen Sack voller Lumpen über die Schulter werfen und in den Keller bringen konnte. Dort hielt er sie gefangen und ergötzte sich an ihrer Angst. Er hatte ihren

Tod für heute Nacht geplant, doch die Ankunft dieser Berenguela und ihres Ritters hatte zu viel Unruhe in den Palast gebracht. Er fürchtete, nicht genügend Muße für die Behandlung zu haben, die Adelaide zukommen sollte, wollte sich aber zumindest ein bisschen in Stimmung bringen.

Die Tür war mehrfach verschlossen und mit einer Eisenkette gesichert. Niemand konnte diesem Gefängnis entrinnen, wenn er es nicht wollte.

Er öffnete die schwere Holztür, bückte sich und betrat den kalten Raum, in dem sich ein langer Tisch und ein Stuhl befanden. Seine Beute kauerte in einer Ecke, die Hände auf den Rücken gebunden, die Füße verschnürt und den Mund mit einem Tuch verschlossen. Ihr Kleid war schmutzig und zerrissen, ihr Ausschnitt blutverschmiert.

Er hatte ein bisschen mit seinem Jagdmesser gespielt, nicht viel, wie er fand, aber die Schnitte in ihrem Gesicht waren deutlich zu sehen. Auch von ihrem Haar hatte er lange Strähnen abgeschnitten und unter seine Matratze gesteckt.

Sie folgte jedem seiner Schritte, und in ihren Augen stand das blanke Entsetzen. Er genoss ihre Angst, sie gab ihm das Gefühl, Gott gleich zu sein. Er nahm sein Messer und ging langsam auf sie zu.

»Nun, meine Schöne«, murmelte er, »Zeit für unser abendliches Vergnügen.«

Sie schob sich wie ein Insekt über den Boden, in dem vergeblichen Versuch, ihm zu entkommen. Er gönnte ihr die Freude, den Schmerz, den er ihr bereiten würde, für wenige Momente hinauszuzögern. Adelaide war die Krönung seiner bisherigen Beutezüge. Sie war die schönste Frau, die ihm bislang in die Hände gefallen war, doch der wahre Reiz lag in der Tatsache begründet, dass sie seinen Namen kannte. Das gab dem Ritual eine ganz besondere Note, und er fühlte die körperlichen Anzeichen seiner beginnenden Erregung.

Adelaide war rückwärts an der Mauer angelangt. Sie hatte keine Möglichkeit mehr, ihm auszuweichen, und schüttelte in Todesangst den Kopf.
»Flehst du mich an, meine Schöne? Das wird dir nichts nützen. Aber ich mag es, wenn du um dein Leben bettelst.«
Sie war plötzlich still geworden, und ihre Augen spiegelten ein neues Gefühl, das er nicht einschätzen konnte. Es wirkte wie Überraschung, und tatsächlich richtete sich ihr Blick wie gebannt zur Tür.
»Willst du mich ablenken, es wird dir nicht gelingen.«
»John?«, fragte eine zögernde Stimme hinter ihm, und er fuhr mit dem Messer in der Hand herum. Eine Frau starrte ihn aus schmalen Augen an. Sie hatte eine Öllampe und hielt sie auf Höhe seines Gesichts. Sie kam näher. Noch immer konnte er sich nicht rühren, seine Beine und Arme schienen wie gelähmt.
»John?«, sagte sie erneut, und dann stand sie vor ihm.
»Berenguela«, erwiderte er.
Sie musterte ihn. »Ihr seid nicht Prinz John«, sagte sie verwundert. »Aber Ihr seht ihm zum Verwechseln ähnlich.«
»Eure Augen sind erschreckend schwach, dass Ihr uns nicht auseinanderhalten könnt. Schließlich sind wir keine Zwillinge.«
»Aber Ihr seid mit ihm verwandt«, stellte sie fest.
»Ich bin sein Bruder. Und der Richards.«
»Aber das ist doch nicht möglich.«
»König Heinrich war mein Vater, und es war sein Wunsch, dass ich ihm nachfolge und einst England regiere.«
»Gut«, begann Berenguela behutsam, »ich werde mit Richard sprechen, und er wird Euch entschädigen. Aber zuvor bindet die Frau dort los. Sie braucht einen Arzt.«
Er brach in haltloses Lachen aus, ging an Berenguela vorbei und warf die Tür zu. »Ihr habt Humor. Das gefällt mir. So habe

ich heute unverhofftes Jagdglück. Ihr dürft der schönen Adelaide Gesellschaft leisten.«
»Die Frau dort ist Adelaide von Frankreich?«, entfuhr es Berenguela.
»Ja«, antwortete der Mann kichernd. »Und nun ist mir auch noch die Königin von England ins Netz gegangen.«
»Ihr seid krank«, sagte Berenguela mit fester Stimme. »Ich kann Euch helfen. Aber Ihr müsst Adelaide losbinden.«
»Auf keinen Fall, ich bin kein Narr. Spart Eure Worte und bereitet Euch auf eine baldige Begegnung mit Eurem Schöpfer vor.«
Er machte einen Schritt auf Berenguela zu, doch wider Erwarten wich sie nicht zurück, sondern fasste die Öllampe fester und schlug sie ihm ins Gesicht. Er schrie gellend, hielt sich die Hände vor sein verbranntes Gesicht und ließ dabei das Messer fallen. Verschwommen nahm er wahr, dass Berenguela sich bückte, nach dem Messer griff und zu Adelaide kroch. Sie riss seiner Beute das Tuch vom Mund und begann die Fesseln an ihren Händen zu zerschneiden.
Er konnte nicht aufhören zu kreischen, die Schmerzen waren unerträglich. Mit letzter Kraft nahm er den Stuhl. Adelaide sah ihn kommen, richtete sich auf und stieß einen ohrenbetäubenden Schrei aus. Berenguela warf einen Blick über ihre Schulter, aber im nächsten Moment hatte er ihr brutal den Stuhl auf den Rücken geschlagen. Sie wimmerte vor Schmerz und ließ das Messer fallen. Blitzschnell griff er danach, versetzte Berenguela einen Tritt in die Seite und hörte ein Knacken, als ihre Rippe brach.
»Verfluchte Hexen!«, brüllte er in rasender Wut und trat immer wieder um sich. Adelaide versuchte vergeblich, sich zwischen ihn und der wie tot am Boden liegenden Berenguela zu werfen. Dann hörte er einen Knall, die Tür flog auf, und ein Ritter stürmte herein. Er ließ von den Frauen ab, wandte sich

dem Unbekannten zu und stieß ihm mit aller Kraft das Messer in den Leib.
Und dann traf ihn von hinten etwas mit solcher Wucht, dass er wehrlos zu Boden stürzte.

Es gab niemanden im Palast des Bischofs, der nicht auf den Beinen war. Ein schreckliches Unglück sei geschehen, tuschelte die Dienerschaft. Adelaide und Königin Berenguela seien verletzt, der Ritter Olivier de Gascogne ringe mit dem Tod, und William, einer der Bastarde des verstorbenen Königs Heinrich, sei wahnsinnig geworden. Prinz John habe William in Ketten legen lassen und nach den besten Ärzten geschickt, die vor allem die lebensgefährliche Stichwunde des Ritters versorgen sollten.
Wie ein Lauffeuer verbreitete sich in ganz Rouen die Kunde, dass die Bestie aus dem Palast stamme und nun gefangen worden sei. Die Mädchen und Frauen der Stadt atmeten auf, und die Kinder durften wieder auf den Wiesen spielen. Die Bäuerinnen nahmen sich vor, ohne Angst zum Markt zu gehen, und selbst nach Einbruch der Dunkelheit wollten sich die Menschen wieder durch den Forst wagen.
Berenguela hatte von den Tritten blaue Flecken davongetragen, und die gebrochene Rippe schmerzte bei jeder Bewegung. Doch schon nach kurzer Zeit konnte sie das Krankenlager verlassen und war nun unermüdlich damit beschäftigt, Olivier zu pflegen.
Adelaide litt noch immer unter dem Schrecken der Gefangenschaft. Die Schnitte in ihrem Gesicht waren glücklicherweise nicht so tief geführt worden, dass sie mit bleibenden Narben rechnen musste. Ihr Haar sah struppig und zerrupft aus, doch die Strähnen, die William ihr abgeschnitten hatte, würden bald nachwachsen.

Berenguela und Olivier verdankten Adelaide ihr Leben. Sie war es gewesen, die William den Stuhl über den Schädel geschlagen hatte.

Während die Bestie auf Berenguela eintrat und sich dann Olivier zuwandte, hatte sie die Fesseln endgültig lösen können, war mühsam auf die Beine gekommen und hatte verzweifelt den Stuhl als Waffe genutzt.

Die beiden Frauen schlossen nach dem gemeinsam erlebten Grauen eine lose Freundschaft, wobei Adelaide eine größere Zurückhaltung zeigte als Berenguela, da sie trotz allem ihren Groll gegenüber Richard noch nicht überwunden hatte.

Olivier war, bedingt durch den großen Blutverlust, den er erlitten hatte, noch sehr schwach.

Er öffnete die Augen, als Berenguela mit einer Schüssel frischen Wassers in sein Zimmer trat.

»Jetzt sind wir durch ganz Europa und bis ins Heilige Land gereist, um am Ende im Palast eines Bischofs um ein Haar von einem Irren massakriert zu werden«, flüsterte er.

»Und ich habe wirklich geglaubt, ich hätte John gesehen«, sagte Berenguela. »Meine Augen sind doch schwächer, als ich dachte.«

»Die beiden haben aber auch eine große Ähnlichkeit. Außerdem sind sie gleich alt.«

»Ja. Und ich konnte ja nicht ahnen, dass Eleonore alle Kinder des Königs, auch die von seinen Geliebten, im Schloss erziehen ließ. William ist mit John und den anderen aufgewachsen.«

»Und Adelaide kennt ihn seit ihrer Kindheit?«

»Schließlich ist sie bereits mit neun Jahren nach England gekommen. Da war William drei – wie John.«

»Und Ihr glaubt wirklich, dass nie jemand Verdacht geschöpft hat? William muss doch immer seltsam gewesen sein.«

»Das, lieber Olivier, ist eine Frage, die ich gerne mit Richard erörtern würde, obwohl er William kaum gekannt haben dürfte.

Richard war neun, als William und John geboren wurden. Zu der Zeit ist er bereits in Aquitanien, weit weg von England, zum Ritter erzogen worden.«

»Aber John muss etwas geahnt haben. Und was ist mit Eleonore?«

»Ich bin sicher, dass John Bescheid wusste und nichts unternommen hat. Über die Gründe kann ich nur rätseln. Möglicherweise hat ihn Williams Bosheit fasziniert. Und außerdem war William für ihn durchaus wichtig. Er hat schließlich Johns gesamte Gerichtsbarkeit geleitet.«

»Und die Königin Eleonore?«

»Vielleicht hat sie die Merkwürdigkeiten in seinem Verhalten gesehen, als William ein kleiner Junge war. Aber immerhin stand sie selbst unter Arrest.«

Olivier beugte sich mit schmerzverzerrtem Gesicht vor. »Wer ist denn nun eigentlich Williams Mutter?«

»Rosamunde, Heinrichs langjährige Geliebte. Er wollte sich von Eleonore scheiden lassen und sie heiraten. Rosamundes Tod hat das vereitelt.«

»Also hätte William durchaus König werden können.«

»Möglich, aber wir wollen uns nicht den Kopf über die komplizierten Bande dieser Familie zerbrechen. Ich habe das eine Zeitlang getan. Glaubt mir, das führt zu nichts.«

»Werden wir in Rouen bleiben?«

»Auf keinen Fall. Sobald Ihr in der Lage seid, ein Schiff zu besteigen, fahren wir zurück zu Jeanne nach Brindisi und warten auf Richards Freilassung.« Er lehnte sich erleichtert in die Kissen zurück. »Adelaide kommt übrigens mit uns«, fuhr Berenguela fort.

Olivier riss überrascht die Augen auf. »Ich dachte, sie hofft auf eine Ehe mit John.«

»Nicht mehr. Sie hat es immer noch nicht verwunden, dass John ihr über William nicht die Wahrheit gesagt hat. Und das wäre ihr ja auch fast zum Verhängnis geworden. Adelaide ist eine kluge Frau. Sie hatte William in Verdacht und John darauf angesprochen.«

»Sie ist sehr schön«, sagte Olivier versonnen.

»Das ist sie. Ich hoffe, ihr Gesicht wird wieder so makellos wie zuvor.«

»Warum, glaubt Ihr, will sie uns begleiten?«

»Vielleicht ist das aus ihrer Sicht die beste Perspektive. Ich denke, ihr Bruder Philipp wird sie früher oder später verheiraten. Aber zunächst will sie sicherlich zur Ruhe kommen.«

»Dann war sie fast fünfundzwanzig Jahre am englischen Hof.«

Berenguela nickte. »Nicht unbedingt ein erfülltes Leben, oder?«

»Sie tut Euch leid«, vermutete Olivier.

»Ja. Sie hat bittere Jahre hinter sich.«

»Sie war die Geliebte des Königs …«

»… und die Verlobte seines Sohnes …«

»… der dann eine andere geheiratet hat.«

»Ich finde, sie hat ein Recht darauf, ihr Leben selbst zu gestalten.«

»Gibt es neue Nachrichten von Richard?«

»Ja«, sagte sie eifrig. »Er wird gegen ein Lösegeld freikommen.«

»Gott sei Dank, dann ist sein Leben außer Gefahr. Wann ist es so weit?«

»Das wissen wir nicht. Eleonore bemüht sich zurzeit in England um das Geld, aber ich habe Angst, dass Philipp und auch John damit nicht einverstanden sein werden. Philipp ist bereits an den Grenzen Aquitaniens aufmarschiert, und nur durch das militärische Geschick von Richards Vasallen ist es ihm nicht gelungen, ganze Gebiete zu erobern.« Sie seufzte. »Alle sehnen Richards Rückkehr herbei.«

»Und wir wollen wirklich nicht hier auf ihn warten?«

Sie schüttelte den Kopf. »Ich möchte keinen Tag länger in Johns Nähe bleiben.«
»Ich dachte, er kehrt nach England zurück.«
»Nicht nach dem schlimmen Streit, den er mit seiner Mutter hatte. Eleonore hat ihm gehörig den Kopf gewaschen. Er wird dennoch keine Ruhe geben und weiter gegen Richard intrigieren.«
»Was geschieht mit William? Die Bevölkerung fordert seinen Kopf.«
»Das lassen weder John noch Eleonore zu. Immerhin ist er Heinrichs Sohn. Ich denke, er wird in irgendeinem abgelegenen Schloss in England auf Nimmerwiedersehen verschwinden.«
»Wollen wir es hoffen. Den Namen Bestie verdient er zu Recht.«
»Er hat Menschen und Tiere entsetzlich gequält. Ich wünsche den Engländern, dass er nie wieder freikommt.« Sie nahm ein Tuch und tauchte es in die Schüssel. »Und jetzt«, sagte sie, »schauen wir uns die Wunde noch einmal an.«
Olivier stöhnte und ergab sich in sein Schicksal.

Der König tobte. Philipps Wut war so groß, dass er meinte, in seinem Inneren bilde sich ein Klumpen, der seine Eingeweide zerquetschte. Den ganzen Tag schon brüllte er seine Befehle und versetzte sein Gefolge in einen Zustand erhöhter Alarmbereitschaft. Wenn der König dermaßen in Rage geriet, konnte es dafür nur einen Grund geben – und der hieß Richard Löwenherz.
»Ich habe gewusst, dass uns der deutsche Kaiser einen Strich durch die Rechnung macht«, sagte er mühsam beherrscht zu John. »Er hat den Österreicher so lange unter Druck gesetzt, bis

der ihm Richard ausgeliefert hat. Und nun müssen wir uns statt mit Leopold mit Heinrich herumschlagen.«

»Ich weiß nicht, warum du dich so aufregst. Er wird Richard den Prozess wegen der Ermordung von Konrad von Montferrat machen. Ich finde das einen klugen Schachzug.«

»Der Ansicht bin ich nicht«, zischte Philipp. »Es gibt keinen einzigen Beweis, dass Richard etwas damit zu tun hat. So dumm, wie du glaubst, sind die deutschen Barone nicht. Und Heinrich kann einen fremden König nicht einfach verurteilen.«

»Er hat doch einen Zeugen.«

Philipp beruhigte sich ein wenig. »Ich weiß. Ein Ritter mit Namen Simon. Er ist unsere einzige Hoffnung.«

»Auf jeden Fall ist Richard immer noch in Gefangenschaft. Das ist doch eine gute Nachricht.«

»Aber in Deutschland. Und dem deutschen Kaiser kann man nicht trauen. Hat deine Mutter das Lösegeld zusammen?«

»Es sieht fast so aus. Sie presst alles aus England heraus. Sollte Richard freikommen, wird er ein armes Land regieren. Selbst das Silbergeschirr hat sie beim Adel und den Bischöfen eingesammelt. Eleonore ist zum Äußersten entschlossen. Du wirst es nicht glauben, aber sie hat sogar die Zisterzienser besteuert.«

»Was soll ein Orden, der in Armut lebt, schon abgeben?«

»Die Hälfte der Schafschur. Tja, da machst du große Augen.«

»Deine Mutter imponiert mir immer wieder. Wir müssen dem Deutschen klarmachen, dass er die Bedingungen verschärft.«

»Inwiefern?«

»Denk doch mal mit und lass nicht alles mich machen. Entweder er erhöht die Summe, oder er verknüpft eine mögliche Freilassung mit Forderungen, die Eleonore nicht erfüllen kann. Oder er lässt Richard erst dann gehen, wenn eine große Zahl von Adligen sich an seiner Stelle als Gefangene meldet.«

»Also ein Austausch.«

»Hm.«

»Und wenn du selbst Richard beim deutschen Kaiser freikaufst und ihn dann in Frankreich einkerkerst?«
»Habe ich schon versucht, Heinrich ist nicht darauf eingegangen.«
John stieß einen Fluch aus. »Wir könnten dem Deutschen für jeden Monat, den Richard länger im Gefängnis sitzt, Geld zahlen«, schlug er vor.
»Ich werde darüber nachdenken. Was ist eigentlich mit dir und Adelaide? Stimmt es, dass sie mit der Königin von England nach Brindisi gesegelt ist?«
»Hast du mein ganzes Gefolge mit deinen Spionen durchsetzt?«
»Ich war der Ansicht, ihr wolltet heiraten – nachdem du geschieden bist.«
»Deine Schwester hat es sich anders überlegt.«
»Vermutlich kennst du ihre Gründe.«
»Sie hatte ein unschönes Erlebnis im Palast des Bischofs, und ihr gefiel meine Rolle in dieser Tragödie nicht.«
»Wie man hört, ist sie Opfer eines Wahnsinnigen aus deiner Familie geworden. Ein Bruder von dir, wenn ich nicht irre.«
»Du kennst doch die Geschichte schon, also erspare mir die Details.«
»Habt ihr die Eskapaden dieses Irren wirklich die ganzen Jahre geduldet?«
»Bitte fang du nicht auch noch an. Ich habe mir eine endlose Moralpredigt meiner Schwägerin anhören müssen.«
»Über eure verdorbene Familie.«
»So ungefähr. In Navarra geht man mit dunklen Geheimnissen offensichtlich anders um.«
»In Navarra hat man wahrscheinlich keine.« Philipps Bemerkung versetzte beide in gehobene Stimmung, und sie grübelten noch eine Weile darüber nach, wie sie Richards Rückkehr verhindern könnten, beschlossen dann aber, auf den Ausgang des

Prozesses zu warten. Wenn sie Glück hatten und Simons Aussage in Deutschland Gehör fand, war die Ausgangsposition für weitere Planspiele um die Herrschaft über Aquitanien und England durchaus vielversprechend.

Das Jahr ging zu Ende, und noch immer war Richard ein Gefangener des deutschen Kaisers und saß auf der Burg Trifels in Haft. Berenguela hatte es schweren Herzens ihrer Schwiegermutter überlassen, sich um die Bereitstellung des Lösegelds zu kümmern. Das Verhältnis zwischen Berenguela und Eleonore war von Anfang an schwierig gewesen und hatte sich in den zweieinhalb Jahren ihrer Ehe mit Richard nicht gebessert. Es gab so gut wie keinen Kontakt zwischen den beiden Frauen, und hätte Richard nicht eigens darum gebeten, sich mit Eleonore in Verbindung zu setzen, sie hätte seiner Mutter gegenüber geschwiegen.

Der deutsche Kaiser, der wesentlich härtere Bedingungen diktierte als zuvor Herzog Leopold, forderte inzwischen eine riesige Summe, die fast doppelt so hoch war wie die jährlichen Einnahmen der Krone von England und Aquitanien zusammen. Eleonore ordnete gnadenlose Steuererhöhungen an, und zwar für alle Untertanen. Die Rittergüter mussten ein Viertel ihrer Einnahmen abgeben, selbst die Kirche wurde aufgefordert, Gold und Silber zur Verfügung zu stellen.

Der Prozess gegen Richard entpuppte sich als ein Fiasko für den deutschen Kaiser. Heinrich, ein schmächtiger, unansehnlicher Mann von siebenundzwanzig Jahren, ließ den englischen König nach Speyer bringen und konfrontierte ihn in Anwesenheit deutscher Fürsten und Barone mit dem Vorwurf, bei den Assassinen den Mord an Konrad von Montferrat in Auftrag gegeben zu haben. Doch Richard gelang es, mit einer fulminanten Rede selbst den letzten Zweifler auf seine Seite zu ziehen und den

Zeugen aus dem Heiligen Land, einen Mann, der sich dort Simon genannt hatte, in Wahrheit aber ein deutscher Baron war, als unglaubwürdig darzustellen.
Richard kam dabei zugute, dass sein Ruf, einer der tapfersten Kämpfer des gesamten Kreuzfahrerheeres gewesen zu sein, bis nach Speyer gedrungen war, und Heinrich brach den Prozess ab aus Angst, der Engländer könnte ihm vollends die Schau stehlen. Unvermittelt gab Heinrich seinem Gefangenen einen Friedenskuss, und Richard hatte einen wichtigen Erfolg auf dem Weg zur Freiheit erzielt.
Berenguelas Rippenbruch und Oliviers Stichwunde waren vollständig verheilt, nur Adelaides zarter Teint zeigte noch Spuren von den schrecklichen Ereignissen in Rouen. Jeanne hatte Berenguelas Erzählungen atemlos gelauscht und schätzte sich inzwischen glücklich, keinerlei nähere Bindung mit Philipp eingegangen zu sein. Die unrühmliche Rolle, die der französische König in dem Drama um Richard spielte, war in ihren Augen mehr als beschämend. Ebenso übrigens wie die ihres Bruders John. Auf William angesprochen, wich sie aus und erzählte lediglich, dass ihr Halbbruder ihr immer etwas unheimlich vorgekommen sei, sie aber nie vermutet hätte, zu welchen Irrsinnstaten er sich hinreißen lassen würde.
Die drei Frauen verbrachten die Tage in freundschaftlicher Eintracht und beschäftigten sich mit den Dingen, die jede von ihnen am liebsten tat. Adelaide hatte das Schachspiel neu entdeckt und schlug abwechselnd Berenguela und Jeanne. Nicht einmal Olivier, der kein schlechter Spieler war, hatte eine Chance gegen sie.
Marie hatte geschrieben, dass das Hospital in Navarra vergrößert werden musste, da der Andrang der Armen und Kranken nicht nachließ. König Sancho, Berenguelas Vater, hatte den umtriebigen Medicus Marco de Toulouse eine Zeitlang suchen lassen, doch seit sich sein Schwiegersohn Richard in Haft

befand, gab es Wichtigeres, als dem Geheimnis eines Mannes auf die Spur zu kommen, der unzweifelhaft Gutes bewirkt hatte.
Um die Jahreswende verdichteten sich die Gerüchte, eine Freilassung des englischen Königs stehe unmittelbar bevor. Berenguela hatte in der Zeit seiner Gefangenschaft schon so oft erlebt, dass sich die Hoffnungen auf ein Ende seiner Haft zerschlugen, und schenkte immer neuen Nachrichten deshalb wenig Glauben.
Umso überraschter war sie, als ihr Bruder Sancho ihr in einem Schreiben mitteilte, dass er sich zusammen mit einigen anderen Prinzen und Fürsten gegen Richard austauschen lassen wolle. Der deutsche Kaiser, erfuhr sie weiter, bestand darauf, dass die Geiseln so lange in seiner Gewalt blieben, bis wirklich alle Bedingungen des Vertrags mit Richard über das Ende seiner Haft erfüllt worden wären. Wenige Tage später erreichte sie die Botschaft, dass der König in Mainz seine Freiheit wiedererlangt habe.
Jeanne, die jubelnd durch die Flure ihres fürstlichen Wohnsitzes in Brindisi lief, überraschte ihre Schwägerin in sich gekehrt neben dem Kamin.
»Du bist so still. Freust du dich gar nicht?«, fragte Jeanne überrascht.
»Doch. Ich bin glücklich, dass es vorbei ist.«
»Worauf wartest du noch? Lass die Truhen packen und nimm das nächste Schiff.«
»Und wohin soll ich fahren?«
»Nach Mainz natürlich.«
»Jeanne, denk doch mal nach. Bis ich in Deutschland bin, ist Richard doch längst weitergezogen. Sein erster Gedanke gilt jetzt England. Und von Brindisi bis nach London ist es ein weiter Weg.«
Jeanne setzte sich zu ihr. »Du bist enttäuscht, nicht wahr?«
»Enttäuschung ist das falsche Wort. Eher Wehmut. Ich wäre

gern jetzt bei ihm in Mainz. Aber ich habe das Gefühl, dass gerade dort kein Platz für mich ist.«

»Wie kommst du denn darauf?«

»Die Ehre, das Lösegeld besorgt zu haben, gebührt seiner Mutter.«

»Lass dich doch von Eleonore nicht an die Wand drücken. Sicher, Richard ist ihr Kleinod und ihr Augapfel, aber er ist dein Mann, und du warst es, die ihn gefunden hat.«

»Richard hat mir nicht ein einziges Mal geschrieben.«

»Wie sollte er. Er war in Haft.«

»Er stand von Deutschland aus in ständigem Kontakt mit Eleonore.«

»Gut, aber da ging es um das Lösegeld.«

»Philipp wird weiter Krieg führen. Und Richard ist auf dem Weg nach England. Jeanne, ich habe Angst, dass ich ihn wieder lange Zeit nicht sehen werde.«

»Ich bin sicher, er wird dich so bald wie möglich holen lassen.«

Berenguela griff nach Jeannes Hand. »Glaubst du, er trägt mir nach, dass wir kein Kind haben?«

»Jetzt siehst du aber Gespenster. Ihr könnt noch viele Kinder in die Welt setzen.«

»Vielleicht sollte ich seinen Sohn zu uns holen.«

»Du weißt davon?«

»Natürlich. Richard hat es mir selbst erzählt. Der Junge ist zwölf.«

»Das ist sicher eine noble Geste, aber ich finde, du solltest etwas weniger selbstlos sein.«

Berenguela sah ihre Schwägerin erstaunt an. »Du findest mich selbstlos?«

»Ich bitte dich. Wenn die Selbstlosigkeit einen Namen hätte, wäre es deiner. Unablässig sorgst du dich um andere. Es wird Zeit, dass du meinem Bruder zeigst, welch eine wunderschöne

Frau er hat und dass er ein Trottel ist, wenn er seine Zeit weiter auf Schlachtfeldern vergeudet.«

»Ich bin keine Schönheit, Jeanne.«

»Doch, das bist du. Du musst es nur endlich einmal einsehen.«

»Adelaide ist schön.«

»Das ist wahr, aber sie ist eine Sirene. Ihre Schönheit blendet die Männer. Deine dagegen gibt ihnen Halt.«

»Schau mich doch an. Meine Beine sind zu lang und meine Haare zu schwarz und zu lockig.«

Jeanne lachte. »Es ist doch erstaunlich, dass selbst die klügste Frau mit ihrem Aussehen nicht zufrieden ist. Lass mich nur machen. Ich werde dich neu erfinden.« Sie zwinkerte Berenguela zu, die sich bereits wieder mit einem ihrer Pflanzenbücher befasste.

Olivier steckte den Kopf zur Tür herein und strahlte über das ganze Gesicht. »Der König ist frei. Ganz England soll kopfstehen.«

»Eleonore ist eine beeindruckende Frau«, murmelte Berenguela.

»Eleonore? Ihr seid eine beeindruckende Frau. Warum sitzen wir hier noch herum? Wir sollten unverzüglich nach Deutschland aufbrechen.«

Berenguela seufzte. »Ich habe es schon Jeanne gesagt. Es hat keinen Sinn, jetzt Hals über Kopf abzureisen. Bis wir dort sind, ist Richard wieder weg.«

»Dann fahren wir nach England und treffen ihn dort.«

»Bitte nicht. Ich möchte weder John noch Eleonore begegnen. Nein, wir warten, bis Richard eine Nachricht schickt.«

Olivier musterte sie misstrauisch. »Ist irgendetwas vorgefallen? Eure Freude scheint mir merklich getrübt.«

Sie schüttelte den Kopf, brach dann aber in Tränen aus. »Es wird in England eine zweite Krönung geben«, sagte sie weinend.

»Umso schneller sollten wir aufbrechen.«

»Nein, ich bin nicht erwünscht.«
»Was? Richard kehrt endlich heim, wird in London mit großem Pomp empfangen, und seine Frau, die Königin, ist nicht dabei?«
»Eleonore sieht sich als wahre und einzige Königin.«
»Dieses böse Weib.« Olivier war außer sich. »Immer wieder schießt sie quer. Wisst Ihr noch, damals in Bayonne, als sie einfach nach Pisa abgereist ist?«
Berenguela putzte sich die Nase. »Sie hasst mich immer noch.«
»Ich habe es schon einmal gesagt, sie ist eifersüchtig.«
»Sie soll ihre Krönung in London haben.«
»Und wir sitzen hier weitab in Brindisi? Das kommt nicht in Frage. Ich finde, wir alle reisen zur Kanalküste.«
»Mit Jeanne und Adelaide?«
»Ja. Eleonore soll sich mit ihrer Tochter statt mit ihrem Sohn befassen, und Ihr habt Richard für Euch.«
»Nein, Olivier. Sie hat wie eine Löwenmutter für Richard gekämpft, das dürfen wir nicht vergessen. Sie soll ihren Triumph bei der Krönung haben. Aber danach gehört Richard mir.«
»Dann fahren wir also?«
»Ich will noch einmal in Ruhe mit Jeanne und Adelaide sprechen.«
»Die beiden sitzen doch längst auf ihrem Gepäck.«
»Gut«, entschied sie. »Wir segeln auf dem schnellsten Weg nach Marseille, ziehen längs der Rhône flussaufwärts, dann weiter nach Norden durch Burgund und hoffen Richard irgendwo an der Küste zu treffen. Beten wir, dass er sich Zeit lässt.«

Der englische König hatte Mainz in einem Triumphzug verlassen, zog mit großem Gefolge weiter nach Köln und wandte sich dann über Brabant nach Brüssel. Berenguelas Gebete waren erhört worden, denn Richard kam nur langsam voran. Er nutzte die Zeit für wichtige diplomatische Verbindungen. Sein Nimbus als Held des Kreuzzugs, dem bitteres Unrecht geschehen war, half ihm, neue Bündnisse zu schließen und Philipp politisch in die Enge zu treiben. Für den französischen König stellte Richards Freilassung eine Niederlage dar, die seinen Ruf in Europa nachhaltig beschädigte. Dennoch gab Philipp nicht auf, immer neue Grenzstreitigkeiten in Aquitanien zu beginnen. John war in großer Hast vom Kontinent nach England aufgebrochen, doch sein ständiger Zwist mit den englischen Baronen rächte sich jetzt. Auf der Insel angekommen, wurde Richards jüngster Bruder vom Erzbischof exkommuniziert, und ein eilig einberufenes Konzil sprach ihm alle seine englischen Ländereien ab.

Da Richard England befriedet wusste, fand er endlich Zeit, eine Nachricht an Berenguela zu schicken, obwohl er insgeheim hoffte, dass sie längst auf dem Weg zu ihm war. Nach ihrem wagemutigen Besuch auf der Festung Dürnstein hatte er an manchen Tagen die Sehnsucht kaum ertragen. Sein Körper schrie geradezu nach ihr, und nachts jagten Bilder durch seinen Kopf, die ihn vergessen ließen, dass er sich auf einem schmutzigen Strohsack wälzte. Er träumte, dass Berenguela dicht neben ihm lag und seine Hände ihren nackten Rücken streichelten.

Auf Dürnstein hatte man es ihm nicht gestattet, zu schreiben, und auf der Burg Trifels war ihm brieflicher Kontakt nur erlaubt, wenn es um das Herbeischaffen des Lösegelds ging. Er hatte also ausschließlich mit seiner Mutter korrespondiert und alle Hände voll zu tun gehabt, sie mit Ratschlägen und Hinweisen auf weitere Vertraute zu unterstützen. Er konnte Berenguela nichts von seiner Liebe schreiben, und er hoffte, dass auch sie die innige Bindung, die auf Dürnstein noch vertieft worden war, spürte.

Dennoch hatte es ihm einen leisen Stich gegeben, als er sie in Mainz nicht entdecken konnte. Auch in Köln wartete er vergeblich auf sie, in Brüssel verrenkte er sich den Hals, als er einem Medicus mit einem dunklen Umhang nachschaute. In Antwerpen wandelte sich seine Sehnsucht in Enttäuschung. Warum kam sie nicht? Die Menschen klatschten und jubelten ihm zu, nur die Frau, die er über alles liebte, konnte er nirgends entdecken. Seine Mutter war bei ihm sowie Würdenträger aus Aquitanien und England. Jeder Moment seines Tages war verplant, doch nachts lag er auf einem komfortablen Bett, das seinem Rücken spürbar guttat, und zermarterte sich den Kopf, wo Berenguela sein könnte.
Eleonore war merkwürdig schweigsam, wenn er sich nach Berenguela erkundigte, und er führte dies auf die alte Rivalität zwischen den beiden zurück, die allerdings von seiner Mutter immer weiter geschürt worden war. In London war eine erneute Krönung geplant, seine Mutter entwarf unablässig Einzelheiten der Zeremonie, und spätestens dann wollte er Berenguela an seiner Seite haben. Die Überfahrt nach England sollte von einem kleinen flandrischen Fischerhafen aus erfolgen, doch zuvor stand noch ein großes Festbankett in Antwerpen auf dem Programm.
Richard trug einen roten Samtmantel, an den Säumen mit Hermelin besetzt, eine blaue Hose und eine Tunika, bestickt mit Blumen. Sein Haar war geschnitten und gekämmt, der Bart verschwunden, und seine Augen leuchteten wie die Saphire, mit denen sich die vornehmen Damen geschmückt hatten. Eleonore hatte sich persönlich um den Wein gekümmert, die Spielleute ausgesucht und eine dunkelhaarige Sängerin als Höhepunkt des Abends bestellt.
Alle Würdenträger der Stadt, auch viele flandrische Adlige waren geladen, und in dem großen Saal war eine lange Tafel aufgebaut worden, in deren Mitte der König seinen Ehrenplatz

hatte. Richard fürchtete, dass seine Mutter hier ebenfalls diverse Hymnen auf seine Heldentaten bestellt hatte, und ihm graute vor den langweiligen Reden der Honoratioren und einem weiteren anstrengenden Abend mit Menschen, die ihn nicht interessierten.

Er hatte weder von Philipp noch von John eine Botschaft bezüglich seiner wiedergewonnenen Freiheit erhalten, was auch nicht weiter verwunderlich war, denn beide hatten seine Haft mit allen Mitteln verlängern wollen.

Richard ließ es sich nicht anmerken, aber das infame Verhalten seines ehemaligen Freundes sowie seines eigenen Bruders schmerzte ihn zutiefst. Noch hatte er sich nicht entschieden, wie er John in England begegnen und wie er ihn bestrafen sollte, doch in Bezug auf Philipp war ihm längst klar, dass ihr Konflikt auf ein Entweder-Oder hinauslief, und das bedeutete Krieg.

Die Aussicht auf neue militärische Auseinandersetzungen, auf weitere Wochen und Monate in Feldlagern ermüdete ihn. Richard fand es an der Zeit, sich der Verwaltung von England und Aquitanien zu widmen, die unter anderem durch sein Lösegeld finanziell am Boden liegenden Länder wirtschaftlich wieder zur Blüte zu bringen und sich bei der Gelegenheit auch verstärkt seinen eigenen Gütern im Herzogtum Poitiers zuzuwenden. Seit seiner Heirat hatte er wenig Muße für seine Frau gehabt. Er sehnte sich nach einem Stück Alltag in seinem Leben, einem Thronfolger und glücklichen, unbeschwerten Tagen.

Die Spielleute hatten schon begonnen, doch Richard nahm sich das Recht, als Held des Abends später zu erscheinen. Er würde lange genug auf einem unbequemen Holzstuhl sitzen, zu viel Wein trinken und endlose Komplimente über seine Erfolge im Heiligen Land anhören müssen. Er straffte die Schultern und folgte den Rittern, die ihn in den Saal geleiteten. Jubel brandete auf, die Menschen erhoben sich von ihren Plätzen und spendeten ihm frenetischen Beifall. Er lächelte, winkte ihnen zu und ging mit schnellen Schritten durch die Reihen auf Eleonore zu, die wie an jedem Abend seit seiner Freilassung neben ihm saß.

Richard sah seine Mutter bewundernd an. Sie zählte über siebzig Jahre und war schlank und biegsam wie eine deutlich Jüngere. Sie breitete die Arme aus, als sie ihn sah, und zog ihn unter dem Applaus der Menge an sich.

»Mutter, jetzt übertreibst du aber«, flüsterte er ihr ins Ohr. »Ich werde hier empfangen wie der Messias.«

»Das steht dir auch zu, mein Sohn. Schließlich hast du sein Land befreit.«

Sie setzten sich, und Richard versank in träumerisches Schweigen, während seine Ruhmestaten in mehreren Reden ein weiteres Mal gewürdigt wurden.

»Ich bin froh, wenn wir morgen nach England abreisen. Hoffentlich hast du dort nicht ähnliche Festreden bestellt.«

»Beklag dich nicht«, wisperte sie zurück. »Wir haben zwar das Lösegeld bezahlt, doch der deutsche Kaiser musste dich vor allem deshalb freilassen, weil dein Ruf unzerstörbar war. Also liegt es doch nahe, dass ich ihm noch mehr Glorienschein hinzufügen möchte. Möglicherweise hält er für viele Jahrhunderte.«

Er tätschelte nachsichtig ihre Hand, der man die Spuren des Alters deutlicher ansah als ihrer Gestalt. »Liebste Mutter, was nützt es dir, wenn du für alle Zeiten in die Geschichte eingehst, aber in deinem irdischen Leben wenig Freude hast.«

»Wer sagt, dass ich wenig Freude habe? Gerade jetzt empfinde ich so viel Glück wie schon lange nicht. Unter deiner Gefangenschaft habe ich mehr gelitten als unter meiner eigenen.«

»Nun, es ist ja alles gut ausgegangen. Ich frage mich, wo Berenguela bleibt. Die Nachricht, die ich ihr aus Mainz geschickt habe, müsste längst bei ihr sein. Hast du etwas von ihr oder Jeanne gehört?«

Eleonore zuckte beiläufig mit den Schultern. »Ach, Richard, die Prinzessin von Navarra ist doch nun wirklich nicht so wichtig.«

Er sah sie fassungslos an. »Berenguela ist meine Frau und der wichtigste Mensch in meinem Leben.«

»Warum ist sie dann nicht hier?«

»Das frage ich dich, Mutter. Ist etwas vorgefallen, das ich wissen sollte?«

»Ich habe nicht die geringste Ahnung, was in deine Kräuter-Prinzessin gefahren sein könnte«, sagte sie lächelnd und neigte den Kopf, um einen der hochstehenden flandrischen Adligen zu grüßen.

»Seid ihr wieder aneinandergeraten?«

Sie schüttelte den Kopf. »Mir ist kein Streit bewusst.«

»In London ist alles für die Krönung vorbereitet. Was soll ich tun, wenn Berenguela bis dahin nicht eingetroffen ist.«

Eleonore erstarrte. »Du willst doch nicht die Krönung absagen, bloß weil sich deine unscheinbare Frau verspätet? Das tust du mir nicht an, mein Sohn.«

»Mutter, ich will Berenguela bei dieser Zeremonie an meiner Seite haben. Sie ist die Königin von England.«

Eleonore warf ihm einen zornigen Blick zu. »Ich bin die Königin von England.«

Richard seufzte. Das Bankett war nicht der richtige Ort, sich mit seiner Mutter auseinanderzusetzen. Er ergriff den Kelch aus feinstem Glas und stürzte den Wein in einem Schluck hinunter.

Der ständige Streit zwischen Eleonore und Berenguela zermürbte ihn. Er konnte morgen mit seiner Mutter darüber sprechen, heute würde ihm der Rotwein Aquitaniens den Abend erträglich machen.

Die Reden hatten ein Ende gefunden, und die Spielleute stimmten ihre Instrumente.
Richard gab sich einen Moment der Hoffnung hin, ein Troubadour mit gestreiften Hosen und wenig Talent für die Musik würde auf der mit Girlanden aus grünen und blühenden Zweigen geschmückten Bühne erscheinen und sein Lieblingslied singen. Doch stattdessen betrat eine Frau den Saal. Die Spielleute schlugen auf ihren Lauten die ersten Töne an, und die Frau begann zu singen. Ihre Stimme war voll und klar, und sie trug eine heitere Melodie vor. Dann begab sie sich zu Richard und stimmte die ersten Takte des Liedes an, das Olivier für ihn auf Dürnstein gesungen hatte. Eine Welle von Gefühlen überschwemmte ihn, Sehnsucht und Rührung drohten ihn zu ersticken, und um nicht vor der versammelten Menge verräterische Tränenspuren in seinen Augen zu zeigen, sprang er auf, schlang seinen Arm um die Sängerin und stimmte in das Lied ein.
Später bat er die Sängerin an seinen Tisch, bot ihr von seinem Wein an und sah, dass auch seine Mutter überraschend freundlich reagierte. Der Abend schritt fort, immer neue Speisen wurden auf die Tische geladen, die Männer rülpsten, und dem einen oder anderen waren Wein und Bier bereits zu Kopf gestiegen. Richard entdeckte, dass einer der Ratsherren von Antwerpen volltrunken unter dem Tisch lag, andere lachten und sangen und kniffen den Mägden in ihre drallen Kehrseiten.
»Zeit, dass ich mich zurückziehe«, sagte Eleonore, der jegliche Art von zur Schau gestellter Völlerei zuwider war. Sie hielt es zwar für ihre Pflicht als Gastgeberin, für Speisen und Getränke im Überfluss zu sorgen, doch erwartete sie von ihren Gästen gleichwohl vornehme Zurückhaltung.
Richard nickte abwesend und beschäftigte sich weiter mit der Sängerin. Sie war schön und lebenslustig, und der Wein verlieh ihren Wangen einen, wie er fand, bezaubernden Schimmer.

Ihre Lippen wirkten rot und prall, und wenn sie lachte, entblößte sie eine Reihe von kleinen weißen Zähnen.
Als zu fortgeschrittener Stunde die Spielleute ihre Instrumente einpackten und sich verabschiedeten, bat er die Sängerin zu bleiben. Richard spürte einen Zustand der Leichtigkeit wie schon lange nicht mehr, und die Unbekannte gab ihm das Gefühl, nicht nur ein Held, sondern auch ein Mann zu sein.
Er schlang seinen Arm um ihre Schultern und gab ihr einen Kuss auf die Wange. Sie drehte den Kopf und küsste ihn auf den Mund.
»Komm mit mir«, flüsterte er. »Das Bankett ist ohnehin zu Ende.«
Beide gingen zu der Zimmerflucht, die dem König und seinem engsten Gefolge vorbehalten war. Der Wein und die Hitze im Saal hatten ihm Schweißtropfen auf die Stirn getrieben, und er wischte sich ungeduldig mit einer Hand übers Gesicht, fasste mit der anderen nach der Sängerin und begann mit ihr gemeinsam ein Lied zu trällern. Vor seinen Gemächern zog er sie an sich und sah ihr tief in die Augen. Sie nickte aufmunternd, und er öffnete die Tür.
Öllampen brannten und tauchten den Raum in ein warmes, einladendes Licht. Und mitten im Zimmer stand Berenguela.
Richard starrte seine Frau mit offenem Mund an.
»Ich komme wohl ungelegen«, sagte sie mit eisiger Stimme.
Richard fasste sich und schickte die Sängerin mit einer Kopfbewegung fort. »Ich habe lange auf dich gewartet«, erwiderte er, trat ins Zimmer und schloss die Tür.
»Offensichtlich hast du die Wartezeit gut genutzt.«
Er ging auf sie zu, doch Berenguela wich vor ihm zurück. »Schön, dass du endlich da bist«, entgegnete er und wollte sie in die Arme schließen.
»Du hast zu viel Wein getrunken. Es ist besser, ich gehe.«
»Berenguela, es ist nicht so, wie du denkst.«

»Was denke ich denn?«
»Dass ich mit der Sängerin das Bett geteilt habe.«
»Und, hast du?«
»Nein.«
»Aber du wolltest es.«
»Ist das ein Verhör?«
»Keineswegs«, sagte sie kalt. »Es steht mir nicht an, einen Richard Löwenherz zu befragen.«
»Bitte, Liebste. Jetzt bist du wieder so kalt wie vor unserer Hochzeit. Hast du Dürnstein schon vergessen?«, fragte er zärtlich.
»Ich nicht, aber du scheinst derjenige mit dem kurzen Gedächtnis zu sein.«
»Unsinn. Du siehst Gespenster.«
»Ich habe kein Gespenst, sondern eine schöne Frau in deinen Armen gesehen.«
»Aber das hat doch nichts mit uns zu tun.«
»Da bin ich anderer Meinung.«
Er legte seinen schweren, warmen Umhang ab und begann sich auszuziehen. »Entschuldige, aber ich bin müde.«
»Den Eindruck hatte ich eben nicht.«
»Bitte hör auf, dich wie eine Xanthippe zu benehmen.«
»Wenn du mich mit der Frau des Sokrates vergleichst, die angeblich streitsüchtig war, kann ich andererseits keine Ähnlichkeit zwischen dir und dem großen Philosophen entdecken.«
»Hat er nicht gesagt: Ich weiß, dass ich nichts weiß?«
Sie wandte sich zum Gehen, und Richard schlüpfte in ein langes Hemd und ließ sich erschöpft auf sein Bett fallen. »Komm, setz dich zu mir«, seufzte er.
»Als Ersatz für eine Sängerin bin ich mir zu schade.«
»Ich sehe, du willst nicht nachgeben. Dann lass uns wenigstens wie zwei Erwachsene miteinander sprechen.« Sie schwieg, und er fuhr fort: »Wo bist du so lange gewesen?«

»In Brindisi bei Jeanne und Adelaide.«
»Seit wann kennst du Philipps Schwester?«
»Seit dein irrer Bruder uns fast beide getötet hätte.«
Richard strich sich das verschwitzte Haar aus der Stirn und atmete tief durch. »Ich weiß nicht, wovon du sprichst, aber bitte setz dich und erzähl mir in aller Ruhe, was passiert ist.«
»William ist ein wahnsinniger Mörder und begeht seit vielen Jahren grausige Taten.«
»Der kleine William, Rosamundes Sohn? Das kann ich nicht glauben.«
»Er hat Adelaide im Keller versteckt und ihr das Gesicht zerschnitten.«
»Herr im Himmel! Wie geht es ihr?«
»So weit gut. Du kannst selbst mit ihr sprechen.«
»Sie ist hier?«
»Jeanne ebenso. Und Olivier.«
»Weiß Eleonore von den Morden?«
»Selbstverständlich. Und auch John. Ich habe ihn übrigens mit William verwechselt.«
»So bist du diesem Wahnsinnigen auch begegnet?«
»Wenn es dich interessiert, ich habe Adelaide gefunden, William hat versucht uns umzubringen, Olivier ist im rechten Moment erschienen, aber letztlich war es Adelaide, die uns allen das Leben gerettet hat.«
»Mein Gott, ist dir etwas passiert? Und was ist mit Olivier?«
»Wie du siehst, bin ich gesund.«
»Es tut mir leid«, sagte er zerknirscht.
»Was? Für deinen irren Halbbruder kannst du nichts.«
»Ich rede nicht von William, sondern von uns. Wir haben so wenig voneinander gehabt. Die ganzen Jahre lang.«
»Zumindest du scheinst Trost gefunden zu haben.«
»Ich bitte dich ein letztes Mal. Es war nur ein harmloser Kuss.«

»Pech für dich, dass plötzlich deine Frau im Zimmer steht.«
»Gib zu, es hat schon eine gewisse Komik.«
»Ich lasse dich allein, damit du in Ruhe lachen kannst.«
Sie ging mit raschen Schritten zur Tür und ließ sie donnernd hinter sich ins Schloss fallen.
Richard stützte die Arme auf seine Oberschenkel und hielt die Hände um seinen schmerzenden Kopf. Einen Moment lang war er versucht gewesen, ihr nachzugehen, doch die Aussicht auf weitere Vorwürfe ließ ihn die Einsamkeit seines Zimmers vorziehen. Er stieß einen unmutigen Laut aus, als es klopfte, öffnete dann aber doch die Tür.
Vor ihm stand seine Schwester, und ihre Augen funkelten ihn voller Wut an.
»Was hast du ihr angetan?«, zischte sie, und Richard drehte ihr den Rücken zu und ging mit schweren Schritten zu einem Tisch, auf dem sich ein Krug mit Wasser befand. Da ihm offensichtlich ein neues Wortgeplänkel bevorstand, brauchte seine rauhe Kehle Feuchtigkeit.
»Wenn du Berenguela meinst, so schwöre ich dir, ihr nichts Böses getan zu haben.«
»Wie schamlos von dir«, wetterte sie. »Du wolltest mit dieser Sängerin ins Bett.«
»Das geht dich gar nichts an.«
»Ich bin deine Schwester.«
»Eben.«
»Du meinst, ich habe nicht das Recht, dir Vorhaltungen zu machen.«
»So ist es.«
»Das sehe ich aber ganz anders, mein lieber Bruder. Wir hetzen von Brindisi in diese lausige verregnete Stadt, um deine Abreise nach England nicht zu verpassen, Berenguela zerspringt fast vor Glück, dass wir dich noch erreichen, sie will dich überraschen, aber stattdessen gelingt es meinem Bruder, seine Frau zu

verblüffen. Da hast du dich schön blamiert. Ich ziehe meinen nicht vorhandenen Hut vor dir.«

Richard verlor die Geduld. »Hölle und Teufel«, brüllte er, »sind denn alle Weiber in meiner Umgebung heute verrückt geworden? Meine Mutter treibt mich mit ihrer Eifersucht auf Berenguela zur Verzweiflung, meine Frau denkt sich Überraschungen aus, die im allseitigen Durcheinander enden, und meine Schwester erscheint mitten in der Nacht in meinem Zimmer und beschimpft mich. Jeder Mann in meiner Lage wäre dankbar für eine Frau, die schweigt und ihn einfach nur küsst.«

»Und vergiss nicht, dass sie auch noch singen soll«, sagte sie giftig.

»Ich will jetzt schlafen, Jeanne. Morgen fahren wir alle nach England, dann können wir weiterreden.«

»Du fährst nach England, und Mutter fährt nach England. Berenguela kommt nicht mit.«

»Warum nicht?«

»Weil Mutter es nicht will.«

Er warf einen sehnsuchtsvollen Blick auf sein Bett und verabschiedete sich von dem Gedanken, heute Nacht noch Schlaf zu finden. »Was ist das für eine Geschichte mit Mutter?«, fragte er.

»Sie hat Berenguela von der Krönung in London ausgeschlossen.«

»Das ist doch Unfug.«

»Du kennst doch Mutter. Sie hat noch nie eine andere Frau neben sich gelten lassen.«

»Ich spreche mit ihr.«

»Das kannst du dir sparen, Berenguelas Entschluss steht fest. Sie wird morgen nicht mit dir nach England segeln.«

»Wo ist sie jetzt?«

»Mutter?«

»Nein, Berenguela.«

»Wage es ja nicht, ihr noch mehr Kummer zu machen. Du hast Berenguela gar nicht verdient.«
Er stand auf und zog einen seidenen Umhang über sein Hemd.
»Ich gehe zu ihr, wenn du mir verrätst, wo ihr Zimmer ist.«
»Sie will nicht, dass du kommst.«
»Ich gebe ja zu, dass sie allen Grund hat, wütend zu sein, aber keinen, an meiner Liebe zu zweifeln.«
»Der große Raum am östlichen Ende des Flügels«, sagte sie leise. »Und, Richard.«
»Ja?«
»Sag diesmal das Richtige.«
»Ja.« Er verließ sein Zimmer und tappte mit nackten Füßen über den kalten Steinfußboden.
Vor Berenguelas Tür holte er tief Luft und klopfte dann leise an. Sie erwiderte nichts, und er trat unaufgefordert ein. Im Zimmer brannte Licht, doch Berenguela war nirgends zu sehen. Zu seiner Linken entdeckte er eine weitere Tür und vermutete sie in einem Nebenraum. Tatsächlich fand er sie an einem zierlichen Schreibpult.
Sie sah überrascht auf. »Hat dich die Sängerin versetzt?«
»Können wir ernsthaft miteinander reden?«
»Ich schreibe dir gerade.«
»Das erübrigt sich ja dann. Leg die Feder zur Seite und sage es mir lieber ins Gesicht.«
»Ich denke, es ist besser, wir gehen in Zukunft getrennte Wege.«
»Aha.«
»Du wirst nach England segeln, ich reise entweder zurück nach Brindisi oder nach Navarra. Das wird sich zeigen.«
»Ich bleibe nicht ewig in England.«
»Ach Richard, kommst du zurück, wirst du neue Kriege beginnen und neue Schlachten schlagen. Das ist nicht das Leben, das ich mir wünsche.«

»Ich weiß, du willst ein Hospital leiten.«
»Spotte nicht über mich.«
»Ich bin vollkommen ernst. Und ich werde nicht zulassen, dass wir uns trennen und du an einem anderen Ort lebst als ich.«
»Wir sind zu verschieden. Es gab eine Zeit, da dachte ich, gerade die Unterschiede zwischen uns lassen unsere Liebe wachsen. Aber das Gegenteil ist der Fall, sie haben sie zerstört.«
»Nichts ist zerstört, Liebste.«
»Doch. Jeder von uns lebt schon lange sein eigenes Leben.«
»Die beiden letzten Jahre waren nicht leicht, für uns beide nicht. Aber der Kreuzzug ist vorbei, das Heilige Land zurückerobert. John wird nicht weiter gegen mich aufbegehren, und Philipp ist klug genug, seine Unterlegenheit einzusehen.«
»Willst du damit sagen, dass du daran denkst, ein ruhigeres Leben zu führen?«
»Ja. An deiner Seite.« Er sah sie lange an. »Verlass mich nicht, Berenguela. Ich brauche dich.«
»Richard«, sagte sie langsam, »ich komme morgen nicht mit. Und versuche nicht, mich umzustimmen. Mein Entschluss ist gefasst.«
»Jeanne hat es mir schon erzählt.«
»Ich bin den Kampf mit Eleonore so müde.«
»Ich weiß, mein Liebling.«
Sie hob den Kopf, und über ihre Wangen liefen Tränen.
Er zog sie an sich. »Weine doch nicht. Ich bin bald aus England zurück, und dann gehen wir nach Aquitanien. Nach Poitiers. Oder was hältst du von Chinon? Ich habe das Schloss immer geliebt.«
Berenguela lehnte den Kopf an seine Schulter und schluchzte. »Ich ruiniere deinen seidenen Umhang«, flüsterte sie und wollte sich von ihm lösen, doch er hielt sie fest und küsste ihr Haar.
»Ich habe schreckliche Sehnsucht gehabt«, gestand er ihr.

»Aber warum …«
»Schscht. Wir wollen nicht mehr darüber reden. Die Sängerin war eine Laune des Augenblicks. Aber du bist die Liebe meines Lebens.«
Ihre Finger strichen über seine Wangen. »Ohne Bart fühlst du dich ganz anders an.«
»Es muss furchtbar kratzig für dich gewesen sein.«
»Ich war damals einfach nur glücklich, dich gefunden zu haben.«
»Ich auch«, flüsterte er mit heiserer Stimme und küsste sie. »Weißt du, ich bin schon den ganzen Abend furchtbar müde.«
»Dann leg dich ins Bett«, sagte sie leise. »Ich komme gleich.«
Als sie neben ihn rückte, war er eingeschlafen.

Am nächsten Morgen ging alles ganz schnell. Das Gepäck des Königs wurde an Bord einer Galeere gebracht, die den kleinen Fischerhafen fast vollständig ausfüllte. Berenguela hatte Richard mit einem Kuss geweckt, und er hatte sie an sich gezogen und mit verzweifelter Leidenschaft geliebt. Doch dann wurde es Zeit, dass er aufbrach, denn wenn die Flut kam, musste das Schiff auslaufen.
Berenguela war in der Eile kaum zu Atem gekommen, und plötzlich wurde ihr klar, dass sie sich von Richard verabschieden musste. Er sah prächtig aus, und sie dachte an ihren Streit und die lustvolle Versöhnung. Der Schmerz über ihre Trennung schnürte ihr den Hals zu, und sie nahm sich vor, nicht zu weinen, aus Angst, nie wieder aufhören zu können.
Richard kam auf sie zu und küsste sie. »Warte auf mich, Liebste. In drei, vier Wochen bin ich zurück. Und dann werden wir uns der Aufgabe stellen müssen, England einen Thronfolger zu schenken.«
Sie wurde rot. »Richard«, flüsterte sie.

Er wirbelte sie lachend herum. »Ich will eine große Familie. Unser Thronfolger soll eine Menge Geschwister haben.«
Sie legte ihm sanft die Finger auf den Mund. »Dann komm schnell zurück.«
Er nahm ihre Finger und küsste jeden einzelnen. »Ich liebe dich«, sagte er, drehte sich um und ging.
Sie stand am Hafen, bis sie die Segel seiner Galeere nicht mehr erkennen konnte.
»Bald«, flüsterte sie, »auf Chinon.«

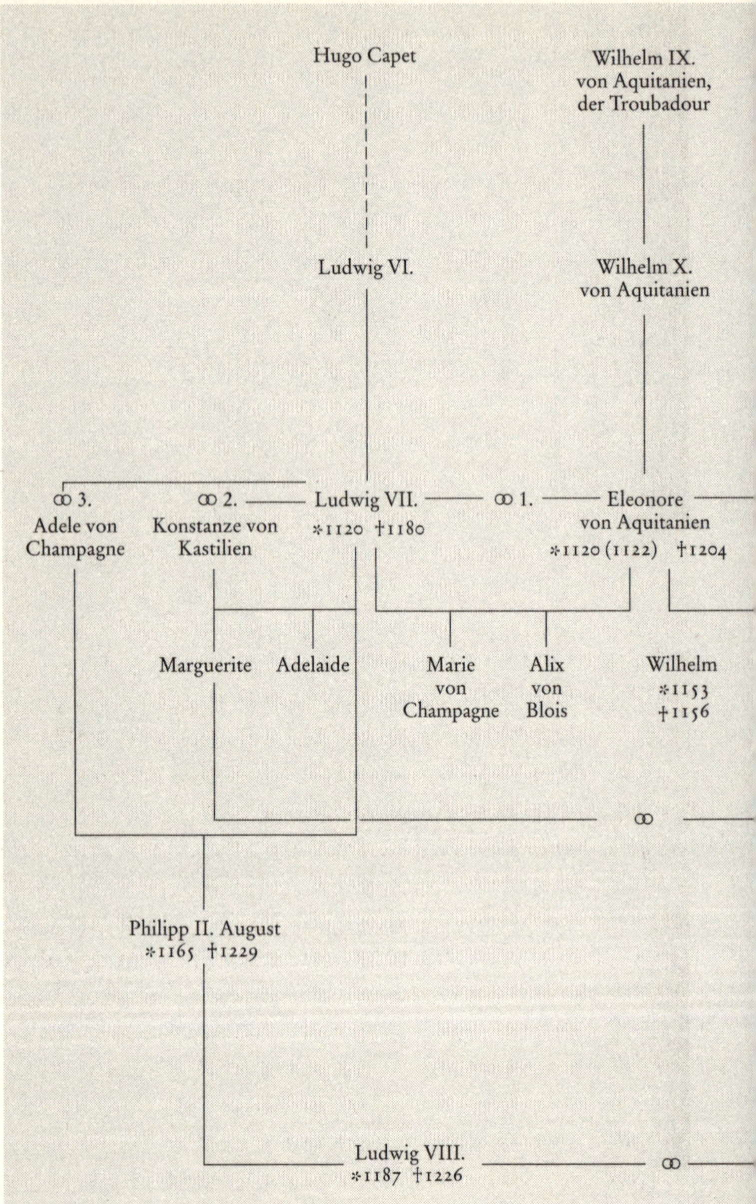
Hugo Capet
Wilhelm IX. von Aquitanien, der Troubadour
Ludwig VI.
Wilhelm X. von Aquitanien
∞ 3. Adele von Champagne
∞ 2. Konstanze von Kastilien
Ludwig VII. *1120 †1180
∞ 1.
Eleonore von Aquitanien *1120 (1122) †1204
Marguerite
Adelaide
Marie von Champagne
Alix von Blois
Wilhelm *1153 †1156
∞
Philipp II. August *1165 †1229
Ludwig VIII. *1187 †1226
∞

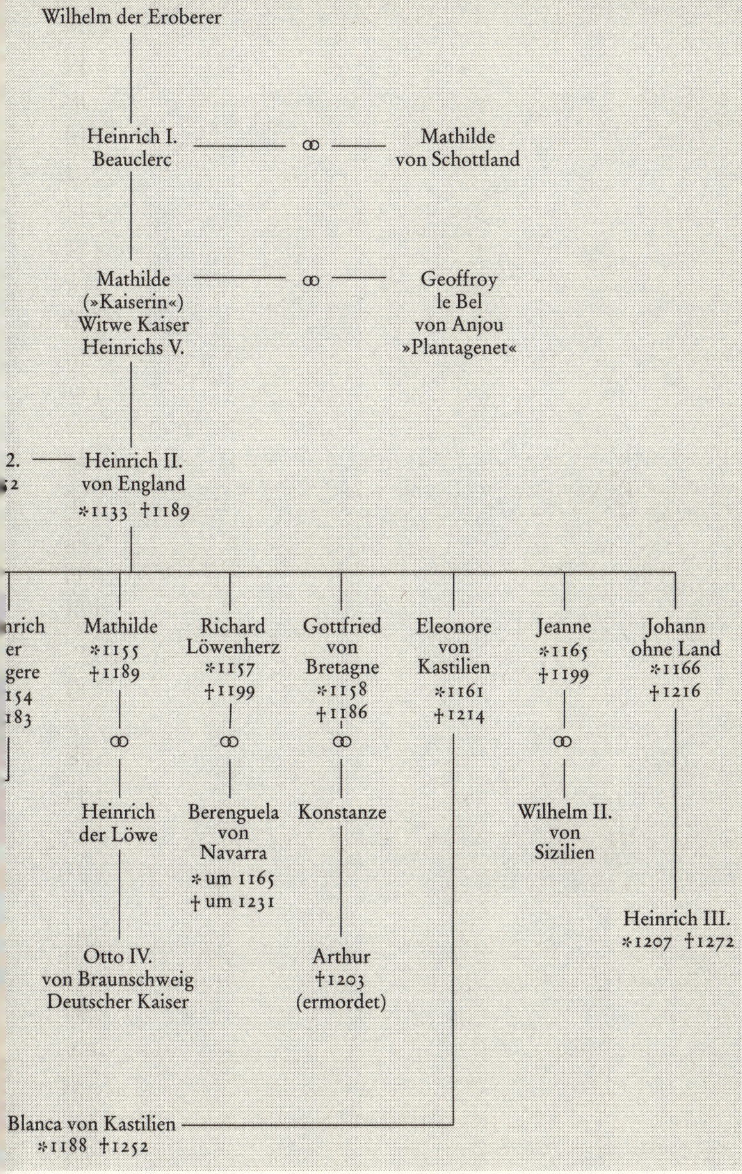
Wilhelm der Eroberer
Heinrich I.
Beauclerc
∞
Mathilde
von Schottland
Mathilde
(»Kaiserin«)
Witwe Kaiser
Heinrichs V.
∞
Geoffroy
le Bel
von Anjou
»Plantagenet«
2.
2
Heinrich II.
von England
*1133 †1189
nrich
er
gere
154
183
Mathilde
*1155
†1189
∞
Heinrich
der Löwe
Otto IV.
von Braunschweig
Deutscher Kaiser
Richard
Löwenherz
*1157
†1199
∞
Berenguela
von
Navarra
*um 1165
†um 1231
Gottfried
von
Bretagne
*1158
†1186
∞
Konstanze
Arthur
†1203
(ermordet)
Eleonore
von
Kastilien
*1161
†1214
Jeanne
*1165
†1199
∞
Wilhelm II.
von
Sizilien
Johann
ohne Land
*1166
†1216
Heinrich III.
*1207 †1272
Blanca von Kastilien
*1188 †1252

Nachwort

Richard I. von England war ohne Zweifel ein Held, und sein Leben ist schon von Zeitgenossen außerordentlich gut dokumentiert worden. Von seiner Frau, Berenguela von Navarra, wissen die Historiker dagegen so gut wie nichts. Und dasselbe gilt für Adelaide von Frankreich, die tatsächlich fünfundzwanzig Jahre am englischen Hof gelebt hat und von allen Männern, denen sie in ihrem Leben begegnet ist, wie eine Schachfigur hin und her geschoben wurde.

Dieses Buch ist ein Roman und keine Dokumentation, und deshalb geht es auch vor allem darum, eine Geschichte zu erzählen. Eine Geschichte über eine Frau, die mit einem der charmantesten Draufgänger des Mittelalters verheiratet war und ihm auf dem Kreuzzug ins Heilige Land gefolgt ist. Dass Berenguela dort mit Richards Schwester Jeanne gelebt hat, ist eine historische Tatsache, wie ihr Leben aussah, entspringt allerdings meiner Phantasie.

Nach Richards Haft in Österreich und Deutschland fehlte Berenguela tatsächlich auf den Feierlichkeiten einer zweiten Krönung in London. Erst später lebten die beiden wieder zusammen, Kinder hatten sie nicht.

Richards lebenslange Sorglosigkeit, zusammen mit seinem Wagemut, wurde ihm ein halbes Jahr nach seinem einundvierzigsten Geburtstag zum Verhängnis. Ein Bogenschütze traf den wie so oft ohne Rüstung reitenden König mit einem Pfeil. Die Verletzung selbst war nicht lebensgefährlich, doch die Wunde entzündete sich, und Richard starb zwei Wochen später an Wundstarrkrampf, einer der gefürchteten Geißeln des Mittelalters, vor der wir uns heute mit einer Tetanusimpfung schützen.

Berenguela hat nach Richards frühem und überraschendem Tod nie wieder geheiratet und verbrachte den Rest ihres Lebens im Kloster.

Eleonore von Aquitanien, Richards Mutter, starb fünf Jahre nach ihrem Sohn. Sie wurde über achtzig Jahre alt und überlebte die meisten ihrer Kinder.

Adelaide wurde von ihrem Halbbruder Philipp ein Jahr nach Richards Rückkehr aus der Gefangenschaft mit Graf Wilhelm II. von Ponthieu verheiratet.

Jeanne heiratete 1196 Graf Raymond VI. von Toulouse, nachdem Richard mit dem Grafen einen Friedensvertrag geschlossen hatte. Sie starb zwei Jahre später nach der Geburt ihres Kindes.

Der deutsche Kaiser Heinrich VI. wurde nur zweiunddreißig Jahre alt. Zwei Jahre vor Richards Tod erkrankte er lebensgefährlich in Messina. Heinrich war mit einer noch größeren Armee als der Richards und Philipps auf dem Weg ins Heilige Land, als er auf Sizilien vermutlich an Malaria starb. Bedingt durch die Gefangennahme des englischen Königs Jahre zuvor, stand Heinrich VI. immer noch unter dem Kirchenbann, und Papst Coelestin III. verweigerte dem toten Kaiser ein christliches Begräbnis. Erst sein Nachfolger Innozenz III. erlaubte Heinrichs Witwe, Konstanze von Sizilien, der Mutter des späteren deutschen Kaisers Friedrich II. von Hohenstaufen, ihren verstorbenen Mann im Dom von Palermo zu begraben, wo er übrigens heute noch ruht.

John (oder Johann Ohneland) wurde nach Richards Tod doch noch König von England. Er hat sich tatsächlich scheiden lassen und als zweite Frau Isabella von Angouleme geheiratet. Mit ihr hatte er fünf Kinder, von denen zwei jung starben.

Der große Gewinner war Philipp II. August, König von Frankreich. John verfügte längst nicht über das militärische Geschick seines Bruders Richard und verlor viele Gebiete Aquitaniens an Philipp, der sein Reich dadurch erheblich vergrößerte. Philipp heiratete Ingeborg von Dänemark, war seiner Frau aber bereits kurz nach der Hochzeit überdrüssig und versuchte sie zu verstoßen. Die dänische Prinzessin wehrte sich dagegen mit erstaunlicher Hartnäckigkeit, und es gelang ihm nicht, die Ehe aufzulösen, so dass er zeitweilig mit zwei Frauen verheiratet war.

Heinrich II. von England, Richards Vater, hatte ungefähr zehn illegitime Kinder, die tatsächlich im Palast erzogen wurden. Ob eines davon William hieß, ist nicht belegt.

Und so wie William eine Figur meiner Phantasie ist, sind auch die Abenteuer, die Berenguela erlebt, erfunden.

Susanne Stein

Die Mätresse des Kaisers

Roman

Jerusalem im 13. Jahrhundert: Als der Stauferkaiser Friedrich II. vom Sultan eine junge Frau als »Gastgeschenk« angeboten bekommt, ist es um ihn geschehen. Die unbekannte Schöne ist niemand anderes als die piemontesische Gräfin Bianca, die eine dramatische Flucht zur Gefangenen im Harem des Sultans gemacht hat. Auch sie ist vom ersten Augenblick an fasziniert von dem charismatischen Herrscher. Beide spüren, dass sie füreinander bestimmt sind – doch die Staatsräson steht der Erfüllung ihrer Liebe im Weg. Dreimal heiratet der Kaiser, dreimal wird er Witwer, und jedes Mal hofft Bianca vergeblich, dass sie doch noch ihr Glück an seiner Seite finden wird. Als er sich erneut mit einer anderen Frau vermählen soll, trifft sie eine folgenschwere Entscheidung …

»Ein fesselnder Debütroman, und das Ganze verpackt in hoch spannende, mittelalterliche Geschichte mit wahrem Hintergrund.«
Schwaben Echo

Knaur Taschenbuch Verlag

ZEITREISE
HISTORISCHE-ROMANE.DE
Passenger Receipt
Passenger Ticket and Baggage Check
HISTORISCHE-ROMANE.DE
BONAPARTE JOSÉPHINE MRS
1796
2007
RETAIN THIS RECEIPT THROUGHOUT YOUR JOURNEY
BEWAHREN SIE DIESEN BELEG BIS ZUM ENDE DER REISE AUF
AUCH VON/ZU ANDEREN HISTORISCHEN STATIONEN GÜLTIG
Über 1.500 historische Romane sortiert nach
> Epochen > Genre > Historischen Persönlichkeiten und Ereignissen
www.historische-romane.de
Quick-Check-In
Erlesene Geschichte
BONAPARTE JOSE
1796
2007
HR
0 220 2
Erlesene Geschichte
www.historische-romane.de